U0532725

有爱的青春陪伴者

请不要
暗恋我
上册

有厌 著

江苏凤凰文艺出版社
JIANGSU PHOENIX LITERATURE AND
ART PUBLISHING

图书在版编目（CIP）数据

请不要暗恋我：全2册 / 有厌著. -- 南京：江苏凤凰文艺出版社, 2025.8. -- ISBN 978-7-5594-9760-4

I. I247.5

中国国家版本馆CIP数据核字第2025LZ6796号

请不要暗恋我（全2册）

有厌 著

责任编辑	王昕宁
特约编辑	狐小九
责任校对	言 一
责任印制	杨 丹
出版发行	江苏凤凰文艺出版社
	南京市中央路165号，邮编：210009
网　　址	http://www.jswenyi.com
印　　刷	长沙鸿发印务实业有限公司
开　　本	880mm×1230mm 1/32
印　　张	18.5
字　　数	525千字
版　　次	2025年8月第1版
印　　次	2025年8月第1次印刷
书　　号	ISBN 978-7-5594-9760-4
定　　价	65.80元

江苏凤凰文艺版图书凡印刷、装订错误，可向出版社调换，联系电话025-83280257

恋爱日记

- 第一章...
  转学失败以后 /001

- 第二章...
  乌龙再度升级 /050

- 第三章...
  他试图将错就错 /090

- 第四章...
  来自老爸的凝视 /125

- 第五章...
  是铠甲，也是软肋 /167

- 第六章...
  追梦赤子心 /210

- 第七章...
  在日出时分说爱你 /251

目 录 /contents

恋爱日记🔍

- **第八章 ...**
  这个夏天值得纪念 /283

- **第九章 ...**
  我们北京见 /315

- **第十章 ...**
  新的环境，旧的人 /347

- **第十一章 ...**
  我们终将会经历离别 /378

- **第十二章 ...**
  欢迎回国，媳妇儿 /409

- **番外 ...**
  是天降，还是竹马？ /445

- **独家番外 ...**
  百年好合 /580

目录 /contents

第一章

转学失败以后

高三生的寒假只有两周，过完正月初七便要返校。

和其他同学不愿返校的理由相比，姜织的原因更复杂些。

母亲在电话里叮嘱她早晚添衣，注意饮食作息，要分配好时间冲刺高考。

姜织坐在书桌前，盯着玻璃上的霜花，喃喃出声："妈妈，我还是想转校。"

冯敏只当女儿舍不得自己，一声轻叹后，说："妈妈有时间就回去看你。爸爸妈妈仔细商量后，觉得你继续留在盈高读书更合适，你现在高三……"

不同学校教学进度、考试难度的差异，冯敏刚到南京工作自身精力的问题，再延伸到陌生环境对姜织生活、社交的影响。

这些因素在冯敏执意安排她转学时，难道没考虑到吗？大人们总有理由为自己出尔反尔的决定买单。

姜织这些天听过太多次，等母亲重复完，她敷衍地应："我知道了。"

姜织很庆幸父母没有因为她尚处在高三关键期而放任这段布满沉疴旧疾的婚姻存续。他们在经历近半年无休止的指责、埋怨、争吵后，痛快地去办理手续，不再委屈和折磨自己。

房子和车子归姜国山，姜织随冯敏工作调动转学到南京。

姜织因不舍相知的玩伴和熟悉的成长环境，哭闹过。但当她接受现实，和学校老师及朋友互送礼物依依惜别后，冯敏却毫无征兆地改了决定。

——她不需要转学了。

大人做任何决定，都不会考虑小孩子的感受。

一想到假期前朋友得知她要转学的事请她吃大餐、送她昂贵的礼物，姜织便觉得自己像个大骗子。

十七八岁的年纪，是思想道德发展的敏感年龄，最讨厌被欺骗。这真的是一个很糟糕的现象。

更有甚者，姜织想到自己无所顾忌做下的那件事，脸颊火辣辣地烧，整个人如置身火炉般煎熬。

房门被敲响，是姜国山。

姜织收拾好情绪，慌张地揉了揉因伤心泛潮的眼尾，扭头看到倚在门框上的姜国山，他问："要牛奶还是咖啡？"

冯敏总说姜国山不是个合格的丈夫和父亲，但姜织认为有姜国山这样的爸爸很好很好。

不论在学习，还是生活中，他给予自己足够自由的决定权。虽然常常拗不过母亲的强权而决定失败。

姜织抿出笑，甜甜地回："牛奶。我今晚要早睡，明早四点再起来看书。"

姜国山很快热好牛奶送来，等她喝完收走杯子，又说："明早让你尝尝我新买的咖啡豆。"

姜织轻快地应好，目送爸爸离开。

父女相处比往常更惬意，但这种改变让整个房子萦绕着一种安静的悲伤，这是母亲的缺席带来的。

姜织洗过澡便躺在闭灯的房间，眼睛合上再睁开，平躺再侧躺，数了几十只羊，也数了水饺。

显然她高估了自己身体的生物钟，昨日这个点自己还在刷题。

她不是容易内耗的人，但难以入眠时，夜晚将人的细腻情绪无限放大。

此前经历的囧事如电影般一件件在脑海里浮现，占据首席的便是那件发生在假期前一天下午、在附中篮球馆东北角球场的乌龙事件。

闺蜜吴桐雨是唯一知道姜织关注沈译驰的人。

秘密让女孩子们的感情更牢固，走在校园里，听说或者碰见有关沈译驰的事，吴桐雨都会第一时间去拐姜织的胳膊，提醒她注意，哪怕只是一次平平无奇的错身路过。

升入高三时，姜织因成绩稳步提高被调到沈译驰所在的重点班，吴桐雨表现得比姜织本人还要激动。

她挤眉弄眼，一个劲儿地调侃："同班哎！这说明什么，说明你和'一张'有缘分啊！"

说明我争气啊，在学习上下了功夫。姜织心说。

"一张"是吴桐雨和姜织给沈译驰取的秘密代号。

沈译驰在学校里太出名，高年级的学姐、低年级的学妹，大都认识他，更别提男生们了。姜织不想因为谈论他被抓包而成为话题的中心。

所以姜织给他取了这个名——文武之道，一张一弛。

一张、译驰。

在吴桐雨的怂恿下，姜织被推搡着去了沈译驰打球的篮球馆，为这段持续两年半的关注留下一个交代。

"怕什么，你都要转学了，不冲动做点什么简直太遗憾。"吴桐雨如此劝她，"就算他冷脸让你尴尬，天高皇帝远，宿营距南京两百多公里，你们日后见面机会渺茫，尴尬不到哪里去。"

姜织觉得她的话有道理，况且自己确实需要对沈译驰说句谢谢，谢谢他成为自己高效学习的动力。

篮球馆里人不算多，多数聚集在东北角，围观沈译驰参与的一场较量，有男有女，女生居多。

正值中场休息，沈译驰被朋友史唐搭着肩膀往场边来："早知道就不喊你来了，这球打得真憋屈。要不是高三了不想惹事，早教训他了……"

姜织余光看到有女生正羞涩地握着水瓶，跃跃欲试地冲过去送水，礼貌谦让时，被吴桐雨动作更快地一把推到沈译驰面前。

她刹停时距离沈译驰不过半步，额头晃动间险些撞到他。

姜织堪堪站稳，回头瞪了吴桐雨一眼。后者吐吐舌头。

姜织浑身不自在，体温骤升，尤其两颊红得要命。

史唐对此见怪不怪，弹了下舌，身子朝好友偏了偏，一副看好戏的样子。

姜织半低着头，平复不安的心跳，只见视野里沈译驰的黑色运动鞋驻足片刻后，后撤半步。

据姜织所知，过去两年半间所有向沈译驰示意过的女生都被他冷漠对待，无一幸免。

姜织预感到结果，反而放松几分，毫无负担。

"沈译驰。"姜织抬头，轻声叫他。

沈译驰听人说话时，出于尊重会直视对方的眼睛。

那是一双桃花眼，瞳孔黑而亮，眼白干净，卧蚕饱满，保留了几分尚未敛净的、独属于这个年纪少年自带的意气风发，又流露几分对外人的冷淡和疏离，令人很容易陷进去。

"你球打得真好……"姜织很快找回自己的声音，抿着笑，郑重地道，"我升到一班前，就在关注你，还挺想和你做朋友的。只可惜同班时间太短，没能了解彼此。我下学期要转学了，提前祝你高考顺利。你这么优秀，前途一定光明坦荡。"

姜织圆脸，杏眼，唇型偏圆润，笑起来时面颊会显肉，有点娃娃脸，浅浅的梨涡上扬。

这样一张骨感弱的脸给人的感觉不显高，但当本人笔直地站在个头挺拔的沈译驰面前，发顶超过他的肩膀，身材异常修长。

姜织自小被父母送去学古典舞、参加演出，临场反应不错，笑容镇定体面，如果不是她不停捏水瓶发出的细碎声响暴露了她真实心理状态的话。

在她欲盖弥彰地把手背到身后的前一秒，沈译驰朝她伸手，嗓音干净紧绷："给我吧。"

场馆亮堂的光照清女孩迷茫的脸，连史唐都没料到沈译驰会接女孩给的水，意外地扬扬眉，提醒姜织："水。"

姜织恍悟，手臂往前，伸到一半又机敏地撤回来："我喝过的……你口渴的话，我重新帮你买一瓶。"

既然要买水……姜织视线落向分散在场边休息的几个同班男生身上，同班半年来大家对她还挺照顾的，自己一直没找到机会感谢。

正好校园卡里还有一点余额，索性趁着转学前花光。

一二三四……她目光闪烁，数了人数，打算请所有人喝。

姜织确定总数，看回沈译驰，问："你想喝什么，我去买？"

男生运动过，气味依然清爽，脸庞瘦削，三庭五眼比例完美，鼻部宽厚高挺，眉弓饱满深邃，眼神冷淡，莫名带着审视的意味，但唇角天生上扬，中和出温柔的错觉。

沈译驰盯着她片刻，嗓音有金属质感："一起吧。"

不等姜织反应，他便迈开长腿从她身边经过，步伐倒不快。

"还不跟上。"史唐兴奋地再次热心提醒，催促着。

姜织慢半拍迈步，摸到口袋里的校园卡，心里正愁自己一个人怎么拎得动十几个人的水呢。

到了超市，姜织指着货架旁堆着的成包的瓶装矿泉水，向沈译驰征询意见："直接提一包吧？"

她刚刚数过人数，一整包再额外拿几瓶，就够了。

沈译驰视线从她指的位置，挪到她的脸上，没有回答。

姜织歪歪头，没明白沈译驰突然看过来的眼神什么意思。

片刻后，她注意到沈译驰手里已经拿起一瓶深蓝色运动饮料，恍悟："你已经挑好了？那请你喝宝矿力，给你朋友们买矿泉水。"

她估算了校园卡里的余额,支撑不起都请宝矿力,谨慎做出这个决定,说起来区别对待似乎不太妥,因此忐忑地问:"可以吗?"

沈译驰似有话说,但最终移开审视她的目光,看向别处,说:"随你。"

他看上去不太在意这个细节,姜织露出灿烂的笑:"那麻烦你帮忙搬到操场了,谢谢。"

姜织抱着几瓶散装的,沈译驰单手拎着一整包,再回到操场,他把水往场边一放,姜织便招呼大家自己拿。

男生们眉飞色舞地起哄。

姜织扭头,朝沈译驰求助。后者站在数米外,被史唐勾着肩膀说话。他不知听到什么,嘴角微微弯了下,像是自嘲。

对姜织的视线似有所感,也可能是被史唐提醒,只见沈译驰目光稍抬,隔空对上她的。

四目相对,他眼尾一沉,同时歪了歪头,笑意更深些,并不友好,不打算帮她澄清什么,反而很享受看她置身尴尬中。

还是吴桐雨凑过来,说什么隐秘般提醒她:"你怎么买了这么多水啊?还让'一张'帮你搬,我看他回来时脸色好难看。"

"怎么了?他说一起去超市……"姜织醍醐灌顶,他说去超市,没说帮忙搬水啊!

姜织侧侧身,尽力避着沈译驰扫过来的目光,绷着嘴角用气声说:"我是不是不该让他当苦力?"

吴桐雨丢给她一个"你说呢"的眼神。

尴尬从头蔓延到脚,迟钝地光临。

姜织当即绝望,只想回到几分钟前给自己的脑袋狠狠捶一下。

人在高度紧张的情况下,果然容易犯蠢啊。脑子不能用就捐了吧,姜织。

吴桐雨安慰闺蜜:"往好了想想,你马上转学,这是你和'一张'见的最后一面。"

可事实就是，姜织转学失败了。

姜织翻了个身，将脑袋狠狠地埋进枕头里，过了一会儿，她摸出手机，向吴桐雨同步自己的心情。

梧桐树下雨了：这事你不说我都快忘了。

梧桐树下雨了：你先别内耗，隔了个假期谁还会记得当时的细节。身为高三生，脑子都腾出空来留给知识点。

甜的姜汁：他能吗？

梧桐树下雨了：呃……别人能，但"一张"可能不行。毕竟学神的脑容量异于常人。

甜的姜汁：[没脸见人.jpg]

姜织绝望地躺平了。消息再弹出来时，她已经对闺蜜的开解不抱希望，没什么精气神地一瞥，眼神直起来。

梧桐树下雨了：这倒不至于。你想啊，一张对异性的界限划得很清楚，他都会主动避嫌。所以，你下学期很可能没有与他正面接触、哪怕一个眼神的机会，虽然你们同班。

姜织对此也有所耳闻。

沈译驰平日往来的、为数不多的异性同学，都是清清白白只会和他做普通朋友的。

吴桐雨大概脑补了她陷入如此处境时的心情，很快感同身受地又发来一条消息。

梧桐树下雨了：这样想想，好像更惨了。

是啊，连当普通同学的机会都没有了！

宿营距南京两百来公里，地处淮河以北，北方气候，冷而干燥，是个三线小城市。

早晨姜国山送她去学校，开一辆越野车，军绿色彩绘贴膜，外观精致复古，在尚未回暖的冬日格外醒目。

车看着挺大,但改装过,后排两个座拆了,零零碎碎的户外装备收纳齐整,咖啡机、冰箱、保温箱等生活物品一应俱全,后备厢一开,当街就能出摊。

姜织在香醇浓郁的咖啡味道中,有种冬日露营的雀跃感。

姜织抿一口咖啡,听老爸说起:"你妈现在都不喝我煮的咖啡了。她过去挺爱喝咖啡的,早些年我们还计划着等你出去读大学了,就去紫金山山脚开个咖啡店。她一直想去紫金山上的天文台工作,现在终于实现了,挺好的。"

姜织偏头,见老爸懒散神态中的遗憾。他也是不舍得,对于这段婚姻。

老爸老妈都是理想主义者,可一个追崇山河湖海的自由,一个要的是星辰大海的信仰。细究起来,还是有区别的。

姜国山是本地最早一批做户外用品代理的,如今规模可观,算是垄断了当地及周边城市的经销,性子越发不拘束,用冯敏的话说就是不顾家。

两人过去因为姜国山忘记及时丢垃圾而吵架,没有及时交水电费而吵架。姜国山说:"我也不是经常忘,有事耽误,或者一走神忘记了,就被揪着不放,你说我能怎么办。"

姜国山健谈,典型"社交恐怖分子",把他丢到语言不通的原始部落都能混个酋长,更别提对着自己亲闺女了,一路上话题就没断过。

越野车停到学校,姜国山看看校园几十年如一日的恢宏校门,终于记起一件正事。只见他对着手机,念课文似的,语气干瘪机械地叮嘱:"春捂秋冻,不要见出太阳就着急减衣服。你现在年轻不觉得,等老了腰痛起来就有苦头吃了。距离高考满打满算113天,你要有紧迫感,合理安排好……"

从起居饮食,到学业计划,细致地嘱咐到位。

不打磕绊地一口气说完,姜国山垂下举着手机的手,看向坐在副驾驶座的女儿。

姜织环抱着书包,等他说完再下车,闻言,笑着拆穿:"是我妈给你的稿子吗?"

姜国山把气喘匀,不置可否地叹道:"保暖这点得听你妈的。你几年前腰伤一直没好利索,得慢慢养。学习的话,跟不上进度就不跟,不要把自己逼得太紧，上学嘛，开开心心最重要。"

父母一松一紧的教育方式，姜织已经习惯，嘟囔道："我知道。但我不想表现得太差，而且课堂上的知识点有些还是挺有意思的，我想多学一点。"

小时候她被送去学古典舞也是，说有意思，一个动作重复练再多遍，都不嫌累。舞蹈课堂就是个浓缩型小社会，傲气凌人的老师、善妒招摇的同学，家长的社会地位和人脉影响着孩子在舞蹈班里的处境。他们家当时勉强小康，老人住院医疗费是一笔很大的消耗，日子过得紧巴巴的，买辆车都得计划好久。每回她去上课都得坐一个小时的公交车，小班三倍的课时费、定制的舞蹈服，略拮据的家庭环境让姜织处处落于人下。但姜织争气，外形出挑，基本功扎实，性子慢热但不内耗，钝感力强，这样的好心态很讨老师喜欢，在性格迥异的同学之间能吃得开。

高一时因为练舞脊椎错位过一次，姜国山心疼女儿，饶是妻子再坚持，也不让她继续跳了。冯敏认为舞蹈对姜织而言，不仅是爱好，还是高考加分的技能，迟迟不松口。

他们吵了好几回，都不欢而散。最终是姜织说，她要自己做决定——她不靠舞蹈特长加分，也能只凭文化课的成绩考上大学。

两年时间，她从年级的吊车尾冲进重点班。

这让惋惜她放弃舞蹈的冯敏，没再发表意见。

姜国山知道女儿一直很有主见，只念叨了一句："重点班教学进度快，转回原先的班级，你压力能小点。但你妈的意思是让你留在重点班，氛围好，受点激励。如果你想转班的话，老爸替你跟老师提，你妈那边有气，我帮你受着。"

"我在现在这个班挺好的，不用转。"姜织推开车门下去，站在路边背好书包后，手臂从两侧绕到头顶，比了一个"心"，"老爸，今天也很爱你哦！我去学校啦。"

每学期两次大型考试，重点班的学生年级排名掉出前三十则降到普通班，普通班的学生考进前三十则升班。

高二下学期的期末考，姜织的成绩将将踩在年级第三十的名次，高三一开学便从十班满载荣耀地转入一班。

两个班教她的老师都对这个"小黑马"寄予厚望，可也是那个秋天，姜国山和冯敏开始发泄各自在婚姻里积攒多年的怨气，家里氛围极差。

姜织受影响，表现得不尽如人意，接连两次大考发挥得一次比一次差。

偏偏升入高三后，重点班学生流动制度作废，学校不会强制姜织退出。

本以为会转学，姜织也没有主动要求降班，就这样不尴不尬地留在一班半年。

用"不尴不尬"形容，一方面是她待得"德不配位"，另一方面是班里成员相处两年多，默契又团结，对姜织客客气气的——外人看不出区别，但只有姜织自己知道，她根本融不进去。

半年来，姜织往来最多的还是原先十班的同学，一起吃饭、压操场、站在走廊吹风的也只有闺蜜吴桐雨。

荣耀过，坠落过，被人仰望，也被人议论。

所以说，基于她的心理承受能力，转学失败算不上什么大事。

——果然，夜晚困扰自己的烦心事，白天再想起，不过尔尔。

姜织跨进盈高的大门时，内心如是想。

姜织和闺蜜吴桐雨不同班，借着见面的机会，去学校超市逛了一圈。

开学第一天，她俩双双忘记带校园卡。

校园里只有高三生，显得格外空荡，连时刻人满为患的学校超市此时也冷清得过分，她俩结账时想找个眼熟的同学借都没碰着。

吴桐雨担心回趟教学楼再回来最后一份草莓蛋糕会被买走，便让姜织留在这儿等她回去取卡。

姜织原本站在收银台，为数不多进出的学生路过都会抬头看她一眼，是本能，无恶意。被免费观赏了几分钟，迟迟不见吴桐雨回来，姜织挪步，把自己藏在了货架间。

要不买几支荧光笔吧。文具货架在最里面,她走近,依稀听到货架后传来的说话声——

"大冬天去露营,够浪漫的。你不承认都没用,那谁发的朋友圈里可有你出镜。"

"碰巧。"

接话的男声磁性冷淡,耳熟极了。

姜织本能地抬头。文具货架上的商品摆得密实,她只看见男生颀长利落的身影,他侧倚在冷柜门上,等朋友挑便当。

便当架临落地窗,这个季节体感冷但洒进室内的日光耀眼温暖,男生平直宽阔的肩膀上跳跃的光斑让人感觉提前迎接到了春天。

同伴坚持质疑:"我怎么不信呢?就你对异性敬而远之的性子,还跟人家一块去露营。"

"临时有个露营用的移动电源的推广要做,到地方才知道她在。而且,我对她没感觉。"

"那你对什么样的有感觉?放假前在球场给你买水的那个?我听史唐说你可没拒绝,行啊沈译驰。"

是了。

没听错,是沈译驰。

听话题聊到自己,姜织随手拿着打掩护的本子,"吧嗒"一声落回货架上。沈译驰闻声扫过来,眼神淡淡的,不知道发现她没,很快移开。

姜织不敢再听,把笔记本搁下,继续往前走找荧光笔摆放的位置。刚拿起一盒四色的,余光里对面两个男生后脚挪过来,停在对面的微波炉处,加热便当。

"说是我也认识,从十班里升到重点班的那个女生,长得是挺好看,叫什么来着。"

男生正说着,和姜织的思绪一起被打断。

"织织？姜织？哎……原来你在这儿啊。"

吴桐雨拿了校园卡回来，探头探脑张望半天，在货架间把人找到："我跟你说——"

她微喘着，直奔姜织过来，要跟她聊自己在教室听到的有关沈译驰假期里的八卦，余光一扫，撞上隔壁过道两个男生望来的目光，陡然一惊。

两个熟人。

背身站着回头的这位是她班上的，也是沈译驰的初中同学，形影不离的铁哥们儿。

他对面的正是沈译驰，单手插着兜，没什么焦点地看吴桐雨一眼。他眼型狭长，眉弓饱满深邃，叫人记忆极其深刻，眼神却疏离，处于对她有印象但不往来状态。他似是想到什么，比她更早一步朝遮挡姜织的货架看去。

如果货架消失，这一眼，恰好落在姜织身上。

而此时的姜织浑然不知这些细微端倪，她随便拿了一盒荧光笔，往外走，目不斜视。

受惊的吴桐雨抓住她的手腕，哆嗦着将她拽向收银台，压着声提醒："刚刚'一张'和你就隔着一个货架，你注意到没？他是知道你在那儿吗？"

"我没注意。"姜织问，"你怎么去了这么久？"

"我听人说八卦来着。"吴桐雨声音再低些，忍着朝后看的冲动，又走出一段距离才说，"前几天卢悦朋友圈发了组照片，是假期里去山上露营，你猜我在照片里看到谁了，是沈译驰啊，虽然只拍到个侧脸。他俩竟然一起露营！织织，你别难过啊。看照片一块露营的有好些人，只怪沈译驰那长相，俊男靓女同框，让人根本不知道真假。"

目送两个姑娘的身影走出超市，周淮透过落地玻璃窗，隔着灌木丛还在继续瞧。

微波炉设置的时间结束，"叮"一声，沈译驰这个话题当事人垂着眼，腾出一只手打开柜门。

周淮朝好兄弟那边挪了挪，抬臂将手肘压在他肩膀上，食指在自己鼻尖一划，觉得有趣："是她吧？刚刚在偷听哎！"

少了偷听的，沈译驰更自在些，颠了下肩膀把人抖开，开口时那点在公共场合端出的学神架子悄然敛去。跟纨绔的周淮相处久了，他难免被带跑偏，彼此调侃的语调都如出一辙："怎么，你还有怕的时候？"

"我这不是怕你伤了人家的心。"周淮取走餐，两人往收银台走，"你这'鬼见愁'的性子，长再帅也白瞎。"

沈译驰被念叨得久了，掏了掏耳朵，活动下肩颈，大展身手般反击："你觉不觉得你现在跟个老妈子似的？"

教学楼有五层，重点班在顶层最角落，接壤办公室的那间。

班里三十名学生，二十九个稳上一本，半数以上稳进双一流，前五名冲刺清北，其中沈译驰是被老师捧在心尖上的准状元。

而姜织则是唯一一个意外。

以她上学期期末考的成绩，恐怕连一本院校都考不上。

沈译驰回到教室，史唐手臂挂在椅背上，跟他闲聊："你真一个人在出租屋过的年？怎么没叫我们过去？好歹能热闹一点。"

沈译驰并不意外这消息是怎么传开的。

盈高附近的那个房子是方便高三备考租的。年初一睡醒开门拿外卖时，正碰见对门住着的以前在盈高任教的优秀老师出门拜年，再进门没等拆外卖，就接到老班打来关心他的电话，便知道这消息估计在老师间哪个群里传开了。

开学后某个老师再在班里激励学生时一提，全校很快就会知道"高三那个学神过年都不放松学业"。

听史唐描述的跟他猜的八九不离十，沈译驰接了一句："年夜饭还是在别墅吃的。本来要叫你们的，临时改主意去崮山上待了几天，刚回来。"

沈译驰提完就后悔，这不是把话题丢到史唐嘴边要人提，实在是不想再解释一遍自己这无妄之灾。

不过史唐不是周淮,大概没绕过这个弯,只提了一句:"哦,去拍那个移动电源的推广了吧,我刷到了,你用无人机航拍的视频我也刷到了,满山的雪,艳阳一照,真震撼!"

话锋一转,又绕回他家里的事上,史唐只知道是吵了架,具体因为什么就不知道了:"要我说,你比你弟出色得多,长相上更是集合了他俩的所有优点,带在身边不更有面子。你弟那个闹腾任性,还矫情的劲儿,一丁点儿苦也不能吃,怎么就那么讨大人喜欢?"

沈译驰已经适应家里的偏心现象,并习惯别人对此的疑问,毕竟知道这事的都是亲近的几个。他没什么好遮掩的,直白地说:"嘴甜哪。"

刚开学,人人课桌上便迅速摞满书本,视觉上比放假时还要多。

沈译驰出去不到一刻钟,各科课代表陆陆续续发下来二十份试卷,他对此习以为常,按科目整理着。

史唐手里的笔,他熟练地换好替换笔芯,把用空的那根"嗖"一下丢进窗台一角的废弃笔筒里,里面已经攒了很粗一捆用完的笔芯,只是他和沈译驰高三半年的冰山一角。理科为什么还有这么多字要写啊!

史唐愤慨着,不耽误闲聊:"撒个娇就叫嘴甜了?要说为人处世,你不比七八岁的小孩更有眼力。"

往日没见史唐为他的遭遇打抱不平,毕竟不是第一天听说了,每年都得旁观几回。沈译驰瞥了他一眼,直觉不对。

他把理好的试卷收进桌洞,只留一份数学的在桌面上铺开,第一节语文,能边听课边把试卷给写了,眼神看似波澜不惊,锐气里藏着几分心知肚明:"做亏心事了。"肯定句。

史唐咽咽唾沫,假装新换的笔芯难用,抡着胳膊在空中甩了甩,不动声色地往另一侧挪。

就知道瞒不住他,史唐躲不过,硬着头皮道:"那什么,真不是我出卖的你。"顿了下,纠正,"好吧,我不是故意的。"

他叹气:"之前卢悦送了我一张我找了很久的喜欢歌手的限量款专辑,

还是签名的。她拿着你做电子产品分享的微博账号问我是不是你,你看,是她先猜到的,我就顺水推舟没有否认。"

因果有了。沈译驰深深地剜了史唐一眼,问:"那你倒好意思说。专辑呢?"

"哥,有市无价啊,我这学期给你做牛做马。"

教学楼里班级呈"S"形排布,十班在四层东头。

姜织头两年是十班的,和同学关系处得不错,自打转到一班后,回来得就少了。

她对外界声音承受能力还算可以,但吴桐雨不爱听同学们对姜织并无恶意却刺耳的讨论,会刻意让她避开。

两人站在要分别的楼梯口附近,借宣传栏挡着时不时灌过来的冷风,你一口我一口地分享着一份草莓蛋糕。

"卢悦现在把这条朋友圈删了,好像是有沈译驰的迷妹在背后说她。"吴桐雨本打算把合照找出来给姜织看,翻了两遍都没看到。

姜织见她点开卢悦朋友圈里其他时间发的照片。

有一张是她艺考报名照,素颜状态下,额头饱满,五官精致,很端庄大气的长相。

她随口为卢悦正名:"她人其实挺不错的。"

吴桐雨知道姜织和卢悦是一个古典舞老师,收起手机洗耳恭听,顺便接过她手里的蛋糕。

姜织把手抄在口袋里御寒,细声细语地说:"她妈妈和唐老师私交很好,是爱炫耀、张扬外露、长袖善舞、笼络人心的那类大人。有几回她在现场看课,为了让老师照顾自己女儿,会有意无意地排挤其他学生。但卢悦跟她妈妈不一样,很纯粹善良,会真心地称赞比自己表现优秀的同学,没有嫉妒心。我记得有个女生肩膀处有块胎记,容易不自信,卢悦看到后说像是蝴蝶,很漂亮的。她就是那种大大咧咧、又直白天真的性格。"

"唔……"吴桐雨说自己印象里的事，"我记得听你妈说过，当时在舞蹈班里，卢悦跳得一般，老师都会夸，而其他学生表现得稍微差点，就会被挑剔。"

"那是小时候了。卢悦要兼顾跳舞和好几样乐器，还练书法。唐老师大概是知道她未来不靠这个升学、谋生，所以比较宽容吧。"

姜织一想到待会儿回教室要开始紧锣密鼓的复习，便把跟好友闲聊当成放松，因此多说了几句："不能说她跳得一般。我感觉跟她家庭环境有关，她家人对她是鼓励式教育，让她有底气相信自己'已经很好'，挺天真烂漫的。你看，她联考能拿到四个学校的专业第一，说明她现在很优秀了。"

吴桐雨知道闺蜜善于发现别人身上的闪光点，也愿意承认，只小心地打量她一眼，怕她因为卢悦和"一张"的事不开心，扬声宽慰："你也很优秀的！成绩提高得这么快，升到重点班，多励志啊。你现在跟沈译驰也算是近水楼台。"

姜织要避开一股突然吹来的风，偏了偏头，恰好看到宣传栏上沈译驰的照片。

照片中，少年容貌俊美，神采奕奕，极为出挑。加上他有四门是学科标兵，被看到的概率实在是太大。

姜织知道闺蜜担心什么，平静地收回目光，语气坦然："我之前跟你说过，我对沈译驰是欣赏。就像你跟我说起他们露营合照，我并不会不开心。"

距离高考还有一百来天，学校没给学生从假期到课堂的过渡时间。

剩下半年，没有新的知识点需要吸收，课程安排简单得要命，考试、讲试卷，再考、再讲。

重点班的试卷难度大，老师讲评试卷时只挑重难点，讲得快。

姜织跟大家的进度要吃力些，但对于沈译驰、史唐这类试卷错误率偏低的学生，试卷上铺着新的习题卷，一心二用，选择性地听。

"下午打会儿球吧。"史唐从窗外收回目光，见沈译驰目光是落在试卷上，笔杆微晃在解题，另一只手捏块糖果，用牙咬开包装，把糖吃了。

看样子他也写烦了,心情一不爽,就得吃糖。

史唐还没从假期的节奏中出来,也无聊:"给我一块。"

沈译驰手往口袋里一摸,抓出来一把放在两人桌子中间。薄荷硬糖、水果软糖、大白兔奶糖、花生酥糖,还有一块棉花糖……史唐随手拿了一块,见沈译驰手腕一捞,把剩余的都收回去。

高三生娱乐活动少,史唐咬着薄荷糖提神,把跟沈译驰闲聊当作解压:"身上随时装着糖,为了哄你弟?"

七八岁的小男孩,能玩的东西多,糖的吸引力约等于零。沈译驰跟他的相处模式互呛居多。

笔杆在他指间转了两圈,手指修长干净,骨节明显。他的皮肤在男生中算白的,手背青色血管凸起明显,隐在袖管下的手腕看着很有力量感。

他心算完结果,勾出答案,轻飘飘地说:"我哄自己。"

"娇贵。"周淮总这样评价他,史唐学了来,但想想其实不准确。

沈译驰面不改色,注意力落在题目上,说得漫不经心:"有句话不是说,年少不得之物,终将困其一生。我小时候不讨喜,没吃过几块糖,现在有条件了,就多吃点。"

沈译驰给人印象硬朗直率,但生活中要细致讲究些。

周淮总说他强迫症洁癖难伺候,史唐观察也确实是。课桌上的物品永远是最整洁的,把自己拾掇得清爽利落,但他的龟毛特质从不会影响到身边人,他永远是个很包容的人,出租屋也好,露营住帐篷也好,他没挑剔指责过环境一次。

哪怕沈译驰优秀得与旁人生出距离感,但实际上跟他相处过的人,都会说他性格 nice,很会做人。

所以沈译驰说自己小时候不讨家里人喜欢,史唐是万万不信的。大过年跟家人吵架是特例,毕竟是沈译驰惹事在先。

史唐觉得沈译驰学累了逗自己玩,啧啧出声:"这可怜见的,你就装吧,嘴里有没有一句真话。要不是我认识你,我就信了。你幼儿园时珠心算全国冠军，学钢琴、大提琴、架子鼓、跆拳道，小学时用编程设计的作品在国际上获金奖，初中奥数，高中进国家队，夏令营竞赛，哪次没拿过成绩。就算你是领养的，大人也不会不待见。"

沈译驰笑了笑："领养倒不是。"

"所以啊，下次编点可信度高的再装忧郁。"

沈译驰推开试卷，活动着脖颈，目光直直地盯着正前方，没落到实处的眼神有点意味深长："怪我，被表象迷惑低估了你的分辨能力。"

"你说谁看上去不太聪明呢？！"

闲扯了一会儿，史唐打算接杯水，再继续刷题，起身扫到后门口时，抬臂撞了下沈译驰的手肘一下。

"幼不幼稚。"沈译驰被撞得写错个字，扭头见史唐冲他斜后方使眼色。

他茫然朝另一侧转头，是一张生面孔，只听史唐低声解释："这是杨霄牧的小弟，来找姜织的。"

姜织没在教室里，那"小弟"托同学把一杯奶茶放到姜织桌上，临走前，朝座位冲着后门的沈译驰和史唐看一眼，好像要确定他俩在这儿似的。

史唐摸摸下巴，说："什么情况，杨霄牧对姜织感兴趣？"

杨霄牧是校篮之前的队长，已经被保送到北京的体育大学。上学期末沈译驰和史唐就是跟他一块打篮球，作为对手。

沈译驰没表现出兴趣，不接茬，这个话题也就中断了。

因为上学期姜织跟沈译驰接触过，四舍五入算是和他有关，史唐刷题间隙，时不时会嘴贱地转播一句——

"姜织回来了，看到奶茶了，但没喝。

"一节课过去了，还是没喝。"史唐不忘点评，"你说杨霄牧这招是不是很贱，这样一弄，女生要么收下，要么还回去。收下就给了对方再进一步的暗示，还回去妥妥有了再接触的机会，高啊！"

又过了一会儿。

"她拎着奶茶过来了，是要丢垃圾桶吗？哎……"

沈译驰想捡起手边的橡皮塞他嘴里,再次被史唐提醒看过去。姜织从旁边经过,站在后门处。

不知道她用了什么方法把那个小弟叫了来,只见她手腕一抬,把奶茶还回去。

因为她背对着教室,看不清神情,但说话语气冷冰冰的,不太客气:"麻烦从哪儿拿的,还哪儿去,并且带句话:'东西不要乱丢,我不是捡垃圾的。'"

干干脆脆,划清界限。

冷天里,教室的门多数时候是关着的。一开一合间,只飘进来这几句话。

史唐屏息听清,反应了几秒,感慨:"这话说得有深度啊,谁能分得清'垃圾'这词指的是奶茶还是杨霄牧。"

室内暖气还没停,暖烘烘的,刚灌进来的冷空气很快消散。史唐垂头写题时,还在揶揄:"别说,这姑娘对异性的态度跟你很像,绝不暧昧。"

"你挺懂?"沈译驰瞥了他一眼,余光看到姜织没多跟人交涉,很快推门进来。

史唐吹了吹额前的头发,自谦道:"一般吧,毕竟身边有周淮,耳濡目染,没吃过猪肉还没见过猪跑吗。"

沈译驰过去没觉得史唐话痨成这样,看来高三压力真的能把人逼疯。

就这么巧,他回撤视线的动作慢了半拍,对上姜织进门时望过来的目光。

门处于半开的状态,教室里、走廊上的声音大杂烩似的混在一起,说不上多吵,两人谁都没有受影响。

姜织样貌清丽,身形比例很好,肩背笔直,手长腿长。

沈译驰母亲和姥姥那边有不少亲戚专攻舞蹈艺术,知道像她这样手腕过裆的高挑身形是天生的舞蹈苗子。

他依稀记得高一还是高二的时候,姜织上台表演过节目,他不记得演出的内容,只记得周淮跟史唐聊天时提过。

"姜汁"长"姜汁"短的,他不吃姜,因此对这个名记得很清。

冷风灌进教室时，沈译驰几缕发梢扬起来，给英俊立体的五官平添了几分凌厉气质。

他眉眼本就锋利深邃，盯着人时有种不容置喙的审视意味，轻易能把人看穿似的。

可细究起来，他只是冷淡地看人一眼，不该有什么多余的解读。

四目倏地相撞，两人眼神里本没什么特殊的想法，一个比一个冷淡，各自对对方的情绪却不少。但在外人看来，这唐突的对视不过发生在一瞬。

这瞬间太短，姜织连笑一下都来不及，顿足就显得刻意了，两人分明没什么要说的，也不该有什么疑问。

在史唐逮到两人交汇的目光时，他们不约而同地迅速错开。

她顺着过道往前走回座位，沈译驰则正回头，如先前一般恣意放松地看试卷。出题老师是不是梦游了，这个题型连着用了两张试卷，连考查的知识点都一样。

沈译驰没什么耐心地分神，拿起桌角的魔方偷闲放松手指。

史唐只是想看看外面对话结束没，发现姜织已经进门，还吓了一跳，冷静后执着地和沈译驰讨论："你看见没，她刚刚那眼神什么意思？"

"可能是听见你不止看透她，还拆穿她，来警告你小心一点。"沈译驰闲闲地道。

"她听见了？不能吧……"史唐自我怀疑一会儿，没被完全套路住，直击关键点，"她明明看的是你。"

食堂没有高一高二的抢饭，大家吃饭的积极性都不高了，又或者是对学习的积极性太高。

中午放学铃打了有一会儿，教室里还有三三两两的同学没离开座位。

"周淮说他和方时序出校买喷漆了，不一起吃。"史唐和沈译驰就是其中俩，他把手机搁下，问沈译驰的意见，"咱俩去食堂？"

"行。"沈译驰起身穿外套，室内暖气足，单薄的校服里只一件薄卫衣，

史唐盯着他肩臂线条打量。

沈译驰比史唐高一点，但史唐比他骨架宽，视觉上更壮些。沈译驰身形不显山不露水的，力气却比史唐大，打球时撞上校篮一米九的队长杨霄牧都不怵。

就算没有成绩附加的耀眼光环，沈译驰大概仍会讨人喜欢。

据说初中那会儿，周淮因为沈译驰比自己受欢迎，明里暗里较着劲。后来周淮发现沈译驰压根不在意这些，毫无虚荣心，比自己跩多了。他觉得没劲，本着打不过便加入的初心，带着好奇跟对方做起朋友。

沈译驰这人话少嘴严宽容很有分寸，没有学霸的傲气，关键的时候很仗义，两人顺理成章地从朋友做成兄弟。

升入高中两人虽不同班，关系却没淡过。沈译驰在学校附近的房子便是跟他一起合租的。

要说史唐和他，谁跟沈译驰关系更好些，似乎没法比。

都挺好的。

不止跟沈译驰关系好，史唐跟周淮关系也很铁。

就说上学期末的那场篮球，史唐明知实力悬殊还强出头的原因就是杨霄牧没少在背后"黑"周淮，史唐一早看他不顺眼了。

"我们跟杨霄牧打球的事，你没和周淮说吧？"跨出教室门时，史唐屈膝起跳摸了下头顶的门框，问起。

正午的日光和煦，沈译驰索性敞着外套。他身形比例好，没什么板型的卫衣校服棉服三层叠穿不显丝毫臃肿，反倒挺拔宽阔的身形衬出些蓬勃清爽的少年气。他从口袋里摸出一颗糖剥了吃，闻言，头都没偏，揶揄："现在觉得自己冲动了？"

史唐跟沈译驰认识的时间不比周淮久，最初熟悉起来是因为史唐的发小方时序在十班，没待几天得罪了周淮。史唐为了帮方时序解围，找当时同班的沈译驰打听。那时他跟沈译驰只是说过几句话的同班同学关系，没想到他会帮忙在中间递话。四个人坐下吃了次饭，一起看了场球，梁子就解了。

不打不相识，四人组高一还一起组了支乐队，玩闹性质，连首原创都没出，但关系更铁了。

史唐帮兄弟不是为了向兄弟邀功的，况且周淮那眼里揉不得沙子的脾气，知道了肯定急眼，为了史唐这笔新账，也为了自己的旧账。

史唐不想事情闹到那个地步："我是怕他被感动哭了，多丢脸啊。"

杨霄牧做人没品，背地里常造谣周淮，比他打球的小动作还要脏。

史唐当时在场，隔着不远听到，火气一上来把手里的篮球摔到他面前，后来被激了几句，便应下来场球较量。

史唐深知自己肯定是打不过他的，毕竟人是校队的，但还有沈译驰啊。最后球打了个平局，但到场的女生全在为沈译驰喝彩，气势上，绝对碾压。

史唐过瘾死了。

"不单单是为周淮，我早看他不顺眼了。"

从教学楼出来，偌大的校园实在是空荡。

史唐习惯了跟沈译驰、周淮，哪怕是跟方时序走路上的回头率，大概是跟他们那支乐队有关。搁在摇滚市场里上不了台面，但在校园里却是传奇。

史唐又一次跟偷瞄他们的女同学对上视线。不管前两年怎么玩闹，大家进了高三都能静下心来学习，加上学校对发型穿着管得严，除了艺术生，大多数女生的颜值都被暂时封印了，因此一两个天生丽质的便显得尤为突出。

他勾住沈译驰的肩膀，提起："你觉不觉得姜织虽然不是卢悦那种一眼就很惊艳的大美女，但很单纯清新。"

单纯吗？

沈译驰想到上学期末，超市里，女生坚持要请他朋友喝水。老实说，沈译驰还没表态呢，她就一副宣示主权、收买人心的架势，挺反感的，他觉得有些越界。

沈译驰不喜欢在背后评价人，尤其是女生，压下心里的偏见，只不咸不淡地接了一句："我感觉你挺单纯的。"

史唐听出来，他在内涵自己。

史唐靠近些，掏心窝子的语气："我觉得你对她挺特殊的，那天没立马翻脸闪人，还一块去逛超市。"

沈译驰看向别处，冷淡地道："怎么，盼着我分心少点备考的时间，你好赶超我？挺歹毒啊。"

"就你这大考前打半天游戏还能稳定发挥的心理素质，有可能吗？"史唐被扣了一口大锅，成功转移注意力，不自知地开始走心，"你不仅自己心态好，还很擅长调整身边人的心态。我能感觉到，你其实很照顾我的情绪。上学期要不是跟你同桌，我期末考可能发挥不了这么好。"

男生间很少煽情，显得矫情。沈译驰不打算让这气氛蔓延，十分不解风情地打断："不要脑补太多。我主要是怕你备考压力太大，因为嫉妒向我报复。"

姜织下课时接到姜国山的电话，去校门口取了她的午餐。为了省时间，她和吴桐雨顺路去打印室取打印的笔记。

打印室老板会做生意，搜罗了重点班几个学霸的笔记复印版，方便有需要的学生来买。

其中，沈译驰的笔记卖得最好。

姜织买的就是他的那版。

六门课每科都要，三年的课程，装在一起厚厚一沓。有吴桐雨帮忙分担重量，姜织身体上轻松了，心里一想到未来半年的备考计划，只觉任重道远。

吴桐雨的心情同样沉重，她被她那做教导主任的爸从自习课叫到办公室，耳提面命地训了一顿，浑身散发着病急乱投医的麻木感："'一张'怎么能回回年级第一，你跟他同班有发现他有什么特别的学习习惯吗？"

"特别的？大概是考试前还能打游戏，能玩的时间绝不学习……"姜织其实也挺想不通的，沈译驰学起习来，驾轻就熟得令人羡慕。

吴桐雨眼神呆滞地走了一会儿，盯着姜叔叔送来的饭盒，还没放弃找捷径："那他的饮食上呢？吃什么补脑，提高记忆力？我看广告里不是说有给高三生吃的聪明药,他吃过吗?"

"如果我还有和他说话的机会,我一定问问他。"姜织毫无感情地回答。

吴桐雨被分散注意力:"今上午在教室,你们没说话吗?我记得你和他座位只隔了一排。"追究起来,乌龙事件的始作俑者是自己,饱读小说的吴桐雨热心地支招,"垃圾桶不是在教室后面嘛,还有后黑板上贴着学生的优秀范文,你时不时过去逛一圈,进出教室都走后门,说不准就能找到说话的机会。"

姜织想到上午大课间那个在后门口的对视,觉得比备考本身还要任重道远。

两人到餐厅,没急着打饭,姜国山说准备了两个人的量。姜织拆保温桶时,吴桐雨攥着筷子嘴甜地夸了姜叔叔几句,说:"我感觉你妈让你跟你爸一起生活,就是留了个再往来的机会,你看你爸这不是挺顾家的,还给你准备了营养餐。他俩早晚得复合。"

"我也希望。"

保温桶打开,飘出一股淡淡的清苦气。吴桐雨当即皱眉:"这什么味?"

"……中药吧。"

不是毒药吗?吴桐雨凑近了嗅嗅,被姜织投喂了一口,强迫自己咽下去,义正词严道:"我知道叔叔阿姨为什么离婚了。"

这当然是调侃。

药膳粥多尝几口,就习惯了,另外几样菜荤素搭配,口感不错。

加上被姜织洗脑吃点有营养的对记忆力好,吴桐雨吃得格外积极。

正吃着,姜织旁边座位坐下个男生。个高、体壮,她觉得眼熟,却不记得是谁。吴桐雨茫然地朝四周张望一眼,高一高二没开学,还有很多空位。

男生率先表明来意:"同学,交个朋友。我叫杨霄牧,校篮球队的。"

他这么一说,姜织想到那杯奶茶,对上号。

"有事吗?"姜织淡淡地看过去。

她皮肤白,样貌在女生中出挑。圆脸、杏眼,鼻头圆润,不惧攻击性。

容易给男生需要保护的错觉。

姜织没笑，但杨霄牧仍觉甜到心里。餐厅的座椅是连体固定在地板上的，带椅背的设计。

杨霄牧人朝姜织挪挪，手搭在她肩后的椅背上。姜织偏头瞟了一眼，不动声色地坐直，一副"我跟你很熟吗"的介意模样。

不远处，史唐和沈译驰端着餐盘离开档口，习惯性往常去的就餐区走，视线不经意地扫到某处时，顿住："啧，那是杨霄牧吗？"

沈译驰随提醒看过去，那没什么情绪的一眼，倒是把他旁边的姜织看了个仔细。

史唐盯了一会儿，想到自己先前的猜测，抬步改了方向。他原本还拿不准，到近处听姜织清清冷冷地说："同学，这张桌我先坐的，麻烦你换其他地方吃，谢谢。"

史唐便确定，杨霄牧在找碴儿。

他毫不犹豫地把餐盘往杨霄牧对面的空位一放："同学，你坐别人座位了，麻烦让让。"

姜织见到史唐，想到什么，一偏头，果真看到沈译驰。

沈译驰猜史唐就要出头，落后几步过来，视线本没有落点，姜织望来的第一时间便捕捉到。女生杏眼清澈，眼底情绪要复杂些，不像刚刚直接的厌恶，也不是明确的喜欢。

眼神是软的，亮着光，带着某种鲜明的寻找到目标物的安定。

四目相对，姜织大概没想到被发现，眼底闪过一丝慌乱。但理智让她冷静，客客气气地弯唇打了个招呼，这一眼里继而多出露骨的崇拜和欣赏。

沈译驰冷淡地别开眼，有种对这类注视早已习惯的镇定，内心却是烦躁的。

他不经意出的风头已经够多了，私底下只想做个低调的人。

在长辈面前不讨喜的事，他没骗史唐。这段经历让沈译驰对人与人的社交往来敏锐细腻。

注意到姜织注视他许久，移开时眼神里难掩的失落和暗暗涌动的坚决，沈译驰烦躁，他就不该跟过来。

听史唐招呼沈译驰过来坐，杨霄牧瞟了一眼后者，稳如泰山，一副"我先坐的"理直气壮的模样。

沈译驰无视杨霄牧眼神里的挑衅，却躲不过史唐求助的眼色。

他思考怎么速战速决，余光瞥见桌上装着打印文件的透明手提袋表面透出的字样，意外又不意外地抬了下眉，下一秒，屈指在手提袋上敲了敲，言简意赅："认字吗？我的笔记。"

姜织见到沈译驰，慕强心理的作用下，是好奇而主动的。可转念想到自己悬殊的成绩，被时间的紧迫感激出了焦虑，不禁失落起来，距离高考越来越近，要抓紧赶进度才行。

正琢磨着，被吴桐雨踢了一脚，回神发现杨霄牧被赶走，沈译驰走到她旁边的空位。

姜织见吴桐雨正跟史唐聊得投缘，史唐一句："我认识你，周淮的小同桌。"

吴桐雨便雀跃地接上话："谢谢你们帮忙解围，刚才那男生太不礼貌了。"

史唐同样话痨："小事小事，我刚还担心你没看懂我的眼色，也不让我坐呢。"

吴桐雨笑："哪能，我知道你和沈译驰跟姜织同班。"

被点名的后两位当事人随之对视上。

沈译驰一手勾着手提袋，另一只手放餐盘。

姜织小心翼翼地伸手去接自己的东西，说："谢谢。"

有女生会借着沈译驰身边朋友的光，想方设法地接近他。因为什么事欠点人情，顺理成章有了下次见面的机会，朋友们作为旁观者没少起哄，但沈译驰一向处理得好。今天这情况有点例外，他越想越觉得不该帮史唐打配合。

沈译驰别开视线，思考袋子搁在哪儿，态度变得冷淡，不近人情地补救："不用谢我，史唐班级责任感强，不愿看到同班同学被为难。"

姜织嗯声，莫名地看他一眼，片刻后把话说完："袋子我自己拿。"

她自然的语气，颇有些油盐不进的装傻模样。

沈译驰失去耐心："搁桌上吧。"

说着，他往桌面中间一放，挡着两人就餐环境，壁垒分明。

姜织的手落了空。

史唐熟悉沈译驰对女生的态度，帮忙打圆场："这事我不适合问，但还是比较好奇。杨霄牧在接近你吗？"他不像沈译驰会说话，话说出口才想合不合适，下意识地瞥了一眼沈译驰，但因为是在打圆场，情绪上急了点，说话带着点冲动，没等收到沈译驰的回应，自顾自提醒，"作为同班同学，好心提醒，远离他。"

姜织没觉得冒犯。史唐是班长，上学期没少照顾她。姜织也不打算深究对方为什么说这话，只明确自己的态度："他不是我欣赏的类型。"

见姜织不见怪，史唐暗自松了口气，脱口而出："那你欣赏什么样的？"

这样的情景下话赶话问出这句，如果是周淮，那大概是暗中推波助澜地故意起哄；但史唐直肠子，没心眼，带着莽撞的傻气，明明是缓和气氛，结果说完气氛更尴尬了。

姜织跟沈译驰表达过欣赏啊。

连方才没接史唐眼神的沈译驰也抬起头，史唐掩耳盗铃般转头，跟吴桐雨没话找话："这学期餐厅的菜好像更好吃了，你觉得呢？"

吴桐雨努力克制着要上翘的嘴角，附和道："是啊是啊，而且给得特别多。"余光直瞥沈译驰。

沈译驰兴师问罪失败，收回视线时，只听姜织开口："如果我说——"

话是对着他说的，沈译驰侧脸望过去撞上她的目光。第一次距离这么近对视，她皮肤白皙无瑕，灵动专注的眼神，显得人聪慧有神，仔细听能察觉，语气里带几分试探和疑虑。

姜织目前的情绪很复杂，上午在四楼和吴桐雨坦白完，吴桐雨思索半晌，道出一件事：不管姜织怎么想，在外人包括沈译驰眼中，她就是在意他的。她如果反驳，就等于嘴硬。

史唐这话巧妙地撕开了方便姜织解释的口子，但怎么解释是个难题。

为了不把沈译驰吓跑,姜织小心翼翼地递过去一个眼神,询问:"我之前那就是单纯想表达对你的赞赏,你信吗?"

沈译驰往椅背上靠了靠,拉开些距离,坐着时姜织比他矮半个头,衬得他的目光有些居高临下,审视意味更浓。

以至于他轻飘飘的一句反问显得没什么诚意:"我说我信,你信吗?"

姜织不跟他对视,垂眼搅着温热的药膳粥,逞能狡辩:"我信啊。我不喜欢怀疑人,而且你看上去很真诚。"说完谨小慎微地瞥了他一眼。

沈译驰仍保持着后靠的姿势,盯着她搅粥的动作。姜织那包打印笔记厚度可观,他现在的角度更方便观察她。

四目相对时,姜织内心将此理解为——那你可要好好演,别露馅了。

这顿饭两个女生比男生吃完得还要早,一对眼,起身急匆匆地闪出了餐厅。

一直到回教室坐下,姜织也没察觉出不对劲,捧着手机编辑对姜国山厨艺的赞赏。

父女俩的相处模式属于互相捧场型,一句"好吃"被她天花乱坠地编辑了几百字小作文。

正专注地组织着语言,眼前被一道颀长的身影笼罩,她顺着桌上突然出现的那个眼熟的手提袋抬头,只见男生单手插兜站在课桌的斜前方,浑身散发着不过举手之劳而已的随意。

撞上姜织迷茫的目光时,沈译驰好整以暇地歪了歪头,嘴角翘了翘,是笑着的,可未达眼底的喜色中那一种心知肚明的意思更浓。

下一秒,视线滑回手提袋上,姜织轻轻"啊"了一声,陡然坐直,恨不得拍一下脑袋,这都能忘!

打印笔记的重量实在不轻,他一路拎回来似乎没换手,食中两指的第二骨节有勒出的红痕。

真是太抱歉了!

"谢谢,我——"再看向沈译驰脸上时,姜织神色微囧,犯了难。

说什么?不是故意的?她脑袋里冒出沈译驰先前那句"我说我信,你信吗？"的反问，当即放弃。

欲盖弥彰的道理，她不是不懂。

好在沈译驰善解人意，但他眼神自带的压迫感，让接下来这句话并没有表达出本该有的意思。

他将手藏回口袋中，紧绷的语气有点儿欠："我知道你不是故意的。"

晚饭是在校外吃的。在姜织的授意下，远在南京的冯敏托人帮姜织确定了补习时间，每天晚自习结束后再学两个小时，为她补课的老师姓亓。

亓老师家在盈高旁边的汇智小区，距离学校大门五分钟的路程。

姜织担心晚上摸黑找不到路耽误老师的时间，索性和吴桐雨到校外的小吃街上解决晚餐，顺便熟悉到小区的路线。

"解释不清就别解释了。"吴桐雨没来过这边，盯着街巷里的生活店铺瞧，搜罗有没有什么想吃的买来当晚自习的零食，"换个角度想，只要和他成为好朋友，周末就能和他一起自习。"

姜织露出一副"你这个假设很危险"的表情，看闺蜜一眼，说："一对比，我突然觉得误会解释起来没那么难。"

"是狂妄了点……我主要是想表达，既然改变不了，就顺其自然。'一张'那么聪明的人，你们多相处一段时间，误会就解开了。"

吴桐雨老神在在地说："姐妹，我一直觉得你对人挺有一套的。说不准真有戏。你看方时序那种很难相处，不好沟通的人，你都能处成朋友，让他有耐心给你讲题。"

姜织从舞蹈艺术生转文化生，学习上较其他同学要吃力些。方时序和姜织高一时做了半年同桌，在学习上帮助她良多。

"那是因为他家人住院时，我让我爸帮忙联系了床位。他作为感谢，才给我讲题的。"

"我觉得他那么阴鸷的一个人，也不是谁的忙都会接受的。你要对自己有信心，真诚是必杀技。"

吴桐雨自己有点小任性，情绪化，除姜织外也交过其他朋友，但相处下来都没有跟姜织在一起舒服。她们两家是邻居，有小摩擦，但没大矛盾，两个小孩从小认识。

吴桐雨始终觉得姜织身上有种魅力，或者说一种力量，真诚得令人褪去一切阴暗与污秽，愿意为她赴汤蹈火。

她之所以这样想，不是没有根据。

就是今天下午发生的事，班里有个女生在背后说姜织考上重点班是靠作弊，还说她当时跟姜织一个考场，看到姜织大夏天特意穿长袖，就是为了把手机藏在袖子里。

方时序路过听到，直接对那女生动了手。也不是动手，就是他突然摔杯子，水晃出来溅了女生一脸。那表情特别凶，一看就是故意的。

方时序还跟那女生说："你要是怀疑，就去找老师调考场监控；要是嫉妒，我建议去看心理医生。"挺不客气的。

吴桐雨心里窝着火，见状别提多解气。

她作为姜织的好朋友，自然知道姜织穿长袖是因为考试前姜国山看她复习压力大，带她去山上看星星，结果姜织不知对什么植物过敏，手臂起了疹子。姜织从小爱美，迫不得已才捂着春秋的长袖校服参加考试。谁料想竟成了别人造谣的依据。

吴桐雨诧异方时序竟也会如此坚定地相信姜织，不免将此归功于姜织的个人魅力。

不过吴桐雨不想让姜织接触那些糟心的声音，因此没提这件事。

她说了点轻松的："我觉得'一张'周淮他们四人组人还都挺好的。至少脊梁是正的，有担当也有优势，有傲气，但不自负。"

姜织笑着打趣："你主要是想夸周淮吧。"

吴桐雨跺了下脚，对闺蜜没什么好隐瞒的："我只是欣赏他的皮囊。"

吴桐雨捂了捂脸："真想去偷他手机看库存……哦，偷偷告诉你，据说他拍了'一张'打拳的视频，只不过'一张'不准他发。"

黄昏时分的居民楼被光影切割得像一处精灵秘境，生锈的路灯、窗台残破的花盆、积了陈年污垢的垃圾桶、风尘仆仆的皮卡车，被夕阳一照，金银财宝般金灿灿的，穿梭其中，永远不知道下一秒会出现什么美好的画面。

姜织举着手机换了几个角度拍了几张街景的照片，但总不得要领，不如实景给人的感觉震撼，索性放弃，回道："打拳有什么好看的？"

"'一张'那张脸，专注做什么的时候不好看！"

姜织脚步渐渐慢下来，盯着前方某处，低声提醒吴桐雨："但愿你一会儿还能直视他。"

"啊？"吴桐雨顺着姜织的提醒，看到前方不远处周淮他们的身影，嘀咕了一句，"是不是走错路了？来时没经过这里。"

不远处三个男生拿着喷漆在一面涂鸦墙上画画，墙角堆了十数个喷漆罐，正对面架着台相机在记录他们创作的过程。

姜织看到史唐也在，下意识地以为沈译驰跟他一起，结果走近些才发现自己的提醒是多余的。

"巧。"踩在一把折叠椅上的周淮没在忙，眼瞅见她们走近，抬声道，"来得正好。小梧桐过来帮我挽下袖子。"

"这漆味熏死个人，谁要帮你啊。"吴桐雨嘴上吐槽，脚却已经朝他挪过去。

墙上的涂鸦是摇滚主题，色彩艳丽惹眼，衬得周遭环境生动几分。姜织想走近些看清楚，被史唐提醒："你站在那儿气味能轻点。"

这里是上风口。

姜织因此没再动，往后退一些，问他："是有什么活动吗？我看你们在录像。"

史唐回他："阿驰要录的，说是要剪片子当素材，等正面墙画完，还要用无人机拍个大全景。他总爱捣鼓这些虚头巴脑的仪式感。"

姜织大概能想到成片中随着光影移动，画面一点点完成的画面。方时序从旁边经过，不解风情地说一句："瞎矫情。"

姜织笑着跟他打招呼："多浪漫啊。"

几个人各有各的忙，姜织没打扰。

迟迟不见沈译驰现身，她开始猜他是不是躲在那个地方调试无人机找拍摄角度。但淡金色的长街静悄悄的，高空晚霞锦缎似的铺展，没有机器运作的声音。

无人机没找到，只见沈译驰不知从哪个街口拐过来，穿件黑色的冲锋衣，领口被拉到最顶，突出个流畅的弧度。再往上，紧绷的下颌被黑色口罩遮住，冷风顺着姜织的目光吹，把他的头发吹得蓬松柔软。

还没到减衣服的时节，为求保暖穿得厚实，但他肩膀平直宽阔，丝毫不显臃肿，从远处走来，外套被风鼓出弧度，坚硬有力量。

两人隔着一面涂鸦墙的长度对视，沈译驰没料到她会在这儿，又因为她的眼神目标性太明确，因此多停了几秒。大概觉得两人不是打招呼的关系，便很快移开，停在那边和史唐说了几句话。

这一眼，不知为什么让姜织生出心虚，不自在地移开。

等她看了一圈，本能地又朝那个方向看去。沈译驰没再聊天，从墙角拿起罐喷漆，站在墙面前，大概因为有计划，所以很快上手。

臂腕线条流畅，青筋明显。他的手很稳，手指干净修长，骨节明显，喷漆罐被摇了几下后，在他手下均匀细腻地喷出颜料。

大概五六分钟后，他拿起白色颜料，在右下角喷了一个融合五角星设计的图样，应该是他的署名，走势流畅。姜织站的位置过于偏了，看不真切。

"echi。"史唐不知什么时候来到姜织身边，贴心地解释道。

姜织盯着那块辨认一会儿，只觉抽象，再抬眸，发现沈译驰朝这边过来。

他下半张脸被黑色口罩遮挡，姜织注意力却落在他眼睛上，漆黑、明亮，薄薄的眼褶呈扇形，眉弓饱满深邃。

两人算不上熟，沈译驰目光冷淡地在她身上停留片刻，问史唐要手机要看什么东西。

期间，沈译驰估计是闷得慌，把口罩拉下来，挂在下颌处。他三庭五眼标致优越，侧脸棱角分明，连额前的发梢都不落窠臼，线条弧度凌乱又恰当。

姜织这下确定，他眼神干净，眼周皮肤也干净，没有丁点儿黑眼圈和疲态。

姜织不禁好奇他的作息时间，她不会过分夸大天赋，更相信天道酬勤。听学校老师说沈译驰寒假一年都没正经休息，都在备考，越发觉得敬佩。

她这样想，也这样问了："你晚上一般几点睡觉？"

又来。我之前态度不明确？这是你该问的吗？沈译驰心说。

就不该帮她把打印的笔记从餐厅提回去，沈译驰你多什么事啊，史唐没长手还是食堂没有失物招领，用你操心？

她问这话时沈译驰已经从史唐手里接过手机，后者去墙上署自己的签名。

沈译驰转脸对上她不加掩饰的打量，像是一直知道她在盯着自己，又或者他身上拥有裹挟赤诚的沉稳，撞上她的打量也不怯，大方笔直地回视着，随时随地坦荡无畏。

下一秒，他依旧平静地抬手将口罩拉回高挺的鼻梁上，眼底却多了几分针对。

沈译驰深深地看她一眼："有事？"

姜织问完才觉得多余问。人与人起点、效率不一样，他的学习时间并不适用于自己。

沈译驰永远站得很正，眼神很干净，但颇具洞察力的眼神带探究意味，身上故事感很强，是个很复杂、不容易看透的人。

"随便问问。"姜织故作镇定地移开视线。

日头下降得快，视野里光线暗了很多，长街两侧的路灯陆续亮起。

等正面墙完成，他们四个人要拍个合照，光线不好的话还得打个光。

沈译驰拿出手机看了眼时间，手插在口袋里，毫无征兆地问了一句："你跟你朋友不回去上晚自习吗？"

他语气客客气气，态度却冷漠。至少姜织是这样认为的。

姜织望一眼借着拍涂鸦墙实则拍周淮的吴桐雨，淡淡地收回视线，给沈译驰递了一个眼神："我们在这里妨碍你们吗？"

姜织自小在冯敏的提醒下，说话时习惯注视着对方眼睛，所以哪怕对上颇有魅力的沈译驰，也丝毫没有娇羞，杏眼又大又亮。

沈译驰噎声，被问住，觉得有些小瞧她了。

说挺妨碍，可人家又没做什么，路这么宽，也不是他家的。

说不妨碍吧，意思等同于想让她留下，这传出去误会可就大了。

他沉默良久，用她先前的话回她："随便问问。"

这条街位置巧妙，道路宽敞，但因背对着居民区，近处没有店面，僻静极了。

算不上愉快的两段对话结束，姜织隐隐能感觉到沈译驰竖起的社交屏障，联想到传言中沈译驰对异性的态度，她没有对此感到冒犯。

本以为沈译驰很快会走开，但他站在旁边低头看手机，丝毫没有这个意思。

姜织也不想挪位，因为涂鸦墙的漆料味道没有散净，她这个位置正巧是上风口。

估计是春天回暖的缘故，空气和煦清新，像是置身感受不到寒气的深冬森林，静谧恣意。

姜织在这份机智和庆幸中，小幅度转身，背对他。

数秒后，她敛着眉重新朝向他，后知后觉这是沈译驰身上的沐浴露或者洗衣液的味道——温润的雪松和清冽的薄荷交织。

她尚在惊讶时，沈译驰因为察觉到她的小动作，抬眸扫了她一眼。

姜织心虚地避开，谁知这一扫，瞧见他的手机屏幕，对话框里对面发来密密麻麻的几大段文字。姜织没看清，只留意到对话框上的名字，卢悦。

——和沈译驰大冬天去雪山上露营的卢悦。

她自觉唐突，不动声色地背过身。

没过一会儿，周淮那边也忙完。吴桐雨过来讨好地挽着姜织的手臂，挂在她身上："织织，我们一会儿跟他们蹭饭去，说是吃烤羊腿。"

"我们不是——"姜织脱口刚要说她们吃过饭，瞧着吴桐雨泛红的耳根，哪能不懂。

吴桐雨知道姜织上学期耽误了进度，如今争分夺秒地学习，可又想有人陪自己，思索下，劝道："'一张'也去的。你不是好奇他的学习方法吗？混得熟一点，比较容易打听不是？"

姜织最终点头，说："不能耽误上自习。"

几个男生很快把垃圾清理完，哪些该带回去的，哪些可以留给收废品的大爷，没一会儿涂鸦墙前面整洁干净。

姜织不知道要去哪儿吃，就跟着几个男生走。

她挨着吴桐雨，再那边是周淮，周淮绕到姜织旁边打招呼："你长得太乖了，阿驰喜欢和张扬的人交朋友。"

话音刚落，沈译驰提着东西经过，不客气地踢了他鞋跟一脚。

周淮回眸一扫。沈译驰淡然自若地走在后面，他本意是提醒周淮别拿他捆绑，但周淮怎么想他就不得而知了。

周淮不受影响地自顾道："我给你介绍其他人认识怎么样？"

暮色四合，体感温度随之降下来。姜织将下巴藏在缠绕几圈的围巾里，抿唇笑了下，大大方方地拒绝："我交朋友眼光比较高，就不麻烦了。"

说完她才意识到，这话无形中赞扬了沈译驰。

周淮扬扬眉，觉得这女生有趣："那你勇气可嘉，我精神上给你支持。"

他说完话就溜，把另一侧的沈译驰露出来。隔了一人宽的空位，沈译驰平静地觑了姜织一眼。

姜织恰巧接住，眼神中被抓包的慌乱一闪而过。

沈译驰桃花眼天生含情，卧蚕饱满，有种干净温柔的矜贵和书卷气，看着有些冷，但放松的眼梢又带几分漫不经心，疏离中有丝顽劣意味。

等走出几步，随着拐进的街道变窄，姜织和他的目光距离一下缩短。他问姜织："你欣赏我什么？"

姜织面上镇定，藏在口袋里的手无措地捏着校园卡的棱角，在思考怎么回答合适。

说起来，姜织关注沈译驰的原因有点无厘头。

她转为文化生后，因为进入不了学习状态，一度厌恶上学。

沈译驰以第一名的中考成绩升入盈高，作为新生代表在国旗下演讲，是老师眼中的宠儿，又因为俊朗的外形成为学校女生谈论的对象，姜织想注意不到都难。

　　大概跟她之前练舞常常找前辈的视频扒舞学习有关，沈译驰成了姜织竖在心中的"学习对象"，成了每天她上学的动力。

　　她身上有种波澜不惊的沉稳，但气质干干净净没有疲态，更像是 种宽和、包容、温柔的亲和力。即便是在沉默，也令人有足够的耐心等待。至少在等待她答复的沈译驰没有催促。

　　吴桐雨一直旁观着闺蜜的处境，可能是这两人颜值高，总感觉姜织和沈译驰站一起是同类人，哪怕不说话，只对视一眼就自动把身边人屏蔽，有壁似的。

　　她几度张嘴，终于找到机会插上话，替闺蜜解释："织织一直把你当成学习目标。"

　　史唐不知什么时候出现在沈译驰的另一侧，手臂往他肩上一搭，沈译驰被撞得惯性朝姜织那边倒，两人间本不宽敞的距离又拉近些。

　　史唐浑然不觉，身体前倾接上话："是不是同班后发现很幻灭？"

　　话乍听是调侃沈译驰，往深了想，也在调侃姜织的成绩。他的出发点没有恶意，但吴桐雨敏感些，处处替闺蜜避讳着某些话题。闻言，吴桐雨立马有些抵触，脖子一抻，要替闺蜜说话。

　　沈译驰先一步出手，手肘不客气地捣了下他的胸膛，提醒他自己站直，并且丢给他一个"你跟人家很熟吗"的眼神，凉飕飕地怼回去："承认别人优秀很难吗？嫉妒了吧你。"

　　史唐吃痛地躲了下，和沈译驰的默契让他很快反应自己话说得不合适，嬉皮笑脸地找补："何止嫉妒，我快嫉妒死了。"

　　这话题被他打哈哈圆过去。

　　在这点上，史唐不得不服沈译驰，他优秀也聪明，但很难得没傲气，不浮躁，鼻孔从不朝上，眼睛能看到低处的东西。

　　他身边的几个朋友，史唐粗神经容易不经大脑，本身有点大男子主义；周淮放浪形骸，顽劣不拘束；方时序则易怒敏感，容易较真钻牛角尖。性格迥异的几个人很容易有矛盾，但沈译驰就是中间的调和剂，总不动声色地把每个人推在恰当的位置,说合适的话。

所以史唐一直觉得,跟他相处起来很舒服。

吴桐雨觉得沈译驰维护了姜织,可没有证据,主要是他们几个人真不熟。她眼珠子骨碌转一圈,想着不趁难得的相处机会说点什么,那损失大了。于是她接上先前的话题,聊了句:"我觉得这个事吧,只有真正相处,才能感受到对方欣赏自己什么。"

男生听没听懂姜织不知道,但她听懂了。姜织主动出声岔开话题:"你们怎么决定在那条街上涂鸦的?"

史唐见沈译驰不回答,又注意到姜织盯的是自己,便开口:"那面墙正冲着的街道尽头有个防空洞,我们乐队以前总在那儿排练。每回排练完一出来就能看到那面大白墙,总觉得不够摇滚,所以趁毕业前有空就改造了一下。"

吴桐雨对这个话题感兴趣,很快被吸引走注意力:"话说你们乐队还出新歌吗?我可是歌迷。"

史唐就乐队的话题跟吴桐雨探讨起来,说着说着,把他们中间的沈译驰和姜织挤到后面。

姜织手抄在外套口袋里,跟着他们的思绪想乐队的事。周淮是艺术生,热衷在这方面整活,牵头搞乐队。沈译驰的贝斯是跟周淮现学的,因为另外两个人说这个太难,学不来。

沈译驰压低的声音飘过来,姜织才后知后觉他俩被大队伍落在半米开外。

沈译驰在讲电话,姜织离得近,听到对方是个女生,似乎是在道歉,问他现在有没有时间,想跟他当面道歉。

沈译驰的态度很果断:"不需要,别再打来了。"

挂断后,他第一时间把这个号码拉黑。

他收起手机抬眸,撞上姜织的目光,困惑地扬了扬眉。

姜织想说,我不是故意偷听的。

这时大队伍在不远处某个小区门前停了下来等他俩会合,史唐扬声询问着"放门卫那儿,还是要回你家里",姜织因此失去解释的机会。

史唐指的是几个男生手里的东西。

涂鸦墙边鸡零狗碎的东西不少，折叠椅、喷漆罐、三脚架，还有一架无人机等等，收拾好后，几个男生一人拎一点彼此分担着。

"我放回家吧。"沈译驰走过去。涂料就罢了，无人机跟相机不能马虎。

很快定好谁跟沈译驰回去放，男生把东西倒手时，姜织盯着这个眼熟的、自己刚刚来过的小区，好奇地问沈译驰："你住这个小区？"

"8号楼1单元202室。"沈译驰垂眼整理着手里的东西，眼皮抬都没抬，流利干脆地报了具体住址，然后才抬眸，聚精会神地回视她，一副"你还想问什么"的尖锐态度。

他语气冷淡疲软，有种姜织问出什么都不意外的摆烂气质，差点就说：别试探了，给个痛快行吗？

姜织噎声，要给她辅导的亓老师，住在他家对门。

姜织其实很意外沈译驰的直接。

居民楼市井烟火气里，沈译驰如一棵常青树，身上大刀阔斧的恣意有种不相容的标新立异。

的确优秀得与人隔出距离感。

沈译驰和周淮进小区放东西，剩下几个人往吃饭的地方走着。吴桐雨瞥了一眼小区的方向，嘴角垮了又垮，嘀咕一句："他凶什么啊凶。"

姜织被她挽着手臂，状况之外，刚要关心句怎么了，就听史唐解释："阿驰不是针对你闺蜜，"他说着跟姜织解释，"他天生不擅长跟女生相处，不要介意。"

"啊？"被安慰的姜织一脸莫名其妙，见他俩打哑谜似的交换着眼神，也不准备和自己解释，偏头看方时序。

方时序话一向少，最擅长装酷，并没有给姜织回应。

到餐厅后，落座时，史唐让两个女生先坐。

店里的方桌坐八人绰绰有余。姜织挨着吴桐雨坐一起，史唐跟方时序对视一眼，后者坐到了姜织左侧的空位，史唐挨着他坐下。

这样的话，等沈译驰和周淮过来，怎么坐都挨不到姜织了。

这番小心思，唯独姜织无知无觉。

烤羊腿的店面离学校很近，因为还没正式开学，又是临近晚自习时间，生意冷清，不大的门店里只有他们一桌客人。

沈译驰回家一趟穿了一件外套，进店里又脱下。他和周淮到后，并没觉得这样坐有什么不妥，一个挨着史唐，一个邻着吴桐雨坐下，招呼老板点餐。

某一刻，她视线不经意地扫过坐在对面的沈译驰，慢了好几拍，这才琢磨明白吴桐雨和史唐的哑谜，思索半晌，丝毫没察觉自己什么时候被沈译驰针对了。

她遇到过很多脾气很差的人，比如眼前的方时序就算一个。他俩刚同桌时，姜织有回给他分小零食，就被对方干脆冷漠地推回来，一句"拿走"说得跟姜织给他的是什么毒药似的。

再有以前舞蹈班里居高临下的老师和自负排异的同学，以及奶奶家奇葩的亲戚。

她但凡敏感一点，估计早内耗死了，因此从不会将对方的态度归咎为自己的原因。

几个男生对店里熟，你一言我一语就把要点的定了，再让女生添自己想吃的，很快确定好。

吴桐雨顾着听他们聊着，弄洒了手边烫碗的热水。

姜织帮吴桐雨抽纸巾时，突然被方时序问道："家里的事情解决了吗？"

"嗯，都解决了。"她简短地回复，着急把纸巾递给吴桐雨，等再看方时序，后者似乎是没有后话。

她跟方时序关系算不上多好，但同桌小半年，除了刚开始时的疏远和生分，渐渐培养出特殊的默契。在姜织看来，一个会转述你不在教室时老师布置过作业的同桌，便是一个好同桌。方时序大概是有点不善言辞和慢热，姜织和他熟悉些后，请教他问题不止局限在班里，放学后或者周末时，她有什么题不会解，发消息问他，他总能回。但他们之间，仅限于学习交流。

姜织被吴桐雨投喂了几筷子摆盘摆得远的菜，听见方时序又问："现在晚上还会学到很晚吗？"

其他几个人聊着游戏，吴桐雨非常自然地插上话。姜织一直没参与，因此方时序的问题她第一时间听到。

"晚上还是学到十一点半睡，但早晨四点起，我落下的课程有点多，想早点补回来。"比高一时早起了两个小时。

其实想想，现在比高一时还要难，当初补的是基础，而现在属于进阶，进步空间小，难度高。

最主要的是时间紧迫，她得争分夺秒。

她想问问方时序十班的复习体量重不重，但发现方时序又不说话了。

这时，吴桐雨把姜织拉到游戏的话题里，夸姜织游戏打得可好了，姜织跟着聊了几句。

等再安静下来时，听到方时序说："有需要可以给我发消息，我这个时间也没睡。语文英语帮不上忙，但我数学和理综还不错。"

两人低声说话时，老板从后厨出来，用腰上的围裙抹了把手，过来拿羊骨去后厨剁时，在他们桌上放了盘捞汁鱿鱼花。

就放在姜织手边，她记性好，当即提醒："我们没点这道。"

老板笑呵呵，熟络地道："新研究的口味，你们尝尝，给提提意见。"答了姜织的话，和蔼的目光逐一看过这桌青春洋溢的面孔，后话是对沈译驰说，"译驰的口味挑，他说好吃肯定卖得好。"

看样子，他是熟客，关系不一般。姜织本以为他是养尊处优的小少爷，谁想随便在哪儿都能吃得开。

老板社交了几句便回后厨忙。吴桐雨朝姜织偏偏身，小声说道："'一张'不止讨女生喜欢，连大人都能相处得不错，挺厉害的。"

姜织视线从鱿鱼移到他脸上。六个人坐八仙桌，很宽敞，他大概没什么胃口，凳子一直摆得挺远，不过也可能是男生腿长，桌子矮，坐近了伸展不开。

他放松地听周淮说话，不知听到什么，勾唇笑了下。

下一秒，对她的目光似有所感似的，抬头觑过来。

姜织手里捏着一根牙签，稍一用力，掰断了。

对吴桐雨的话，姜织不置可否，是挺厉害的。

从沈译驰和朋友相处，姜织依稀能感觉出，他是个很活泛的人，在社交中收放自如，游刃有余。

比如他常来往的三个朋友中，他跟周淮最亲近，是可以放心依赖的家人，但跟史唐在一起更放松，属于插科打诨的朋友，对方时序则像兄弟，没那么亲近，但感情不减。

吃得差不多时，姜织口袋里手机振动，是姜国山的电话。

她跟吴桐雨说了一声，起身去接。

"是不是要上晚自习了，不方便打电话？"打通了姜国山才想起来。

姜织起身往店门口走，小声说道："我还在跟桐雨吃饭。"

"怎么这个点才吃，学习不要太辛苦了，要适当劳逸结合。"姜国山关心几句，才切入正题，"我打电话没什么事，再跟你确认下晚上补课结束的时间，还有你夜宵想吃什么？"

"吃清淡一点，我晚上吃了烤羊腿。"好吃是好吃，有点腻了。姜织对羊膻味的接受程度一般，说起这觉得空气中膻味刺鼻得很，不自觉地往餐厅门口走。

目光不经意地扫到街上时，看到了靠在电线杆上的沈译驰。

他似乎也在打电话。

几分钟前，姜织离开座位没多久，沈译驰的手机也响起。他路过在餐厅角落接电话的姜织，走出餐厅，接通了弟弟拨来的视频电话。

沈一星向他展示自己在学校活动中获得的奖章，以及爸妈对他获奖的奖励。

小孩子说话慢，逻辑一般，一件事颠来倒去，加上开心，说了好几遍。沈译驰靠在一根电线杆上，看这个跟自己七八分像的小男生被爱意包围的模样，记起自己七八岁时的事。

可能是他小时候只要参加比赛，次次拔得头筹，奖章奖状拿到手软，家人便不稀罕了吧。因此，他并没有得到过什么奖励。

沈译驰细心地守护着儿童的天真，问："我给你个什么奖励好呢？"

沈一星眼睛放亮，期待地两手捧着手机："什么都好！"

"那——"

沈译驰的话被视频那头背景音里女人的声音打断，唐湘汶跟沈一星说了句什么，问："是哥哥的电话？我跟他说一下。"

沈一星嘟囔着"那妈妈快一点哦，我还没跟哥哥聊完"，不情愿地把手机交出去。

唐湘汶拿到手机，通话模式已经被沈译驰切换到语音。

听她让自己明早回家吃饭，沈译驰眼梢眉角的轻松笑容已经敛干净，怏怏地垂着，逆来顺受的冷淡姿态，说："妈，我已经开学了。"

"哦，那你开学前不回家吃顿饭？"唐湘汶丝毫不记得沈译驰年前就跟家里说过的开学时间，和声细语地跟沈一星说"晚上不要吃太多零食，不消化知道吗"，转头公事公办地说教大儿子，"我听你卢阿姨说，小悦在家里不吃不喝哭了三天。你又怎么着她了？既然已经开学了，就跟小悦好好相处，她忙艺考耽误了文化课，你帮她补补，听到没？小悦从小就追着你跑，你收收你的臭脾气，不准欺负她。"

仿佛除夕那晚的场景重演，沈译驰轻微叹气。

"妈，你这不是知道我脾气差、不会说话嘛，就别让我败坏了两家人几十年的感情。"

唐湘汶被他油盐不进的脾气刺得"嘶"了一声，没等插话，沈译驰浑然不觉，自顾自道："你跟我爸要是觉得卢家不错，想让我和卢悦多接触，明说我也不能拒绝。谁让你们是我父母呢，生我养我，给了我这么优渥的生活条件，我知道报答。"

唐湘汶急躁："你这孩子怎么说话呢！还不是你自个儿招惹对方，多自信阳光的一小姑娘，被你弄得快抑郁了。我让你跟人家好好相处是要害你了吗?从小就一副被害妄想症的态度,你亲爹亲妈有那么坏?"

沈译驰喊了一声"妈",盯着路边戴毛毡帽的大爷和他烤红薯的推车,掏心掏肺的语气:"你很好。但我的话好说坏说你都不爱听,你看我不顺眼干吗还要来找气受呢。别气了,当心乳腺结节。"

沈译驰结束通话时,不远处卖烤红薯的老大爷还在。夜空少星,北风冷冽,沈译驰出来打电话没穿外套,这会儿冷得厉害,将举着手机冻僵的手藏在口袋里暖了会儿,抬步朝那边过去。

"怎么卖的?"

老大爷口鼻遮在围脖下,口音不清地报了个价。

"还剩几个?"沈译驰瞧着老大爷拿着夹子翻拣的动作,"我都要了。"

"哎,好!小伙子,是给同学带吗?我跟你说,我这红薯流着蜜,好吃着呢。"

沈译驰兴致不高,两手抄在口袋里等大爷称重,一直没说话。他皮肤白净,个子虽高,但夜晚笼罩下,区别于成年人的学生气让他显得有些文弱,不声不响又心软很好拿捏的样子。

只见大爷秤杆晃了下,没等沈译驰看清秤砣坠在哪个刻度线,便一晃把装着红薯的袋子摘下来,嘴里乐呵呵地说:"给你打得高高的……我多给你拿几个袋子,你回学校方便吃,一共是一百六十块钱。"

"多少?"沈译驰抬头瞧了大爷一眼,"八个红薯一百六,大爷,您这个秤砣有二十斤吗?"

"什么二十斤,有八斤,你这个学生瞧不起老头的眼神啊?"

回忆起大爷那句含糊的带口音的——"是八块",沈译驰被自己气笑了。

他懒懒散散地站在那儿,肩上藏着山海般磊落光明,喜欢是明确的,厌恶也是明确的,从不遮掩。他边拿手机边说:"北京都不敢卖这样的物价。"

老大爷见沈译驰拿出手机要扫码,笑呵呵地将收款码的牌子拿到亮处:"不一样的嘛,我这个好吃,你回去尝尝就知道了,我天天来这儿的,放心,不好吃你回来——"

正说着，斜刺里插过来一只手，精准地挡住了沈译驰的手机。

只见姜织一手抓着三轮车后面的围挡，另一只手举着手机，夸张而做作地讲电话："主任，我找到那个害我吃坏肚子错过考试的烤红薯大爷了，你出校门了吧！"

电话是免提，传出一道中年男声："出了出了，我带了消费者协会的人。这次一定要查查他的食品安全许可证，食品出现质量问题是要以一赔十，还得交罚金的！你可别让人跑了！"

"我抓着他的车——"

老大爷听着，脸色陡然慌张。

"哎哎哎！小姑娘你干吗呢？"

眼看大爷挥手去抓开姜织的胳膊，她纤细瘦弱，不是对手，沈译驰刚准备抬手帮忙挡一下，姜织先声夺人："你干吗！耍流氓吗？这里可是有监控。"

几个字掷地有声，沈译驰嘴角动动，心说自己多余担心。

手机那头又传来声音，真是跑喘了，上气不接下气，好几种人声，其中一道区别于主任的声音说："小同学，你要是拦不住人，先拍照，我让所里用天眼排查。"

"好嘞，叔！我马上拍！"

沈译驰没闲着，不嫌乱地搅和："大爷，您的收款码呢？我刚刚没扫成功。我重新扫一下，现在付钱待会儿是不是也能以一赔十啊？一千八百块，我一个月的伙食费呢。"

"不卖了不卖了，我不卖了，你们合伙坑我老头子……"趁着姜织松开手拿手机拍照时，老大爷将围脖拉起来，只露着一双眼睛在外面，跨上三轮车，松闸，卖力地蹬跑了。

"哎，怎么走了，我刚要拍呢……我明天带记者在这儿蹲你！小心着点！"姜织冲他骂骂咧咧骑车跑的背影喊了一声，见他没了影，才松了口气。

手机免提那头的男声又演了十几秒，才停下来，问："解决了？要我找

几个人去学校蹲着吗?"

这人行事作风匪里匪气的,颇为豪迈,跟姜织文艺清新的气质——这是先前的印象,今天后他得改观了——非常不搭。

姜织捋了捋糊在脸上的头发,露出一侧酡红的脸颊,眼梢爬上甜甜的笑意,喊了一声"爸",说:"不用。等我回学校就去校园墙投稿,提醒同学不要来买,也告诉老师让学校出面处理。"

姜织又被姜国山交代几句,注意到沈译驰还在旁边站着,便匆匆结束通话。

她收好手机,犹豫着开口说点什么。刚刚冲过来得太急,被姜国山远程指挥了几句来不及多想,就怕沈译驰抹不开面子,被"红薯刺客"欺骗。

问题解决,姜织觉得自己还是有些冒失了,亡羊补牢地道:"我不是故意偷看你……刚才我在门口打电话,不小心看到了,之前吴桐雨被这个大爷骗过,红薯烤得难吃还贵。"

"谢谢。"沈译驰开门见山,先道了谢,"也谢谢你爸和打配合的叔叔们。你爸那边挺像那么回事的,我刚刚还真以为是主任带人来了。"

姜织神情轻松些,路灯将女孩白净的脸庞照亮,提到家人时神色柔和:"所有声音都是我爸一个人完成的。他以前在电影译制厂做配音演员,一个人可以配十几个群杂。"

入夜的长街寂静,女孩声音空灵叽喳。她自顾自解释完,才想起来问:"刚刚还担心你心软付了钱。"

"我?"暗夜笼罩着少年清俊利落的身形,他盯着前方地面上的影子,不知在想什么,闻言,视线移到身边人脸上,笑了下,将手机展示给她看,"点开的是相机,拍了几张红薯摊的照片。"

确实是巧了,两人想到一块去了。他略一停顿,补充:"也打算投稿到校园墙。"

姜织手机里还有几张之前吴桐雨买的烤红薯的实物图,可以一起配上比较有说服力,因此提出:"你把照片发给我,我来发吧。"话至此,她想到,"我们是不是还没好友?要在群里加一下吗?"

沈译驰单手插在兜里,深深地看了她一眼,应了一声"可以",说:"加一下吧。"

姜织在班里群里找到沈译驰的账号,他的账号名就是echi,头像是个男生坐在露营椅上的背影,远处是起伏的山脉云霄。

"添加了,你通过一下。"姜织申请完,才点开他的头像。男生头上戴着浅灰色的卫衣帽子,姜织感觉像沈译驰又不像,无从考究。

羊肉馆内,暖黄色的室内光热气腾腾滚着,几个人不知道说了什么聊得正起劲。

"织织你怎么去了这么久,我给你留了你喜欢的印度飞饼,快来吃。"吴桐雨眼尖,第一时间瞅见姜织进门,正招呼着,便见沈译驰跟在她身后一块进来。

两人已经没在交流,但气场太合的缘故,总觉得有一种微妙的不对劲。

不是一个被冷落一个疏离,而是莫名和谐。周淮的视线在两人间转了一圈,笑意深了几分。

重点班的晚自习提前十五分钟,沈译驰要回来拿外套,顺便叫史唐,姜织则回来跟吴桐雨说一声先走。

她一向捧场,不喜欢辜负别人的心意。此刻见自己碟子里的食物,姜织拉开凳子坐下,打算先吃完。

"是到晚自习时间了对吧,走走走。"史唐作势要起身。

却见沈译驰稳当当地坐下:"先等会儿。"

史唐"哦"了一声,以为他有话要跟周淮他们说,结果见他没聊几句正事,手上拿着自己没喝完的可乐,慢悠悠地喝。

史唐困惑,沈译驰平时也不是墨迹的性子,此刻只剩一个底的可乐被他……细细品着,抿一口看会手机,然后再抿一口。

吴桐雨知道姜织不爱吃羊肉,生怕她没吃饱,碟子里留的飞饼分量足。

姜织起初担心被人等,吃得有些急。见沈译驰还在跟周淮说话,不像着急结束的样子,她这才缓了缓速度。

她吃完最后一口，擦了擦嘴角，看向对面的人。

沈译驰恰好起身穿外套，说了一句："走吧。"

一旁无所事事的史唐闻言，立马起身，催促："走走走，我要回去上厕所。"

姜织顺势说："我也好了。"

三个人往外走，姜织的座位距门口近，因此走在前面。她刻意等了他们几步，隐隐听到身后史唐问沈译驰："你刚刚在等什么？没听你聊几句正事，那点喝的最多两口就没了。"

沈译驰嗓音发凉，噙着笑，揶揄道："好奇啊？等你再长一岁告诉你。"

史唐感觉哪里不对劲，但没心思琢磨。他跨出门槛，突然顿住，声音从牙缝里挤出来："不行，你俩先回去，我得立马去厕所。"

见沈译驰一副要等自己的样子，史唐强调："估计很久，不用等我。"

回学校的路上只剩姜织和沈译驰。

因为红薯摊产生的融洽氛围，在两人回餐厅晃了一趟后，逐渐散了，哪怕他们独处，也依然零交流。

他一下子变回了与异性避嫌的校草，始终落后姜织几步。

姜织担心时间会迟，一路尽量快地往教学楼走。

快到班级时，迎面遇到班主任韩秀成。他的手背在身后握着保温杯，正趴在后门玻璃处朝教室里望，抬头看到姜织他们，过来几步，想起来："正好。你——"

姜织这会儿还不知道他是和他的课代表沈译驰说话，自觉停了脚步。

几秒时间，落后几步的沈译驰走到她旁边，两人并排。

韩秀成精确主语："沈译驰，去办公室把这周的试卷数了。有点多，共有六套，你找个同学跟你一起去。"

顺着老师的视线看过去，沈译驰发现姜织还没进教室，以为她有什么事。

姜织稳稳接住他询问的目光，自然道："我跟你去吧。"

沈译驰并没有这个意思。

不过也行。

一套试卷有两张，六套试卷十二张，每张按照班级的人数数的。两人搭档，速度大大提升。

姜织抱了1/3，剩余的沈译驰拿，很快从办公室出来。

进入高三后，大考小考不断。考试卷子大多是开考前才发，像这样一次性发下去的习题卷，是老师让学生自由安排完成的，用课间、晚自习，或者周末的空余时间。

说到周末，姜织盯着试卷上泛着墨香的黑色印刷字迹，问沈译驰："周末你一般在哪里学习？"

姜织还是想找个学习搭子。就像自行车比赛中会有领骑员，使得跟在后面的车手受气压的影响能省点力，又比如马拉松比赛中，大众选手需要领跑的"兔子"带节奏，引导冲刺更好的成绩。

如果沈译驰愿意，姜织可以按优秀教师的补课时薪给他报酬。

不想跟异性独处，那线上视频连线学习也行，彼此不需要交流，各忙各的，她主要是想感受学霸的学习氛围。

这个点办公区只有几个盯晚自习的班主任，格外安静。沈译驰随手把门带上，答："在家。"

门内的锁销被反锁着，沈译驰一拉没撞上，绕到门内去把反锁旋钮转了九十度。

姜织在旁边等他，指腹无意识地捻着试卷崭新偏硬的边角，轻轻"哦"了一声，隔了几秒提起："市图书馆其实挺安静的，有考公考研，也有高三生，学习氛围很浓厚，能让人更专注。"

她顿了半秒，才问："你周末要不要去图书馆自习？"

这话说得隐晦又直白，明显是约他一块去图书馆自习。

沈译驰成功把门锁撞上，抬眸觑她。姜织猜他大概是被门锁搞烦了，连带着眼色有点冷淡，薄薄的眼皮褶皱舒展开，眉梢松弛看上去没什么耐心。

沈译驰觉得姜织挺聪明的。她是方时序的前同桌，也是周淮同桌的闺蜜，史唐是被班主任安排多照顾她的班长。

面对她,沈译驰都没办法疏远,要真觉得她碍眼,只能自己退出四人组哪儿凉快哪儿待着去。

先是用他的笔记,又打听他的休息时间、住的小区,现在过问周末的安排。她不痛不痒地戳一下,然后站在那儿,一脸无辜。

她确实什么也没做,什么也没说,连上学期末在球场上给他买水的时候都只说"做朋友"。

沈译驰是不担心影响学习,他有把握兼顾好。但她岌岌可危的成绩行吗?听史唐说已经掉出重点班的分数线了,还是别了吧。

何况两人将来能考到一个城市还好,要是去了不同的城市,可有的磨了,他大学如果创业估计得从大一开始忙,不一定有时间支持国家高铁航空的业务。

沈译驰更做不出因为冲动而缺考压轴大题的事情来。何况他俩的成绩差距,他得缺考几道大题啊。

沈译驰让自己清醒,他怎么越想越远,还真算起来了。

沈译驰本想直接挑明,又怕提成绩戳到她自尊心,也怕她顺杆爬——大概是今晚他妈妈在电话里让他给卢悦补文化课的关系,他就是这么不巧地想到——姜织不会也问他能不能辅导自己的功课吧。

"我在家学习也很专注。"沈译驰决定拒绝的态度再明确些,语气加重,补充,"我喜欢自己待着,不被人打扰。"

这样的回答,该懂了吧。

只见姜织眼底失落一闪而过,别开脸。走出几步后,她找回声音,稀松平常的语气:"哦。那你跟我挺像的。我也喜欢一个人学习。"

这都能接得上,沈译驰服了。

第二章
/
乌龙再度升级

"史唐可告诉我了,你俩回来还一起去办公室数试卷。"

沈译驰这会儿在十班,等周淮忙完一起回出租屋。晚自习结束有一会儿了,只有少数学生滞留,教室里空荡荡的,说话带着回音。周淮瞥了一眼倚在窗台上捏着手机装深沉的沈译驰,调侃的声音不高,仅限两人听到。

沈译驰没看周淮。后者见他没理自己,便与来到他身边的女生开起了玩笑。

他斜靠在窗台上,单薄肩背如险峻的峭壁,被身后浓重的夜幕笼罩,看上去危险万分,又能勾起冒险者十足的好奇心。

他单手拿着手机,刚看完校园墙的最新投稿,姜织发的,用了他那几张照片。

投稿人头像被截,沈译驰通过几条文字脑补出姜织愤愤的语气,和板着脸严肃的小表情,勾了下嘴角。她长相不具攻击性,一双杏眼大而明亮,不笑时有种同龄女孩身上少有的波澜不惊的沉稳,不老气,反而是一种润物细无声的宁静。那双眼但凡沾上丁点儿笑意,便立马光彩照人,生动极了。

他切到微信,姜织的对话框内,消息停留在她收到那几张照片后发来的一句"收到,我现在去投稿"。

已经投了,不该跟他说一声吗?虽然沈译驰已经自发地点进校园墙看见了。

搁在以前,沈译驰最厌烦别人抓着一件芝麻大小的事反复跟他扯上关系,借传照片加微信,借着知会进度找他聊天,又或者以一种更过分的姿态横冲直撞地搅进他的生活里。

他说的是姜织阻拦他在红薯摊"扫码付账"的事。

他应该是讨厌的。毕竟自己看上去很蠢嘛,像是会忍气吞声吃暗亏,轻易被骗的人吗?也是生气的。毕竟这种剪不断理还乱的往来,令他抵触且戒备。

但对上那双眼里翻滚着担忧和维护,斩钉截铁站到他阵营一方的姿态,他又觉舒坦气爽。

自打脸似的心态转变,令沈译驰盯着姜织迟迟没有新消息发来的对话框,只觉抓心挠肝,莫名烦躁。

沈译驰不是会迁怒别人的性格,但当下周淮跟女生打闹的声音无孔不入地钻进他的思绪里,只觉碍眼。

他站直身子,冷淡地出声:"我先回去。"

"一块吧,我也忙完了。"周淮把手上的事搁下,跟着起身。这会儿他还没察觉沈译驰不对劲,走出教室的路上,又跟女生说了几句,把人哄走。

只剩两个人时,周淮没骨头似的将手臂往沈译驰肩上一搭,被他带着往前走,拖着长音打了个哈欠,沈译驰把他的胳膊抖开。

周淮无所谓地站直,边走边扯开刚刚那女生交给他的手提袋,在几份习题册中,看到还有一个粉色樱花图案的保温杯。他拿出来,看清杯壁上贴着的便利贴,好心情地舒展眉眼。

临近熄灯时间,教学楼上没剩几个人,一路安静。

沈译驰克制着掏出手机看一眼时间的念头。

"姜汁,喝吗?"

周淮说话时,沈译驰已经壮士断腕般掏出手机做个了断,正面无表情地在心里骂自己,因此没听清楚。他以为周淮在跟姜织说话,于是掩耳盗铃地将手机锁屏,揣回口袋里,抬起头。沈译驰努力地显得眼神自然了,可抬头的速度显得有些在意。

更何况,眼前空荡荡的——并没有人。

初中刚认识周淮那会儿,沈译驰的性子比较闷,周淮多动症似的频繁开着无伤大雅的玩笑挑衅他,沈译驰说得最多的便是那句"幼不幼稚",这些年一度成了他的口头禅。

他以为自己又被捉弄了,无语地把这句话奉上。

"什么啊?不喝拉倒。"周淮一脸莫名其妙,"殷茹知道我晚上吹了冷风有点受寒,特意准备的。"

沈译驰偏头,见便利贴纸上圆滚滚的字体,不吭声了。

周淮把保温杯拧好后搁回手提袋里,很快回过味来,斜着眼瞥他:"你不对劲,刚刚以为我说什么了?姜织?"

说话间两人出了教学楼,来到室外,四周空气流通,冷归冷,但没有天花板的环境让沈译驰更自在些。

身边这些朋友,沈译驰能跟谁聊聊这些事,那就只有周淮了。因此他没有抗拒对方的刨根问底,间接承认:"那你有什么想跟我聊的?"

周淮扬扬眉,意外他的坦荡。

周淮百无聊赖地打了个响指,决定好好说道说道:"这么说吧,姜织看上去挺会处理人际关系的,应该很多人都想跟她做朋友。"

沈译驰看了他一眼。

周淮失笑,拉开两人间的距离,慢悠悠地继续:"她之前在十班跟一个男生同桌,两人关系很要好,在学校聊天不够,回家还会打电话,一打就是不短的时间。她后来换了同桌,和那男生的关系就淡了,再后来考去重点班,更是少来往了。"

"你什么时候也信八卦了?"沈译驰一副"我信你一句就算我输"的清醒模样,"他们回家打电话你都知道,你是别人的手机吗你?"

周淮被骂反乐,说起公道话:"不过她人品没的说。上学期的时候吧,还是她这个同桌男生,申请贫困生补助时,流程上出了点问题,我班主任你该听说过,因为那男生用品牌手机就质疑他的申请资格,让他拿出更有力的依据来,还不顾办公室里有其他同学在场,公然一条条地念出男生的家庭困难情况,还说什么他衣服簇新整洁,鞋子不便宜,怎么能算贫困生。"他缓了口气,继续,"那天姜织正好去办公室找另一个老师,就跟这个班主任理论。"

"她跟老师理论?"沈译驰脱口问完,记起她讨伐坑蒙拐骗老大爷的女侠范,便觉得是她能做出来的事。

"对。具体怎么说的我就不知道了,这事传了好几手,原话估计只有当事人知道。"周淮说,"姜织在十班时学习成绩进步得快,老师挺重视她的。这种情况下,她都愿意为同桌出头,你想两人私下关系得多好。"

"大概吧。"沈译驰潦草地接了一句,别开脸。

出一次头就说明关系好了?同样被姜织"帮"过的沈译驰在心里想。

周淮平时话算不上多,但真要聊也不是不能聊,更何况面对交情匪浅的沈译驰,他话不是一般的多。

"我感觉吧,她待人接物很理性,跟谁都能处得来。你知道她之前是艺术生吧,跟卢悦一样跳古典舞的,她也是你妈妈的学生。你妈妈收学生的标准不用我说,之前听卢悦说姜织不止有天赋还努力,在同一批学生中数一数二的好。你妈妈训起学生来,连被她看着长大的卢悦都怕,唯独姜织能够一脸平静地听完,丝毫不受影响。事后你妈妈觉得过意不去委婉地道了个歉,说对事不对人,姜织轻描淡写地说'那件事啊,我早忘了',把你妈妈整不会了。就这心理素质,没生成你妈妈的女儿真是可惜了。"

沈译驰自动忽略他添油加醋的部分:"你都从哪儿听来的?"

"卢悦跟我说的啊。"周淮会心一笑,解释,"她跟我打听你,我就顺便跟她聊了姜织。这不,牺牲你获得的消息,受益者还是你,这波不亏不赚,就是辛苦了我,唉!"

校园里没什么人,但临近校门口,街上车流声、商贩声热闹起来。

"那作为感谢,你请我吃个夜宵吧。"沈译驰闲闲地说着,心痒痒地又一次把手机从口袋里抽出来,解锁,看了眼时间。屏幕上显示着几条未读消息,都不是姜织的。

周淮毫无征兆地撞了撞沈译驰的小臂，无奈地低笑道："人果真不经说，这不是碰见了。"

沈译驰这会儿正点开沈一星的消息，看了眼他给自己挑的奖励，去购物平台付款。他仍是一心二用，但长记性了，头也没抬，拆穿道："玩一次就够了啊。"

下一秒，听到周淮扬声打招呼："还没回家呢，卢悦。"

沈译驰抬头时，周淮丢给他一个此地无银三百两的眼神，无声地问：哥们你以为是谁呢。

沈译驰没说话。

"还以为你们已经走了。"卢悦踩着小碎步，被风扬起的发梢都透露着雀跃。他跟周淮打完招呼，眼里只剩沈译驰，"阿驰，我到校门口才想起有东西忘记交给你，就在这儿等了等你。"

卢悦为了好看，穿得单薄，鼻尖冻得红红的，两手冰凉地交握在身前提着东西，错漏百出地解释这次见面的原因。

"都要春天了，怎么还这么冷。"她软着声状似无意撒了句娇，很快又明媚地笑起来，把手提袋递过去，"阿驰，这个给你。阿姨说你喜欢吃这家的牛肉干，我傍晚去医院时路过买了点。另一个袋子里是几件衣服，阿姨让我带来给你。"

卢悦是个没心眼的，故意装点什么都显得特别明显。

周淮一眼就瞧出她递了多少下文给沈译驰，可后者不解风情地站在那儿，一颗心比校园里没心的雕塑还冰冷，要不是他妈妈给的衣服，估计手抄在口袋里都不会往外抽。

卢悦两手提着手提袋的短绳，抓得牢牢的。

但凡沈译驰去勾短绳，都会碰到她的手。卢悦忐忑又期待地看他伸手过来，越来越近，越来越……只见他直接抓住手提袋的袋口，把一大一小两个手提袋一次性接过去。

"谢谢。"他道谢，没注意卢悦明亮的眼神逐渐暗下去，正失落地咬唇。

周淮无奈地叹气。

晚自习结束后,又补了两个小时的课,姜织脑袋发昏,在回家的路上,被车里空调一暖,抓着安全带,脑袋一歪睡着了。

没睡熟,车一刹就醒,她在副驾驶座上缓了会儿,被姜国山提醒下车后裹紧围巾别吹风,倒是裹紧了,但回家这几步路被风给吹清醒,到家又不困了。

保温箱里放着姜国山出门前炖好的鱼汤,他去厨房盛,边跟姜织说傍晚红薯摊的事:"下次遇到类似的情况,先确保自己的安全,再讲究公平。大不了就破财消灾应付过去,事后维权。记住了吗?你在宿营爸爸还能帮你,等你去外地上大学,我有心也无力,只能干着急。"

姜织坐在餐桌前,点开一部自己看过的美剧做英语语感练习,闻言听话地应了一声,说:"我机灵着呢,不会受伤。而且旁边还有我同学,我们人多。"

"人再多也只是学生,现在社会治安好不代表没有地痞无赖。"

姜国山平日接触的三教九流多,结交的朋友都很靠谱,偶尔会带姜织一起去应酬,她嘴甜地一口一个"叔叔""伯伯"很讨大人喜欢。就怕姜织一个人时没有警惕心和看人能力吃了亏,姜国山轻叹,没吓唬她,只道:"高考完去学跆拳道吧,或者拳击。"

他把瓷碗放在姜织手边,盯着女儿津津有味看剧的侧脸,没等她回答,先否定:"算了,考完试你妈妈估计会立马接你去南京。"

这部经典的剧姜织看多少遍都会被其中的笑点逗得捧腹大笑,听到老爸的话,姜织扬起的嘴角慢慢垂下去。

他和老妈真的没有挽回的余地了吗?姜织自欺欺人地说服自己忘记父母离婚这件事,只当母亲出了个差,等过段时间冷静下来,就会像更改让她转学的决定一样在离婚这件事上反悔。

虽然到那时两个大人势必要花精力修复伤痕累累的婚姻关系,但他们风风雨雨走过这么多年,早该有了一起面对的默契,不是吗?

姜织把剧的进度条往回拉,倔强地说:"再过两个月我就成年了,不需要被谁监护。所以去不去南京,我要自己做主。"

姜国山知道女儿自小有主意，不是个拧巴的人，大概跟家里一松一紧的教育方式有关，当父母的两人各持己见，争执不下，最终得她来拍板。

姜织偏理性冷静，但经历过父母离婚这件事，她渐渐发现，在面对感情问题时，再理性的思维也会感到乏力。

她还有很多想说的，但忍了忍，决定留到高考后再跟老爸聊。

防盗门被从外面敲响，是吴桐雨。吴家住在对门，吴桐雨听到姜织到家的声音，穿着睡衣趿着拖鞋就跑来。

姜国山也给她舀了碗鱼汤，留两个孩子相处，自己去书房处理工作。

"好喝！"吴桐雨称赞完，瞥了一眼关着的书房门，小声说，"我觉得叔叔对你比以前好了。"

姜织配合地压低声音，说："他以前也很好。只不过我的很多事情都是我妈拿主意，留给我爸发挥的空间不大。"

"这说明他们一个比一个爱你。"吴桐雨喝完碗里的，自觉地去厨房续，回来坐下时，继续道，"不像我家，我妈管着我爸，我爸管着我，我处于食物链最底层。就拿我买红薯被坑的事说吧，我之前提，他俩压根不当回事，还嘲笑我不是总说自己挺聪明的吗，怎么还能被骗。这次我说'一张'差点被骗，他们才当回事，说明天去学校严查这件事。你看，我在他们眼里，还没有考年级第一的别人家孩子重要。好气！"

姜织自然知道吴叔吴姨不是不在意女儿，正是因为觉得吴桐雨小时候被宠坏了，一不小心养成了小区里无法无天的孩子王，上学后也没收敛多少。吴叔吴姨如今才会刻意地冷处理，防止她闹得太野。

"哦，对，说到'一张'，我要跟你说一件事。"吴桐雨搁下汤匙，一脸严肃，开口说的却是八卦，"我听说卢悦的古典舞老师是'一张'的妈妈。你俩不是一个老师吗？原来那个严格又变态的唐老师是'一张'他妈妈啊。"

姜织有一年除夕在唐湘汶的朋友圈合照里看到过沈译驰，只是一个侧影，她还以为认错了。

因为只出现了一次，姜织以为他们是亲戚关系，倒没往母子上想。

姜织问："你怎么知道的？"

"我听卢悦的小姐妹说的。"吴桐雨说。

知道沈译驰是唐湘汶的儿子,那他跟卢悦自然要更熟一点,不单单是校园同学的关系。毕竟卢悦的妈妈和唐湘汶是同事也是好友。

姜织想到傍晚时沈译驰态度冰冷地挂断的那通电话,原本以为对面的人是卢悦,但如今再想,又觉得不能是。

吴桐雨没联想到这个层面,自顾自说着有关唐湘汶的事情:"我记得我有回陪你上课,刚跨进舞蹈教室就被她赶出来,不让穿鞋进,也不让观摩,好苛刻啊。还有一次她因为自己有事提了上课时间,结果你那周没带手机去学校,再看到短信都迟了,她反倒怪你放她鸽子。我一度怀疑她更年期提前,情绪太不稳定。"

因为记忆太深刻,吴桐雨翻起旧账根本停不下,大有一口气说上十几件的气势。

她也有称赞:"但一看到她跳舞的场景,就能立马原谅她一切令人阴晴不定的脾气。她在业内地位挺高的,好像今年开始在南艺以副教授身份授课,也是负责艺考招生的考官之一。我听说啊……"吴桐雨压低声音说,"有个考生伴奏刚进了前奏,做了一个动作还没正式开始跳,她只说了一句'这是我带的学生',其他考官便看着那名考生满意地频频点头。我突然就明白为什么有家长想尽办法都要让孩子跟着她学舞蹈。"

早在十几年前,唐湘汶便已经是国内名声显赫的舞蹈家,她几乎不带学生。如果不是冯敏和歌剧院院长有私交,自己也上不了她的课。

不过对于吴桐雨的话,姜织存疑:"艺考时考生多,考官一般不会看完整支舞,算不上黑幕。而且,艺考时考生是一个个地进去考,站位距离考官有段距离,是听不到考官间交流什么的。你是不是听八卦听混了?"

姜织记得冯敏说过,学艺术一定要找名师上课,不单单是课堂上学多少东西,重要的是老师手里的人脉资源。

冯敏说这话时,姜织正因为昂贵的课时费一度想要放弃跳舞。每节舞蹈课的费用是给现金,用信封装起来,一节课一交。那时家里的经济条件还没有很富裕,现金比电子支付更具视觉冲击力,每每老爸或老妈送她上课前,姜织看他们一张张数钱给自己的时候,再迟钝也会被触动。

"这样啊。"吴桐雨托着脸并不执着八卦的真假,毕竟八卦对大多数人而言只是打发时间的调剂品,图个新鲜。

她在想另一件事情,语气略沉重道:"突然就不羡慕一张的优秀了,有这样一个妈,他小时候肯定没少吃苦。"

吴桐雨还想到姜织没日没夜跳舞,腿上淤青不断,又因为脊椎错位住院手术的事情,十分感慨。

美剧没暂停,充当两人聊天的背景音。姜织有一搭没一搭地看着,表现得倒是平静,没有这么多愁绪:"我在朋友圈经常看到唐老师分享她和小儿子的日常,丰富有爱,属于很宽松开明的教育方式,没有想象中的卷。"

吴桐雨诧声道:"你竟然有她的微信?我听说像她这个级别的老师一般不给学生微信。"

姜织本以为吴桐雨会说"果然唐老师很看重你"云云,她已经想好怎么接话——姜织的性格有点怪,比如上初中时年级里有个女生总不正眼看她,她还以为对方是自卑,结果被吴桐雨提醒,才知道人家是要搞小团体霸凌她。对唐湘汶很看重她这件事,姜织当时并没有什么感觉,放弃跳舞后便不爱回忆那些事,更不会有新感悟。

之所以有她的微信,是因为有一次姜织跟她出去参加活动,觉得她身后的阳光把人照得很有氛围感,心大地举起手机拍了一张照片。唐湘汶觉得她拍得好看,便让她加上微信传一下照片。后来就发生了姜织脊椎受伤的事,她放弃跳舞,除逢年过节的祝福信息外,便没再联系过对方。

但吴桐雨语不惊人死不休:"织织你厉害了!其他女生都还在发愁怎么加到'一张'微信的时候,你已经有了他妈妈的微信!打败了全校百分之九十九点九的女生!"

家里有个高三生,一家子人都忙活起来。冯敏远在南京,不耽误隔几天一个电话打给姜织关心学习情况,或者打给姜国山嘱咐在生活饮食上的注意事项。姜国山年轻时脾气狂放不拘一格,婚后尤其是女儿降生后耐心踏实了很多——虽然冯敏仍觉得他一如既往的不着调。

姜织常在电话里跟冯敏说,姜国山每天做什么营养餐给她,冯敏不客气地泼冷水:"是吗?给他显着了。让他做吧,你长这么大,总共没给你做过几顿饭。"

是做过挺多顿的,逢年过节家里的硬菜都是爸爸着手的。姜织在心里说。

大概跟爸爸年轻时走南闯北的经历有关,他厨艺精湛,做各地的美食都很正宗。而且老爸在吃上颇有研究,他带姜织在外面找的馆子,每一家都非常好吃。

只不过老爸忙生意,忙着跟朋友应酬,没有太多时间做饭。冯敏对此大有意见。

这天,姜国山送姜织去学校,快到学校大门时,他盯着街对面的小区,说:"昨天接你时,碰见你以前的班主任了,陈老师说挺多高三生在附近租了房子备考。咱家离学校是不远,但算起来每天来回消耗在路上的时间也有一个钟头了,要不要老爸也给你在亓老师那个小区租个房子?要是能租到一个单元就更方便了。"

"不要。我换房间会睡不着。"姜织想也没想,很痛快地拒绝,她扯着安全带,"如果你哪天有事不能接送我,我可以打车。如果不放心,我们小区有个邻居不就是开出租的嘛,可以包他的车接送我。"

"爸爸不是这个意思。"姜国山看了女儿一眼,解释,"我这半年的主要任务,就是陪你备考。"

"谢谢老爸。"姜织雀跃地一拍手,道,"突然感觉学习动力满满,一模时能超常发挥了!"

女儿总是捧场,非常擅长给人提供情绪价值。姜国山跟着笑:"那我等着你的好消息。"

轿厢里气氛轻松,晨起的阳光一照,充满朝气和希望。

车停在学校门外,姜织临下车时,才不放心地问道:"老爸,奶奶有催你相亲吗?"她揪着书包上挂着毛球的链子,不自在地说,"如果你要再婚的话,那就帮我租个房子备考吧。"

姜国山被女儿过分懂事的分寸感打得措手不及，愣怔片刻，才挤出笑容，心疼地保证："不会的，那里永远是你的家，你也永远是爸爸的宝贝女儿。"

姜织站在路边，背好书包，跟着用"永远"造句："我也永远爱爸爸。"

重点班效率高，到高三尤甚，搁在平时两天才考完的课程，老师安排一天搞定。

上午考语文和理综，期间只留五分钟喝水、上厕所活动时间，考得姜织午饭都没怎么吃。下午考英语和数学，数学不负众望，最终一道大题考得大家哀号连连。

姜织麻木久了，反倒释怀了，收拾心情，跟吴桐雨去餐厅大吃一顿，准备接下来更好地复习。

老师找了几个学生批阅，晚自习前，各科老师把成绩整理汇总。

史唐去办公室打印了成绩单，回来时，姜织站在教室后排拍各科课代表张贴出来的几份优秀答卷——也是标准答案。

重点班学生错误率低，试卷只挑重难点和新题型评奖。谁还有弄不明白的，便私下参考正确答案解决。

沈译驰的四份答卷都在后黑板上贴着，姜织拍完他的，便收起手机。

回座位时，从史唐课桌旁经过，正听到他跟沈译驰说话："你看成绩单做什么？担心第二名赶超你？别吧，你什么时候这么自卑了。"

史唐把成绩单给沈译驰，想看看后黑板哪里还有空能贴得下，扭头见姜织经过，笑着打招呼："姜织，你这次考得不错。老班说你的成绩恢复到了刚进重点班的名次，你要看看成绩单吗？"

高三生桌上就是不缺试卷稿纸，他翻了一会儿才想起成绩单被要走了，正准备要回来，只见沈译驰越过自己把成绩单递给姜织。

"谢谢。"姜织是个不喜欢给人添麻烦的人，就像平时提到沈译驰都要代称"一张"一样。所以虽然他们同班，众目睽睽之下，她并没有唐突地设法在他面前刷存在感。

之前倒是想拿校园墙投稿的后续找他聊天，顺便请教几道题，可刚投完稿那几天姜织忙着攻克某个模块的知识点，抽身乏术。等被题目难住想起沈译驰时，已经过去一个周，猛然再找他，显得有些刻意了。

高三这么重要的阶段，还是不要给人家找不痛快了。

她把成绩单拍下来，还给史唐，便回座位，没跟沈译驰说话，却没忍住想——他要走成绩单是看什么？回回考试是年级第一，也会对自己的成绩不自信吗？

唉，果然越优秀的人越追求优秀，一点机会都不给后来者留。

"我昨晚走时好像在小区看到姜织了。"这天周六，周淮昨晚回家住，今早回来放一些换季衣服，还要再出门。他站在敞着门的卧室里，随口说了这么一句。

沈译驰坐在客厅的共用书桌旁，后仰合眼，手机屏幕显示着外卖页面，他借着小憩思索吃什么，闻言，没什么情绪地应："哦，你视力真好。"

话里满满的敷衍，活脱脱被周淮接二连三的戏弄整得无语。

这怪他吗？周淮无奈。

"我们驰哥啊……"周淮笑得不行，半天没找到精准的词定义，手扶在卧室门框上隔着个客厅遥遥看他，改说，"我以为你会欣赏那种和你有共同理想的，且有能力跟上你脚步的女生。"

沈译驰这个人，其实很难看出他喜欢什么。学习是现阶段必须要做的事，进乐队当贝斯手是被他催烦了，喜欢露营是因为喜欢在路上，喜欢向前，喜欢跟形形色色的人打交道，哪怕自己经营百万粉丝的账号，也只是用自己所长赚生活费。

但周淮知道，沈译驰这个人，比谁都活得明白。

沈译驰确定好要吃的，动了下，伸手捞起手机找店、下单，认知清晰地回答："交朋友又不是找利益伙伴。"

周淮换好衣服，从卧室出来，毫无征兆地开口："她跟时序关系很好你也不介意？"

沈译驰错手选成了重辣，付完账才发现，又取消重新下了一单。太阳穴突突直跳,这段时间学习强度大,感觉有点学傻了。他脑袋放空,直直地盯着阳台外要探进室内的光秃秃的树枝,慢了几拍才听见自己的声音:"什么时候?"

"我也不确定。我那天跟你说的她那个同桌就是时序。"周淮边说边从角落里拎出个棒球棍,在掌心掂了掂,觉得勉强称手,转身时瞥见沙发边那个丢这里好几天没人动过的手提袋。

这袋衣服似乎是沈译驰的,但他不是东西乱放不整理的人,周淮一时有些拿不准,勾着袋子翻了翻里面的衣服。

确实不是自己的。

"你还有这个颜色的衣服呢。"周淮觉得几件衣服设计感不错,感兴趣地展开其中一件看,是沈译驰常穿的深色系没错,可条纹设计中加了亮色设计,新买的,吊牌还没摘。哦,他记起来了,这是那晚卢悦转交的衣服,"黑白、玫红色的条纹针织毛衣。别说,你妈眼光真挺好,但这更像是我会穿的风格吧。"

沈译驰低"嗯"了一声,认同周淮每一句判断。

血脉相连的一家人,是为什么关系僵硬的?似乎从沈译驰很小时,就注定了。

是小学的沈译驰用编程技术设计的那款在信息奥赛中获特奖的"虚拟家人"程序,无意中挑衅了父母的权威。

还是更早,早在记忆逐渐模糊的年龄段,当大人做了一件什么错事要用小孩子作挡箭牌时,小沈译驰当着一众亲戚的面耿直天真地反驳:"妈妈,我已经会说话了,你不要再冤枉我。"

颜面受损的大人便开始草率地认定沈译驰——情商低、冷血、有被害妄想症。先天的智力优势使他优秀卓尔超群,父母的偏见随之疯长,成了捆绑折磨他的枷锁。

当他们有了第二个孩子,似乎学会了如何做一对合格的父母,也试图跟沈译驰修复关系。可一时难以消弭的陈年旧疾,如随时会喷薄的火山,伴随在每一次示好和关心中。

人一旦站到错误的路上,真的只会越走越偏吗?沈译驰看不到答案。

周淮后知后觉说了不该说的，把衣服叠好收回袋子里，及时找补道："你也不用太为家里的关系为难。等上大学、工作，然后成家，留在宿营的时间只会越来越少。你爸的产业在省内，你妈在歌剧团晋升渠道很清晰，轻易不能挪窝。珍惜现在吧。等高中毕业你就是彻彻底底的成年人，再闹脾气就不体面了。随着时间流逝，大家会理解彼此的。"

"但愿吧。"

周淮拎着棒球棍出门，出租屋一下安静下来。

沈译驰又坐了一会儿，点开手机确认外卖送达的时间，起身进卫生间冲澡。

公寓门被敲响时，沈译驰伸手拽开浴室的门，镜面上薄薄的雾气很快散开，映出少年人的腹肌。

"放在门口就行。"沈译驰以为是外卖员，将套头卫衣穿好，冲门口抬声。

敲门声还在响，紧跟着是稚嫩清亮的男声："哥哥，你在家吗？我跟妈妈来看你了。"

辨认出人声音，他微皱眉头，不情愿地整理好衣裤朝门口挪去。

门一开，沈译驰被没他腿高的沈一星猛地抱住，抬眼对上唐湘汶女士比他皱得还厉害的眉头。

沈译驰嘴微张，沈一星在他身上嗅来嗅去，抢先道："哥哥你身上好香啊，是森林的味道。"

沈译驰喊了一声"妈"，滚到嘴边的尖锐之语，只剩一句，是对他妈妈说的："没多余的拖鞋，随意。"

唐湘汶身形修长匀称，岁月不败美人，将她卓然的气质雕琢得更加有韵味。她踩着高跟鞋在房间里巡视一圈，两室一厅的格局，被两个男生的东西摆得满满当当，跟小杂货铺似的。

沈译驰在"哒哒哒"的鞋跟声中，将换下来的脏衣服丢进洗衣机里。

沈一星跟牛皮糖似的，黏着他问东问西，没一会儿，手里捧走与机顶盒形状契合的乐高模型，惊呼："哥，你这里好酷啊，我也想住在这里！"

"你这住的什么地方，本来采光就差，外面树还长这么高，物业还管事吗？我刚上楼时，闻见楼道里一股厕所味。不懂你为什么宁愿住在这里也不回家。

你倒说说我跟你爸是怎么怠慢你了？"唐湘汶随之抬高的声音，衬得沈一星在这个家里显得格外会说话。

沈译驰习惯了，没什么反应。

沈一星则脑袋耷拉着，沈译驰居高临下地扫了他一眼，看不清他的表情，明明被吐槽的是自己，他倒先不高兴了。

沈译驰正要说点什么逗他，沈一星率先扬起脸，悄悄吐槽："妈妈好凶啊。"

卫生间不大，没做干湿分区，地板上有水，沈译驰怕沈一星滑倒，抬抬下巴，示意："出去待着。"

沈一星最听哥哥的话，立马退出去。沈译驰清理完地板，扭头时，扒着门等他的小家伙已经跑开。

沈译驰出来，看到沈一星蹲在客厅收纳架旁摆弄无人机，鬼头鬼脑地玩得起劲，下一秒被唐湘汶从地上拽起来："地上脏不脏，你还坐下了。"

沈一星手臂乱挥间，打翻了书桌旁的垃圾桶，里面丢着的一沓草稿纸滑出来。最顶上那张被风一吹翻了面，是张成绩单。沈一星眼尖地瞅见，惊呼出声："妈，你快看，哥哥好厉害，是年级第一哎！"

唐湘汶低头扫了一眼，很快移开，目光落向小儿子身上时，其中的冷漠变成了温柔耐心："我们一星更聪明呀，培优课的老师早晨是不是又夸你了？"

"对啊！我经常被夸的。"稚声稚气的。

这时外卖员到了，按响门铃。沈译驰收回视线，到门口取餐，试图离这声音远远的。

家里没餐桌，吃饭要么在书桌上，要么在茶几上。沈译驰打开电视随便找了一部电影播着，开始拆外卖。

唐湘汶站在阳台接完一通电话，转身看到他面前塑料碗里黄黄绿绿的东西，又开始了："你每天就吃这个？你……"

沈译驰动作快，捡起遥控器，按着音量键加大电视的声音，同时抬头，露出询问的眼神，在等她后面的话。

唐湘汶脸色阴沉，硬邦邦地丢下一句："你这脾气真是一点长进都没有。我是你妈妈，你这是什么态度。"

沈译驰搁下筷子，彻底失去耐心："沈一星！"他朝蹲在书柜旁的背影喊了一声，"别玩了，跟你妈妈回家了。"

沈一星敏捷地跑过来，赖在他身边撒娇："哥，我要留在你这儿，你答应要教我飞无人机的。"

见哥哥不吭声，沈一星立马扭头，眼巴巴地问："妈妈，可以吗？"

唐湘汶要赶着回去排练，送小儿子过来就是让沈译驰帮忙带的。沈一星撒了几句娇便被允许待在这儿，沈译驰听唐湘汶事无巨细地交代一番，头都没抬。

电影进度过半，沈译驰解决完麻辣香锅和米饭，饱腹感让他心情好了很多。

沈一星被他投喂了几块肉片，嘴角沾着粒白芝麻，傻傻地笑："哥哥，我们能去飞无人机了吗？"

沈译驰坐在地毯上，靠着沙发，无处舒展的长腿一盘一屈，一条手臂搭在膝盖上，狭长的眼神情餍足地盯着虚空，似乎在想事情。

处在他这个从外界疯狂汲取养分、随时脱胎换骨的年纪，极其容易被外界的诱惑、苦痛，自身的怀疑、顾虑所动摇和影响，有的人会轻易被击败，焦虑畏惧、自暴自弃、做错选择、毁掉人生；也有的人如炬火，永远滚烫耀眼，金刚铁骨般，用瘦削的肩背扛下泼来的秽水和乱丢的石子，百折不挠，也百毒不侵，这类人哪怕未来遭遇沉痛挫折，前途也势必坦荡，绝对光明。

沈译驰的视线移向沈一星，眼神里是有艳羡的。片刻后，他伸手把那粒芝麻拿走，抬抬下巴："电视机旁边的柜子里有牛奶，自己去拿。"

沈一星连忙起身过去拿，自己喝一盒，再给沈译驰拿一盒。

姜织这几天学习状态好了不少，这要从冯敏对她考试成绩不满意说起。

姜织是个自我鞭策力很强的人，但不喜欢被家人否定，所以当时听到冯敏的话，说不伤心是假的。但冯敏并没有安慰她，甚至对亓老师的教学水平产生怀疑。

于是她联系到好友的儿子，一个从盈高毕业、如今在A大金融系读大二的学长跟进姜织的学习。

　　对方是当年省里的裸分状元，健谈幽默，偶尔说话比较直。姜织本不抱希望，交差似的应付着，但逐渐发现学长的经验很适合自己，这才重视起来。

　　亓老师这边的课也没停。周六这天姜国山有事没送她，姜织看天气大好，不想搭公交车，一路踩滑板去补课。

　　到小区门口时，姜织看了眼手机，见学长发消息问起她的目标大学，姜织说想试试南大。学长则列举北京的地域特色，建议她考北京的学校；得知姜织去补课，又聊到他高三时也在亓老师那个小区租过房子备考，还说起小区里有几棵梨树，一到三月满树花开时特别好看。

　　姜织每次来去匆匆，没认真观察过，见时间来得及，一进小区就开始张望，寻找哪里有梨树。

　　正找着，听见沈译驰没什么耐心三令五申的声音从某个方向传来："沈一星，再往泥坑里踩我直接把你丢进去信不信？"

　　姜织闻声偏头，见男生单手拿着个无人机和遥控器，另一只手拎着一个七八岁男孩的后衣领，从通往亓老师家所在单元的小道过来。

　　巧了！

　　姜织本要去别处，见状，在岔路口停下，眼睛亮着，准备他再走近些，打个招呼。

　　沈译驰很擅长观察人。

　　最初是观察别人学习如何做一个讨喜的人，但他渐渐发现，不论自己做什么，父母的态度都一如既往的尖锐。

　　他不再刻意讨好，观察人的习惯却保留下来。

　　他能把在这里遇到当成巧合，毕竟这个小区邻着学校，住着不少同学。

　　可姜织一脸灿烂地望着他，模样跃跃欲试。不需要进校园，她穿着一件黑白款的棒球服，黑色长裤束进马丁靴里，脱离了没有板型、宽松的校服裤，纤细修长的腿格外惹眼。

　　头发散开，被一顶浅粉色的棒球帽压着，明明还是那副温柔恬静的模样，可让人觉得多了点酷飒。

大概跟她手里的滑板有关。

甚至等不及沈译驰走近,她便已经开口:"来了好几次,终于遇见你了。"

沈译驰手上失了力道,把沈一星抓得嗷嗷直叫。他松了手,抄在口袋里。

她倒是直接。

沈译驰藏在口袋里的手用拇指按了下食指的指关节,"咔嗒"一声。目光从滑板移到她脸上,他问:"特意找我?"

姜织想说不是,她是来补课的。

话临出口才发觉这个回答太耿直了,显得非但不给沈译驰递台阶,还抡锤头不留情面地在他面前砸出个大坑。这不是硬生生断了聊天的机会嘛。

姜织吸取前几次聊天失败的经验,如是想到,怪她刚刚得意忘形选错了开场白。

"你之前说住这个小区,我就想着说不准会遇见。"姜织怕滑板碰到毫无章法乱蹦的沈一星,换了一只手,亡羊补牢地解释。

沈译驰移开视线,看沈一星多动症似的,似乎对上面黑粉相间的骷髅头图案很感兴趣,特意绕到另一边,歪着脑袋,"哇呀"出声:"姐姐,你的滑板好酷啊!"

小孩子就这样,学到个什么新鲜词,一天能说八百遍。

姜织方才一眼就认出沈一星,经常在唐湘汶朋友圈看到他的照片,真人同样帅气可爱。

小家伙眼里流着跃跃欲试的光,她把滑板拿近些,知道他很有运动天赋且会滑滑板,问:"要试试吗?"

"好啊!"

沈一星没等动作,被沈译驰揪住后衣领,听见他哥质问:"我同意你去了吗?"

沈一星装得一手好无辜:"可这是这个姐姐的板子,哥哥你也要做主吗?"

沈译驰无语,他是在管板子吗?小小年纪挺会偷换概念啊。

沈一星从小被家里宠着,没遭遇过什么坎坷,比同龄人活泼乐天,也容易被打击,一闹起来咋咋呼呼的,糟心。

见他嘴角一瘪,下一秒就要哭出来,沈译驰及时叫停:"注意安全,避着点人,只等你十分钟。"

"哥哥!我爱你!"沈一星瞬间喜上眉梢,原地蹦高。

沈译驰盯着踩滑板的身影看了会儿,收回视线。姜织扯着袖子盖住腕上的手表,问:"你们这是要去哪儿?"

沈译驰在纠结怎么回合适。她如果要一起,该答应还是不答应。

沈一星踩着滑板骨碌碌经过,嘴快地揭晓:"哥哥要带我去旁边的公园飞无人机。"小孩子已经把这个分享滑板的姐姐当自己人,诚挚地邀请,"姐姐要一起吗?"

沈译驰非常想把人拽过来踹一脚。沈一星性格跟他丁点儿不像,倒是像周淮,幼儿园时跟女孩手牵手过马路,小学时要跟女生同桌,对各个年龄段的异性永远自来熟。

沈译驰捻着手指,出声:"你……"

话音未落,这时,小区门口的道闸升上去,一辆红色轿车开进来。经过时降下车窗,亓老师的女儿尹筱珺从驾驶侧探出头:"小织今天到得早,我妈妈大概要晚几分钟,让我先给你打印卷子。你等我停个车,咱俩一块上去。"

姜织浅笑着打招呼,应下。

尹筱珺又看向沈译驰,打了招呼,一时没分清他要出去还是回来,先说了:"译驰不急的话也等会儿走,我有件小事要向你求助。"

"好。"

车子缓缓开走,姜织这才问沈译驰:"你刚刚要说什么?"

沈译驰紧板的脸一点点松动,听明白一件事:"……你来找亓老师补课?"

老小区绿化规划得一般,停车场划分得不合理,是露天的,就在不远处,姜织站在这里等正合适。

"对。"

沈译驰点头,心说周淮昨晚说不准真看到姜织了,下一秒,为自己过度自恋的脑补感到无语。

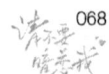

沈译驰你还行不行了，整天净想些什么。

尹筱珺找他有事，他一时没法先走，只能在这儿一起等。

沈译驰盯着手上这款入门级的无人机，不经意地问："你什么时候开始补课的？"

"这学期才补。"姜织想跟沈译驰聊聊学习，因此多说了几句，"是不是有点迟了？如果早一点就好了，我上学期学习状态不好，耽误了进度。"

高三生谈"成绩"色变，学业如高山般压着人前行。出于担心她受影响也好，不想让她知道自己在关注她也罢，沈译驰没说自己看了她小考的成绩，知道她的成绩回到了刚进重点班时的水平，只说了些无关紧要的："什么时候开始都不迟，短暂的停滞和落后会为冲刺提供意想不到的动力。"

小区里乱糟糟的，姜织琢磨他这句话。听吴桐雨说过，周淮他们乐队原本是要推出原创曲的，沈译驰写词。虽然期间不知因为什么计划耽搁，没人能看到沈译驰词作的水平，但姜织突然觉得，他身上令人猜不透的故事感轻盈又有重量，偶尔忧郁却始终充满希望的面貌，会写出不错的词，就像随随便便说出的这句话一样，是有温度和力量的。

口袋里的手机响了数秒，经沈译驰提醒，她才注意到。是姜国山，打电话来问她："到老师家了吗？"

"到了，正要上楼。"

姜国山调侃："踩滑板就是快哈。"

滑板有很多扭转动作，自打姜织腰受过伤，冯敏严令禁止她碰这个。姜织自觉心虚，幸好不是被老妈发现。她软着声耍赖，要把这件事糊弄过去："老爸，你是福尔摩'山'吧，我只在平路上滑，不危险。"

姜国山沉着嗓子，冷哼："一眼看不住你就惹事。你还会骑马呢，怎么不骑着去上课？下课老实待着，我去接你。"

"你这不是没给我买马嘛。"姜织嬉皮笑脸。

姜织挂电话后，沈译驰正从在一旁斜坡上玩滑板的沈一星身上收回视线，对上她略窘的笑容，语气自然道："被你爸训了？"

"……你都听到了？"现在手机怎么回事，也怪姜国山嗓门大，行事豪迈。她记起之前跟他说过姜国山做过配音演员的事，语气轻松地调侃道，"一个人训出了千军万马气势是不是？"

沈译驰和沈兴臻的关系比和唐湘汶要好些。沈兴臻是商人，惜才，更何况这么聪明的人还是自己的亲儿子，生活上照顾得少，却总在生意上提点着他，一直说等他上完学进公司帮自己。

可能因为是男孩子，又或许是心里有芥蒂，沈译驰始终做不到像姜织与家人这般的相处模式。

"我爸就是架势大，但不真生气。"姜织从小被问到喜欢爸爸还是妈妈，嘴上回答最喜欢妈妈，心里却说更爱爸爸一点。爸爸像个宝库，永远能从里面掏出新鲜的故事，一提起来就停不住嘴，"比你弟弟再小点的都不会怕他，也就能吓吓刚会说话的小朋友。其实我爸长相上看就是一个很儒雅的大叔，但跟他职业经历有关，有点江湖气，不过人很讲究。"

沈译驰的视线不知怎的就从她一双澄澈灵动的杏眼滑到她圆润泛粉的唇上，问："你爸怎么样的职业经历？"

"他以前做过背包客，开过酒吧，现在自己做点生意，还跟朋友开了民宿，不知道现在民宿黄了没。"姜织歪着头，很认真地回忆这件事，没思索出所以然，想到件更重要的事，"我感觉他见到你一定会很有话题。"

沈译驰扬眉："嗯？"

姜国山交朋友不受年龄约束，跟谁都能聊。姜织就没遗传他这一点，嘴笨而且懒，不喜欢在人际关系上花心思。

想到涂鸦那天看到的沈译驰的单反、无人机等设备，挺专业的，吴桐雨说他还喜欢露营，这些恰好是姜国山所擅长的，而且老爸年轻时也组过乐队，音乐上也能聊。

要是姜国山跟沈译驰混熟了，自己作为姜家女儿，开口提议周末一起学习是不是就方便多了。

姜织这样想，也这样问了："你想见我爸爸吗？"语气里带着点忐忑的试探，隐隐的期待。

"姜织，"她眉梢的笑意太甜，衬得沈译驰冷峻的脸有些严肃。他眼神沉沉，除了对她话题急转直下地茫然审视的目光里多了疑问的意味,"你每认识一个男生都要带他回家见家长吗?"

怎么突然就生气了?姜织觉得,自己还是不够了解沈译驰。

尹筱珺停好车,挎着包手里拿着个保温杯过来,歉意地解释:"找车位用了点时间,你们等久了吧?译驰,麻烦你帮我看下我这个保温杯……"

沈译驰避开姜织欲言又止的目光,径直迎过去,帮着把拧得过紧的保温杯拧开,两人又客套几句,沈译驰叫来沈一星还滑板。

一大一小从姜织身边经过,沈一星叽叽喳喳地跟姜织说着什么,姜织余光发现沈译驰自始至终没看自己。

姜织一旦进入学习状态,就会变得很专注。直到写完测验卷,检查一遍交给亓老师时,才歇了口气,模糊地记起刚刚有人在吵架,是一个阿姨在训斥做错事的孩子,训斥的内容,她没印象了。

亓老师批阅试卷时,尹筱珺煮了果茶招呼姜织去喝。

姜织捧着马克杯慢慢地品尝,听到对方闲聊起:"刚才对门吵架没影响你吧。"

姜织眼神单纯:"对门怎么了?"

尹筱珺给了解释:"沈译驰他妈妈来了,不知道谁给小儿子吃了个三无零食,她就埋怨当哥哥的没把人照顾好。"

姜织微微张着嘴,愣住了。

尹筱珺还在说:"搞不懂这个当妈的怎么回事,小儿子的健康重要,大儿子高考就不重要了吗?你刚没听见,骂得可难听了。"

姜织抿着茶水,四五种水果切片煮在一起,香甜可口,但她心里记挂着事,品尝不出什么滋味。

今天的课程结束,姜织和老师一家人告别。老小区没有电梯,一层两户,跨出门槛正对面就是沈译驰家。

她关上身后的门,往前走两步,停在沈译驰家门口犹豫不定。

敲开门说什么?说我上完课要走了?会不会显得太多余。

正犹豫时，楼下传来脚步声，三步并作两步。等姜织做出反应时，来人已经出现在楼层中间过渡的平台上。

周淮将棒球棍搭在肩上，右边眉毛不知怎么刮了一道伤，颇为意外地勾起嘴角笑了笑，脚步却没停，边上楼梯边打量姜织。

姜织前一瞬因为来人不是沈译驰松下的气，再度提起来。

周淮跟她同班两年，接触算不上多，招呼还是该打的，更何况周淮这人，面对长得好看的异性，不管认不认识都能聊几句。他的语气自然且亲昵："要走了？"

姜织点点头，呆头呆脑地说了一句："回家吃饭。"

周淮侧身让姜织先下，盯着她下楼的背影直至消失，才掏出钥匙开门。

房间比他早晨出门时要整洁。他和沈译驰都不是邋遢的人，他是洁癖，沈译驰是讲究，因此里里外外保持得清洁无异味。只不过此刻过于干净了，俨然是特意打扫过。

不至于吧，只是女生来趟家里，也太讲究了啊沈译驰。

周淮换了鞋走过玄关，见沈译驰在阳台上打拳。

沈译驰头上扣着卫衣帽子，锋利的脸部轮廓被遮挡。他是易出汗体质，深色的卫衣被汗水打湿吸附在身上，漂亮的肌肉线条凸显出来。

周淮把棒球棍插回搁杂物的收纳篮里："怎么不留人吃饭？"

"你碰见了？"见他回来，沈译驰挥拳的动作慢下来，又两拳，他扶住晃动的沙袋，把帽子拉下来，汗珠顺着紧绷的下颌线滚入平直的肩颈处。

周淮的声音从厕所传来："对啊。你也没出去送送人家，我看她在门口恋恋不舍不想走呢。"

"没把人赶走已经算教养了。"任谁被劈头盖脸地冤枉责问一通，都不会好受，更何况对方是自己亲妈。

沈译驰摘了手套，一圈圈地绕着把绷带解开，运动过后皮肤比平时还要白，心口窝着的火被运动发泄出多半。

周淮看到卫生间墙砖缝隙里的陈年污垢都被清了，越发肯定自己没感觉错："房间你打扫的？"

"她找的保洁阿姨。"提到这儿,沈译驰再度皱眉,烦躁油然而生。他妈不是觉得出租屋不顺眼,是看他不顺眼,从小到大都是。

　　"这是已经管到你生活里了。你怎么想的?"周淮诧异。真是小瞧了姜织这个小姑娘,看着温温柔柔,控制欲这么强。

　　沈译驰一身汗,没立刻坐下,站在卫生间门口想歇会儿再洗澡:"你不是说过吗?等出去上大学,见面没那么方便就好了。"

　　周淮正洗脸,碰到眉骨的伤"嘶"了一声,闻言,站直些,意外地偏头看他:"兄弟,没看出来,你的心真硬啊。"

　　"我妈和我爸没把我扫地出门已经是看在我还给他们长脸的份上,还怪我心硬?"

　　沈译驰站在那儿低头玩手机,看的是沈一星用无人机拍的一小段视频,镜头晃得厉害,没有任何技巧可言。

　　他没什么耐心地划拉着进度条,抬眼时扫见周淮眉骨的伤,比起探讨自己和家人的陈年旧疾,更好奇这是怎么回事。

　　只听周淮道:"什么你妈?我在跟你聊姜织呢。"

　　沈译驰做疑问状,拇指划拉着屏幕把视频嘈杂的背景音关掉。

　　四周静下来,只有卫生间下水道的水流声。沈译驰把刚才一句接一句的对话大概回忆一遍,问周淮:"你回来时,姜织在门外?看错了吧,她在对面亓老师家。"

　　"从门口路过,还是在门口滞留,我还是能分清的。"周淮擦干脸,把毛巾搭回去,"你连她在亓老师家补课都打听到了啊?"

　　"要看热闹先交门票。"沈译驰凉凉地瞥过去,把手机收起来,揣着兜,这会儿运动带来的热意消散得差不多。

　　高三生上了一周课,高一高二的还没有开学。

　　姜织一早进学校,见校门口停了一辆警车,执勤的保安注视着鱼贯而入的学生,神态比平日要严格。

　　吴桐雨掌握了一手线报,及时同步给她:"是有女生在学校附近遇到暴露狂,我爸一大早就被叫回学校解决这个事。织织,你晚自习后还要去补课,一定要注意安全。如果一个人害怕,可以叫我陪你!"

上楼时姜织还能听到有学生危言耸听地八卦,等进了教室,大家忙学习,丝毫没为此分心。

姜织回座位,把书本从包里放到课桌上,最后摸出一包牛肉干,递给同桌:"你爱吃的。"

邓廷对她的讨好习以为常,无奈又受用地接过,说:"那我就不客气了。"他扫了眼包装分量,推开自己写的练习册,示意姜织:"今天要问什么题,拿出来吧。"

姜织弯眼笑,不好意思地道:"有好几道,要耽误你多一点时间。"

"小意思。给你讲一遍就当我巩固了。再说,拿人手短。"邓廷撕开包装,吃着帮她看题目。

史唐鼻子灵,敏锐地嗅到空气中的牛肉干味道,抻着脖子耸了耸鼻子,盯着正前方隔着两排座位、正在帮同桌讲题的邓廷。

过了一会儿,他往沈译驰肩膀上一靠,用只有两人听见的声音闲聊:"真羡慕姜织的同桌,每天都有不同的零食吃。

"你注意到没,姜织平时看着不声不响,其实很会跟人相处。我可记得邓廷心眼挺小的,见不得别人比自己优秀。之前你俩一起参加物理竞赛,他被刷下去后,背地里没少阴阳你。但我看他跟姜织相处得就很好,给人讲题时多有耐心啊。"

下一秒,史唐突然惊呼一声,沈译驰顿笔时硬生生拖出了长线,罪魁祸首却浑然不觉。

沈译驰沉重地叹气,换到左手拿笔,右手把桌角洗干净的苹果拿起来,塞他嘴里,头也没抬,说:"你换个梦想吧,别当什么外交官了,去当狗仔,挺合适的。"

"我这不是学累了,闲聊嘛。"史唐"嘎吱"咬了大口苹果,埋头写题。

沈译驰却搁下笔,从口袋里摸出一颗糖,靠在椅背上,边剥边盯着正前方看。像是学累了望着虚空放松眼睛,视线没什么落点地随意看着,只有他自己知道看的是什么。

史唐吃完苹果,没怎么解馋,闻着牛肉干的味道,也想吃了。课间去十班找周淮时,赶巧顺了半包回来。

估计是姜织给吴桐雨,周淮从她那儿拿的,跟姜织给邓廷的一样。

史唐尝着不错,大方地给沈译驰留了一半。

史唐往他桌上放的时候沈译驰没在,等他回来看到桌上眼熟的包装袋,下意识地瞥了一眼姜织的座位,才问史唐:"谁给的?"

"我从周淮那儿顺的,还挺好吃。"史唐说。

沈译驰正在拆里面单独的分包装,闻言,把拆到一半的这小袋,连同桌上的大袋一同丢回史唐的桌上,毫不留恋:"你自己吃吧。"

史唐正想说自己没吃够呢,后知后觉地发觉沈译驰脸色不对。

好端端的,他突然生哪门子的气啊?

高三生紧要任务是学习,韩秀成下午上完课,临离开前提了句学校周边的治安隐患,提醒大家早晚上下学注意安全。

姜国山也得了消息,发信息问姜织晚自习后补课的事情。

"那条路上经常有同学,我很安全的。"姜织胆子不小,但毕竟是个女孩子,姜国山难免担忧。她特意回了个电话,让老爸安心。

姜国山又念叨了一次高考完送她去学功夫的事,姜织一一应着,说了会儿,才回教室。

还没到晚自习的时间,教室里学生随意走动。

姜织拐进门时,沈译驰正从讲台上迈下来,要出门。因为她是突然出现的,沈译驰没注意到,两人险些面对面撞到一起。

"抱歉……"姜织低声说完,才注意到是他。

沈译驰本能地避嫌,往旁边躲了下,高个宽肩行动灵活,但看着重心不太稳。

"没事。"他冷淡地看了她一眼,丢下一句,径自出了门。

姜织回忆他的态度，内心犯嘀咕，回座位时，余光注意到沈译驰从前门出教室后，身影经过一扇扇窗户，最终从后门拐进来，坐在座位上。

他在做什么……

——是还在生气吗？因为周末的事？可周末她说错什么话了吗？

这时上课铃响，姜织没多浪费时间。

正如沈译驰所说：短暂的停滞和落后会为冲刺提供意想不到的动力。

她只要一碰到书本，注意力便高度集中，身体里绷着一根弦，无暇为沈译驰是否还在生气、晚上如果遇到那个暴露狂该怎么办而忧心。

晚自习后，姜织照常去亓老师家补课。路上听英文歌放松时，看到家族群里有消息弹出来。

发消息的是二姑，在跟奶奶说话："妈，我哥那天去吃饭了吗？我又打听了下，她是三婚，之前两段婚姻生的都是儿子，身体好着嘞。"

姜织很快明白她们在说什么。

耳机里歌手嗓音婉转动听，姜织什么也听不见，胸口起伏，怒气伴随着呼吸翻滚。

她戳开对话框，手指飞快地编辑着，试图质问重男轻女的奶奶和嘴碎挑唆的二姑。

没等她编辑完，二姑的消息很快撤回，仿佛是发错了地方。

但其中的几个关键字眼如同一根刺，狠狠地扎在姜织心口。很多年了，她始终不能释怀，尤其是父母离婚后。

可能是受学校通知的影响，今晚这条路上格外冷清。

这里是居民区，经过的不止有学生，姜织注意力在手机上，走出一段，才发觉身后跟着两个勾肩搭背的男人。他们可能是喝了点酒，说笑声音量高，正摇摇晃晃朝着姜织走近。

她紧攥着书包带，这才觉得害怕，偏偏这条路邻着小区墙外的绿化带，没有店铺，唯一的一所幼儿园大门紧闭，保安室灯光暗着，不见人。

眼看着后面两个男人越来越近，姜织就要跑起来。但估算距离，真跑起来，她未必跑得过对方。

她捏着手机，第一时间拨出老爸的电话。姜国山的电话一直处于占线中，迟迟没有人接。

姜织又一次朝后方偷瞄，只见其中醉得厉害些的男人被同伴拽了下，穿过街道走到路的另一边，嘴里依稀说着："别瞎嚷嚷，吓到别人了……"

虚惊一场，姜织见状才松了口气，正要收回视线，瞧见自己刚走过的路口处过来一道熟悉的身影。

男生腿长，步子迈得大，经过姜织时，注意到她额上细密的汗珠，循着声音朝街对面两个醉酒的男人望去，以为她是害怕。

男声清晰："去补课？"

姜织抿唇勉强露笑，"嗯"了一声。

沈译驰率先搭话，但没有深谈的意思，一问一答后，他轻点头，自顾自往前走。

这时，姜织手里的手机振动，是老爸回过来的电话。

她接通，也抬步往前走，没提刚刚的"危险"。反倒是姜国山不确定她看没看到家族群里的消息，语气试探犹疑，姜织心里明镜似的，没拆穿，说着急上课挂断了电话。

锁掉手机前，她注意到时间，心说不好，要迟到了，才急急忙忙地加快步子。

夜晚，长街上，女孩短靴带一层薄薄的跟，踩在沥青路上，"哒哒哒"，紧密又清晰。

姜织和沈译驰顺路，一前一后地走着，皎洁的月光将两人的影子拖得长长的，她不可避免地注意到沈译驰的步伐。

是自己走得太快了吗？怎么感觉沈译驰速度渐渐慢了下来。

翌日，关于暴露狂的传闻不止没被平息，反而愈演愈烈了。

这天结束晚自习，姜织特意从书包里掏出准备好的东西揣进口袋里，趁放学人流高峰时刻，起身离开教室。

也是巧，姜织刚迈出教室门，正逢沈译驰提着书包从后门过来。

"回家吗？"姜织主动搭话。

沈译驰仿佛才注意到她,脚步顿了下,"嗯"了一声,又问她:"今天也补课?"

姜织点点头,说:"要一起吗?"

"走吧。"沈译驰没有意见。

不断有学生从教室出来涌到走廊上,两人没停留太久,随着人流下楼。

察觉到路过同学有意无意地落在他们身上的视线,姜织后知后觉这个提议大概会给沈译驰添麻烦。

沈译驰还记得昨晚姜织被那两个醉鬼吓出的一额头汗的样子,想问问她补课结束有没有家人来接,正要开口时,听到姜织的声音。

"你有在意的人吗?"

比起这个问题,沈译驰要问的事显得无关紧要。他偏头望过去,恰好对上她真诚发问的目光。

体型关系,男女生的步速如果不是刻意调整,很难统一。姜织和沈译驰被裹挟在人流中,明眼人一看他们就是同行的。

沈译驰单手插着兜,另一只手把单肩挂着的书包往上提了提,嗓子堵着,有些痒:"没有。"

说话间,两人拐到四楼的楼梯间。半个楼层的学生蜂拥而来,嘈杂声拔高几分。姜织似乎"哦"了一声,但过于短促轻微,沈译驰没听见。

听没听见也没区别,接下来长达半分钟的沉默,把沈译驰心内蠢蠢欲动的情绪调动得达到煎熬的程度。

下楼这一路,听身边的学生聊学习压力,说待会儿要吃的夜宵,计划高考结束后的生活……很吵,吵得要命,向来不讨厌烟火气的沈译驰如是评价。

等出了教学楼,来到开阔的室外,人群密度松缓,沈译驰才自在放松许多。

姜织手揣在口袋里,右口袋比左口袋多装了一样什么东西,长条形的,她似乎在走神,手无意识地把玩着,一时半会儿不会开口的样子。

沈译驰视线移到她脸上,不急不缓地问:"还想问什么?"

"什么都可以问吗?"姜织回视他。别看她现在一瞬不瞬很坦荡,实则刚刚在心里正后悔先前逞一时嘴快说喜欢一个人自习,这让她怎么开口提第二次呢,这不是明晃晃给了沈译驰可以拒绝的理由嘛。

她能问什么。

她其实想问几道题,如果能约一下周末自习,那就更好了。

正是放学时间,没有车辆通行时,校门只开一侧的小门放学生通行。离得近了,人流再次大起来。

"你周末——"姜织开口后,突然想起上次在办公室问的也是这一句,正犹豫要不要换个问法时,斜前方响起一道清脆的女声:"阿驰。"

姜织听到了卢悦的声音。

被叫到名字的沈译驰问她:"还不回家?"

"是要回去的。"卢悦的声音低缓,说话间看了姜织一眼。

姜织弯唇露了个笑,算是打招呼,打算让到一边给两人留出说话的空间,或者她先走也行。

哪知她刚挪半步,被沈译驰发现:"你等我一下。"

"……好。"姜织答应着,余光察觉卢悦看她的眼神变了。

沈译驰无知无觉,一副邻家哥哥的语气,亲昵不足,生疏有余地对卢悦交代:"时间晚了,尽量不要一个人在外面逗留,早点回家。"

卢悦搓着手指不好意思地承认:"我知道。阿驰,我晚自习时看了一部刑侦剧,讲的就是独身女生被尾随杀害的故事,我有点怕,不敢……"

卢悦从小话密,修饰语用得多,加上音量不大。沈译驰视线偏到一旁的姜织身上时,不自觉地走了神。

人的记忆有迹可循,有了"卢悦"这个连接点,他突然记起姜织在全校师生面前跳舞是高一时的事。

高一军训结束后的迎新晚会,她和卢悦作为新生代表合作出了一个节目,节目名叫《镜花》。

他记得舞蹈开头,卢悦和她扮演着镜子内外的两个倩影,她们体形相近,举手投足以镜面成像的标准完全对称。卢悦是镜中女,拥有自主意识后,灵动俏皮;姜织是舞蹈一开头背对着观众的舞者,沉静、优雅。

舞者身段美而柔,修长的四肢线条在丝丝光影中曼妙婀娜。

沈译驰当时被卢悦提醒一定给她捧场，他应下，但中途接到一通电话出了礼堂，更多的节目细节便记不清了。

节目反响似乎很不错，史唐当时误会沈译驰和卢悦有什么，隔三岔五就跟他提学校里谁谁又说想跟卢悦做朋友了，顺便说到和卢悦搭档的另一个女孩格外低调，那些想接触她的人都找不到机会。

"……阿驰，你能陪我等一会儿吗？"卢悦把话说完，衣摆被她揪得皱皱巴巴。

沈译驰神态自若得仿佛刚刚没有走神，适时接住她的话："我还有事。校门口有保安执勤，你可以在保安亭等司机来接。"

卢悦还要说什么，却发现沈译驰视线移到姜织身上，他示意可以走了。

姜织跟上沈译驰，走出一段距离。就算姜织没开窍，也不妨碍感受到卢悦对沈译驰满得快要溢出眼眶的浓烈兴趣。

穿过马路时，姜织注意到卢悦还站在校门口，巴巴地望着这边，再看沈译驰，后者压根没往那边瞧。

"刚才要说什么？"他问。

姜织心说沈译驰神了，他都没看自己，怎么知道自己有话要说的。殊不知他问的是几分钟前姜织没说完的，而非几秒钟前她要说的"话"。

"卢悦很在意你，你把她一个人留在那儿是不是不好？"姜织犹豫道。

"那——"沈译驰其实拎得清自己和卢悦的距离。卢悦是独生女，在家有父母照顾，上学后卢阿姨和叔叔拜托沈译驰帮忙看着点，沈译驰算她半个哥哥。可后来，他察觉到这份关系很可能变质，便决定把仅存的"亲情"也撇了。似乎真如唐湘汶说的，他冷漠、狠心，有被害妄想症似的，关系说撇清就立马做到。

反倒是姜织的态度，让他有些拿不准。

沈译驰盯着她，把话说完："我回去？"

姜织问完，就觉得自己管得有点多。沈译驰反问的话，恰恰印证了她自我反省的结果。

她没吭声，强制结束这个话题。

沈译驰单手插兜，走在外侧，隔开姜织和川流不息的车辆，没非要追问出个答案。

她的反应在他看来，无疑代表着"不想让他回去"。

翌日周三，白天的两人有各自的活动区域，在教室里隔着两排座椅，连进出教室走的都不是同一个门。

跑操、去食堂，在同一时间段碰面是挺容易的，但他们哪怕一个眼神往来都没有。

连续两晚同行的事，仿佛一支只有他俩听过的夜半小夜曲。

直到晚自习后，小夜曲即将奏响。

姜织边收拾书包，边留意沈译驰的动向。史唐不知说了什么，只见他靠在椅背上低头笑，似乎不着急走。

姜织盯了片刻，拿出手机点开与他的对话框，编辑：一起走吗？

沈译驰手机在桌洞边搁着，屏幕朝上，亮起后第一时间被注意到。

他伸手去拿，史唐扫见通知栏上的消息，话锋一转："……一起走？谁要等你一起走？周淮吗？他现在怎么回事，他那体格，也怕碰见暴露狂吗？"

因为诧异声音抬高了些，在并不吵闹的教室里显得有些明显，况且姜织的座位距离他们本就不远。

"说到体格，"史唐的音量落回去，"我想起来了，周淮他一个人去把杨霄牧揍了，就上周六的时候，一挑三，还赢了。这事你知道吗……"

沈译驰点开消息，手指戳在屏幕上回了个"好"，同时慢悠悠地接住史唐的话："你去了他就能一打四了。"

史唐知道自己虚壮，动起手来不如他们仨。

"我的意思是，有事大家一起啊。我还能帮他望望风，免得有见义勇为的热心群众报警坏事。"

瞥见沈译驰回消息时要翘不翘的嘴角，让史唐好奇心拉满，悄无声息地朝他那边靠过去。

没等看清对话框里的内容，沈译驰率先把手机屏幕往反方向一转，质问：

"往哪儿看呢？"

甜的姜汁：*我在楼下等你。*

姜织发完这条消息便背好书包离开教室，没留意他们的互动。

楼下花坛旁有个女生在哭，从她朋友安慰的内容来看，估计是备考压力太大。

沈译驰的身影出现在楼梯口时，姜织正从包里掏出一小包纸巾递给哭得梨花带雨的女孩，似乎还安慰了几句。

路灯和月光笼着她，她的眼神温和但坚定。

沈译驰没事喜欢往山上跑，对植物了解得多，见到姜织，总不自主地联想到禾本科植物，清新弱小，但有着非常强的韧性，不怕撕扯，不易断裂，具有生猛原始的能量，传递勇气、希望、越挫越勇的精神。

姜织说完话，才看到沈译驰已经下来了。

他两手空空，笔直地站在那儿，有点不像高三生。因为高三生书不离身，哪怕跑操都得带个单词本速记，又大多眼神过于坚毅或者过于疲惫。

可能是沈译驰回回年级第一的成绩带来的滤镜，姜织觉得他身上总有种深藏功与名的散漫和自信。

史唐说他大考前还能玩半天游戏，反观姜织自打上了高中，从高一开始追赶进度，高二冲刺考重点班，现在高三，依旧是火急火燎，对比起来，她好生狼狈。

"你今天不用带书回家？"姜织问。

糟糕，他忘记了，难怪觉得下楼这一路脚步轻飘飘的，还以为是料中了姜织的态度心里得意。

沈译驰咳了一声，说："要用的家里都有。"

姜织"哦"了一声："那走吧。"

花坛边两个女孩微张着嘴，盯着姜织和沈译驰的身影，发现什么隐晦秘闻的诧异让她们忘记了说话。

周淮也挺纳闷的，自己的合租室友已经连着三天没跟自己一起回家了。

都说高三生时间宝贵，可他怎么都觉得沈译驰不像是赶着回家学习的人。

姜织和沈译驰隔着半人宽的距离，一前一后呈斜对角的站位往校外走，临近校门口时，正被周淮逮了个正着。

只听一道悠长响亮的口哨声，紧接着，是周淮顽劣调侃的声音："啧啧，巧啊。我说自己的放学搭子怎么几次三番地缺席，原来是陪某人啊。你俩这是要去哪儿？"

姜织揣着口袋，在回忆亓老师昨晚教授的知识点，走出几步才发现周淮，对于他调侃的话，更是没听全。

"巧，我去补课。"姜织露了一个笑容，打招呼。

周淮意外地扬扬眉，给沈译驰递过去个心照不宣的眼神。周围学生人来人往的，他没太放肆，只说："我今晚回家一趟，就不回出租屋打扰你——"他故意拖着长音，意有所指似的，隔了一两秒才轻飘飘地加一个"了"字。

沈译驰注意力没放在周淮身上，否则一定要瞪他一眼。

他在想成绩的事，准确地说是姜织的成绩。她几次考试进步得挺明显，照这样下去，高考时一本线是稳的，但能选择的学校还是不多。她白天上课，课间也没什么娱乐活动，晚自习后还得补课，回家就要十一二点，不知道她还学不学习。或许可以连个语音或者视频，每天帮她多学一点。

沈译驰觉得自己想得有点多，主要是脑子乱，因为刚刚姜织接周淮那话接得太自然了。自然到让沈译驰怀疑，她是不是已经代入了好朋友这个身份。

别过周淮后，沈译驰想跟她正经说一下，没等开口，被姜织抢了先："昨天亓老师讲了道题，我没太懂，你方便帮我看一下吗？"

路灯照亮女孩澄净虚心的眼神，沈译驰没办法拒绝："什么题？"

见沈译驰没对给她讲题这件事有排斥情绪，且他的解题思路她恰好能听懂，姜织觉得之后可以经常向他请教请教。

翌日，姜织一大早从吴桐雨那儿得到消息，学校里有关暴露狂的传闻趋向于积极的一面，说是警察锁定的目标人物，将人带走审讯了。

姜织的心情跟着轻快起来。最后一节晚自习，她戳开沈译驰的对话框，上一次沟通停留在昨晚，她略一思索，简洁地发问：楼下？

一回生二回熟,何况这都周四了。

下课铃响起前,姜织收拾书包时,收到了沈译驰的回复,简洁的一个字:嗯。

姜织拿了一份数学试卷,刚到楼下,便看到沈译驰也下来。

沈译驰发现她手里的东西,问:"还要讲题?"

姜织笑着,把试卷连同一包大白兔奶糖一起递过去:"史唐说你喜欢吃糖,我特意买给你的,"生怕他拒绝似的,补充道,"当作讲题的谢礼。"

沈译驰只接过试卷,在姜织眼底失落一闪而过时,改口:"我先看看题目,你帮我拆开。"

"好。"

姜织觉得他语气雀跃,明显是高兴了。

姜织目标定得高,但自我满足感强。大概是小时候练舞太辛苦,她很会哄自己开心,以前每学会一个动作,现在每掌握一个知识点,她都能小高兴一会儿。

她心里惦记着题目,生怕一走神跟不上沈译驰的思路,因此拆糖果包装袋的动作有些不走心。

她拆完大包装,又撕单颗的小包装。

"这个题……"沈译驰抬眸看来,视线触及她的手指后,声音略停顿。

姜织眼神微茫,下一秒,后知后觉自己险些把口口声声说是买给沈译驰的糖,拆了喂到自己嘴里。

幸好她动作慢,糖还在手上。

"你现在吃吗?"姜织把手指间的那颗糖往他面前递,一副"我照你的要求给你拆开了"的单纯模样。

沈译驰把试卷拿低些,犹豫两秒后,低头衔走了那颗糖。

糖是甜的,牛奶味,在唇齿间溢出香甜的奶味。女孩的手似乎擦过橘子味的护手霜,嗅到时也很甜。

姜织把糖纸连同左手一起藏回口袋里。

"看题目。"沈译驰大概是察觉她走神,出声提醒。

姜织"哦"了一声,望过去,心说沈译驰这一系列反应真的好自然,难道他对如此举动习以为常?

姜织听得心不在焉,也不敢让他多讲一遍。不知道是不是沈译驰看穿了她不懂装懂的态度,又给她找了两道题目巩固知识点。

当晚,姜织在亓老师家补完课,回家吃完姜国山准备的夜宵,便回房间把沈译驰提到的两道题做了。

第一道题型和姜织问的类似。

第二道问法变化了些,绕了个弯,但她略一琢磨,顺利解出来了。

对完答案,正要把卷子收走,姜织动作一顿,拿起手机依次把两道题拍下来,将照片发给沈译驰。

甜的姜汁:我来交作业。

姜织没抱希望沈译驰会立马回,将手机搁到一边,按照自己的计划开始做题。

等半小时过去,姜织起身活动肩颈,休息眼睛时,才注意到沈译驰的回复。

echi:是对的。

echi:还要问哪道?

消息气泡上方没有额外的接收时间,想来姜织发送完没多久,他便回复了。

姜国山热了牛奶,敲开门,见姜织站在书桌前,要坐不坐地捧着手机龇牙笑。

和学神交流学习的机会难得,但姜织没有过度消耗,戳着屏幕回道:暂时没有了。

大概是命运想佐证"付出会有回报"的老话,周五一早的数学小考,最后一道大题恰好考到了昨晚姜织向沈译驰请教的那个题型。

姜织在答卷前浏览题目时,发现这点,难以置信地瞪圆眼。

因为这个小插曲,姜织中午吃饭的心情都非常好。

姜国山送饭时顺便给她捎了两罐剥好的核桃,吴桐雨不爱吃核桃仁,姜织便没给她留。

课间姜织抓了几枚当零嘴，注意到邓廷朝自己这边瞥，很大方地把密封罐往两桌中间推推："要吃吗？"

姜织上学期就跟邓廷成为同桌，他平日话不多，也不合群——她从不觉得格格不入是什么性格疾病，老爸说过，成绩突出或者在某一方面有天赋的人性格难免有棱有角。

刚成为同桌那会儿，姜织受家里影响考砸了。邓廷注意到她的试卷，疑问她是怎么考进重点班的，皱着眉主动给她讲了一道题。姜织能感觉到他有点自卑，不允许别人质疑自己，讲题时语气方式偏尖锐，时不时还会开嘲讽，夹枪带棒地说几句伤人自尊的话。不过姜织心大，注意力都放在题目上，自觉屏蔽掉这些，甚至出于感谢，时不时给他带牛肉干之类的零食。

大概因为她没什么脾气，邓廷偶尔也会很好说话，很自然地接受了这个交换模式。除了今天——

"不用。"邓廷的语气有点反常，"我是要提醒你小点声，咔哧咔哧跟老鼠似的，难听死了。"

姜织莫名地看了他一眼，咬住递到嘴边的核桃仁，慢慢地咀嚼，哪有什么声音。

邓廷看她这副扮猪吃老虎的样子只觉自己愚蠢："以后也不用给我带零食了，一点小恩小惠，真当我稀罕。"

最后一排，史唐摸着下巴盯着前方看了一会儿戏，点评："果然，裂了缝的鸡蛋只有跟苍蝇绝配，蜜蜂一旦飞近点都得被他臭走。这鸡蛋的未来啊，也就那样了，没劲。"

沈译驰疑惑地朝前方望了一眼。

没等沈译驰追问，史唐自觉解释起来："上午不是数学小考嘛，姜织的成绩比他同桌高了近十分。邓廷估计有危机感了，中午吃饭时，他就一直在说姜织能有这成绩都是他带出来的，没他什么都不是……"

对于邓廷的反常，姜织理解不了。她压根就不记得数学小考的分数，只对几个扣分点有印象，晚自习的时候，特意找了几道同类型的题目巩固。

最后一节晚自习结束的铃声一响，往日都要在教室里再自习会儿卡着熄灯时间离开的邓廷打仗似的"砰砰"一通收拾，拽着书包走了。

姜织被吵得抬头看了一眼，还以为他家里出了什么事心急，还是被后排的同学戳了戳手臂，好心地低声道："因为你数学小考比他考得好，他心理不平衡。"

姜织诧异："……不能吧。"

后排女生耸耸肩，动作在说"谁知道呢"，脸上却写着"保准是"。

姜织没多言，余光见沈译驰已经开始收拾课桌准备走，也急忙整理要带回家以及补课时会用到的书本。

今晚上事多，忘记提前发消息问他要不要一起走了，要不直接到楼下等他，或者他出教室后，自己快点追上去。

正想着，斜后方有人过来，一道颀长的黑影笼罩在她桌上，带来一阵置身山林般的清新气息。

是沈译驰。

没等姜织偏头，沈译驰率先抬手，屈指在桌板上叩了两下，言简意赅地只说了一个字"走"，脚步没停，却明显放慢，顺着过道往教室前门而去。

姜织抱着书包起身时，只看到少年青葱挺拔的背影。

姜织走出两排座位才想起来忘记把保温桶带回家，昨天那个就忘记带了，今天一次得带两个回去。

沈译驰原本站在班级门牌下看手机，临时被一个扎高马尾的女生叫去说话。姜织经过时，听见那女生说："演讲稿你得新写一份，别再用以前的了。你每回上台演讲，都只是改改开头几句，后面的全一样。真当没人听你演讲内容啊，我每回可都认真听呢。"

女孩声音放轻，有几分抱怨意味，显得关系颇为熟稔。

在说百日誓师大会的事吗？姜织自顾自往前走，一副跟他不同路的模样，看似没留意他们的聊天内容。

沈译驰视线追随着姜织事不关己离开的背影飘远，没怎么听女生的话，言简意赅地结束:"知道。"

姜织边走边调整肩上的书包背带,大包小包拎着,看上去一点也不利索。加上马尾辫在肩上扫着,她为了不扯到头发有些不太方便下手。

沈译驰三步作两步和她并排,抬手把她翻转的书包背带调正,无奈的语气中带几分兴师问罪的意味:"急什么?"

姜织以为他指自己本可以在教室收拾好再出来,自然是担心他等久了,但姜织没把时间浪费在无意义的解释上,因为她有更重要的事着急跟他商量。

这几天一起学习的氛围太好,姜织想跟他聊聊周末去图书馆自习的事情。因为担心再次被他拒绝,所以姜织心里略犹豫,拿不准怎么邀请合适。

她想到了那颗糖。看样子他是真的很喜欢吃糖,请他吃糖果应该不会被拒绝吧。

"你周末想不想去图书馆自习?我知道那附近有一家卖手工糖果的店,可以一起去逛逛。"姜织语气谨慎,杏眼里有期待,也有担心被拒绝的忧虑。

有两个男生在追逐打闹,跑得快的男生从姜织和沈译驰中间穿过,把他们冲散。落后几步追过来的男生倒是客气,没选他们中间的路,可就在他绕到姜织另一侧时,为了躲避路过的同学,不小心撞了姜织一下。

对方的冲力太强,姜织往另一侧跌了半步,失去重心,眼看要摔倒。

就在这时,手臂被一双有力的手抓住,人被这股力道轻轻一带,撞到一堵宽阔平坦的胸膛上,鼻息间一阵温润清新的森林气息扑面而来。

确认她安全后,沈译驰很快把人松开,提醒:"小心点。"

"不好意思啊。"姜织似乎是磕到他锁骨上,下巴有点酸痛。她忍着抬手揉的意识,往旁边让让,拉开距离,心里还记着没说完的正事,"如果周末你来的话,我想跟你商量一件事。"

出于礼貌,姜织有必要提前告知一声。

"你不想去也没事,只要以后下了晚自习我们还能一起走,到家后能在微信上聊聊题目,我就很知足了。"

姜织把该出现的可能性都设想到,殊不知故作无所谓的大度语气在沈译驰看来有丝卑微。

对，是卑微。沈译驰自诩看人很准，他不曾想过一向沉着稳健的姜织，竟有这样一面。像是一个珍贵稀有的生物，被撕裂，露出鲜血淋漓的惨状示人，他心口如同被扎了一根刺。

前一秒因为她的邀约而期待紧张的心情，在这一刻，变成了无措。

沈译驰盯着她下颌处，刚刚拉她时没控制好力道，肩膀似乎撞到她了，他觉得是有点痛，想问问她撞疼了没有。

但此刻岔开话题的行为显得像是逃避她的表态，沈译驰垂眼盯着两人前方的道路，手收进口袋里想摸颗糖出来。史唐说错了，他不是喜欢吃糖，而是小时候缺失的爱勉强用糖果作为寄托来弥补，尤其是心烦了就想吃糖。

不用看也知道，口袋里是昨晚姜织给他的奶糖，他早晨穿外套时，特意抓了几颗随身带着。但沈译驰摸到了糖果又放弃了，总觉得自己表现得越随意越像是辜负了她这般的郑重似的。

"我没想要拒绝，所以……"沈译驰正说着，姜织突然望过来，他到嘴边的话打了个磕绊，才娓娓道来，"你不用有顾虑。"

十八岁的少年，一颗心赤诚滚烫。他顿了下，别开眼，剖白道："你之后要说的事，我也没想要拒绝，所以你不用有顾虑。"

姜织微微张嘴，比起喜悦，更多的是震惊。她轻轻地"啊"了一声，确认道："你竟然能猜到我要说什么？"

挺明显的。沈译驰"嗯"了一声，心说。

姜织了了一桩心事，轻松些，笑容甜起来："那我们周末图书馆见？"

"可以。"沈译驰应。

第三章

/

他试图将错就错

姜织周末的补课时间在下午,两人商量后定在周六早晨八点市图书馆见。比预期的沟通顺利,姜织肉眼可见的开心。

高三生下课晚,早过了公交车和地铁的运行时间,他看着被夜色笼罩的冷清长街,问:"你补完课怎么回家?"

他要不送一下?

"我爸来接我。"姜织正在查明天的天气,没雨没雪,但倒春寒,顺势提醒沈译驰,"明天有点降温,你记得多穿点。"

有她爸,那就不用他。

沈译驰淡淡地应:"好。"走出几步,他想起来,"你之前说要带我去见你爸?"

姜织记起自己确实说过这样的话,看完明日温度适合的着装,把手机收起来,望向他:"对。我感觉他会很喜欢你,你想见吗?"

"不了吧。"

沈译驰不太懂,别人交朋友也要先见家长吗?但姜织提了,说明她或者她的家人需要这个礼数,他堂而皇之地拒绝,显得不礼貌。

他略一顿,改口:"如果你坚持的话,那我没问题。"

"见不见都行,以后再说吧。"姜织想要姜国山出马的原因是觉得自己搞不定沈译驰,如今沈译驰答应周末一起自习,就没必要见了。

姜织身上可见纯粹的少女娇憨,想来在家里备受宠爱,那她家里对他的审判标准势必苛刻严格。

沈译驰若有所思,决定有备无患:"叔叔平时喜欢什么?"

"我爸他喜欢摄影,也喜欢露营,对各地的美食有研究,电影喜欢看战争片、灾难片或者纪录片,听歌的话听摇滚多一点。"姜织说。

沈译驰大概脑补出一个成年男人的形象,逐渐放松下来:"说不准我和叔叔真能聊得来。"

姜织莞尔,一副"我就说吧"让他相信她判断的眼神。

说话间,两人进了小区,居民楼同一层,要拐向不同的方向。

沈译驰关上门的下一秒就想扭头把门打开,问问非得拖到周末,不能现在说吗?

他这样想,也确实把门打开了。姜织抬着手正准备敲对面的门,闻声回过头,走廊老旧昏黄的声控灯灯光照亮女孩迷茫的脸庞。

他于事无补地飞快扫了一眼门锁,圆场道:"我看一眼钥匙落在外面没。"

姜织替他扫了一眼锁芯的位置,说:"没有忘。"

沈译驰心不在焉地"嗯"了一声,问:"你着急上课吗?你想说的那件事,要不现在聊一聊?"

姜织面露疑色:"啊,你不是答应了吗?我们还需要确认什么?"

沈译驰重新关上门后,靠在门板上叹了口气。

他打算先洗个澡冷静一下再看书,刚迈进卫生间,只听身后的防盗门被叩响。

又想聊了?刚刚拒绝得不挺自然的吗?

沈译驰折回去拉开门,对上的却是另外一双眼睛。

"哎——"忘带钥匙的周淮原本想夸一夸他开门的速度,四目相对时,感受到了明晃晃的嫌弃,"你这什么眼神,失望?你以为是谁?可能是你打开门的方式不对,要不你重新开一次?"

沈译驰黑着脸进卫生间,"砰"一下把门关上。

周淮笑了笑没继续说,而是接了开水泡面。

等他吃完泡面,房间里只剩下"唰唰"写字的声音。

老小区楼体隔音比较差,楼道里有人走动或者对面邻居开门关门,都是听得见的。

沈译驰今天对声音的捕捉可谓敏锐,大概知道姜织补课时间,一到那个点便竖尖了耳朵听外面的动静。

周淮起初还不知道怎么回事,叼着一根细细的巧克力棒在写题,余光注意到他笔杆停下来,以为他是中途休息,想找他闲聊几句时,抬眼才察觉他在发呆。

周淮提起:"明天我生日,中午出去聚一下。"

沈译驰注意力没在周淮身上,回:"行。去哪儿吃,我到时候直接过去。"

"你要回家的话就别着急出来跟我们吃饭了。"

周淮正说着,听到走廊里姜织跟亓老师告别,女人叮嘱她注意安全的声音。再看正走神的沈译驰,他突然明白什么,翘了翘唇,刻意又做作地清嗓子,故意道:"还是你上午有别的安排?"

"不回家,上午姜织找我有事。"听着下楼的脚步声越来越弱,沈译驰视线才重新回到试卷上。

数秒后,对上周淮似笑非笑的眼睛,后者坦然地道:"哥伦布发现新大陆估计都没你笑得这么傻,淮哥,当心中风了。"

市图书馆藏书众多,有单独的一层设为自习室。姜织没怎么来过,不清楚上座率如何。那年政府还没用上电子预约占座,姜织在家吃过早饭后,便早早地出了门。

沈译驰按照姜织信息中描述的位置找来时,她已经做完了四篇英语阅读理解。

旁边的座位被拉开坐上人,她抬眼正看到沈译驰将手里的奶茶放到她面前。

"谢谢。"姜织小声说完,注意到他今天比平日看上去要讲究些,也可能是穿了一件之前没见他穿过的牛仔外套的关系。

她注意到他搁下奶茶后,手里再没有东西,肩上也没挂包,不由得疑问:"你没有带作业吗?"

沈译驰确实打扮过,用心了也是无心的。升入高三后,时间大多数用在学业上,生活品质能简则简,寒假他在别墅没住几天,唐湘汶给他新添置的衣服都没带过来,一直不觉得有什么。他平时衣服不少,在学校穿的还是校服,更省事了。

今早出门找衣服时,一心想找一件平时不常穿的,找来找去穿了唐湘汶让卢悦捎来的那几件。尺码是合身的,风格突然就看顺眼了。

瞧着姜织突然亮起来的眼神,沈译驰突然觉得,这个风格是好看的。

沈译驰清了清嗓子,别开视线注意到她面前摊着的各科试卷和笔记,再看她放在背后的还装了很多书的书包,对比自己两手空空,觉得自己太没有高三生的自觉了,挽尊道:"我去借本书。"

几分钟后,沈译驰带着书回来,见自己的座位上放着一个小型的纸质手提袋。

"这是我和你提过的那家糖果店里卖得比较好的几种口味,平常结账的队排得很长,早晨我经过时看客人少便先买了,"姜织注意到,他手里拿的是本国外导演的自传,是她没听过的导演,视线移回他脸上,继续说完,"你尝尝看喜欢吗?"

见她眼神有种"一定要他现在吃"的恳求意味,沈译驰没扫兴,坐好后搁下书,去勾纸袋,里面是分包装的各种口味的牛轧糖、草莓雪花酥、焦糖花生糖、坚果奶糖……色彩明亮,看着心情就好。

他从中挑了一块,扭头见姜织眼睛亮亮地正盯着自己。

"还不错。"他又拿出一个小包装,指腹划着包装边缘被切割锋利的棱角,要拆不拆地问她,"要尝尝吗?"

姜织刚要说"我在店里试吃过了,这些都是给你买的",便见沈译驰动作快,不止替她拆了一块,而且手臂移近,将糖块递到她面前。

姜织下意识地要躲,她长大后也只有冯敏和吴桐雨还会把吃的直接喂到她嘴边。对上沈译驰探究不到复杂含义的目光,她沉默片刻,克制着自己的反应,抬手接走了他指间拆封的糖块。

甜味在齿间溢开,姜织冲他弯了弯嘴角,说:"好吃。"

图书馆各处都安静,自习室里不乏考研考公,也有高三生。含着的这颗糖还没融化完,姜织便已经进入到学习状态。

沈译驰看了一会儿书,抽走她压在笔记本下面的英语试卷时,姜织才抬眼看他,见他借来的书合着,不打算再看的样子,悄声问:"书不好看吗?"

沈译驰抽试卷时笔记本移动了下,为了避免碰倒水杯,他抬手拿起笔记本。做这个动作时,他身体朝姜织那边歪了歪,回答:"一般。"

姜织"哦"了一声,看到自己的英语试卷想起:"我还没对答案。"

"需要我帮你对吗?"沈译驰偏头看她,才觉得距离过分近了。

姜织占的这个座位很好,晌午的阳光从身后照进来,暖洋洋、金灿灿的,不刺眼。

女孩白皙的皮肤被光笼罩,细腻光滑,睫毛浓密卷翘,根根分明。他不动声色地坐直了些。

"你无聊的话,那就对吧。"姜织从笔袋里拿出红笔递给他,英语是她比较擅长的科目,但比起沈译驰的成绩,心里没什么自信,想着自己不会错太多题吧。

沈译驰捏着笔杆一头,却因为她迟迟不松手没抽动。

有话要跟他说?

他盯着她,笑了下,明知故问:"做什么?"

男生的眼睛黑而亮,染了笑意的桃花眼多了几分温柔,眉宇间的锋利和锐气被削减几分,但依旧有力量,要把人看穿似的。

姜织避开直视,撤回手,解释:"没事。"

沈译驰觉得女生的心思其实挺难懂的，还是考题这种有标准答案的简单点。他低头对答案时，说："中午一起吃饭吧，周淮生日要请客。"

姜织这会儿盯着沈译驰拿着的在试卷上方移动的红笔笔头，问："我跟着去合适吗？"

"没什么不合适的，都是你认识的。"周淮想到上学期末在篮球场，她要请他朋友喝水的事，不太理解此刻她怎么突然又矜持出分寸感了，现在不比上学期熟悉？

近几年文旅局给力，各区挖掘数个旅游点造势宣传，吸引全国游客前来打卡，捎带着周遭城镇的经济有蓬勃之势。

宿营在市区打造的吸引游客的文化街区就在附近，张灯结彩，好生热闹。

两人掐着聚餐的时间从图书馆出来，姜织朝那方向望望，主动提出："要逛一逛吗？"

沈译驰瞥她，想说时间会不会太赶，他记得这个街区不算大，但其中有几家手工店还挺有趣的，进去体验的话会比较耗时间，要不等下次陪她逛。就听姜织把话说完："我想给周淮挑件生日礼物，你方便帮我出出主意吗？"

沈译驰中止脑内的思绪，淡定地说："去吧。"

两人就近进了家精品店，商品琳琅满目，当礼物送很合适。

姜织琢磨着以自己和周淮的关系送什么妥帖，目光一件件地扫过，同时问道："明天上午还来图书馆吗？"

"可以。"沈译驰对这些精致的小玩意儿没女生那么大兴致，落后几步跟在姜织身边。

姜织觉得今天的沈译驰意外好说话，趁机和他确认道："之后每个周末都可以来吗？"

沈译驰回道："来吧。"

这会儿姜织看中一套陶瓷杯，里面有两只，是熊猫的样式，把手处是竹子的设计，很有新意。

她一向难以抗拒有滚滚元素的东西，但周淮未必喜欢，再看看其他的吧，嘴上不忘提醒沈译驰："那你明天记得带作业来写，不到半年就高考了，你千万别因为和我来图书馆自习也影响到自己的成绩。"

"帮你检查错题，不闲。"倒被她提醒上了，沈译驰这话说得有点情绪在。

与此同时，随着姜织的视线，沈译驰也注意到这套杯子。

她看了这么久，是想买这个？

没等他确认，只见姜织突然停顿脚步，扭头瞥他，认真地问："是暗示我错得很多吗？"

沈译驰：……自己这话说得伤她自尊了？

沈译驰突然觉得有些没劲儿，女生的思维模式敏感细腻得多，他感觉招架不来。

"是和你在一起，做什么事都觉得很有趣。"沈译驰把这套陶瓷杯取下来，无奈懒散的语气有种干巴巴念台词的意味。

但谁让这句话本身足够动听呢。

果然，姜织杏眼微微瞪圆，露出喜色。

姜织确实意外沈译驰说的这句话，在心里不禁夸赞一句，沈译驰你刚刚看的不是自传，是诗集吧。

不过她没深想，也不会联系到自己身上，更不可能调侃出口。

因为对方是沈译驰，姜织总克制地提醒自己保持不给他添麻烦的礼貌距离，因此对自己所言所行谨慎的同时，过度紧张了。

姜织继续回到挑礼物的思路上。她看了一圈，没挑到合适的，主要还是怪她对周淮不熟悉，纠结了一会儿才想到自己有个现成的人求助。

"就这个吧，挺实用的。"沈译驰很快替她拿定主意。

姜织看过去："插座？"

是一款快充插座，复刻经典的红白机配色，潮玩设计。她看了价格，确定不会显得太草率，便同意了他的建议。

去结账时，姜织注意到沈译驰手里的陶瓷杯，眼睛亮起来："你什么时候拿的？"

"觉得可爱就拿了。"沈译驰注意到她的神情，猜自己拿这个她是开心的。

姜织笑了笑，由衷道："你眼光真好。"

沈译驰没接茬，不由得想到涂鸦那天，周淮要给她介绍新朋友，姜织说自己眼光高的事情。

提到交朋友，沈译驰又想起当初在球场上发生的事，他忽然觉得一直这样下去不是个事儿，还是该摊开了聊聊。

"我高中本来除了学习不打算关注别的，"沈译驰起了个头，便觉得自己这个头起得非常差劲，这要是高考作文，他算是废了，略一停顿，亡羊补牢道，"但……"

但——姜织没给他说下去的机会。

姜织原本盯着货架旁竖着的宣传易拉宝看，上面提到的商品正是沈译驰拿的那套陶瓷杯，说是可以用店里的机器在杯子的空白处DIY想要的图案，用人物照片也行。

对沈译驰的话，她只听到个大概，没注意到转折的语气，自顾雀跃道："那太好了，我也只想和你一起学习。"

什么情况？沈译驰彻底不懂了。

他确认道："真的？"

"对啊。我现在只想好好复习，没有别的计划。"姜织眼神坚定极了。

怕沈译驰觉得自己会给他带来不必要的谣言，她再三强调："而且我知道你心里也只有学习。"

姜织觑着他，拿不准他此刻眼神什么意思，为公平起见："如果你觉得跟我一起自习很麻烦，我可以付你课时费，就当我请你做我的补课老师。"

很好，他们的关系扭转成了金钱交易。

沈译驰扫了一眼姜织刚才一直在看的易拉宝，没什么心情，上面密密麻麻地写着些什么根本看不进去："我看着像缺钱还是缺赚钱能力的人？"

姜织觉得自己还是把事搞砸了，还得姜国山出马："不像。那就当我欠你个人情，你以后遇到什么麻烦需要解决，我可以帮你想办法摆平。"

沈译驰对姜织爸爸的形象有了更深一层的认识，她这江湖气的行事风格多少有些遗传吧。

他此刻心情有点复杂，比昨晚的心情还要复杂，多少有点"挂脸"："你在咒我？"

沈译驰觉得自己不能这么沉不住气。他看着结账队伍后面新缀上的两拨客人，也不急了，还吃什么饭，今天这事掰扯不清楚，就给我钉在这儿。

沈译驰换了一种问法："一起自习的回报，包括你亲手喂我吃糖？"

姜织还在思考自己好好跟他说话怎么就成"咒他"了，她没见过沈译驰动怒，但刚刚他脸色确实有些难看，是被她气到了？难道学习搭子的事要黄？

姜织绷着唇，正思索补救方法呢，听到他这个问题，隐约窥见一丝生机，像溺水前遇见的浮木，这不得紧紧地抱住："如果你要求，我是没问题。但最好是私下，在学校同学面前的话，我担心对你影响不好。"她慎重思索一番，对沈译驰也对自己强调，"嗯……避开人怎么样都行。"

什么叫怎么样都行？沈译驰看她，瞳孔不自觉放大，有些站不住了。

为了成绩就这么豁得出去？

他破罐子破摔的摆烂姿态反倒显得像是迅速适应了："你倒是说说能牺牲到什么程度。"

姜织的脑回路固定在"劝说沈译驰成为学习搭子"的主线任务上，被这样一问，她有点蒙，需要她牺牲到什么程度？有比喂糖还过分的要求吗？

这时沈译驰的手机响起，打断两人一时半会儿聊不到同一条轨道上的天。

周淮给他发消息收不到回复，打电话确认他什么时候到。

马上要排到自己时，姜织偏头去看打电话的沈译驰，想提醒他过来结账，刚要开口，便见沈译驰疾步过来。

"是周淮催了吗？那我们快点。"

沈译驰低头看了眼一上午攒的消息，淡淡地"嗯"了一声，说："不急。"

看完消息，他点开打车软件叫了辆车。姜织注意到，说："你现在就叫车？我还想问你要不要找一张照片印在杯子上。"

照……照片？

沈译驰在经历了巨大打击后，刚刚接电话时为转移注意力，盯着易拉宝上的字耐心读完，知道陶瓷杯能印照片的服务。

但吃了自个儿瞎猜的亏,沈译驰直截了当地问:"照谁?"

姜织说:"找一张周淮的,或者你跟周淮的合照。"

哦是"找"不是"照"。沈译驰却不解:"为什么突然提他?"

姜织一脸疑惑,反问:"这不是你给周淮的生日礼物吗?"

沈译驰觉得自己此刻就是个显眼包,脑袋短路没想到更妥当的解释,硬着头皮应下:"嗯……是。照片就不用了。"

姜织指了指旁边的画纸,问:"那你要简单包一下吗?"

沈译驰这会儿想到了更妥当的解释,改口道:"算了。突然不想当礼物送人了,我留着自己用,就不包了。"

沈译驰叫的车距离这里两百米,但因为要调头又有红绿灯卡着,两人结了账在店门口等了会儿还没见车过来。

半天时间,沈译驰早没了早晨出门时的恣意。

出租车四座,停靠过来时,沈译驰让姜织先上。姜织在副驾驶座和后座没有纠结,径自钻进了后座,顺手带上车门,发现沈译驰伸手扶住,紧跟着矮身坐进来。

姜织慢吞吞地往司机后面的座位挪,给他腾位置。精品店的包装袋是粉白色的,沈译驰没包,拎着有点不搭调。

姜织给周淮的礼物可以拎在手里,一会儿就送出去了,书包里空间很足:"需要先放到我书包里吗?正好那袋牛轧糖也在我这儿,吃完饭一起还你。"

沈译驰没推辞,刚刚结账时就觉得这杯子多余买,犹豫要不要搁回去,拎着傻,搁回去显得更傻,一犹豫就把款付了。

出租车开到地方,下车时姜织书包还没来得及背到肩上,沈译驰顺手帮她提了下,才发现:"你装了多少书,这么沉,我帮你拎着吧。"

姜织下车关车门,习惯性地跟司机师傅道了谢,才回沈译驰:"我原本就打算吃完饭去补课,所以要用的书比较多。"

沈译驰应了一声,没多话。提到补课,他难免想到姜织为了一起自习给他喂糖的魄力,心情复杂,以至于两人到了包间门口,他还拎着姜织的书包忘记还。

姜织只顾着回复吴桐雨问她到哪儿了的微信,同样没有意识到。

周淮去年生日排场大,叫的人多,聚会的照片到场的人每个人发一次在朋友圈刷了好几轮。今年高三,没特意庆祝,男生只有他们四人组,女生有吴桐雨、姜织,再加上殷茹。

姜织和沈译驰到时,只有周淮旁边和殷茹旁边有空位,谁坐哪儿俨然已经安排好了。

一顿饭吃得并不舒心,沈译驰只想回家写一份卷子冷静一下,不太想一抬眼就能对上姜织的目光。

沈译驰刻意减少自己抬头的频率,就差找顶棒球帽扣上挡着脸了。

沈译驰觉得这事还要怪自己,上学期末姜织站在篮球场边,自己怎么就注意到了呢。要是跟过去一样,听完对方的话,拒绝了,然后再遇见时避着点,就没这档子事了,他一向不是能处理得很好吗?

卢悦也是他妈妈的学生,还隔三岔五就去他家别墅串门。姜织不过是被他妈妈在家里提过几次名字,说"可惜了,这个舞蹈家的苗子",就被他记到心里去了。

追根溯源,难道真的是沈译驰对唐湘汶自小不喜欢自己的态度耿耿于怀,就迫切地想看看能够被她称赞的学生到底是和沈一星一样只会嘴甜地哄人,还是确实有真才实学,所以才上了心?

沈译驰始终低着头,周身气场冷到周淮怀疑他跟自己置气,几次跟他搭话都被敷衍过去。

一直到姜织掐着补课的时间需要提前离开,把自己准备的礼物给周淮,正式地祝他生日快乐,沈译驰都没抬头。

倒是姜织走出门口后,周淮把礼物收好,撞了撞兄弟的肩,质问:"你刚刚低着头干吗呢?姜织临走前看了你好几眼,明显是有话要说。"

沈译驰对周淮已经没有丝毫信任了,"哦"了一声,继续看手机。

手机是没什么好玩的,他巡逻似的切换了一个又一个软件,平时总用来看资讯的平台今天说好了似的,推送的消息一个比一个无聊。

周淮订的这是一桌什么菜，也不好吃，这家餐厅明明总来吃，今天是换厨师了吗？

沈译驰就像个煤气罐，给他点儿火星，立马就炸。

周淮的目光刚移开，沈译驰的手就不听使唤地切到了微信的页面。

一上午收到了好几个人的消息，早晨跟姜织聊过的对话框已经被压到底下。沈译驰划拉着屏幕，找到，姜织的头像是个头戴花环的樱桃小丸子。下一秒，她头像所在的那一行突然不见了。

被删好友了？还是被拉黑了？

沈译驰陡然坐直，随后才注意到，哦，是她给他发消息，对话框跑到最上面去了。

甜的姜汁：你方便出来一下吗？

沈译驰戳开对话框，回复：有事？

如果文字有情绪，姜织大概能感觉到很压抑的丧。

沈译驰发完消息，盯着屏幕，丧气才一点点收敛。一秒，两秒，三秒，对面越久不回复，沈译驰越煎熬。

叫他出去做什么？说发现他一整顿饭心情不好，要哄哄他，免得他不跟自己一起自习了？

正当沈译驰气急败坏地起身，打算出门问问清楚时，手机微振，新的消息弹出来。

甜的姜汁：你的杯子和牛轧糖还在我书包里。不出来也行，我上完课把东西放在亓老师家或者挂在你家门口。

沈译驰从包间出来，视线本能地寻找姜织。他脸色算不上好看，因为强迫自己保持绝对理性，不想带情绪处理事情，结果适得其反。

唐湘汶和好友聚餐结束，见到的正是他一副冷脸的样子。成天不着家，整天垮着张脸，还以为多酷似的。

临娴紧接着看到他，熟络地招呼："是小驰啊。我跟你妈妈正说你呢，你是来接你妈妈的？"

"临阿姨。"沈译驰视线在鬈发女人身上短暂停留，然后看向旁边的唐湘汶，"妈。"

唐湘汶应了一声，把手腕上的铂金包往小臂上推了推，说："正巧碰见，你没事的话跟我一块回家吧。你爸今天出差回来，晚上一家人一起吃个饭。"

说话间，唐湘汶注意到沈译驰穿的衣服，是前儿大小悦陪她逛商场买的。他以前总穿黑白灰这些暗色系，看着冷冰冰的，衣服有点亮色，人看着有朝气。

"不是说明天才回吗？他感兴趣的那块砚台我找到了，要回出租屋取一趟。"沈译驰说。

唐湘汶："行。司机在门口等着，一起下去吧。"

考虑到唐湘汶添油加醋的联想能力，沈译驰打算让姜织先走。消息编辑到一半，又觉得自己过于心虚了。他还不能有异性朋友了吗？没必要为唐湘汶的臆断诚惶诚恐。

唐湘汶看他一直盯着手机似乎很忙的样子，皱了皱眉，碍于有外人在场，没太下他面子："今天和谁吃饭？"

"给周淮庆祝生日。"沈译驰没再发消息，把手机收起揣回口袋里。

临娴许是唱歌剧的缘故，声音悠扬欢快，富有感染力，但架不住话密时令人觉得吵闹："小淮过生日啊，哎，我看小悦今天没有出门啊？这孩子最爱热闹，估计是忙忘了。她这几天闷在家里学习，那劲头饭都顾不上吃。小驰你见面替阿姨好好劝劝她，学习哪有身体重要。"

临娴只有卢悦这一个宝贝独女，从小就宠，不管人前和人后，一提到就忍不住夸赞和炫耀。

姜织按照沈译驰信息里说的，在餐厅门口等他，却没料到他跟他妈妈一起出来。

姜织原本百无聊赖地发呆，登时站直，等人走近，礼貌地喊人："唐老师，临老师。"

唐湘汶一如既往的冷淡，点下头。错身而过时，不知是察觉到姜织落在沈译驰身上的目光，还是记起什么，她脚步顿了下，问："最近还跳舞吗？"

正如吴桐雨的印象，唐湘汶在舞台下给人的观感并不亲切，有种与普罗大众格格不入、居高临下的傲慢气场。姜织从开腰、踩胯便被她带，对她的记忆是伴随着骨头响和无数血汗泪的，比起校园教师精神层面的传道受业解惑，唐湘汶的老师身份显得沉重很多。

"没再跳了。"

"文化课能打多少分？"这是唐湘汶带艺考生时，问过最多的问题，分数在某种意义上等于前途。

姜织受唐湘汶高要求多年，本能地自责过去辜负了她的期待，因此在文化课成绩上，答得非常不自信。

哪怕这个分数，对于艺考生而言，足够出色，但姜织不是艺考生了。

如今不太拿得出手的文化课成绩，衬得她放弃跳舞是多么不明智的举动。

姜织迟钝地想，唐湘汶这个复杂沉默的眼神大抵是这个意思，唐湘汶始终没说话，就像过去每一次她越是沉默，学生越自觉检讨的效果一样。

高三生的家长对分数都有概念，再不济也会对比自家孩子的分数看出差距。临娴心说这分真不低，但嘴上又不承认有谁比自家女儿优秀。

只见临娴像是费了些心思才记起姜织是谁，脸上扬起标志性的笑容，优雅又疏离："你一直都是这么省心。不像小悦，去北京考个试还得我陪着，非说要带我见证一下自己的重要时刻，我看她就是紧张怕发挥不好。好在小悦平时没定性，关键时候从不掉链子，这不拿了四个学校的专业第一。"

一直没打扰师徒叙旧的沈译驰闻言，微微蹙起眉。饶是他这个外人，也听出来临阿姨话里话外，暗指姜织平时训练再出色有什么用，临到关键时候直接放弃连上考场的资格都没有。

也就姜织，还有心思笑。

笑得这么甜干吗，傻啊你。

察觉到姜织慢吞吞望过来和自己四目相对的目光，沈译驰一时忘记明明是自己先盯着她看的，恶人先告状般不解地歪了歪头。

突然看他做什么？不是只想跟他好好学习吗？找他帮忙倒是很称手，需要解围就直说。

姜织并没有这个意思，人的情绪是有温度的，她只是感觉周围的气压突然冷下来，下意识寻找原因，便看到沈译驰不知为何在生闷气。

此时，临娴一个人说得起劲不行，还要把唐湘汶拉入话题。她望着好友，笑道："小悦还说呢，好歹是没给老师丢脸，之后出去敢说是你的学生了。"

唐湘汶笑了下，算是附和了这句话。

过去姜织处处压卢悦一头，还被歌剧院的高层领导赏识。这事临娴记了好久。

但人生很长，妙就妙在谁也不知道当下耀眼的成就是个人不可复刻的高光点，还是绽放前的蛰伏期。

临娴看回姜织，缓慢仔细地瞧着，不说话胜过千言万语，有种横扫千军后深藏功与名的低调气势。

偏偏姜织对此无知无觉。

"卢悦是大赛型选手，越大的场面心态越稳，发挥得越好，我一直很羡慕她这点。"姜织对长辈态度端正、话得体，"油盐不进"般礼貌地笑着，仿佛感觉不到卢悦妈妈的潜台词，像一团棉花挡住了刺过来的尖刀利刃。

这让临娴为自己跟一个小孩计较的行为感到羞愧，但只是一瞬，她一向骄傲，从不低头审视自己，张张嘴，下意识地要回击。

唐湘汶习惯了临娴精致的利己行为，过去上课时，临娴总借着看课的名义让她给卢悦特殊照顾。唐湘汶和临娴私下关系不错，无所谓这样的"偏心"，但次数多了，她也会四两拨千斤地挑战下临娴的面子，护着别的学生。

但今天没有，因为沈译驰比她动作更快。

"临阿姨，您家司机到了。"沈译驰毫无征兆地突兀提醒道。

临娴到嘴边的话咽回去，恢复镇定，也觉得自己计较下去过于小家子气，拢了拢披肩，跟唐湘汶作别。

趁这工夫，沈译驰看了姜织一眼，她身上有容乃大的格局不是假装，而是分外真诚。

他见过脾气温和得没有棱角的女生，但总觉得性子过于柔软好拿捏；也见过言行惹眼锋利的女孩，但又觉得莽撞中暴露几分幼稚。

姜织是他很少见到的一类女生，有棱角，但没有攻击性；温和，但不会失去力量；冷淡，却又有人情味。好似一切矛盾的形容词，都能和谐地用来修饰她。

送走临娴，唐湘汶叫沈译驰也上车。

沈译驰不动声色地收回落在姜织身上的目光，果断地表示："妈，你跟临阿姨一起吧，我去出租屋取了东西就回去。"

唐湘汶在剧院当首席做老师，在家里也有话语权，不喜欢被人拒绝。

她下意识地蹙眉，但就在这时注意到了姜织。其实她对姜织的印象很好，除了她对舞蹈的态度，还有她的脾气和自己很合。唐湘汶没有临娴那么盲目的优越感，她清楚自己性格中多少有点词不达意的尖锐，往好听了说，刀子嘴豆腐心；往坏了说，就是控制不住时容易阴晴不定。她到如今这个岁数和社会地位，性格中不体面之处便称得上是个性，算不上恶习。但人心是软的，偶尔也会觉得抱歉。姜织是她带过这么多学生中，对她脾气包容度最高的人，其他学生背地里吐槽她脾气差，姜织是唯一一个会替她说话的人，有种单纯耿直的傻气。

唐湘汶看向儿子，平静地答应："行，别太晚。"

接连送走两个大人，沈译驰觉得再就刚才的话题聊点什么都是小瞧了姜织，他低头看了眼时间，见姜织盯着他家轿车离开的方向不知在想什么。

"回神了。"他在她眼前打了个响指，问，"怎么走？"

"你要跟我一起回去吗？"姜织望来时，眼神里丝毫没有被什么事困扰的情绪。她抬了抬手腕，要把手里的两个手提袋交给他，见他一脸"你这什么问题，我刚刚吐字不清吗"的疑惑状，知道答案是"是的"，又把手缩回去，摘下书包，把东西搁好，"还是我给你装着吧。一起坐公交车？你着急的话我打车也行。"

正好来的时候是他付的车费，没要她分担。

沈译驰心说出发点目的地相同的两个人，用得着选两条路线？

"去等车。"沈译驰抬抬下巴，示意她去公交站牌。

等公交车时，姜织琢磨了下沈译驰的眼神，觉得他似乎有别的情绪，慢半拍地确认道:"你是真的要回家取东西?"

还是单纯找借口支开唐湘汶,从姜织这里取完东西,然后再回包间和周淮他们继续聚餐?

"不然呢,你不会以为我是为了送你去补课找的借口吧。"沈译驰没什么情绪地瞥过来。

"我以为是借口……"姜织脱口说完,后知后觉他刚说了什么。

他怎么还曲解她的意思,这是什么理解能力,理解了又没完全理解,理解个百分之五十,就是误解啊,这误会可大了。

为了送她补课?她多大脸啊,是笨蛋不认识路吗?

姜织斩钉截铁地强调:"当然不可能这样想,补个课有什么好送的。"

不知道周淮是故意的还是无心,沈译驰回出租屋一趟再打车到别墅的路上,周淮把沈译驰和姜织拉到一个群里,当然,群里还有吴桐雨、史唐、方时序,连殷茹都没落下。

群名设置的是"南京演唱会股东内部群"。

沈译驰前一瞬还在嘀咕周淮出什么馊主意,后一秒想起来,哦,吃饭时确实聊过去看演唱会的事。

沈译驰捧着手机看群里聊得火热,面前的门开了,唐湘汶劈头盖脸的一句,好似要把在餐厅门口反常的宽容平衡回来:"到家了不进门,堵在门口怀疑自己走错了?你爸在书房等你呢。"

他这才收起手机,进门。

父子俩眉眼有七八分像,沈敬衷站在桌前俯身写字时,感觉像见到了年长二十来岁的沈译驰。外人常常说他们父子俩像,偶尔沈译驰看着沈敬衷,会想自己二十年后的样子,不是指个人形象,是经历了一次次人生选择与舍弃后被岁月成就的那个成年人,他的职业是不是最初追逐的梦想,他的选择是否守住了一直以来的本心。

沈敬衷是个喜欢往长远看的人,沈译驰也喜欢,但他看到的是一团久久不散的雾。

十八岁的年纪，人生是向上的、朝气的、充满希望的，可也是迷茫的。

尤其是面对沈敬衷时，沈译驰感受到了一股无形的压力。

"爸。"

沈敬衷见他过来，往旁边让让，给他递笔："来，让我看看你现在的字。"

沈敬衷过去是高中老师，经商创业后，保留了很多以前的习惯，写书法是一项。

沈译驰读小学时，正是沈敬衷最忙的那几年，他对家人的陪伴减少，沈译驰在唐湘汶身上体会不到母爱，书法就是那时候偷摸着练出来的。说是偷摸，因为没人知道，小沈译驰抱着讨好的目的，想跟爸爸有点共同语言，想在学成后得到一句夸赞。

沈敬衷确实注意到了，不止注意到他能写一手好字，还注意到他更多的优点。

沈译驰本该是高兴的。

但就像此刻沈译驰站在书法桌前，悬腕写完沈敬衷刚刚所题之字的后半句。沈敬衷背着手，欣慰的目光毫不掩饰："'川不辞盈'，写得好，一看平时就没少练。巍峨的高山不拒绝细小的尘埃，壮阔的河流不嫌弃细小的流水。这不仅仅是做人的道理，也是经商之道。海纳百川，有容乃大……"

和沈敬衷聊什么总能被他绕到商人思维上，沈译驰有预感他接下来要说什么。

"管理公司是一门学问，大学校园里教的东西有限，都是纸上谈兵，等你学了这个专业就知道，还是需要你亲自上手才行。你高考完有什么打算？有感兴趣的项目吗？我给你组些人练练手。"见沈译驰有话要说，沈敬衷添了一句，"还是你想自己组人？那也行。"

沈译驰发现小指腹不知什么时候蹭了墨汁，被他错手一搓，晕开的区域更大了。他收回视线，说："爸，我不想学经济管理。"

"是觉得A大经管专业一般？出国也行。"

"我想……"学计算机。但话还没有开口，楼梯上"噔噔噔"响起一阵轻快脚步声，紧跟着一道黑影耗子似的蹿过来。

"哥！"沈一星紧紧抱着沈译驰的大腿，仰着头，笑容比外面的阳光还暖，"我好想你啊！你看我是不是又长高了。"

沈敬衷望着小儿子，无奈地提醒他："上周末刚见过你哥。"

沈一星眼睛亮亮的，委屈巴巴地在沈译驰衣服上蹭："那也有六天没见了，好久的。"

父子俩的谈话被打断，沈译驰自知如今不是一个合适的聊天时机，便没再提，被沈一星拽去游戏房玩了一下午。

住家阿姨知道沈译驰回来，准备的晚饭都是他爱吃的，但他没太有胃口。

吃完饭，沈译驰便回了房间，不怪唐湘汶一迈进他那小出租屋就皱眉，这里亮堂宽敞，有样板房一样失真的整洁，又不缺少家庭的温馨。

他从书架上那个被唐湘汶刻意塞到最里面的、他小学参加编程比赛获得的奖章上收回视线，捡起屏幕一直亮着有新消息弹出来的手机——群内消息99+，沈译驰还没来得及设置免提醒。

除了群消息，姜织的对话框也出现在屏幕上。

沈译驰心像被猫尾巴轻飘飘地扫了下，春天还没正式到来，有什么翠嫩的植物顽强地破土而出，拱出细芽。

但很快，兜头一阵冻雨领来了倒春寒。

甜的姜汁：明天上午我有事，没办法去图书馆了。

甜的姜汁：不好意思啊，刚和你约好就爽约。

几十分钟前，姜家。

姜织给沈译驰发完消息便继续收拾去南京要带的东西，因为不是去旅游的，衣服没怎么带，就带一套换洗的。主要是书本卷子。明天周日还好，如果周一一早赶不回来，还得跟学校请假。

尽量不要请假，姜织匆匆把背包拉好，开始看南京回宿营的高铁票，时间合适的话，她可以自己回来。

正查着，姜国山敲开她半掩着的房门，视线从她红彤彤的鼻尖上划过，把自己手机递过来："你妈妈要跟你说话。"

姜织用袖子摸了摸眼角，确定没有憋不住哭出来，才转身去接，嗓子被复杂的情绪堵着，"妈"这个称呼还没叫出，便听到冯敏斩钉截铁地交代："你不用来。高三了，瞎跑什么，还嫌自己的成绩不够难看是吗？"

"我周一一早就搭高铁回来，不耽误上课。"

"不耽误什么，你来回折腾能休息好？我只是做个连风险都几乎等于零的手术，还没到你不得不来的地步。你老实在宿营待着，叫你爸也不用来，一个两个光给我添堵了。"

姜国山眼看火气要烧到自己身上，急忙把手机要回去，很有眼力见地让步："姜织说不去了，你先缓缓，别急吼吼地发火，心平能愈万千疾……"

他到客厅又说了几句，才折回姜织卧室门口："你就听你妈的，再拗下去，连我也不让去了。"

姜织负气地把背包往床尾一丢，瞪了老爸一眼，说："爸，你好烦啊。都怪你提前跟我妈说，你直接带我过去我见一面就回来了。"

姜织敢对着姜国山撒娇、使小性子，但面对冯敏，一向敢怒不敢言。

而且她很早前就发现了，老爸老妈才是统一战线的，默契起来把姜织耍得团团转。

姜国山本想借口有工作上的事偷偷走，结果冯敏发给他的信息被姜织不小心看到，她知道母亲做手术的事，坚持要一起。

姜国山知道自己劝不住姜织，所以不着痕迹地透露给冯敏，让冯敏来骂退她。

听到姜织说"我不去了"，姜国山心说这法子烂归烂，但是好用。他给姜织留下这几天的生活费，又交代几句："你有事就去对门找吴桐雨爸妈，或者我叫奶奶来照顾你？"

"不要奶奶来！"老太太要是来了，估计得就姜国山去南京看望做手术的前妻一天念叨四十八小时，她还学不学习了？

听电话那头母亲生气的架势，姜织知道自己不听劝阻地去了，对方只会更生气。

姜织催促姜国山快点出门，又提醒他路上不要着急。姜国山一时不知自己该急还是不该急,哭笑不得地被女儿推出了门。

家里只剩她自己,那种为母亲身体状况担忧的情绪越发强烈,也会思考高考有这么重要吗?重要到排在家人之后。

但随着她自虐似的在脑内把冯敏骂她的话回忆几遍,效果立竿见影,姜织很快找到学习状态。

其实高三生也能劳逸结合,像吴桐雨那样,追剧看小说,每天轻松乐呵,除非高考时出什么概率极低的突发事故,一定能有条不紊地考个看得过去的成绩。

怪就怪姜织自己,她以前跳舞要做到最出色,如今学习,也总想着拼尽全力,考一个不让冯敏失望、对得起自己的分数。

她不知道自己这样的状态对不对,现在她要做的,就是奋力往前。

翌日一早,吴桐雨妈妈准备自家早餐的时候,给对门也送来了一份,帮正在阳台背书的姜织解决了早餐问题。

等吃完,她掐着时间收拾书包出发去图书馆自习,才后知后觉,昨天着急忙慌之时给沈译驰发了信息,后来她没去成南京,忘记跟沈译驰再说一声了。

幸好没说,自己出尔反尔的言行,显得自己行事过于草率了。

眼看去自习的东西都收拾好,姜织一不做二不休,索性按原计划去了图书馆。

一个人自习也是自习。

姜织到得早,很顺利地坐在了昨天自习的座位上。

她学了一会儿,自习室渐渐上人。临近八点的时候,姜织才搁下笔杆,从题海里走了走神,她位置靠窗,正冲着进出自习室的门。

所以她第一时间看到了出现在门口的沈译驰,他又穿了一身姜织没见过的衣服,款式简单的棒球服和牛仔裤。他单手插兜,书包单肩挂着,另一只手正在拨头发,身型好穿什么都很吸睛,自带蓬勃少年气,又英俊逼人。

姜织常常在想,如果沈译驰不是个学神,没有年级第一的光环,在校园里依旧是个呼风唤雨的风云人物。主要是他形象好,眼底不露怯,看不出他喜欢什么不喜欢什么，却能感觉到没什么是他不会的，准确地说，是他学不会的。

好吧，又绕回学习上了。姜织觉得自己学习学得有点魔怔了。

沈译驰长这么大没来过市图书馆几次，近期就昨天那一回，因此进门后，本能地朝昨天坐的位置望去，就这么撞上了姜织的目光。

四目相对，惊讶的同时，两人不约而同地有点尴尬。

沈译驰今天带了书包，不太想承认昨晚住在别墅的自己是一大早回出租屋收拾了书本过来的——他觉得图书馆氛围好突然想去自习不行吗？

可就这么出乎意料地看到跟自己说有事来不了的人安安静静地坐在这里，是有些尴尬的。好像自己那点儿小情绪，猝不及防地暴露在大庭广众之下。

要真是大庭广众就罢了，他一向不惧落在身上的打量，偏偏这个"众"中有她。

不是说不来吗？

沈译驰心中的疑惑还没得到解释，紧跟着又有点生气。人看问题太通透了就会活得累，他思维敏捷，极其擅长发散思考，不由得开始思考昨天是哪个环节出了问题，导致她撒了这个谎。

就这么不想跟他一块学习？

之前看上去挺乐意的啊。

一时间，沈译驰越想越糊涂，觉得自己还是不够了解女生。

姜织的尴尬体验得稍微迟了点。

她之所以会这么凑巧地抬了下眼，是因为她在学习上遇到了难题。正想着沈译驰如果在这儿就好了，沈译驰就这么啪叽出现在她沉默叹气时。第一反应是惊喜，她有种随便许个愿就能灵验的自信，如果她这会儿有走神，一定会许愿冯敏手术顺利身体健康。但她没有，因为她没等开口打招呼，便注意到沈译驰眼神沉沉，似乎在生气。

她嘴角刚扬起的笑，缓慢地收起来，这时才记起按照他的理解，自己不该出现在这里，不由得感受到了尴尬。

是误会自己故意支开他吗？

姜织看沈译驰每走近一步,都有种随时要转弯,找个远离她的座位坐下的气势。

就这么一步步地,眼看距离她越来越近。沈译驰确实想随便找个座位算了,她不是不想跟他自习吗?但姜织眨着一双大眼睛,眼巴巴地、满含期待地望着他。距离还有一排桌椅时,姜织嘴角的笑更深了些,从旁边的椅子上——也就是昨天沈译驰坐的那个位置上——拿走了自己的书包,一副邀请他快点过来坐的模样。

还是给他占了座的。沈译驰心里,突然拨云散雾,天光大亮。

迈过去的脚步轻快几分,沈译驰拉开凳子坐下。他心里瞎较着没什么意义的劲儿,不太想开口说话。

主要是他没想好说什么,怕轻易暴露自己的真实情绪,但又觉得自己跟女生较劲挺跌份的,还是问了:"不是说今天有事?解决了?"

姜织眼里,他一直与别人隔出距离感,很踟的一个人,因此没觉得他除了心情不好还有别的反常。

她把自己铺得到处都是的书本收拢一下,说:"还没有,但不需要我了。"

见沈译驰盯着自己等答案,一副很重视的模样,姜织觉得自己草草敷衍不妥,却又不想仔细提,犹豫之后,小心翼翼地问:"具体原因我可以不说吗?以后有机会再告诉你。"

"随你。"沈译驰一副"我也不是很感兴趣"的样子,不解释就不解释呗,他又不是好奇心重的人,还以后……"以后"这个词用得就很微妙。

姜织哪里知道自己权宜之言被贴上别的标签,她瞧着沈译驰似乎又不像是生气,便慢吞吞地把手臂下的习题册往他面前推了推,问:"方便吗?帮我看个题。"

沈译驰没觉得自己是工具人,准确地说,他并不介意当这个工具人。

同学间互相讨论题目是一件很正常的事情,可人与人之间的气场又是一个很玄妙的东西,就比如一起讨论题目的对象是邓廷,他就聊得很憋屈,说多了显得啰嗦,说少了人家又觉得你敷衍没诚意。

周淮是懒,方时序是没时间,这两人的观念是分数够用就行,学习上的交流几乎等于零,他也就能跟史唐尽兴地聊聊题。

姜织是认真在学,也聪明,因此沈译驰不藏私,很认真地讲。

姜织自然不会白占用他的时间,姜国山常说的一句话"人情是最容易得到的,也是最不该欠的"。

作为讲题的答谢,姜织主动提出:"中午我请你吃饭吧。"

姜织说这句话的前一秒还在嘀咕某道物理公式,说话时头也没抬,捏着笔杆在题目旁写了行注解,才慢吞吞地偏头看他。

沈译驰在她看试卷时看向她,而她抬头时,他正盯着她笔尖写就的内容。隔着时差般,沈译驰慢了半拍才对上她的目光。

姜织弯了弯嘴角,一双杏眼因为掌握住新的知识点异常明亮精神,隐隐翻滚着喜悦。

沈译驰不动声色地把要用到的试卷、文具从包里拿出来,坦然地应下:"可以。"

快到中午饭点时,姜织才从题海中抽身,捧着手机开始选餐厅。她选择的标准简单粗暴,要隆重,体现出重视来,因此在价位上十分舍得。

见沈译驰从试卷中抬头,姜织问:"吃淮扬菜可以吗?"

他没意见,说:"可以。"

两人收拾东西离开图书馆,到达姜织选定的餐厅。

姜织取了号,神态自若地和沈译驰说话:"前面还有四桌,需要等一下。"

两人在门口塑料椅上坐着等。姜织的注意力在手机上,研究这家餐厅主打的几道菜品,在心里先有个概念,一会儿让沈译驰先点,她再添。餐厅开在商场里,室内暖气开得足,姜织腰受过伤,因此格外注重保暖,这会儿很快觉得热,白净的脸上两颊泛着粉色。

沈译驰坐在旁边,视线从眼前不绝的人流落回她脸上。

沈译驰把被她搓皱了角的号码纸抽走,姜织看得差不多,把手机收起来,盯着他看了一会儿,突然问:"你觉得我目前的成绩再提高四十分,难吗?"

沈译驰把皱皱巴巴的号码纸一角捋平,问:"有想考的大学?"

他觉得自己问了一句废话。

姜织倒没觉得，低头盯着并在一起的短靴，说："没有。"语气里有点迷茫，接下来的话又有些坚定，"但我想尽可能地考高一点，这样需要面临选择时，机会能多一点。"

没毛病。分数就跟存款似的，自然是越多底气越足。

姜织伸直腿，肩膀往椅背上靠，盯着正前方中央天井上悬挂的光彩夺目的水晶吊灯看了一会儿，然后偏头问沈译驰："你对未来是不是有很清晰的规划？"

虽然句子是问句，但不论神情还是语气，她已经给出答案。

沈译驰不意外别人对自己滤镜，这大概证明了他擅长伪装。

他记起和沈敬衷被迫中断的话题，想到书架储物格最里层的奖章，想说是，可细究起来，又不是。

"很了解我？"沈译驰避重就轻地把问题丢回去，嘴角扬着笑。

姜织觉得沈译驰其实挺爱笑的，但仔细一想，自己并没有经常见他笑。有可能是因为他这个人的存在令她感觉到向上的力量，所以哪怕他平时又跩又酷，她也不会觉得冰冷。

"大概是你太优秀，感觉你的未来一定已经被开了光。"姜织不是个扫兴的人，但就她和沈译驰目前的关系，夸赞太多显得虚浮，因此她没深聊，巧妙地打断，"你故意听我夸你的吧？"

被开了光的未来，谁能这么幸运。沈译驰笑了笑，没说什么。

这时服务员叫到他们的号，两人进餐厅就餐。

姜织下午还要补课，吃完饭见时间差不多要到了，便没回家午休，和沈译驰一起回去。

两人一路有的没的聊着天，比过去同班半年说的话都多。

以至于姜织补完课从亓老师家出来，转身面对沈译驰的房门，思来想去，觉得有必要跟他打声招呼。

甜的姜汁：我下课回家了，周一见。

姜织下课的时候，沈译驰听到了。对面门打开，姜织像往常一样跟老师及其家人告别。他四肢舒展地靠在书桌前，人却没动。

如果不是这条信息，沈译驰会在竖尖了耳朵听姜织下楼的脚步声渐行渐远直至消失后，再次进入学习状态，然后在暮色四合肠胃叫嚣时出去觅食。

沈译驰不是个喜欢让人下不来台的人，他的家教和个人素养不允许他龌龊。此刻他也知道，自己接住姜织递来的话，并不是为了维护女孩的自尊，是因为他发自内心地想着，期待着。

echi：要一起吃晚饭吗？

姜织看到这条消息时，人已经下到一楼。她盯着手机停住脚，站在栏杆边回复。

沈译驰发完这条消息其实有点后悔，上午一起自习，午饭一起吃的，小区是一起回的，接下来再一起吃晚饭的话，夸张点儿讲，一天二十四小时，一半时间都在一起行动。

沈译驰像油锅里的鱼，正面煎完反面煎，怎么都不得劲。好在消息发出去，他也没打算撤回，只在心里吐槽着自己没点儿数。

直到对话框里有新的消息弹出，沈译驰垂眼瞥过去，突然抖着肩膀笑了。

沈译驰突然觉得不管"卧龙凤雏"是褒义还是贬义，形容他俩就有一种不言而喻的准确。

甜的姜汁：吃完可以一起自习吗？

很好。不用夸张地讲，一天二十四小时，他俩有一半时间都在一起行动。

他自然是没能拒绝。

一直到沈译驰从单元门走出来，姜织也没意识到自己这一天里沈译驰的存在感过于高了。

她的思维模式还沉浸在刚结束的补课内容上，精神上有些晕和累，只想到姜国山去南京了，她回去也是一个人吃饭，跟沈译驰吃完还能一起自习，是她赚了。

老小区的墙体被岁月留下斑驳的痕迹，单元门被推开时发出一道尖锐的"嘎吱"声。沈译驰单肩挂着书包，少年身形如青柏挺拔，下颌线紧绷，往下几寸处，青涩的喉结突兀地顶出。

他眼神干净，不喜不厌，没有多余的情绪，走出来几步，才抬眼寻找姜织。

单元门出来往左看是两个深绿色的垃圾桶，姜织站在另一边，背对着单元门，似乎在讲电话。

是姜国山的电话，掐着她下课的时间打过来。姜织报喜不报忧，没提自己晚饭及之后的几个小时暂时不回家的事情，只问妈妈的情况。冯敏做的是妇科方面的小手术，风险确实约等于零，姜国山说她状态不错，没有大碍。隔着几百公里，姜织也听不出他是不是也在报喜不报忧。

沈译驰走过来时，姜织正好说完"我不偷懒，会好好吃饭的。爸你快去忙吧"，挂断电话。

女孩儿平时说话细声细语的，跟家人讲话时又添了几分娇嗔。沈译驰听着她跟家人报备，有些出神。

还是姜织先问了句："一会儿吃什么？"

沈译驰往肩上提了提书包，说："想在这附近吃，还是市中心，回请你。"

"那我可要好好想想。"姜织饶是正经地思索半天，"吃面吧。"

沈译驰瞥着她。

姜织眨眼："怎么了？"

沈译驰："在想哪家面馆能让你吃回本。"

午饭是她请的，姜织装没听出他在意这个，只说："就小区门口那家吧，我好几次经过都闻着特别香，一直没机会去吃。"

这家店早晨卖早点，其他时间卖面食、肴菜、麻辣香锅，夏天的时候傍晚还会卖烧烤，很生活化的一家店，味道就是家常菜的味道。

沈译驰要了一碗牛肉汤面，姜织吃西红柿鸡蛋面。没吃几口，姜织左眼皮开始跳，她搁下筷子用指腹压了几次，还是觉得心慌得厉害。

说起来沈译驰跟她同桌吃过几顿饭，明显看出她此刻状态不对，疑惑地问："吃不惯？"

家里的事解释起来麻烦，说出来沈译驰也帮不上忙，关乎家人的身体健康，再多安慰的话都是徒劳。姜织抿出个笑，摇了摇头，说："想起一道题。"

沈译驰半信半疑地看了她一眼，问："什么题？也为难一下我。"

店面不大，靠门窗的地方摆了一排桌子，几步路就是玻璃柜台，再后面

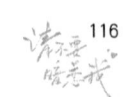

是半开放后厨,油烟机"嗡嗡"运作着,有人点了海鲜,辛辣味被热油一激,香味溢满店。

姜织隔着店里油腻闷热的空气,稳稳地对上沈译驰的目光,由衷地觉得,他这句话说得就很有水平。

没有高高在上的傲慢,也不会漫不经心得令人感到敷衍。

店里桌子是那种最简易的折叠桌,交叉的铝合金桌腿比手指还要细,感觉不太稳,桌面也小,他俩的碗之间摆不下第三个碗。

一米八几的男生手长腿长,坐在那儿略显局促,但就很奇怪,他身上有种浑然天成的百搭气质,姜织觉得,他一定是个很宽容的人。

姜织可能不小心沾了他的光,为家人焦虑的情绪来得快,去得也快,被他一打岔,突然就抛之脑后,没那么忧心了。

后厨油烟机停工时,姜织挑了挑碗里的面,瞥了他一眼,说:"等吃完拿给你看。"

虽说这是借口,可想要和他讨论的题目姜织有不少。饭后两人没走太远,去隔壁奶茶店要了两杯喝的,便蹭着店里的桌子自习。

傍晚时分,街上的路灯亮了。奶茶店里音响一首接一首地切着歌,客人却始终只有他们这一桌。

这家店的桌子比面馆的大了点,而且是一边能容纳两人的长桌,但宽度不太够,姜织和沈译驰面对面坐着时,试卷铺在中间正方便,这也导致桌底下两人的腿很容易碰撞到。

姜织在不小心踢了沈译驰一脚后,说了一声"抱歉",有意识地将两脚收到凳子下面。

怪就怪她腿长,这个姿势并不太舒服,学着学着小腿又踢出去了。

沈译驰条件反射地避开,以为她有事,抬眼见她一副无知无觉、专注于学习的状态。

他身体往后靠,坐远些。

他这一眼没及时往回收,正琢磨呢,余光注意到姜织搁在一旁计时的手机亮起。

静音设置下,并没有响铃,来电显示"姜老板"。跟她一个姓,她爸吗?

沈译驰屈指叩了叩桌子提醒她,姜织抬头,茫然地看向他,然后才循着他的眼色注意到手机。

是姜国山的电话。

她正要起身出去接电话时,沈译驰比她动作更快:"你接吧,我再去点个吃的。"

目送他走开,姜织接通来电的同时,低头写着没解完的题目。

暂时还没从学习状态中彻底抽神,姜织只当是老爸有什么事忘记叮嘱,听见对面火急火燎的语气,又以为是医院那边有什么事,仔细一听,才听清他是发现姜织到现在都没回家。

"你吴叔叔说给你送吃的,敲了两趟门都没人开,你是没回家还是没听见?"姜国山耳朵灵,劈头盖脸地问完,听着电话那头的背景音找到了答案,"这么晚了不回家在外面干吗呢?"

姜国山周三傍晚回来,陪姜织草草地过了个正月十五。

姜织倒不介意他在南京多待几天,一是方便照顾冯敏,二是她总觉得父母在各自冷静下来后,也许会有复婚的余地。

不过这只是她心里的期许,没拿到姜国山面前说,也是害怕大人的答案是否定的,无情地戳破她的美梦。

新的一周高一高二的学生开学,校园里一下热闹了很多,一到吃饭时间,餐厅人满为患,全靠抢。

姜织恢复中午去校门口取姜国山送来的营养餐的待遇。这一天,姜国山送完饭盒后没着急走,抻着脖子朝校园里望了一眼,不知对什么好奇。

姜织起初还觉得奇怪,等拎着饭盒往餐厅走时,才听吴桐雨提起:"织织我要跟你坦白一件事情。"

姜织眼神迷茫,轻轻地"啊"了一声。

"你爸今早去了一趟我家,好像是送什么东西,我起来时听见他跟我爸聊'一张',我没当回事。毕竟'一张'在学校里是年级第一,在各种省里、国家的比赛中都获过奖,咱们市几所重点中学的高三生应该不少听过他大名吧,我一边刷牙一边听我爸夸他如何如何厉害,我刚醒,脑袋昏昏沉沉不太在状态……"

吴桐雨铺垫这么多有的没的,姜织猜她接下来要说一件猛料,还是一件对姜织不太有利的猛料。

顶着姜织的注视,吴桐雨搓了搓手指,叹道:"叔叔问了我几个无关紧要的问题后,就在我不设防时,突然问我你跟'一张'是不是走得很近,我寻思着这也不是什么坏事,就说你们周末会一起自习。你爸的脸色就怪怪的。"

姜国山是挺会套话的,小时候姜织能骗得过冯敏,却瞒不住他,他和颜悦色东扯西扯就把你隐瞒的事问出来了。

姜织明白姜国山刚刚一个劲儿望着校园里找什么了:"没事,怪我周日回家太晚了。"

"是挺晚的。"吴桐雨帮她回忆,"你俩在外面待到十点呢,这个点我爸妈都睡下了。不过'一张'成绩好,家教好,简直没得挑,你跟他在一起学习,你爸也不能说什么吧。"

饭后姜织和吴桐雨站在四楼楼梯间旁边的露台上说了一会儿话,才各自回教室。

班里学习氛围浓厚,姜织一进教室就开始琢磨趁上课前的时间梳理一下哪一科哪一块的知识点,没太注意到教室里有意无意落在自己身上的视线。

邓廷正和站在他课桌旁边、手腕搭在他书立上的史唐说话。

姜织坐回座位,察觉邓廷瞥了自己一眼。四目相对时,她抿着笑和两人打了个招呼,刚要问"下午体育课还上吗",就见邓廷冷漠地别开脸,姜织只觉莫名其妙。

姜织被翻了一个白眼后,按部就班跟史唐确认了体育课的事,找出要写的卷子,捡起那根最常用的中性笔。一个"解"字还没写完,只听邓廷摔摔打打,不管什么动作都要将声音放到最大。

姜织原本眼都不偏一下,自顾写自己的,直到他拖着自己的课桌往另一侧刺啦挪开一两指宽的距离，拉出楚河汉界似的，将自己和姜织的区域清晰割开，姜织把写一半的公式写完，同时一脸茫然地闻声瞟过去。

看的是那道裂缝。

邓廷整理着书本，把姜织当死人似的，跟史唐嘀咕："写字的动作能轻点吗？没觉得桌子晃啊。老班还不调座位吗？真是在这个位置坐够了。"

身为他同桌的姜织无语，她写字的动作哪里大了？

姜织是真不知道自己又哪里让他看不顺眼了，隔几天闹一次情绪，该无语的是她。

史唐能胜任班里的班长，性子像活络油，背后吐槽归吐槽，当着邓廷的面，从没指责过什么，还处处帮扶。就比如今天在办公室里撞见邓廷被老班提醒最近学习状态过于紧绷，几次小测验都不理想的事，回到教室史唐这不怕他有情绪，第一时间找过来有的没的跟他聊着天放松心情，结果便撞见这一幕。

史唐此刻也觉得尴尬，犹疑地看了眼遭无妄之灾的姜织。

同班半年，姜织在班里的存在感不算低，但接触过她的人清楚，就是个很低调的女孩子，不作妖不找事，口碑很好。人长得恬静、乖顺，就没听她尖着嗓子大声说过话，挺不错的女孩。

史唐正要委婉地提醒邓廷这话说得不合适，只听女孩柔弱清晰的声音——

"打个赌怎么样？"

史唐一脸疑惑。

邓廷怀疑自己没听清，多此一举地问了句："什么？"

姜织从头到尾连姿势都没换一下，保持着捏着笔杆解题的样子，在邓廷大脑混乱时，干脆利落地甩出："就接下来的一模吧。要是我考不过你，我自己去跟班主任请求调座位，他不同意我就自己搬到讲台旁边，不在你面前碍眼。"

姜织钝感力强，但不是傻。她被姜国山带在身边社交，在人际交往上多少有点眼力见，只不过她不爱乱找存在感，不喜欢把问题摆在明面上说。

邓廷上周给她甩过一次脸，今天就差指着她鼻子骂了。现在怎么说也是高三，时间本来就不够用，她不太有时间处理和他的同桌关系。高三生情绪敏感，重压之下容易焦虑，姜织理解邓廷的阴晴不定，但不惯着。

她稍一停顿，把赌约说完："如果你考不过我，就老实闭嘴。班长正好在这儿，麻烦你当个见证人。"

明明她语气算得上温柔，也是笑着的，可气势强硬，颇有些不怒自威的意思。史唐已经看呆了。

邓廷心里怎么想是一回事，被人拆穿后多少有点挂不住脸，说白了，就是敢做不敢当。他口齿磕绊了一下，被姜织乱拳打蒙了："一模有什么好赌的。"

"赌什么重要吗？还是你怕考不过我？"姜织轻飘飘地瞥着他，嘴角的笑慢慢地收走，眼神严肃，丝毫不像在开玩笑。

邓廷的成绩和她的相比，可以说是碾压，偏偏他此刻被唬住，不自觉慌了神。

"你有信心考过他吗？"

这话是吴桐雨问的，在傍晚的餐厅里。她俩过来的时间不凑巧，打完菜半天没找到空位，最终是史唐注意到，招呼她们过去拼了个桌。史唐等姜织坐下，很坦诚地解释"我正跟阿驰聊你的赌约呢"。

吴桐雨也担心着，因此问道。

"没有。"姜织答得笃定，不仔细听光凭语气还以为她对此信心十足。

史唐这下不解了，没人做生意挑铁定赔的项目投资："那你为什么要赌？"

一桌四个人，两人的目光落在她身上，过了一会儿，沈译驰也慢慢悠悠地看过来。

男生这反应显得不亲近不疏离，这是两人在学校里一直以来的相处模式，偶尔碰见会打个招呼，碰不到就碰不到，不会刻意找对方说话。但晚自习后，一起回小区成了件约定俗成的事情，那时他们才会聊几句。

姜织视线从他脸上，落到他面前餐盘里快吃完的菜肴上，然后收回，竹筷拨着饱满的米粒，简单地解释："这个办法最有效。"

有效什么？有效地让邓廷安分点儿。

史唐悟了。

"而且还能让他坚定备考的决心和态度,至少一模或者高考考砸后别把锅甩到我身上。"姜织补充完才夹了一筷子菜。

"噗——"史唐笑了,觉得姜织真是个人才,平时看着不声不响的人,其实挺通透的。

但关键是……史唐看看同桌的其他人,还是问姜织:"等一模完,你打算怎么办?"

狭路相逢,谁也不想当输家。

姜织嘴里嚼着食物,没立刻说话。吴桐雨皱着眉,踢了史唐一脚,正要说什么,沈译驰抢先了:"还没考呢,你怎么知道考不过。"

吴桐雨立马跟腔,冲史唐昂昂下巴:"就是就是。"

沈译驰来得早,这会儿已经吃得差不多了。他贯彻落实光盘行动,除了几块姜片,盘子干净得被简单一冲,只要把油渍洗净就能再次使用。他没有强迫症,纯属无聊慢悠悠地将竹筷首尾并齐摆正,又说:"有这个赌约,邓廷估计要铆着劲儿生怕被赶超地学习,等成绩进步,一琢磨就明白赌约的用意,感谢姜织还来不及呢。要是琢磨不明白,那趁早让他称心如意地换个同桌,换个人祸害。"

姜织抬头看他,觉得沈译驰眼光毒,话说得也毒,大概因为是替她解释,因此姜织丝毫不觉得他世故。

"要是一模成绩不理想,他还一味地随意埋怨人,那才是真的分不清轻重缓急。"沈译驰不紧不慢地说完,眼皮一撩,对上姜织的视线,问她,"是这个意思吗?"

姜织不喜欢卖弄,也不想在这个可以犯错试错的年纪显得老成,因此不情愿领这个功劳。只见她一脸无辜地嚼两口青菜,咽下去,眨着一双干净的杏眼,装傻:"我这个行为原来这么妙呢。"

沈译驰上半身往后,靠在椅背上,拉远两人对视的间距,但不妨碍精准地对上她的目光。

问题丢出去又被丢回来,沈译驰嗤声,但瞧着女孩眼底轻盈的笑,又品出点儿别的意思,他没事找事从口袋里掏出手机看了眼时间,再抬眸时,递给她个眼神，不动声色地把这份谦让推回去："少来。"

别说你做决定时不是这样想的，让我当这个坏人是吧。

同桌的吴桐雨和史唐互相交换个眼神，不约而同地往没人的那侧挪挪。

吴桐雨用手半遮着嘴，压低声："你发没发现……"

不等她说完，史唐迫不及待且笃定地点头："发现了。"

发现什么？

发现这两人格外有默契。

不止他们几个在聊这个赌约的事，中午姜织说话声音不大，就正常聊天的音量，跟问体育课还上不上的语气相差无几，但不妨碍除两个当事人加史唐外，这事被别人听了去。

大多数同学当乐子似的聊，也有人跟史唐求证："真的假的？"

得到肯定答案后，齐刷刷地表示："姜织疯了吧，这么想不开，过于自负了。上学期大型的期末考中，邓廷年级排名十七，姜织可是掉出了重点班前三十的线，考多少来着，有三十五吗？"

史唐欲言又止，要不是沈译驰都觉得这个赌约没毛病，他都要跟大家一起怀疑姜织是不是疯了。

大家就这个赌约聊得再凶，没被姜织听到，她就当没有，聊到她面前，那她就笑笑，说："高三复习太闷，定个目标刺激一下也挺好。"

话说得不卑不亢，还挺乐观。

倒是吴桐雨沉不住气，和十班某几个说风凉话、等着姜织闹笑话的同学顶了几句，带头的女生就是上次造谣姜织考试作弊被方时序泼了一脸水的那位。

吴桐雨新账旧账，一次性怼了个痛快。她怼人就是小学生水平，周淮路过听见笑得不行，把自己这丢人的同桌拎回座位。

作为公证人的史唐对这个赌约还挺上心的，观察了几天，邓廷确实比之前安分了，跟姜织较着劲儿似的，生怕比她少学一分钟。

姜织要是比他多做出来一道题，他能失眠一晚上。当然，这只是一句形容，事实如何史唐不知道。

姜织这学期的学习状态始终不错，至少端正，不像上学期史唐进出教室时，总能见到她站在走廊上吹风，看样子成效显著，否则也不会让一直看轻她的邓廷频繁地跳脚。

"要不，咱俩也赌一把？你说他俩谁的分高。"这天课间，史唐学得无聊，休息时盯着前排的两个后脑勺，跟沈译驰没话找话，"让你先选，你压谁？"

得到沈译驰的答复前，史唐想起一件更重要的事，身体朝他歪歪，声音故意低下去，神神秘秘地说："周淮说，你周末都是跟姜织一起自习啊？是在帮她补课？姜织学习的积极性很高啊。"

史唐认真思量后，又道："通过她和邓廷这个赌约看，她一心只有学习。"

沈译驰只能敷衍地点头，"嗯嗯"两声："你说得对。"

史唐没就这个话题多聊，改口说起演唱会的事："话说，姜织要是顾着学习的话，演唱会还去吗？"

姜织要去的。

在吴桐雨的提醒下，她提前和姜国山说了去南京看演唱会的事，并且报销了演唱会的门票钱和来回车费。

姜国山对她的教育方式一向如此，期末考前会带她去露营看星星，在高三这个紧要阶段也允许她出远门，只一点："不要告诉你妈。"

听到他的叮嘱，姜织点头如捣蒜，捧着手机等着他给自己打钱。

姜国山嘀咕着"否则她又得跟我吵"，一边点开手机，在姜织眼巴巴的注视下，输入了个完全富余的金额。

姜织嘴甜："老爸，你真好！"

"真好骗是吧？是谁仗着我不在家就一整天不着家，幸好你妈不知道。"

在宝贝女儿"我又不是玩了一整天"的嘟囔声中，姜国山的手指输到最后一位密码时顿住，他想到什么，抬头，警惕地确认："桐雨说你们好几个人一起，有男有女，很安全，男生都有谁？那个沈译驰也去？"

姜织愣住。

第四章

来自老爸的凝视

别看姜国山在冯敏面前没什么主见、不担事,就连闹离婚吵架那段时间都没说出什么戳肺管子的狠话,武力值堪忧,但在外头那些三教九流的朋友面前,威信还是不小的。

很多人因为爱好凑在一起,便容易形成圈子,圈子又被拉出一些小团体。团体内部,团体与团体间,只要有人的地方就有矛盾。姜国山就是那个但凡有什么协商不了的矛盾会被叫去主持公道的人,让人又敬又畏又服气。

但姜织连姜国山发火都不怕,所以丝毫没感受到此刻的气氛多么严肃。

她只是愣了愣,疑惑他对沈译驰的兴趣程度,然后照实说:"应该去吧。"

主要是他没在群里说去还是不去,周淮他们默认大家是一起行动的,而他去不去不影响姜织的决定,所以她就没关心。

姜国山盯着女儿。她从小领出去就被夸好看,皮肤白得跟瓷娃娃似的,抽条后五官长开,眨眼就成大姑娘,更出挑了。

他和冯敏离婚的事,对她打击不小,整个人跟着沉稳了很多。人一沉稳,就容易想得多,难免有心事,还变得不跟他分享了。

"爸，钱。"姜织被他盯得有些心虚，岔开话题提醒。

姜国山走南闯北阅人无数，哪能看不出宝贝女儿躲闪的目光。他心里琢磨着这个度该怎么把握，不能问太多，青春期的小孩叛逆，惹急了容易冲动行事，他又不能时时刻刻在身边盯着，但冷不丁冒出个不知根不知底的臭小子，又不能不防。

姜国山收回视线，输完最后一位支付密码，在姜织扬着笑飞快地把钱领走时，语气如常道："哪天走？我送你去高铁站。"

姜织揣着手机，见姜国山没对她去南京的事起疑，很知趣地明白多亏"沈译驰"这个挡箭牌，不免觉得幸运，语气轻快地说："要下个月6号，开完百日誓师大会后。"

教室一进门挂着的小黑板上，高考倒计时一天天减少。姜织的生活三点一线，学校、补课、家，日复一日。

百日誓师大会定在周六上午，因为没安排课程，又是周末，学生的状态比平日要轻松活跃很多。

姜织到校去教室时，因为在琢磨题目有点走神，在楼梯上遇到几个打闹的男生，其中一个人没留神，推搡间从后面撞到她，姜织及时扶了下栏杆才堪堪站稳。

不止撞到，还泼了半罐可乐在她书包上。姜织束着马尾，露出一截白皙的后颈，可乐溅过去时第一时间感觉到一阵冰冷的凉意。

"不好意思，我……"杨霄牧在姜织拧过身时开口道歉，认出是一个熟人，眉梢抬了抬，及时说道，"不小心把可乐泼你书包上了。我们加个微信，你把链接发给我，我赔你一个新的。"

姜织手摸了把后颈，在对方提醒下摘下书包确认。

这是新书包，她等了近半年的预售期才拿到的，给他链接也买不到货了。如今被褐色的饮料染得面目全非。姜织担心弄湿里面的试卷，慌里慌张检查擦拭时，杨霄牧已经递过微信加好友的二维码。

姜织简单收拾，将书包背回去，扫一眼下面平台几个男生脸上毫无歉意的神情，没掏手机，还算客气地说："不用了，怪我脑袋后面没有长眼睛，没避开。"

这话不悦耳，换个人说杨霄牧早回怼了，但姜织语气柔柔的，眼神扫过来，看得人心里暖洋洋的，他就丝毫没脾气了，觍着笑脸接话："赔还是要赔的，女孩子的微信是不能轻易给人哈，要不放学我带你去商场，你挑个新的款式？"

彼时，沈译驰正从十班出来，回自己班级。按道理说走西侧的楼梯更近，但沈译驰临时记起早饭没吃要去趟超市。

他顺着走廊，逐渐逼近"事故楼梯"。

来到楼梯间，应该下行的沈译驰耳尖地听到姜织那句"脑袋后面没有长眼睛"的话，心说这人语气温柔话说得却刺，下一秒才觉得耳熟。

沈译驰撤回下行的步伐，扭头跨上上楼的台阶。

先是注意到楼与楼之间的平台上像是望风又像是看戏的几个男生，顺着他们的视线指引，看到被杨霄牧拦着去路的姜织。

她垂眼抱着书包，今天气温回暖，长袖校服外面没加外套，整个人高挑又单薄。楼梯间的墙壁凿空镶着大块大块的玻璃，外面发新芽的高树筛过细腻的阳光，将她笼出一层金色的光。

沈译驰神色如常，走完这半截台阶，拐上另半截。

杨霄牧注意力放在姜织身上，还在纠缠不清。他只在开学那天找过她几次，没尝到甜头便放弃了，可偏偏最近在校园墙上刷到姜织高一跳古典舞的视频。节目是她和卢悦合舞，不同于整个高中阶段在学校不乏话题的卢悦，姜织显得非常低调，但明明她样貌、实力哪儿哪儿都不差，如今被推到话题洪流中，"低调"反而显得越发特殊。

余光察觉到有人上来，杨霄牧掀起眼皮看了眼。

沈译驰一副只是碰巧经过，没像刚开学在餐厅那次似的插手。

没等杨霄牧松懈，只见马上要错身而过的男人突然停住脚，脸微侧，睨了姜织一眼。

"老班说教室集合，你还不回去吗？"少年的嗓音紧绷磁性。

姜织的目光正尾随着他的身影，打算等他走远些，再跟杨霄牧掰扯，没想到他会停下,愣了半拍,因为不耐烦紧紧抓着书包的手指松开些,顺势看了杨霄牧一眼,说:"真不用你赔,我现在需要回去上课。"

随后姜织跟上沈译驰走的地方,深一脚浅一脚地上了楼。

从楼梯间出来,沈译驰扭头确认她跟没跟上时,视线落在低处。

没等他发问,姜织先说:"脚在台阶上滑了下,不小心扭到,没事。"

楼梯间,杨霄牧脸上皮笑肉不笑的表情消失在他俩离开后,他脾气暴躁地说:"怎么哪儿都有他,沈译驰跟她走得很近吗?"

底下的几个小弟立马凑过来,七嘴八舌:"没听说啊。估计是顺嘴问了句,都是同学说句话挺正常吧。"

"正常个屁,我看就是故意找碴儿。上次在餐厅就是他多事。牧哥,还有周淮找人堵你那事,你可不能就这么忘了。他们几个明显就是一伙的。"

"牧哥,我有主意帮你挫挫他的锐气……"

姜织之前练舞时总受伤,对自己的身体有数,确认脚踝没大碍便不再管。

各班由班长组织到操场参加誓师大会,史唐见沈译驰心不在焉,特意提醒了一句:"你演讲稿打印了吗?别忘记带。"

沈译驰确实走神,盯着姜织和班里女生结伴离开教室的身影,主要看的是她的脚踝,有些担心:"我待会儿打,现在要去趟十班要个东西。"

"你是真不急。你是不是打算来不及打印就捧着手机上去念?稿子给我,正好我要去办公室,替你打了。"

"靠谱。"沈译驰感激地拍了拍好兄弟的肩膀,就往教室外走。

史唐目送他从后门出去一拐弯就去了楼梯间,而自己的手机静悄悄并没有文档发来,正要探出脑袋提醒他快点,"叮"一声,手机收到了文档。

高三生一切校园活动都被取消,除了上学期初的高考动员大会,今天这是第二场全年级集体出动的活动了。

本着"都没学习我就不算在浪费时间"的原则,大家今天的状态看上去都格外放松。

史唐到操场后，确认完班里同学的出勤情况，把打印稿交给沈译驰时，被对方塞手里一支云南白药喷雾，刚说一句"拿给姜织"，就被学校老师叫走，交代一会儿的流程。

沈译驰要作为优秀学生代表上台发言，然后带领大家宣誓。眼看活动开始，史唐知道他忙，便没多问，拿着东西回一班的队伍。

每个班学生按照个子从矮到高，排完女生，再排男生，而班与班挨着站在一起。本应该一班左手边是二班，右手边空着，但学校为了体现对一班这个重点班独苗苗的重视，将其安排在正冲主席台的位置，其他班级按单双数分布在其左右。

史唐站在队伍中朝前面望了望，觉得自己挤过去是不现实的，便拍了拍前一个同学的肩膀，让他把喷雾往前传。

做串场的老师捏着话筒指示学生代表上台讲话时，姜织的肩膀被人从后面拍了下，她扭头，见后面的女生递过来一支红瓶的云南白药喷雾。

"给我？"姜织疑惑。

对方点点头，又说："班长传给你的。"

姜织道谢，隔着层层叠叠的同学朝后望了眼，不指望看到人。

姜织想了想，蹲下身冲脚踝处简单喷了几下，才重新站起来。

史唐怎么知道他脚扭了？是沈译驰跟他说，或者让他把药转交的吧。

没想到他还挺细心。

主席台上，沈译驰已经走到话筒旁边，他顶着各处投来的目光，自若地调整着麦架高度，然后笔直地站定，将手里对折的演讲稿翻开的同时，驾轻就熟地说开场白："尊敬的领导、老师，亲爱的同学们，上午好——"

麦克风尖锐电流声响起的同时，少年锋利的眉头微微动了下。

怎么了？对麦克风有意见？

姜织正疑惑时，只见沈译驰将薄薄的演讲稿一合，手腕垂到裤缝处，另一只手重新扶了下麦，开始脱稿演讲。

明明是三月春回，气温和煦，少年独身站在高处，姜织第一时间发现他微表情的变化，隐隐感受到一股冷峻的寒意。

好在誓师大会很顺利地完成，没有丝毫纰漏，那股异样仿佛只是姜织的错觉。

队伍解散回教室的路上，姜织就云南白药的喷雾跟史唐道谢，对方摆摆手，如是说："阿驰让我给你的。你哪里受伤了？"

姜织轻描淡写地说："上楼时脚不小心扭到了，没大碍。"

"那就好。要是严重你今晚就得拄着拐看演唱会了。"史唐开着无伤大雅的玩笑，走出几步，朝周围看看，暂时没找到沈译驰，"说来也奇怪，阿驰准备的演讲稿我看过，没用以前的模板，也不是刚刚脱稿讲的内容。难道是看着底下站着的乌泱泱的同学，突然有了灵感，就现场写了一份？"

姜织正琢磨脚踝扭到的事怎么不被姜国山发现，身上喷了云南白药，他肯定能闻到，早知道不喷了，不喷估计得不到缓解，一时半会儿走路不太利索，还是有可能被发现。

听到史唐的话，姜织愣了一下，迷茫地"啊"了一声，但对方没深聊。

史唐捏着手机打算给沈译驰发个消息确认一下这事，结果看到群里周淮说话，立马将演讲稿的事抛之脑后，话题一转，问姜织："你和吴桐雨带行李了吗？打算怎么去高铁站？周淮、方时序、殷茹他仨已经提前溜了，真牛，誓师大会都能提前跑，他们在群里说给大家打包了麦当劳当午餐。你、我、吴桐雨、阿驰，咱们四个叫辆车一起？"

关于沈译驰演讲稿的事，他不说，姜织更无从得知，也没觉得哪有不对劲。她回："我爸车停在校门口，一会儿让他送我们吧。我打电话确认一下，应该能坐下四个人。"

姜国山特意推了个饭局送姜织去高铁站，他开了一辆商务车，何止能坐下四个人，七个人都能坐下。

姜织和吴桐雨先从学校出来，坐在第二排，屁股还没坐稳，姜国山头转过来，朝后面嗅嗅，问："你俩谁受伤了？"

姜织知道瞒不住，弱弱地往回缩了缩脚："……我扭到脚了。不过现在已经处理好，走路感觉不到痛了。"

姜国山瞧着女儿语速飞快地解释着，一副生怕他不准她带伤出远门的架势，板着脸，偏头看向校门口，冷声问："那俩同学怎么还不出来？"

姜织偷瞄着老爸的反应，见他没深究，放下心来，刚要说"我打电话问问"，自个儿的手机先响了。

是史唐来电。她接通，问："你们出来了吗？"

电话那头说话的人不是机主，声音来自半个钟头前站在主席台上脱稿演讲的人，他嗓音低沉清晰："是我。"

"沈译驰？"姜织出声确认了一遍。

吴桐雨原本百无聊赖地跷着腿，刷一刷校园墙上的投稿，主要是看一看她投稿姜织新生晚会演出视频后有什么后续，正"咯咯"笑着，突然觉得车身晃了下，惊愕间抬头，发现是驾驶座上的姜叔叔如临大敌地陡然坐直，一双眼紧紧地盯着姜织手里的手机。

姜国山盯着接电话的女儿，对面不知说了什么，只见姜织神色有些纠结："你们大概需要多久？要不再等等你们吧，省得一会儿你们不方便打车。或者有我能帮得上忙的地方吗？我现在回去。"

磨磨叽叽的，这个叫沈译驰的一看就不让人省心。

对面又说了什么，姜织才咬咬唇，应下："行，那我们先走。"

她这不情不愿的语气，是想多等会儿吧。

姜织挂断电话，刚要说不等他俩先走的事，抬眼对上姜国山死死盯着自己的眼神，到嘴边的话磕绊了一下："爸，你有事？"

沈译驰起初并没把事情往坏了想，当他站在主席台上，在全体高三师生的注视下，发现手里的演讲稿是一篇《少年中国说》，第一时间把锅甩给帮他跑腿打印的史唐。班长嘛，被老师叫来叫去，还要盯班级出勤率，这不忙中出错了。

等他应付完跟进此次誓师活动的记者采访，回教室见到史唐，要狠狠宰他一顿。只见史唐接过这两页轻飘飘的演讲稿后，神情先是莫名其妙，反应过来这是他"演讲稿"后表示震惊。在短暂的沉默后，发现关键问题。

——"《少年中国说》？打印这个干吗？教育局给你压的高考语文默写重点？这不是初中的知识吗……"史唐又反复看看这纸，"你的演讲稿？你说这是我给你的那份演讲稿……谁把你演讲稿给调包了？"

——"不可能打印错文档啊，我打印完还站在打印机旁边帮你检查了一遍错字。从办公室到操场交给你，一路都没离手。"

听史唐这般说，沈译驰才察觉出点不对劲儿："从你手里拿来后，到上台，我确实没一直拿在手里。"

期间学校找来负责活动拍摄的无人机飞手有事耽搁在路上，倒是有业余玩无人机的老师能顶上应应急，可临时找来的机器不好用，沈译驰被叫过去帮忙。他要用两只手捣鼓机器，随手把演讲稿搁到后勤部的桌子上，倒是细心地用不知谁放在那儿的充电宝压着免得被风卷跑。

等他处理完无人机，和那老师一起确认了拍摄取景的最佳方位，再回来时演讲稿还在充电宝下面压着，薄薄的两页不起眼的白纸，他没料到能出事故。

"人来人往的，还露天，查起来麻烦了。"史唐比当事人还要上心，当即决定趁学校老师没撤去办公室调监控。

"监控又跑不了，下周再说。"沈译驰看了眼时间，提醒，"十一点十六的高铁，从学校到高铁站打车不堵车的情况下最快也要半小时。现在已经过十点，演唱会还看不看了？"

"你不能不当回事。他今天能偷换你的演讲稿，明天就敢给你喝的水里投毒。你难道不害怕高考时因为中毒缺考吗？哪怕不是中毒，让你摔个跤、拉个肚子好操作吧？"

沈译驰丢过去个眼色示意他消停点："你看我像这么好欺负的傻子吗？"

史唐阴阳怪气："今天对方这不就得逞了？"

沈译驰面不改色："活动顺利结束，得逞什么了得逞。"

"我不查到是哪个浑蛋使的阴招，演唱会都看不舒坦。"史唐冲动归冲动，做事还是有章法的，往办公室去的路上，拿出手机给姜织拨电话，"咱俩十点半出发。我先跟姜织说一声，她爸的车还在校门口等我们呢。"

史唐正说着，迎面碰见老班从办公室离开，担心他走，立刻把刚刚接通

的手机塞到沈译驰手里，嘟囔了一句"你跟姜织说"，自己脚步飞快冲到老班面前说明情况。

于是这通电话是用史唐的手机由沈译驰打的。

顶着史唐和老班的注视，沈译驰没提具体的原因，只说了结果。

不过电话临挂断前，沈译驰被老班叫过去说话，离得近了，姜织依稀听到一句："你的演讲稿被故意换了？"

候车厅外车子不能停太久，姜国山把两个女孩送到后，耳提面命一番叮嘱，拖到最后时间才把车开走。

这一路姜织并没有琢磨沈译驰被什么事绊住了脚，一心计划着到南京后要去冯敏工作地点或者居住地点偷偷看她一眼。

适逢周末，高铁站人流不断，姜织过了安检，看到周淮他们仨已经在所搭乘班次对应的入口处的排椅上等着。

周淮见他们过来，打了个招呼，问姜织："喷雾管用吗？"

"已经好多了。"姜织记起还没就喷雾的事跟沈译驰道谢。

姜织一向不喜欢欠人情，正懊悔刚刚该在校门口多等他们一会儿的，这时才记起自己在电话里不小心听到的，像是老班的声音，似乎是在处理沈译驰演讲稿被调包的事。

演讲稿被调包？姜织回忆上午沈译驰那番流畅从容的演讲，觉得难以置信。

会是谁干的？姜织倒不担心沈译驰处理不了这种上不得台面的小动作，就是担心他们赶不上高铁。

每天宿营到南京南的高铁班次不少，但为了赶傍晚的演唱会，最合适的选择便是这趟。

应该等他们一下的，她和吴桐雨早早过来，也是干等。

一会儿他们从学校出来好打车吗？出租车司机的车技如何？要不让老爸回学校接一趟？

沈译驰收到姜织发来的消息时，人已经和史唐坐上了出租车。

十点五十分打到的车，司机听他们要赶高铁，粗略估计了路上的时间，劝他们改签下一趟。

史唐不死心，扒着驾驶座的靠背要说什么。沈译驰眼瞅着一辆黑色的轿车从旁边的快车道"嗖"一下，甩开他们一大截，出声："师傅，旁边那是一辆什么车，跑得真快。"

师傅瞥了一眼车，油门一踩，说："等着！我这出租车不比他差。"

"好嘞！"史唐应着，见速度提上来，冲沈译驰比了个大拇指，还是他有办法。

后者垂眼划拉着手机消息，矜持地翘了翘嘴角，隔了一会儿，头也没抬，道："今天的事，谢谢。"

"啥？"沈译驰正经八百的语气让史唐一愣。

没等史唐发问，只见沈译驰从手机里抬眼，盯着史唐说："有种自己在学校受了委屈，家长来学校讨公道的感觉，挺不错的。"

搁平时，男生间占起给对方当爸爸的便宜来乐此不疲。但沈译驰这甘愿给人当儿子的语气，把史唐整不会了，愣了愣，学起他的口头禅："少来。要真是那谁的人找事，问题的根源指不定在谁身上呢。"

见沈译驰一直在看手机，史唐不经意瞟了一眼，只看到周淮的头像，随口问："周淮在群里发消息，还是你俩私聊了这事？"

"没说。"他俩说的确实是别的事，周淮压根不关心他和史唐为什么拖拖拉拉还没到，话题围绕的是姜织。

周淮先是把近期校园墙上提到的舞蹈视频发给沈译驰，然后又提起他好几个外校的朋友都在跟他打听姜织。

沈译驰承认自己脾气确实不太好，周淮没说几句，他就开始烦：你很闲？

周淮：话说你跟史唐怎么还没到，走着来的？

这时通知栏上弹出姜织的消息。

甜的姜汁：你们出发了吗？

不是群消息，是私发给他的。

沈译驰一刻也不停留切换对话框，指腹戳着键盘，敲击得精准又迅速：

担心我赶不上？

指腹悬在发送键上空，如果目光有力量，他的直板手机已经被戳了俩窟窿。

这时他的手臂被史唐捣了下："一会儿咱俩下车就跑。"

沈译驰手指反射似的从发送键上空移开，确认消息没误发出去。

他其实不知道是该松口气，还是该遗憾，连戳几下删除键清空输入框，然后才应了史唐一句表示听见了。

站台上人肉眼可见地变少，没一会儿，高铁发动，而姜织旁边的座位还是空的。

原本该坐在这里的是殷茹，她要跟周淮挨在一起，自作主张和沈译驰换了座位。

姜织从站台上收回视线，继续看手机。宿营是小站，停留时间本来就短，上车的乘客还有部分没有安置好行李，万向轮的声音摩擦在地板上骨碌碌得很清晰。

下一秒，她听到了史唐的声音，呼哧呼哧地喘着，人倒在斜前方空着的座位上，长叹一声："跑死我了，真是差一点就上不来了。"

姜织慢半拍抬眸，便看到沈译驰站在左手边空着的座位旁。

他们这群人都是在学校参加完活动过来，都默契地脱掉校服换回日常的衣服。沈译驰一身棒球服配牛仔裤，身高肩宽，松垮地斜背一个包，没有史唐那夸张的反应，依旧是体面又出挑。

坐在姜织前面座位的周淮，就换座位的事跟他打招呼。沈译驰说完话，垂眼正巧对上姜织投过来的目光："喜欢天文？"

姜织正准备问他事情解决了没，被他抢了先。她愣了下，在他眼神示意下记起自己前一瞬在手机上看的资讯："随便看看。"

沈译驰摘了书包，抬了抬手，轻松放到置物架上，然后挨着她坐下，放下小桌板："明天有空，要去看看吗？"

姜织想了想，摇头："算了。"

"我妈在那儿工作。我一个人去都怕被她碰见，要是被她看到咱俩一起，还以为我周末不止不复习，还跟男生一起玩，她会生气的。"姜织提到冯敏，语气里难免带着担忧。

沈译驰记起姜织之前几次提起她爸爸的状态，说："你爸妈对你的教育方式差距还挺大。"

"你看出来了？"姜织意外地看向沈译驰，这似乎是自己第一次在他面前提起冯敏，他就能发现，果然，跟聪明人说话就是省心。姜织不喜欢跟人分享自己的事，除了难做到感同身受，有的人理解都未必理解，沟通起来更是费劲儿。久而久之，倒显得她这个人干净，不事儿，好相处。

因此沈译驰的特殊便显出来了，姜织免不了多提几句："我妈……属于'虚假放权，过度干涉'的教育方式，大多数时候管我管得比较紧。前几天她在南京做了个小手术，我原本要去看她的，但我妈说我分不清轻重缓急，让我留在家里好好复习。"

姜织把手机锁屏，揣进口袋里，人靠在椅背上，侧头看了眼沈译驰，无奈地笑了下："我有时候挺想不通的，高考真的有这么重要吗？"

女孩的声音低低软软，似是随口的抱怨。沈译驰认真地想了想，说："我觉得，高考分数就像是一个在日后几年会用到的凭证，这个阶段的我们，处在一个纯粹且安全的环境，有父母的庇护、学校的监督，这个分数是个人学习能力的象征。虽然不是唯一的凭证，却也是至关重要的一环。你妈妈在做的，大概是尽自己所能给你提供最纯粹的学习环境，必要时候宁愿牺牲自己感受。"

姜织确实挺困惑的，这个问题她之前思考过，但一直没琢磨明白。

听沈译驰说完，她很长一段时间没有说话。吴桐雨戴着耳机看了一会儿《樱桃小丸子》，又把手机收起来。

姜织看着她将外套蒙到脸上开始睡觉，收回视线，再次看向沈译驰，说："我感觉自己能理解你说的，但有点担心我妈，我不需要她牺牲什么。我这次去南京，除了看演唱会，还想去看看她，就偷偷地看一眼，确定她身体没有大碍，我也能安心复习。"

姜织其实很纠结这件事，去还是不去。

"你觉得我该去吗？我去了不被她发现还好，被逮到她肯定会生气，我倒不在乎被训斥几句，主要是担心她气急伤身。"应了那句硬币不能替谁做选择，但被抛起来的瞬间人们便知道自己想要的是什么，如今姜织说着说着，自己坚定了答案，"好吧，假设这么多，我还是想去。"

"那就去。就像你说的，了却这桩心事，就能安心复习。"沈译驰顿了下，又说，"说句扫兴的话，人在每个阶段都有烦恼、纠结，钻牛角尖，大大小小烦恼中，总有一个被你注意到，然后你越在意，它就越困扰你。当你解决了这个，就会冒出下一个。与其被囚困，不如试着和解，当思想明朗了，烦恼不过是人生中用来平衡得意的调剂品。"

车厢算不上安静，噪声在可接受的范围内。方时序跟史唐在聊天；前排的周淮不知说了什么，殷茹又气又笑地打了他一下；吴桐雨还没睡着，挪动时手机从她衣服下面溜到地上。

姜织闻声转头，本想帮她捡，吴桐雨动作更快，被外套盖着头不耽误扯着耳机线把手机拉回去。

姜织看回沈译驰，他这话没有说教意味，也不是在讽刺。姜织越发确定，他的未来一定被开了光，哪怕要涉险跋山，他也一定是轻装上阵，不战而胜。

就像那个成语——百折不挠。

姜织觉得自己想法有点多，打算写张卷子冷静一下。她从书包里抽出练习册和文具，铺开前，问他："要两个小时才到南京，需要借你一份卷子吗？"

沈译驰脖子上挂着短短的耳机线还没塞到耳朵里，这会儿正连了高铁无线网找要看的电影。闻言，拇指的动作快于大脑的指令，在姜织瞥见他手机页面前把屏幕一锁："你带的哪套练习册？"

姜织推过去点，方便他看。

沈译驰随便指了一套自己没写过的，问："上周日你说不去图书馆自习就是因为打算去南京看你妈？"

她点头的同时，撕了一套试卷，又推过来一支中性笔。沈译驰道谢，在心里回忆起周日一早自己在图书馆见到她时弯弯绕绕的脑回路，一时无语。

"我刚刚说的那话，你听听就好。连我自己有时候都做不到和解，就像你说的，虽然不知道考什么大学、学哪个专业，但尽全力把分数考高，该选择时机会多，我相信只要往前走，等再回头看时，会发现这些烦恼不是绊脚石，而是垫脚石。"

为了照顾乘客对光线变化的适应能力,即便是白天,高铁车厢里也亮着灯。

刺白的灯光修饰着少年棱角分明的五官,眉眼锋利又深邃,眼神锐利却不冰冷。明明几句寻常的词语,姜织听得热血沸腾,恍然大悟他们这个年纪,就该如此啊,只要站在这儿,就该是充满希望的。

往前走就好,把每一脚都踩实,每一步都坚定,想那么多干吗,走过的路,每一步都算数。

姜织将试卷铺开,在沈译驰习惯性地浏览大题题型时,毫无征兆地问道:"你们乐队真的没有原创曲吗?"

沈译驰把试卷翻回来,疑惑:"怎么突然问这个?"

姜织:"听你说话,觉得你写的歌词一定不差。"

沈译驰瞥了她一眼,眼神探究:"讽刺我说的比唱的好听?"

姜织说:"我明明在夸你是煲汤大师,鸡汤的汤,感觉你说什么都很有说服力。同样的话要换个人说,我可能就不信。"

沈译驰不是没被人夸过,这是经常性的事情,但防不住他这次被夸得飘飘然。他轻嗤了一声,说:"说明我们合拍。"

很普通的一句话,很寻常的时刻。偏偏沈译驰说完后,才发现四下不知什么时候变得异常安静,而姜织也没接话,有种微妙的气氛在高速行驶的列车上悄然滋生。

沈译驰沉默着钩了一道选择题的答案,想把扯歪的地方拽回来,结果偏头见姜织已经写完第三道选择题,状态专注,对此刻的异样无知无觉。

姜织把第四道题读完,才偏头:"你刚刚看我了?是笔不好用吗?"

"……笔能用。我刚看了眼外面的风景。"沈译驰头偏都没偏,连答完两道选择题。

沈译驰不喜欢为难外人,就拿演讲稿的事来说,哪怕他知道并非拿错而是被人为换掉时,也丝毫不急。不是因为他要吃这个哑巴亏,确实是不急在这一时。他受挫能力很强,别人越急他就越平静。

但他非常擅长跟自己较劲,安逸就会生出娇气,难伺候得要命,要说对情绪捕捉的敏感度,他不比吴桐雨弱,只不过沈译驰自制力强,大多数时候不表现出来。而克制不住的时候,外人看来,就是情绪有点阴晴不定。

不过姜织钝感力强,没有感觉到。她"哦"了一声,低头写题:"周淮说你带相机了,明天要出去拍照吗?"

沈译驰:"看情况。应该就是在附近的街上逛逛吧。"

姜织"哦"了一声,不说话了。结果沈译驰心里那口气上不来下不去,憋得他题目都看不进去:"你确定明天去找你妈妈?之前来过南京吗?别迷路了。"

姜织这会儿进入到答题状态,听不太进去声音,模模糊糊听着他的话,"唔"了一声,给了个百搭的答案:"再说吧。"

顿了下,怕沈译驰再跟自己说话,姜织未雨绸缪地立规矩:"谁也别说话了,比一比谁做完得快,写得慢的请吃饭。"

"……行。"

临近十二点,午饭时间,周淮站起来准备看一眼哪边接热水方便泡面,扭头瞧见后排的三人座,除了蒙着头睡觉的那个,另外两个一人一份试卷一支笔一张草稿纸,答题的状态直逼正规考试。

他朝被脱口秀逗得龇牙笑的史唐使个眼色:"你看看人家。"

史唐探探头:"比不过,比不过。"

沈译驰听他们在说话,没听清说什么,从试卷中抽神时,自己的手机振动了下。

他茫然地点开,看到周淮发来张照片,并排的小桌板,黑漆漆的两个脑袋顶。

你淮爷:你俩真搭。

对周淮这条消息,沈译驰并没开心多少。

他盯着照片看了几秒,然后放大姜织在写的试卷,上面字迹密密麻麻的,像一群蚂蚁爬在他心上。

沈译驰觉得姜织真的挺难懂的,猜不透她讨厌什么,好像什么本该讨厌的事物或者人到她那儿都无知无觉;也看不出她喜欢什么,除了学习。

沈译驰吃饭时在想这个事,后半程写完试卷后又在想这个事。

还有半小时到南京南站,姜织写完最后一道题,看了沈译驰一眼。

后者吃饭时浪费的时间多,这会儿也刚停笔没多久。

沈译驰被逮到视线也不慌,顺势道:"参考答案我看下。"

姜织未作他想,翻出答案递给他。他对答案时姜织就盯着看,期间还从笔袋里找出红笔方便他用。结果试卷翻了个面,沈译驰连笔都没捡一下,沈译驰一道道对完剩下的题目,很快把答案还给姜织。

姜织嘴角微抽:"你应该对自己有信心,就不该多此一举。"

沈译驰笑了笑,说:"只有对一遍才知道没错。信心是一次次达成成就后累计的,不是盲目萌生的。"顿了下,他抽回递到一半的参考答案,觑了眼姜织的答卷,"是挺没体验的,要不我帮你批一下?"

"不用。"姜织斩钉截铁,生怕他上手抢,立刻把试卷护住,然后抽走参考答案,自个儿开始对。

红笔笔杆被她手指攥得热乎乎的,每落笔画一道,便觉得沈译驰投过来的目光深一分。错题数量在可接受的范围内,可对比沈译驰还是要逊色。姜织心内叹气,对完答案开始逐个攻破出错的题目。

带着答案逆推,姜织很快弄清自己其中几道题目失误的原因。

也有百思不得其解的。

"方便吗?帮我看个题?"姜织将求助的目光投向沈译驰。

沈译驰"嗯"了一声,坦然得让姜织怀疑他就是在等这一刻。两人写的卷子不同,沈译驰花了点时间看题,便扯过她的草稿纸写思路。

女孩子笔迹秀气,字符小小的。沈译驰的要张扬些,笔画大开大合,更遒劲锋利。

听他讲了遍,姜织又找了一道同类型的题目巩固,把问题彻底掌握后,语气轻快些:"是我写得慢,你记得想要吃什么,我请你。"

姜织很公正,不打算耍赖,旁人不知道,这饭她请得很乐意。

沈译驰不知道在跟谁聊天,盯着手机一直没抬头:"打算我每给你讲一次题,就请我吃顿饭?"

"我不喜欢欠人情，请吃饭是我想到最直接的方法，如果你想让我帮其他忙也行。"姜织把习题册和文具归纳好，收进放在座椅一侧的书包里。她抱着书包，抬眼看向旁边时，认出沈译驰聊天对象的头像，是卢悦。要怪就怪沈译驰没用防窥膜，以及姜织的视力太好。卢悦在问为什么不叫她一起去演唱会，她也很喜欢这个歌手之类的。

沈译驰还没回，似乎察觉到什么，有意识地偏头看过来。

被抓包的姜织故作镇定地把视线落在他小桌板上的试卷，没话找话："我帮你装？你还要的话回学校再给你。"

沈译驰把试卷给她，没说自己要还是不要，话题停留在："为了还人情啊。那……我辅导你功课到高中毕业，让你做别的也行吗？"

他这话说得漫不经心，像是话赶话带出来的玩笑话。

姜织拉拉锁的动作一顿，她觉得自己有点跟不上沈译驰的思路。

姜织的性格好就好在宠辱不惊，她没多纠结，很认真地想了想这个问题："如果你需要的话，我没问题。"

沈译驰锁掉手机屏幕，觑了她一眼，说："你还挺豁得出去。"

姜织没太懂他这个眼神的意思，也没见怪，掏心窝子地说："大概是因为觉得你人不错，是个正人君子，所以没什么好担心的。"

被发好人卡的沈译驰，并没有很开心是怎么回事。

差不多到靠站时间，没用姜织叫，蒙着头睡了一路的吴桐雨窸窸窣窣地有了动作。姜织看她无精打采的脸色，问："是身体不舒服吗？"

吴桐雨摇头，说："预感晚上要熬到很晚，所以提前补一觉。"

姜织感觉她还是有点不对劲，出来玩是一件开心的事，要搁平时她得蹦跶一路。不过见她没说，正举着手机沉浸地拍照，姜织也没多问。

姜织看回沈译驰，继续刚才的话题："所以我们要绑定学习直至毕业吗？我不会让你白帮忙的。"

沈译驰都忘记这茬了，准备起身活动一下，哪知她如此执着，他被她一句话钉在座位上。

瞥见她一副"我会给你点儿甜头"的慷慨架势，他觉得就她这魄力，假以时日，去谈判桌上就没有拿不下来的生意。

沈译驰在她注视下，站起来，把自己的包从行李架上拿下来，心情不太好："这么有上进心？打算考北大还是清华？"

刚要问问上面哪个包是她的，一块给拿下来时，就被靠窗坐的吴桐雨狠狠地瞪了一眼。

吴桐雨是听到沈译驰的话猛然扭过的头，她这会儿正是情绪敏感的时候，本就不喜欢别人拿闺蜜的学习成绩当谈资，只听语气下意识以为他在嘲讽，跳出来护犊子："姜织爱考哪儿就考哪儿，要你管！管天管地还管人学习了？"

沈译驰一脸莫名其妙地看姜织，好像在说：我管你了？

姜织也在状况外，思绪回笼后，要跟吴桐雨解释。

高铁速度慢下来，从窗户往远处看，能瞧见站台。吴桐雨"哐"一下把小桌板推回去别好，打断姜织到嘴边的话，动作夸张得像是把它当成沈译驰的脑袋拧，然后一手拽着包，一手拉着姜织："织织我们走，靠近男的只会变得不幸。"

沈译驰把视线从两个女生背影上收回，撞见周淮一脸无奈又同情地冲他摇摇头，直叹气。

奥体附近的酒店爆满，他们订得晚，近处的没订到，住在新街口附近。搭地铁去酒店的路上，姜织被吴桐雨拽着，离沈译驰远远的，不止如此，还一口一个"他瞧不起人""太自大了""以为就他学习好啊"吐槽着。

何止姜织，连殷茹都发现吴桐雨脸色不好，在酒店办理入住时，殷茹关心道："是来例假了吗？我带了暖宝宝和冲剂，你需要的话来找我拿。"

吴桐雨周身的怨气这才收敛些，接下来别扭了一会儿，到房间后扑倒在床上，跟姜织抱怨："啊啊啊！她怎么还关心我啊，这么热心肠我都讨厌不起来了。"

她说的是殷茹。

姜织走到窗边看了看外面的街景，走回另一张床边坐着，一针见血："问题本来就不在她。"

吴桐雨拖长声音叹了一声:"啊,好烦啊,我都不想去看演唱会了。"

姜织爱莫能助,安静地在一旁陪着她。

过了一会儿,房门被敲响。姜织先问是谁,然后才去开门。殷茹化了个适合演唱会拍照的妆,头发编进了细细的发带,笑起来时,眼尾亮晶晶的碎片闪着光。她提了提手里的东西,说:"我给吴桐雨送这个。"

是暖宝宝和暖宫冲剂。姜织友好地让她进来:"是准备出发去场馆了吗?"

"还不急。"殷茹把东西给吴桐雨,又问她带没带保温杯。

吴桐雨半推半就,没澄清这个误会,道了谢,又问:"你的辫子是自己编的吗?手好巧,眼妆也好看。"

殷茹落落大方:"你喜欢的话我可以帮你弄,挺简单的。姜织也一起来啊。"

女孩子熟起来很简单,没一会儿就打成一片。殷茹给吴桐雨画眼线时,扔在一边的手机响了,她歪头夹在肩膀上应了几句,跟她们说:"周淮买了一些小吃,怕我们晚上饿,你们想吃吗?我去拿——"

吴桐雨毫无征兆地躲了下,殷茹"哎呀"一声,看着描出来的眼线低头找棉签。

这么一弄,她走不开,求助地看向姜织:"姜织,你有空吗?男生房间跟我们在同一层。"

见姜织应下,殷茹跟电话那头的人说:"姜织过去拿。挂了啊,我忙着呢。"

跑腿拿个东西倒没什么,姜织担心吴桐雨一激动哭出来,打算快去快回。

虽说一块办的入住,但因为酒店剩余房间不多,他们一行人的房间没被安排在相邻。

姜织循着门牌号找了一会儿,敲开目标房间。应门的是周淮,姜织潜意识以为来开门的也是他,以至于门板被从里面拉开,她看到沈译驰的一瞬间,愣了下,硬生生忘记要说什么。

沈译驰扬扬眉:"见到是我很失望?"

"没有。"姜织想要解释什么。

沈译驰已经把路让开,示意:"先进来吧。"

姜织犹豫了一下,跨进去,站在玄关处停下。

周淮在打游戏,跟她打了个招呼,朝电视机下面的桌子上抬抬下巴,说:"原本要给你们送的,但买了挺多样,你们过来挑喜欢的比较方便。你先挑女生爱吃的,剩下的我们男生再分。"

如他所说,大大小小的外卖袋,来自不同店,连袋口都封着没拆。

姜织没扭捏,逐样拆了看过后,腾出一个手提袋单独装了几盒。

周淮顾着玩游戏,听音效这局是顺风,已经推到敌方水晶了。他得空看了眼姜织的动作,提醒了一句:"牛肉锅贴你多拿一盒酸甜口的给吴桐雨,来之前她嚷嚷了好几天要吃这个。"

姜织扭头望过去,欲言又止,按他指示拿完,问了一句:"有什么是特意给殷茹的吗?"

周淮原本盯着大大小小的外卖盒看,不确定姜织到底拿没拿对,闻言,撩起眼皮看她一眼,靠在床头没动。

他似乎在想,但姜织等了半天,只听见他说一句:"你拿三盒酸甜口的吧。"

姜织在他的注视下又添了两盒,客客气气地道了谢,没多停留。

她提着东西转过身,才发现刚才一直没出声的沈译驰正靠在鞋柜上玩手机,酒店房间门被地吸吸住大敞着。

这个角度望过去,男生显得格外高大,肩宽腿长,下颌线流畅紧绷。察觉到她的目光,沈译驰从手机上移开视线,站直了些。

受周淮这番操作的影响,姜织看沈译驰时神色复杂了些,暂时不太想跟他说话。一直到被他送出门,姜织迈出半步,顿脚,转了身。

是想解释下吴桐雨在高铁上发脾气不是冲他,但这件事复杂,一时半会儿解释不清。姜织还有个顾虑,总觉得自己刻意拎出来解释,倒显得沈译驰多小心眼似的。

她这一犹豫,沈译驰松开关到一半的门跨出来,身后的门掩着条缝,问她:"有事?"

姜织语气自然地换了个话题:"一会儿几点走?"

沈译驰百无聊赖地低头,扫见她脚上穿着的一次性拖鞋,鞋面是白色的,女孩的船袜和裤脚间露出了一截脚踝:"休息会儿,走的时候在群里叫你们。"

姜织搓了搓手提袋,琢磨着现在自己可以转身离开了,结果脚还没挪动,便听沈译驰又出声:"演唱会结束得晚,气温低,记得穿得厚一点。"

姜织应了一声"好",转身。

走廊上铺着地毯,软绵绵的,酒店的一次性拖鞋鞋底也是软的,还不跟脚。姜织拧身时还在琢磨事情,一不留神,左脚踩住右脚的拖鞋鞋跟处,重心偏移,她不受控制地往前栽。

完了。

沈译驰一直盯着姜织的拖鞋看,因此反应特别快,第一时间抬手,抓住她的手臂将人扯回来。

被姜织紧紧攥在手里的手提袋在空中画了个流畅的抛物线,打在沈译驰另一条手臂上,听着都疼。而姜织本人,短短几秒间,两脚步伐变化得快出了虚影,最终尘埃落定般,额头直直地撞上沈译驰的胸膛。

"怦怦怦——"

是姜织惊魂甫定的心跳声。

"怦怦怦——"

也是沈译驰的心跳声。

"抱歉……"姜织堪堪站稳,往后退了半步。

沈译驰垂眼看她:"脚没事吧?"

姜织出门没套外套,单穿一件浅紫色的紧身针织衫,露着平直精致的锁骨和白皙细长的天鹅颈。

学舞蹈不仅让她拥有修长的身形和眼神姿态中的韵味,穿衣风格也比普通高中生更吸睛。不是说有多张扬,就像她今天这一身基础款的方领针织衫搭配浅色的窄脚牛仔裤,大大方方地展示着身形曲线,不媚俗也不扭捏。

因为殷茹要给她编头发,姜织把头发散开了一直没管,这会儿低头活动脚踝时，有几缕散下来。

沈译驰嗅着鼻息间淡淡的山茶花的气味，不自在地避开视线。

"没事。"姜织答完，感受到手臂突然被紧紧攥了下，后知后觉地发现沈译驰还抓着她没放，往回抽，没成功，低声提醒，"……我的手。"

女孩小臂瘦弱，不堪一折。隔着单薄的针织衫，沈译驰仿佛能感受到她动脉跳动的频率，被提醒后，烫了下似的，这才松开。

沈译驰将手揣进口袋里，不动声色地岔开话题："回去的路是走到头左拐，别走错了。"

姜织觉得自己的生活能力被嘲笑了："……我知道。"

"最好是。"沈译驰接话。

姜织：……感觉他就是在嘲讽。

沈译驰目送姜织走远，才进了房间。

演唱会开始安检入场前，场馆外很是热闹，沿街走几步便看到一个摊位，卖水的、卖应援棒的、帮歌迷化妆的。

姜织举着手机和老爸视频，转着手机镜头挨个给他介绍自己的同学。

沈译驰蹲在路边系鞋带，在不知情的情况下，只露了个后背入镜。

姜织只是随便跟家人分享一下，让对方不要担心，镜头一带就过，姜国山却看得认真。

沈译驰起身时，姜织视频到尾声，正好挂断。沈译驰看了她一眼，问："你刚才叫我？"

姜织翻着群里大家陆续发来的照片，手指划拉着屏幕，群里的照片没一会儿就翻到最顶，解释："在跟我爸视频。他夸你穿衣品味好。"

沈译驰"哦"了一声，心说只一个背影能看到什么。

姜织保存了几张，记起几个人拍合照用的是吴桐雨的手机，便偏头在不远处找到她，让她把合照往群里发一下，然后继续跟沈译驰闲聊："你站这么远还能听见我说什么？"

沈译驰边走边把近处一个不知谁丢的烟头踢到垃圾桶边上，手插在夹克口袋里："……我听力比较好。"顿了下，他表示，"不是刻意听的。"

姜织不介意偷听不偷听，注意力落回手机上。吴桐雨应完立马行动，但周围人挤人，网络状况不太好，姜织等了会儿才加载完照片："没讲你的坏话。我从小到大交过的朋友，我爸都认识，比我还了解对方。"

沈译驰盯着她一心看手机，心说，他就一点都不特殊呗，玩手机都比跟他聊天有意思是不是。

姜织将几张合照挑了一遍，打算将大家形象最好的一张转发给姜国山。正要点最后一次确认键时，她似有所感地抬头，见被沈译驰正注视着她的手机屏幕，出于礼貌说了一句："我把大家一起拍的合照发给我爸，你不介意吧。"

沈译驰一直盯着她划拉照片的动作，一张接一张，每张都要放大缩小地仔细看一遍。

闻言，他抬头看了眼姜织，明明是个连招呼都不用打的行为，被她如此兴师动众地盯着征询意见，把沈译驰整不会了。他动了动肩膀，移开视线随便看了个方向，说："我无所谓。"

有什么好问的，他还能说不行？她怎么不问问周淮问问方时序？

这时姜织被吴桐雨叫去，一起拍照片。两个女生换了几轮动作，隔了段距离的周淮似乎要用充电宝，就近叫了一声沈译驰："我怎么找不到了，你问问姜织在她那里没。"

沈译驰："你自己问她。"

周淮莫名其妙地看他一眼，往这边走："你这什么反应，人姜织惹到你了？"

吴桐雨护犊子雷达"嘀嘀嘀"发出警报，冷冷地瞪过去，附和了一句："就是，人姜织怎么惹到你了？"

沈译驰一噎。

姜织站的位置距离他们不远，自然能听到，从包里找到充电宝，拿给周淮："在我这儿，给。"

把东西递过去后，姜织偷看了沈译驰一眼。周淮和吴桐雨一句接一句的话给她提了个醒,沈译驰好像突然不开心了,是因为自己把他的照片往外发吗?

她清楚知名度高的人,自尊心强,多少都有些包袱在。

要不跟他强调下,只是给她爸爸看,不乱传。

思来想去,最终姜织决定,只给姜国山发了几张风景照,没发带人物的。

演唱会准点开始,日落月升,气温降了,丝毫不影响现场歌迷高涨的气氛。

结束时,吴桐雨嗓子唱哑了,被前排演唱会偷偷准备了戒指告白的情侣感动了,哭得一把鼻涕一把泪。

从场馆出来,冷风一吹,吴桐雨觉得脸皱得难受,当即把衣领拉到最顶:"还是你有先见之明,提醒我拿了个厚外套。"

姜织心说多亏沈译驰提醒:"你不是说要去厕所吗?我在这儿等你,免得他们出来找不到我们。"

近九万人潮水似的涌在场馆各处,他们七个人原本前后脚往外走,结果一会儿冲散几个,一会儿冲散几个,这会儿谁也不知道谁的情况。

姜织正准备在群里问问找个集合的地点,刚一解锁,看到十几个未接来电,都是冯敏的。预感到要发生什么,一整晚都没表现得多亢奋的姜织,这会儿只觉肾上腺激素疯狂分泌,大脑"嗡"一下,瞬间空白。

沈译驰出来时,看到落单的姜织。瘦瘦小小的女孩子站在人来人往的人流中,像头迷路或者犯错的小鹿,耷拉着脑袋发呆。

眼看一个路过女生头顶的发箍尖角要戳到姜织的太阳穴,沈译驰手快,过去拉着她的手臂把人往旁边带了下:"别停在这儿。"

沈译驰把人拽到墙根人少处,才撤回手。

"谢谢。"姜织朝周围看看,"他们呢,还没出来吗?"

"走散了。"沈译驰只说了这一句便不吭声。

周围很吵,每个人都在说话,说着各种各样的话,听不清内容,只觉得像一锅沸腾的水。

唯独他俩没有说话,气氛安静得让姜织难免继续为电话的事烧心。

在沈译驰从手机上移开视线时,她开始没话找话:"你们组乐队时,有计划过走到更大舞台吗?比如开演唱会,或者巡演?"

沈译驰没懂话题怎么跳到这儿了,不过身处这个场馆,冒出这个话题也是难免。他换了个地方站,用后背挡住吹来的风:"当时没想这么多。我做一件事不是为了几年后的成就,单纯是因为当下的喜欢。"

感觉自己答得干巴巴的,他顿了下,补充了一句:"我们几个还挺有自知之明的,除了周淮以后会专攻音乐,专业性强点儿,剩下几个都是业余水平。要是哪天突然来个音乐制作人告诉我们不要妄自菲薄,是音乐界的沧海遗珠,那我想,我们也会努力一把,追上那个天赋异禀的自己。"

姜织歪头看他,又是遗憾他们乐队没写歌的眼神:"说起来,我还没看过你们的演出呢。"

"没在学校里演过。"见姜织还没移开视线,沈译驰喉结滚了下,反问,"上学期在篮球场边把我叫住说话,真不是要说别的?"

姜织眨眼:"怎么突然提起这个?"

"你要是关注我,能没在网上看过我们乐队的演出视频?"

在校园墙上被投稿的次数没有上百也有几十个,虽说都是些在校外的小比赛小演出,奖金不多观众也不多,但他们乐队登场时人气还是很旺的。

姜织在想他们的乐队叫什么名字,琢磨半天没记起来,因为太冷不想把手从口袋里抽出来用手机查一查,正准备直接问眼前的乐队成员。

沈译驰快她一步开口:"姜织,你是不是心情不好?"

她盯着眼前各式各样迈过的鞋子和裤脚看了一会儿,抬眼对上他的目光,语调明显落寞真实些:"很明显吗?"

沈译驰"嗯"了一声。不止没在状态、没带脑子,感觉她现在这股疯劲儿有点叛逆过头了。

姜织东扯西扯,结果掩饰失败,插在口袋里捏着手机的五指紧了紧,隔了好一会儿,才出声:"我妈给我打电话了,打了很多通。她应该是知道我来南京了。"

沈译驰正往群里发消息,把集合地点定在傍晚拍合照的地方,距离场馆远一点,人流应该会少。刚发送完,他听见姜织的话,也不管其他人发表了什么意见,把手机收起来,脑海中闪过刚刚姜织站在人流中失魂落魄的样子,原来有迹可循。

他问:"怕挨训?"

姜织点点头,又摇头:"我奶奶有点儿重男轻女,对我不冷不淡的,因为我妈不要二胎的事,和她感情也不好。我奶奶那边有很多倚老卖老的亲戚,常常在背后嚼舌根,我妈为了争口气,一直对我很严格。我都习惯了……我大概是怕她失望吧。"

鱼贯而出的歌迷处在不同的年龄段,来自各行各业,有眼神清澈天真、不管打扮得多成熟,一眼就能认出身份的学生,也有举止言谈更稳重得体的成年人,他们或优雅知性,或洒脱烂漫,浑身散发着自信从容,踩着高跟鞋像女战士一样,拥有战无不胜的气场。

"好想快点长大啊。"姜织忍不住感慨。

沈译驰顺着她的目光望去。视野里行人匆匆,学生脚步雀跃轻快,年轻的男人女人尽情享受着休息日的放纵,各有各的世界。

他将视线收回,落到她脸上。见她仍然盯着路人看得认真,语气里的羡慕不像是假装,他将手抬到她额前,食指、中指两指并着,用指背轻轻弹了她一下,提醒她看自己:"傻,刚刚从你面前走过的穿小香风套装的女人连着拒绝了好几通疑似领导或者合作方打来的电话,每个人、每个年龄段,都有自己的故事,他们同样羡慕着现在的我们。我们一定会往前走,终将经历他们所处的阶段,但没有人可以回到过去。所以最好的永远不是将来,也不是过去,而是当下。"

姜织突然冷静下来,人流在她眼前有了更丰富厚重的色彩。

就在姜织重新理解了逃避和面对的意义时,再度听到沈译驰的声音——

"先不要担心这么多。去回个电话吧,在电话里沟通或者见个面,你妈妈现在应该还没有休息。"

大概是姜织没接电话这段时间,冯敏想通了。姜织回拨过电话后,并没有听到火山爆发般的批评和指责，冯敏变得很不像她了，平静地询问姜织现在在哪里，又问住在哪儿，然后定了在酒店一楼的咖啡厅见面。

奥体场馆外、地铁站挤满了人，打车软件上出租车排了上千号，姜织跟吴桐雨打了声招呼没等其他人，费了些功夫提前回到酒店。

也是凑巧，姜织搭乘的出租车在酒店前面停下。她正操作着手机付车费时，听到司机盯着车外"嚯"了一声，惊叹："这车够帅的。"

姜织本没注意，刚要提醒师傅自己付好了，让他查收，便准备解安全带下车。余光不经意一扫，看到了从宾利副驾下来的冯敏。

没等姜织追过去，便见宾利驾驶侧车门打开，走下来一位沉稳成熟、穿暗蓝色西装的男人，看上去和她父母年纪相仿。只见男人手里拿着个什么，从车头绕到冯敏面前，将手里的东西在她脖子上绕了两圈。

哦，是一条围巾。

隔得远，姜织只看到男人轻揽了下冯敏的后背，然后目送她进了酒店，才上车离开。

几分钟后，姜织来到咖啡厅，看着冯敏把围巾摘了和包放在一起，坐到她对面，喊了一声："妈。"

冯敏是个很爱美的人，哪怕在有了姜织后，忙女儿的教育、忙柴米油盐，还要早九晚五地在研究所工作，也依然把自己打扮得靓丽时髦。

姜织进酒店这一路，脑中闪过很多种可能——妈妈是不是开始了新的恋情，如果是的话，为什么没有告诉她？是不是就像老爸放弃她的抚养权一样，也要放弃她？又在想那个叔叔是谁啊？他会对妈妈好吗，会比爸爸对妈妈还好吗？

还想到妈妈今晚在电话里没有发火，是觉得失望，不想管她了吗？

什么都不告诉她，以前让她完成什么事的时候总爱说"你已经是个大孩子了，不能这么任性"，可现在真遇到什么事又当她是小孩子，觉得她不必知道。

大人怎么这么双标啊。

姜织心里开始生气，气他们，气自己。直到看到冯敏因为住院手术的一番折腾而比往日要惨白的脸色和更清瘦的样子，她突然就不敢生气了。

姜织刚想问问她身体情况，冯敏把牛奶杯搁回到碟子里，绷着唇角，威压地看着她，说："长能耐了你，不好好在家复习跑南京看演唱会。我要不是给亓老师打电话了解你的学习情况，都不知道你这周请假了！"

另外六个人见奥体周围不好打车，也不着急走，在附近找了一家口碑不错的火锅店。

火锅怎么煮都不会难吃，店里还配套了以金陵文化为核心的简易剧本杀游戏，一群人又吃又玩，好不快乐。

沈译驰大概是唯一一个不在状态的，对火锅没有胃口，对游戏没有胜负欲。用周淮的话形容就是，沈译驰往那儿一坐，路过的狗看了都得翻个白眼，觉得他冷着一张脸跩什么跩。

沈译驰捏着手机，任由他冷嘲热讽，油盐不进。

对于他这隔几分钟瞄一眼微信的架势，周淮实在看不下去，拍了几张火锅的照片发到群里，特意艾特姜织，还怂恿其他人一起加入，美其名曰，馋一下没口福的人。

群里每人至少艾特她一次，嘻嘻哈哈地说"我们也没吃什么，就是毛肚肥牛鸭肠虾滑……""不好吃真的不好吃我就只是浅撑了一下"，诸如此类。

姜织回得快，发了个流口水的表情包，又发了个挥着锤头砸头的表情包，参加话题互动。

周淮翻了翻，没看到沈译驰发哪怕一个字，从手机上移开视线，踢了他一脚。

沈译驰把腿往后撤撤，依旧没参与，而是点进姜织的头像，私聊她：聊完了？挨训没？

想了想，他把后一句删掉，发送出去后，又发了一句：要帮你打包吃的吗？店里的红糖糍粑还不错。

姜织隔了一会儿回复，先是给他发了张自己拍的提拉米苏的照片，说：不用，我跟我妈也在吃东西，不用帮我带。

然后再回答第一条的问题：倒没被训，但……唉，事情有点复杂，以后有机会跟你说。

以后。

沈译驰一直很喜欢这个词。

沈译驰搁下手机,拿起筷子,吃饭的态度积极很多。

周淮在一旁叹气:"你没救了。"

翌日一早,身体的生物钟让姜织自然醒。她将等会儿要响的闹钟关掉,打算再睡一会儿,这时看到了姜国山发来的消息:爸爸到南京了,醒了给我回消息。

犯懒的念头瞬间一空,姜织翻了翻上面的聊天记录,发现自己昨晚临睡前,距离收到这条消息的三个小时前,自己发给对方的:老爸,我妈是不是要组成新家庭了?我看到她和一个叔叔走得很近。

姜织很克制地没用"抱在一起了"来描述,心存侥幸那也有可能是好友间的礼仪方式。

但夜晚放大人的情绪,焦虑战胜了理性,她又问:妈妈是不是不要我了?

谁能想到姜国山没立刻回,不是没有看到,而是直接开车来了南京。

姜织去阳台和爸爸打了个电话,半小时后,收拾好行李坐在姜国山的越野车副驾驶座上,捧着个糯叽叽的米糕解决早餐。

车子开过收费站,上了高速,朝着宿营的方向开去,距离南京越来越远。

"昨晚你妈和你聊什么了?"

姜织把吃的咽了才说:"就问了我的学习情况,打算什么时候回去。"她细数着,顿了下,才说,"我没问那个叔叔是谁,我妈有告诉你吗?"

姜国山目视前方,专注地开车,在姜织以为自己等不到答案时,他说:"是你妈妈以前的同学,现在和她在一个地方工作。"

姜织"哦"了一声,没问"妈妈是因为这个才要调来南京的吗",感觉这个猜测问出来太伤人。她看着剩下的大半块米糕,不知道是刚起来,又或者是坐车的关系,没太有什么胃口,已经吃不下了。

她将袋子扯起来,慢吞吞地系好。

想到昨晚发给姜国山的第二条消息，她问："爸爸，你当初为什么不要我的抚养权？"

姜国山："十八岁的大姑娘了，已经不需要监护人了。"沉默了一会儿，他才说，"因为这世上没有人比妈妈更爱你。"

"爸爸也没有吗？"

"没有。"姜国山斩钉截铁，对此有很清晰的认知。他属于烟嗓，低沉磁性，此刻格外温柔，"不是爸爸不爱你，而是因为妈妈太爱你了。"

姜织偏头看他。

姜国山眼底映着路况，笔直宽阔的高速路、行道树、蓝天、日光，他透过这些，好像看到了很久远的岁月。

十九年前，还是背包客的姜国山在西北遇到了去做项目的冯敏，一见钟情。

只短短相处十天，十天后，姜国山去往下一个城市，看更美的风景，结交更有才华的朋友。而冯敏返校写项目论文、准备出国留学的材料，准备为自己热爱的天文事业扎根、生芽、奉献余生。

但半个月后，冯敏发现自己怀孕了，这种小概率事件竟然发生在她头上。

更小概率的是，她拿到检测报告的第二天，在纠结自己该何去何从时，又遇见了姜国山。

本来出现在青海、四川、云南、西藏或者哪儿哪儿都有可能，总之不可能在南京的姜国山给了她一个很干净真诚的笑容，为这场重逢。

冯敏没有笑，眼神里一闪而过的是惊慌。这让在分开后的每一天都控制不住想要见她、在得知她上学的城市有个自己可去可不去的活动时，几乎没犹豫便更改行程空降到这里的姜国山，终于冷静了，清醒了。

惊喜变成了惊吓，他以为自己搞砸了。

这份冷静持续到他得知冯敏怀孕。

后来姜国山常常在想，当时自己是什么样的心情。开心、紧张、感恩、又或者害怕？说不清。

要问他后悔过吗？后悔过，在看到冯敏结婚多年参加完同学聚会回来，捧着自己搁置的留学材料和专业论文时他后悔过。

他和冯敏闪婚时，做过陪她出国的打算，但那年他母亲病重，非但没办法远行，夫妻俩还得定居在宿营。

什么背包客自由放荡无处安放的生活态度，什么为天文事业肝脑涂地的人生理想，都败给了柴米油盐、生活琐碎、家长里短。

生下姜织后，冯敏准备再次递交留学材料，可姜织从小体弱爱哭，只有妈妈抱才能哄好，想了很多种法子都解决不了。冯敏狠不下心，所以留学计划再次搁置。

一年又一年，一次次被搁置。

后来，冯敏便不提了，忙女儿的教育、忙柴米油盐，还要早九晚五地在研究所工作。

上午的道路比凌晨那会儿要拥挤，开进宿营的地界，窗外的街景渐渐变得熟悉。

姜织坐久了，腰有些不舒服，从后座拿了一个护腰，找了个舒服的姿势垫着靠住。

姜国山这时说："你妈妈从小对你都很严格，是因为不想你留遗憾，包括看到你受伤也愿意支持你跳舞一样，是怕你日后会为放弃后悔。"

一向对妻子的教育方式不提意见的姜国山，却坚持不许姜织跳舞，其实是狠心地替矛盾挣扎的妻子做出的决定。

毕竟姜织那么热爱跳舞，放弃意味着丢掉了信仰与心中的灯塔。冯敏自己为婚姻放弃过事业，为此在此去经年柴米油盐的琐碎中，也曾后悔过。她极度不想姜织留下遗憾，因此强硬地不让女儿放弃，但也会心疼后怕地在夜里偷偷抹眼泪。

所以姜国山就来做这个坏人吧，又一次做了坏人。

"你妈妈也有遗憾，现在她在努力弥补自己过去的遗憾，所以我尊重她的一切选择。"他说。

彼时，南京。

昨晚玩到太晚的这群人难得睡了个懒觉，沈译驰在给姜织发消息和去敲她房间门之间选择了后者，姜织粉饰太平的能力让沈译驰不亲眼见到她不放心。

门被叩响。

里面传来吴桐雨的声音："谁啊？"

没等沈译驰答，门板径自被拉开，吴桐雨毫无危机意识地举着牙刷站在门内，打了个大大的哈欠，看了沈译驰一眼，一边低头继续看手机，嘟囔了一句"这么早"，一边等他说话。

"……我找姜织。"

吴桐雨头依旧没抬，正在给姜织打电话，同时问："有事？"

沈译驰接受着拷问，答："我的耳机是不是落在她那儿了？"

这理由自然是编的，总不能说就来看看她，或者叫她下楼吃早餐，又或者出门逛逛什么的。

吴桐雨"哦"了一声，堵在门口没扭头叫人，而是对着举在耳边刚刚接通的手机叫了一声："织织你到家了没？哦，那就行……"顿了下，她撩起眼皮看了眼一大早敲门的男生，"沈译驰来找你，说找你要什么东西，"她着急去刷牙，把手机直接塞给沈译驰，"你自己跟她聊。"

沈译驰刚刚一直没机会插话，接住手机还有点蒙，听到电话那头女孩干净清脆的声音问："沈译驰？你找我要什么东西？"

"没什么，我记错了。"顿了下，他问，"你回家了？"

姜织这会儿已经到家附近的生活超市了，姜国山说以为她这两天不在家，就没急着往家里的冰箱添置食材，正好现在顺路买点。

她从小喜欢逛超市，觉得一点点把购物车装满的过程特别开心。姜国山自然了解她，这么做主要是为了让她调整心情。

经过这一路，姜织心情确实很好，讲电话时语气都是轻快的："对。我爸早晨开车回宿营，正好捎上我。你们今天在南京玩得开心啊。"

"好。"沈译驰本该为姜织没事而感到轻松，可偏偏心口堵着，没什么想说的，只道，"那我挂了。"

姜国山在海鲜区打完称,过来见女儿盯着手机发呆,调侃:"业务这么繁忙呢。"

姜织咧开笑,挽着老爸的手臂说:"哪有,我现在最重要的事就是辅助老爸做大餐。"

她也不知道跟谁说,总觉得沈译驰这人很难以接近,明明面对面能聊很久,在电话里却变得十分生疏。

难懂。

沈译驰这个人,难懂吗?

要是周淮来回答,答案一定是很好懂啊。

沈译驰这个人真实纯粹,喜欢跟人打交道,也擅长打交道,游刃有余,但身上没有丝毫市侩和世故。

他是个有耐心的人,对事有耐心,要做什么就能做得好,对心思干净的人也有耐心,从不恃才傲物;但他有时候又没耐心,对那些在他面前耍心眼的人没耐心,他明明知道说什么会讨巧、能四两拨千斤地避开,可偏偏懒得应付,多一个眼神都不给,说通俗点儿就是"会挂脸"。

人长得帅,从小到大公认的。小时候性格比现在热情、闹腾,一双眼睛又黑又亮,对世界充满好奇,但当他发现没什么人懂他,就不爱笑了。小嘴唇一抿,有点儿少年老成的意思,比现在还酷还跩。时不时蹦出来一句什么话,因为思考角度太清醒,显得这小孩嘴巴坏,不懂得给人留面子,但因为说的都是实话,加上童言无忌,反而让人挑不出错。

这是小学的时候,是周淮从别人那打听来的评价。

初中时周淮才认识沈译驰,对这人产生了浓厚的好奇。那段时间,周淮频出奇招试探他的底线和弱点,能用的法子都用了,结果就是这人跟刀枪不入似的,你说什么他都淡淡的,反倒周淮自己被他了解了个彻底,周淮没办法就跟他做起了朋友。

刚当朋友那会儿,周淮也会觉得沈译驰什么都懂,却什么都不说的样子很装,接触久了才改观。沈译驰像个旁观者,观察着别人的生活,但不影响别人,也不被别人影响自己，是很坚定的一个人。

周淮一度觉得，沈译驰是会相信世上有超级英雄和奥特曼的那类人，多数时候很有少年气，热血、坦诚，站在那里就让人感受到希望和勇气。

整个初中，他俩跟双生子似的，形影不离。

不熟悉沈译驰的人，可能觉得两人中周淮会来事儿，但周淮知道，沈译驰才是那个有格局的人。

沈译驰离开时房间什么样，再回来还是老样子。

他找到充电线，把没剩多少电的手机充上，隔壁床上的人动了动，手机屏幕亮起时笼出一小团光，脸没露出来，先听见声音："一大早出去是送她了？"

"饿醒了，出去买吃的。"沈译驰朝桌上自己打包回来的小吃抬抬下巴。

昨晚大家从外面回来后，几个男生又打了一会儿游戏，睡觉时天都要亮了。他们起得晚，酒店餐厅早停止供应早餐，他这个理由正合适。

但周淮哪管他说了什么，毕竟自己长了眼睛，会看。他在群里回了姜织，解释自己有事先回宿营的消息，没让她孤零零地被晾在那儿，问对面的人："在群里连人消息都不回一下，你这脾气怪大的。"

真不怪沈译驰没回，他手机电量不足，跟沈一星视频了一会儿，差点连小吃的钱都没法付，压根没注意到群消息。

周淮趴在那儿，在剪辑往短视频平台上发的日常视频，相同的音效翻来覆去地响。他在剪辑这事上熟能生巧，没怎么加烦琐的视觉效果，最后过了一遍确认没有什么大问题就发出去了，这会儿工夫随手刷起推荐到首页的几个视频。

也是巧，周淮没留意刷的是关注的那栏，其中有个他只看账号一时忘记是谁的，发了个姜织跳舞的卡点视频，截取的都是她单人的舞蹈动作，背景是舞蹈房，穿着浅粉色的练功服，纤细的身段柔美与力量并存，那个倒踢紫金冠漂亮又干脆。视频是几年前的，像素有些不清晰，但这反倒衬得舞者连鬓角的发丝都有韵味。

是以前没看过的素材，他随手分享给沈译驰提醒他看，然后点进评论区，有人跟周淮有一样的疑问,以为这是姜织的账号,有其他好友评论:看主页就知道,发布者是姜织的闺蜜。

哦,是吴桐雨又改名了。

周淮特意切出去,看了眼那账号名——"不怪他眼瞎"。

吴桐雨这什么烂品味啊。

沈译驰靠在五斗橱上,扯着充电线看手机,先捧场地把周淮发布的视频点赞,然后才从头到尾看一遍。

从在宿营的高铁站开始,一直拍到昨晚吃火锅,周淮利用手边一切能利用的物品将转场技巧做到了极致。

周淮听着他手机的声音,抬眼看他,提醒:"不是让你看我发的,去看我分享的。"

沈译驰点开那卡点视频,还是那副靠着的姿态,表情跟看周淮那日常视频时没差别,但眼神一瞬不瞬完全不同,甚至没注意到已经播到第二遍了。

周淮扬了扬眉。

沈译驰从南京回来后在家住了一晚,周一返校时迟了些。

从后门进教室时,正看到史唐叫住姜织说话,问她昨天提前走是玩得不开心还是家里有事?史唐很有班长意识,零零碎碎说了不少。

沈译驰一进门,姜织就注意到了,在听到脚步声时第一时间抬头,看到沈译驰临进门被人叫住,说着什么。

和在学校频繁的接触不同,脱离校园的南京之旅似乎让他们的关系更熟悉了。

但因为吴桐雨昨晚来她家串门时无心的话,让她也有顾虑。

"因为咱们几个去看演唱会的照片被周淮发在社交平台上,被很多人看到。有人在背后说闲话了。"当时吴桐雨一边嗑瓜子一边说。

所以此刻,门内门外的两个人四目相对的瞬间,姜织率先移开目光,一副我刚刚不过是看了眼风景的淡定。

沈译驰跟人说完事,进教室时,姜织则借口"我想起来要讲评的试卷还没写完",生硬匆忙地回了自己的座位。

史唐话还没说完,愣了下,望望姜织,再看看刚坐下的沈译驰,问:"你俩闹别扭了?"

史唐说完觉得自己猜得很有道理,说:"你来之前,我和她聊得好好的,你一来,她就走了。"

女孩的借口太拙劣,一看就是在撒谎,故意躲着他?沈译驰粗略回忆了遍周末两天发生的事,没觉得有哪儿不对劲的。

"没有。"沈译驰回史唐,"就不能是她真有事?"

史唐觉得不像,但没执着这个话题,说起正事:"演讲稿那事,你怎么想的?"

沈译驰从书包里往外拿书本文具,整理到一半时,看到个不属于他的东西——是个相框,里面是一张全家福,相框背面是沈一星歪歪扭扭的字:哥哥,我发现一个秘密,你不在家的时候爸爸妈妈总偷偷夸你,你永远是我最好的哥哥。

落款是"最暖心的沈一星。"

其"偷偷"这两个字因为笔画太多,被他写得格外大,憨憨的;"沈一星"三个字则写得最工整。

沈译驰勾唇笑了下,被史唐撞了下胳膊,一脸"你不能不当回事"的神情瞪着。

沈译驰给面子地正经起来:"你有什么主意?"

"我还真有。虽然没拍到人,但我们要不要炸一下。"史唐朝前面某个男生瞥了一眼,"你不是说遇到邓廷了吗?"

姜织回到座位,抽出习题册假模假式地装忙碌。大概过了三五分钟,她估摸着差不多了,才恢复自己平时的节奏,梳理上周的学习内容,制订今天的学习计划。

邓廷几次朝姜织看来,欲言又止。终于在姜织找不到红笔时,把自己的先递给她:"要先用我的吗?"

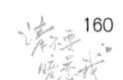

姜织道谢，看了他一眼，才接过。自打那个赌约开始，姜织和邓廷同桌的日子清净了很多，邓廷没再无缘无故地发过脾气，却也没如此小心翼翼地示好。

她正琢磨要说点什么表示自己对他没有敌意时，邓廷犹豫之下，率先开口："那个……姜织，我听说沈译驰誓师大会的演讲稿被人调包了。他知道演讲稿被谁换的了吗？"

过了个周末，姜织都要忘记这件事了。她摇头："我不清楚。"

怎么来问她？她该知道吗？

邓廷"哦"了一声，看表情似乎很纠结。等姜织用红笔批完试卷，将红笔还回去时，邓廷仍是那副神情，连姜织跟他说话都没听到。

姜织本来心挺平静的，见状，有些疑虑。趁着还有几分钟才开始早读，她摸出手机，点开了与沈译驰的对话框。

数秒后，她编辑：云南白药喷雾的事，一直忘记跟你说谢谢。

没指望他能立刻回，但姜织仍盯着对话框安静地发呆。下一秒，对面发来消息：你怎么不等高考完再跟我说？

姜织咬唇，也觉得是有点晚了，可嘴上不让人：你又没说是你给我的。

对面回得也快：你不是躲着不跟我说话吗？

他还是发现了。姜织想了想，解释：主要是周围挺多同学看着，跟你走得太近怕给你造成误会。

等了一两秒，对面没回。

姜织又发：我还挺珍惜跟你一起自习的机会，所以怕你觉得谣言碍事疏远我。

姜织发完后盯着手机，这一刻耳力灵敏地听到沈译驰长长地叹了口气。他们之间隔了两排，重点班是小班，三十个人，班里桌椅摆得比较宽松。两排的距离其实已经很远了。

姜织觉得这大概是自己的错觉，是根据自己对沈译驰的印象合情合理脑补出来的，无从考证。

"你先别叹气，给你看个东西。"史唐瞥了同桌一眼，把手机递过去。

屏幕上显示的是张聊天记录的截图，沈译驰本以为是什么互联网搞笑段子，没怎么走心地一扫，下一秒，他眉头皱着，接过手机。

史唐提醒："你往右滑，有好几张。"

沈译驰看完，脸色彻底黑了，跟对这件事的反应比起来，演讲稿被调包简直像走在路上踩了块扁薄的鹅卵石——没有感觉。

沈译驰嗓音紧绷，克制着怒气，说："你把这些发给我。"

史唐照做，又问："要跟姜织说吗？"顿了下，史唐自己否定了，"还是不让她知道的好，任谁看到这些话都不会舒服。"

沈译驰把证据保存好，在琢磨自己能做点什么前，切回微信对话框，手指在键盘上停留两秒，编辑：不学习了？少玩手机。

他靠在椅子上，盯着前排，见姜织放下手机，两条胳膊落在课桌上进入学习状态，才收回视线。

史唐凑过来，正想压低声问问"自开学那次后，她跟杨霄牧还有再接触吗"，就见沈译驰在跟一个叫"AAA"的好友聊天，只匆匆扫了一眼，看到什么木马、病毒、链接什么的，没当回事。

中午吃饭时间，姜织准备跟吴桐雨打听下演讲稿被换的后续，没等问，吴桐雨先跟她道歉："织织，我后悔把你练舞视频发到网上了。"

"怎么了？"当时两人正出了教学楼往餐厅走，今天姜国山去外地处理工作，没有给她送营养餐。

吴桐雨十分自责，在要不要告诉姜织上纠结了很久，但因为要道歉，所以不得不提起："是有一些男生发了很恶心的内容。"

舞蹈生的练功服紧身面料少，为的是让老师判断动作是否做到位。

吴桐雨把那个姜织练基本功的跳舞卡点视频发出后，评论区倒还好，大家都是夸夸夸的，看到碍眼的她就删，但私信中却陆续收到别人言语骚扰姜织的消息。

吴桐雨拉黑了几个人，怼了几个人。这群藏在臭水沟里令人犯呕的老鼠野火一般,越来越多,她把视频隐藏了都不管用,有些话脏得她都没脸看。

吴桐雨气了一上午。

听吴桐雨潦草地说完,姜织大概猜到能把她气成这样,话一定好听不到哪里去。

吴桐雨真诚地道歉,检讨自己不该为了帮姜织找回场子逞一时之快,把视频发出去。

姜织笑了笑:"没事,你现在不都隐藏了吗?而且当时你要发,也是经过我同意的。都是很正常的装扮,别人怎么想我也管不着。你看我都不在意,你也不用放在心上。"

吴桐雨在这件事上想吐槽的太多太多了,上午在教室里看到性别是男的周淮,都没几句好话,就差把他一起骂了。但这会儿,吴桐雨怕自己说越多,姜织跟着不开心,换了个话题:"我不仅是因为这件事。"

吴桐雨叹气,觉得自己最近是不是水逆啊,怎么事事都不顺心。

"周淮不是把我们去看演唱会的照片发到网上了吗?不知怎的就被我们班主任看到了。上午有他的课,他阴阳怪气地嘲讽了好一会儿,就是类似成绩差还不知道趁周末追赶进度的话,说我们影响了班里的风气。我跟周淮听到这话是无所谓的,然后他又说有些人拿着补助,周末又是去看演唱会,又是住一晚大几百的酒店什么的。当时班里挺多人都开始看方时序。下课后,老班还把方时序叫到办公室,继续冷嘲热讽。我当时去给我爸送膏药,在门口听到,气得进去理论。办公室挺多老师在的,我也没想太多,结果我就被我爸骂了。"

十班班主任有时候说话很伤人自尊,姜织同样不理解也不接受他的观点。

说话间,两人进了餐厅,去取餐盘打饭,正巧碰见沈译驰、周淮他们。

他们不知道在聊什么,个个表情严肃。

方时序离得近,最先注意到他们,帮忙递了两个餐盘过来。姜织正要道谢,周淮不知听到什么急了眼,把手里的餐盘重重地往桌上一摔:"别让我知道是谁。"

"吓死我了,太久没见周淮发火。"打完饭后,吴桐雨拽着姜织挑了个远离周淮他们桌的座位，惊魂甫定地和姜织吐槽着，"我上午心情不顺把火气撒在他身上的时候，他一定想把我的头拧下来吧。"

吴桐雨看了一眼手机，继续说："我刚刚偷偷问了下方时序，周淮是因为知道沈译驰演讲稿被换的事情发火。我敢说周淮自己碰到这种事都不一定这么生气，能看出来，沈译驰周淮他们几个关系是真的好，就跟家人似的。"

餐厅视野开阔，坐得远对远，仍在视野范围内。吴桐雨背对着他看不到，姜织一抬头，隔着层层叠叠的人群，便能看到沈译驰。

看刚才周淮的意思是还不知道是谁做的小动作。

吴桐雨吃完饭，精神饱满，放下餐盘后又拽着姜织去了周淮那桌。六人桌，正好还有两个空位。

姜织刚坐下，听周淮说："小梧桐，你来得正好，你把——"

就被沈译驰叫了一声："姜织。"

周淮也意识到什么，立马收声。吴桐雨一脸茫然，听见沈译驰说："我要请大家喝奶茶，不太懂，你跟我一起去二楼买。"顿了下，"可以吗？"

能说不可以吗？姜织莫名地看了沈译驰一眼，觉得他似乎是故意要把自己支走。

但出于对沈译驰的信任，姜织没多想，答应了。

奶茶窗口前面排着长队，他俩过去一前一后站在队伍后面。姜织问："有话要单独跟我说？"

沈译驰很认真地看窗口上方墙壁上贴着的奶茶名，"嗯"了一声："想证明一下，我不介意别人因为我们走得近而产生的误会。"收回视线垂眼时，笑着眨眨眼，"所以，不要躲着我。"

姜织"哦"了一声，重复地说了一句"知道了"，然后转身，面朝前方站好。

"也请我和吴桐雨吗？"姜织侧头时，遥遥地看见邓廷站在不远处，要过来，又不要过来的，似乎很纠结。

沈译驰没注意到，只看着姜织，开口道："姜织，我有理由怀疑，你突然这么见外，是要让我说点什么证明我们关系匪浅。"

姜织盯着他的眼睛："说一说也可以，感觉跟你做朋友，尤其是异性朋友，没什么安全感。"

"我以为这形容的是周淮。"

姜织扬扬眉,没反驳。

两人买完奶茶,从队伍中出来。姜织想跟他分担一下,就看到邓廷来到了跟前。

对方看的不是她,而是:"沈译驰,你现在方便吗?我有事情想单独和你说。"

姜织暂停和沈译驰沟通分担几杯的事情,在邓廷看过来时,善解人意地笑了笑:"是不是忘拿吸管了,我过去拿一下。"

等周围没了人,邓廷咽了咽唾沫,跟沈译驰说:"我那天看见偷换你演讲稿的人了,是十七班的郑公辰。"

顿了下,邓廷为了缓解紧张,说得更详细了点。

那天原本是他自告奋勇和老师弄无人机,结果遇到他们处理不了的机器故障,沈译驰被叫来救场。邓廷看着他把演讲稿压在充电宝下面。沈译驰被众人围着,去操场边找最合适的拍摄角度时,邓廷落单后沮丧地回来取东西,正巧撞见郑公辰鬼鬼祟祟地调换演讲稿。

刚开始他只是觉得奇怪,不知道发生了什么,后来听见郑公辰跟别人说"搞定,就等着看沈译驰出丑吧",邓廷才隐约猜到发生了什么。

沈译驰忙完回来取演讲稿时,邓廷和他迎面撞上。沈译驰如常地和他打招呼,邓廷脑内却有两个声音,一个让自己去提醒沈译驰,另一个则叫嚣着等着看沈译驰出丑。

就在他挣扎时,沈译驰已经取走演讲稿,没顾上检查,就被老师叫走了。

邓廷看着他上台调整话筒,看着他展开稿件又不动声色地收起,看完了他全程流畅地脱稿演讲,比起嫉妒,心里更多的是羞愧。

这几天,他一直辗转反侧,终于鼓起勇气,前来坦白。把所有想说的说完后,邓廷只觉松了口气。

"需要我当面指认的话,我可以出面。"说完这句话,邓廷彻底轻松了,同时又感觉自己很仗义。

沈译驰思路清晰，没答应，也没拒绝，只道："谢谢你告诉我这些。但就像你刚刚说的，你没看清他是替换了演讲稿，还是把掉在地上的演讲稿捡起来，所以暂时不需要你指认。"

"因为我没看到稿件内容，所以当时不确定。但后来听说你演讲稿被调包的事实，再回忆自己看到的情况，他鬼鬼祟祟的样子一定是干坏事了。"邓廷急切地辩解。

沈译驰这会儿有自己的思路，邓廷在维护自己的自尊心和将事实坦白减轻负罪感之间，始终摇摆不定，既然这事已经闹到老师那儿，那就让这件事的影响最大化吧。

沈译驰示意他少安毋躁，说："不用你当面指认，方便的话，你另外帮我一个忙。"

姜织回来时，肉眼可见地察觉邓廷萎靡了一上午的状态精神了很多，不由得觉得奇怪。等人走后，她问："你跟他说了什么？"

语气带着探究意味，姜织问完，觉得自己干涉得有点多，正想岔开话题，便听沈译驰坦诚地道："我拜托邓廷帮我把操场监控的录像放到校长的办公桌上。"

姜织"哦"了一声，走出几步，想起来："操场那个监控修好了吗？我怎么记得一直没修啊。"

沈译驰笑了笑，有几分深藏功与名的意思，说："操场监控是坏的，但校长办公室的监控是好的。"

所以呢？

第五章

/

是铠甲,也是软肋

别说姜织,连邓廷也没懂,沈译驰为什么让他把一个U盘放到校长办公桌上,然后再到郑公辰面前透露一些"校长办公桌上那个U盘里拷贝的是操场监控录像"的信息,会起到什么作用。

但事实就是,下午第一节课结束,郑公辰被年级主任吴庆诸叫走,理由是撬锁进校长办公室偷东西。

被吴庆诸几句威压逼问,郑公辰坦白以为U盘里拷贝的是监控录像,招认了自己于百日誓师大会前替换沈译驰演讲稿的恶劣行为。在被问到这么做的原因,是否有同伙时,郑公辰只说没原因,没同伙,一副死猪不怕开水烫的样子。

又一节课过去,郑公辰因为父亲被请来学校终于松口,在父亲颜面和朋友义气之间,偏向了家人,承认是别人指使他这么做的。

和郑公辰脆弱的心理防线相比,随之被叫来的男生杨戈便显得有些无赖,吊儿郎当,根本不认,反咬郑公辰一口。

这会儿一班班主任韩秀成在场。

韩秀成进门后，看了一会儿戏，才插话："杨戈，这份聊天截图中的人是你吗？"韩秀成把打印出来的截图竖在他脸前，确认他看清楚后，继续道，"造女同学的谣，很有出息啊。"

他把胳膊收回来，慢吞吞地翻着这页之后的几页，似乎在找什么·"让我看看啊，后面这份里有你没。公安网警那边刚发来的，根据吴桐雨私信记录查到的用户IP和实名信息，哟，手机型号、身份证号、真实姓名还挺精确的。"

吴庆诸冷冷地哼了一声："记过都是轻的！说不定还要去看守所！"

杨戈面如死灰，往后跌了几步，说出了杨霄牧的名字。

杨霄牧进办公室时，嘻嘻哈哈的，根本没意识到问题的严重性似的。

老师训话，他听着；被叫家长，他等着。

杨霄牧爸爸是给学校捐楼、提供助学奖学金的企业家。

和他一起进办公室的男人是高三另一位主任，宋贺，和吴庆诸平级。

杨爸爸一出场气势就不一般，先是不轻不重地训斥了杨霄牧，然后坚持当面向姜织道歉。

沈译驰和杨霄牧爸爸前后脚进门，正在韩秀成旁边站着。虽说现在事情已经不止停留在演讲稿调包的事上，但韩秀成手里的文件是沈译驰整理的，整件事也是沈译驰向他和吴庆诸反映的，因此特意被叫了来。

闻言，沈译驰下意识要拒绝。

不论是早晨看到聊天截图，还是中午在餐厅说话，沈译驰都刻意避开姜织。

毕竟没谁愿意看到自己被人在背后这样讨论。

这时，办公室的门被叩响，女孩喊了一声"报告"，笔直地站在门口。

韩秀成刚要说话，杨霄牧便跟他爸爸说："她就是姜织。"

在韩秀成开口前，杨爸爸已经迎上去："姜织同学对吧？我是杨霄牧的爸爸，我为我儿子不当的言论跟你道歉。"

姜织走进来，不卑不亢地接了一句："杨叔叔您好，我就是为这事来的。"

随着一拨接一拨的人被叫到办公室，姜织才从史唐那儿知道这件事，又经吴桐雨解释了自己和沈译驰去买奶茶时，周淮让她把那几个骚扰账号截图取证的事，确认这件事情跟自己有关，没道理自己撒手不管。

她站在韩秀成旁边，看了眼他手里的文件："是和我有关的吗？"她已经确定了，没等他回答，自顾自道，"方便给我看看吗？"

姜织翻文件时，办公室里十分安静，没有人说话，只剩下纸张被缓慢翻动的声音。

她认认真真地看完，将薄薄的几页纸还回去的同时，说了一声："谢谢。"

她道谢时，看的是沈译驰。

沈译驰接住她的目光，也明白她的意思，喉结滚动了一下，想说什么，但这个场合，说什么都不合适。

四目相对的时间不过须臾，他连嘴角都没动一下。

在所有人的注视下，姜织看向杨霄牧，恍如才想到正事一般，开口："要道歉，对吗？"

杨霄牧对姜织的印象，美得十分干净，柔得让人心软，再大的脾气也不会让人觉得有攻击性，但这会儿，杨霄牧仿佛看到了她的刺。

她用轻柔平稳的声音，说："那就登报道歉吧，宿营晚报的头版头条。"

宋贺适时打断："登报就算了吧，你现在还小，不知道女孩子名声的重要性。"

姜织歪歪头，一脸天真，脆生生地道："我知道啊，所以主任您是觉得我这个要求太轻了对吗？"

沈译驰翘了翘嘴角。

韩秀成吃惊。

吴庆诸平静，心说，不愧是老姜的女儿。

姜织语出惊人，这让杨爸爸打算利用女孩子的羞耻心让对方主动化解此事的算盘泡汤，当即端出大人的做派，说："小同学，事情不是你这样谈的，不要意气用事，我们是来解决问题的。"

"叔叔，您是我的长辈，我在您面前说话做事需要讲礼貌和谦卑，我一直牢记。但归根结底，我们三个人在这件事中的位置，是杨霄牧和我沟通，您和杨霄牧沟通。你刚刚为自己没教育好孩子向我道歉，我认为是没有必要的，在您如何教育自己孩子的事上，我是一个外人，您向谁道歉都没必要向我，对吗?我需要的是杨霄牧的直接道歉。"

杨爸爸已经很少被人驳面子,倒不会被个小丫头压住,语气依然是和和气气的:"杨霄牧做错的事,歉肯定要倒,不管你接不接受。方便的话,让你父母也过来一趟吧,我们坐下来谈谈赔偿。"

他说完和宋贺对视一眼,后者帮忙搭腔:"韩老师,你看是不是该给姜织父母打个电话?"

宋贺在进办公室前跟杨家提过,姜织父母离婚,现在跟着爸爸生活,爸爸做点小生意,妈妈是研究所的小职员,家里没有背景。

吴庆诸要替姜织解释,她父母在外地,自己算她半个家长,但这话一说,估计待会儿再以主任立场说话时会被宋贺挑错,因此犹豫了。

就在韩秀成思索时,只见沈译驰一副无所事事的姿态跟杨霄牧闲聊:"突然想起个事。你知道来路不明的链接不要点吧?毕竟一不小心手机里的重要信息就会被泄露,像那种隐藏的加锁的文件夹到黑客手上分分钟被破解,命名成'高考复习资料'确实会比较掩人耳目,但可惜了。"

顿了下,沈译驰话锋一转,一改闲散语气,问韩秀成:"老师,怎么只有你在这儿,杨霄牧的班主任不需要过来吗?"

杨霄牧骤然睁大眼睛,沈译驰的话听上去是在说两件毫不相干的事,但只有杨霄牧知道,这是一件事。

沈译驰在提醒杨霄牧,他手里还捏着点儿分量更重的东西。

韩秀成不明所以地回答沈译驰的问题,说李老师陪校长出差了。杨霄牧嘴角哆嗦着:"爸,要不算了……我向姜织道歉,登报道歉。"

知子莫若父,杨爸爸看杨霄牧一眼就知道他闯的祸估计不止这点。他板起脸,厉声训斥:"算什么算啊!你看看你现在像什么样子,我跟你妈怎么教育你的,学校里又教了你什么,你给我站直了。"

他端出上位者的姿态,挑完儿子毛病开始挑学校的刺:"宋主任,我把孩子送来盈高是看重你们的师资力量和教学环境,学生之间拌拌嘴开个玩笑多正常的事,上纲上线到这个地步本来就是小题大做。我来是看在校长的面子,没计较,想着好好配合不给学校添麻烦。但现在这情况不是我不配合啊。"

宋贺赔笑安抚几句。

杨爸爸跟他一唱一和："我看事情今天是解决不了。等这个女同学的父母有时间了，我们再来聊吧。"

此时，一个穿着白色大衣的优雅女人从教学楼上穿过，往办公区走。

宽衣大袖和牛角盘扣的款式衬得她格外有东方女人的韵味，黑发自然卷曲，手腕上挂着铂金包彰显着贵气矜持，毫不俗气，给人耳目一新的感觉。

"是唐湘汶唐老师吗？天！她比电视上还要美，好年轻啊！"

"我以前只知道她跳舞厉害，现在看她走路的姿势就好好看啊！女神！"

史唐听着走廊上同学浮夸的赞美词，进了十班的教室，正听到周淮问一旁同来十班打听消息的卢悦："你什么时候把唐阿姨叫来的？"

卢悦不是十班的学生，在这里没有桌椅，坐在不知谁贡献出来的椅子上，说："在你纠结要不要给你爸打电话的时候，我听说办公室里氛围不对，杨霄牧他爸不是已经来了嘛……我是不是不该叫唐阿姨来？"

"来就来了。"卢悦离得远，只听到周淮说这一句，吴桐雨坐得近，却听到周淮说的后半句，"早知道唐阿姨来处理，我就不给我爸打电话了。"

吴桐雨这会儿担心姜织的情况担心得要命，见状，分神问他："你爸训你了？"

周淮放松地活动了下筋骨，把凑在十班制造焦虑的史唐和卢悦赶回自己班："唐阿姨到场，肯定稳了，还担心个什么劲儿，各回各班了。"

然后他看向吴桐雨，盯着她笑了下，反问："我被训，你很开心？"

吴桐雨嘟囔："我开心什么。"

唐湘汶的到来让办公室的形势发生了很大的转变。

她敲门时，办公室里的人齐刷刷地看过来，不约而同地认出她。她是国内优秀的舞蹈家，在圈子里地位颇高，比起常活跃在荧幕上的明星，知名度还差一点。但这里是宿营，唐湘汶是从这里走出去的名人，是这个城市的标签、活招牌，说家喻户晓不过分。而且她的丈夫是省内有头有脸的杰出企业家，不比杨家差。

"我没来迟吧?"她对待外人的态度一向细致却疏离,让人挑不出错,却也感受不到亲近,像是她的气质,与人有距离感。

韩秀成作为沈译驰的班主任,跟唐湘汶接触过几面,率先接待:"唐老师,还麻烦你为沈译驰的事跑一趟,你放心,学校已经对犯错的学生给予了处罚。"

"费心了。"唐湘汶礼貌地点头,视线淡淡地落在杨家父子身上。

视线对上时,杨爸爸殷勤地露出欣赏的目光,带上笑脸,唐湘汶依然是不温不冷的神情,慢悠悠地说:"我今天是以姜织老师的身份来的。听说我学生因为练舞的视频受了委屈,我想来听听看我这个做老师的哪里教得不对。"

杨爸爸脸色僵了僵,竟不知这两人的关系,质问的眼神看向宋贺。

接下来的沟通比较顺利,杨爸爸虽有不甘,却没发表多余的意见,很谦和地和唐湘汶说话。

倒是两个主任在给杨霄牧定处分时,发生了分歧,争执不下。

这时,吴庆诸的手机响,他看了一眼来电人,及时接通,应了几句后,神情放松,仿佛打了个胜仗般过瘾,却也克制地没表现得太过。

他应了几句,隐晦地提到宋贺也在场,便把手机递给对方:"校长让你接。"

宋贺直觉形势不对,接过手机刚开了个场,便听校长在电话那头发火:"你们这弄的什么事,刚教育局领导给我打电话,让我一定要严肃处理这件事。我这才刚出差半天,学校里就出事,还是高三生,真行啊……"

宋贺走到窗边接完电话,将手机还给吴庆诸后,看了一眼杨霄牧,冲杨爸爸无奈地摇头,找借口离开:"吴主任,这里你处理吧,我还有别的事。"

吴庆诸维持着和同事的表面和谐,目送他出去,才说:"我接校长的通知,现在说一下处分。"

下午的最后一节课还没上,杨霄牧记过处分的消息便传开,据说他保送体院的资格也要被取消了。

姜织和沈译驰陪唐湘汶去韩秀成办公室说了几句话,又送她离开学校。

"唐老师,谢谢你今天过来。"周遭没了他人,姜织第一时间和唐湘汶道谢,"给您添麻烦了。"

唐湘汶神情依旧带着疏离感,语气淡淡的:"顺路的事。师徒一场,也是我们的缘分。"

姜织正犹豫是否避开让他们母子俩说话,便听唐湘汶又道:"行了,是快上课了吧,你俩回教室吧,我自己出去就行。"

沈译驰没反驳:"那我们走了,妈。"

姜织见状,也没客气:"唐老师再见。"

穿过办公区往教室走时,姜织高度紧绷的精神这才一点点松缓下来。

她在主任办公室表现得镇定,但并非无知无觉,内心对恶语的那些厌恶,让她在涉身其中时,在尘埃落定后,面对仗义援手的人生出感激。

她从小到大不是没受过委屈,生活中多多少少遇到些棘手的突发状况。

她性格好,人缘不错,除了吴桐雨义无反顾地站在她这边,也有别的朋友帮她。她一直知道,被人帮助虽然不是负担,却也不是可以任性挥霍的权益。

姜织在匆匆了解完情况去办公室的那一路,有设想过,如果不是沈译驰为她出头,她会如何处理这件事。

被舆论诬陷,尤其是女性群体被造谣后,最不该做的就是自证。可能做什么呢?嘴长在别人身上,捂自己的耳朵容易,可当外界声音太大,潜移默化地影响到生活的方方面面,这个举动毫无意义。

不得不说,沈译驰的回击快准狠,且起到了十足的警告和震慑作用。

"沈译驰。"进教室前,姜织把他喊住。

被点名的人顿足,望过来。沈译驰的神情跟平日无异,非要感觉上更沉默了,有种喜怒不形于色的稳重。

姜织注意到他心事重重的样子,一时忘记说话。

课间的高三教学楼算不上吵闹,大家自发地,或者被推着走着高考这根独木桥。对外人而言,刚刚办公室里发生的事像是一块石子丢进大海里,溅起的涟漪微不足道。

但姜织正处石子坠落处,不能不提。

没等姜织开口,只见下节课的任课老师抱着教案从办公室拐过来,边走边招呼他们:"提前几分钟上课,你俩别在这儿站着了,快点进教室。"

沈译驰收回视线,对姜织说:"先进去吧,晚点再说。"

姜织在他的示意下从后门走进教室。刚跨进门,她扭头,朝抬步跟在自己身后进来的沈译驰,说:"晚上一起吃饭吧。"

沈译驰没异议,点头答应。

这一天经历的事像过山车似的,好在紧要的都解决了,剩余收尾工作就不用他们几个学生操心了。

虽然在这件事上他看到了预想的结果,但沈译驰并未觉得开心。

人性真的就这么不堪一击吗?恐惧令人变得脆弱、愤怒,轻易地说出秘密。

社会的本质是欺软怕硬吗?像动物世界,遵循丛林法则,比的是谁比谁更能伤害谁?

他们今天沉默地接受处罚,真的会思考吗?还是会继续整理偏见,向更弱者抽刀?

和沈译驰被困扰相反,史唐如释重负,边关注着任课老师在讲台上调试多媒体,边跟沈译驰闲聊:"话说教育局对这事反应的速度可以啊,我以为这种机关单位得层层反馈上去,少说要一周才能有结果。"

沈译驰看上去兴致不高,懒懒地回:"你不是说周淮给他爸打电话了吗?"

史唐眨眼,才记起这事:"对哦,差点忘记周叔叔的功劳了。虽说周淮跟他爸不亲,还总吵,但关键时候,当爸的肯定会护着孩子,这是剪不断的血缘羁绊。"

史唐感慨一番,迟迟听不到沈译驰吱声,偏头觑了一眼,疑惑:"事情不是解决了吗?你还在愁什么?"

"没事。"沈译驰作为既得利益者,此刻想得越多,越显得得了便宜卖乖。

一节课四十五分钟,老师没有拖堂,准时下课。史唐活动了下肩颈,问同桌:"待会儿吃什么?餐厅的饭吃了快三年,真是够够的了。要不出去吃?叫周淮他们一起吧,碍眼的事情解决了,正好吃顿大餐庆祝一下。"

"周末吧,等周末我请大家。"沈译驰朝前排看了眼,姜织还在对照黑板记老师布置的作业,没急着起身,"今晚不跟你一起吃了。"

史唐:"干吗?"

这时姜织起身,看着他轻声问了一句:"走吗?"

史唐扬扬眉,听见沈译驰应了她,然后才回自己:"我跟姜织还有事。"

史唐视线在两人间转转,无可奈何又意料之中的语气:"行吧。"

沈译驰没跟他磨叽,任由他编排自己,就近从后面出了教室,和姜织在前门口班级门牌下面会合。

一班的地理位置在角落,同层的别班学生去餐厅时不会选择从这里走。一到饭点大家都抢着去餐厅,他俩在教室耽搁了这几分钟,教室空得没剩几个人,清净得很。

沈译驰过来时,姜织正仰头看着门牌发呆。晚霞从她侧面照过去,修长的脖颈上被笼了一层薄薄的碎金。

沈译驰颀长的身影被夕阳投到姜织面前的白墙上,和她的一高一低重叠在一起。姜织这才注意到他,扭头冲他笑了笑:"去学校食堂吃可以吗?"

"我都行。"沈译驰说。

从教学楼出来,往食堂走的这一路混杂着三个年级的学生。

姜织和沈译驰走得慢,对有意无意落在彼此身上的目光无知无觉,要是史唐在这儿,估计得评价一句"这就是风云人物的自觉"。

更何况,细数下来,他俩单独行动多次,也常同桌吃饭,习惯了彼此的存在。

姜织一路都没提为什么要一起吃饭,直到进食堂拿餐盘、窗口排队点菜、找空位,两人面对面坐着,她准备切入正题时,自己手机响了。

"我爸打来的。"姜织跟沈译驰打了个招呼,"估计是为下午的事打来的。我先接一下。"

姜织没避开沈译驰,一手举着手机听那头的人说话,另一只手拿着勺子,慢慢地搅热腾腾的南瓜粥:"爸,你不用担心,已经都解决了。"

她抬眸看向对面,沈译驰正低头看手机消息,自顾说:"今天多亏唐老师来学校,沈译驰也帮了很大的忙,还有其他朋友都在帮我。我没什么事……"

食堂各处都是人，算不上清净。但女孩的声音低柔婉转，就能很清晰地传到沈译驰耳朵里。

姜织打完电话，沈译驰顺着她刚刚在电话里的话题聊道："听说杨霄牧跟他爸离开时，在校门口被一群骑摩托的男人堵了，那些人个个体型壮硕，身上有文身，戴着大金链子，手里抢着棒球棍，破风声听得特吓人。为首的那人警告杨家人以后离你远一点。没看出来啊，你还有这么强大的后盾，我跟你吃饭你爸不会生气吧？"

姜织瞥了他一眼，见他安稳坐着，也没有挪远点的意思："是我爸叫来的朋友，就吓唬人的，现在法治社会。我听周淮说，那些聊天记录还有骚扰账号的实名信息都是你收集整理的，谢谢啊。"

听他不以为意地说了一句"小事"，姜织抿了一口粥，又说："我比较想知道你为什么要帮我啊？"

沈译驰中午也是在这个餐厅这个楼层说的那句"我有理由怀疑，你突然这么见外，是要让我说点什么证明我们关系匪浅"，犹在耳畔。

这会儿姜织问出这个问题，仍像是在见外。可姜织想不通，自己得多不知道好歹，才能用一句轻飘飘动动嘴皮子就能说出的"谢谢"坦然地接受他今天的帮助。

所以，是因为什么？

姜织一瞬不瞬地盯着沈译驰等答案，后者神情未变，他眼珠泛棕，和额前细软的头发相衬，显得眼色温柔。

他可能在思考怎么回答，又或者认为这个问题多余。姜织歪了歪头，执着又耐心地等待着。

终于，男生垂眼，将菜里面的姜丝挑出来，强迫症似的一根挨着一根并排在餐盘边缘，合情合理地把问题抛回去："开学那天傍晚，在羊肉馆对面，你帮我避免买到红薯刺客被坑，又是为什么？"

沈译驰小时候不是个讨喜的小孩，因此缺失了很多同龄人习以为常的偏爱。在认识周淮前，他甚至没什么朋友，独来独往，自身的聪明和清醒让他显得有些另类。

因此，他格外看重自己拥有的每一次拥护。

但对姜织而言，沈译驰不提，她都不会特意回忆这件事。

"我那次是顺手。大家都是同学，而且当时还蹭了你们一顿饭，算是朋友了吧。"

沈译驰没和她界定是从什么时候开始把对方当朋友的，对这个答案并不意外，人本能的举动言论只能证明其本性良善热心。

经过这段时间的相处，沈译驰不难发现，姜织对于任何事物的兴趣，都排在学习之后。对于她这份专注，沈译驰怎么可能敌得过。

他很有自知之明地笑了笑，说："我也一样。对于今天的事，我比较擅长而已。"

姜织觉得沈译驰似乎还有话要说，但等了一会儿，并没有等到。

她没道理不相信这个回答，一如人能力有高低之分，"顺手"的概念便因此不同。就像富商随便漏点财，可能就是别人辛勤许久的薪酬。所谓的对等，并不能通过统一测量准则来衡量。

意识到收获这个结果，有部分功劳归于自己无意种下的因，姜织肉眼可见地松了口气，扬起笑容，说："那就好，还担心给你添麻烦。"

沈译驰故作轻松地观察着她，心说她是害怕自己说点什么吗？

姜织搁下筷子，用纸巾擦了擦嘴角，接着聊起："你很精通计算机吗？网络安全方面？大学是打算学这个专业？"

"有这方面的打算。"说起来，这是沈译驰第一次跟人聊这个话题，话赶话说出来，却不是个很好深聊下去的机会，他不动声色地岔开，"吃好了吗？吃好了回去。"

沈译驰结束晚自习打车回了别墅，到家时唐湘汶已经睡下了，听到声音后披着衣服下来，安排阿姨给他做点吃的。

"晚上炖的鸡汤还有吗？煮个面吧，再放把蔬菜。学校晚饭吃得早，这会儿估计饿了。"夜晚寂静，唐湘汶和声细语地怕吵到人，然后看着沈译驰，倒没问他为什么回来。

177

"你爸晚上应酬喝了点酒,刚睡下。"她盯着沈译驰的脸颊,"脸还疼吗?你爸从小到大没打过你,昨天也是气急了。"

周日从南京回来,在家吃饭时氛围融洽,沈译驰顺势跟他摊牌大学要学计算机的事。沈敬衷慈和的表象停留在沈译驰听话的前提下,因此气得直接动手。

阿姨效率高,端着鸡汤出来。沈译驰伸手接了下,应唐湘汶:"我知道,不会怪你们。"

他说话不带刺,唐湘汶语气也温和,彼此拿捏着措辞露个头然后再往后缩一点,观察着对方的态度。

沈译驰小时候,他俩正是事业上升期,都忙,等工作上的事稳定了,再关注孩子时,发现他不跟他们亲。谁不想一家和和美美的,可他家一直不得要领。

尤其沈译驰是个主意很正的小孩,太有自己的想法了。

沈译驰吃饭习惯一向好,吃面时不会发出嗦面的声音,但速度不慢,热腾腾的面汤看着就烫。

唐湘汶盯着他皱眉,恢复了一贯的挑剔标准:"成天不着家,突然回来不知道快到家时发个消息,让阿姨备下吃的?本来下课就晚,再浪费上做饭的时间,这一晚上谁就别睡了。"

沈译驰吃面的动作一顿,在心里叹了口气,抬头时语气有些无奈地出声打断道:"妈。"

唐湘汶抿唇,意识到自己又好话坏说了,拢了拢肩上的针织毯,亡羊补牢地添了一句:"我意思是你慢点吃。"

沈译驰垂眼,挑了挑面,说:"谢谢你今天特意去学校。"

唐湘汶多少年没听儿子说过"谢谢"了,竟有些不自在。她捧着阿姨给她炖的燕窝,说:"听你班主任说在这件事上你出了大力,你和姜织关系不错?"

"……还可以,我们是一个班的同学。"

唐湘汶带过不少学生,多数是挂着她学生的名头,舞蹈水平参差不齐。

姜织是她为数不多的得意门生,口中有天赋的可造之才。

沈译驰过去听她提过很多次,不免怀疑唐湘汶今天白天和此刻对他态度改善,有多少是因为姜织。

自己这是在吃姜织的醋吗?沈译驰后知后觉。

唐湘汶张张嘴,似乎要说什么。

只见沈译驰及时起身:"妈,我吃好了,先回房休息。"

彼时,姜家。

姜国山忙完工作开夜车到家时,姜织正在厨房煮汤圆。

她其实不怎么饿,就是学了会儿发现心里藏着事,一直没琢磨明白,调整了好几次始终学不进去,索性离开书桌找点事做。

她站在灶台前,还在继续走神。她自认对学习的态度坚定,鲜有自我怀疑和试图放弃的内耗时间。大概跟她没有明确的目标有关,只想着尽全力备考,不留遗憾就好。

可如今她突然有了目标,经过今天的事,她意识到如果到了大学还能继续和沈译驰做同学,应该是一件很开心的事情。

于是,姜织开始忧虑,这个目标实现的可能性。

她不是个自卑的人,仍很果断地知道——这很难。

"想什么呢,水都沸出来了。"姜国山风尘仆仆地回来,把燃气阀关小一点,然后把她从厨房赶出去,"我打包了烧烤回来,在外面桌上。"

"不是说要明天才回来吗?"姜织拆着烤串,感觉自己的味蕾被一点点唤醒,嘴先馋了,语气轻快起来。

"忙完就回来了,在外面过夜哪有自己家里舒服。"姜国山把煮好的汤圆端出来,搁到她面前,问道,"后来别人还找你麻烦吗?"

姜织单纯地眨眼:"没有啊。"

姜国山打开冰箱看里面的存货,打算洗点水果:"看你刚刚在发呆,还以为这件事情没完全解决。"

"不是,我在想别的。"姜织搁下手里的竹扦,擦了擦嘴,正经道,"老爸,你觉得我适合学什么专业考哪里的大学?我好像没有特别喜欢的。"

姜国山端着一盒草莓,拉开餐椅坐下,觉得她这个阶段有这样的困惑很正常,因此多说了几句:"不知道喜欢什么不要紧,人生要多尝试多体验,见识开阔了,才能知道自己喜欢什么,不喜欢什么。任何时候遇到选择,都不要着急做决定,但也不要害怕做决定。选错了专业没关系,大学还能转专业、修双学位,又或者考研更改专业,现在社会很多人就业时所在的领域和大学专业毫无联系,可能只是学业之余参加社团或者结交了某个领域的朋友培养起来了兴趣和能力,就算到四五十岁才找到自己喜欢的也是一件很正常的事情。不是有个网络词叫'斜杠青年'吗?人不会只有一项所长,高考也好,大学专业也好,不会框死谁的人生,有独立思想的人将会有无数发光的方式。"

"我知道了。"姜织弯唇笑起来,真心地道,"老爸,你真好。"

跟姜国山聊了一会儿,姜织饱腹后早忘了方才为何而迷茫。

这时,手机有消息进来,她简单擦了擦手,解锁屏幕。

是冯敏之前介绍来帮助她功课的学长,大学生活似乎很忙,姜织除了刚加上的那周跟他聊得比较勤,近段时间没有沟通。

学长叫商鹤宇,朋友圈内容足以证明他是个兴趣丰富、生活积极充实的男大学生。他这次发消息,是告诉姜织自己下周要回盈高给高三学生做答疑,还说在准备带给学弟学妹们的特产,让她帮着参谋。

姜织根据他举的例子,说了几句自己的想法。

因为话题里提到稻香村的糕点,商鹤宇问起姜织的口味。

姜织只当他是拿自己的口味当参考,尚未意识到这是要见面的意思。聊了会儿,她适时以要休息了为理由结束聊天,正要收起手机回书桌前开始复习,收到吴桐雨发来的"小作文":我决定了!我要好好学习!我那个班主任不是说我们影响高三的风气吗?我就想证明一下,玩归玩闹归闹,我成绩可不会退步。

姜织难得见吴桐雨这么有志气。

吴桐雨大概也不相信自己能坚持,字里行间都在给自己打气:我今天在学校听到我爸的同事挖苦他连自己女儿的成绩都管不了,怎么能管好学校。

我就想给自己争口气,也给我爸争口气。织织你监督我吧!

姜织自然很乐意,想了想,严肃地强调:如果你放弃了,要请我吃人均五百的海鲜自助。

吴桐雨爽快地发过来一个拉钩的表情:成交!

不知道吴桐雨是舍不得人均五百的海鲜自助还是真下定决心,接下来一周的学习状态都异常饱满。

有节课间姜织去办公室时,被吴庆诸叫住。对方老神在在地问她,吴桐雨是受了什么刺激,现在每晚在家都得学到凌晨两点才睡,还主动提出要报辅导班,太不正常了。

不止如此,周六一大早,吴桐雨敲开姜家的门,提出要跟姜织一起去图书馆自习。

"织织,你下午一定要去亓老师家里吗?不可以一起在锐英教育上课吗?"吴桐雨和姜织不是同一个补课老师,因此这几天一直在锐英教育的教室上课。锐英教育就是亓老师牵头办的机构,她的教学地点都是根据自己的情况定。

姜织想了想,也挺想有个伴的,说:"我一会儿给亓老师发消息问问。"

"好哎!"

沈译驰到图书馆自习室时,手里拿了一盒尚有余温的蛋挞,抬眼看到吴桐雨和姜织正脑袋挨着脑袋看同一份试卷。

吴桐雨最先注意到沈译驰,等他走近,抬手晃了晃:"今天我跟你们一起自习,不介意吧?"

"没事。"沈译驰走到姜织另一边的空位,把手上吃的搁在桌上,然后开始摘书包,心说,介意也不能让你走啊。

姜织处理完几个数据,偏头看了他一眼:"你还没吃早饭吗?"

沈译驰没澄清,顺势承认:"早晨起晚了。我一个人吃不完一盒,你想吃自己拿。"

姜织"哦"了一声,想到什么,扭头翻自己挂在椅背上的书包,很快拿出一板酸奶,掰下来一盒,连同吸管一起给他:"这个还挺好喝的。蛋挞太腻的话,可以用这个压一压。"

"谢谢。"沈译驰伸手去接。酸奶盒还没巴掌大,他没留意,食指指腹压到了她的手,软绵绵、干燥的。

姜织眨了下眼,指尖颤了下。分不清谁的手指皮肤更烫,吴桐雨的声音响起时,又是谁慌乱地往回撤手。

"织织你带了酸奶吗?我也要喝。"

姜织故作镇定,把剩下的所有都塞给吴桐雨:"都给你。"

沈译驰搁好书包坐下,手里还拿着酸奶没放。

中午吃饭,姜织说下午不去亓老师家,直接去锐英教育上课时,沈译驰眉头无意识地蹙了下,嘴上无所谓道:"知道了。"

姜织注意到他表情不对,以为是他不小心吃到了姜丝。

吴桐雨正捧着手机看机构周边的网红店,兴致勃勃地安排着:"织织,我们上完课去吃这家牛蛙火锅吧,我感觉他店里的冰激凌好好吃啊。"

姜织这才从沈译驰身上收回视线,回吴桐雨:"好啊。"

沈译驰进小区时被一个乱跑的小孩撞到,伸手扶时被小孩手里的小蛋糕糊到衣服上。他这会儿正在设置洗衣机。

周淮语气催促地说:"你衣服洗上了没?出来给我讲道题,这什么题,出这么难是要为难谁?"

沈译驰过去坐下看题的时候,随口问:"你爸给你定目标了?"

"没。"周淮转着笔,不太想提,"吴桐雨上回问了我道题,我没解出来被狠狠地鄙视了,我得避免类似情况的发生。"

被鄙视不算完,吴桐雨还会在听别人讲完后再把他拉踩一番。这就让周淮很气愤。

沈译驰端详着他,犹豫片刻,道:"周淮,你有没有觉得吴桐雨……"

周淮来了兴趣:"你也发现了是吧,她最近极其反常,变得热爱学习了。"

沈译驰收回视线,不提了。

比起上周一的跌宕，接下来几天恢复到正常高三生的平静生活。

卷子一份接着一份被写完，笔芯用空了一根又一根，教室前面小黑板上高考倒计时一天天减少。

这一天，学校安排了一位往年毕业的优秀学长回学校给高三生做报告，是上上届的理科状元，江苏省是高考大省，竞争激烈，盈高十年间只培养出这一个状元，因此盈高的学生从入学时便常听老师们提起。

报告只针对重点班的学生，在教学楼一层西面的阶梯教室进行。

沈译驰和史唐到时，班里同学给学神和班长留了第一排的座位。姜织很巧地坐在他身后，沈译驰从坐下那刻便不自在，琢磨要不要回头打个招呼，可这个招呼怎么打自然呢。

整天在同一间教室上课，突然打个招呼，是不是太刻意了。

正琢磨着，肩膀被人从后面戳了下，沈译驰僵了一秒，故作镇定地扭头。

姜织一脸蒙，眨了眨眼，然后歉意地解释："抱歉，不小心用笔记本戳到你了。"

"没事。"沈译驰顺势问，"中午我们去校外吃，要一起吗？"顿了下，他补充，"你可以再叫上吴桐雨。"

姜织朝讲台上的人望了眼，略一犹豫，拒绝："我还有别的事，就不去了。"

"……行。"

"你俩不是'连体婴'吗？姜织突然有什么事，连饭都不吃了？"中午饭点，一行人聚在校外的大排档，周淮如问吴桐雨。

吴桐雨其实也不想来，还是去学校食堂吃饭耗时短，但听周淮说，中午有毛血旺，这才改了主意。她这会儿正抓紧吃饭，吃完好回教室刷题，闻言，头也没抬道："有约了啊，她又不是只有我一个朋友。"

"谁这么大面子，都把你抛下了，是背着你偷偷讲你坏话吧。"周淮这几天刷题刷得快疯了，感觉从小到大没这么努力学习过，好不容易逮着机会使劲逗她。

"织织才不是这样的人。"吴桐雨气得踩了周淮一脚。

周淮不痛不痒,转头正准备跟沈译驰说几句话,余光瞥见门口处新进来的两个客人,其中的女孩不是姜织是谁。

周淮朝沈译驰抬抬下巴,使眼色:"说曹操曹操到。这男的是谁啊?"

沈译驰没太把周淮的提醒当回事,慢半拍地偏头。史唐反应更快,自来熟地冲人打招呼:"嗨喽,巧啊。学长,原来你跟姜织认识啊。"

姜织不知道他们几个在这家店吃饭,原本商鹤宇提议去吃食堂,说想尝尝高中的味道,就很不巧,她的饭卡一时没找到,于是两人就来了校外的小吃街,商鹤宇选了这家他上学时就在开的大排档。

撞上沈译驰的目光,姜织笑了笑:"好巧。"

沈译驰"嗯"了一声,不确定她听见没,甚至不确定她这句话是不是对自己说的。

他重点看了商鹤宇一眼。

从高中到大学的跨度,两年的时间对人的改变是很明显的,那是一种介于青涩和成熟之间的气质。和站在讲台上谦和耀眼的形象不同,此刻眼前的男生看上去还要锋利些。

商鹤宇冲沈译驰笑了笑,看回史唐,回答他刚刚的问题:"家里父母互相认识。班长,麻烦你多照顾一下啊,等你去了北京,请你吃饭。"

姜织觉得商鹤宇解释得会不会太深了点,但似乎也挑不出错。相处下来能感觉到,商鹤宇对人情社交更活泛自如,身上蓬勃的朝气更烈。

察觉到转回身继续吃饭的沈译驰脸色似乎不太好看,姜织疑惑他是不开心吗?上午不还好好的。转瞬又觉得可能是自己多想了,说不准他就是饿了。

所以姜织不打算继续打扰他们吃饭,适时打断商鹤宇和史唐的交谈:"那边有空座,先过去吧。"

目送这两人离开,周淮朝沈译驰歪歪身子,低声说:"怎么你帮了人家,反倒疏远了。现在人有别的学习搭子了,还是个省状元。我觉得你感觉很对,她是有点儿躲着你。"

沈译驰觉得自己大概是之前造的"孽"太多了,现在轮到别人对他避嫌。

这晚,晚自习结束。

沈译驰坐在座位上迟迟没动,反思自己是不是跟姜织接触得太频繁了,正琢磨是不是该收敛一点,比如一会儿就不跟她一起回出租屋了。

只见姜织背好书包,朝后排望了他一眼,语气如常地叫了一声:"沈译驰。"

他立刻坐直,然后站起身收拾书本:"马上好。"

不争气啊沈译驰。他心里嫌弃道。

下楼时两人格外安静。一模在即,姜织的状态比往日要紧绷,担心达不到预期,只恨上学期白白耽误的时间。

她盯着前面道路上两人并排在一起的影子,在心里叹气。她耽误的又何止是学习时间,如果早一点跟他熟悉,成为朋友就好了。

沈译驰没发觉姜织在偷偷瞄自己。他还在想商鹤宇的那句"家里父母互相认识",所以他和姜织是青梅竹马?

怎么都没听她提过?她总是不设防地把爸爸妈妈挂在嘴边,一次也没提过这个竹马学长。关系不熟,还是太特殊了不想随便提?

"你——"

"我——"

两人同时开口,姜织笑了笑,在他停顿时,把话说完:"我爸说想谢谢大家,要请你们去家里吃饭,一模考完那天怎么样?你刚刚要说什么?"

"你饿吗?要不要去买关东煮。"

姜织笑:"你一说还真有点,去吧。"

"聚餐的时间,我可以。你爸下厨?会不会太麻烦叔叔了。"

"交给我爸,小事情。我跟你说他厨艺一绝,你尝了就知道。"姜织一提起姜国山,神情就无限放松,一看就是被爸爸宠大的,"那我在群里问问大家的时间,你有想吃的,可以点菜,我爸什么都会做。"

沈译驰应着,冷不丁地问了一句:"商鹤宇也去?"

姜织茫然地眨眼:"啊?他为什么要去?"

沈译驰不动声色地瞥着她:"你们父母不是彼此认识吗?我以为他常去你家吃饭。"

姜织"哦"了一声,解释道:"其实不太熟。他是我妈同事的孩子,我妈知道他成绩好,之前让我加了他的好友方便请教高考的事,今天是第一次见面。"

说到这儿,她就不得不提:"今天中午一桌吃饭还挺尴尬的,我都不知道跟他聊什么。感觉跟学长比起来,我就是个单纯的小孩子,傻里傻气的。"

"你还会尴尬?"沈译驰心情明朗,语气跟着轻快,"我看你们中午聊得很开心啊。"

姜织眼睛睁大些,执着地强调:"我脸皮很薄的好吗?硬聊还是有话题聊的,我问他如果我要考去北京的话,能选择哪几所大学,光一个话题就聊了很久,简直是场一对一的高考志愿答疑。"

顿了下,她记起:"不过确实很久没这种体验了,上一次尴尬还是在篮球场跟你说话。当时太紧张了,压根没意识到你把我从篮球场支走是帮我解围,结果我当时脑子短路非要请大家喝水还麻烦你帮我拎水,现在想想都觉得很尴尬。当时的我很蠢吧。"

姜织笑着,故作轻松的语气中藏着几丝窘迫,一双杏眼亮晶晶的。沈译驰视线划过她泛红的耳垂:"是很容易害羞。"

姜织心里正感慨时间真是个神奇的存在,当时哪里想到他们真成了朋友。闻言,她心跳漏了一拍,偏头望着他。

深夜少客的便利店内,男生凌厉优越的五官暴露在亮堂的光线下,深邃俊朗。

沈译驰没解释当时所谓的支走并非解围。此刻的氛围太好,他直接问了:"你最近是躲着我吗?"

姜织愣了下,没想到他的直白,倒也没否认:"你感觉出来了?"

这句话说完,她开始头脑风暴,纠结如果被问为什么,该如何回答。

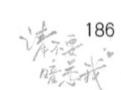

为什么？因为担心被他发现自己的小心思有意避嫌，导致两人连朋友都做不成？

好在沈译驰没问。这时进了超市，沈译驰过去挑关东煮时，姜织借口要买几支笔躲到了货架后面。

借着遮挡，她重新整理自己的思绪，刚刚话赶话，答得太急了，应该装傻糊弄过去的。

姜织不敢耽搁太久，一两分钟后，随便抓了几支笔从货架后面走出来。

有女生比她动作快，踏着小碎步一路小跑停在沈译驰面前，搓着衣摆一脸娇羞地说关注他很久了问他要联系方式想跟他做朋友，因为太紧张，口吃了几次。

姜织站在不远处听着，觉得这话术跟自己当时说的不谋而合，不过自己当初没问他要微信。

沈译驰耐心地等她说完，才说"抱歉，不是很方便"，有礼貌，但不多。

等女生灰溜溜地转身离开，沈译驰才朝她看过来："还要躲到什么时候？"

倒是接上方才的话题，但不是同一个概念。姜织慢吞吞地挪过去，嘟囔道："害怕打扰你。"说完，立刻过去挑想吃的关东煮。

夜里起了风，两人没急着走，并排坐在落地窗内的高脚凳上吃东西。

姜织咬了口软糯入味的萝卜，佯装还停留在刚刚沈译驰被学妹要联系方式的事情上，问："你更欣赏什么样的女生？"

"怎么突然好奇这个？"沈译驰给自己垫了一句，同时确定答案一定不能说是她这样的。她本来就躲着他，再抓着点蛛丝马迹，估计连话都不跟他说了。

沈译驰换了个姿势，一条腿支着地，平静地道："闹腾一点的。"

姜织将这个词理解成"活泼可爱"："那刚刚的学妹就很好啊。"

沈译驰嗤声，在"年纪小的"和"比我大的"之间选择了不包括"同龄人"的后者。

姜织诧异："原来……你更欣赏姐姐。"

闹腾的、姐姐。嗯……应该是成熟而且对生活有热爱的姐姐吧。姜织垂眼戳着关东煮的木扦，心里酸酸胀胀，有点不太舒服。

"你呢？"沈译驰把话题抛回来，"你欣赏什么样的男生？"

姜织鼓了鼓脸颊，不知道为什么突然有点想哭。她捧着纸碗，借着喝汤把泪意藏回去。

她这是怎么了，为什么突然开始难过起来。

沈译驰始终盯着她，看热腾腾的雾气将她的眼眶熏红，小兔子似的。还得是北极兔，缩着时洁白毛茸茸的一团，站起来腿比同类都长。

姜织克制翻涌出来的情绪，不敢明目张胆地看他，假借看店外街道夜景的机会，从玻璃上看那影影绰绰的反光，自然地避开他的特征，描述："坏一点的男生，智商不用很高，但要会哄女孩子开心。"

这三个特征是和他一点儿关系都没有啊。

从便利店出来，往出租屋走的时候，两人格外沉默，沈译驰一路都在想这件事情。

春天的痕迹越来越明显，灌木丛旁的迎春花一簇簇开得正盛，月光皎洁笼着少男少女间隔甚远的影子。

走进单元门时，沈译驰突然说了一件事："这周六我就不去图书馆自习了，"顿了下，他补充，"有长辈过生日。"

老小区，楼梯间狭窄简陋，地砖墙壁随处可见岁月的斑驳。台阶设计得偏窄，而且陡，姜织有回下楼梯时没留神，险些滑倒一次，因此走得格外小心。她扶了下栏杆，盯着脚底的路，愣了一下，心里琢磨自己是不是把事情搞砸了。

隔了一会儿，姜织才应："好。"

没几步到二楼，沈译驰停在门前，掏出钥匙开门："那我先回家了，你上完课注意安全。"

姜织轻轻地"嗯"了一声，也不确定他有没有听见。身后防盗门被撞上，她站在亓老师家门口，手抬着暂时没叩下去。大概犹豫了十数秒，她在心里把清事情轻重缓急，调整好学习状态，才晃着手腕叩响门板。

周六这天,姜织一早起来又想到这件事,还在怀疑沈译驰是真有事,还是不想去自习的托词。

姜国山赶早市买了新鲜食材,回家准备好营养丰盛的早餐,然后把在屋里背书的女儿叫出来吃饭。

"脸色怎么这么难看?"姜国山擦干手绕到客厅从家用医药箱里找到体温计,"吃完饭测一下体温,一到换季就有流感,我把板蓝根放在桌上,就算不发烧的话也喝一包。"

"知道了。"姜织露出笑脸,语气轻松些,应着。

她洗了手出来,见姜国山除早餐外还单独处理了一些海鲜肉类分类装在乐扣盒里,随口问:"老爸,你今天要去露营吗?"

"你孙叔叔今天生日,大家去山上聚一聚。"姜国山把炖好的猪骨汤放在保温箱里,方便姜织随时喝,"你想去玩吗?中午我送你下山上课。"

"不了,我还有好多卷子要刷,你替我跟孙叔叔说声生日快乐。"姜织遗憾地叹气。

姜国山应:"行。学吧,也就学到六月了,等高考完你再好好玩。"

姜国山跟女儿一起出门,把她和吴桐雨送到图书馆便开车去了山上。

山腰处有十分完善的露营场地和设施,有民宿也有租用露营装备的店,适合露营新手前来体验。老手们则喜欢再往山顶开,找清净的地儿。姜国山做的就是户外用品的生意,自然深谙其道。

今天周末,前来露营的真不少。开到山腰时,姜国山碰见熟人说了一会儿话,到山顶时帐篷已经尽数扎好了,桌椅摆在视野开阔的地方,相熟的朋友三三两两聚着说话,今天过生日的孙恙好结交朋友,大家年龄差异大,各行各业都有。

"来了。"孙恙比姜国山大几岁,年轻时是社会记者,深入黑作坊暗访时被打断了一条腿,因救治不及时伤口感染不得不截肢,如今换上义肢,搭配灰色的工装裤和马甲,一身赛博朋克未来感,"你之前说你老婆要找的那本英文原著,我帮你问到了,还是签名版。但你现在还要吗?"

孙恙是想到姜国山和冯敏分开的事。

"……要。你给我吧,我过几天去南京拿给她。"

姜国山都这个年纪了,对情绪的控制力比毛糙的小年轻要强,但谁也不是铁石心肠。他俩经历了漫长的冷战、争吵,以两败俱伤的姿态分开,刚分开那阵,并没有多伤心,反倒安慰自己这样是最好的结果。但等心态冷静下来,也会惋惜,恨自己当时处理得再妥当一点,怎么也不至于落得分开的局面。

情绪在突然发现一件和她有关的安排还未完成,便没了推进下去的意义时,被放大到极点,这种当时只道是寻常的滋味真是不好受。

"行。书我让人捎上来了,我找找——"孙恙朝人群中望了眼,揪了一个人问,"看见小驰没?"

被叫住的人应:"驰哥开车下去拿装备了,估计快回来了。"

"行,一会儿让他来找我,他知道什么事。"

姜国山不知道他们说的是谁,掐着腰百无聊赖地拍了几张风景照,参数调了几遍,见呈现效果不如肉眼来的震撼,一张张又给删了。

孙恙找了一圈人,跟姜国山介绍:"就我跟你提过下棋特厉害的小子,书是他的。待会儿见了,你正好跟他杀两盘,别说我夸大,你真不一定下得过人家。你见了就知道,他年纪不大,不光棋下得好,人坦荡敞亮,我就恨自己没有女儿,要不好说歹说得撮合他给我当女婿。"

"那我可得好好见识一下了。"姜国山清楚孙恙不整巴结奉承那套,真夸谁那是发自真心的喜欢。

孙恙一琢磨,拍腿:"这不巧了,他应该跟小织一般大,今年也是高三。"

只是去了趟山腰的店里拿东西,他回来得快。

沈译驰驾照是去年暑假考的,方时序他爸爸在驾校有门路,沈译驰沾了光,练车、约考一路绿灯,一个半月就把驾照拿到了。

从越野车上跨下来时,一双腿显得格外长。

被人提醒,他第一时间过去找孙恙。

姜国山跟孙恙说起山上哪个店面要转租的事,正说着,遥遥地看到一个俊朗挺拔的少年拿着一个牛皮纸袋从不远处过来。

俗话说,眼者心之机。看相的人,看人心、智慧如何,首先要观察对方的眼睛。

眼前这个男生眼里有态度，但不会过分锋利，有暖色，却不是优柔寡断之人。从身形和气质来看，家境应该不错，但没有骄矜傲慢之态，是个大有出息的人。

"孙叔，这是你要的书。"沈译驰走近了喊人。

"小驰来了。书是给我这个朋友找的，你直接给他就行。"孙恙帮两人做引荐，示意他，"坐下尝尝我的茶。"

沈译驰刚坐下，远处有人喊："沈译驰，你带相机了没，一会儿帮我拍几张照片啊！"

姜国山听到这个名字，敏感地一挑眉，只见坐在他旁边的男生闻声扭头，应道："拍照行啊，得请我吃饭。"

"吃！请你吃大餐，你给我拍得比那些网红摄影师拍得都好，要不是你不要，给你钱都行。"

在他们一来一回的搭话中，姜国山出声："你叫沈译驰啊？"

他这语气耐人寻味，沈译驰疑惑地望过去时，姜国山自己圆场："听小驰小驰的称呼你，还以为你姓'迟'。"

顿了下，他继续问："老孙说你今年高三，在盈高念书？"

沈译驰觉得应该不是自己的错觉，这个大叔从刚刚便一直在盯着自己看，而且此刻的眼神有点儿说不上来的奇怪，看上去不太喜欢他似的。

沈译驰应了一声"是"，把书递过去，说："这书我看过，做了些批注。如果大叔你觉得品相不合格，别扔，再还给我。"

"行。"姜国山笑了下，觉得这小子还挺直接，不为了面子假客气，他翻了翻书，看到书里有模有样的批注，认真了几分，"平时也喜欢看英文原著？"

"闲的时候看看。"搁平时，沈译驰能再闲扯几句，但面对这个大叔没什么心情，他琢磨着挑个什么理由离开这里。

"我就说他不错吧，"孙恙冲姜国山说完，又看向沈译驰，"我去拿棋盘，小驰你陪山大叔下两盘，这么多年我就没赢过他，你替我杀杀他的威风。"

姜国山摆摆手，说："小孩好不容易过周末，让他玩去吧。我看他都坐不住了。"

这话说得好像姜国山赢了就是在欺负人似的,沈译驰垂眼用手碰了碰茶杯。他不爱出风头,也不爱占口头上的便宜,不是谁随便激几句就坐不住的性子,但一上午都待得没什么滋味,总想着没去成图书馆自习的事,这会儿正是郁闷的时候,下几局就下几局啊,正好找点事转移注意力。

"没事,大叔,我见到你觉得投缘,刚好想下几局,你不用特意放水,我能赢。"

姜国山心说,现在小孩是真的傲啊:"行,那就下吧。"

帐篷一扎就是一天,有几个明天没事的要在山上过夜。

姜国山需要回家给闺女做晚饭,三点一过就要下山,也有别人要走,正好他的越野车和另外一辆把人捎下去。

姜国山今天开的那辆贴着军绿色彩绘膜的车,复古造型,放大版的玩具车似的,开在街上很吸睛,之前开这辆车接送姜织,没少被学生围观。

沈译驰这会儿觉得有点眼熟,好像什么时候见过,正盯着看时,姜国山过来:"怎么,看上我的车了?"

"大叔,你这车酷啊。"

姜国山很受用,晃了晃车钥匙:"那你来开,我正好歇歇。"

"我没问题。"一天相处下来,沈译驰觉得这个大叔说话刺归刺,没什么分寸感,有点儿自来熟,但人不错,也没推辞,很有蹭别人车的自觉,包揽了开车的任务。

从山上开下来,姜国山坐在副驾驶座上仍在观察沈译驰。

他开车稳,没有老司机那些偷懒耍帅的小习惯,两手搭在方向盘上,标准规范的开车姿势,但人很放松,有畏也无惧。男生嘛,对车天生有掌控欲。

到了山脚,有个路口车堵得厉害,遇到抢道别车的,沈译驰也不急,踩着离合等对方过去再跟上,没有路怒症,情绪挺稳定的。

姜国山心里是看他挺顺眼的,嘴上却说:"就让他这么走了?"

沈译驰盯着右后方来车,提前打好转向灯,准备拐弯,淡声道:"不急在这几秒。"

姜国山故意找事:"可我急啊。"

等转弯结束,车身正过来,沈译驰才看了一眼副驾驶座的人,想了想,问:"要不我前面停车,你找个地方解决一下?"

姜国山噔声,坐正些:"不是急着上厕所。我得回家给我闺女做饭。"

沈译驰"哦"了一声,捉摸不透这个大叔的想法,只说:"那我开快点儿。"

接下来沈译驰超了几次车,一路疾驰开到了目标小区。

姜国山一路都在观察沈译驰,到地方才想起:"怎么让你开这儿了,该送你先回去的,要不……"

他要说找地方喝个茶,茶室应该有棋盘,顺便再下几局。中午下了两盘都输了,姜国山心里不服气着呢。

沈译驰解了安全带,自顾说:"这里回我家不远,我走着就回去了。"

"那行,我就不跟你客气了,改天来家里吃饭。"

沈译驰心说这话说得挺客气的,也客气地应了,然后从车上下来。

目送换到驾驶座的姜国山把车开进了小区,沈译驰才循着来时的方向往回走。

他越走越疑惑,总觉得怪怪的,这里距离他家不远但也不近,当然他疑惑的不是自己怎么回家,而是琢磨这个大叔对自己的敌意从哪里来,他也没做什么啊。

这些年他都是家长口中别人家的孩子,没少挨夸,挺讨喜的,难道是他的长辈缘失效了?

"一想到要一模了就好紧张。大家都确定考完最后一门去你家吃饭吗?那天都有什么菜啊?"吴桐雨自打想要好好学习起,便断了娱乐八卦和小说动漫,学累了也不敢看,挑着生活琐事当八卦聊。

姜织任由她挽着自己的胳膊,整个人如树袋熊似的挂上边,心不在焉地报了几个菜名,残忍地勾着吴桐雨的馋虫。

姜织这会儿心情算不上好，但也说不上哪里差。上午去图书馆自习，下午在辅导班补课，此刻刚从返家的公交车上下来，正踩着日落而息的烟火人流回小区。

"天，我已经开始流口水了。还有呢？还有什么——织织？你看什么呢？"吴桐雨盯着姜织发呆的侧脸，一脸疑惑。

"没什么。我继续给你说菜。"姜织把话题纠正回来，不死心似的朝某个路口又望了一眼，刚刚无意扫见的那道眼熟的身影仿佛是自己的错觉。

她真的是魔怔了，还以为看到了沈译驰。

估计是习惯了，忘记他今天没在，这一整天她时不时就得想起一次。自习时遇到吃不透的题目，手腕一推便把书本挪到旁边，搁平时沈译驰自然而然地提示她几个要点，但今天姜织推过试卷扭头时，只对上吴桐雨眨着大眼睛的茫然状。

中午吃饭时，也是巧了，吴桐雨挑的是姜织之前和沈译驰吃过的店，点菜时想起沈译驰不吃姜，结账时想起有优惠券不过在他的账号上。

就连下午在辅导班上课，碰到个话痨热情的男生，对方听说她俩是盈高的，问认不认识沈译驰，说他和沈译驰是初中同学。

——他今天是真有事还是假有事啊。

姜织到家时姜国山也刚回来没一会儿，父女俩做饭、吃饭，又一起看了新闻联播聊了一会儿天。姜织回房间看书时又琢磨起这个问题。

姜织对自己认知很清楚，她不擅长维系和朋友的关系。她心宽，对身边人不错，但问题就在于一视同仁，对所有人都不错，没有特殊性，别人也不会觉得"她为我做了什么就是拿我当朋友"，而是仅仅觉得她这人教养好，热心肠。

就拿她和吴桐雨的关系来说，起初很长一段时间，是吴桐雨黏着她，起主导作用。比起吴桐雨的敏感较真，姜织更慢热些。

她坐在书桌前发了一会儿呆，拿出手机，给他发消息：方便吗？我有道题不会做。

echi：发我。

言简意赅两个字，看不出情绪。

姜织翻着习题册，真被她找到道不会的，发送过去正琢磨怎么往深了聊聊时，沈译驰率先发来消息：**语音说？**

姜织连接语音，等了一会儿，那头接通。

没有铺垫，没有开场白，沈译驰确认她能听见，便开始讲题。姜国山做过配音演员的缘故，姜织被带着认识了不少业内知名的配音老师，能以此谋生的叔叔阿姨们不论什么声线，他们的声音都很抓耳，即便在日常生活中听他们说话，都是一种享受。

一旦开始关注这个，她多少有点声控。

此刻隔着电流声听沈译驰说话，大概是姜织对他这个人的滤镜太重，没有面部表情参考，总觉得他有点凶，姜织这一刻似乎理解吴桐雨过去认为沈译驰傲气凌人的误会了。

但不妨碍姜织觉得他声音好听，咬字清晰，气息稳定，音色偏沉但不哑。

"能理解吗？"

"可以。"姜织随着他的思路，摊开的草稿纸上已经密密麻麻写完了正确的步骤，她把草稿纸推到一边，只看题目把解题方式复述了一遍。

沈译驰之前就发现，她在这方面的学习技巧，讲题确实更利于知识点的记忆和掌握，姜织有意无意地正在贯彻落实这个方法。

姜织很快说完，搁下笔，盯着手机屏幕上一点点增加的通话时长，听到那头细碎的声音，随口聊起："你在忙吗？"

"随便弄点东西打发时间。"

沈译驰这会儿正蹲在卧室地板上捡乐高零件。他也是倒霉，刚刚从阳台收了衣服回来，正准备往衣柜里放，好好地走着路，也能碰倒了柜子上的乐高模型。

还没指甲盖大的零件散得到处都是，他正举着手机用手电筒照柜底死角处的零件时，收到了姜织的消息。他就这么蹲在地板上捧着手机给她讲完了题，然后任由电话通着，继续捡零件。

沈译驰是个很喜欢研究事情因果的人，不管是走了运还是倒大霉，总习惯性地把事情往前倒，看看是什么原因带来的这个结果。

还真不凑巧，被他想到一件"罪魁祸首"——晚饭时史唐截图了商鹤宇的朋友圈给他看，傻里傻气地八卦：姜织和学长关系不一般啊。难怪那天学长拜托我多照顾她。

那条动态内容是，商鹤宇说自己回母校做报道，感谢学妹招待。这句挺正常的，偏偏后面还有一句：过去都是见男生用抓娃娃机耍帅，今天竟然被学妹帅到了。

底下附了个小视频，拍的是抓娃娃的过程。史唐这个截图发在他们四人的群里，周淮特意问视频是什么，让史唐发过来，因此沈译驰看到了。

视频没拍到人，但背景音里有姜织的说话声，她问"想要哪个"，听商鹤宇说"要那个绿色的恐龙"后，她又应了一声"行"，然后姜织轻晃摇杆控制抓钩，拍下按钮时，抓钩精准地甩到绿色恐龙上，爪子被调试过的抓取力度失效了般，很轻松地抓出来。

商鹤宇捧场地欢呼，怂恿她再来一次。姜织谦虚地笑了一声，似乎是把恐龙递给了商鹤宇，同时说了一句："给你。"

搁这儿拍偶像剧吗？正好卡在这句。

沈译驰腹诽着，没注意周淮从他卧室外路过。

周淮顺手拍下他蹲在地板上看数学题的画面，发到了去南京旅行前拉的群里，说：都来看看学神学习的新姿势。

另一边姜织也看到这条消息，放大了照片。五彩斑斓的乐高零件银河似的围绕着他，男生穿着舒适的黑衣黑裤蹲在那儿，肩背曲线流畅绷出好看的弧度。他似乎刚洗过澡，短发顺滑柔软，虽然只是个侧脸，仍能感觉比平日要温顺亲和。

他就是这样帮她看题目的吗？姜织嘴角翘了翘，觉得有点可爱。

相处下来不难发现，沈译驰的情感比他示人的那面形象还要细腻，也可能是和其他高三生紧锣密鼓的备考状态对比出来的。他总在常人慌乱、焦躁、迷茫的场合，有着清醒的、格格不入的小小世界。

之前在南京玩时也是，热门景区人头攒动，挤得人焦躁，沈译驰就情绪很稳定地看人、拍人、聊着有意思的话题分散大家的注意力。

他身上有种"逢山开路遇水搭桥"的感染力,永远是驾轻就熟,不慌乱不焦虑,心安得让人充满源源不断的能量,和难得的赤子热忱。

姜织想起姜国山说的一句老生常谈:"自度"是一种能力。沈译驰大概就具备了这种能力。

"原来男生房间也会摆娃娃。"姜织盯着照片一角那个草莓熊,觉得自己又多认识了沈译驰一点。

沈译驰这会儿还不知道周淮拍了他的照片发到群里的事,以为她接着电话做别的事自言自语,说的还是其他男生的事。

被她这轻快娇俏的语气烦得心里气鼓鼓的,沈译驰打算直接撂电话,但手里攥了一把零件腾不出手,又懒得起身把零件找个盒子装。

他一直被人夸长得俊,会为人处世,有什么用,不还是专挑她不欣赏的特质长。

商鹤宇做什么了,她怎么听上去这么开心呢?

直到姜织接下来又说了一句:"你这个模型是辆摩托车吗?摔成这样是不是得对着说明书才能重新拼起来?"

"什么?"沈译驰愣了下,疑惑地看看手里的东西,又扭头望望,疑惑姜织怎么知道的。

姜织很快给答复:"周淮发在群里的照片啊,是刚刚拍的吗?"

刚才手机"叮叮咚咚"地响,他一直没管,这才点开群消息翻了翻。周淮拎着可乐罐从他卧室门外经过,举了举易拉罐,一脸"不用谢"的谦虚状,沈译驰丢给他一个"你是不是闲的"的眼神,注意力回到通话上。

"不知道,先拼拼看吧。"沈译驰把话题往回倒,记起她刚说什么娃娃,又碰巧看到照片拍到了他房间收纳柜上摆着的草莓熊,没说这是沈一星上回来落这儿的。他心平气和地把问题抛回去,"别的男生房间没娃娃吗?"

"不知道。我也没机会参观其他男生的房间。"姜织百无聊赖地学着他的话,没急着退出照片,重点放大沈译驰的脸部看了又看。他眉骨立体,颌面完美,脸部线条锋利无瑕疵,就是嘴角下垂着,眼神也黯淡,看上去像是在跟自己置气。

周五那天回出租屋他也是这副表情。

姜织正要问问他是不是心情不好时,沈译驰率先出声:"你没给别人送过娃娃?"

话赶话聊着,沈译驰心里舒坦了不少。不需要旁人疏导什么,沈译驰这会儿已经把自己哄好了。

他不知道自己哄别人的效果,但哄自己的能力倒是熟练且有效。往乐观了想,姜织欣赏会哄人的男生,他努努力,也不是完全没机会。至于坏,排除因人而异的自制力,男生归根结底都是一类的。还有智商不用太高,装聪明难,大智若愚还不简单吗?

沈译驰越想越觉得自己分析得挺对的,连带着说话语气都轻飘飘的,有点放飞。

"没给男生送过。"姜织不太想猜来猜去,今天白天是没找到机会,现在正聊着,索性直接问了,"你是心情不好吗?我觉得你说话很冲,要是我说了什么让你不开心的,你得说出来我才能知道。"

她真是一点都不矫情,沈译驰噎声,为了不让姜织再误会,语气放轻放慢,都带上讨好的意味了:"我刚才语气还不好?"

姜织从桌边抽了包零食吃,很有意见:"除了刚才那一句,之前的所有。"

沈译驰蹲久了有点累,起身就近坐到床尾,余光瞥见客厅里的周淮抻着脖子往这边看,他长腿一伸,把卧室门给带上。

房间一下子安静了不少,姜织尚在等他回答,没有说话。沈译驰嘴角动了动,点兵点将挑了个原因先糊弄上:"你还没说之前为什么躲着我?"

"你一直在纠结这个?"姜织咬唇,觉得自己那点儿小心思上不得台面,犹豫之下,还是说了,"我不是故意躲你。杨霄牧那事你虽然说是举手之劳,但在我心里分量很重,怕还不起这个人情。"

他太优秀了,姜织觉得压力大,连跟他考同一所大学都很难。

"我是那种挟恩图报的人?"话赶话聊着,沈译驰有点没收住。

好在,也坏在,姜织压根没往别处想,只道:"你很好。是我有点应激,以前有人是这样对待我的。"

她不怕对别人好,但怕别人对自己好。

沈译驰无语,她是真的不会安慰人,没见过把人往不开心上哄的人。

姜织对此不自知:"你心情好点了吗?"

沈译驰半开玩笑半当真地回:"更糟了。"

一秒两秒三秒。姜织始终没说话,沈译驰暂停回忆模型说明书被他搁在哪里的事,看了眼手机确认通话还在继续,问:"人呢?这就不管我了?"

姜织脆生生地道:"我回消息。"

沈译驰"哦"了一声,开始安静地等。这次他没往别人身上想,以为她有什么话不好意思口头说,要用文字的形式。

大概十几秒过去,姜织回完吴桐雨的消息,再次出声:"要不,我跟你说个我的秘密吧。"

沈译驰不喜欢为难人,说:"不是发消息?"

姜织虽然不爱发朋友圈,但内心世界挺丰富的,用姜国山的话形容就是"十万个为什么",对什么都好奇,对什么都疑惑,尤其是到了青春期,心里瞎琢磨的事不少,可与人言的不多。她正挑挑拣拣打算找一件有分量的分享给沈译驰,闻言,嘴上漫不经心地回:"发完了。吴桐雨要我帮她拍一份试卷答案,我已经拍好发过去了。"

……原来不是给他发。

沈译驰觉得姜织这人真的太难懂了,永远不按套路出牌。

为了防止她接下来又说出什么令自己糟心的事,他不太想听这个秘密,岔开话题:"为什么跟我说这个?"

姜织语气坦然,习以为常:"我们不是朋友吗?朋友不就是要知道一些其他人不知道的事。你愿意的话,也交换给我一个。"

沈译驰并不是非知道她什么秘密不可,用介意的语气道:"跟每个朋友说得都不一样?那你秘密挺多啊。"

"我也没几个朋友。"姜织还要说什么,这时房门被敲响,她话锋一转,急匆匆地对着手机低声说了句"我爸敲门,先不说",挂断电话。

姜国山得到允许后推门进来，端来热牛奶给她，今天破天荒地没着急出去："爸爸看你晚饭时心情不好，陪你聊会儿天。"

这一聊就是小半个小时，姜国山出去时，姜织早把半小时前跟沈译驰通电话的事忘记了，只觉得此刻心情格外好，把功劳全归功于和老爸聊天上了。

闷头学了将近一个小时，姜织站起来活动肩颈四肢时，视线扫到床头摆着的草莓熊，才记起沈译驰来。

但时间太晚，她没再给他发消息。

一模考试以高考规格进行，师生们同样重视。

考完试后不少同学开始对答案，预估考试分数。他们六个人很默契地谁也不提，一心等着晚上的大餐。

其他人分两批到姜织家时，沈译驰还在路上。

他临时有事脱离大部队去给长辈送东西，临走时又从对方那儿顺了一箱螃蟹，想着去同学家空着手不合适，带见面礼又太隆重，搞得像他去见家长似的，带箱螃蟹当加餐了。

按照姜织发来的地址，沈译驰打车过去，快到小区时，越开他越觉得熟悉。等师傅到目的地停车，沈译驰站在小区闸口外，心说这就有点儿巧了。

前几天刚来过这儿，送那位自来熟的大叔。

有时候人就是不经念叨，沈译驰正准备麻烦门卫开门禁，就见一个支着胳膊在跟保安大叔聊天的男人回了回头，不是熟人是谁。对方也认出他："又见面了，小伙子。"

沈译驰只喊了一声"叔"，门卫大叔跟姜国山搭了几句话就把门禁开了。

姜国山结束和门卫的闲扯，说着"闺女还等着我回家做饭呢，不聊了"，抬步跟沈译驰并行往小区里走。

姜国山提提自己手里的螃蟹箱子，又看看沈译驰手里的，一模一样，大概率都是孙羔送出来的："串门还带东西，怪有礼貌的。"

沈译驰心说这大叔自来熟得不会以为自己是来找他的吧，站在分岔路口，主动问："我要去 3 号栋，大叔你住几栋？"

姜国山没回答，自顾豪气道："走吧，我给你带路。"

沈译驰以为顺路，也没多想，被姜国山问起"螃蟹想怎么吃"，顺口说："我喜欢吃放咸蛋黄炒的。"

"你倒不嫌麻烦。"

沈译驰心说又不是我下厨，虽然才见过两面，大叔次次把给闺女做饭挂在嘴边，八成是个女儿奴，为了宝贝女儿累点怎么了。

沈译驰言真意切地劝说，有点故意使坏的情绪在："这样炒比清蒸是费点事，但真挺好吃的。"

姜国山心知肚明地笑了笑，说话间到了3号栋，不用他提醒，沈译驰自己看到墙体外的标牌，跟他告别："大叔，我到了，谢谢你带路。"

"进去吧。"姜国山示意他先走，然后再抬步跟上。

沈译驰进了单元门，见他跟着，明白过来："你也住这栋啊。"

"巧？"姜国山这语气，仿佛在说"我不住这儿，难道是特意送你"。

沈译驰再次感受到那股熟悉的被针对的敌意，正琢磨一会儿找孙叔打听一下，自己什么时候把人给得罪了，还是这个大叔本身性格古怪，就听旁边人问："这次一模考得怎么样？我听说你成绩不错？"

沈译驰心说，您消息这么灵通，还知道今天一模考试呢。知道他成绩倒不奇怪，估计是孙叔说的。

"还行吧。"沈译驰不爱在人前臭显摆，用成绩来装没意义的相，对他而言太低级，但这会儿听着姜国山话里话外表现出来的意思多少有点阴阳怪气，主动补了一句，"我发挥挺稳定的，一直都是年级第一。"

姜国山天天听吴庆诸在耳朵边吹他成绩如何如何，早起茧子了，此刻见怪不怪："哟！那是不错。但做人啊，最忌骄傲。水满则溢，自满则败。学习成绩不是衡量人的唯一标准。"

沈译驰"嘶"了一声，刚要说大叔您是不是找事啊，净怼我，你看我哪里不顺眼，我一定发扬光大多去你面前晃悠……

他还没开口呢，楼道里传来吴桐雨的声音："爸，求你别过来串门，有点儿教导主任的自觉好吗？谁一考完试回家吃饭还想对着老师啊？快回去。

织织,你跟他说,我爸现在就听你的。"

吴家父女俩在走廊里推搡着,姜织在一旁看得眼睛弯成了月牙,刚要帮衬,便听见上楼的脚步声,扭头时看到先一步拐上来的姜国山:"爸,我说我去门口拿吧,你非要自己去,碰见个人就能聊半小时,还吃不吃饭了。"

沈译驰落后几步迈上来,看看已经迎下台阶的姜织,又看看一旁笑成弥勒佛的大叔,觉得脚跟灌了铅似的,嘴也有点儿结巴:"爸?"

被姜国山冷飕飕地瞪了一眼,他很快清醒,立刻纠正:"不是……叔叔。"

其他三个男生已经跟姜国山见过面,彼此认识了,这会儿正在客厅玩游戏。姜国山本身就爱玩,投男生所好的东西不少,几个人不亦乐乎,已经完全融入。

沈译驰拎了一路的那箱螃蟹被姜织自然而然地接过去,连同姜国山手里的那箱一起拿去厨房。走之前她掂了掂重量,对老爸低声嘟囔:"也不重啊,你还麻烦我同学拿。"

沈译驰饶是再能言善道,此刻一句话也说不出来,偏偏姜国山等姜织走后故意问了一句:"差点忘了问,是带来给我的吧?"

"……是。"沈译驰琢磨着这一路,还有上次见面,他们的接触,紧张得连冷汗都要流下来了。

他就多余从孙叔那儿拿这箱螃蟹!

几人进了屋。见姜国山回来,史唐有眼力见,从游戏中抽身卷了卷袖子要跟进厨房帮忙:"叔,螃蟹清蒸吗?我帮您打下手。"

沈译驰觉得姜国山瞥了自己一眼,也可能是自己心虚,随即听到姜国山说:"放上咸蛋黄炒,听说这样做好吃。"

正要往沙发上坐的沈译驰觉得这沙发带刺。

沈译驰自诩是个在任何大场面都很镇定的人,但这会儿坐在沙发上隔几分钟就朝厨房望一眼,有些自乱阵脚,连周淮几次跟他说话都没听到。

咸蛋黄炒螃蟹激出的香味在家里散开,没一会儿姜国山端着最后这道菜出来,招呼孩子们洗手吃饭。

"叔,您厨艺真好,我预感今天得吃撑。"这是史唐。

"难怪吴桐雨从一周前就开始念叨这顿饭,真的很丰盛。"这是周淮。

连一向不爱说话的方时序都张嘴道:"这个炒腊肉的叫什么菜?吃着甘爽解腻,之前没见过。"

姜国山当着女儿的面,没有豪爽的江湖气,居家和善道:"叫儿菜,芥菜的一种。川渝那边吃得多,他们叫'角儿菜',清水煮了蘸辣椒也好吃。"

姜织在一旁说:"这名字是不是很可爱,它长得也可爱。叶片很大,根部上长着很多芽苞,所以它还有个名叫'超生菜',我们吃的是它肥大的茎和腋芽。哦,对,它学术名很好听,叫'抱子芥',日本那边又叫它'祝蕾',名字是不是很少女。不过它口味独特,有的人可能吃不惯。"

大家在聊这个,沈译驰跟着尝了一片。姜织说着话望过来,询问:"吃得惯吗?"

姜家的餐厅不小,摆着张圆桌,姜国山张罗了满满一桌子,吴庆诸虽没上桌,倒帮着添了几道菜。

姜织挨着老爸,另一边是吴桐雨,沈译驰选座位时被姜国山叫住,安排在自己旁边,美其名曰,**要谢谢他对姜织的帮助**。

此刻意识到姜织在跟自己说话,沈译驰没急着回,嚼着青菜,本能地瞥了姜国山一眼。

后者没看他,沈译驰稍稍松了口气。其实能理解,姜叔叔作为女儿奴对闺女身边异性朋友的警惕态度,但他为什么不针对周淮、方时序他们呢?难道是姜织在家里说了什么,让大叔觉得自己更具危险性?

所以,姜织说什么了?

沈译驰发觉自己的重点偏了,清了清嗓子,回答:"还可……"察觉到旁边人突然投来的目光,他敏感地改口,"好吃,很好吃。"

没敢和姜织多对视,沈译驰偏头看向姜国山,迟来地捧场:"叔,您厨艺真好。"

姜国山笑了笑,示意:"尝尝螃蟹,看还满意否。"

"……好。"

怎么说呢,沈译驰这会儿又有些犯病,姜国山对他的敌意越明显,他便认为姜织在她爸面前说的话信息量越大。

总不能说想跟他考一所大学之类的吧？

这么哄着自己，沈译驰心情果然轻松不少。不过他心里想归想，表面上没得意忘形，不似不知道姜国山身份时的没大没小，他一向会卖乖，端着晚辈的态度让人挑不出错，当着人家亲爹的面，很有分寸地不跟姜织有逾越的接触。

饭后一行人没留太久，便起身告别。

回去的路上，沈译驰盯着车水马龙的街景，路旁高楼商铺灯火阑珊，行人三三两两分散在街上，这是他自小生活的小城，耳畔是熟悉而亲切的口音，可仍觉得自己渺小。

这种格格不入的孤独感令沈译驰对姜国山的态度有了另一种理解。

他又一次记起小时候的事，那时的自己无论做什么都会被指责，说什么都会被挑错。就比如吃饭这种每天都在发生的事，他吃得太快，唐湘汶说他饿死鬼投胎，又没人跟他抢，急什么急；他吃得太慢，唐湘汶又说"饿的是你，现在慢悠悠的样子，是觉得做得不好吃吗？不想吃就别吃了"，沈译驰一度不知道自己该怎么样才会讨他们喜欢。

此去经年，很多记忆都模糊了，沈译驰对童年的印象长久地停留在"不确定下一秒会不会被批评"的惶恐之中。

所以过去很长一段时间，沈译驰不愿意表达，不喜欢与人沟通。他旁观着身边的同学、朋友、长辈，各色的面皮上各色的妆，猜测哪些是真心，哪些是伪善，常常觉得大家熙熙攘攘皆为利来的模样很可笑，又觉得自己自以为众人皆醉我独醒的样子更可笑。

随着长大，他身边有了交心的朋友不再单刀赴会，也不再狭隘地保留这样极端的认知，大概是今晚看到姜家温馨有爱的父女相处，眼热羡慕的同时，开始多愁善感。

所以，姜国山是因为姜织而对他抱着警惕，还是说他的伪装被人看穿，露出血淋淋惨烈丑陋的真实面目——他那不讨喜的样子。

沈译驰回到出租屋，将自己关在卧室，在一片漆黑中发了会儿呆，拿出手机看到姜织发来的消息时，眼神才一点点变得清澈。

姜织：是我的错觉吗？感觉你和我爸怪怪的？

姜织：我看群里周淮说，你们到家了。要语音聊会儿吗？

有两条，间隔了二十分钟。

沈译驰清了下嗓子，发出语音邀请。

对面很快接通，传来姜织的声音："喂，等我会儿……爸不用给我送水果，我想吃了自己出来端。"紧跟着是拖鞋鞋跟拍在地上的脚步声，紧密的小碎步，然后是关门声，电视声音消失，姜织的声音清晰，"好了，我回房间了，现在可以说话了。"

沈译驰无意识地翘了翘嘴角，这种被秒接语音的待遇挺爽的，四舍五入意味着被在意。他得了便宜还卖乖，想说急什么，他又不跑，又想说你这兴师动众的样子，让你爸又得给我记一过。

姜织迟迟没听到答复，不由得放轻声音，语气里带着疑惑，询问："沈译驰？你还在听吗？"

沈译驰"嗯"了一声，说道："之前参加长辈的生日聚会时见过，今天才知道他是你爸。"

"这么巧？我爸都没跟我说过。"姜织突然想起来，"你认识孙恙叔叔？"

"嗯。"

不等他多说，姜织先道："原来你那天真去参加长辈生日了。我还以为你骗我。"

沈译驰正感慨宿营挺小的，闻言，问："为什么以为我骗你？"

沈译驰这问话方式很微妙，不问"我骗你什么了"，一下将问题的重点落在她身上。那股酸酸胀胀的感受又来了，就像她想不通自己如此反常的反应从何而来，同样想不出该如何回答这个问题。

姜织犹豫之下，帮他回忆："你那天不是不开心嘛，因为我躲着你的事。我们前几天聊过的。"

怎么又提起这个黑历史了，沈译驰挺烦的，但也没否认："是不开心，但没躲着你。在你心里我就这么小心眼？"

晚饭的氛围不错，连带着姜织的心情也好，她语气轻快道："是啊。我

205

觉得自己没表现出异常，你都能发现我躲着你，还因为我躲着你，跟我生了好几天的气。要不是我主动找你说开，你是不是已经给我判死刑了？你说自己像不像个要人哄的娇气包吧。"

说得像你哄过我似的。沈译驰腹诽。

姜织算起账来没完："还有晚上在我家吃饭的时候，我几次跟你说话你都不搭理，跟没听见似的，我一看你你就别开眼。我又哪里惹到你了？"

沈译驰严肃冷漠些，盘问的语气："打语音就是为了指责我？那我挂了，我傲慢自大，偶像包袱重，不接受批评，更不会反思。"

"别啊。"姜织急着制止，殊不知沈译驰仰躺在床上，保持着把手机举在耳边的姿势动都没动，姜织似乎怕他真挂了，说，"我这不是打电话来哄你了嘛。"

沈译驰回忆了一遍晚上的事，真不记得自己冷落了姜织这么多次，不止被发现，还被戳破了。他想道个歉，说不是故意的，当时怕她爸多心误会，谁知弄巧成拙。但解释的话到嘴边，只有两个字："你哄。"

姜织思路清晰，没被他绕进去，说："我得先知道你为什么生气？"

沈译驰绷唇，冷声："给我挖坑呢，想坐实我小心眼？我没生气，少套我的话。"

姜织嘟囔："谁让你顺竿爬的。还想骗我哄你，"

沈译驰不背这个锅，把话往回倒："姜织，你讲讲理，是你自己说要来哄我的。"

姜织脸不红心不跳，语气脆生生："我忘了，你录音没？没有证据的事，疑罪从无。"

沈译驰被她气笑了，只听姜织语气小心试探地问："我听见你笑了。你心情好点儿了没？我是不是还挺会哄人的？"

沈译驰收敛神情，哼了一声，学着她的话说："你挺会耍无赖的。"

他迟迟没去开灯，卧室的窗帘也没拉，只有月光洒在地板上、床铺上、少年的身上，除此之外，还有手机通话状态下蓝莹莹的屏幕光。他语气正经些，认真澄清："晚上没生你的气，也没在生气，没注意到你跟我说话，当时应该是在想别的事,抱歉。"

姜织"哦"了一声,说:"没事,我心大,一般不会想多,就是看你不理我还吃得那么香,特别想把你的饭碗夺过来,把你赶走。"

沈译驰笑:"这不能怪我,怪叔叔做饭好吃。"

"我爸是不是很有意思?我就说你跟他肯定聊得来。"一提到姜国山,姜织的语气更加放松。明明隔着网络,沈译驰却觉得她近在眼前似的,明亮的杏眼、圆润的鼻尖、莹润的双唇,嘴角扬起来时很甜,没什么表情时有很凶,明明她是那么冷淡的一个人,浑身气场毫无攻击性。大概是因为深谙这一点,所以她"凶"起来,沈译驰总觉得过分可爱。

"是,跟你爸相处得没有代沟。"

姜织又说:"我想到一模了……唉,我没什么底,还不知道考得怎么样。"

"信我的判断吗?我觉得你这学期状态很好,这次考试题型难度都在可接受的范围内,你把掌握的都发挥出来,成绩肯定不错。"

"借你吉言。如果我考得不错,请——"

"又要请我吃饭?"沈译驰默契地打断她,"攒着高考完请我顿大的就行。宿营的馆子都吃腻了,你之前不是说要去北京上大学吗?考去北京再请不迟。"

她要考北京的大学?姜织愣了下,不记得自己什么时候说过。她想了想,好像是提过,在聊商鹤宇时说过这个话题。

姜织感慨沈译驰的记忆是真的好,很快回答:"有这个想法,但……看成绩再说。我心里其实舍不得跟我爸妈分开太远,好吧,我现在就跟我妈分开了,宿营到南京在我看来也够远了;而我的监护权在我妈那儿,因为转学不便才继续住在这里,等高考完我也会和我爸分开。"

姜织说:"我原本觉得我爸妈各自冷静了还会复合,他们过去感情很好的。但我那天在南京和我妈见面时,不小心撞见她跟别的男人一起,好像要开始新生活了。就连我爸……我奶奶这边的亲戚已经开始给他介绍对象相亲了。所以我觉得,没有人会永远止步在某段关系中,都在以不同的速度往前走。他们应该不想我留在身边吧。"

沈译驰有些懊悔不该往这个话题上聊,姜织这迷茫的语气令他跟着忧心,他想了想，才说："我最近更清楚地明白一个道理，人不能通过个人理解和自我认知去判断甚至预测别人对某件事的看法，只有沟通才能弥补认知之外的信息偏差。你发现没，你说话时频繁地用到'我觉得''应该'这类词，你心里明确地知道，这是你的想法。所以，你得和他们沟通。"

"等高考完吧。考完试再说。"姜织说，"上学期我花费了太多时间思考大人的关系，严重影响了学习，有时候想起来也不是后悔，就是遗憾没有平衡好这两件事。"

"不要想太多，你当初做的已经是能做的最好的选择了，不要去美化没走的那条路。就像你之前不也在疑惑，高考会比陪家人更重要吗？很多问题本身是无解的，或者说答案不是单一的，就像人本身就是矛盾的一样。"

"你说得对，我跟你聊聊感觉好多了。"这是实话，略停顿，姜织意识到，"不对，我原本心情挺好的。是你非提去北京，引出这一连串烦心事，让我不得不处理这些情绪。"

沈译驰这会儿也满血复活，起身开了卧室灯，拉窗帘，然后去外面冰箱里找水喝，嘴上接下这个黑锅："行行行，世界末日了都赖我。"

一模考试不过持续两天，结束就结束了。但成绩公布后带来的余震，却轰隆隆地影响着每个人。

周一这天，午饭过后班主任陆续叫学生去办公室拿成绩条，但从一早，班里就对成绩格外关注，原因离不开姜织和邓廷的那个赌约。

原本没几个人知道的事，不知怎的就传开了。大多数人说不上恶意，抱着看热闹的心态关注这件事的进度，更有直接问到他们面前的。

邓廷自打赌约确立那天，收敛了些，又经过沈译驰演讲稿被换的事，更加低调沉心学习，不是这件事的始作俑者，可也控制不了疯长的闲话。

事态在下午第一节课后，邓廷去办公室拿回自己的成绩条后发酵到了峰值。因为邓廷这次发挥得不错，较之前的年级排名有了很大的进步。

学校老师都说一模的难度是最接近高考的，对预测高考成绩最具有参考性，邓廷无疑是开心的。

这也代表着姜织想要赶超他名次的概率更小了。

"我看这些人还是太闲了。不紧张自己的成绩，净等着看别人的笑话。就这点志气嘛，传出去自己先被人笑话死了。"史唐作为班长，对班里的消息关注得勤，这会儿正替姜织打抱不平，同时不免对姜织的处境有些担心。

沈译驰对此反应平淡，继续忙自己的："不是还没公布成绩吗？"

史唐将这言外之意理解成"谁说姜织就输了"，只当他不了解姜织的情况，给他科普："先不说市里排名，邓廷这次的成绩在年级排在十一位，而姜织呢，升班后成绩一直在下滑，上学期末的年级排名是四十三。你说她拿什么赢？分数要是这么好提，你能常年稳居年级第一压得第二名那谁死死的吗？"

沈译驰叹气，觉得比姜织还不会开解人的出现了，史唐这一句句除了给人制造焦虑起不到任何作用。

史唐思来想去决定："姜叔叔对我们多好啊，我们也不能干看着，要不我去找老班提建议调次座位吧，说起来班里有一学期没动座位了。哎，你怎么想的？"

沈译驰嘟囔了一句"随你"，心里在琢磨别的事。前排处，姜织坐在座位上，状态与往日无异，不知道是不是因为她高三才升上来，一直游离在班级之外，跟班里的同学没有矛盾，不疏远，但也不亲近。这种孑然一身的姿态让她此刻看上去有些孤立无援。

史唐又嘟囔了什么，沈译驰没听清。他看着手机微信页面，手指在姜织的头像和他们四人组的群聊上方徘徊几次，最终点开后者。

饶是上学日，群里依然不缺消息，周淮正聊着傍晚吃点什么好，沈译驰直截了当地插入一句：今天气氛这么好，搞点事怎么样？

第六章
追梦赤子心

下午最后一节课结束，姜织去四楼叫吴桐雨一起吃饭前，似有所感地看了眼手机，发现了姜国山半个小时前发来的信息：路过你喜欢的那家蛋糕店，看到推出了春日新品，给你买了。

似乎是樱花和抹茶口味的，色彩鲜亮，精致细腻，很有生机的气息。他拍了蛋糕的照片发过来，借题发挥开始给她"煲鸡汤"：织织你看，社会上有人坐在办公楼里衣着光鲜，有人在城市穿梭送货派件汗水洗面，每个职业都有它存在的意义，社会因此精彩，才会有商店卖着你爱吃的蛋糕；同样，学校里有人能金榜题名，也一定有人名落孙山，谁也不能凭此否定每个人的价值，沈译驰虽然成绩很好，但只有你才是让爸爸骄傲的宝贝。享受这个阶段，不要给自己太大压力，爸爸等你晚上回家吃蛋糕。

姜织弯唇笑着，从小喝他的"鸡汤"长大，神奇的是没有免疫，回回受用。

她捧着手机给老爸回了消息，然后才出教室。教学楼东西两侧都有楼梯间，一班和十班在教学楼西侧，从这边的楼梯下去更方便，同时西侧连接着办公区。姜织出了教室下楼时，正巧碰到吴庆诸。

吴庆诸正好有话跟她说,是就吴桐雨成绩进步的事向她表达感谢,说让她多督促吴桐雨。

没等姜织说这都是吴桐雨自己的功劳,她没做什么的,便听吴庆诸又说:"哦,对,你的成绩我没偷偷给你爸说,故意卖了个关子,你回家自己告诉他才惊喜。你班主任公布成绩了没……"

沈译驰他们四个人牺牲掉晚饭时间排练,大餐自然没吃成。

周淮手搭在麦克风支架上,嚷嚷:"等这事完了阿驰你得请顿大的,你选的歌这么高,我指定得破音。"

"这首歌就得破音才好听。"沈译驰托人去学校食堂打包了晚饭,把最后一份拿给周淮。

周淮不急着吃,空的那只手捞住好友的肩膀,窃窃私语:"那你唱呗。我可听说了姜织跟她那同桌打赌的事,你是怕人家考不好伤心,提前准备这个安慰她吧。"

食堂的牛肉卷饼好吃归好吃,但就是油腻腻的,薄薄的单层塑料袋装着,被周淮拎在手里晃来晃去,沈译驰怕他一不留神甩自己身上,一直躲着。

方时序拿着水从旁边经过,问:"你们班还没出成绩吗?"

沈译驰"嗯"了一声,说:"没出全,班主任挨个叫人去办公室拿成绩条。"

方时序在四人组中最"独"的那个人,他最初跟史唐要好,后来周淮成了他在四人组中的黏合剂。他和沈译驰关系也不错,掏心窝子地相处着。他比沈译驰认识姜织要早,也熟悉她,自认她不需要安慰,拥有足够强大自洽和自愈的能力。

但有时候,安慰并非只有一种意义,它可以是一种讯号,一种示意的信号。是方时序无数次想要释放却不敢的信号。

在周淮眼色示意下,方时序平静地附和:"我也赞同你唱。自己唱才有诚意。"

沈译驰深深地看着他，没等说话，这时，史唐捧着手机，不知看到什么陡然坐直，差点把手里的饭扔了。

他"天哪"一声，周淮被他吓得没站稳，连带着麦架一起往沈译驰身上倒，刚准备吐槽一句。

只见中唐举着手机，目由女神似的，一脸兴奋地冲沈译驰传达："姜织好牛！她年级第九！这成绩看得我热血沸腾。难怪家长总说要跟学习好的孩子玩，这话真没错，这成绩谁看了不说一句'老师我也想好好学习'。"

班里此刻的氛围印证了史唐这句话。没人再八卦，甚至没人在意所谓的赌约，个个跟打了鸡血似的，带着自惭形秽的敬意和艳羡，短暂地为自己的成绩感伤，然后紧锣密鼓地进入学习状态。

邓廷原本沉浸在自己名次进步上暗自兴奋，姜织的成绩如一盆冷水兜头浇下，当即清醒，怔然的同时，更多的是震惊。

过去狭隘的偏见如巴掌般扇在自己脸上，火辣辣的，疼痛是次要的，更多的是羞愧。

他看着姜织的课桌，一如既往的整洁，书立是浅绿色的，便签、弹簧笔、笔记本等文具也都是女孩子会喜欢的，带着花色图案，花里胡哨的。她也有打发时间解压的小玩具，也有在老师口中被定义为影响学习专注的小圆镜、各种各样的发卡。邓廷甚至注意过，她耳机里听的不全是英文诵读。

就是这样一个柔静的、没什么脾气、有着鲜活少女心的女生，竟会有如此强大的爆发力。

大家每天上着同样的课，写着同样的作业，当他还在斤斤计较着她比自己多解对一道题、小考中多考了几分时，她已经到了另一个层次。

而此时的姜织，正跟吴桐雨在食堂吃饭。

吴桐雨因为自己的一模成绩进步十分高兴，得知姜织的成绩后更加高兴，把学校一大一小两个食堂逛了一个遍，才确定好要吃什么。

姜织不怎么饿，任由她亢奋地拽着自己纠结了一会儿，实在看不下去站出来做了决定。

"其实你考年级第一我都不惊讶，你在我心里一直都是最牛的，我就是高兴。我好像感受到了学习带来的乐趣，这种攻克难题取得理想成绩的成就感就跟游戏打怪闯关获取经验值一样令人快乐。你不知道，不止我，周淮跟方时序在年级里的成绩都进步了，考试前我原本想着把分数考得高高的，然后去那个势利眼班主任面前扬眉吐气一把，但今天看到成绩后，我又觉得，这是我自己的成绩，我自己的前途。那句老话说得没错，感谢那些看不起我的人，因为是他让我变得强大。敬强大——"

姜织举起豆奶的瓶子跟她撞了下，捧场："敬强大。"

她喝了口搁下才说："那还是得惊讶一下，沈译驰常年稳坐在那个位置，马上要毕业了，不知道有人有这个机会没。"

"说到'一张'，我想起来了。"吴桐雨饭也顾不上吃，先说，"原本我想着周淮他们还有咱俩这顿吃大餐庆祝一下，结果他们四个男生不知道有什么事，一下课就溜了，神秘兮兮的。"吴桐雨说着，抻着脖子四处望望，"我好像确实没在餐厅见着他们。"

能有什么事？

心里被吴桐雨丢了个钩子，姜织回教室一直在琢磨这件事，进门后第一时间朝后排沈译驰的座位望。

没有人，他和史唐都没在。

班里同学不知从哪儿听说了她的成绩，时不时就有人恭喜她，姜织应着，回了座位。

快上课时，沈译驰和史唐才回来，史唐心情不错，似乎在哼歌。

姜织借着回头和后桌说话的机会，朝那方向看了眼，沈译驰似有所感，从手机上抬起视线，对上她的目光后，拿高手机，屈着手指敲了敲屏幕。

意思是提醒她看手机？

姜织迟疑地坐正，拿出手机，果然看到沈译驰的消息。他说：**下课后早**

点出教室，有演出。

等姜织问"什么演出"，他卖着关子，只回：到时候就知道。

姜织盯着这几个字，扭过头去，沈译驰在跟史唐说话，不知道有没有说完，此刻恰好看了过来。

姜织递给他一个怨恨的眼神后，坐正准备上课。

距离下课还有两分钟时，姜织被后排的同学拍了拍肩膀，提醒她有人找。

姜织扭头看到吴桐雨扒着后门冲她招手，一脸焦急的样子。姜织疑惑地起身过去，余光注意到史唐和沈译驰的座位空着，人不知道去哪儿去了。

"怎么了？"姜织刚问一句，就被吴桐雨抓住手腕，"马上要下课了，来不及解释，先跟我走。"

"哎？"

不等姜织反应，吴桐雨拽着姜织就跑，逃荒似的。

一班在五楼，两个女孩轻盈的身影沿着楼梯一层层往下，下课铃声在寂静的教学楼上悠长又响亮。

姜织就是想把人拽住问一问也没机会，终于，铃声停止，吴桐雨拽着她一口气跑到一楼大厅处终于停了脚步。

"到底——"

吴桐雨打断她，气还没喘匀，便先提醒："你回头。"

姜织转头时，错落的鼓声有节奏地响起。她看到南北楼之间的小广场处，不知什么时候被安置了乐器和麦架，以及四个活生生的人。

其中包括没在教室里的沈译驰和史唐，以及周淮和方时序。

这首歌的前奏很短，电吉他和架子鼓被贝斯线托着，铿锵力度中多了婉转悠长。

主唱是沈译驰，跟平时说话的音色有些出入，他唱歌时嗓音哑着，磁性有质感。

充满鲜花的世界到底在哪里

如果它真的存在那么我一定会去

我想在那里最高的山峰矗立

不在乎它是不是悬崖峭壁

鼓声和下课铃声间隔不过两三秒，下课休息的同学纷纷被这声音从教室里吸引出来。本以为是校园广播，随着第一拨人发现了广场上演奏的四人，一传十十传百，南北两楼，从一到五层，栏杆上密密麻麻地趴满了人。

一层的观看位置最佳，以小广场的边缘为分界线，外围短短数秒内挤满了。而最先到来的姜织和吴桐雨站在人群最前面，和演奏的乐队四人面对面。

潮水般的人声中，姜织清楚地看到他的神情，听到他的声音。

用力活着用力爱哪怕肝脑涂地

不求任何人满意只要对得起自己

关于理想我从来没选择放弃

即使在灰头土脸的日子里

姜织想到那年她脊椎受伤做手术，向来乐观的姜国山和要强的冯敏，在那满是消毒水的医院里叹了太多次气。

放弃跳舞只是一句话的事，但姜织斟酌了很久很久。舍不得，不甘心，抱着侥幸心理觉得自己只要小心小心再小心未来不一定会受伤，但她又不敢用父母常年处在胆战心惊中的代价来赌。

那就放弃吧，人生的选择那么多，肯定不止一条是属于她的。

也许我没有天分

但我有梦的天真

我将会去证明用我的一生

也许我手比较笨

但我愿不停探寻

付出所有的青春不留遗憾

之前沈译驰问她:"有想考的大学?"

她当时说:"没有,但我想尽可能地考高一点,这样需要面临选择时,机会能多一点。"

她一直相信,把能做的都尽全力做到最好,静待花开,蝴蝶自来。

回忆与现实交叠,姜织眼前过电影似的,闪过很多画面,又回到此时此刻的演出。

她听到有人在合唱,从一个人到五个人,再到一群人。

下一秒,合唱声飙至最大——

向前跑迎着冷眼和嘲笑

生命的广阔不历经磨难怎能感到

命运它无法让我们跪地求饶

就算鲜血洒满了怀抱

继续跑带着赤子的骄傲

生命的闪耀不坚持到底怎能看到

与其苟延残喘不如纵情燃烧

教学楼上大家举着手机,手电筒的灯光是应援的灯棒,聚在一起成了璀璨的海洋。

这一刻,姜织心弦微动,浑身热血翻滚,心跳随着鼓声变得飞快激烈,抓住了某个一闪而过、顺势而为的念头。

一个事发突然又好像早已深扎的、大胆的念头。

她笑着,在歌声中酣畅淋漓地笑着。

而沈译驰在万众瞩目下，在人声鼎沸时，盯着正前方的女孩。

为了心中的美好

不妥协直到变老

乐队现场演奏燃炸，这天三节晚自习结束，姜织耳朵里"嗡嗡嗡"仿佛还回荡着这首歌。

多少沾了这场演出的光，姜织这晚和沈译驰出校门时，朝他们看的人明显增多。

姜织不想抢他的风头，不动声色地挪远些。

沈译驰注意到，毫不客气地把人拽回来质问："不管我死活是吧？"

女生手臂莹长纤细，没什么力气，沈译驰轻而易举地得逞便撒手，好似只是顺手阻拦一下。

但事实上，沈译驰攥了攥收回口袋的手又松开，琢磨自己刚才的力道会不会有点大，他真没这方面经验，平时跟周淮他们上手没这方面顾虑，但对着姜织就不是这么回事了。

姜织没觉得有什么，装乖地笑了一下，他们现在是真很熟了，言行比刚认识那会儿更随意自在些，她方才也不是真想躲："学校怎么突然安排你们演出？"

正是放学时间，离校的学生不少，沈译驰那点儿不自在的小心思在乌泱泱人潮的掩盖下，不露破绽，他"哦"了一声，一副说"今晚星星很多"的语气，解释："周淮心血来潮找学校申请的。"

姜织嘟囔了一句"这样啊"，倒也没追问。快到校门口时，姜织碰到一个昔日十班的同学。

女生马尾辫编成麻花状，看着人很精神利索，应该跟姜织关系不错，小跑过来挽住她的手臂，弯着一双笑眼："姜织，恭喜啊，听吴桐雨说你考了年级第九。"

"麻花辫"突然扑过来，姜织不提防被撞得往旁边跌了一步。沈译驰和她同行，距离不远不近的，下意识抬臂护她。姜织靠自己站稳，注意到他的动作后冲他抿唇笑了笑，然后才看向搭话的女生，说："谢谢。"

　　两人过去是前后桌，相处得不错，又聊了几句别的话题。出了校门，"麻花辫"要右拐，问姜织："我妈的车停在那边，你往哪儿走？"

　　姜织指了指相反的方向，两人作别。

　　"麻花辫"拐弯前，不经意地扭了下头，便看到姜织身影轻盈地走到沈译驰旁边，沈译驰盯着路旁，不知在想什么。只见姜织抬手戳了戳他，沈译驰随之看过去，前一瞬平淡无波的英俊脸庞上，突然就有了笑容。

　　这边，姜织过来时，戳了沈译驰的后背一下，学着他的语气："是谁不管同伴死活。"

　　沈译驰笑："考年级第九的人是你，这都是你应得的。艳羡、祝贺、欢呼、掌声，都是你的，我远远看着就好。"

　　"……学到了，你比我会说话。"姜织调侃着，朝校门的方向回头望了望，总觉得自己忘了什么事。还没想出个所以然，书包里的手机振动起来。

　　是冯敏的来电。

　　冯敏消息灵通，不需要姜织主动说便知道了她的成绩，打电话来先表扬一番，又说："本想着等暑假让你自己拿主意的，但我又想着现在装好了，等你考完试过来正好有房间住。我把装修公司发来的设计稿转给你，你看看书桌衣橱的样式，还有墙纸颜色喜欢吗？"

　　姜织应着，拽了沈译驰一下，示意他等会儿，然后把手机从耳边拿开，切到微信里点开加载好的图片。

　　是三居室，朝北的那间是书房，两个卧室朝南，姜织重点看了自己的房间。冯敏事无巨细地照顾她长大，对她的喜好摸得一清二楚，家装设计师大概是按照冯敏的授意来的，效果图是姜织喜欢的风格。

　　她看照片时，手抓着沈译驰的衣袖忘记松开，这会儿把手机拿回耳边讲话时,自然而然地拽着他往前走。

走出几步,她才意识到,眉心跳了下,急急忙忙地把手放开后,故作镇定地偷瞄了沈译驰一眼。

沈译驰恍若未察,自顾自地看路。

姜织把手藏回校服外套口袋里,继续跟冯敏说:"……墙纸的颜色我挺喜欢的,只刷一面看着不腻。"她细碎地说了几句装修的事,又说,"简单装一装就可以,我大学住宿的话,很少有时间住在家里,其实不特意装都行。"

冯敏不认同:"翅膀硬了,上个大学就不打算回家了?就算工作了,也得给我回家住。"

父母离婚的事多少对她的心理有点影响,那种爹不要娘不管的经历让她一度缺少归属感。冯敏这话显然给了姜织一颗定心丸,她扬着笑,说:"那我高考一结束就去南京,我要自己添置软装,新房散这几个月的味应该能住了吧。"

母女俩又说了一会儿,姜织余光瞥见一直静悄悄走在前方不远处的沈译驰,这才刹住话题,道:"妈,我现在要去亓老师家上课,等回家再给你打。"

姜织挂了电话,快走几步离沈译驰近点儿。沈译驰仍旧没说话,走出一段距离,姜织才隐隐觉得沈译驰似乎有心事。

她通话时间太长,他等着急了?是回家有事吗?

这样想着,姜织不自觉地加快步伐。这个时节气温宜人,路旁高树抽条发芽,四处都是盎然的春意。沈译驰原本和她并排,在她提速时跟上去,见她速度还要再快,偏头瞥了她一眼,"啧啧"出声:"跑什么?我在旁边挡你光了还是怎的。"

"没跑。"姜织莫名地打量他一眼,嘀咕,"还以为你不打算跟我说话了呢。"

"你做什么亏心事了?"沈译驰倒打一耙。

姜织心说,有心事的不是你吗?但出于维护他的面子,没吭声,一瞬不瞬地盯着他,像是要把他看出一个窟窿似的:"是我先问的你。"

夜晚室外,光线不明,沈译驰的眉眼看上去格外深邃立体,眼睛深深,像藏着无穷的秘密，也映着小小的她。

"……不是故意偷听的。"沈译驰心里叹气，还是问出了这个疑惑，"你高考一结束就要去南京？长住？"

姜织扯着书包背带，"嗯"了一声，继续往前走："我跟你说过吧。我爸妈离婚后，我的抚养权在我妈那儿。"

"记得。"沈译驰这个人很有忧患意识，但有时候又自欺欺人地不往深了想。

他正琢磨这件事，姜织已经思路跳脱地换了话题："有件事，我需要你的建议。"

沈译驰"嗯"了一声，示意她说，此刻他还以为是有关她高考完要不要去南京的事，心说他这个有私心的人能怎么给建议。

谁知姜织说的是："那天唐老师来学校帮我解围，我后来发消息表达感谢，她说要我有空去家里坐坐。"姜织有点想不通，唐湘汶不是习惯客套的人，不会在日常社交中用这样的话术，一旦提了，大概是有事。但姜织一向对老师长辈存有敬畏心，跟唐湘汶学舞，师生关系不疏远却也没亲昵到上门叨扰的地步，因此拿不准，"我要去吗？"

"不想去就不去。"沈译驰认知清楚，"我妈如果找你有事就直说了，不会绕这个关子。"

姜织"哦"了一声，觉得沈译驰没点到重点，朦朦胧胧隔着层纱，大概因为他们是母子关系紧密相处自由，因此不拘这些礼数。

沈译驰看了姜织一眼，问："听说她带学生上课时很严？"

"有点。但严师出高徒，基本功扎实了，往后的路才能走得稳。"姜织记起件事，"我记得有年出去比赛，听别的舞蹈室的学生说起，有的老师一味地提高学费来佐证自己的教学能力，但实际上教学水平普普通通。唐老师单凭实力就碾压很多人，而且教学时不藏私，只要学生想好好跳，她就会认真地教，严厉是严厉了点，有时候真的很凶，会把人骂哭。但心也软，通情达理，很好沟通。"

都是好话，是沈译驰不曾看到的另一面。

他不由得好奇："你是不是看不到别人的缺点？"

"有吗？"姜织问的是自己是否有这个习惯，想了想，似乎吴桐雨也说过类似的话，"怎么说呢，每个人都有缺点吧。就像我，看着热情实则冷静，很难交心。你眼里我是这样的吗？之前别人这样说过我，但我自己其实感觉不到。"

她是真不矫情，把自己分析得头头是道，一脸无所谓。沈译驰觉得自己是不是有点儿狭隘计较了，别开视线，说："感觉你跟我挺交心的。别人的看法听听就得了，是你的言行决定着别人的看法，而不是让别人的看法影响你的言行。你这样就很好。"

"我也觉得，而且我一时半会儿也改不了。之前看过一个说法，好像是某部电影里提过的一项研究，说人不管经历怎样的挫折或者惊喜，性格随之大变一段时间后，仍旧会恢复曾经的心理状态，为人处世的心态，对生活事物的感知，都和过去是一样的。"

姜织一直觉得自己是个不爱表达的人，但在沈译驰面前，莫名地就会说很多，若要找原因，大概是觉得他能懂自己："比如一个心胸狭窄自私的人，在经历一夜暴富、开豪车、住豪宅，对新生活的新鲜感过去后，依然是那个心胸狭窄自私的人；同理，一个乐观积极的人即便遭遇车祸双腿截肢坐轮椅，在度过被病痛折磨的颓废期后，依然乐观积极地面对生活。"

沈译驰认真地听她说完："认同。老话说的'三岁看大，七岁看老，十二岁定终身'说的就是这个理。人的精神内核一旦成型要改变很难，随着时间流逝，除了表象的改变，人所谓的成长无非是对生存环境审时度势、权衡利弊后的选择，如果这个选择和初心相差甚远，人便会疲惫、折磨、不断地内耗。"

他话赶话说着，一聊就聊深了："这也是我们这代人更高概率患有心理疾病的原因，社会发展得迅速，互联网普及后一部手机便可知天下事，短视频平台上有才能者不断涌现，这样的幸存者偏差让很多人只看到了别人的成功，甚至误以为成功来得轻而易举。人的欲望如沟壑，越来越深，实际上忘了，我们都是普通人，能够健康活着、有独立的思想和认知、能与家人和睦团圆便已经很幸福的普通人。"

"所以啊。"沈译驰把话题拽回来，他郑重地望着她，连名带姓地喊她，"姜织，你真的很厉害，实至名归的年级第九。"

"你是在变相地夸自己吗？你是不是忘记，你回回年级第一了。"说话间，两人已经进了小区，到单元门前，姜织走在前面，拉开门让到一侧边说话边回头想让他先进。

沈译驰耸耸肩，抬手把门扶住，眼神示意她走就行，说："其实我以前成绩不好，小学的时候吧。"

两人一前一后上楼，姜织想了半天，不记得吴桐雨闲聊时提过这事，一时有些不相信："真的假的？"

两人要去二楼，就那么几级台阶，这会儿已经看到门了。沈译驰瞥了她一眼，深藏功与名地笑笑，故意不说："对我黑历史这么好奇啊。不补课了？"

天大地大是没她学习大。姜织站在亓老师家门口，恋恋不舍地看了他一眼，显然还没聊够。

沈译驰笑了下，仿佛没看懂般，自顾自地走到自己家门前。

姜织要敲门时，才想起自己忘记的事情是什么。她垂下手臂扭头时，沈译驰正巧推开门，听到她"啊"了一声，疑惑地看过去，以为她非要刨根问底才死心。

他心说，行吧，对他的八卦感兴趣，也代表着对他这个人感兴趣，没差别。

却见姜织微窘，不太想承认自己犯的蠢："突然想起来，我今天不用补课。亓老师有事，把这节课调到了周末。"

沈译驰站在门槛内，手扶在门框上，保持着要关门的姿势。下一秒，他把门拉开些，垂下手，让出进门的路，问："要接着聊吗？"

坐在姜国山接她回家的车上，姜织心里还在为自己犯蠢发笑。

姜国山喋喋不休地说着吴庆诸故意卖关子让他误会姜织没考好的事，害他白担心一场，又夸姜织这次考得如何如何优秀，爸爸以她为骄傲。姜织时不时应一句，解锁手机盯着和沈译驰的对话框。

沈译驰问完她要不要继续聊后，姜国山的电话就打进来，说来接她了。因此聊是没聊成，姜织坐上车后，和沈译驰知会了一声。

她本意是线上聊也是聊，但这会儿沈译驰发过来一句"哦"，没有后话。

估计是有自己的事要忙，姜织没多想。恰好此时姜国山问她："这次进步这么大，想要什么奖励，爸爸给你安排。"

姜织顺势收起手机，抿着笑，说："那我可要好好想想。"

其实姜织什么也不缺，她喜欢吃什么想吃什么，根本不用她特意提，姜国山便已经考虑到了。逢年过节或者到了新的季节，该有的仪式感姜国山都给她准备着。

姜织到家后洗了手，先吃夜宵，姜国山提早煲好了骨头汤，蛋糕放在冰箱里冷藏，还备了好几样她爱吃的水果。

姜织坐在餐桌边吃着，不忘发个朋友圈狠狠地夸了老爸一番。

她正要搁下手机，看到沈译驰发来的私信：你今天生日？

沈译驰这边正是热闹的时候，周淮他们仨点了一堆吃的，让沈译驰给报销了，这会儿外卖到了，正围坐在一起，边看球赛边津津有味地吃。

沈译驰坐在角落看完了姜织的朋友圈，私发消息。

他心里倒没为邀请姜织进家坐坐却被拒绝而失落，当时话赶话聊到，问出口才想到他们几个说好了来出租屋看球的，深更半夜，姜织留在都是异性的家里，有点不合适，虽说大家算熟了。

等待姜织回复的时候，沈译驰找到一部电影看。

姜织的消息回得快：*不是，我生日在冬天。*

冬天过去了。

下一个冬天……他们就是大学生了吧，分散在不同的城市？又或者就在同一个城市，不同校也能同一个大学城，见面什么的也方便。

沈译驰正想着，看到姜织又发来一条：你什么时候生日？

他垂着眼，回：五月。

姜织：这不是快了？

她又追问了具体日期。

沈译驰答了，说起别的事：我还有一份笔记，知识点整理得更简明扼要，没在打印室备份，你需要的话我拿给你。

姜织：好啊。

沈译驰坐不住，回房找笔记。笔记是二轮复习时梳理知识脉络整理的，整理完便不用了。

他把笔记搁进书包，方便明天拿给姜织。回到客厅时，正听周淮说："等什么高考完啊，下个月不就到阿驰生日了，趁给他庆祝生日，我们去露营呗。"见他出来，周淮扭头问，"阿驰，你今年生日想怎么过？没特别意见的话还是我们几个给你安排？"

"都行。"沈译驰确实没意见。

跟他认识这么多年，周淮门清。沈译驰在其他事上一向有主见，该有的仪式感都有，本质上是个细腻浪漫、懂得生活的人。唯独每年生日，他兴致冷淡，从不主张什么，身边人要是忘了他也不提，过得就跟平日没有区别。

周淮不知道他在这方面有什么心理避讳，他没提，自己便不多打听，只是把他的生日记得牢牢的，美其名曰，趁机宰他一顿。

时间在高三生眼里流逝得飞快，尤其是当倒计时的数字跳到两位数后。

学校将外界对高三生的干扰降到最低，保障大家全身心地备战高考。

姜织的成绩在一班掀起一小阵风波，班主任比她自己都要激动，找她谈话时一副相信她还能再创佳绩的自信，估计也是怕给她带来压力，所以话说得语无伦次，显得过于隆重了。对这件事最先冷静下来的也是姜织，沈译驰发现，她的状态比过去还要专注，短暂的成就并未让她留恋和得意。

两人晚上在家自习的时间渐渐同步，有时连着麦各忙各的，有时也会掐着时间做同一份试卷，学习之余闲聊几句调剂心情。

姜国山每天换着花样做营养餐，姜织在重压之下，精神还不错，但睡眠严重不足。姜织成了姜国山咖啡新品的实验用户，要是喝着还不错，她就让姜国山多冲一杯，带去学校给沈译驰。

"咖啡分我一半。"某节课课间，史唐扯了个哈欠，盯上了沈译驰桌上的咖啡。

沈译驰手快，护得死死的，另一只手从桌洞里摸出两包速溶咖啡拍到史唐桌上："你喝这个。"

惹得不知情的史唐嘟囔着骂他小气。

咖啡喝久了，姜织不仅觉得自己快腌入味，而且都免疫了。

为了保证去亓老师那儿补课的效率，这天快下晚自习时，姜织趴在桌上睡了会儿。实在是太困了，下课铃响都没能把她叫醒，她听见了，也有这是下课铃声的意识，只不过眼皮沉沉，抬不动，想着再懒一分钟，就一分钟。

不知道过了几个一分钟，最终是被沈译驰叫醒的。

教室里空了大半，沈译驰站在她课桌旁边，书包单肩挂着，身影挺拔，挡住了一大半光。

姜织正说："等我一下，我收拾——"下一秒，沈译驰的手背贴上了她的额头。男生的手干燥温暖，轻轻一触碰后，很快离开，然后刚刚接触过她皮肤的手背贴上自己的额头。

"没发烧。"男生嗓音低沉，得出判断。

姜织轻轻"嗯"了一声，觉得脸比以往热："我只是有点困。"

刚睡醒的缘故，她两颊本就泛着热乎乎的红晕。沈译驰因此没觉得她有什么异常，但她皮肤如雪，刚睡醒的模样多了几分惹人怜惜的姿态，沈译驰盯着她，直到一起出了教室。春日里，风里的空气都是暖的，他才发觉自己刚刚的做法似乎是冒失了。

翌日，姜织课间趴在桌上补觉，醒来时，肩上多了件大几码的校服外套。

她正拎着这件明显是男生尺寸的外套端详时,邓廷低声提醒:"是沈译驰给你披的。"

姜织应了一声,想趁起身还外套的时候,去接一杯水,手指刚碰到水瓶,被杯壁传来的热度激得一愣。

水是满的,温热的。

邓廷在一旁说:"也是沈译驰接的。"

姜织的成绩是一次比一次好,但记性是一次比一次差。就像接水这种事,往往是口渴要喝时,才会意识到水瓶空了。可等着有空去接时,又忘记自己该接水了,每天喝水量锐减。

五月来临,沈译驰的生日也要到了。

周淮提议去山上露营的事,被沈译驰否了,改成简单吃顿饭就行,顺便叫上姜织和吴桐雨。

"原来是沈译驰生日啊。"吴桐雨这话说得莫名其妙,她感慨完,看向姜织,恍悟道,"难怪织织你这几天一直在做——"

姜织一个劲儿地使眼色,不给吴桐雨说完的机会。

聊这事时,他们正在餐厅吃饭,沈译驰就在旁边,闻言抬了抬眉,看向姜织,问:"在做什么?"

这些天姜织不是感受不到沈译驰对自己的照顾,但就像姜织喝到好喝的咖啡也想带给他尝尝一样,并没觉得这样的状态意味着什么。

吴桐雨有几天因为流感一到饭点就被家人接走去吊水,姜织那几顿饭是和沈译驰一起吃的。他俩独处都成了习惯,在同学视线里也没觉得不自在。

此刻沈译驰的眼神,跟平素无异,不过多了几分笑意。姜织心里想的,也只是想着"提前说了就没惊喜了,要先怎么把话题糊弄过去"。

吴桐雨的话虽未直接点明,但意思已经很明朗了。姜织想半天也没想出该怎么圆过去,半天只说一句:"还不能告诉你。"

"那我期待一下。"沈译驰心情似乎不错。

姜织却犯了难。得知他生日临近，在准备什么样的礼物上纠结了很久。据她观察，沈译驰爱好虽多，但自给自足，想要什么立刻就买了，该有的他都有。送点日常用的小电器、小摆件，总觉得能花钱买到的显示不出心意。

　　所以思来想去，姜织决定自己动手做个蛋糕。

　　她烘焙这方面的天赋不错，不过久不动手，多少有点儿生疏。周末有空就在家练练手，吴桐雨被投喂了几次，因此知道了。

　　如今沈译驰一句"期待"，让姜织开始犯愁，只送个蛋糕是不是承受不起这个分量？

　　可还能送点什么呢？

　　沈译驰的生日是五月二十日，这个时间三模已经考完，距离高考不到一个月。

　　这周六下午，姜织在辅导班上完课便回家取蛋糕，姜国山坐在客厅抻着脖子看闺女整理包装蛋糕的透明包装盒，说："我送完你和吴桐雨再去办事也来得及，你拎着蛋糕坐公交车或者打车都不自在，出租车师傅哪有我开车稳当。"

　　姜织想想也是，便应了。

　　过了一会儿，姜国山先下楼开车，帮闺女拎蛋糕时，又瞧了一眼，开始吃味："我生日你得给我做个更大的。"

　　姜织正挑选着方便装礼物的大容量帆布包背，应声："好，我给你做个寿桃形状的，比这个更精致。"

　　不过姜织做圆形和方形多，还没尝试过别的形状，要做成估计得费些事。但老爸生日在暑假，那时考完试时间充足，由得她造。

　　一听这个"更"的形容，姜国山这才舒展眉目，攥着车钥匙出门："肯定要比这个好。"

　　房门关上，四周安静下来。姜织将包好的礼物放进帆布包里时，犹豫了下。

　　这个要不要给。

单送一个蛋糕不够惊喜,可这里面的东西又……

东西是某天晚上准备的,夜晚的情绪和白天处于两个极端。姜织一向是个利索的人,今天难得纠结。

正当她打算把礼物拆开,重新包一遍时,门外传来吴桐雨的敲门声:"织织,好了吗?我们出发吧。"

"来了。"姜织认命地把礼物装进帆布包里,换鞋出门。

另一边。

别墅区的私密性好,外来车辆筛选条件苛刻,沈译驰从家出来后走了好一段路到小区门口才打到车。

司机师傅很健谈,从这片住宅的房价,说到现代人的经济压力。沈译驰起初礼貌地应了几句,见他说起来没完,便抿着嘴不吭声装自闭,师傅一个人说得没劲儿这才停止。

他手肘抵着车窗,眼神沉沉,回忆起一刻钟前家里的事。

他今天中午在图书馆上完自习,特意回家吃午饭。路过商场时,给唐湘汶选了一条丝巾。

付款时沈译驰有些犹豫,他想起之前某次送唐湘汶礼物,她收到后说了一句:"用零花钱买的?下次不用费这事,花了多少零花钱我还得给你补上,我缺什么就自己买了。"

比起收到礼物的喜悦,唐湘汶更多的是对礼物的苛刻和挑剔,不太喜欢、不太适合诸如此类。沈译驰之后确实没见她戴过那枚胸针。

带着这种苦恼的情绪,沈译驰拿着丝巾带回家,并没有第一时间给她。他试图减轻"这是礼物"的概念,想要用一个轻松的形式给她。

沈译驰上楼陪沈一星玩了一会儿,下楼时看到卢悦和她妈妈临娴正坐在沙发区。临阿姨正拿着那条丝巾,跟唐湘汶说话:"我记得你有好几条这个颜色的丝巾了。"

沈译驰不知道她们之前聊了什么,只听唐湘汶说:"小悦喜欢,就拿去戴。"

楼梯是旋转设计，沈译驰下楼的过程有一段路看不见聊天的人，但聊天的声音清晰入耳。

沈译驰站在楼梯底时，卢悦已经收下礼物，脆生生地道："谢谢唐阿姨。"抬眼见沈译驰下来，她笑意更深些，"阿驰，生日快乐！我给你准备了生日礼物，现在拿给你哦。"

沈译驰盯着她搁到旁边的丝巾，不动声色地说了句"谢谢"。

吃饭时，唐湘汶经住家阿姨提醒，才知道那丝巾是沈译驰带回来的，不是品牌方寄来的礼物。

挑了个避开临娴母女俩的机会，唐湘汶跟沈译驰解释："是妈妈误会，错送出去了。我一会儿把钱转给你，你再买条更贵的送人吧。"

沈译驰轻描淡写地说："不用。本来就是买给你的，你怎么处理都可以。"

唐湘汶捏着咖啡杯，被留在原地。

因为要等沈敬衷忙完应酬回家，午饭吃得晚，沈译驰对此并不在意。

但人低落的情绪是一点点叠加的，当累计到一定数值，便需要一个发泄口。

饭桌上，临娴从这两个孩子上大学后要互相照顾，又随口聊起沈译驰学什么专业。

沈译驰不爱顶撞长辈，说话做事留分寸，但此刻，仿佛料到父母会怎么回答般，抢先说："要学计算机相关的。"

临娴笑："不想帮你爸管理公司啊？"

这个话题一直是父子俩的禁忌，之前吵过嘴甚至动了手，冷处理了一段时间，谁也不让，根本没有协调的余地。

沈敬衷觉得被下了面子，筷子一搁，板着脸。

唐湘汶看情形不对，帮忙圆场："小驰有上进心，不想活在他爸的光环之下，想自己闯荡一番是情理之中。"她又安抚沈译驰，"在商场也是闯荡，有你爸和叔伯前辈帮忙，你路走得顺一点。选专业的事你再考虑考虑。"

沈译驰和父母说过，自己的梦想，可没等说完，便被打断，以至于如今沈译驰想来，只觉得自己执着于让他们理解的期待十分可笑，同时也纳闷，自己在他们眼里，是不知轻重的人吗？

沈译驰认真听他们说完，才起身："爸妈，临阿姨，我吃好了。跟同学约好了见面，先走了。"

沈敬衷拍桌子："大家来给你庆祝生日，你先甩脸子走了，合适吗？多大人了不懂事。"

他做什么都是错，说什么都不对，从小都不是他们喜欢的孩子。

沈译驰回到出租屋，进小区时才发现卢悦一路跟了来。

"我担心你不开心，想来陪你说说话。"卢悦犹豫地走近，关心道，"你还好吧？"

卢悦对着别人巧舌如簧，嬉笑打闹无所顾忌，对着沈译驰却变笨蛋，不知道说什么合适。

见沈译驰嘴角动了动，想开口，但因为不确定他是准备粉饰太平地说没事，还是赶自己走，抢先开口："周淮在家吗？我想找他玩一会儿。"

沈译驰开了门进去，没带上门。周淮正在打游戏，抬头看了一眼他，又看了一眼他身后，扬扬眉。

沈译驰丢下一句"找你的"，自顾自地回了房间。

之前摔到地上的模型零件被收纳在纸盒里，他一直没着手拼。

这会儿他躺在床上懒怠地发了会儿呆，重新爬起来，对着从网上查到的说明书开始拼模型。

快到约定好的聚餐时间，周淮来敲他的门叫人，沈译驰手里的模型初见轮廓，一下午就这么打发了过去。

餐厅是他们总去的一家音乐餐吧，吃饭和唱歌在同一个包间。

姜织和吴桐雨到了有一会儿，正在跟史唐和方时序聊天。听到开门声时，姜织最先抬头，先进门的是卢悦，她边推门边扭头问身后人："是这一间吗？"

正回头看到大家，卢悦熟络地打招呼。姜织跟她都是唐湘汶的学生，从小认识，在杨霄牧的事上她还帮了不少忙，虽然不是为自己，但姜织对她印象还是极好的。

卢悦自然而然地挨着姜织坐,很迅速地聊起来。

沈译驰落后几步,在周淮后面进来,和卢悦之间隔了个周淮,坐下后一抬眼正好看到姜织。

方时序和周淮提到取了蛋糕的事,周淮扭头看到身后的柜子上有一大一小的蛋糕,说:"取了两个?"

史唐解释:"有个是姜织带来的。"

这时沈译驰抬眸看了姜织一眼。不知道是不是姜织的错觉,他神色和平常无异,跟周淮说话时,听到好玩的也会勾一下嘴角,但总觉得他有心事似的,身上的疏离感让她觉得陌生。

哪怕这会儿沈译驰主动开口和她搭话:"买的什么口味的?"

姜织眨眼,仔细地盯着他,没纠正,道:"巧克力戚风蛋糕。"

吃完饭,才动蛋糕。沈译驰许完愿,挨个给大家切,轮到他自己时,吃的是姜织带来的那个小的。

大概注意到姜织一直追随的目光,沈译驰吃过后特意给她反馈:"好吃。"

姜织笑:"你喜欢吃就好。"

唱歌的设备一开,包间里立马吵闹起来。大家陆续坐到沙发区,两个麦克风换着人用,沈译驰这个寿星自然被拽过去安排任务。

姜织坐在角落,正回着姜国山的消息,沈译驰点完歌回来没往沙发中间走,坐在了她的旁边。

"我的礼物呢?"

姜织看过去时听到他问。

她朝桌上看了眼,服务生进来简单清理过一遍,一大一小两个蛋糕和饮料果盘一起被留下来。

包间里正常照明的灯关掉了,只留着旋转彩灯和一前一后两块液晶显示屏提供光源。

女孩在这样的环境里白得很突出,五官甜美精致,眼睛亮亮的,藏着一些情绪。

沈译驰今晚上一直不在状态,终于反应过来:"那个蛋糕是你自己做的?"

此刻,周淮正拿着长型透明塑料刀准备尝尝那个小一点的蛋糕,刀刃马上要切到时,斜刺里伸过来一只手把蛋糕拖走,凉凉地看了他一眼,说:"你吃另一个。"

沈译驰把蛋糕封回包装里,放到一旁铺了新桌布的餐桌上,手里纸碟里装着切出来的一角,坐回姜织身边,当着她的面,开始吃:"剩下的我要带回家。里面放了坚果和蔓越莓?奶油打得很细腻……怎么做的?花了多长时间?"

"做起来不难。就是上面的图案练了几次才勉强能看。"

沈译驰大概回忆了一下,问:"画的是我微信头像?"

"嗯。"

"好看。"他用叉子把纸碟上的奶油刮得干干净净,才说,"很好吃,都可以开店了。"

姜织就这么看着他,可能是他突然笑了下,感染力极强。她觉得心头的阴霾突然就散了,整个人被他轻松的气场影响,有种如释重负的安心。

到了卢悦的歌,需要有男声合唱,她刚往沈译驰这边看一眼,史唐起身把话筒接了:"我来!这首我会!"

姜织看了沈译驰一眼,后者垂眼在翻群里的照片,还真被他找到一张这个蛋糕本来的样子。

姜织看着他把照片放大后独留蛋糕的位置设置成新的微信头像,一时忘记自己要说什么。

沈译驰抬头:"放大后像素不太清楚。"

姜织莫名觉得他这眼神有点委屈:"……我有拍单独的,你需要吗?"

沈译驰:"现在发给我。"

姜织挑了一张比较好看的,发给他。

沈译驰便立刻更新了头像。

包间虽大,但四处回荡着歌声,不是很好的聊天环境。

这时姜织的手机响,是姜国山打来的电话,她走出包间接通。

姜国山在超市买酸奶,问她草莓味的和原味的想喝哪个,语气兴师动众的,让姜织有点不解:"不能都买吗?"

姜织总觉得姜国山有什么事,挂断电话后,捧着手机琢磨了会儿刚刚老爸的话是不是暗号之类的。

"叔叔催你回去吗?"沈译驰出声说话时,姜织才注意到他也出来了。

姜织摇头:"没有。我爸一向不约束我的时间。"

姜织生活上的事不会瞒着姜国山,因为她知道自己做什么,老爸都支持,也相信老爸对她宽松自由的教育方式。

沈译驰没拆穿,只说:"他们结束还早,你想回去我送你。"

姜织没再纠结姜国山打这通电话的真实目的,可能真就是纠结酸奶口味。

这时有两个女孩举着棉花糖从旁边路过,沈译驰注意到她看了一眼,问:"想吃棉花糖吗?"

姜织不太想回家,也不太想回包间,顺势点头:"可以。"

说是独处,其实不然。沈译驰刚刚从包间出来站在门口等她打完电话的功夫,回了几条朋友的消息,往小摊贩那走时,他随手又回了几次。

姜织不小心瞟到,好像是个群聊,左边那列的头像都挺陌生的,消息不停地滚动,很是热闹。

姜织不常见他除周淮他们仨还跟谁走得很近,但处理杨霄牧那事时,史唐提过一句,他有能帮上忙的朋友。那语气,听起来就觉得沈译驰人脉很广似的。

他今天生日,估计大家都扎堆来送祝福吧。

"沈译驰,我发现一件事情……"

这时,沈译驰的手机铃声大作,他扫了眼,先看向她,问:"什么?"

姜织摇头,提醒他先接电话。

是朋友看到他在群里冒泡,打电话来送祝福的。沈译驰接通后,称呼对面"学长",又没一会儿,姜织听到对面有个女孩的声音,很大声地祝他生日快乐。

姜织原本打量着走廊墙壁上的挂画,闻言,扭头看了沈译驰一眼。他眼神放松,跟对面聊着:"学姐,礼物收到了,很喜欢。嗯,暑假见。"

学姐?姜织看沈译驰的眼神探究起来,若有所思。

"姜织?回神了,想什么呢?"沈译驰不知什么时候已经挂断了电话,弹了她的脑门一下。

都有喜欢的人了,还对她动手动脚的。姜织警惕地瞪了他一眼,往后退了半步。

沈译驰只觉莫名,抬抬眉梢:"我问,你刚刚要说什么?"

姜织视线移向别处,心不在焉。

沈译驰问完后又开始回消息,群里嚷嚷着让他一高考结束就去大学玩几天,说有什么活动正好凑热闹,他点开某个计算机赛事的活动宣传,刚扫了两行,听她还没回答,忙抬头。

"有人欺负你?"

"没有……"

接下来小段路两人都很沉默。

姜织和吴桐雨没待到太晚,被姜国山借口"正好路过"接回家。

沈译驰送她们出去,回来时手里多了一个扁平的礼物盒,是姜织给的。

不像是大开本的书。等几个男生散场,沈译驰回到出租屋,拆开才知道,是一个相框,相框里装着一张宿营本地的老报纸,发刊日是沈译驰出生的那天。

想到姜织临上车前又折回来,把礼物拿给他时的神情,老神在在地跟他说这里面有彩蛋,让他仔细看。沈译驰盯着这张泛黄老旧的报纸版面,政治、时事、财经、民生……一行一行看得眼睛都要酸了,他也没发现。

她想说什么?沈译驰就差根据这天的气象算周易运势了。

总不能是要告诉他,他是什么大富大贵之命,一生平坦顺遂吧。

周淮不知何时倚在门框上，八卦地盯着他。被沈译驰板起脸瞪了一眼，他也不避，自顾自道："我站这儿有十分钟了，净看你捧着相框傻笑，该给你拍下来让你自己看看。"

沈译驰把相框摆在床尾冲着的柜子上，起身拿衣服洗澡："你很闲？"

这天后，姜织没问他有没有发现彩蛋，沈译驰也没打听彩蛋是什么。

六月很快到了。

某天晚上，沈译驰在语音中听姜织梳理完最后一门、最后一本书的知识点。这是姜织自己的学习习惯，动笔整理不如开口更利于深刻记忆。她原本想独自完成这项工作，沈译驰得知后提议："一起吧，正好我也过一遍，一个人有遗漏另一个人还能补充。"

姜织打了个哈欠，说高考完一定要睡个饱觉。沈译驰毫无征兆地提起："高考完想不想去露营？"

姜织是挺爱玩的性子，主要是姜国山会玩，从小被老爸带着东跑西跑，好不有趣。进入高三后，上学期家里氛围压抑糟糕，娱乐活动少了；到下学期姜织一头扎进书海里，除了去南京看了场演唱会，再无其他。此刻听沈译驰提起，非常干脆地答应："好啊，那我跟吴桐雨说一声。"

姜织正准备说她和吴桐雨还计划毕业旅行的事，就听到沈译驰解释："只有我们两个。挑一个晴天去看日出？"

只有他们两个人。

过去不是没有单独活动过，周末图书馆自习，晚自习后一起回出租屋，又或者他们两人在学校食堂吃饭，早习惯了。

可一起看日出？不知道是不是与沈译驰的语气有关，姜织总觉得这个安排太特殊了。

她刚要说话，这时听客厅里传来说话声。是姜国山回来了，不止他一个人，姜织还听到一道熟悉的女声。

"姜织在房里看书？我去看看。"是冯敏。

姜织面上一喜，立刻对电话说了一声"我妈回来了"，便搁下手机，推开椅子，小跑着往外走，提前一步拉开门，喊人："妈！你怎么回来了？"

"回来陪你考试。"卧室门打开，一股凉气扑面而来，冯敏当即皱眉，摸了摸女儿的手臂，"现在这时候又不热，怎么就开上空调了？马上要考试了，冻感冒了怎么办？"

姜国山去卫生间洗了手出来，正准备问冯敏坐了一路车，要吃点什么，就被她瞪了一眼。冯敏说："织织顾不上照顾自己，你也没注意吗？这都十点了，中午再热，现在温度也降下来了。"

姜织怕两人一碰面就吵架，飞快地回屋找了遥控器："关上，我现在就关上。"她试图岔开话题，"爸，我想吃酒酿圆子了，你快去做，我好饿。"

姜国山应下，又问冯敏："给你也煮一碗？"

冯敏恨铁不成钢地看了女儿一眼，点头应好。

彼时，出租屋。

沈译驰坐在书桌前，思考姜织这个理由的真实性。她妈妈不是在南京吗？

又心不在焉地等了会儿，仍不见手机有动静，沈译驰起身出了卧室。

周淮正关着灯，戴着耳机用平板看恐怖片。他从小不怕这个，看得心无波澜，但架不住有人突然出现在他的身后用手里的冰可乐冰了他耳朵一下。

周淮叫了一声，差点把平板丢了。他接过可乐，看沈译驰单手勾开拉环，坐在他对面，把一罐可乐喝出了不一样的架势。

这人装什么忧郁呢。

周淮踩着地转过电脑椅，摘了耳机，等了半天不见他开口，揶揄道："我猜你来找我肯定不是让我给你讲题。"

沈译驰递给他一个看白痴的眼神，没什么杀伤力，喉结滚了下，将可乐咽下去，借题发挥："你觉得我为什么没回答你？"

周淮不愧是周淮，一语中的："逃避呗。"

逃避……

也是不想回答的意思。

姜织也是这个意思？她总不能是真拿他当备考工具人，高考一完，连面都不必见了。

"你问姜织什么了？"周淮晃着耳机线，突然开口炸他。

沈译驰不提防，"我"了一声，及时刹车，略一想，跟周淮也没什么好瞒的，索性说了："我打算约她看日出。"

"看日出啊……"周淮坐直些，正经地道，"有点越界，女生没立刻答应估计是有顾虑。"

沈译驰嘁声："我没这个意思。"

这个话题是话赶话聊到的，姜织说起高考后的安排，他顺势提了一句。提完一直在琢磨姜织为什么突然撂电话，是怎么想的，也没反思一下自己这个提议妥当与否。

和周淮聊完，沈译驰回房间时，看到了姜织的信息，说她妈妈请假回来陪她高考，现在正在她房间看她自习，就不跟他连麦语音了。

沈译驰回了一句"知道了"，没再怀疑她这个理由的真实性。

接下来几天，沈译驰暂时性遗忘了看日出的事，没跟姜织解释自己这个邀请没有深意。是没找到合适的聊这个话题的机会，也是觉得没什么好解释的，解释得太清楚与他的目的相悖。

时间来到六月七日，高考第一天。

学校提前腾空教室安排考场，校园周边街道在这期间禁止车辆鸣笛，交警在城市各个路口指挥交通，出租车有专门的送考专线。

当地新闻电视台开设了专题栏目，热搜上每年都有"忘带准考证""去错考场"的话题。

最淡定的还是要属即将踏入考场的考生。

过去三年里的每一天，对这个节点有着太隆重的情感，以至于这真的到来时，内心是平静的。

沈译驰和周淮解决了早餐,也很巧,纸箱里牛奶恰好还有最后两瓶,好像他们的高中时代,随着这场考试的结束,也正式画上句点。

到校门口时,两人明显被这阵仗吓到了。学生家长围聚在校门口,对自家孩子嘱咐声不断。

"姜织和她妈妈长得还挺像。"周淮望着某处突然开口。

沈译驰随着他的视线,发现了姜织。

冯敏和姜国山一起来送考,为了有个好兆头,冯敏穿了一条大红色的旗袍,姜国山怀里抱着一束向日葵。

旗开得胜,一举夺魁。

姜织被妈妈拉着手,听老生常谈的内容,乖巧地道:"放心吧,现在让我做个倒踢紫金冠我可能有些生疏,但这学期练的就是如何应对考试,心态稳稳的。妈,你和我爸不用一直在校外等着,那边街上有好几家小店,让我爸带你去逛逛。"

沈译驰看到归看到,人家父母在,他没打算上去打招呼,和周淮先进了校园。

还没到时间,考场不能提前进,学生三三两两地站在走廊上。沈译驰示意周淮:"你先去考场。"

今天天气不是很好,阴着,过往几年的这几天好像都是阴天。

姜织一进教学楼,就看到站在大厅显眼处的沈译驰。她脚步轻快地过去,本想吓他一下,谁知刚走近,沈译驰从准考证背面的注意事项上抬起头来,将她逮了个正着。

姜织失落地一笑,问:"你还不去考场?"

沈译驰不露端倪地开口:"正准备去。"

姜织不作他想,说:"那一起吧。"

他们在本校考,在生活了三年的教学楼里,所以不用提前看考场,也出不了差错。

两人考场在同一楼层,所以正好同路。

因为爸爸妈妈一起来送考，姜织的心情格外轻松。她迈上楼层间的中转平台，在拐上另一段楼梯前，突然转身，面朝着沈译驰，问："对了，你之前说考完试看日出，我们几号去啊？"

见沈译驰没回答，姜织眨眼："你忘记了？"

"记得。考完试我查一下天气跟你说。"

沈译驰心说，看吧，他那丰富的心理活动是多余的。姜织的态度明显自然得多。

提前到的考生零散地分布在自己考场外面，闲聊的，看风景发呆的，捧着笔记学习的。

沈译驰和姜织的考场不是同一间，距离进场还有点时间，他们没急着往走廊去，站在教学楼一侧的连廊上，扶着栏杆打量教学楼的全貌。

"我记得高一入学那天，你在十班待了一会儿，班里同学都以为你是这个班的，打听你是谁，后来才知道原来你是入学第一名。"姜织站的位置刚巧可以看到十班的教室，它在一班教室的正下方。

这个时间点天还没热起来，沈译驰盯着姜织的侧脸，说："原来那么早就对我有印象，上学期运动会时，怎么还装不认识我？"

"有吗？"姜织抬手掖了下被风扬起的碎发，装糊涂。

沈译驰笑了下，将手臂搭在栏杆上，视线望着正前方，丢了几个关键词："四百米接力，检录处，被负责登记的老师怀疑是不是一个班的。"

姜织记得这件事，去年秋季运动会是高三生为数不多的校园活动。那是姜织升到一班后的第一学期，和十班不同，一班的学生对运动会不积极，没参加过校运动会的姜织见体委实在为难，便报了个接力。

她跑第一棒，沈译驰跑第四棒。

姜织四肢修长，运动天赋不错，第一棒拉开距离，保持在第一。不过二三棒的学生比较吃力，其中第二棒的同学还被别班的运动员撞得跟跄了下，把前期优势败了个干净，等到沈译驰时，一班排在倒数第二。经过沈译驰力挽狂澜，一班跑了第二，但第一名的班级因为有学生撞人，被取消成绩，一班成了第一。

他俩在开跑前检录的时候，因为零互动零交流，确实被检录处老师质疑是不是代跑的。

明明是过去很久的事，想起来却仿佛发生在昨天，姜织莞尔，给自己找理由："还不是怪你被太多人关注着。别说跟你说话了，我跟吴桐雨私下提到你都不敢说名字，就用代号代指。"

沈译驰来了兴趣："什么代号？"

姜织："一张。"

"一张一弛？"

姜织不意外他会联想到这个，笑了笑。监考老师拿着贴了密封条的试卷进考场做准备，没过一会儿，来到教室门口组织大家排成长队有秩序地通过金属探测仪的安检。

这就是高考，他们高中生涯最后一场考试，也是至关重要的一场考试。

两人安静地在栏杆处站了一会儿，各个教室门口排队的学生少了，姜织才说："我们也过去吧。"

往走廊深处走，先经过姜织的考场。姜织排队等待过安检时，沈译驰突然喊她。姜织应声扭头，听他说："高考加油。你的努力不会被辜负。"

她莞尔，杏眼弯弯："你也是，高考加油。"

后来姜织回忆起高考这三天的经历，特殊又寻常。窗外有蝉鸣，教室内吊扇一圈圈转着，墙壁地板一尘不染，笔尖在试卷上摩擦的唰唰声不绝于耳。

老师较过去的监管略严格，但大家都很自觉。

这几份试卷的成绩关乎他们的未来，却也决定不了谁的未来。

考场是固定的，从第一门考到最后一门，所以这三天，姜织跟班里其他同学不一定见着面，但跟沈译驰几乎是同步的。

进考场前，两人站在栏杆前闲聊几句，有时说说正在发生的事，有时聊起过去三年的事。

从考场出来，两人也会一起下教学楼，他们没什么重点地聊着，然后在出校门时，一个回家休息，一个去找父母会合。

三天眨眼而过，高考结束了，高中随之结束，但什么都不会有改变，这群少年少女依旧风华正茂。

不管成绩如何，每个人都有光明的未来。

考完最后一场，姜织在身旁同学"终于解放了"的欢呼声中，踏出教室，看到走廊上的沈译驰。

史唐从旁边扑到他身上，抱着他号了几嗓子，沈译驰无奈地把人扯下来，然后看到姜织正盯着他们笑。

"你领子歪了。"姜织指了指自己衣领的位置提醒他。

沈译驰垂眼，夏季校服的领口是 Polo 衫样式，有两颗纽扣。沈译驰脖颈修长，扣子全系上也不觉得束缚别扭。这会儿左边的领子翻上去，沈译驰似乎没理解她的提示，手摸了几次都没抚对，还不解地问她："哪儿？"

走廊上学生连蹦带跳欢呼着往楼梯走，姜织站在路中间挡路，此刻距离沈译驰不远，大概是没见过这么笨的人，只好自己上手帮他把领子翻下来。

沈译驰个子高，姜织身形在女生中算纤细修长的，十五厘米左右的身高差让两人不论对视还是交流，乃至做点什么互动，都是很合适的。

她顺手整理完，问："你们晚上要聚餐吗？"

史唐站是站在旁边，背对着他俩在跟另一个人聊天。他是没有注意到，但对面跟他说话的人却盯着姜织帮沈译驰整理衣领的动作睁大了眼。

史唐随着对方的视线转头，不解地挨个看看，接上姜织的话："聚会？可以啊。"

沈译驰提醒她："你不和你爸妈吃？"

姜织是要陪爸妈吃的。高考持续三天，姜国山和冯敏就陪了她整整三天，一早就订好了今天晚饭的餐厅。

姜织跟他们随着人流出了校园，看到了翘首以待的父母，作别朋友，小跑过去。

沈译驰则回了出租屋，大概是毕业、离别的气息作祟，这三年的事如过电影般往外蹦，沈译驰又记起了几件有关姜织的事。

连照片都找到了好几张。

有去年运动会的，当时按快门的时候没看见姜织，可如今在这一张张生活照的角落里发现姜织的身影，这感觉挺奇妙的。在他不曾在意的时光中，姜织悄无声息地参与着。

不用继续刷题复习了，沈译驰一时不知道该忙点儿什么，就这样坐在电脑前，把这三年拍的照片看了一遍。人的记忆因为量大容易模糊，但一道食物、一首歌，或者一张照片，便能轻轻松松将人拽回到当时的情境中。

沈译驰就以这样的形式，重新经历了一遍这三年。

周淮拎了一袋桃子回来，商量着待会儿去哪里吃饭。

见沈译驰从卧室出来，顺手递给他一个，沈译驰接过来看了看，放回袋子重新挑了一个。

周淮"啧"了一声，抓住他的手腕把人拦住："我倒要看看你拿的这个跟我给你挑的有什么区别。"

他一手毛，抓得还特紧。沈译驰嫌弃地公布答案："叶子好看。"

周淮翻白眼："服了，吃桃子都得挑叶子是心形的。浪漫死你算了。"

沈译驰心说我就浪漫，有意见啊。他不止吃，还给桃枝上的两片叶子拍了个照，在周淮冷嘲热讽中，查接下来几天的天气，挑适合看日出的日子。

周淮大概是故意的，在有姜织在的群里控诉沈译驰这一癖好。沈译驰切到对话框，发了个竖中指的表情包。

正切走页面忙自己的事，他看到了姜织发来的消息：你说什么是爱？

沈译驰当然不知道姜织是看了群里沈译驰说他浪漫才特意前来求解惑，问：吃完饭了？

姜织：还在吃。我爸妈在拌嘴，感觉马上又要吵起来了，心累。

姜织接下来这条消息编辑得有些长，所以沈译驰的对话框迟迟没有新消息进来。

最底下一条是沈译驰问：因为什么吵？

姜织编辑了很久：我爸妈感情还不错，但我妈要强，凡事不肯落下风，自我要求高，对我爸和我的要求也高，也就是控制欲强。但我爸的人生态度属于及时行乐，不思进取，当然不是真的不思进取，我觉得我爸挺厉害的，活得明白。他俩大多数时候很默契，会记着彼此的饮食习惯，生活上有什么讲究，但可能是因为一起生活这么多年都成了习惯，所以不觉得这是什么值得暖心高兴的加分点。在我看来，他们很爱对方，但他们自己好像感受不到。可能大人的世界里，有更残酷的事情影响着他们爱人吧。

沈译驰把这条看完，姜织又发来新的：我有个表姐，她和男朋友恋爱长跑五年，结果都结婚了，男生出轨。还有个哥哥，和女朋友感情一直很好，但女方为了拿到美国绿卡，和他分手了。这样看，爱好像不值得一提。但我爸有个朋友，妻子病逝后，男方一直没有再娶，将她的速写像纹在手臂上，环游世界去了，到现在还是单身。前几天还看到个新闻，说丈夫患癌，妻子不离不弃，陪着化疗康复。这样看，爱又很厚重。

沈译驰慢吞吞地吞咽着果仁，手指戳着键盘回复：这个问题我暂时没有答案，我觉得爱不爱一个人，要等百年以后，才能盖棺定论。眼看着他起高楼、宴宾客、楼塌了，不到故事的最后一刻，连当事人估计都不清楚，情节会不会有反转。你看过那个电影吗，有句台词说斯人若彩虹，遇上方知有。

沈译驰：我一直相信真爱的存在，也会在感情中交付真心。我如果爱一个人，会倾尽所有，将她视若珍宝，绝不辜负。

第二条内容沈译驰编辑完，在按下发送前又把这句话删掉。

他自诩唯物主义，不信奉神明。但常言道"语以泄败"，他因此不敢说。

姜织不是容易动摇的人，但大多数时候会虚心地倾听别人的看法，是接纳还是否定，她会在事后给出自己的判断：你说得对。唉，我感觉自己就是考完试，大脑强制性清空，但这半年习惯了高强度运转，一闲下来总要找点没什么答案的哲学问题研究研究。

紧跟着又是一条：你暑假有什么安排？我在想要不要把驾照学了，还想学个乐器,再把这半年攒下的书单和电影看完,感觉有好多事能做,但一细想,又都没什么意思。

姜织没等收到沈译驰的答复,便听见冯敏提到她。

话是对着姜国山说的:"……吃完就回去吧。我和姜织买了明天一早的高铁票,要回去给她收拾行李。"

姜织猛地抬头。

姜国山问出姜织心中所想:"明天就走?用这么急吗?她还得回学校估分、拿填报志愿的书。"

冯敏态度明确:"书邮寄就行,估分在线上就能估。我研究所那边的假只请到明天,得回去了。"

姜织的手机屏幕亮起,沈译驰回来的消息:觉得没意思是你不会玩。明早去看日出?我查了天气合适,到时给你讲讲除了学习还有哪些有意思的事。

在这个家里,冯敏安排的事一向没有转圜的余地。她率先拎着包起身,示意姜织也抓紧。

姜织求助地看了老爸一眼,后者在冯敏的视野盲区里叹了口气,拿着皮夹去找服务生结账。

姜织琢磨找个什么理由好时,冯敏正说:"这个暑假满打满算有三个月,你提早做做计划,想出去旅行也好,培养个特长也行。去南京后我介绍几个比你大不了几岁的学长学姐带着你玩,这段时间南京大学在举办信息大赛,各种社团活动也有,你提前去体验一下大学氛围。"

"妈,我想再待……"

往外走时冯敏摸了下姜织的手臂,觉得不太对又捧着她的脸用自己的额头贴了贴她的额头,确定:"怎么这么烫,你是发烧了吗?身体有没有哪里不舒服?"

姜织随之一愣,贴了贴自己的脸,摇头:"我没什么感觉。"

冯敏不放心:"你爸车上应该备着体温计,你待会儿测一下。"

体温计确实有,姜国山是个身上生活气息很浓的人,柴米油盐的琐碎被

他处理得井井有条，但偶尔粗枝大叶的散漫是冯敏诟病的地方。

姜织测了体温，冯敏拿过去读数："38℃。回家先吃退烧药，如果晚上还烧就去医院吊水。"

姜织身体确实没什么生病的感觉，她怀疑是体温计错了，又测了一遍，比刚刚还高了0.2℃，怕冯敏瞧见，她若无其事地把体温计收好。

"妈，我今天来不及收拾行李，你把我的票退掉吧。"

姜国山从车内镜朝后排看了眼，跟着说："估计是这学期备考压力太大，发炎发热这些免疫反应是被抑制的，今天考完心理上一下子轻松了，病毒入侵后症状更容易体现出来，每年高考完都有学生要大病一场。让小织再住几天吧，风风火火的，东西也收拾不好，突然换地方住还休息不好。"

冯敏不太情愿自己安排的事情被更改，但顾虑女儿的身体，"嗯"了一声算是应了。

姜织嘴甜："谢谢妈妈。"

到家后，姜织吃了药被催回房间休息，这才回沈译驰消息。

彼时，沈译驰正跟两个从北京过来的学长学姐玩剧本杀，就是之前他生日打电话来送祝福的那两个，李今纾和汤瀚，沈译驰之前参加竞赛班认识的。

两人下午来找他时，还很有仪式感地包了一束花。汤瀚把花递给他，一脸不自在地说："你学姐非要包，我寻思大男生收什么花啊。阿驰，恭喜毕业。"

"你懂什么，这叫浪漫。译驰比你浪漫多了。"李今纾挽着汤瀚的手臂，踢了男友一脚，然后冲译驰笑，"毕业快乐，学弟。"

剧本杀店开在地下室，信号很差，其他人都在专心地推理解密，沈译驰没再像吃饭时那样隔几分钟就得瞅一眼手机，影响大家的游戏体验。

因此姜织的消息回复得晚，沈译驰看到时，更晚。

他们是这个情感本的第一批玩家，被店家邀请来测本的。他们有三个人，剧本要八个人才开，因此凑了几个路人玩家，结束后大家都没立刻撤，围在吧台聊天。

情感本嘛，CP配对是常有的事，为了所有人的游戏体验，DM（主持人）不会特意照顾在场的情侣，角色是随机分配的。

在游戏中跟李今纾配对的男生，结束后借着游戏的兴致，一个劲儿地瞎撩。李今纾装作听不懂，自顾自和老板说话，没怎么搭理对方。

李今纾课余经营了个自媒体账号，侧重的就是剧本杀密室逃脱的方面，她做事一向认真，尽职地说着这个本的优势和不足，还有对店面装修的想法。

汤瀚从卫生间出来，原本要跟沈译驰聊几句，正瞧见自己女朋友被人搭讪。

学长过去宣示主权时，沈译驰的手机信号终于给力了，接收到姜织半小时前发来的信息。

甜的姜汁：明天不行。我发烧了，没办法出去，我爸看我看得紧。

有"同车（玩同一场剧本杀）"的女路人玩家捏着手机，跃跃欲试地过来找沈译驰要联系方式，沈译驰在她走近前，转过身去，拨出了姜织的电话。

对方很快接通，沈译驰关心地问："发烧了？多少度……这么严重。你父母在家照顾你吗？"

女路人在游戏过程中听过沈译驰的声音，有磁性很好听，但就是冷冷的，觉得不容易接近。这会儿撞见他跟人打电话，语气温柔得能掐出水。

女路人扼腕。

沈译驰挂断电话时，半米内已经没有异性了。

他盯着手机，略一思索点开了和吴桐雨的对话框：方便帮我个忙吗？

半小时后，吴桐雨下楼取到东西，拎着一个黄桃罐头敲开了姜家的门。

姜织在卧室靠在飘窗上看电影，见她递来的东西，愣了下。

"喏，'一张'给你的，说生病吃这个会舒服些。"吴桐雨在她对面坐下，兴奋地分享八卦，"估计是考完试大家都想疯一把。好多女生找我打听你和'一张'的关系，说你跟他要是没在一起，她们就去表白。"

"组团表白？"

"我这是笼统地形容。"

姜织"哦"了一声,视线从罐头移到吴桐雨脸上:"你怎么回的?"

"我卖了个关子,说'反正姜织没有答应,我不知道他俩是什么关系'。"

姜织瞥了一眼给自己造谣的闺蜜,对方扬扬得意:"说真的,我觉得'一张'对你有意思。'一张'说要让我帮你拿东西,我以为是外卖员来送,结果是他自己送来的,现在外卖平台业务这么普遍,凌晨买东西都能半小时送达,哪里买不到黄桃罐头。他亲自送来的哎,这心意,啧啧啧。"

"这么为他说话,收钱了吧?"姜织打趣。

吴桐雨眨眼,毫无负罪感地承认:"对啊。他说本来是要请我喝奶茶,但这个点奶茶喝多了影响睡眠,就给我转了个红包,让我明天自己点。"

吴桐雨坐了半个小时才走,姜织被她洗脑洗得有些魔怔,脑袋里"嗡嗡"的,左一个沈译驰,右一个沈译驰。

加上夏天气候燥热,她还发着烧,冯敏在家,姜织不敢把空调温度开得太低。

姜国山帮她把罐头打开,姜织端着碗回卧室,吃完半颗黄桃,酸酸甜甜的滋味滑过喉咙入肚,这才舒服些。

她吃到一半才想起来拍了张照片发给沈译驰,附言:吃到了。你到家了吗?

沈译驰:嗯。在看电影。

他发过来片名,问她看过没。

姜织没印象:应该没看过。要一起看吗?

姜织还没从高三的作息时间调整过来,这会儿没有丁点儿困意,就像她记忆知识点喜欢出声一样,看电影也喜欢跟人交流。

过去两人一起线上看过有关高考的宣讲视频,用的是腾讯会议。沈译驰很快分享过来房间号和密码。

房间有语音连麦功能,姜织连接成功后,听见沈译驰问:"从头看?"

"不影响。"姜织没让。

搁在平时沈译驰会给她讲讲前面的剧情,但此刻没什么状态。

他送完东西回来的路上接到家里的电话，唐湘汶打来的，问他考完试不知道回家吃顿饭。

沈译驰到嘴边的那句"你和我爸出差回来了"硬生生咽回去，息事宁人道："学校里要收拾的东西多，我明天回去。"

唐湘汶问了几句他的考试情况，临挂断前说："你爸明天要带你去公司，你别跟他吵。"

"知道了。"沈译驰嘴上应，心里却不平，他知道自己做不到。

进度条过了十五分钟，沈译驰始终没说话，不知情的姜织只当他在安静地看电影。

文化差异的关系，国外电影拍摄尺度偏大，屏幕外的两个年轻观众多少有些红了脸。

好在他俩彼此谁也看不见谁。

"我快进一下。"沈译驰嗓音紧绷。虽说尺度还在可控范围内，但导演把氛围营造得太好，男女主人公间随便一个眼神举止都渲染得张力十足，效果丝毫不打折扣。

姜织低低地"嗯"了一声，赞同他的做法。尴尬是因为他们觉得这个话题特殊，要是聊开了，成为跟吃饭刷题一样自然的话题，就没什么可尴尬的了。

姜织结合电影里的剧情，发散地问道："男生见到女生第一眼，一般会看哪里？你一般看哪里？"

沈译驰把进度条拖到一个自以为安全的节点，面无表情地道："腿吧。"

姜织"哦"了一声，又问："那你觉得我的腿好看，还是这个女星的好看？"

沈译驰"什么"了一声，怀疑自己听错了。沉默两秒后，他压着声音："姜织你是不是烧糊涂了？三更半夜你找男生聊这个？"

"不正经吗？那我不说了。"末了，姜织嘀嘀咕咕地吐槽，"你自己想歪了。"

沈译驰："我听见了。"

姜织"哦"了一声："那你装一下。"

沈译驰失算了，风平浪静地演了几分钟，剧情来到男女主人公抱在一起亲吻的场景。沈译驰不由分说地把这个剧情快进，姜织叫停："这里没什么吧，沈译驰你总快进影响我理解剧情了。"

沈译驰无语地不理她，沉默地看电影。

总片长三个小时，进度过半时，沈译驰看了一眼时钟，道："你还发着烧，要不还是早点睡吧。"

姜织注意力完全偏了："哦，是后面还有那种剧情吗？那我睡吧，不跟你一起看了。"

好好的一句话，被她说得意味深长，沈译驰把人叫住："看。继续看。不看到片尾彩蛋不能睡觉。"

姜织被逗笑："沈译驰，你真的很幼稚。"

这时，吴桐雨发来张截图，还有一条语音。图是有女生找她打听姜织和沈译驰关系的对话，看时间是几分钟前新发的，语音里说的正是这个事。

姜织不小心点开外放，语音消息的内容被沈译驰听到。他戳破："听到了我的名字。"

姜织没藏着："有人找吴桐雨打听你。"

"打听我什么？"

"打听你有没有女朋友。"

"哦，就告诉她有。"

姜织心里"咯噔"一下，紧张得声音有些变调："你有女朋友？"

沈译驰语气稀松平常，带着几分无辜："你之前不是说可以为我做其他事？我拿你当挡箭牌。怎么，高考一结束，我这个工具人没了利用价值？你就打算不管了？姜织你没有心。"

姜织松了口气，摸摸鼻子："我也不能总当。"

被姜织不知轻重地聊了几句，沈译驰的注意力得到转移，心情莫名地轻松了，恢复到一贯的语气："耽误你交男朋友了？正好，你跟我说说，你上次说欣赏的那类男生，有具体的人吗？说出来我帮你把把关。"

彼时，出租屋里。

沈译驰盯着电脑里正播的电影画面，伸手拿起一旁的手机。从下午起，确实总有人给他发消息告白，沈译驰把姜织的对话框置顶后，其他的一概不看也不回。

电话那头的女声吞吞吐吐："我还不知道你？在你眼里谁都没有你优秀，是吧？"

沈译驰切进朋友圈看了眼，退出后把手机搁下："你知道就好。"他盯着电影画面，说，"姜织，我这人小心眼，尤其是对感情。你要跟我好，就不能跟其他异性暧昧。"

沈译驰这一刻无比感谢中国文化博大精深，一个"好"字留足了空间。

在这话里什么意思，就看姜织会怎么理解、想怎么理解。

"我想想吧。"姜织的声音隔得有点远。

沈译驰啧声："你还委屈上了？"

对面窸窸窣窣不知道在忙什么，大概几十秒过去，姜织才说："没委屈，但……电影可能没法看了。我又烧起来了，要出去挂水。"

沈译驰把电影声音划到最低，问："你爸妈陪你吗？"

"嗯。先不说了。"

沈译驰觉得她一走，自己电影也不想看了，在她临退出前，说："早点恢复，记得欠我一次日出。"

第七章

在日出时分说爱你

看日出的事一拖就拖了三天。

这天沈译驰在商场遇见了和吴桐雨来看电影的姜织。

"看完电影去这家网红店打卡吧,这个拍摄角度绝了。"吴桐雨把手机递给姜织看一个博主发布的博文,吸了口芋泥奶茶,自顾自道,"玩到五点,晚上我们去吃泰国菜,吃完饭去唱歌。"

姜织正要说晚饭大概不能和她吃,她找沈译驰有事,但话没说出口,余光似有所感,朝售票等候区的方向看了眼,就这么对上了沈译驰的目光。

有些人就是不经念呐。

吴桐雨想到什么,觉得自己这个安排不太合适,改口道:"要不我们多叫几个人吧,你明天就去——"

她说话时,乱飘的视线也发现沈译驰,欣喜地开始撞闺蜜的胳膊,下一秒才发现姜织早一步看到了。

没等两边人打招呼,吴桐雨看看坐在沈译驰对面的大美女,如临大敌地往闺蜜旁边靠靠,问:"他旁边那个女生是谁?"

确实是大美女,看面相有些强势,但不是那种令人不舒服的攻击性,浑身散发着温柔成功的大姐姐气质。

吴桐雨人脉一向广,之前没见过她,因此得出结论:"应该不是盈高的。"

不怪吴桐雨多想,他俩围坐的那张小圆桌上,除了爆米花和冷饮,还有一小束香槟色的玫瑰花,这妥妥小情侣约会啊。

吴桐雨虽然没少为沈译驰说好话,但遇到事第一时间果断地站在闺蜜这边,冷冷地瞪了一眼,挽着姜织要去别处找座位。

反观姜织倒是平静,她甚至准备过去打个招呼。岂料吴桐雨动作更快,扯着她借口想抓娃娃了,走得远远的,眼不见为净。

走远后,吴桐雨愤愤地吐槽:"以后再也不帮他说话了。"

沈译驰真是被冤枉的。姜织出现前,他刚坐下,话还没说一句完整的。

不多时,汤瀚领着沈一星从洗手间回来。

是的,沈译驰是带弟弟来看电影。没进商场小屁孩就嚷嚷着要上厕所,沈译驰把他领来这层后指了方向让他自己去,这么大个小孩他没必要寸步不离地跟着,便坐下跟汤瀚边聊天边等他。一说厕所,汤瀚也要去,结果天没聊成,一时间落下沈译驰和李今纾单独坐在这儿。

才有了被姜织撞见的那幕。

见人回来,沈译驰顺势起身,居高临下地按了按自家亲弟的头:"洗手了没?"

"洗了。"沈一星脆声。

李今纾从链条包里拿出便携装的护手霜,问他:"要不要涂香香?"

沈一星重重地点头:"谢谢姐姐。"

李今纾给沈一星挤完护手霜,才叫汤瀚伸手,结果汤瀚抹了抹嫌多,李今纾用手背匀走了一点,情侣间的互动自然又日常。

沈一星被沈译驰拎走去买爆米花时,漆黑的大眼睛滴溜溜地转着,好奇地问:"哥,那个大姐姐是和汤瀚哥谈恋爱吗?他们好亲密哦。"

沈译驰正四处张望着找姜织在哪儿,淡淡地"嗯"了一声。

"我也要谈恋爱。"沈一星小大人似的,脸色认真,"感觉谈恋爱好幸福哦。"

"小屁孩，你现在不准。"沈译驰收回视线，原本搭在他肩上的手绕过去，卡住他的下巴往上抬了抬，"知道幸福是什么吗？"

"幸福就是开心啊。"

因为沈一星在家里磨叽浪费了时间，哥俩买完爆米花便到了他们这场检票的时间。带沈一星来看电影，沈译驰选的是部重映的爱国片。

姜织和李今纾两拨人看的则是新上映的爱情电影。也是巧，两拨人的座位前后排，银幕上播放广告时，吴桐雨朝后望了望，原本是想看看这场的上座率，就这样瞧见了李今纾，还有被她捏着下巴的男生。

哎，她不是和沈译驰一起的。

吴桐雨犯着嘀咕正回身，打算跟姜织分享自己的发现，偏头见姜织在低头看手机，不知道在跟谁聊天。

想到姜织这两天家里事情多，心情不好，因此默默消化掉，暂时没打扰她。

姜织抓娃娃时一直没看手机，这会儿才看到沈译驰十几分钟前发来的消息，质问她：烧退了怎么没跟我说？

她在影厅的立体环绕音效中回复：忘记了。

不知道沈译驰是还没进场，还是看电影不专心，消息回得快：那没忘记昨天早晨吃的酸汤米线吧？

两人这几天一直在聊天，不间断地聊，走在路上看到个形状好看的云彩都要拍下来发给对方。

姜织所谓的"忘记"不太有说服力。

姜织自然知道他说的什么事，问他的意见：那明早去？

天没亮，姜织被闹铃叫醒后没开灯，洗漱的时候尽量把水龙头的声音降到最小。接到沈译驰到小区门口的消息时，姜织的动作有点急，一不小心踢到了路中央的行李箱，不给万向轮骨碌碌滚动的机会，她忍着膝盖的痛意及时扶住它，确认姜国山没有被吵醒后，才轻手轻脚地出了家门。

现在是凌晨四点，街上没有人。

高楼灯火阑珊，保安亭里值班的大叔在打着瞌睡。

沈译驰进不了小区，姜织出小区时，看到他从车上下来，站在路边等她。

姜织跟他来到车边，站在副驾驶室门外，突然发现："我们开车去？你什么时候考的驾照？"

姜织突然扭头，就姿势来看，像是沈译驰把她圈在怀里。姜织不动声色地往后退了退。

沈译驰垂眼看着她，心说待会儿的日出一定很漂亮，因为今天天气不错，月亮清亮，星光熠熠，四下无人的夜里，他俩成了最孤独的存在，莫名有种相依为命的感觉。

"去年。"沈译驰看她脸比往常要红，担心她生病没好利索，有点懊悔不该沉不住气非今天去山上，"冷的话后座有毯子，是干净的，你放心用。"

沈译驰绕到驾驶座，姜织已经把安全带系好，打量后视镜上绑着的出入平安的挂饰。

"孙叔的车。"

姜织点头："难怪看着眼熟，我爸也有个一样的。你之前来看过日出吗？"

"嗯。我小时候跟着孙叔去山上露营，特别喜欢在山上过夜，经常看到。"沈译驰喜欢露营的兴趣就是孙叔培养的。

"你很小就认识他了？亲戚？"

"不是。"沈译驰说，"小学时我爸妈忙，学校要开家长会谁也没空。我就想着花钱雇个人，当时正巧遇见孙叔。我当时觉得他人不错，就雇他来开家长会，有时我不想回家就去找他吃饭，一来二去就熟了。后来我才知道，孙叔跟我爸认识，他做这些算是帮我爸照顾我。"

姜织想到什么，问："你之前说你小学时成绩不好，真的假的？"

听沈译驰"嗯"了一声，姜织眨眼："我还以为你骗我。"

沈译驰："那时候我爸妈放在我身上的精力很少，我就想是不是因为我太让人省心了，所以他们很放心。于是我就开始敷衍学习，小孩子求关注嘛，现在想想是真叛逆。"

姜织喜欢听他说自己的事："然后呢？你爸逗没？"

"没有。"沈译驰脸上流淌着城市夜晚的霓虹光，神情很平静，"他们一直很忙。"

姜织失声,不知道是不是她的错觉,感觉这时候的沈译驰有些脆弱和悲伤。

在她思索如何开解几句时,沈译驰善解人意地说:"困的话就睡会儿,到了我叫你。"

姜织轻声应,却没有睡。

这个点的街道简直不要太通畅,考虑到姜织在车上,沈译驰没敢疯,一路开得稳稳当当的。

见姜织举着手机在拍街景,没有补觉的意思,沈译驰说:"昨天的电影好看吗?"

"剧情有点俗套,但上座率挺好的,俊男美女谈恋爱就很赏心悦目。"

沈译驰"哦"了一声,对电影不感兴趣,而是为了铺垫接下来的话题:"那个女生……"姜织突然把手机镜头对准了沈译驰,他余光注意到,停顿了下才继续说,"是我之前认识的学姐,昨天带沈一星去看电影恰好碰到她跟男朋友也在。"

"看到你发朋友圈了。"姜织说。

"看到了不给我点赞。"沈译驰心说朋友圈就是故意发给她看的,见她还在拍自己,顺便聊起,"不是说这个暑假要考驾照,挑好驾校了吗?"

姜织盯着屏幕里呈现的画像,沉默了一两秒,按下暂停键,收起手机,才说:"我暂时不考了。"

沈译驰:"那暑假准备做什么?"

姜织垂眼打量自己的手机壳:"高考前原本想好了,但现在想法又变了,我也不知道接下来要做什么。"

大概是起得太早,姜织尽量不扫兴,但也没有很高的兴致。沈译驰从她上车后便发现,她沉默时总在出神,像是有心事。

"那要不要跟我混?"沈译驰说完,手指无意识地敲了敲方向盘。

姜织抬头看过来,对答如流:"跟你回山头称王称霸吗?"

"让你当大当家的。"沈译驰偏头扫了她一眼,说。

但姜织只是笑,没有接话。

不需要工作和上学的人真的不少，姜织他们到时观景台上已经有不少人。

好些人是昨晚徒步爬上来，在山上过夜，披着厚外套，扎帐篷或者铺着厚垫子。

清晨的体感温度是有些凉，姜织由衷地觉得沈译驰准备毯子太有先见之明了。

她抱着胳膊站在车边等了会儿，见沈译驰锁好车，脖子上挂着相机过来。

没等姜织选好在哪里看日出好，沈译驰就说："我找人占了位置。"

姜织心说不好吧，跟着沈译驰往前走了走才发现，站位的是两个人，姜织和沈译驰过去后，对方跟沈译驰简单聊了几句就把位置让给他们走了。

这样的占位方式让人挑不出错，况且占位的那两人很健谈，和周围同等日出的陌生人打成一片，离开时跟好些人都客气了几句，根本没人有异议。

等周围的人各聊各的时，姜织朝沈译驰身边凑了凑，小声问道："他们是你朋友，还是花钱找的？"

两人离得实在是近，肩膀叠着手臂，沈译驰原本在看着相机根据环境调参数，垂眼时意识到这点，跟着放轻了呼吸，把声音压低："在山上开店做生意的朋友，下山前带你去逛逛？"

这会儿远空有一道水平的暖橙色光带划开靛蓝色的夜幕和漆黑的山峦夜景，微弱的光把沈译驰的眼睛照亮。姜织能看清他根根分明的睫毛。

"都行。"姜织很小声说完，扭头看着前方。

过了一会儿，耳畔响起沈译驰的声音："气象台报道说，今天的日出时间是这个夏天最早的一次。"

姜织对日出日落时间没有研究，顶多能认一认天上的星星，不禁好奇地道："不会接下来一天比一天早吧？"

沈译驰瞥着她："你当是你考试呢，一次比一次进步。"

"我装作你在夸我。"姜织冲他咧嘴笑了下，望着前方，"可能明天的日出比今天还要早，就像谁也说不准我们以后会不会遇到更好的一起看日出的人，但今天看到日出的自己是开心的，今天的日出是特殊且漂亮的，就足够了。"

她说完，重新看向沈译驰，征求道："你说对吗？"

沈译驰"嗯"了一声，再认同不过。

这时天际线的亮度又拉高些，有人扛着三脚架经过，站在姜织不远处的人为了躲避撞到了姜织。

姜织在对方的惊呼加下意识道歉的声音中撞进了沈译驰的怀里。

沈译驰抬臂护着她，看了眼那人，说："注意点。"

姜织站稳后冲道歉的人笑着摆摆手，说没关系，然后看回沈译驰，低声道："我没事，谢谢。"

沈译驰环抱着她，并没有松手的征兆，姜织茫然地一歪头，感觉他有话要说。

刚刚扛三脚架那哥们是录制别人求婚现场的，姜织和沈译驰安静对视时，那边欢嘈杂声不断，非常具有感染力。

姜织按捺不住好奇心望过去，远远地看拿着玫瑰花和戒指盒的男人单膝跪地说着真挚的告白，然后求婚成功，然后这对年轻的恋人在众人的起哄声中，热情地拥吻。

姜织看得正起劲，耳畔响起沈译驰不悦的声音："回神了。看接吻比看日出有意思？还记得自己是来干吗的吗？"

"多有意思啊。"姜织收回视线，冲沈译驰卖乖地笑了下，"在日出时接吻不浪漫吗？"

沈译驰视线从她的眼睛一点点下移，落在她唇上，红而润，似乎很柔软，就像抱着她的感觉似的。

如果能亲一亲……停！大概是起早了头晕，沈译驰及时清醒。

沈译驰紧接着记起，自己手臂还揽着她。他心口痒痒的，清了清嗓子，急急忙忙把手臂松开。

他在煎熬中，挤出两个字："浪漫。"

"我也觉得。"姜织嘴上轻描淡写地接话，心却跳得飞快。

她看向远处慢慢变化着的天际线，不动声色地裹紧了身上的毛毯，在不挪动脚步的情况下，尽量拉开与沈译驰的距离，不贴在他身上。

但又对他结实的胸膛和炽热的体温格外留恋，再抱一会儿，她也是不介意的。

沈译驰，你可以再抱一会儿的。

姜织盯着山峦起伏的线条，有些出神。沈译驰连名带姓叫她的时候，她听到了，可大脑处理系统卡顿似的，慢了两三拍才应声。

"嗯？"

她把视线从远空的鱼肚白移到他脸上。沈译驰双眼漆黑深邃，好像看了她很久，笑起来时眼里映着天边的启明星。

姜织感觉自己猜到他要说什么。她虽然一向钝感力强，但不是眼高于顶，不会观察不会感受。

姜织能坚定住与其他异性相处的分寸，也能判断，自己的的确确喜欢沈译驰，而沈译驰，在这一刻，也是喜欢她的。

他眼神里的爱意太赤裸，火炉一般，散发着汹涌的热意。

她一旦想到明天乃至接下来几个月、几年，或者永远见不到他，心便会控制不住地疼。

她不舍。

此刻的沈译驰尽量让自己的姿态放松，语气自若："感觉再不做点什么明确一下关系，我们就只能做'友达以上，恋人未满'的异性朋友了，那样我会很不甘心的。所以，姜织你选吧，要么做路人，要么……"

做恋人。

他说最后一句话时，收了笑意，是很认真郑重的语气。

但姜织没让他说完，仰了仰脸，飞快地轻啄了下男生的嘴唇。

云层堆叠，霞光满天，两人的呼吸很轻，脸庞被熹微的晨光照得明艳动人。

在他目瞪口呆的神情中，姜织笑眼弯弯，道："沈译驰，你看，天亮了。"

太阳彻底升上来后，四周看日出的游客陆续返程。

沈译驰牵着姜织往停车场走，走到一半偏头看了她一眼，似有话说，可当姜织望过去时，他笑了笑，正回脸继续走，这一眼好像只是为了确定她真实存在似的。

姜织垂下视线，盯着两人扣在一起的手，不知道是不是昨天搬大件行李抻到了筋，这会儿觉得手臂有些酸痛，连带着浑身状态都很紧绷。

她这是选择吗？姜织冲动之后，再想觉得自己只是排除了一个答案。

姜织从小生活在一个很有爱的家庭，自信、充实，她自认抗压能力强，对未来会迷茫但不会畏怯，有披荆斩棘的胆气。可人生离合是常态，十八岁的她还不具备自由选择的权利。

她现在做任何选择都是不负责的，但不要和沈译驰做路人，她舍不得。

可沈译驰会怎么理解这个吻呢？

沈译驰看似镇定，实则思绪炸成了烟花，心里美得不行。但因为要开车，马虎不得，一路没敢太嘚瑟，假正经地绷着脸，快到山脚时才想起："忘记带你去逛那家店了。下次吧，下次再来。是个小酒馆，没什么客人，但装修得很精美，晚上过去氛围挺不错的。"

姜织轻声应了一声"好"，说："我应该知道你说的是哪家了，老板是不是每年都会自己酿桂花酿，我爸给我带过。"

沈译驰说"是"。

姜织别开眼看向窗外，心说，你看，他们除了是同班同学，还有这么多联系，唐湘汶、孙恚，她还喝过小酒馆里的桂花酿，偏偏没有早熟悉。

是姜织的手机铃声打破了轿厢的安静氛围，姜国山打来的。老爸这个时间起床要去早市买菜，估计是看她没在屋里，才打来询问。

姜织接通时，沈译驰把车载电台的声音关掉，回荡在车厢里的女声乖巧柔软："爸爸……没有。我醒得早，出来逛了逛，一会儿就回去了。"

等她挂电话，沈译驰才说："你爸不知道你出来？那我先送你回去，原本还想和你一起吃早饭的。"

"没事，去吃吧。"姜织低头看着手机，翻了翻消息列表，然后锁屏，"我十点前回家就行。十点半要去高铁站，今天去南京找我妈。"

"去几天？回来时我去接你。"

姜织掐着手机软壳，说："我可能……暂时不回来了。"

"什么意思?"车子被路口的红灯拦住,沈译驰得以偏头看她,眼神有些疑惑。

她盯着红色的倒计时数字,尽可能轻松地解释:"我奶奶觉得我爸妈离婚了,我住在我爸这里耽误他找下家,前天来家里哭闹了一场。我跟你说过吧,我奶奶有点重男轻女,一直不喜欢我。她年纪大了,早几年还做过手术,我不能跟她吵,讲道理她也不可能听,她一心要把我赶走。"

"我爸挺好的,但他有点愚孝,这些年一直拿我奶奶没办法,毕竟是把自己养大的亲妈,再顽固也得顺着她。我前天晚上跟他大吵了一架,行李已经收拾好叫快递寄走。我以后不能再回来住了。"

沈译驰这时候才明白姜织那个吻什么意思,是明白他的心意,心照不宣地答应吗?不是。是想选后者,但又没办法兑现。

所以她选择用吻堵他的话。

沈译驰发动了车子,但没有说话,他依旧开得很稳,看似心无旁骛。姜织几番犹豫,终于开口:"沈译驰,刚刚在山上——"

"我去给你买点零食带着高铁上吃,然后送你回家吃早饭。"沈译驰打着转向灯变道,将车临时停靠在路边,制止她说下去,"在不清楚下一次见面是什么时间的情况下,不要带着怨气说分别。"

"……好。"

后半程两人一路无话,直到车停在小区门口,姜织解开安全带下车时,沈译驰叫住她:"坐高铁无聊的话,可以给我打电话。"

"好。那我回家了,你开车注意安全。"

十一点一刻,姜织坐上开往南京南的高铁,没有打这通电话。

姜织盯着窗外飞速划过的风景,宿营属于北方,高铁驶过淮河,房屋田地才有了江南水乡的气息,明明同在一个省份,却是两种气候风土。

她看了会儿,便收回视线,连上手机网络开始查今年高考试卷的答案。网上能查到部分参考答案,但标准答案教育局还没有公布。

她只能放弃估分的念头,开始琢磨到南京后怎么赚钱。

之所以决定不考驾照,便是因为她想把时间留出来,早点开始赚钱。

资金自由了,回宿营的车费和住宿费便能解决,距离什么的,便不再是棘手的问题,不是吗?

过去她看影视作品,对于金钱会带来安全感的概念并不能理解,她生活在被爱和幸福充斥的环境,拮据困扰过她的生活,但笑容和乐观会淡化这种烦恼。

归根结底,还是如今她曾经习以为常的疼爱渐渐流逝,她也随之不快乐了。

姜织,你不能这样。

她在心里提醒自己不要内耗。

先赚钱。但通过什么途径,姜织没有方向。快餐店、咖啡店的工作好找,招聘要求也不高,同样回报率不高。舞蹈特长不像乐器这类可以当私教,更何况她有三年没练过基本功,在她看来教人跳舞是一件很严肃的事情,她没有教师资质。或许可以接接商演,当模特也行。姜织听着邻座乘客刷短视频的声音,心说经营个自媒体账号跳跳舞或者唱唱歌也不失为一种办法,配音她也不错,她还是有几样拿得出手的特长的。

下午一点半,姜织到达南京南站。冯敏今天要上班,托朋友来接她,发来一个手机号让姜织自己联系。

电话拨通后,姜织按照冯敏的提示,喊了一声"方叔叔",然后做自我介绍。

对面传来一个年轻的男声,懒洋洋的,听上去有些凶,好像是被打扰了所以十分烦躁。她怀疑自己拨错了,正要说抱歉挂断,便听那人自觉地说了自己车停的位置,还说她出来就能看到。

姜织随身带的行李不多,只有一个装手机零钱证件的链条包和一个小号的行李箱,还算轻便,从出站口出来,没走一会儿,对应车牌很快找到了目标车辆。

她朝驾驶侧车窗走去,准备友好地打个招呼,心说伸手不打笑脸人,希望对方不要在大庭广众跟自己吵吵起来。

没等她走到跟前,车门先打开,下来一个戴墨镜、穿着牛仔马甲的年轻男生,看年纪,比姜织大不了几岁。

男生用食指把墨镜勾下来些,仿佛要把姜织看清楚。姜织晃了下手机,示意自己是刚刚打电话的那位,刚要说话,对方先笑了:"姜织是吧?我叫方遒,我爸跟你妈是同事,今天他们都有事,让我来接你。"

不同于手机沟通时,此刻男生殷勤又热情:"不知道你还带着行李箱,早知道我下车接你啊。来,给我吧,我帮你放到后备厢。"

姜织感激地笑笑,道谢。

别人的车,姜织不方便贸然坐副驾驶座,刚要去拉后座的车门,方遒便给她拽开了副驾驶座的门:"坐前面,我正好给你介绍介绍南京的风景。"

结果他一开车门,瞧见为了不让人乱坐副驾驶座而故意丢这儿的胸包,飞快地把包捡走,"嗖"一下扔到后座,手挡着车顶让姜织坐进去。

姜织再次客气地道谢。

"听我爸说你从小生活在宿营,宿营好啊,人杰地灵的城市。你对南京不熟悉吧,南京——"方遒坐到驾驶座上,见姜织已经系好安全带,没有自己的发挥空间,便没话找话地闲聊。正说着,自个儿下车前丢在车里的手机还停留在游戏界面,连着语音,组队好友的声音清晰地传出来:

"方子?回来没啊,刚把你救起来好夯找个地方躲一躲啊。你能不能行了,美女都是你妹妹是吧,是谁前一秒说人家是小破地方来的拖油瓶……"

姜织沉默地瞥了对方一眼,没说话。

方遒脸色好不精彩,数秒内变化了好几种颜色,半天才找到手机在哪儿,他于事无补地关掉声音,退出页面、锁屏,一气呵成,然后自欺欺人地冲姜织解释:"直播,我刚刚在看游戏直播。"

姜织"哦"了一声,假装信了,低头给沈译驰发信息报平安。

方遒手忙脚乱地发动车子,车子不知抽什么风,响声不断,车身隔几秒就要"嗡嗡"地抽搐一下。

姜织偏头看看,忍不住提醒:"你忘记放手刹了。"

彼时,宿营。

沈译驰收到消息时,正跟一帮朋友在出租屋打牌。

除了他们四个，还有几个跟周淮一块艺考的同学，卢悦也在。其中一个男生说："都成年人了，玩点成年人该玩的游戏啊。"

史唐看看卢悦和另一个女生，说："矜持点吧，还有女生在呢。"

"干吗，大冒险不敢玩啊？大冒险不敢玩就选真心话，不过先说好啊，说没说谎只有自己知道，但说谎的人这个夏天最期待的那件事一定会泡汤。"

卢悦跟这个男生关系不错，一直把他当成"妇女之友"，看他冲自己挤挤眼，猜是要助攻自己，顺势积极地应了："好啊好啊。"

周淮正在沈译驰耳边唠叨："我听说那谁搬去南京了？你看你这弄的，机会'吧唧'一下溜走了，难受不，偷着哭吧。"

沈译驰耳朵快生茧子了，在那男生统计玩游戏的人数问他玩不玩的时候，沈译驰为躲清静，很爽快地应了。

规则很简单，就是抽纸牌，谁拿到 joker 谁选择大冒险或真心话，指定的行为和问题是大家写好分别丢进两个纸盒里，抽到哪个就要照做或者回答。

第一个中招的是周淮，大冒险抽的是打电话给通话记录里最近一个联系人告白。

史唐看热闹地笑得东倒西歪："打的时候记得开免提！"

周淮解锁手机点开通话记录扫了眼，看到"小梧桐"这三个字时，原本无所谓的脸上有几分呆滞，心说吴桐雨有毛病吧，有什么事不能微信说，打这个电话干吗！

在旁边人凑过来看之前，他把手机一扣，秒怂："算了，这个玩笑不能开，我认罚。"

周围响起喝倒彩的声音，嚷嚷着认罚得吹一瓶啤酒，周淮乖乖照做，喝完一抹嘴角的泡沫，冲起哄最大声的人竖了竖中指。

又玩了几轮，大冒险的尺度越来越大，连找一个现场的异性隔着纸牌接吻都出来了。

所以这一轮，当沈译驰拿到 joker 牌时，很坚定地选择了真心话。

"OK，今天中午第一个问题即将被揭晓。"史唐语气夸张地带节奏，在沈译驰将抽到的纸条一点点捋开时，他举着并不存在的话筒，流利地念出，"请问,你的初吻还在吗?"

要不是顾忌着这是在居民楼,一群人简直要笑成了花果山的猴子。

史唐笑够了,把"话筒"递到沈译驰的嘴边,催促:"这位先生,请回答啦。"顿了下,他自顾自地说,"不过结果显而易见了,谁不知道我们阿驰不近女色的啦!"

这个尾音还没"啦"完,沈译驰一脸平静地随手把纸条叠回原样,用四平八稳的声音,说:"不在了。"

史唐压根没把他说的听进去,嘴比脑子快:"你们看我说什么——什么?哥你什么时候瞒着我们脱单了啊?"

周淮正在一旁吃葡萄,刚揪了一颗,吓得掉到了地上。顾不得这颗紫葡萄骨碌碌滚到了茶几下面,他跟着叫了一声。

想到自己玩游戏前正嘲笑他计划没有变化快,此刻周淮另眼相看:"低估你了啊!"

几个男生幼稚地打闹成一团,游戏是没法玩下去了。沈译驰第一时间从风暴中心脱身,就是这时候看到了姜织报平安的短信。

收到有几分钟了,沈译驰在回信息和回电话之间选择了后者,但客厅太闹腾,他准备回卧室,结果一转身,瞧见自己房间的门半掩着。

是忘记关了,还是被人打开了?

"阿驰你还想跑!"史唐被叠罗汉叠在最底层,眼尖地把人叫住。

沈译驰头也不回地说:"回房间拿充电器。"

两室一厅的出租屋就这么大,沈译驰几步路走到房间门口,刚要推门,只听"哗啦"一声,什么东西摔碎的声音从他房间里传来。

他阴沉着脸开门,看到卢悦一脸自责地站在床尾柜旁边,地上摔碎的是那个封着报纸的相框。

"不好意思,我想上卫生间,结果推错了门。就想、想着看看你的房间……"卢悦拧着嗓子,很少见沈译驰脸色这么难看。他跟父母拌嘴吵架,都不会这样黑脸。

沈译驰看着地板上碎裂的玻璃,觉得这不是什么好兆头。他眉头蹙着,对着女生没办法动怒，只冷冷地说：“没事，你出去，卫生间在左手边那间，这里我自己收拾。"

"……好。对不起啊。"卢悦小声又说了一句，才犹豫地出去。

沈译驰从书桌下的收纳箱里找了几张厚纸板，小心翼翼地把碎玻璃捡出来包好，在外面又多缠了几层胶带封得严实，最后贴了张纸写明里面是什么，提醒拾荒老人小心划到手，把它丢到垃圾桶后，才去拿抖干净玻璃碎碴的相框。

他把相框拆了，犹豫是补块塑料板代替玻璃，还是重新换一个相框时，他惊奇地发现报纸后面除了相框原有的封板，鼓鼓囊囊的还有东西。

是一封信。

他展开，看到了姜织娟秀的字：

沈译驰，见字如晤。

这封信写得比较突然，因为准备蛋糕的事提前被你知道，变得不惊喜了。所以想跟你说点惊喜的事，好吧，对你而言不一定是惊喜。

晚自习后去补课的路上，你给我的那颗糖，很甜，我想起以前也有个人给过我。小学三年级吧。那天我在舞蹈教室上完课离开时，和一个小男孩在门口的歪脖子树上救了一只小土猫，然后送猫去宠物店救治，一起凑零花钱付医药费。结果因为没钱吃饭，肚子饿得咕噜叫，那男孩就给了我一颗你给的那种硬糖，我当时觉得那是我吃过最好吃的糖果了。作为感谢，我再去上舞蹈课时，带了我妈妈烤的饼干想分享给那个男孩，但没有再碰见。就连那个品牌的糖果，我找了好几家店都没有买到，我妈说这是我把零花钱弄丢后故意编出来的故事，还说我从小脑回路就奇奇怪怪的，不会撒谎，但会胡说八道。我曾经渐渐被她说服了。

在路上的时候，你说这种糖没有小时候的好吃了，我其实区别不开了，只吃过一次，早没印象了，就像我不记得那个小男孩的长相以及说话的声音，也不记得那天和他一起给小猫取的名字叫什么。

所以，那个人是你吗？

是吗是吗是吗？直觉告诉我是的。

不过不是也没有关系。那大概是因为我太想与你产生紧密联系而昏了头产生的臆想。

我爸说，人生中遇到的每一个人都是自己的财富。我觉得，"沈译驰"就是一个永远能给人带来惊喜和希望的宝藏。

姜织

沈译驰将信沿着折痕叠好，前一刻因为相框被摔碎而紧蹙的眉头早已舒展，人对某一件事的苦痛情绪会因为同时存在的惊喜而被覆盖、刷新，就像此刻沈译驰不会为了摔碎的相框而生气自责，也不会为了多年前自己去舞蹈教室找唐湘汶受到的冷落而落寞难过。

背阴的另一面，是阳光啊。别局限在原地抱怨凄凄惨惨戚戚，站得远一点，再回头望。

原来，他被牺牲的同时，也被人眷顾。

他们聚会上玩的游戏不知怎么的就传开了，估计不少人来找周淮打听沈译驰是不是脱单了。为此，周淮被烦得不行，气急败坏地发朋友圈：都别来问了！我怎么知道沈译驰的初吻是谁亲走的！

这是姜织离开的第三天。沈译驰当时在山上露营，也是巧，沈译驰躲山上是为了不用听周淮唠叨，结果在山上直接碰见了姜国山。

沈译驰被他叫到跟前喝茶，结果面面相觑，谁也不说话。沈译驰坐在姜国山桌对面看手机时，刷到了这条动态。

看到姜织点了个赞。

沈译驰顺势点开和她的对话框，兴师问罪：你还点赞？良心呢？我发消息你就忙，别人发个朋友圈你倒秒赞。

字里行间满是被"渣"了的怨气。

手机在姜织手上，她回得快：碰巧了。我刚想发朋友圈来着。

大概是为了哄沈译驰，姜织把原本要发在朋友圈的照片私发给他。是南京某个五星级酒店的下午茶,沈译驰觉得自己很有侦探的潜质,把照片放大看细节,酒店的名称、玻璃杯上的反光,跟个变态似的。意识到这一点的沈译驰及时停止了自己的这一行为。

姜织:我过来游泳,被安利了下午茶。这里也有桂花酿,不过不如小酒馆的好喝。

一桌之隔就是人家爸爸,沈译驰总觉得处在被监视的范围内,不敢有多余的表情,一脸平静地回:那就回来喝。

姜织:再说吧。我这几天日程安排得很满。我妈给我办了这个酒店游泳馆的季卡,巨贵……我为了回本,现在每天来游半个小时。

沈译驰:哦。我跟你形容一下我现在的感受——我刚刚拍到了七彩云,还在山上看到了一只会随着音乐跳舞的狗。

姜织:什么意思?给我看看照片。

沈译驰回复:是啊,我的意思就是别只说,让我看看游泳的照片。

对话框安静几秒,姜织发来一句:你不用这么委婉。

沈译驰正准备发"那你自觉点",便收到姜织发来的视频。十几秒,拍的是在泳池里的她,挂脖式的泳衣是白色的,她的皮肤更白,整个人在波光粼粼的水下发光,游鱼一样灵活美丽。

青天白日,午后的大太阳晒着,沈译驰觉得有点坐不住了。

他清了清嗓子,在被姜国山扫了一眼后,从原本面朝着山谷欣赏风景的坐姿,改成了面朝姜国山坐,至少这样他看不到自己在跟谁聊天。

沈译驰一本正经地回:谁给你拍的?

没等收到回复,沈译驰先听到姜国山的声音:"姜织说你很会拍照?"

沈译驰闻声抬头,不知道是不是之前去家里吃过一顿饭,熟悉了点,今天在这里碰见,姜国山对自己的态度没有那么强烈的针对性,所以沈译驰虽然不解其意,仍乖乖地回答:"业余水平。"

"拍过广告吗?"姜国山仍面朝山谷坐着,不知道是遇到难事了,还是怎么的,一整天没怎么说话,孤零零的,给人的感觉很落寞。

沈译驰琢磨他到底要说什么,没立刻接话,只听他继续说:"我有个门店马上开业,想正经拍点宣传照。你感兴趣吗?"

沈译驰没有大包大揽地接下来,先问具体诉求。姜国山这几天真不太乐意说话,送走了冯敏,又送走了姜织,孤家寡人住在原本的三口之家,心理上不太舒坦。他昨晚就没怎么睡好,总想着姜织还在备考,煮了她爱吃的酒酿圆子,敲开次卧的门才发现,女孩子粉粉蓝蓝的装饰物早摘了,书架上贴着的写满知识点的便利贴一张不剩。他坐在书桌前,吃完这碗圆子,一坐坐到天亮。

姜国山简单提了几句,让沈译驰过几天去店里逛逛自己看看来,然后话题一转,问:"现在还跟姜织联系吗?"

沈译驰前一秒在琢磨姜织在她爸面前怎么提自己的,闻言,警惕地含含糊糊地"啊"了一声。

"'啊'是联系还是不联系?"

沈译驰斟酌着用词:"偶尔联系。"

姜国山哼了一声,弄得沈译驰不知道接什么。但沈译驰对人情社交一向敏锐,想了想,说:"叔,姜织之前总是骄傲地跟我说您拍照很厉害,给《国家地理》杂志供稿,拍的纪录片还获奖了,还说您做过配音演员,纪录片都不用额外找人配音。您这次怎么不自己拍?"

姜国山这会儿哪里记得计较自个儿闺女怎么什么都跟这臭小子说,重点偏到原来闺女在同学面前常夸自己呢,他这么优秀,自然让闺女引以为傲。

姜国山阴郁了一天的脸色缓和许多,嘴上不饶人地哼了一声:"我钱多不行啊?"顿了下,他继续问,"还夸我什么了,说说。"

跟姜国山聊完,已经是半个小时后,沈译驰觉得这天聊得比上了一天课还耗神。

趁着众人围成一圈,听姜国山一脸心满意足、乐滋滋地抱着吉他唱歌时,沈译驰才重新解锁手机,看到姜织回的消息:我妈拍的。我看看你的。

中间被一打岔,沈译驰暂时性忘记之前聊的细节,只记得泳装照的事,翻了翻手机相册,才回:好久没游泳了,等改天拍了给你看。

隔着屏幕都能感受到姜织的无语：……不是看你。给我看看会跳舞的狗。

沈译驰学她发省略号，发了三串：亲完就甩，对狗都比对我感兴趣是吧？

估计是因为在线上聊天，又隔着几百公里，姜织无所顾忌：那你来南京，我让你亲回来。

这话笃定了沈译驰不敢去似的。

彼时，南京。

姜织说自己日程满不是撒谎，绝大多数是冯敏间接安排的。和姜国山愿意在山上一坐就是一下午的生活态度不同，冯敏习惯把自己的时间排得充实，"有意义""有价值""有收获"，喜欢让自己忙起来，以同样的标准安排女儿的生活。

她给姜织办游泳卡是一项，还让方遒带着姜织熟悉南京的生活，去南京大学提前了解大学的生活。

姜织也是那天从高铁站回家后才知道，方叔叔就是演唱会那次送冯敏去酒店和她见面的男人，他和冯敏是大学校友，如今丧偶带着一个儿子，也就是方遒。方遒如今是南大计算机系大二的学生，最近在准备一个专业相关的比赛，不总有时间带姜织瞎逛，但每回都把事情安排得周到妥当。

据姜织了解，冯敏和方叔叔经过半年的相处，虽没有确定关系，但从日常相处来看，冯敏对方叔叔很信任，而方叔叔对冯敏很用心，两人处在接触了解的状态。

姜织内心希望冯敏和老爸复合，可一而再再而三地感受到老爸在处理奶奶事情上的愚孝，逐渐感到失望，认同了冯敏离婚的决定，只要她能过得好，愿意支持她的一切选择。

正是大人间这种微妙的关系，让姜织面对方遒，当"哥哥"相处着，不亲近，却也不能冷落疏远。

接触了几天，姜织发现方遒就是个中二嘴碎又爱装的人，心里想什么都摆在脸上，在车上产生的那丁点儿误解消除，和他相处得还算轻松自在，不再是一种困扰。

今天确实是姜织高考结束后最放松的一天，大概是刚运动完的情绪加成，和沈译驰聊天时心情格外放松，话赶话就聊出来了。

哪里想到沈译驰当即发来了订票成功的截图，还有一句：你最好说到做到。

哎？

沈译驰发完消息便接到了姜织的电话，电话那头的女声又惊又喜，问："你真的要过来啊？我其实过段时间会回宿营一趟……"

沈译驰走远些，避开人堆里的歌声，说："不冲突。我去南京也有事要办。"

这是实话。

汤瀚他们这次回宿营是顺路，主要是去南大参加信息大赛，之前便提过让沈译驰去凑热闹，为明年参赛做准备。

"高考试卷的标准答案，这两天该出了，我跟你一起估分。"

姜织莞尔："好啊。"

沈译驰订的票是后天。

可姜织从挂断电话的这一刻便开始期待，甚至有丝微妙的紧张，明明过去的这半年，两人几乎每天都见。

姜织今天游泳是自己过来的，在场馆里碰到个聊得来的女孩，被安利了下午茶。大概四五点钟的时候，她动身去南大，和方遒约好了去附近的夜市吃饭。

到校门口时，见方遒还带了四五个同学，有男有女。似乎是刚参加完什么活动出来，身上要么穿着统一的活动衫，要么挂着没摘的蓝色吊牌，看上面字样标着"全国大学生信息技术应用及创新大赛"，这应该就是方遒最近在忙的比赛，其余几个是同专业的队友。

姜织一出现，方遒第一时间迎过来，用手挡着嘴，低声问她的意见："大家刚忙完比赛的事，也正要去吃饭。你要是介意，我让他们自己去吃。"

其他人跟方遒关系不错，很周到地替他解释，听声音，是那天游戏语音麦里的男孩，很高很壮，北方口音："妹妹别介意啊。是方子说他妹妹不比我们学校校花差，我们几个好奇，才跟来的。认识一下，我叫秦钟。"

姜织冲方遒摇摇头表示自己没关系，然后和气地冲秦钟回以微笑，丝毫不拘束，落落大方道："姜织。"顿了下，她好奇的语气，"所以，失望了吗？"

"没，当然没，怎么会失望！"秦钟眼睛都看直了，心说方遒真没唬他们。其他人陆续跟姜织打招呼，简单认识，这几个男生先前打趣过方遒，可此刻都真心实意地争着当方遒的"妹夫"。

方遒听见秦钟凑过来叫自己"大舅哥"。

"少惦记！"两个男生扭打在一起，一来一去说了什么，姜织没听清。

一行人中的女生很照顾姜织，拉着她去买奶茶，细数着周边的特色小吃。

在餐厅吃饭期间，遇到比赛的另外一组选手。打头的男生跟方遒搭话，姜织听见方遒叫他"汤瀚"。

汤瀚打了一圈招呼，视线落在姜织脸上，觉得脸生，玩笑道："这是你们组找来的外援吗？"

方遒深藏功与名地笑笑："嗯哼，撒手锏，后天的比赛当心了。"

"美人计对我可不管用。"汤瀚顿了下，反将一军，"不过我也有撒手锏，专门克你。"

"我有什么好怕的？"

"你偶像啊。我把你偶像叫来了，后天到。"

"真的？"方遒立马精神抖擞，一脸迷弟状，"你太够意思了，你那桌我请了，尽情地点！"

姜织局外人似的，听他们一来一回地聊，听得云里雾里。

等人走了，方遒又自我兴奋了一会儿，才记起来跟姜织补充："汤瀚好像就是宿营那边的高中毕业的，旁边那个是他女朋友，也是宿营人，你们是老乡。"

姜织"哦"了一声，朝方遒示意的方向看过去，觉得这位女朋友的侧影有些眼熟……不过只是一瞬间的念头，她刚刚在大学门口停留的那一小会儿便发现了,大学生虽然没有统一着装,但多数人的精神面貌大差不差。姜织只当刚刚在路上看见过,没有多想。

沈译驰过来的那天,姜织原本想去接他。

但那天中午冯敏和方叔叔组了饭局,叫上姜织和方遒一起。他们虽未明说,但姜织感觉他们似乎是开始交往了,又或者是姜织的错觉,但妈妈和方叔叔之间的气场太和谐默契,很不寻常。

姜织在饭桌上一直没怎么说话,听着一桌人融洽地聊天,脸都要笑僵了。收到沈译驰发来的酒店和房间号时,姜织早没了此前的兴奋和期待。

方遒难得的话也少,整顿饭不知道是真忙还是假忙,一直在看手机。在被方叔叔第三次提醒时,方遒索性起身,说:"学校那边有事,我得立刻过去。爸,冯阿姨,我先走了。"

姜织其实也坐不住,想借着和方遒说好一起去看比赛的理由跟出去,但猜方遒这会儿不太想理她,便安稳地坐在原位没动。

姜织吃完饭才重新看手机,按照定位的地址,迫不及待地拦了一辆出租车去见沈译驰。

在南京待了不足一周,姜织对这里无疑是陌生的。亲人只有冯敏一个,算得上朋友的人根本没有。她每天过得充实,似乎被冯敏影响了,一歇下来便会觉得有负罪感,也会觉得找不到归属感。

她大概记熟了常用的交通路线,也认识了几个人,试图融入这个新环境,自发地做了很多很多努力,却在这一刻瓦解崩溃。

人真的很奇怪,能够理解和接受,又不能理解和接受。她很开心看到冯敏愉悦放松,可一转脸看到妈妈旁边坐着的人很陌生,便开始感到害怕和焦虑。

她从饭桌上离开后,本能地拨出了姜国山的电话。可电话接通,听到爸爸熟悉亲切的声音,姜织嘴角动了动,只说了几句无足轻重的家常话。

无话不谈的父女俩,也会有隐瞒,因为怕伤对方的心或者听到不想听到的答复自己伤心。

姜织到酒店大堂时，沈译驰正在前台借充电线。

他接着电话不经意地朝门口看去时，发现了她。姜织对这里不熟悉，看了眼手机又确认了一遍楼层，开始找电梯间。

沈译驰把充电线换到拿手机的那只手，在她走到近处时，径自拉住她的手腕。

姜织这一路都有点心不在焉，进大堂后随意扫了眼，认清方向便不再乱看。被抓住的第一时间她下意识把人甩开，怔了下，才意识到是沈译驰。

沈译驰正对电话那头的人说："我下午自己过去，嗯，我这边有事，先挂。"期间一直盯着姜织。

女生跟在宿营见是不太一样了，眉毛细细的，嘴唇莹润，似乎擦了唇彩，古井无波的眼神望过来，有几分冷静和陌生，不过只是一瞬，渐渐放下了戒备和警惕。

他扬起笑，兴师问罪："几天不见，就认不出我了？"

姜织仔细从左边看看，再从右边看看，最后再看回正脸，轻声说："难怪没认出来，好像是变帅了。"

"接着贫。"

隔了几天没见，日积月累出来的熟悉感还在，姜织不自觉忘了来之前的不愉快。

进了电梯，沈译驰摸摸她的头发，抢先问："在南京开心吗？"

"开心啊！"姜织不假思索地说，生怕晚一秒就被沈译驰看出破绽似的，"你在这儿待几天？有空四处逛逛吗？"

"你想我待几天？"

姜织别开脸，盯着按键盘上方不断跳动的数字："我都行。"

房是大床房，行李箱靠着墙角摊开着，装着几件换洗的衣服。

沈译驰先去给手机充上电，他在高铁上把充电器借给邻座的乘客，临下车时忘记要回来了。从前台借到充电线后，在街对面吃东西时，手机只有百分之十几的电撑着，没跟姜织在线上多聊，也是付了款才敢接汤瀚的电话。

他坐到床尾，上下打量着站在投影幕布前面的姜织。盛夏气温一天比一天热，姜织穿得清凉，无袖背心搭配浅灰色短裙，也不知道是怕热还是不嫌热，长发披散开半遮半掩地盖着肩膀和后背，动作幅度稍大点就要露一截细腰。她手里拿着刚摘下的遮阳棒球帽垂在身前，再往下一双筷子腿又细又直，膝盖处干净白皙，白袜搭着制服鞋，整个人清新美好。

"是不是瘦了？"他的视线落回她脸上。

"有吗？我每天都称，体重没变化。"姜织自个儿嘀咕，"游泳能塑形。"

沈译驰起身从行李箱里拿出笔记本电脑，搁到书桌上，把摆得远的椅子拖过来，示意姜织："坐这里。"

"怎么了？"姜织过来坐下，身体微侧着，仰脸望着靠在书桌上的沈译驰。

沈译驰垂眼看着两人抵在一起的鞋尖，笑了笑，故意模棱两可地说："还记得我来之前说了什么吗？"

姜织故作镇定地"哦"了一声，手指蜷在竹藤椅的软垫上抓了抓，轻声说了句"那你亲"，然后配合地微微仰着脸，闭上眼睛。

她皮肤一直很好，白净细腻，看不到毛孔和瑕疵，睫毛根根分明。

沈译驰笑着，用食中两指的手背弹了下她的额头。姜织吃痛地哼了一声，睁眼时，听见他说："先估分。自己用电脑查答案，密码是六个零。"

姜织"哦"了一声，自顾自地掀开他刚放下的笔记本电脑，嘟囔："考不好不给亲是吧？"

"这是惩罚自己呢还是惩罚我？"沈译驰回到行李箱边，蹲在地上找出换洗的衣服，起身往浴室走之前，往她手边搁下一个鹅黄色的被扎着封口的窄口陶罐。这个包装姜织再熟悉不过，正是她前天嚷嚷着南京喝不到的桂花酿。

"最后一罐了，再想喝要等秋天才有。你查吧，我去洗澡。"他说。

姜织欢喜地拆了封口，满足地抿了一大口，开始估分。

姜织做事一向专注，沈译驰什么时候出来的她都不知道。

沈译驰吹干头发，过来看姜织嘀咕着加加减减，也不打扰，坐在床尾玩了一会儿手机。余光注意到她大概是忙完了，扭头朝自己看过来，沈译驰才抬头："多少？"

"沈译驰，我如果没考好怎么办？"姜织皱着一张脸。

"不好就不好，只是一场考试而已。"沈译驰起身过去，面朝着她，靠在书桌上。他怕酒罐摔了，往桌子里面放了放，才发现出乎意料的轻，他洗个澡的工夫，只剩了个底。

他瞥了姜织一眼："你是渴了吗？都给喝光了。"

"有点紧张没注意。我觉得自己发挥得挺好的，比一模要好，就是对答案对得对自己不太信任。你多少？"

沈译驰淡声道："六百四左右。"

姜织有丝惊讶："我也差不多。"

沈译驰逗猫似的，挠了挠她的下巴，心里跟着松了口气："这还叫不好？野心勃勃啊。"

姜织怀疑他是用冷水洗的澡，手指到现在还是凉的。一罐没什么度数的桂花酿不醉人，而且姜织酒量自诩不错，连脸都不上，身上倒是被暖得热腾腾的。被沈译驰就这样有一搭没一搭地逗着她，姜织承认有点舒服。

"想什么呢？"下一秒，下巴被捏住。

姜织仰头时，一双杏眼亮亮的。

沈译驰突然就忘记自己原本要说什么，压着发痒的嗓子，声音低沉磁性，只吐出一句："我尝尝桂花酿，行吗？"

随即俯身，离得很近，等姜织似有若无地"嗯"了一声，他才正式行动。

其实沈译驰保持这个姿势接吻，不太方便。她坐着，显得沈译驰太高了，他弯下腰时，姜织被迫仰脸迎合着他。

沈译驰手从捏着她的下巴，变成卡着她的脸庞，最后再停在她后脑勺处，手指没进她的发里。

姜织被吻得直迷糊，手原本抓着沈译驰的T恤前襟，慢慢又绕住他的脖子，不准他若即若离、要给不给地故意戏弄自己。

分开时，两人额头抵着额头，鼻尖相对。

"确实很香。"沈译驰说的是桂花酿，也是她。他落在她腰间的手往下滑，做了个要把她抱起来的动作，说，"乖，先换个位置再亲。"

姜织被抱离椅子腾空时，人趴在沈译驰肩上，大脑空白，有点缺氧。

沈译驰换到椅子上坐着，姜织就着被他抱的姿势跨坐在他身上。

四目相对，沈译驰帮姜织撩了撩她肩上的发，说："我只在南京待两晚，回去后要帮你爸拍点东西。"

姜织诧异地"嗯"了一声，问："我爸？拍什么？"

"拍点照片给店里做广告。"沈译驰终于有机会问了，"是不是没少在家里夸我？你爸连我会拍照都知道。"

姜织卖乖地笑："我说的都是实话啊。"

两人没说几句话凑得实在是近，沈译驰垂眼盯着她的唇，稍微一动就亲上。

这次姜织高些，轮到她低头。沈译驰手抱在她身上，帮她扯了扯衣服。

姜织似乎是有话要说，突然拉开距离，沈译驰直勾勾地盯着她，不太开心。姜织顺势捧住他的脸，蜻蜓点水地连亲了他几口，再次拉开距离，说："那你有想逛逛的地方吗？"

"我都行。你明天要陪我吗？"

姜织慢慢悠悠地反问："陪你做什么？"

沈译驰抖着腿把人颠了下，在姜织失去重心滑到自己怀里的时候，重新吻上。

姜织猝不及防地轻哼了一声，随即听见他换气之余，几乎是用气声说："做什么都好。"

然后他紧拥着怀里的人，想把人揉进自己心里。

两人就这么聊一会儿，亲一会儿，然后再聊天，再亲，也不知道过去了多久。期间沈译驰的手机响，他摸到手机看了眼，任由它自己挂断。

后来姜织的手机也响，沈译驰怕是她家里人找她，把人放开让她先接，并且特意留出单独的空间，自己去了卫生间。

电话不是家里人打的，是方遒。她想了想，选择接通。

饭桌上的尴尬氛围不仅影响着姜织，方遒此刻也有些不自在。他不太熟练地处理彼此的关系，打电话过来是问她还去不去看比赛。

看比赛的事是之前说好的，早在沈译驰说要来南京之前，谁也没想到两件事会撞在同一天。

她思索之后，说自己会去。

沈译驰不知什么时候从卫生间出来，见她挂断电话，抬抬眉："新交的朋友？"

姜织"嗯"了一声，刚要问他待会儿有事没，一起去看比赛。

沈译驰意味深长地又加了一句："还是个男生。"

姜织瞥了他一眼，平静地解释："是我妈朋友的儿子。"再具体的姜织没说，她问，"和他约好了下午见面，你想一起吗？"

沈译驰嘴上问东问西，占有欲十足，可并不真寸步不离地监视她什么。

"你去吧，我要在酒店睡觉。"沈译驰原本打算带姜织一起去找汤瀚他们的，见状没提，说完蹲在行李箱边找东西。

姜织盯了他几秒，不知道他忙半天是在忙什么，手往身后一背，弯下腰，凑到他脸前，商量的语气："我处理完回来一起吃晚饭？"

沈译驰垂着眼，不看她，自顾自道："要忙到晚上啊？"

姜织觉得沈译驰真是太可爱了，她朝他凑近，飞快地啄了他一下，直视着他的眼睛问："沈译驰，你是在跟我撒娇吗？"

姜织心情好，搭地铁去南大，前半程在回忆沈译驰口是心非的样子，后半程才想待会儿跟方遒怎么聊合适。

她没有兄弟姐妹，冯敏当初放弃学业跟姜国山结婚，引得家里不满，跟娘家亲戚的关系一年比一年淡。早几年姥姥姥爷定居国外，聚得更少了。姜织跟奶奶那边亲戚的关系也不近。不止没有亲兄弟姐妹，表亲堂亲这些也都不怎么接触。

因此不知道这种情况该怎么相处算正确，尤其是她和方遒处在一个不尴不尬的地步。

她前几天刚到南京时，借机问过冯敏，是不是在和方叔叔交往。冯敏没直接回答，反问她觉得方叔叔怎么样，跟方遒相处得愉不愉快。

姜织多少猜到点儿，这些天方叔叔安排方遒带她四处熟悉环境，大概就是想让他俩好好相处。

"我挺喜欢冯阿姨的,就是……看到我爸和她坐在一起时,有些想我妈了。"姜织到学校见到方遒,听对方如是剖白。

全国高校的学生来此参加比赛,今天的校园里格外热闹。两人站在礼堂外面僻静的小路上,能看到来来往往的人流,却不被谁打扰。

方遒自顾自说着:"那天去车站接你,在车上我朋友调侃的话,你应该听到了,确实是我私下说过的,但我就是随口吐槽了吐槽,对事不对人,而且你来南京后,我发现情况跟我担心的不一样,设身处地想想,你也不好受。所以想为自己先前不妥的言论跟你说声抱歉。"

姜织原本是打算等今天的比赛日程结束再聊,方遒大概是不解决这件事静不下心,坚持先聊,还特意跟姜织解释今天是决赛,作品什么的都没法再修改了,单纯地走个过场、评委点评一下,然后颁奖,不需要特意准备。

她这才没顾虑,坦诚地把话说清楚:"我没放在心上。而且我不喜欢从别人口中了解事情的真相,事实如何,我自己能通过日常相处判断。我觉得你人很不错,来南京这几天过得很开心,谢谢你的照顾。"

不远处的通行门处,四五个同学脑袋挨着脑袋挤成一列在偷听,同时窃窃私语地打听着:

"能听清吗,他们聊什么呢?"

"什么也听不清啊。"

"要不要把门缝开得再大一点?"

方遒没蠢到处瞎嚷嚷他老爸要给他找后妈,还带了个拖油瓶的事,更不会提此前被他疯狂嫌弃的拖油瓶就是姜织。

为数不多知道这事的几个朋友恰好不在这儿,没办法帮他们答疑解惑。而这群同学只看到方遒被一个脸生的大美女叫走,看他出去时态度挺重视的,想也知道关系不一般,遂都凑在这里看热闹。

热闹没看全,只见汤瀚路过时一脸不解地推了推门板,这批吃瓜的热心市民一个接一个栽出去。

"你们干吗呢,行为艺术?"汤瀚跟他们组的人彼此认识,也没觉得不妥,打趣完，自顾问，"方遒呢？我找了他一圈没看到人，电话也不接。让他速速出现去接他男神。"

门口的动静惊动了姜织和方遒，他俩闻声望过来。栽得距离他们最近的那个男生冲两人抱歉地笑了笑，及时甩锅："汤瀚找你。"

汤瀚此时才望过去看到自己要找的人，"嚯"了一声，回过味来："敢情你们在吃瓜呢。"

还要再打趣几句，汤瀚余光不知道发现什么，朝正冲门的大路上偏了偏，摆手招呼："阿驰，这儿！不是说去接你嘛，你怎么自己进来了？"

姜织清楚地听到这个名字，虽本能地偏头去看，但也只当是重名，可视线落过去，姜织扬扬眉，来人不是他那在酒店睡觉的男朋友还能是谁。

从沈译驰站的地方看去，姜织被方遒挡了个正着，没能第一时间被看到。

沈译驰旁若无人地接着学长的话："我不能自己进来？这校园里藏着什么我不方便知道的秘密吗？"

沈译驰又往前走了几步，就是这时候瞟见了姜织。第一眼是余光匆匆掠过，只看到个身形轮廓，没当回事儿，心说这女生跟他女朋友挺像，连穿的衣服都一模一样。这个念头冒出的下一秒，他郑重地把视线挪回去，重新瞧了一眼。

哦，真是他女朋友，有点巧了。

汤瀚以为他是认出了方遒，自顾自介绍："你记性还挺好，只视频过一次就能把人认出来。"

方遒前一瞬还在感慨这哥们帅啊，听完汤瀚的话，才反应："男神！啊啊啊啊，是我男神吗？我终于把你盼来了！"

姜织一脸蒙，大家你一句我一句，压根轮不到她说话，状况外地旁观了一出网友见面。

她没听沈译驰提过，但那天饭桌上方遒说过他这个男神。好像是有回方遒在一个什么计算机爱好者论坛上跟人打擂台，玩网络安全墙相关的攻防赛，输了，是他男神帮他找回的场子。

方遒提起男神时，话语间满满的崇拜感。

姜织哪里能想到这人就是沈译驰。

这种感觉怎么形容呢？姜织突然意识到自己并不了解沈译驰，没见过他的这一面。过去只知道他成绩好，各种奖项拿到手软，参加数学竞赛进过国家队，身边的朋友神通广大。

可这些事，盈高的学生谁不知道？

回忆这半年来姜织和沈译驰的相处，不难发现，她喜欢把学习以外的事跟他分享并且寻求意见，沈译驰恰恰相反，他很少提自己的事，他的家人，他的爱好，他未来想做的事。

有赛事工作人员来找各组组长去开会，一行人陆续回室内。

汤瀚招呼沈译驰去跟认识的老师打招呼，走出几步，想到什么，朝姜织看了眼，然后问方遒："还没问你，原来她是你女朋友啊？藏得够严的，上次还骗我是外援。"

姜织这会儿脑袋还在晕，琢磨沈译驰怎么就是方遒男神的事，先感受到来自沈译驰的眼刀，慢半拍才理解汤瀚的话，一时什么也顾不上想，第一时间澄清："你误会了，我和方遒只是朋友。"

"现在是朋友不代表以后……"汤瀚挤挤眼，笑得颇有几分搭线做媒的意思。

不给他把话说完的机会，姜织客气地笑了笑，自顾打断："以后也只是朋友。我跟我男朋友感情很好，学长不要开玩笑了。"

姜织说这句话时，瞥向沈译驰。

方遒虽没听说姜织有男朋友，但此刻跟着解释。

汤瀚听着他的话，注意力却放在姜织和沈译驰身上，心说：你有就有，看沈译驰做什么？

沈译驰接住姜织投来的兴师问罪的目光，笑了笑，跟汤瀚说："你先去忙，我待会儿再见老师不迟。"

汤瀚想想也是，叫方遒过去集合开会。

方遒跟姜织说了一声让她自己找地方坐，便跟着走了。

此处一时只剩下姜织和沈译驰，一个钟头前还亲亲密密的两个人，这会儿谁也没说话。

进了礼堂后,姜织挑了后排的座位,沈译驰跟着坐在她旁边,说:"不是故意骗你在酒店睡觉。原本想带你一起,结果你先来了。"

姜织早忘记睡觉这个理由了,但这会儿不知道说什么好,顺势踩上这个台阶:"哦。你没说,我怎么知道?我连你跟方遒认识都不知道。"

"怪我。"活动似乎马上要开始,舞台后幕布上播放着此次活动的宣传片,动感的背景音乐在礼堂里回荡,沈译驰的声音低低沉沉,"我今天见面之前都不知道他叫方遒。之前和汤瀚视频的时候打过一次照面。汤瀚就是刚刚跟我说话的那个斯斯文文的戴银边眼镜框的男生。"

"我认识,方遒介绍过,方遒还说你之前帮他打过比赛?"

沈译驰只跟方遒接触过那一次:"就是一场计算机爱好者之间的私人恩怨局,不是正规比赛。"

姜织问什么沈译驰就答什么。姜织觉得沈译驰也不是什么都不想告诉自己,只不过去没有机会说。

"方遒都跟我说了,你却没跟我提。"姜织盯着他,大概是因为患得患失,有点儿闹脾气,"沈译驰,你觉不觉得,我们进展太快了?"

沈译驰这次没有说话。他看着端端正正坐在旁边的姜织,一直沉默着。

姜织等不下去,往旁边挪挪腿,踢了他的鞋子一脚:"你说话。"

沈译驰淡声道:"我在思考。"

姜织眨眼:"思考出什么了吗?"

沈译驰和她四目相对,说:"我是不是魅力值不够?否则你不该是连哄带骗把我留住,避免我反悔,怎么现在你先反悔了呢?"

都怪沈译驰这双眼睛太好看,姜织愣了下才反应他说了什么。她解释道:"我没有反悔。"

姜织先表明立场,然后又琢磨了一遍沈译驰刚刚的那句话,忍不住弯了弯唇,歪头看他,审视道:"你很好骗吗?"

"好不好骗不知道,应该挺好哄的。"沈译驰回。

"那我有机会试试。"

"不用以后。"在姜织疑惑的目光中,沈译驰屈指敲了敲两人中间的座椅扶手，斤斤计较，"方遒怎么什么都跟你说？"

刚刚姜织一口一个方遒说的，沈译驰听得心里吃味，一直忍到现在。

姜织为他这信手拈来的姿态折服。

见姜织不说话，沈译驰有样学样地踢了她一脚："快哄我。"

姜织垂眼盯着两人并在一起的鞋子，心说男生的脚怎么比她的大这么多："哪有你这样故意找事的。"

"我就这样。"他说得理直气壮，用自己的腿撞了撞她的，又催了一次。

姜织看向他，说："一会儿我们去逛商场吧。"

"逛什么商场，说方遒呢。走了一个商鹤宇，又来一个方遒，我们织织到底还有几个好学长啊？"

姜织由着他小题大做，朝他凑近些，软着声说道："我们去买双新鞋，情侣鞋，好不好？"

沈译驰正琢磨还能吃吃什么醋时，闻言，来了兴致，活像只被顺毛的猫祖宗，心情颇为愉悦："行吧。"

这是哄好了。

请不要
暗恋我

有厌 著

江苏凤凰文艺出版社

有爱的青春陪伴者

第八章

这个夏天值得纪念

明知沈译驰态度缓和,姜织还故意问:"所以,我哄好了吗?"

沈译驰拿腔拿调:"勉勉强强吧。"

姜织莞尔。她觉得这样的沈译驰很好很好,有清爽的少年气,又有天真纯粹的稚气。

这是一种很干净的感觉,别人都在着急长大,故作老成。偏偏沈译驰不紧不慢的,身上保留着一块不染纤尘的净土。

但他关键时候比同龄人都要稳重,靠谱又踏实,无所不能,又值得信任。

他冷静明智地不会真的怀疑她和方遒有什么而生气,可又撒娇幼稚地上赶着让姜织哄。

啊,沈译驰怎么这么可爱啊!

如果不是在外面,大庭广众的,姜织都想亲他一口。

毫无营养的对话告一段落,虽然沈译驰不在乎,但姜织还是老老实实地跟他说了方遒和方叔叔的事。

在观众席看完今天的活动后,沈译驰被汤瀚叫走去见老师,姜织则找方遛说了一会儿话。

在两边人提议去聚餐时，两人默契地各自辞行，然后约定了会合地点。

来到商场后，姜织绕了几圈找到自己要找的店，是个很有口碑的时尚潮流品牌。姜织喜欢它的品牌 logo，一个红色的心，小巧又有特色，不会觉得突兀浮夸。

挑鞋的过程很顺利，两人审美统一，但结账时，姜织跟去收银台，坚持道："我这双自己付。"

沈译驰偏头看她："怎么了？"

"送人鞋子寓意不好，有送人离开的意思。"姜织不怎么信这些说法，姜国山和冯敏都是骨子里传统思想很浓厚的长辈，会遵守一些老一辈留下来的约定俗成的习惯，什么"上车饺子下车面"，什么不能说自己好久没感冒了，什么正月不能剪头发，姜织耳濡目染，会照着做。吴桐雨则对星座塔罗牌颇有研究，姜织听多了，也记在心里不少。一旦想到这件事，左想右想都十分在意。

她亮晶晶的眼睛望着自己，沈译驰仿佛能从其中窥见她对感情的珍惜和对未来的担心。姜织不是个习惯想得太深、太远、太实际的人，哪怕这个顾虑是她先提出的。但沈译驰不同，他的感情在男生中算细腻敏感的，大概是小时候察言观色的影响，他脑补得更细致，但他这人呢，最需要别人哄，也最擅长哄自己。

"我怎么听说，送别人鞋子是想和对方一起走下去的意思呢。"沈译驰对她的看法有不同意见，摸了摸她的头发，没等姜织说"那我付你的，你付我的"，自顾自结了账。

从店里出来，姜织坦白地道："好吧，是我不想你出钱。有点后悔挑这家店了，贵。"

"送周淮的插座都要花 299 块的人，觉得一双鞋贵。"

姜织无奈地"啊"了一声，猛地看向沈译驰，板着脸，故作严肃："这都多久的事了，而且礼物还是你挑的呢。"

是沈译驰挑的。当时看着姜织踟蹰不定，在一堆纪念品中越挑越贵，他觉得还是学生送太贵的不合适，替她拿了主意，挑了个周淮正缺的、实用的。

"没这么爱吃醋。"被姜织戳穿，沈译驰却不承认了。

姜织"喊"了一声，一脸"我信你才有鬼"的表情。她百无聊赖地随处看着，突然间不知看到什么，若有所思。

沈译驰正问她晚饭想吃什么，对方压根没听见，拽着他进了旁边的金店，说："我想到回什么给你了。"

沈译驰没拦，看她一副今天非要把他花的钱花回来的架势，玩笑道："我这是谈了个富婆吗？"

"想什么呢，我们一人一颗小金珠，让店员帮忙编成手链。"姜织捏着手指比画了下大小，"今年是我们在一起的第一年，以后每年都要往上加一颗，当作纪念。"

沈译驰喜欢这个仪式感，抬抬眉，更加配合了。

金店生意清闲，店员不忙，招待他们时特别有耐心，也没有殷勤扰人的推销话术。

店里还有一对即将结婚的恋人在挑五金，过了一会儿，又进来一个老太太，带来的金镯用手帕包着，跟店员说想打成一对适合年轻人的耳坠。

三个年龄段三段故事，在各自的轨道上延展，并存于同一个空间里，温馨又奇妙。

店员编绳熟练，很快完成。姜织晃了晃手腕自我欣赏了一番，越看越喜欢。从金店出来在看，搭电梯到下一层找餐厅在看，餐厅等号的队伍太长，两人去买冰激凌打发时间时，她还在看。

她自己看不够，还要问沈译驰："好看吗？"

"好看。"手腕薄薄的一片，还没他手指圈起来粗。沈译驰和她十指相扣，把人拉近，同时拿出手机，"过来拍张照。"

彼时，在同一层某家开放式餐厅内，李今纾被男朋友拽住，确认道："那个是阿驰吗？"

"还真是。"李今纾抻着脖子望望，越过餐厅周围错落有致的绿植和鲜花，刚巧看到两个熟人，"他旁边那个，是今天和方遒一块的女孩吧。"

"是……中午不是说有男朋友吗?那她现在跟阿驰吃一个冰激凌,是不是不太合适?"

两人拿的应该不是同一个口味,汤瀚不负责任地猜测,姜织大概是问沈译驰他那个好不好吃,沈译驰也不知道是故意的还是没提防,回答了一句后,女生便往他这边凑了凑,就着他拿冰激凌的动作,尝了一口他的,随口呲摸着嘴,笑眼弯弯地直视着沈译驰,说:"好吃。"

汤瀚从男生的角度来看,姜织确实好看,肤白貌美大长腿,而且气质出挑,笑起来很甜美,不笑的时候清清冷冷,有些傲气在,不太平易近人。汤瀚跟她接触不多,就中午见面那次,他原本想开开她和方道的玩笑,被她果断地制止了,汤瀚因此觉得她是个认真且真诚的女孩,洁身自好。

哪里会想到,背着人,她便跟沈译驰勾搭上了。

沈译驰你不该啊。之前李今纾有小姐妹见过沈译驰一次后动了心思,让他俩明里暗里帮着撮合了好几次。李今纾那个朋友形象很不错,传媒大学的,否则也没底气在沈译驰身上耗费精力,不过跟姜织是不同类型。一个人艳丽女神范,一个人清纯初恋脸。结果那女生追了沈译驰小半年,得出一个结论——根本追不动。

可此刻沈译驰的表现,哪里像不解风情的,这帮人家擦嘴角残留冰激凌的动作可太自然了。

而且异性相处时,喜欢还是不喜欢,所表现出来的肢体动作、眼神交流骗不了人,他们太亲密了。更何况这两人都明晃晃十指相扣了,怎么可能没点事。

汤瀚和李今纾鬼鬼祟祟地暗中观察了好一会儿,得出这个结论。

"行了。你别一副吃到大瓜的表情。人家女生的男朋友不能就是阿驰吗?"

"他俩中午见面时,一句话都没说,就我跟阿驰的关系,如果那时候就已经是女朋友,他能不介绍一下?你是信阿驰是不给女朋友名分的渣男,还是信他是被心机绿茶骗了的纯情男孩?"

汤瀚说话时,还在留意着他们那边的动向,怎么说呢,单看外形,俊男靓女往那儿一站,确实般配。

李今纾不太想跟他辩论这个，中午她没在场，自然不知道是不是汤瀚理解错误，没执着于这个问题："别瞎担心了，这是阿驰自己的事。"

沈译驰对此自然一无所知。

两人吃完冰激凌又等了会儿，便到他们的号。点完菜等餐时，姜织见沈译驰一直在看手机，以为他有事处理，也没打扰，自顾自地也拿起自己的手机。

也是巧，某个群里正好在聊她，大家发的消息默契地统一，先是周淮发：@echi 原来是去南京了啊，咱也不知道那里藏着谁。

紧跟着史唐：@echi 原来是去南京了啊，咱也不知道那里藏着谁。

然后方时序也在：@echi 原来是去南京了啊，咱也不知道那里藏着谁。

吴桐雨不知是跟他们统一战线了，还是处在状况之外，这时回复：织织在南京啊。

周淮：哦。

史唐：哦。

方时序：哦。

姜织单看这个一头雾水，这时吴桐雨发来私信。一张截图，以及一句：是你吗是你吗是你吗？这女生手上的珍珠手链你有条一模一样的。

姜织点开图片才知道沈译驰发朋友圈了，就在刚刚，配图是两人十指相扣的手，分别戴着一黑一红两条手链，姜织的手腕上还有一条常年戴着的珍珠手链。

被轻微虚化的背景里，是两人在店里试穿后觉得合脚便没再脱的鞋子，两双同款同色的白色板鞋。

不仔细看认不出，但仔细看便会发现这个小细节，怎么说呢，这种特意又不经意的彩蛋，让人心情很好。

沈译驰附的文字倒是非常含蓄：这个夏天值得纪念。

大概这个画风太出人意料，这条动态的评论区意外地统一，沈译驰的好友应该很多，不知道谁起的头，姜织只能看到共同的几个。

周淮：盗号狗，滚。

史唐：盗号狗，滚。

姜织在吴桐雨的表情包轰炸中，承认：是我……

姜织给这条动态点完赞，沈译驰立刻收到了提示。

沈译驰搁下手机看她·"看到了？"

姜织"嗯"了一声，捧着一杯酸梅汁，咬着吸管安静地喝，心里是甜蜜的。

这时，姜织的手机响了，是冯敏打来的。潜意识以为妈妈是催她回家，心里还紧张了一下，接通后姜织听见妈妈说还在加班，让她自己解决晚饭，得知她还在外面后，问她是不是跟方遒在一起。

姜织嘴上应着，心虚地看沈译驰一眼。后者状况外，在服务生上菜时帮忙挪了下桌上的餐具，似有所感地抬眸跟她对了个眼神，歪歪头表示不解。

姜织听妈妈叮嘱自己不要太晚回家，反过来提醒她不要只顾工作忘记吃饭，才挂断电话。

她顺手翻了几下消息列表，有些微微走神，刚刚老妈电话里的语气带着疲态，想来工作会很辛苦。她戳着外卖软件给老妈下单了她爱吃的小点心，随后故作轻松地冲沈译驰笑了笑，脸上已经不露丝毫端倪，轻快地一拍手，愉快地道："哇，开吃吧！我光闻着就感觉味道不错。"

沈译驰探究地看了她一眼，问："家里催你回去？"

姜织捏着筷子夹菜，轻轻摇头，说："没有，吃完饭我还能再待一会儿，十点前回去就行。"她自顾自安排好，"我们待会儿去旁边那个街区逛逛吧，据说夜景很美。"

"可以。"

城市夜晚霓虹璀璨，街巷被枝繁叶茂的梧桐树拥簇，鲜有车辆经过，静谧宜人。

从餐厅出来，姜织踩着影子，慢慢地走："你看这个巷子，像不像从学校去出租屋的那条路？"

沈译驰下意识要问她"是不是想家了"，可现在南京才是她的家，这样问不妥。

刚刚吃饭时也是，她每吃一道菜，便说姜国山擅长如何烹饪或者姜国山喜欢吃什么、不喜欢吃什么，又说起高三那年姜国山为了照顾她的饮食，每天换着花样准备三餐，营养均衡又丰盛。她得意地说："我前几天建了个小红书账号，把这半年的三餐照片整合发上去，好多人点赞，都说我爸这个高三生家长当得太尽职了。"

沈译驰对她不自主流露的情绪能感知到，心里揣摩是什么原因引起的，面上只不动声色地道："我们考完试没多久，那条路上不少树被砍了树枝，街上亮堂了很多，回去拍照片给你看。"

姜织应了一声"好啊"，问："砍了树，蝉鸣声是不是也少了？"

沈译驰从口袋里摸出几颗糖，还真被他找到一颗自己想要的："是，吃糖吗？那些树被砍主要原因是有天夜里刮大风，断裂的树杈砸坏了路边停着的私家车，被投诉了。"

姜织垂眼，认出是小时候吃过的那种，接过来撕糖纸吃了，突然想起沈译驰一直没说看没看到那封信。

"车停在那儿本来就违规，怎么好意思投诉的。"姜织闲聊着，眼前一亮突然有了主意，指着前方灌木丛，煞有介事地说，"刚刚是蹿过去一只流浪猫吗？"

沈译驰朝那处看看，说："没有。"

姜织笃定地声称："有，我两眼视力5.0，不可能看错。"她又朝那处张望了几眼，问，"你喜欢小动物吗？有养过小猫吗？"

"没有呢。"沈译驰回答得干脆，平静地回视着姜织的打量。后者把他瞧了又瞧，一脸狐疑。一秒两秒，只见沈译驰勾唇笑了下，明显猜到姜织连编带骗的意图，越发不可抑制地笑着。

姜织气急败坏地推了他一下，得出结论："好啊，你故意的。你是不是看到那封信了？"

沈译驰克制住笑声，清了清嗓子，正经些，责问："你好意思怨我？搁在那个地方是想我看到还是不想我看到？"

姜织哼了一声："你这不是看到了。所以，是你吗？"

沈译驰在她的期待中，"嗯"了一声，说："那只猫叫耳耳，耳朵的耳，救治好后被人领养走了。"

"啊，我想起来了。它有只耳朵受伤了，对不对？所以我们才给它取了这个名字。"

沈译驰纠正："你取的。"

姜织记忆没有这么精确，不由得好奇："你一直都记得？"

沈译驰手臂微痒，拍了下，毫无感情地还原："嗯，我还记得当时医药费不够，你要把我压在那里自己回家取钱，然后你离开了很久，一直没回来。"

姜织死不承认："你一定是记错了，我不可能这么没良心。"

"你都不记得了，我说的就是事实。"沈译驰开始耍赖。

见他又拍了下手臂，姜织跟着看了一眼："蚊子吗？"

沈译驰以为她要关心自己几句，谁知她却道："那我可要离你远一点，我最烦被蚊子咬了。"

说完，姜织作势要跑，但沈译驰动作快，扯着她手臂把人拽回来。姜织整个人撞进沈译驰的胸膛里，她的腰实在是细，又软，他都不敢用力抱她。

这条巷子偏，浓厚的枝叶阻隔了月光，近处的路灯笼着这僻静一隅。

四目相对，时间流逝。沈译驰垂头，让自己的额头碰了下她的，嗓音低低："偷偷亲一下？"

盛夏时节，即便是夜晚的风也是炎热的。男生的体温比女生要高些，姜织一向怕热，但此刻被他拥在怀里，肌肤贴着肌肤，却没有丝毫厌烦，反倒想抱得再紧一点、再久一点。

两人离得近，姜织小声问："我当时真的把你丢下了吗？"

沈译驰又凑近些，鼻尖相碰："骗你的。你一直都没丢下我。"

姜织到家时刚过十点，她放轻开门锁的声音，蹑手蹑脚地进门，发现家里黑漆漆的，冯敏还没有回来。

冯敏离婚后调到南京工作，重拾了自己的专业，回到了过去研究的领域。她昔日的同学或出国，或升迁，各有成就。冯敏在宿营也有工作，但处理的都是些没什么技术含量的基础任务，搁在人生履历上属于可以省略的一部分，因此她如今要比旁人付出更多的精力和心思，才能找到自己的价值。

姜织也是暑假来到南京才知道，母亲专心工作，生活上总是马马虎虎，常常连最基本的一日三餐都不能保证。幸好有方叔叔细致地督促照料，日子才过得精细了些。这也是姜织默默接受方叔叔的原因。

姜织洗漱完，躺在床上迷迷糊糊要睡着时，听到了客厅传来的开门声，似乎是冯敏回来了。

又过了一会儿，冯敏放轻动作推开她的卧室门，把她搁在枕头边的手机拿走，放到床头柜上，又把空调温度调高一点，才出了卧室。

姜织撑着最后一丝意识，嘟囔了一句"妈，你回来了"，也没听清对方说了什么，便睡着了。

翌日一早，姜织起得早，下楼买了早餐回来，冯敏也醒了。

母女俩在餐桌吃饭，冯敏注意到姜织手腕上多了手链："之前不是说金饰显老气，审美变了？"

姜织晃了晃手腕："我这样叠戴是不是很好看？"

冯敏多看了一眼，说："还行，就是珠子有点小。你喜欢这种款的话，改天我带你去店里重新设计一下，用八股绳编桃花结，多串几颗金珠，搭配福牌、平安扣。我见过有款铃兰花的配件也好看，挂两个小巧可爱不累赘，你这个年纪戴正合适。"

冯敏爱打扮她、安排她，姜织心知肚明，听她说完没反驳，捧场地应着，说："我手链有好多的，等都戴腻了再买。妈，你尝尝这个。"

冯敏吃了一会儿，没再提买首饰的事，却毫无征兆地问："昨晚和方遒聚会吃的什么？"

姜织喉咙哽了下，才糊弄了个答案："……烧烤。"

冯敏看着姜织长大，哪能看不出她这答案说得有些心虚。冯敏没表现出来，自顾忙着手上的事，等十分钟过去，她才找机会问："昨天中午吃饭看你和方遒不怎么说话，是相处不来？"

姜织心里正侥幸着，以为隔了这会儿工夫，这个话题已经揭过去了，岂

291

料冯敏还停在这儿。

"没,我昨天还去南大看他比赛了呢,他们团队拿奖发朋友圈的照片都是我拍的。"姜织说。

冯敏见女儿这句话不像是说谎,盯着她打量了几秒,觉得是自己多想了,彻底放下这茬,问:"你今天什么安排?"

姜织答着老妈的话,也明白这个关心背后的担心,怕说得少了让冯敏不安,就怕说得多了自己又不甘。几番纠结之下,姜织没多言,想着冯敏再问,她就好好说。此刻听冯敏问起别的,姜织心里绷着的弦这才松开,没什么警惕心地答复:"一会儿先去游泳。"

"正好,我今天休假,跟你一起去。"

姜织正跟沈译驰发信息,说自己收拾一下就可以出门,闻言,愣住,周旋道:"妈,我都去好几次了,路熟。你不用特意陪我,在家休息就好。"

"我自己想运动一下。结束后去商场给你换一部新手机,再买个笔记本电脑,顺便看看家里还要添置点什么。你这个夏天还没买衣服,今天一块逛逛。晚上想吃什么,我提前订座。"

姜织见情况无法挽回,遂放弃:"……我都行。"

沈译驰看到姜织发来的消息时,人在泳池里游了好一会儿。

沈译驰问:需要我避开吗?

姜织正在来的路上,一直拿着手机,因此第一时间查收并回复:都行。主要是我妈在的话,我没办法单独找你。

见沈译驰说他游了一会儿准备走了,姜织心怀抱歉,但也无奈。

姜织本以为今天见不到他,结果到了酒店往游泳区走时,看到滞留在服务台跟工作人员沟通的沈译驰。

那边似乎有什么事沟通不顺利,姜织听见他们说要查监控什么的,因此多留意了一眼。

冯敏也注意到,并且认出来,问:"那个是你同学吗?"

姜织有点意外,"啊"了一声,模棱两可地说:"好像是。"顿了下,她好奇地问冯敏是怎么认出的,她不记得冯敏见过他,"妈,你眼神真好,我刚刚都没认出来。"

"陪考那几天见你们一块出校园,你爸说是唐老师的大儿子。他跟他爸爸长得很像。"冯敏说。

也是巧了。沈译驰这时朝入口处望了一眼,猝不及防地看着姜织和她妈妈过来。

正想自然地收回视线,装作不熟,只见姜织乐观地摆摆手,主动冲自己打招呼。他一怔,先是朝她旁边的冯敏看了一眼,还没明白姜织这举动的用意时,只见姜织往这边走了几步:"巧啊,你住在这个酒店吗?"

沈译驰扬扬眉,慢半拍听懂了她的暗示,顺势点头:"巧,我正准备离开。"

姜织演技自然地介绍:"我跟我妈来游泳。"

沈译驰这才重新看向冯敏,礼貌道:"阿姨好。"

冯敏点头,朝服务台抬抬下巴,问:"这是怎么了?需要帮忙吗?"

"没事。手机被顺走了,现在已经拿回来了。"沈译驰轻描淡写地说,克制着望向姜织。

两拨人简单打过照面,该去游泳馆的去游泳馆,该离开的离开。

更衣室里,姜织正趁给手机套防水袋的时候,偷偷给沈译驰发消息。

旁边的冯敏盯着女儿刚刚摘下搁进柜子里的手链,问:"我看沈译驰戴的那条手链跟你的是同款。只戴一颗金珠是现在高中生的新潮流吗?"

姜织手指一用力,差点把屏幕戳碎了。

姜织一整天都跟冯敏在一起,直到晚上睡前才跟沈译驰通了电话。

得知他明天下午一点的车票,姜织便说要送他去车站。

翌日一早,姜织比计划中提前出门,熟门熟路地到了酒店,按了半天门铃没人开门,还以为沈译驰出去了。她正要给他打电话确认一下,听到里面传来一声:"谁?"

"先生你好,客房服务。"姜织收起手机,忍着笑。

沈译驰开了门，诧异："怎么这么早过来？"

"你是刚醒吗？"姜织见他头发蓬乱着，似乎是随手抓了抓便过来开门，不过不影响帅气。姜织还是第一次见他这个样子，毫无攻击性、很日常化的帅气，不由得多看了几眼，"你早晨七点不是说在餐厅吃早餐吗？"

沈译驰让她进来、关上门，任由她伸手贴着自己的额头问"是不是生病了"，往屋里走几步，回："没，吃完早饭才睡。昨天晚上忙了一会儿别的。"

姜织看到桌上，他的电脑还开着，是PPT的页面，左边缩略图上密密麻麻的，有图片有文字，不知道他昨晚是不是在做这个。

姜织心疼地看着他眼底的红血丝，把他往床上推："你再睡会儿，我帮你收拾行李。"

沈译驰拉着她没松手，凑近她脖颈处嗅了嗅："是不是喷香水了？"

"好闻吗？桂花味的，昨天逛街新买的。"

沈译驰嗓音沙哑，说"香"，然后拉着她没松手，小狗似的眼巴巴地望着她。

姜织被逗笑："干吗？"

沈译驰坐在床沿，把姜织圈在身前，扯了扯她的衣摆。姜织推他的手："你都给我拽皱了。"

沈译驰委屈地看了她一眼："我定了闹钟，一会儿起来收拾来得及。陪我睡一会儿？"

姜织的心漏跳了一拍："怎、怎么睡？"

酒店的床垫偏软，弹性足。工作状态的空调呼呼地输送着凉风，两人盖着薄被温度正好。

沈译驰合着眼，神情安详，是真的在睡觉。

姜织躺在他旁边的枕头上，盯着他看了一会儿，抬手拨了拨他的睫毛，指腹顺着他的山根一点点划过他的鼻梁。

见他一直没有反应，姜织又放心地往前凑了凑，啄了下他的嘴角。她占便宜占得正起劲，心里扬扬得意地说是你让我躺在这儿的，正嘀咕"男孩子出门在外要保护好自己啊"，就见自己戳着他下巴的手指被捉住，下一秒，整个人被沈译驰拦腰搂近。

姜织吓得一激灵，眼睛瞪大："你装睡？"

沈译驰："偷偷吃我豆腐？"

姜织直视他的眼睛，用气声说："那我让你吃回来。"

"胆子这么大？"他嘴上犯浑，却没动作，看出来是真困了，抓着她的手也没什么力气。

姜织故意招他："你这次回去，我们要好久都见不到。"

沈译驰慢慢合上眼皮："嗯，我有时间会再过来。"

姜织盯着他的睫毛，说："你不担心我认识别的男生吗？我在南京只认识方遒一个同龄人，平时跟他一起时他的朋友也都是男生。别人对我示好，我会把持不住的。"

姜织手腕吃痛，见沈译驰再次睁开眼。他直勾勾地盯着她，严声厉色地追问："把持不住什么？姜织，嘴巴不会说话，就做点该做的。"

薄被蒙过头顶，姜织被压在软绵绵的枕头里，没一会儿，脖颈出了一层薄薄的汗。

半小时后，姜织被推下床。沈译驰趴在床上，把脸埋进自己的枕头里，语气闷闷的："自己玩会儿，我睡觉。"

沈译驰是被闹铃叫醒的，他醒来时，房间里黑漆漆的，哪里还有姜织的身影，好像睡前的那温存时刻只是一场梦。

不会真的是一场梦吧？

沈译驰打量半天，没在房间里找到姜织出现过的痕迹。

他坐在床上，抱着被子清醒了半分钟，找到手机拨通了她的电话。

他开门见山，问出心中疑惑："你早晨来过吗？"

对面回应他的是沉默，沈译驰甚至怀疑电话接没接通，正打算拿低头手机看一眼时，听见姜织语气认真地说道："没有啊。"

沈译驰陷入了自我怀疑，那个梦可太真实了。

姜织的声音把他叫回神："我大概十分钟后到酒店大堂，你收拾好行李就下来吧，我在大堂等你。"

"……好。"

沈译驰挂断电话，去卫生间收拾自己。他掬一捧冷水拍在脸上，强迫自己抓紧忘掉这个梦。

擦干脸正要离开，余光扫见盥洗台上，酒店的一次性洗漱用品旁边，有一个女生绑头发的发圈。

他确定前天姜织来这里时，是散着头发的。他当时还疑惑，她头发这么厚披着不热吗？

姜织坐在酒店大堂，手边放着她趁沈译驰睡觉时去买的一些当地伴手礼，挂断沈译驰的电话后，继续跟吴桐雨发信息。

没编辑几个字，姜织想到刚刚电话里沈译驰那副撞见鬼了的语气就忍不住发笑。她真是太机灵了，几秒内就意识到他误会什么做好整蛊他的计划，估计这会儿沈译驰还以为是梦吧。

姜织和吴桐雨说完自己寄了些南京的特产给她，让她记得把一部分拿给姜国山。

吴桐雨一顿彩虹屁输出，发表自己是如何如何想她，问她什么时候回去，说没有她的假期特别无聊。

姜织正打算问她要不要来南京住几天，便见吴桐雨又发来一条消息：话说你知道吗？"一张"被他爸妈从家里赶出来了，还断了生活费。

姜织愣了下，把自己输到一半的内容删掉，问：你听谁说的？

吴桐雨：周淮啊。他没说得太仔细，不小心说漏嘴，我再追问他就不说了。好像是因为大学选专业的事，他爸妈想让他学经济管理，他不愿意。如果"一张"不妥协，大学学费都得他自己赚。

吴桐雨：真是家家有本难念的经。我突然觉得我爸妈对我挺好的，至少不介意我的成绩，不介意我学什么专业，也不会狠心把我赶出家门……

吴桐雨后面发了什么姜织没看，因为她听见沈译驰去前台退房的说话声，匆匆回了一句：我待会儿跟你聊，有事。

之后，她便锁了手机屏幕，起身过去。

姜织一手拎着伴手礼，另一只手从后面拉住他的手。沈译驰正等工作人员确认房间内收费用品的使用情况，歪头淡淡地看了姜织一眼，高冷地沉着一张脸，没吭声。

姜织莞尔，故意问他："你电话里是什么意思？是昨晚睡觉梦到我了吗？梦到什么了啊？"

"再演，去考电影学院吧你。"沈译驰觉得以为早晨发生的事是梦的自己很蠢，被姜织骗到的自己更蠢，就很气。

沈译驰等姜织哄几句，可她非但迟迟没有动作，还试图松开拉着他的手。

"去哪儿？"沈译驰反手把人拉住，偏头追问。

姜织这只手腾不开，另一只手里拎着分量不轻的手提袋。她动了下胳膊，示意沈译驰："包包的肩带，帮我往上拉一下。"

沈译驰眼底探究的神情缓和些，帮她把链条包背好，又去接她另一只手里的东西："我拿。"

姜织没跟他客气，递过去："都是给你准备的，你路上吃。"

午饭吃得简单，两人在高铁站对面的快餐店吃的。

一直坐到快发车了，沈译驰才动身去过安检。

姜织拉着沈译驰的手，一直没松，似有话说。

"到了给你打电话。你回去的时候坐地铁不要坐反方向，到家了也给我报平安。"沈译驰说。

姜织想问问他跟家人的事，是不是闹矛盾了。但他没说，姜织也不方便贸然提，而且他马上要上车，话说得不清不楚说不到关键，只会徒增他的伤心。

"舍不得你。"姜织语气依赖。

沈译驰展臂抱她，还没等把人拥住，便被推开。姜织瞧着马上要过来一拨人，急急忙忙地推他："你快进去排队，一会儿人多了。"

沈译驰"哦"了一声，揉了揉她的发顶，不太高兴地照做。

他过了安检回头看，姜织还站在原地冲他摆手。

姜织一直等他身影消失在人潮里，才扭头去搭返程地铁。

沈译驰踩着点上了车，高铁发动时他还在找座位。

把行李安置好后，他才拿出手机回吃饭时一直没回的消息，是沈一星发来的，给他发了个红包，估计是把自己所有的零花钱都给他了：哥哥，你一定要好好吃饭。

沈译驰把钱给他退回去，说：哥哥有钱，你自己留着花。

老话说近乡情怯，沈译驰一想到要回家，只觉得心累。

他有时会后悔真心实意地剖白自己的想法，说与他人，试图获得支持，这只会给对方借题发挥的机会。

这种被人捏住三寸、用言语痛击的过程，比被扇巴掌还要羞辱。

他早该懂的。

小学时他凭"虚拟陪伴"的设计在编程比赛中获奖后，父母一次次地以此做文章，不是夸奖，也没有理解他的期待多给一些陪伴，而是无穷无尽地指摘，说他白眼狼、没良心。沈译驰曾一度以为，哦，我是个怪咖，天生愚笨容易做错事。

直到那年，唐湘汶怀了沈一星。

那个尚在她子宫内还未出生的小生命，轻而易举地收获了父母无尽的温柔。

他那时才知道，原来有的人，只要存在，什么也不用做，不需要多优秀，不需要有什么成就，便能讨人喜欢。

沈译驰偶尔也会想，沈一星是天生便具备了这个特质，还是被一家人的爱意与耐心滋养出的。

他不知道。

连他自己都忍不住对弟弟好，总想着再好一点，把自己童年的遗憾都弥补在弟弟身上，好像自己也终于完整了似的。

家里那些亲戚的话说得不对，说他对父母冷血、不讲情面、不懂感恩，其实不然。如果他真的是这样的人，现在便不会痛苦。

过了地铁的安检，姜织拨通吴桐雨的电话，仔细询问沈译驰家里的事。

"周淮就在我旁边，你直接问他。"吴桐雨知道得有限，当即把手机给了周淮。

姜织听见周淮怼了吴桐雨一句："做什么？"

估计是被手机打到了。

吴桐雨凶巴巴地回周淮:"姜织问你沈译驰的事。"

姜织觉得这两人估计是闹别扭了,正小孩子似的赌气。

以至于周淮跟姜织说话时,没等她问,他便语气不善地提醒:"阿驰没跟你说,你就装不知道。其实这事就算知道了,也帮不上忙。你就……不知道就没有责任的道理你明白吧。"

姜织:"……我不明白。"

周淮大概没想到姜织有点儿"油盐不进",潦草地说了几句:"那你想做什么?他这个当事人都解决不了,外人能说什么。我知道的,吴桐雨估计都告诉你了,其他的,不该由我来说。"

"我知道了。"临挂断电话前,姜织补了一句,"周淮,我不评判你是怎样定义恋人的,但我的话,不认同'不知者无罪'的观点。谢谢你今天告诉我这些。"

周淮似乎还要说什么,但姜织已经挂断电话。

要搭乘的地铁到站,姜织随人流上了车。

被热心的路人提醒那边还有空位,姜织才注意到自己发了很久的呆。

她道谢,过去坐下。刚刚在想什么?其实没想什么特别的,大脑放空,想的都是中午沈译驰吃汉堡的画面。

那个快餐店的东西味道一般,但沈译驰吃什么都香。姜织想到这儿,对那家店的好感度直线拉高。

刚刚分开,就想他了。

四点的时候,姜织接到了沈译驰的信息:到家了。

紧接着,是一张街道的照片。路旁的绿化树树干光秃秃的,确实被砍了。

沈译驰之前说给她拍,便说到做到。

姜织顺势问:你还住在那边的出租屋?

紧接着又是一条:突然想吃学校附近的叉烧拼烧鸭,吃不到好难过。要不我点一份,你吃给我看吧?

沈译驰的语气无奈却顺从:我一会儿就点。

姜织：我要求的，就让我来点，这样四舍五入等于我自己吃了。

沈译驰不懂她这奇奇怪怪的念头，却没反对：你点吧。我先去冲个澡，然后和你视频。

接下来，一周中有五天吃到姜织点的外卖，沈译驰觉得她大概是投喂上瘾了。

这天，姜织以同样的理由给沈译驰点了外卖。沈译驰给她转了个红包，要求她收了，并且问：姜织，你是想盈高附近的吃的，还是想我了？

姜织说：怕你一个人不好好吃饭。

原来她谈起恋爱是这个路数。沈译驰回：以后一日三餐都会记得拍照发给你检查。我也很想你。

姜织记得沈译驰要给老爸新装修的分店拍广告的事，这天跟老爸打电话时，委婉地绕到这个话题："爸，那你可要多给他些薪酬。"

姜国山"嚄"了一声："这活儿还没干完呢，就要求上了。"

姜织回得有理有据："好歹是初入社会的第一份工作，这关乎一个人的信心，意义不同的。你肯定也希望我进社会后的第一份工作遇到一位和善大方的老板吧。好不好嘛爸爸？"

"行，我还能不听你的吗？"姜国山拿自己女儿没办法，尤其是有段时间见不到她，哪里舍得反驳她的主意。不过，他也没闲着，突兀地聊起，"我跟你说过吗？我店里新招的员工，比你大不了几岁，每月工资都要拿一半给男朋友花，结果那男的吃软饭还有脸劈腿，前几天那小姑娘整天以泪洗面，悔不当初。所以，女生啊，不要瞎给男生花钱，有钱了给自己买买衣服、护肤品不好吗？出去旅游看看大好河山的风景不比看男人阴晴不定的脸舒坦？"

姜国山得出结论："所以，织织，你要记住，任何时候都不要'恋爱脑'。"

姜织沉默，原本就因为和沈译驰恋爱没跟父母说的事而心虚，闻言只觉姜国山在暗戳戳地点自己。但思索再三，她没有主动暴露，而是带着私心回答："我觉得分遇到什么人。如果对方有能力、有才华、有上进心，前途大好，只是暂时拮据，女方的帮助属于一笔理性的投资，至于日后如何……投资都有亏损的可能，谁也没办法要求对一个人好，未来收获的一定是正向的反馈。我愿意对一个人好，是因为做决定时的我认为对方值得我付出，也是因为你女儿我很好啊。"

姜国山竟被说服了，无奈地叹气："你啊。"

关于这通电话聊了什么，姜织不会和沈译驰提，姜国山对他只聊正事，没提多余的话。

原以为就这样悄然过去了。

这天，姜织收到沈译驰的消息：给我一个收货地址。

姜织把南京家里的地址发过去，才问：是学校发了报志愿的书吗？

沈译驰：还没有。你前几天不是说耳机戴久了耳朵疼吗？帮你选了一款，你戴戴看。

姜织噎声，回忆了一下，自己确实随口抱怨过，不过：我不是暗示你送我东西的意思。

沈译驰：我当然知道。今天你爸给我发了薪水，我想买个礼物送你。

姜织：……好。

沈译驰送走上门取件的快递员，带上门回屋时，周淮捧着手机一脸苦恼地从房间出来，嘴里不知在嘀咕什么，似乎遇到了难事。见到沈译驰，他过来："借你的手机给吴桐雨打个电话。"

沈译驰把手机递过去，同时问："你的手机坏了？"

周淮不太想承认："她把我的号码拉黑了。"

沈译驰同情地看了他一眼。

只响了一声"嘟"，电话便被接通，听筒那头传来吴桐雨的声音："喂？"

周淮语速飞快地说："是我，周淮，你先别挂。"

周淮这句话仿佛一道反向执行的命令，对面的人叛逆地很快挂断。

周淮再打，吴桐雨已经把这个号拉黑了。

周淮把这部"废物"手机还给沈译驰，听对方问："你们怎么了？"

史唐在家里待得无聊，这会儿也在出租屋。他咬着雪糕打游戏，声音含糊地热心解释："我就说他自己作死。"

沈译驰没听明白。

周淮也认命了："我自己说吧。就是吴桐雨在打工的店里认识了一个朋友，对方对她不太规矩，我正好碰见，教训了他一下。结果吴桐雨跟我杠上了，说我不尊重人。把我过去说她胖、晒黑了一类的玩笑行为归为在 PUA 她。什么啊，学到个什么新词就往我身上扣。我对谁都没对她有耐心，她不喜欢别人坐她的凳子，我哪回不记着这事？她说的话在我这儿都成圣旨了，在她那儿成了我 PUA 她。"

史唐把游戏手柄搁下，咬了几口雪糕，说自己的看法："她那个叫韩柏言的朋友我知道，是个做木雕的手艺人，人很老实，不像有心机的人。我猜啊，你可能是误会了。"怕周淮反驳，史唐特意补充，"否则吴桐雨不至于这么生气。你觉得呢，阿驰？"

周淮率先反驳："老实人？我看就是个'狐狸精'。吴桐雨看他那眼神，怎么说呢？她就是考年级第一也笑不成那样？"

沈译驰："很帅？"

"很帅，非常帅。"电话里，吴桐雨语气笃定地和姜织强调，"你看到我给你发的照片了吗？他雕的我，是不是特别传神？真的好牛。但你知道吗？周淮真的很过分，一点礼貌都没有，跟人家熟吗就乱套近乎起外号，叫他什么'白眼'，正常人谁会喜欢这样的外号啊。"

姜织一边忙着自己的事，一边听吴桐雨吐槽。闺蜜俩像往常一样聊了一会儿，吴桐雨问："是不是要到姜叔叔生日了？"

姜织"嗯"了一声，说："我到时回去。"

吴桐雨开心了："好啊！好啊！你多留几天，来我们工作室参观参观。对了，织织，我打算帮韩柏言拍个小纪录片做推广，之前听周淮说过'一张'会拍这个，但我现在不太想跟周淮说话，你能直接帮我问问'一张'吗？"

"要拍什么样的？"姜织周到地想多了解一些，方便一会儿同步给沈译驰。

沈译驰接到姜织的电话时，几个男生正讨论待会儿吃什么。

周淮之前遇到过几次姜织给沈译驰点外卖监督他吃饭，此刻故意调侃道："某人的女朋友今天没给点外卖吗？"

史唐看了看沈译驰："姜织这么贴心啊？阿驰这都十九岁了，还能不知道吃饭了？"

周淮："你懂什么？"

沈译驰："就是。"

周淮："阿驰就喜欢被管着的感觉。"

沈译驰踢了他一脚，回房找充电宝，顺便接通了姜织的电话。

周淮原本正跟史唐说笑，耳尖地听到沈译驰提到吴桐雨的名字，立刻竖起耳朵，就恨不能凑到他旁边一起听。

自打高考完，不用跟书本题海同伍，史唐可能是脑子腾出来了，开了点儿窍，也可能是纯属闲着乱点鸳鸯谱。

他瞥了一眼周淮，开始瞎起哄："你不是想联系你同桌吗？让姜织帮你说几句好话呗。"

周淮又看了一眼沈译驰，回史唐："姜织能帮我吗？"

史唐："求求你驰哥啊。"

沈译驰望过来时，只听周淮讨好地叫了一声："驰哥，你晚上想吃什么，我请。"

电话那头，姜织正说道："我听到周淮叫我名字了，找我有事？"

沈译驰"嗯"了一声，说："他被你朋友拉黑了，想让你帮忙说情。"

姜织自然知道这事，想了想："我单独跟他说几句，可以吗？"

沈译驰把手机递过去，周淮倒没客气，朝沈译驰拱了拱手："大恩不言谢。我回房间接？"

"尽快。"沈译驰赶他。

卧室门一关，周淮有求于人，自然主动垫了句话："那什么，姜织，那天在电话里我不是袖手旁观躲清闲的意思。"

周淮原本想跟姜织仔细说一说沈译驰家里情况复杂，外人的确没办法帮

303

忙，也想解释一下姜织对沈译驰被家里赶出来后没钱吃饭的误会，毕竟这消息是从他这儿传出去的，他有责任纠正。

姜织在意的却是："阿驰他不知道我知道……"

"我没说。"

"谢谢。"姜织这下安心，聊回正题，"你要问吴桐雨的事吗？需要我帮忙带什么话吗？"

姜织不替闺蜜的事做决定，但也明白解铃还须系铃人。姜织自诩没有做和事佬的能力，但一些力所能及的帮助还是可以提供的。

周淮对姜织的印象也好，尤其是前段时间那通电话后，她对感情清醒、有主见，能担事，也不怕事。

她给沈译驰订外卖的行为在周淮看来多此一举了，但仔细想想，沈译驰说不准真的需要这样的关心。

周淮放弃澄清的念头，回到正题："吴桐雨那边，也没什么要你帮忙的。你就提醒她，别总心里没数，立刻喝从冷柜里拿出的酸奶，多凉啊。"

姜织沉默，本以为周淮会让她帮忙说和，或者先让吴桐雨把他从黑名单里放出来之类的。

"好。"姜织应着，在挂断电话前，补充了几句，"我跟吴桐雨很小就认识了，我还记得我俩第一次吵架是因为我在舞蹈室交到了新朋友，她觉得我叛变了，生了我好久的气，在路上一遇到我就避开。她看着大大咧咧，跟谁都能聊几句，但感知能力强、情绪敏感，交心的朋友不多，越在意谁占有欲越强，容易较劲。"

周淮："我知道了。"

沈译驰拿回手机，看了一眼比先前沉默的周淮，不知道的还以为姜织把他训了一顿。

沈译驰好奇地在电话里问姜织："你俩有什么话不能让我听？"

"偷偷说你的坏话。"姜织开着玩笑，边语音边百无聊赖地翻手机，看到班级群里发的消息，"是不是班里要聚会？"

沈译驰："嗯，说是赶着出成绩前大家心情好聚一次。你回来吗？"

姜织嘴严："可能回不去。"

沈译驰说不失落是假的，但也理解："那我忙完这几天，去南京找你。"

"好啊。"姜织靠近屏幕些，轻声道，"我等你。"

姜织原本一早定好了回宿营的时间，刚好可以赶上班级聚会。

但方遒提到一场专业相关的讲座和这个时间冲突，姜织对讲座很感兴趣，想了想，改了回宿营的车票。

这也是姜织这段时间在忙的事。她在那次信息大赛中感受到了计算机的魅力，在方遒这个专业学长的简单引导下，一头扎进了图书馆和机房。

科技创造世界，计算机的魅力是无穷的，别说错过班级聚会会遗憾了，她专注起来常常都想不起沈译驰。

沈译驰有几次问姜织在忙什么。

姜织实话实说，但也没说太具体，只道方遒带她参加了不少专业类的活动。

沈译驰："他是计算机系的？"

姜织："对。我觉得这个专业挺有意思的。"

沈译驰想说"你想了解什么，我也都知道，问我不好吗"，但自个儿心里嘀咕了会儿，却没言明。

回宿营的那天，姜织这边忙完，急急忙忙赶上了车。

史唐在他们几个人的群里发班里聚会的照片时，姜织搭乘的高铁刚开出南京。

沈译驰不知道她回来了，见她在群里冒泡，私信问她晚上吃什么，重点在后半句：跟方遒一起？

姜织卖起关子，说：你猜。

沈译驰：最好安分点，小心我突然袭击。

姜织：我才不怕呢。

沈译驰：那你就不担心我吗？比如不准我喝酒、不准我理别人的搭讪。

姜织：我对你很放心。

沈译驰突然觉得，在对象眼里太洁身自好了似乎少了些情趣。

沈译驰这边还在聚餐，总玩手机不合适，但看别人热热闹闹，他好像个旁观者，没有感染分毫。

班里同学也会聊到姜织，说她没来好可惜，说同班一年刚熟悉一点，还没机会多了解就毕业了。

几个同学又说起沈译驰的朋友圈，悄悄向史唐打听他是不是脱单了。

史唐起哄："谁知道呢？也不知道一向对异性冷漠的沈译驰会栽在什么样的女生身上。"

沈译驰听他们聊的，也不制止。不知道是不是聚餐的氛围太热闹，他觉得自己的手机格外安静。

沈译驰一不做二不休，给女朋友拨了个电话，声音闷闷的，听上去有些迷糊："我喝醉了。"

姜织分神提了几样解酒的法子。

班里的人提议去唱歌，大家零零散散地陆续转场。史唐作为班长，殿后结账并且回包厢检查大家有没有落东西。

史唐逛了一圈回来坐下，见沈译驰恣意地靠着椅背讲电话，落在虚空的眼神温柔得能掐出水，丝毫不受同学间依依惜别的热闹氛围影响，也没察觉大家都走了。

电话那头的人似乎问他喝了多少之类的。

"喝了挺多的。"沈译驰慢悠悠，装人不清醒。

史唐瞄了一眼一整晚都摆在他手边的酸梅汁，听他面不改色地说："头晕得厉害。"

史唐正要拆穿他、问他谈个恋爱脸都不要了，察觉有人进包间，下意识地歪头，看到来人后，眼睛亮了下，面上一喜。

没等他出声，来人竖了根手指在嘴边比画下，示意他噤声。

史唐笑着点点头，十分配合。

沈译驰这会儿注意力都在手机上。对面沉默，连关心都懒得说，沈译驰陪着她僵持，心里酸酸涩涩好不是滋味。

"你——"刚开口发问，下一秒，眼睛被人从背后恶作剧地蒙住。

他根本顾不上感受那双手的柔滑温暖，戒备心很强地把人扯开，皱着眉扭头，见到人后惊喜地站起来。

姜织风尘仆仆而来，此刻笑靥如花，问："干吗这个眼神，不认识我了？"

沈译驰还觉得有些不真实，拉着姜织的手用力一点："你怎么回来了？"

姜织靠近些，小声说："突击检查啊。"

说完，她并没急着直起身，凑近他嗅了嗅，眼睛亮亮地盯着他："没有酒味啊，我确认一下。"说着，她仰了仰头，吻上沈译驰的唇。

此刻，包厢里同学都走光了，负责清理的服务生还没到场，史唐在他俩讲悄悄话的时候，贴心地出了包厢，并且给他们带上门。

姜织轻吻一下便要离开："明明没有——"

话音未落，沈译驰勾着她的后颈，覆上来加深这个吻。

以前总见面体会不到思念的分量，如今才知，其在见面的这一刻，铺天盖地尽数袭来，汹涌而热烈，心上空了一块的地方被慰藉和满足，重获新生。

结束时，沈译驰用指腹擦了擦她唇角，拉开距离，嗓音沙哑："这一路累不累？"

史唐靠在包厢门口当门神，玩了会儿手机，见他们出来，问："姜织刚到吧？你们俩是单独活动，还是跟大部队去唱歌？"

沈译驰看向姜织，替她回答："就不去了，我带她吃点东西。"

姜织："这次回来晚了，以后有机会再跟大家聚。"

史唐扬手："也行，那我先撤。"

只留了小情侣独处。

沈译驰牵着姜织的手一直没松："想吃什么？"

姜织回到宿营，觉得扑面而来的空气都是熟悉的，整个人放松自在："随便吃点就行，不太饿。你那儿有烤箱吗？我需要给我爸做个蛋糕，明天是他生日。"

"有个小的，不过烤蛋糕的话不太够。"

见姜织苦恼，沈译驰又说道："我有认识的人开蛋糕店，要不借他们的工具？"

"好。"

沈译驰带姜织简单吃了点东西，便动身去蛋糕店。路上，他计较道："所以，是顺便回来见我？"

姜织挂在他手臂上，纠正："是第一时间来见你。"

蛋糕店这个时间正好不忙，姜织在操作间跟店员简单熟悉了一下所需工具都在什么位置。在这专业水准的环境里，连配件都不用自己准备。

沈译驰一开始还帮她打打下手，但他一会儿搂她一下，一会儿啄她一口，净添乱，姜织板着脸把他赶出去。

沈译驰出去前，伤心地丢下一句："原来说想我只是口头哄我。"

姜织无奈地笑，手上沾了面粉不方便，用手肘把他往外推："等我忙完，你先出去陪你朋友说话。"

老板跟几个员工正陪着摄影师在角落里拍各种糕点，打光灯及各种装饰道具一应俱全。

"阿驰，你出来得正好，过来充当一下手模。"老板见着他招呼道。

被女朋友嫌弃的人这会儿被摄影师当成香饽饽，指挥着拍了好几组照片，可算找到点儿自己的价值。

正拍着，店门被推开，沈译驰听见一道熟悉的中年男人的声音："忙着呢。"

来人不是姜国山是谁。

老板起身过去打招呼，姜国山人逢喜事精神爽，正说着"女儿今天回家住，给她买几样蛋糕，最近有新品吗"，视线往忙着的几个人那儿一扫，正对上沈译驰的目光。

沈译驰拍完最后一组便解放了双手，被摄影师招呼着一起看成片。他礼数周到地叫了一声："叔。"

下一秒，不了解内情的老板估计也没听见他俩这简短的对话，不合时宜地提了一句："阿驰，你女朋友那蛋糕准备做个几寸的？这几个包装盒你待会儿拿到后面让她挑一下。"

沈译驰察觉姜国山投来的目光多了几分警惕，那种久违的第一次见面时感受到的敌意再次出现。

姜国山朝操作间的方向望望，看回沈译驰，冷淡地问："谈恋爱了啊？"

沈译驰："嗯……"

姜国山心知肚明地笑笑，接下来挑选蛋糕时一句话没跟他说，临走前丢下一句："不要在外面待到太晚，早点回家。"

沈译驰感受到了无形的压力："好。叔，您开车慢点。"

送走顾客，老板才跟沈译驰聊："你认识这个大叔？他每回来都把女儿挂在嘴边，我最初还以为是个年纪不大正需要爸爸陪的小姑娘，后来才知道都成年了。真的，这大叔对闺女特别宠。"

沈译驰心说，我能不知道吗？

这个碰到姜国山的小插曲，沈译驰没跟姜织提。

遵守长辈的指示，沈译驰早早地把姜织送回家。在单元门前，姜织从沈译驰手里接过蛋糕，站在他对面没急着走："我其实可以在外面再待一会儿的，我爸不强制要求我回家的时间。"

沈译驰心说，怎么会不要求。他捧着女朋友的脸亲了下，说："一天折腾了两个地方，累坏了我心疼，零点不是还要起来给你爸庆祝生日？回去早点歇歇。"

姜织亲回去，还亲了两下，说："好吧。那我上去了。"

姜织上了楼，进家门前，先把蛋糕放到吴桐雨家的冰箱里，等老爸休息了再来取。

姜织两手空空地进了家门，第一眼看到了桌上姜国山买回来的糕点。

这包装袋上的品牌 logo 有些眼熟啊，不就是她今晚借用操作间的那家店嘛。

这么巧吗？

姜国山说了一句："回来了？"配合地装不知道，"去洗洗手来尝尝这几样点心。下午知道你回来，去买的。"

这家蛋糕店在宿营有好几家分店，姜织过去也常吃，因此没深想，应了一声去洗手。

姜织再出来拆糕点盒子时，姜国山主动跟姜织提起："同学聚会好玩吗？"

姜织借着吃东西掩盖说谎的心虚："还行。主要是见见以前的同学。"

姜国山酸溜溜地说："也是，宿营能娱乐的地方你从小到大都去腻了。"

姜织捏了一块栗子酥喂到老爸嘴边，无意识地撒娇："爸，我这不是回来看你了嘛。从小待到大的地方怎么会腻，只会感受到亲切感和安全感。"

姜国山假装受用地追问："回来待几天啊？都用来陪我，还是明天一早就跑出去找什么沈译驰、陈译驰的？"他旧事重提，"上回他帮我干那活，已经按照你的指示多给了他薪水，放心吧。"

"爸——"姜织知道老爸不至于生气，就是吃味了，她笑嘻嘻地哄道，"我明天哪里也不去，就陪你。你想钓鱼，我们就去钓鱼；想在家做菜，我就帮你打下手。而且，我前几天自拍戴的新耳机你不是看到了，那是沈译驰给我买的。是那个品牌的最高配置，官网要四千块呢。你这钱不是左手倒右手，一点儿都不亏，而且还给沈译驰留下一个好印象，他肯定想：哇，这个大叔好大方啊，下回他再有事，我肯定尽心做。你看，你一分钱没花，还占了大便宜。"

"我占便宜？"姜国山冷笑。

姜织理直气壮地"嗯"了一声，说："当然了。你自己琢磨琢磨吧。"

姜国山怎么想都是，沈译驰那臭小子拿了自己的钱去姜织面前献殷勤，这不是借花献佛是什么。

"真是长大了啊，会给我洗脑了，帝王的制衡之术都没你这招绝。"姜国山叹气，"我记得你从小就嘴甜，小区里一群同龄的孩子中，数你最乐呵，家长和老师都喜欢。幼儿园拍毕业照，你是唯一一个被校长抱着坐在腿上拍照的。"

姜织用玩笑的语气，把实话嘀咕出来："我奶就不喜欢我。"

"这不怪你，是爸爸的错。我年轻时很叛逆，二三十岁了，还一心要自由，天南海北地跑，不想成家，没好好给你奶奶尽孝心。她最严重的一次手术，就是被我气的，当时医院连下了三次病危通知，做后事的那些东西都备好了，好在最后吉人天相。所以后来，我什么都顺着她，也因此亏待了你妈和你。爸爸跟你说这些，不是让你理解我和你奶奶，是希望你不要难过，要记得爸爸一直都是爱你的。"

姜织吸吸鼻子,说:"我一直都知道。"

父女俩久不见面,聊到十一点半。姜织掐着时间催姜国山回房睡觉,然后给吴桐雨发消息要去取蛋糕。

姜国山在卧室听着姜织自以为轻手轻脚地出门又回来的动静,然后来来回回不知道在折腾什么。

零点一到,姜织在一片漆黑中敲开了卧室的门。她小声问:"爸爸,你睡了吗?"

姜国山从床上起身,从晚上在蛋糕店时就知道会有这个惊喜,但真的经历了,还是喜悦的。一个大男人不争气地湿了眼眶,好在房间内只有微弱摇曳的烛光。

"又偷偷让我感动。"姜国山说。

毕竟这么晚了,姜织没用太高的音量,安安静静地唱着《生日快乐歌》:"祝你生日快乐,祝你生日快乐,祝我最爱的爸爸生日快乐……"

另一边,沈译驰也没睡。

此刻,他手机上显示的,是姜织送完生日蛋糕和礼物后,回房间后跟他同步信息:啦啦啦,结束了开心。我发现我爸都感动哭了,不过我没拆穿他。终于可以安心睡觉了。

看来姜国山没告诉姜织,他一早就知道她准备了生日蛋糕的事,给足了一个惊喜该收获的情绪价值。

沈译驰刚回了个"晚安",手机响起姜织的语音邀请。

他接通后,听到对面声音低低的:"你还没睡啊?"

"跟你说完就睡了。吃过蛋糕了?"

"嗯,好吃。"姜织又说,"沈译驰,我跟你商量个事呗。"

"你说。"

"我明天不能陪你去拍木雕的纪录片了,得陪我爸过生日。我爸他今天有点敏感,估计是这段时间一个人在家连个说话的都没有,难受了。等我大学报到后，回来陪他的机会更少了。"

"好。"

姜织大概以为他只是困了，并没有把他频繁的沉默放在心上，这让沈译驰松了口气。

挂断电话后，他孤零零地坐在那儿，发了很久的呆才休息。他是容易多想敏感的性格，深夜尤其会放大人的情绪。

翌日一早，天阴沉沉的，不是很晴朗。

沈译驰到别墅时，正是早餐时间。沈敬衷和唐湘汶都还没有出门上班，沈一星跟他们坐在一起，一家人其乐融融地在用餐。

沈译驰进门换鞋，在阿姨的热情迎接下进门，冲餐厅方向主动地喊了一声："爸、妈。"

只是还没等他抱住跑过来的沈一星，便听到沈敬衷阴阳怪气地说了一句："想通了？还是没钱吃饭？男子汉大丈夫，当时硬气地摔门走，没给自己想好后路？"

沈译驰刚温乎的心瞬间冰凉。他不该因为羡慕姜国山和姜织的亲情氛围且被触动后，对自己的情况抱有不切实际的期待。

沈译驰甚至自我检讨：是我付出得太少吗？

但他被寒了太多次的心，已经没有勇气付出了。

今天白天一直在下雨，姜织没出门，在家里陪姜国山研究新的菜品。

期间，她给沈译驰发了两次信息，没收到回复，以为他在忙，便没在意。

吃过午饭时，姜织接到周淮的电话，说自己忘带出租屋钥匙了，着急取东西，问沈译驰和她在一起没。

姜织说没有，说他今天去吴桐雨那个工作室拍纪录片去了。

说曹操曹操到，吴桐雨抱着半个西瓜敲开她家的门。姜织奇怪："你们今天没拍摄吗？"

"今天下雨啊，有几个外景拍不了，所以就取消了。"吴桐雨问姜国山借刀切西瓜，等姜国山直接把瓜接走自己切，奇怪地看回姜织，"我以为'一张'跟你说了。"

"没……"姜织这才觉得不太对劲。

姜织意识到沈译驰是真的失联是在两个小时后。

大概是姜国山被她以"孩子的生日也该感谢母亲"为理由,劝去陪奶奶吃晚饭。姜织看着几乎没有自己生活痕迹的卧室,心里多多少少生出几分凄凉的感觉,无形中激化了自己对沈译驰没回消息这个现象的在意。

姜织拨通了周淮的电话,询问:"你联系上沈译驰了吗?"

得到否定的答案后,姜织问:"他是不是遇到什么事了?"

周淮已经找房东要来了备用钥匙进了门,讲电话时注意到沈译驰丢在架子上的露营装备似乎动过:"他可能去山上了。"

"哪座山?大概在什么位置?"

"你要去找他?"得到姜织的肯定答案后,周淮说,"我找辆车陪你过去吧。太晚了,你自己不安全。"

出门时还是黄昏,越往山上开,光线越暗。

路上,姜织看着泥泞的山路,说:"今天白天下雨,不适合露营吧。"

"下雪都不耽误阿驰在山上过夜。"周淮看了姜织一眼,犹豫之下,还是说了,"他心情不好的时候就喜欢往山上跑。这附近的环境他都熟,你不要太担心。"

姜织没说话,盯着窗外的怪石林木,意识到自己并不了解沈译驰。她今天竟然如此迟钝,没早意识到他心情不好。

姜织他们的车还没开到目的地,沈译驰先回了她的电话。

姜织接通后,没说话,等电话那头的人先说。

"织织?你给我打电话了?"

姜织的记忆中,沈译驰很少叫她小名,除非是跟她吃醋闹脾气的时候。一口一个"织织",叫得越亲密,他情绪波动越剧烈。

姜织不动声色地"嗯"了一声,说:"想你了。"

沈译驰把她的沉默当成了生气,率先解释没接电话的理由:"怪我,没顾上看手机。"

姜织盯着车座靠背上的流苏穗，问："你现在在哪儿？"

沈译驰沉默了片刻，似乎是在撒谎与说实话之间僵持了一番，才终于开口："山上。"

"之前看日出那里吗？"

这时，车子停下来，没再往山上开。司机跟周淮说了什么，姜织听到后，自觉地对周淮说："我自己上去吧，麻烦你跟师傅等我一会儿。"

姜织下车后才发现自己今天穿的鞋子不适合登山，但暂时顾不上这么多，深一脚浅一脚地往山上走。

沈译驰还不知道姜织正在来找自己的路上，问："今天在家开心吗？我看到你爸做了一桌子菜，很丰盛。"

话题转得生硬又突兀。

"还可以。"姜织本不想拆穿他的掩饰，但一时拿不准方向，不得不询问，"沈译驰，我现在在有迎客松的这个岔路口，接下来是该往左走，还是往右？"

沈译驰这才意识到什么，问："你现在在山上？"

姜织"嗯"了一声，重新问了一遍："往哪儿走？好像要下雨了，我不想淋雨。"

"……右边那条。"沈译驰顿了下，补充，"我去接你。"

第九章

我们北京见

姜织讨厌下雨是真事。

姜国山和冯敏离婚前，经历了很长一段时间的吵架期。突然有一天，两人不再争吵了，姜织以为他们是和解了。那天，她因为身体不舒服请假回家，在家门外，得知了爸妈已经办完离婚手续的事。

姜织迟迟没有打开家门，在屋里的人发现前，她扭头下了楼梯，冲出单元门。那天就是一个雨天。

姜织打车回到学校，强撑着上完了下午的课。

那天她的状态很差，脸色惨白。老话常说好了伤疤忘了痛，姜织其实不记得身体的感受，她改变不了父母离婚的事实，只能在潜移默化中将一切烦躁和焦虑都怪罪在雨天。

她讨厌雨天，讨厌淋雨。

一旦遇上雨天，她便会想起那天无力迷茫的自己。

山林间，空气中带着一股潮湿的草木香。沈译驰的身影很快出现在道路尽头，他跑了几步停在姜织面前："你怎么来了？"

姜织见他形容憔悴,心疼地咬了咬唇:"一天找不到人,来看你一眼。你没事就好。"

沈译驰还要说什么,姜织手机响起的铃声打断了他。

大概是姜织离开太久,周淮打电话来问她找到人没。姜织接通后,语气平静:"人没事,找到了。"

山林间,风吹树叶声、鸟鸣声,让她这句话听起来太像是"人没死",让沈译驰误会她生气了。

姜织状况之外,继续跟周淮说:"我现在下去。"

周淮问:"你不用陪他吗?"

姜织:"他想要一个人待着,我给他空间,不打扰他。"

她一副很善解人意的态度,最初只是担心他,看到他后,便安心了,很有分寸感地划清距离。

姜织挂断电话时,手被面前的人拉住。

"怎么了?"姜织疑惑。

"不走行吗?"该道歉,该解释,可让他怎么说,其中一个是姜织敬重的老师。让他说自己不讨人喜欢的过往吗?刹那间,沈译驰想了很多,又推翻了很多,最后心里只有一个念头:"留下来陪我,我需要你。"

姜织穿一条挂脖样式的蜜桃粉色亚麻裙,出门急,踩了一双微微带跟的单鞋,鞋上溅了泥水,丝毫不影响她身处山林间像一只精灵,明亮的杏眼干净又通透。

她盯着沈译驰,没有被轻易拉动,很认真地问:"需要我,为什么不早告诉我?你把女朋友当成什么?是你开心了就逗一下,不开心了就藏起来,怕影响到她?"

她理智得过分,声音如叮咚山泉般悦耳又带着凉意。

"沈译驰,女朋友是有机会成为家人的人,是可以一起庆祝人生高光、一起承担风雨磨难的人。如果你需要的是见到你只能摇尾巴、提供情绪价值、事事需要你照料、时时等着你投喂的宠物,那我不是。"

"我没有……"沈译驰拉不动她,自己则朝她走近些,"没有把你当宠物,没有不想你当家人。给我点时间，我——"

雨突然下起来，大颗的雨滴坠在林叶上，打在姜织裸露的圆润肩膀上。

沈译驰抬手帮她遮了下雨，拉起她的手腕，说："先跟我去避雨，晚点送你下山。"

姜织没回答，任由他拉着自己在林间小道上穿梭，来到扎好帐篷的营地。

"先把身上擦擦。"沈译驰找了干净的白毛巾递给她。

姜织道谢，擦完手臂，再去擦头发。天地间光线昏暗不明，帐篷内有一盏灯，照得姜织的脸庞格外朦胧白皙。

沈译驰指了指旁边的折叠椅，示意："坐那儿，把鞋子脱了。"

姜织继续照做，把被泥水浸脏的鞋子踢掉，脚踩着铺在防潮垫上的地毯。

"脚。"沈译驰说。

姜织往前伸了伸脚，疑惑："干吗？"

被沈译驰捏住脚踝的时候，姜织下意识地往后缩了缩。沈译驰单腿屈膝虚跪在地上，提着她的脚踝，用湿巾帮她擦脚掌上的泥。

他这个姿势太庄重，很是虔诚，姜织坐在高处，居高临下地看他动作着，出声道："……不用，我自己来。"

姜织个子高，脚自然算不上袖珍，但她很瘦，脚掌细长，脚趾圆润，趾甲修得整齐干净。

两人虽然已经是情侣了，但猛然间脚被人捧着打量，多少有些不自在。

"沈译驰。"

被连名带姓地叫了一声，他才堪堪回神。他把她的脚踝松开，又递了干净的湿巾，让她自己擦另一只。

然后，他坐到旁边的收纳箱上，开始擦她的鞋子。

姜织还是盯着他，也想把鞋子抢回来。

但沈译驰太安静，安静得有种破碎感，让姜织不忍心打扰。

沈译驰把鞋子里里外外擦干净，摆在她座位旁边。姜织双脚踩在露营椅的坐垫边缘，宽大的裙摆笼罩住膝盖以下，只露出一排白中透粉的脚趾。她把自己遮得严严实实，仿佛在控诉他刚刚冒犯的举动似的。

沈译驰:"周淮还在等你吗?"

姜织很轻地"嗯"了一声。

沈译驰:"让他先离开吧,等雨停了我送你回去。"

姜织应了一声"好",双臂环着膝盖,开始操作手机。

这个时间,沈译驰的内心并不平静。

怎么说呢?

从哪里说呢?

一定要说吗?

沈译驰脑子里不断地冒出疑问,却没有一个答案。

沈译驰盯着她的脚趾,想的是过去的不堪和逃避,以及对未来的惶恐和担忧。

姜织跟周淮说完,仍没把手机放下。沈译驰不打算开口说话,她也没什么想说的,心不在焉地翻着手机,并不知道自己在看什么。

直到她的肚子"咕噜"叫了一声。

沈译驰看了她一眼:"吃点东西?"

姜织:"有什么?"

沈译驰记得准备了不少东西:"你过来看看。"

姜织跟过去。姜国山是做户外装备生意的,各种储存工具设计得潮流又便捷,姜织对此刻在这里看到什么食材都不意外。她看了一眼车载冰箱里备的东西,然后又看了酱料瓶,说:"寿喜锅吧。"

"行。"

在户外吃得简单,做起来也简单,用不着姜织帮忙,沈译驰可以自己搞定。

将食材在锅里码好,煮熟就能吃。两人围着卡式炉,等锅开的时候,又恢复到先前谁也不说话的氛围。

期间,姜织接了一通冯敏的电话。电话那头,冯敏问她吃饭了没,又问她几号回去,还提到明天查成绩的事。

姜织盯着锅里被码得整整齐齐的食材,一一答了:"我填完志愿再回去。之前方遒帮我分析过,我心里有方向,具体怎么选还要看明天的成绩。那我明天查到成绩再给你打电话。"

沈译驰安静地听她讲完挂断电话，终于舍得出声："你现在跟方遒相处得不错？"

"嗯，挺好的。"

"打算考南大？"

"没有。"

"那……想不想一起去北京？"

姜织没接话，停顿了大概六七秒，才反问："有招生办给你打电话吗？"

锅开了，沸腾的热气推着锅盖"噗噗"地响。沈译驰"嗯"了一声，说："前几天接到的。今天早晨回家打算跟我爸妈聊聊，但没聊成。"

说出来了，以言简意赅、避重就轻的方式说出来的。

沈译驰掀开锅盖，把火调小些，继续说："我爸妈对我的人生规划和我自己的想法有分歧，我们很难让彼此满意。"

乍听这个说法，好像是一件很寻常的事情。

姜织扶了扶面前的料碗，拿着筷子没急着吃，循序渐进地发问："所以……你们吵架了？"

沈译驰"嗯"了一声，想了想，又觉得不准确，道："之前吵过，今天我没反驳，所以没吵起来。"

寿喜锅怎么煮，味道都不会差。两人吃得慢，等吃完收拾完东西，沈译驰才看了一眼时间。

受降雨影响，天黑得早，没注意时间已经这么晚了。外面雨淅淅沥沥下得不大，但一直没停。

姜织问："如果我今天没来找你，你要在山上过夜吗？"

沈译驰"嗯"了一声，说："回去也没什么事。"主要是心情差，晚上睡眠质量很差。不知道是不是高考后遗症，他睡到四个小时就得醒一次，期间还总做梦，白天和父母处理不好的关系在梦里依然僵持，回去一个人待着不如在山上心静。

姜织眨眼："那我留下了吧。我爸去我奶奶家了，我今晚可以不回家。"

沈译驰没接话,站着看她。姜织自顾自安排好自己:"有一次性牙刷吗?我去洗漱。"

雨落在帐篷上的撞击声,和山林间独有的大自然的声音,一起演奏着交响曲。

没有多余的睡袋,好在还有一床空调被。两人和衣躺在同一张床垫上,床单是深色的。

姜织安静地听着外面的声音,翻身面朝他:"我们睡着后,会有松鼠或者兔子来敲我们的门吗?"

"有吧。"沈译驰盯着帐篷顶,没有动。

姜织窸窸窣窣扯着空调被:"小时候我爸带回家一只受伤的野生兔子,我刚把它的伤养好,我奶奶趁我不在家便把它炖肉吃了。她明知道我很难过,还时不时说起那兔子不愧是野生的,肉多好吃多好吃,一连提了好几年。"

听出她话里悲伤的情绪,沈译驰侧过身,拉着她的手臂把人往怀里拥了拥:"我爸妈不让我养宠物,那年……我打算自己领养耳耳。只不过当时我妈正怀着孕,不允许我养。"

他用最轻描淡写的语气说了自己的心结。

"原来我们的童年很像。"姜织往他怀里蹭了蹭,贴得更紧了,"一直没有认真地问你,你志愿要报计算机相关的吗?"

沈译驰"嗯"了一声,在她颈间深深嗅了一下:"计算机应用技术。"

"我以为你会学网络空间安全,方遒说你帮他赢的那场比赛就是这个领域的,他夸你很有天赋。"

"天赋只能决定一个人的下限,而且有天赋的人很多。"沈译驰说得很慢,"我喜欢人工智能,因为机器人情绪稳定。你呢?要学什么?"

姜织坚定道:"我也打算报应用技术。"

沈译驰抬眸看着她。

姜织自顾自说:"我前段时间,学了些入门知识,觉得挺感兴趣的。"

沈译驰笑道:"学得都要忘记我这个男朋友了。"

"哪有,我明明是在努力缩短我们的差距。你知道吗?方遒都快要把你吹上天了。"

沈译驰摸了摸她的头发,说:"不会上天,我一直都在这儿。"

"不过我学这个专业,不是为了你。但是你让我对这个专业更加感兴趣,就好像……当初把你当作上学的动力享受学习一样。沈译驰,你怎么这么厉害!"姜织的思路天马行空,想到什么说什么,"我们以后一起养一只猫吧。"

被沈译驰突然捧住脸,姜织疑惑:"怎么了?"

"你再说一遍。"

"你怎么这么厉害?"姜织以为他想听这个。

沈译驰:"后一句。"

"我们一起养一只猫吧。我听方遒说,大学可以在校外租房,如果……"

沈译驰盯着他,一早就想问了:"你为什么可以用这么平静的语气说出来?"

姜织眨眼:"怎么了?"

"有点儿期待。"

姜织沉默片刻,终于意识到自己计划了什么。她及时刹车,挣开他,将空调被蒙过下半张脸,强调:"我的意思是,如果我们其中一个人在校外租房的话,可以养一只猫,毕竟在宿舍里养猫的话要考虑到舍友的喜好,不太方便。我、我不是要跟你一起住的意思。"说到最后,姜织紧张得语无伦次,有几分磕绊,"我们才在一起不到一个月,我怎么可能就想跟你合租呢,你误会了。"

沈译驰心情不错地没反驳她的话,假装没听到,换了个角度问:"猫取什么名?"

"叫'全全'吧,完整、圆满的意思。"

沈译驰凑过去,贴在她身上,应了一声"好"。

姜织被勒得呼吸困难,把他往外推了推:"你干吗?"

"有点儿期待,想快一点上大学,快一点长大,希望人生中所有过得去和过不去都过去了,我还能和你相拥。"沈译驰语气郑重。

姜织心软了,回拥着他,轻声说道:"那……接个吻庆祝一下你的这份期待?"

两人气息交错,林间的夜,没有城市街道的喧嚣,极其安静。

姜织枕着他的手臂,眼皮合着,没一会儿便有些困了:"下次露营我跟你一起吧?"

沈译驰手指缠着她的头发,轻声应道:"好。"

"不准再失联。"

"好。"

"不准一个人偷偷躲起来。"

"好。"

姜织说:"我有一个姑父,他每天下班后宁愿坐在车里打游戏也不要回家吃饭,我姑姑很长一段时间都以为他在公司加班或者被堵在路上了。我认为这是很不对的,不管是出于什么理由,这对另一半是不尊重的。"

沈译驰:"我明白,以后不会了。"

姜织:"雨好像变大了。"

沈译驰:"嗯,睡吧。"

听着雨声,姜织入睡得很快。

沈译驰看了她好久好久。

这一晚,沈译驰觉得眼前的路清晰了,他一觉睡到天明,没有做任何噩梦。他起早在附近逛了逛,回来时,姜织睡眼惺忪地问他几点了。

沈译驰跟她说了时间:"醒了?出来看彩虹。"

姜织应了一声。但彩虹的诱惑没能战胜回笼觉的魅力,她卷着被子翻了个身,手摸到手机,习惯性地放首歌听,看到通知栏消息的下一秒,陡然惊醒,从床上坐起来。

沈译驰:"……不着急,一时半会儿彩虹都在。"

"不是……"姜织在手机上回了条消息,然后才看沈译驰,"我爸昨天晚上没在我奶奶家留宿,回家后发现我没回去,给我发消息、打电话我都没回。"

沈译驰站在帐篷口,已经开始思索去哪里找些荆条上门负荆请罪,刚想说"要不我去解释",就听姜织继续说:"不过吴桐雨跟我爸说,我跟她去泡温泉，要在外面住一晚。所以待会儿，我下山后先跟她会合再回家。"

"你爸信了吗？"

"信了吧。"姜织这会儿丝毫困意都没了，起来洗漱，和沈译驰收拾东西下山。

临上车前，她才有闲情看了一眼彩虹。

两人上车。

发动车子前，沈译驰说："你爸知道我们恋爱的事。"

姜织正在给吴桐雨回消息，以为他说的是问句，回："大概猜到了吧。我没明说，但总跟他夸你，他应该能感觉出不一般。"

沈译驰头一次觉得被人夸，算不上一件好事。他解释："前天在蛋糕店时，我碰见你爸了。"

沈译驰把前因后果说了，姜织诧异，重点完全偏了："啊，我爸好会演，我拿出蛋糕时他一脸惊喜特别真。"

沈译驰发动车子，下山："因为你爸很爱你。"

这个姜织信。她跟吴桐雨联系上，约好了碰面的地点，看了眼窗外的风景，有些不舍得这么快离开："其实不急着下山。你带我去那个小酒馆看看吧，没有桂花酿，我想买点其他的酒尝尝。"

"行，店里有早点，简单吃点再下去。"

开到小酒馆前，沈译驰把车停好。

姜织下车，刚绕到驾驶座，要跟沈译驰说什么，余光扫见小酒馆门口灯笼下面站着的中年男人。姜国山应该是要离开，酒馆老板出来送他。

姜织嘴巴一张一合轻碰了下，因为太紧张而没有发出声。

沈译驰仍在状况外，取完东西关上车门，自然地揽了下她的肩膀，注意到她的异样，问："怎么了？"

姜织紧紧抓着沈译驰的手腕，有种不好的预感，因为她看到姜国山原本跟旁人聊得很开心，结果在看到她这边时突然冷了脸。

姜国山对面是小酒馆的老板，对方还没反应呢，只听姜国山火气很大地开始四处张望："有棍子吗？给我一根。"

姜织没料到谎言被拆穿得如此之快，有些愧疚，辜负了吴桐雨的一番安排不说，八成把对方也拉下水了，回家少不了被吴庆诸一通训话。

姜织大脑飞速转着，正琢磨怎么救场时，只见姜国山不知从哪里找到一根高尔夫球杆，气势汹汹地冲过来。

"爸，你冷静……"

姜国山视线紧锁在姜织身后的人身上，已经进入战斗状态，暂时没空理她。

"姜织，你给我闪开！"

姜织一步不让，就怕姜国山一冲动，气坏了自己，也怕他把沈译驰打出个好歹来。劝不住长辈，她去推沈译驰："你先走，我……"

"走什么走！沈译驰你真的能耐了啊！"姜国山冷冷地打断她的话。

"叔，我……"沈译驰怕姜国山气头上挥棍子时误伤到姜织，抬臂护了她的脸一下，高尔夫球杆破风而来，毫不拖泥带水地落在沈译驰右肩膀上。

姜织听着那声音都觉得疼，傻眼。

沈译驰没感觉似的，把姜织拉开："你先去你爸车上，我来聊。"

姜织被这两个男人默契地赶到车里，她百无聊赖地玩了一会儿手机，朝外面望望，根本不知道他们说了什么。

姜国山手里还拿着那根高尔夫球杆，拄在地上，说不准什么时候就挥起来再给沈译驰来一下，很有威慑力。

"叔，我对姜织是真心的。"

"我信，我闺女这么优秀，谁喜欢她不真心。真心有用？能当饭吃还是能抵她的人生？"

沈译驰没呛，也不嘴硬，一副虚心受教的样子。

姜国山的态度缓和些："姜织呢，没吃过什么苦，所以不知道险恶，考虑事情的眼光太理想化，但她又要强，正事上从不马虎。你——"姜国山一指沈译驰，"我知道你优秀，志气高，能有大作为，但姜织也不差。你最好不要让她受委屈，也不能牵绊住她向上的脚步。

"你们这个年纪，意志是最坚定的，但承诺也是最不值钱的。未来长着呢，谁能保证。没走到人生终点，在此前的每一刻，这段感情都有草草收场的可能，且行且珍惜吧。

"我不反对你跟姜织在一起，前提是你老老实实管住自己。要是伤害她，我打死你不现实，但打个半死我还是敢的。"

姜国山挥着球杆，照着他的屁股来了一下："听见没？"

没用全力，警告他呢。

姜织在车里看的却不是这么回事，心说好端端地聊着怎么又动起手来了，急忙开门下车："爸！你们聊完没？"

姜国山狠狠地瞪了沈译驰一眼，扭头去找女儿："上车，回家。"

姜织没顾上跟沈译驰说句话，就被老爸催着上了车。

姜织一路都没说话。

等到家，没等她生气，姜国山闷不作声地回了自己的房间，"砰"一下把门关上。

姜国山人在房间里，注意力却一直关注着外面。

安静了不多时，响起姜织的声音："……我爸睡觉了，我出去找你吧。"

话音刚落，姜国山猛地拉开门，出现在姜织面前。他愤怒之余，盯着姜织看了个仔细，她手上哪里有手机，刚刚压根没在通电话，故意激他呢。

"爸——我昨天不该没跟你报备就在外面过夜。"姜织计划得逞，抓紧时间自我检讨。

姜国山假装自己是出来喝水的，说："今天查成绩？"

姜织打了不少腹稿，还没等发挥，见老爸先松口，忙应："十二点就能查。等着吧。想吃点什么，我给你做。"

"都好。你做什么我都爱吃。"姜织嘴甜，卖乖。

早餐简单，姜织回房洗了个澡出来，姜国山就已经做完了。

姜织拿着手机从房间出来，已经换了身衣服，头发吹干了。手机通知栏里弹出沈译驰的消息，回了姜织问他肩膀被打得严不严重的事情：没事。你怎么样，挨训了吗？

姜织拖开凳子坐在餐桌前，低头回消息：没。我爸不舍得凶我。我爸跟你说了什么？应该不是让我们分手吧？

沈译驰：不是。叔叔让我们保持一段积极健康纯洁的恋爱关系，不要冲动。

姜国山端了小碟泡菜经过，瞥了一眼玩手机的闺女，清清嗓子："咳！"

姜织及时抬头，卖乖地笑，在老爸板着脸说"十点了还不吃早餐，我看你是要修仙"的声音中，配合地把手机收起来。

过了一会儿，姜国山往餐桌上放了一个红包，示意姜织："你奶奶给的。你过几天去南京了就没办法在这边办升学宴，提前给的红包。"

姜织接过，心知肚明这是爸爸冒充奶奶的名义私自给的。

姜国山以前就这样，每回奶奶来一趟回去，或者他去看望奶奶回来，"奶奶"总会给她留点礼物，有时是吃的，有时是女孩子用的，逢年过节会直接给钱。姜织头几次以为奶奶嘴硬心软，收到礼物后会多给老人一点耐心和精力，但当她发现奶奶并不知情礼物的事，渐渐地明白了老爸的心思。

姜织没拆穿老爸，而不知老爸知道与否，一如既往地做着这样的无用功。

也不能说是完全无用，姜织不会因为礼物而对奶奶的印象有改观，但对老爸的感情更深了，虽然她和老爸之间不需要这个辅助。

"爸，如果我二姑再给你介绍相亲，你就去见见嘛。我跟妈妈都搬走了，家里多住几个人才热闹。"姜织揪着果盘里的葡萄，没抬头。

姜国山淡声道："再说吧。没遇见你妈以前，我就想这辈子一个人生活挺好的，没有家庭责任的约束，自由。今天想吃小龙虾，明天就开车到长沙；想滑雪，立刻就能出发去崇礼。你爸我现在回到当初理想的生活状态，挺不错的。我想你了，直接开车就能去你学校看看你。"

姜织望着老爸，没说话。她之前都没注意，老爸的眼角已经有了皱纹。

快一点时，姜织才查到自己的成绩。

中午，吴桐雨回来了，被吴叔叔拎着扫帚堵在门口，好一番责问："昨晚干吗去了？"

外面吵起来时，姜织才注意到，急急忙忙赶出去帮吴桐雨解围。不等吴庆诸气消，吴桐雨便气呼呼地拽着姜织回了房间。

"我跟你说话呢,你不要玩手机。"

吴桐雨提醒姜织看自己,可等姜织连声应着看过来时,又不知道说什么。她想了想,改口问:"你爸真把'一张'打了?"

见姜织点头,吴桐雨竖了个大拇指:"姜叔叔真牛。'一张'从小到大估计都是别人家的孩子,家长和老师都舍不得打,而且今年还是状元预备役……话说是不是到点查成绩了?你用我的电脑先查,我找一下准考证。"

吴桐雨翻箱倒柜地找东西时,客厅里乱糟糟的,竖起耳朵一听,听清客厅里吴庆诸正跟老婆说自己的成绩,东西也不找了,冲出去:"爸!谁让你登我的账号查成绩了?我还有没有隐私了?你的控制欲怎么这么强啊?"

这边的姜织坐在电脑前进网页时,顺手接通沈译驰的来电。没等他说话,她便猜到来意:"先不要告诉我你的成绩,我正在查。"

沈译驰笑了笑,等待时闲聊:"你那边怎么这么吵?"

"我在吴桐雨家。吴桐雨这次发挥得挺好的,大家很开心。"

外面,姜国山来叫姜织回家吃午饭,吴桐雨和吴庆诸一声更比一声高的嚷嚷才消停些。

吴桐雨给姜国山开门,说了几句话,把姜织叫出来。

对比对门,自己家是清净很多。往常家里各种意见最多的就数冯敏,现在她不住这儿了,父女俩连个争吵的由头都找不到。

"你吴阿姨说吴桐雨考得不错,你也查成绩了?"

"刚查完。646分,省第三。"

姜国山正在舀汤,"哟"了一声,攥着汤勺猛地站直,瓷勺上的汤水沥沥拉拉溅了些到桌上:"省里第三,咱一个省这么多学校呢。我闺女太争气了,想要什么礼物,要不爸爸给你买辆车吧,你在学校有事可以开。"

"爸,我要车干吗?我都没有驾照。"

"也是。你这成绩在盈高得年级第一了吧。"姜国山把桌面清理完后,换了副正经些的语气,主动问起,"那谁考了多少?"

姜织以为他问沈译驰,很干脆地答出来:"比我高两分,是今年的省状元。

他是年级第一,我是第二。"

姜国山:"我问吴桐雨呢,你说谁啊?"

姜织嘀咕:"……你不是知道吴桐雨考了多少吗?"

"我忘记了不行啊?"姜国山自欺欺人地狡辩完,又问,"想考哪里的大学?"

"我打算报清大计算机系。"

"沈译驰也是?"

"嗯。"

姜国山若有所思,不知在想什么。过了一会儿,他语重心长地跟姜织说:"只是两分罢了。你是艺术生转文化生,考出这个成绩已经很牛了。所以不比他沈译驰差,咱在他面前不骄傲,但也不能自卑,任何时候都不要放低姿态,一段健康的关系平等最重要,不该让步的不让步,记着没?"

"知道了,爸。"姜织保证,"我要是受了委屈肯定第一时间给你打电话。"

"嗯,我不管多远开车就去替你收拾他。"

姜国山沉重地吐气。闺女这还只是谈个恋爱,他就觉得舍不得,真等出嫁那天,他估计要泪洒现场啊。不是沈译驰,也会是别人,好在他现在看这小子还顺眼。

吃完饭,姜国山学着放手:"我去睡个午觉。你妈不愿意你在这边久待,想去哪儿就去吧,晚上十点前回来。"

姜织一听他要赶自己走,不开心了:"我还想多陪陪你呢,我在南京时也很想你。"

"那你别出去了。"

"爸——"

姜国山哼了一声,摆摆手,示意她快走。

姜织目送老爸回房睡午觉,才拿出手机给沈译驰发消息:要见面吗?

沈译驰:嗯?

姜织:小姜护士打算上门看看你的肩膀。

姜织从姜国山买给她的果酒中挑了一瓶，带上去找沈译驰庆祝。

毕业后再来到学校附近，心情完全不同。透过围墙的栏杆看着校园里穿着统一校服的学弟学妹，感慨中有几分怀念。没有人永远十八岁，但永远有人十八岁。她看着他们，仿佛看到了一个月前的自己。

除了被砍的树，四处都是老样子。

姜织熟门熟路地进了小区，到单元门口时，路旁绿化带旁停着的一辆私家车突然拉开门。

姜织一个不留神，被突然的开门声吓了一跳。她定睛，看到车里坐着的女人。

"唐老师。"姜织紧了紧放在包上的手。今天是什么日子……早晨沈译驰见她爸爸，下午她立马见到他妈妈。不会是沈译驰跟家里坦白了他们的关系吧？

唐湘汶没有下车，淡淡地"嗯"了一声，似乎在为什么事出神。就在姜织以为唐湘汶没注意到自己时，她开口了："听韩老师说你考得不错，恭喜。"

姜织摸不准情况，礼貌地道谢，顿了下，说："沈译驰发挥得也很稳定。"

"是。"唐湘汶似不欲深谈，把话题岔开，"你打算报什么专业？"

"计算机。"姜织想了想，多说了几句，"抛开就业环境，这个专业本身就很有魅力。我不跳舞后一直不知道自己还喜欢什么，直到前段时间参加了一次相关比赛，才真正了解了这个行业。"

唐湘汶对此似乎很感兴趣："是什么比赛？有比赛录像吗？"

"有的。"两人一个在车上一个在车外，姜织之前保存过相关的视频反复看过，很轻松地找出来，递过去。

姜织觉得唐湘汶不怎么感兴趣，眼神冷淡地看着手机屏幕里的画面。姜织倒不介意她的反应，但奇怪的是她看了几分钟，竟然说："挺有趣的。"

配合上唐湘汶的表情，姜织怀疑自己听错了，打算说点什么，只听前排的司机提醒唐湘汶快到小学的放学时间。

这是要走了。

姜织不愿多打扰，没等开口作别，唐湘汶率先询问："我今天答应接小驰他弟弟放学，快到时间了。你方便吗？上车我们接着聊。"

"……好。"姜织心中虽忐忑，但顾虑到唐湘汶可能真有话跟她说，便没拒绝。

车子越开越远，唐湘汶始终没把话题聊回沈译驰身上。姜织心里不踏实地说了些专业的事，末了也怕露怯："其实，我说得不专业，可能有纰漏。沈译驰比我更了解。"

"小驰从小聪明。他小时候我们陪他的时间少，跟我和他爸都不亲。不过，他很喜欢他弟弟。"唐湘汶朝车外看了眼，司机已经将车开到私立小学外，正停在冲着校门的停车位上，"你陪我下去接一下小星？"

姜织自然没理由拒绝。

学校路段没什么来往搭车，一辆辆前来接人的车有秩序地停在路旁。姜织几番犹豫，自然地接道："从小到大我妈妈陪我的时间多，但她因此牺牲了自己的梦想。她在天文行业有很光明的前途，但她为了家庭放弃了事业。现在她重新回到研究所，但同事都是比她年轻、比她有活力的毕业生，而她过去的同学大多数很有成就了。她为了回到正轨，经常加班，心理和身体承受着很大的压力，但她很积极。她总说，种一棵树最好的时间，除了十年前，还有现在。只要在往前走，哪怕再笨拙，也是有意义和收获的。"

唐湘汶看了姜织一眼，没说话。

这时，沈一星的身影出现在视野里。他见到唐湘汶，热情地跑过来："妈妈，你去接哥哥了吗？他今天陪我一起切蛋糕吗？"

唐湘汶语速慢，很有耐心："你先邀请这个姐姐，然后再给哥哥打电话，他会来的。"

姜织还在回味唐湘汶刚刚的眼神是什么意思，回神时，就被沈一星扯住袖子："姐姐，我记得你。"

姜织露出笑容："小星好啊。"

沈一星："姐姐，我今天过生日哦，你要来参加我的生日聚会吗？"

这……姜织看向唐湘汶，后者笑了下，说："小星喜欢热闹，待会儿阿驰也来,一起吧。"

"……好。"

另一边,沈译驰从家出来有一会儿了,正在楼前晃荡。

他下来的时间其实很不凑巧,唐湘汶的车子刚开走,沈译驰才出单元门,两边人正好错过了。

有大爷遛弯回家,沈译驰跟他闲聊了几句。把人送走后,他朝小区门口的方向望了望,依旧没见到人。

他拿出手机,点开没有新消息的对话框,垂眼编辑:你人呢?

沈译驰:生气了啊!

沈译驰:哄不好的那种。

依旧没有回复。

沈译驰:姜织!你故意的吧。

最后他的心情变成了担心:临时有事?

沈译驰正疯狂输出,那头的人终于出现了。

姜织:沈译驰,我先跟你道个歉。

原本担心她在路上出了什么事,现在收到回复,沈译驰松了口气:不听不听我不听。

沈译驰的手机响起,他本以为是姜织打来的。看到来电显示是唐湘汶,他还愣了下,犹豫了片刻才接通。一接通,便听到沈一星的声音:"哥哥,你今天来给我庆祝生日吗?我好想你啊。"

"今天哥哥有事。"

"哦,可是我今天还邀请了那个滑板姐姐。妈妈说,你知道她在一定会来的。"

"什么滑板姐……"沈译驰突然对应上这指的是谁。

姜织当着唐湘汶的面,消息编辑得有点急,仍不如沈一星这通电话快:嗯……就是这么个情况。我说我稀里糊涂就被你妈叫上了车你信吗?

紧接着,又是一条:我要不找个理由走吧,感觉有点不合适。

她一直觉得自己挺会拒绝人的，从不跟人假客气，但今天在唐湘汶身上都失效了。主要是她连唐湘汶为什么叫住自己都不清楚，不敢莽撞。

沈译驰挂断沈一星的电话，沉着脸回姜织的消息：没事。我现在过去。

沈译驰到得很快。

姜织前脚到餐厅包间，没坐一会儿，沈译驰便在服务生的引领下出现。

"哥哥！"沈一星立马蹦起来。

沈译驰摸摸他的头，说："生日快乐。"然后才看向包间里的两位大人，喊了一声"爸、妈"。沈敬衷很淡地"嗯"了一声，唐湘汶让他"先坐吧"。

对比两个大人对待沈一星的态度，沈译驰可谓是备受冷落，包间里的气氛有丝说不出来的不和谐。

沈译驰挨着姜织坐，凑近时，低声问："等久了吧？"

姜织笑了笑，其实算不上久，但他来之前，姜织一个外人孤零零地坐在这儿，看他们其乐融融的一家三口，插不上话，有些局促。不过她安静地旁观了这一会儿，渐渐想明白一个问题。她趁旁人没注意到这边时，问沈译驰："你是不是原本没打算来？"

沈译驰"嗯"了一声，说："我提前给小星庆祝过了。"

姜织咬唇，意识到自己可能给他添麻烦了。

今天是高考出成绩的日子，饭桌上的聊天话题难免提到这个。沈敬衷端着长辈的姿态，跟沈译驰说话时威严有压迫力："学校跟我说了，你这次考得不错。但也别太飘了，人外有人，出了省，到了大学，身边都是各地的状元，你不过也只是其中一员而已。凡事要虚心，戒骄戒躁，不要好高骛远……"

这个时候，姜织还没觉得氛围有哪里奇怪。虽说沈叔叔的话说得有些泼冷水，但是这个理，她反驳不了。

可接下来的半小时，姜织是真的后悔上唐湘汶的车、跟着去小学接人，又没忍心扫小孩子的兴致，同意来参加他们一家人在场的生日聚会。

她坐在这儿的每一秒都是煎熬，更糟糕的是同桌的是沈译驰的父母，她出于尊重，连草草离场都做不到。

沈译驰挨着姜织，另一边是沈一星。他看着沈一星把香芹在内的好几样蔬菜都挑出来，叩叩桌子提醒弟弟："不准挑食。"

沈一星"哦"了一声，不情不愿地夹起香芹准备吃。坐在姜织左手边的唐湘汶说话了："他不爱吃就别逼他吃了，少吃这几样缺的营养，多吃点别的补回来。"

沈译驰应了一声，转头和姜织说话："吃虾吗？我给你剥。"

姜织在桌下扯住他的衣服制止他的动作。私下里怎么样都好，现在当着人家父母的面，姜织有些不自在："你吃你的，我自己来就好。"

"我不怎么饿。"

见沈译驰坚持，姜织便不再说。

沈一星今天格外开心，跟沈译驰零零碎碎地说个没完，提到自己在班里的成绩进步，这次考了十二名，一脸求表扬。

沈译驰配合地捧场："这么棒。"

唐湘汶说："小星，你是不是还没跟爸爸说，自己作文写的什么？"

沈一星"嗯"了一声，挺直腰杆，上课回答问题似的语气，认真地道："我写的是长大后想成为爸爸一样的人。"

沈敬衷摸了摸小儿子的头，夸奖的话不嫌多："我都有小粉丝了啊，还是成绩这么好的小粉丝。说吧，想要什么奖励，爸爸都满足你。"

大儿子考了状元，不值得一句表扬；小儿子只是班里第十二名，便要给奖励。

旁观着这家人双标又别扭的互动，姜织觉得压抑，也开始明白周淮口中那句"沈译驰这个当事人都解决不了"指的是什么。

她看到沈译驰垂着眼专注地剥虾，波澜不惊的眼底情绪莫测，像个深不见底的水潭，石头丢进去，都溅不起丝毫涟漪，明显对随时都会丢来的石子早已习惯且麻木了。

沈译驰把一小碟虾仁推到姜织手边，笑了下提醒她吃。姜织喉咙发堵，有些难受。

应了那句"不怎么饿",沈译驰整顿饭都没怎么吃。对此没留意的唐湘汶只瞧见他手边一堆虾贝蟹的壳,招呼服务生送了些姜汤过来:"海鲜吃多了肠胃不适,小驰你喝点姜汤驱寒。"

沈译驰从不吃姜。

沈译驰应着,把一小碗热腾腾的姜汤搁在手边,一直没动。没几分钟,唐湘汶又催了一次:"别闹脾气,你爸都主动给你台阶了,快喝了。"

沈译驰无奈地喊了一声"妈",似有话说,但再开口只落一句"知道了",然后疲惫地叹了口气。他扶着碗沿,觉得似有千斤重。

这时他听到了姜织的声音,动作被打断:"阿姨,沈译驰没吃海鲜,这些都是我吃的。"

姜织和和气气地跟唐湘汶解释完,看向沈译驰,用商量的语气说:"这碗姜汤给我喝吧?"

姜织没管同桌的其他人怎么看待自己这个行为,自顾自喝了姜汤,一滴不剩。

然后,她用纸巾擦了擦嘴角,面带微笑,礼数周全:"阿姨,谢谢您和叔叔今天的款待,我家里催了,得先走。"

不等唐湘汶同意或挽留,姜织又看向沈一星,笑容毫无破绽:"再次祝小寿星生日快乐,希望你天天开心。"

沈译驰早已习惯了父母对沈一星的溺爱、夸奖和永远顺从,也习惯了他们对自己的苛刻、指责与下意识反驳。他生气唐湘汶利用姜织逼自己过来,大概是沈一星要求的吧——唐湘汶问了满足小儿子的愿望,自然什么都愿意做。沈译驰心里清楚,但根本没有地方可以发泄。他不愿让姜织目睹自己的狼狈和不堪,但事实是,他避无可避,姜织如此聪慧通透,哪里会看不出端倪。

在姜织作别后,他揉了揉沈一星的脑袋,苦涩又艰难地挤出一个微笑,说:"小星生日快乐,我去送送姐姐。"

随即,他也离席。

姜织从包间出来,脸上的笑才收起来。她任由沈译驰跟着走出去很长一段距离,穿过走廊,下了楼梯。站在餐厅前的马路牙子上拦车时,沈译驰捏了捏她的脸，轻声问："吓到了？"

话音刚落，姜织扑到沈译驰怀里，两臂环在他后背，紧紧地把人抱住，肉眼可见的心情不好。

"吃饱没？我们去吃别的？"

"没胃口。"姜织胸口堵得慌。哪怕是姜国山和冯敏闹离婚那会儿，她心情也没这么差过。想到沈译驰一晚上没怎么吃，她改口，"顺着这条街走一会儿吧，看到想吃的再吃。"

"好。"沈译驰和她十指相扣，问，"什么时候回南京？"

"后天。我在宿营待太久，我妈会给我爸打电话催，催着催着就得吵起来，算旧账。"

"我可能要提前去北京。"沈译驰提起，"走之前去南京和你待几天。"

"什么时候去？去那边有事吗？"

"陪你过完七夕。汤瀚他们一直在忙的创业项目，我也有参与，所以要提前过去。"

姜织对他说的事很陌生，感觉沈译驰太着急长大了，好像急着证明什么似的，大概跟他和父母的分歧有关吧。

姜织适可而止地叮嘱："不要太辛苦了，我们的大学还没开始呢。"

"我知道。"

"那七夕我们去游秦淮河？我自己在南京，都没人陪我，一直没去。"

"好，陪你去。"

"我还种草了好几家餐厅，一起去吃。"

"好，陪你挨个打卡。"沈译驰问，"还有呢？还想做什么？"

姜织没再说话。

沈译驰偏头时，注意到姜织眼眶红着，在哭。

"怎么了？"沈译驰停下来，手扶着她的肩膀让她面对自己，捧着她的脸，四目相对，"说话。"

姜织赖进他怀里，合了合眼皮："沈译驰，我心疼死了。"

姜织踩着门禁时间回家，姜国山正在客厅看电视。为了省电，家里的灯只开了一盏，开的还是玄关顶的廊灯。姜织听着电视的声音，边换鞋边喊了一声"爸"，进屋后把客厅的灯按开了。

"回来了。"姜国山看了她一眼，见闺女的脸色没有预想中的欢喜，"怎么了，让你这个点回来牛爸爸的气？"

"没有。"姜织过去抱了爸爸一下，趴在他背上，说，"爸，我好爱你和妈妈啊，谢谢你们。"

姜国山瞥了闺女一眼，总觉得她不对劲。

"爸爸，明天可以让沈译驰来家里吃饭吗？"姜织问，"我们今天吃了一家餐厅，特别难吃，吃完心情很不好。行不行啊，爸爸？"

"行，能不行吗？"姜国山语气无奈，心里当然是乐意的。

"耶！老爸，我爱你。我们来研究一下明天的菜单。"姜织说着去拿手机，翻备忘录开始记。

姜国山瞧着她隆重的架势，轻"啧"了一声："就三个人吃饭，要什么菜单，我做什么你们吃什么。你现在不该去问问他有没有时间？"

姜织脆声道："我回来前就跟他说了，他说有空让我先问你的安排，我说我爸最开明了，肯定愿意。"

姜国山被哄住。

翌日，姜国山起了个大早赶早市买菜买肉，嘴上说是随便做做，实际上行动起来却一点也不马虎。

沈译驰是十一点到的，没空着手。姜国山在他进门后，瞧了一眼他带来的四盒叠放着用红丝带绑在一起的水果，说："这回不是转送吧？"

沈译驰喊了一声"叔"，说："真是我特意买的。"

姜国山笑了笑，却还记着他的伤，给他一瓶红花油："大男人自己随便涂涂就行，不娇气吧。"

沈译驰如履薄冰，战战兢兢："不娇气，都没什么感觉了。"

姜织在一旁插话："爸，你怎么不过年再给啊？有个梗你知道吗？再晚点伤口都愈合了。"

"一边去,看你的电视去。沈译驰,你来厨房看看还想吃什么。"

姜织冲老爸做了个鬼脸,推沈译驰:"你去。我爸早晨备了好多菜,你尽管点,他什么都会做。"见老爸没注意这边,她小声说,"我爸嘴上爱怼人,其实很喜欢你。"

"知道了,别担心。"

沈译驰要抬手摸摸她的头发,厨房里,姜国山在催:"不吃啊?"

"吃!"沈译驰急忙应了一声,走过去,"叔,我吃什么都行,没什么忌口。"

"上回把菜里的姜丝挑出来当我没看见啊?"姜国山有理有据,问他的意见,"是想吃清蒸鱼,还是糖醋鱼?"

姜织在厨房外听他俩有来有回地讨论,也不掺和。

鱼最后是用砂锅炖的,沈译驰的主意。他说:"我只是提了一下,你爸就做出来了。"

姜织一脸骄傲:"我爸什么菜系都能做,高三时他给我做饭,能连着一个月不带重样的。"

沈译驰笑,他不止一次地感觉到,姜织从家庭中享受到的爱和拥有的自信。

沈译驰在姜家,时常会担心没把握好分寸踩雷惹姜国山不高兴,但谨慎归谨慎,从不会烦躁厌恶。

正如姜织说的,姜国山虽然很凶、语气重,但都是因为爱在。

"来,我提一杯,庆祝你俩取得不错的成绩。小沈啊,会喝酒吗?"

沈译驰没扫兴,说:"会。"

他倒了跟姜国山一样的白酒,说:"叔,我敬您。"

姜织想拦着,但看他俩融洽的氛围,也没说什么。

白酒味香醇且烈,姜织也就喝喝果酒的水平,这会儿在一旁看热闹。

饭后,沈译驰陪姜国山下棋。姜织在旁边托着脸看了一会儿,指挥沈译驰:"走这个。"

话音刚落,她被姜国山拍了拍手臂。

"你这个臭棋篓子,观棋不语真君子听过吗?"

"我是女子,不是君子。"姜织回怼得有理有据。

沈译驰笑着，按她指示的走。

结果就是，一步错，输全盘。

姜国山可算赢一把，乐呵呵地活动了下，神清气爽。

沈译驰这天在姜家待到下午三点，走的时候，姜国山从厨房拎了一袋吃的出来，一样样用透明密封盒封好："你提着东西来，也不能让你空着手走，这几样都是提前留出来的。姜织说你一个人住，回去用微波炉热一下就能吃，平时少吃外卖和泡面，不健康。"

"谢谢叔。"沈译驰心里暖烘烘的，有很多话，但千言万语说多了显得矫情。

农历七月七正是热的时候。

方遒知道沈译驰要过来，很殷勤地表示自己可以担当司机去车站接人。姜织这段时间在南京多亏方遒照顾，也不紧着这点时间和沈译驰相处，因此便成全了方遒见男神的诉求。

"晚饭我来安排。驰哥，你有什么很想吃的没？"方遒从车内镜朝后排看了一眼。

姜织和沈译驰坐在后面，手刚牵上，眼神正无声地交流着，太久没见了，每天越聊天越想。刚从高铁出站口出来，沈译驰见到姜织后，捧着她的脸先亲了一口，才注意到站在她后方不远处的方遒。方遒当了一路电灯泡，此刻瞟了一眼，立马飞快地收回视线，盯着前方的路况，不自在地清了清嗓子。

沈译驰从姜织脸上收回视线，脸上的笑容还在。他看向方遒，回："我比你小，叫我'译驰'或者'阿驰'都行。吃什么你推荐。"

"行嘞。阿驰哥，我现在先送你回酒店放行李，然后去吃饭。"

还是上次来入住的那家酒店。沈译驰下车时，看了姜织一眼，后者跟着起身，说："我跟他一起上去。"

方遒不好找停车位，便说自己开着车在附近兜一圈，等他们下来时电话联系。

过大堂的旋转门、办理入住、搭电梯上楼，沈译驰拿房卡刷开房间门，把姜织推进去。他随手将行李箱一丢，顾不上插卡送电，没等姜织反应，便将她推到门板上。

背后是坚硬冰冷的门板，身前是他滚烫结实的胸膛，姜织勾着沈译驰的脖子，紧贴着挂在他身上，被吻得呼吸急促。

分开换气时，沈译驰的嗓音沙哑低沉，问："想我没？"

姜织轻轻"嗯"了一声，说："每天都想。"

亲吻时姜织沉浸归沉浸，但没忘了正事。她见时间差不多了，提醒："好了。方遒还在楼下等着呢。"

沈译驰趴在她脖颈间深深地嗅，耍赖状："还没够。"

姜织哄他："那我明天早点过来。"

"多早？"

"来陪你一起吃早餐？"

翌日一早，姜织原本都不打算在家吃早饭的，但被冯敏一脸狐疑地盯着，以为她要去南大机房写程序，难得宽容地提醒她不用这么着急。

姜织半推半就地默认这个原因，在家陪妈妈吃了早饭，母女俩一起出门。

小区门口有家花店，比往日更隆重，门前摆了展示的花束，朵朵娇艳欲滴。冯敏见状，这才意识到今天是七夕节。

她说："你大学里不着急谈恋爱，先想清楚自己要什么，以后是想拼事业，还是将重心放在家庭。可以谈一两段体验一下，但这个体验要注意把控尺度，在还没办法承担起责任的年纪，别稀里糊涂地乱来。"

"知道了，妈。"姜织应着，打算今天回来试探着跟她提一下自己恋爱的事。

冯敏控制欲强，势必比姜国山态度更激烈、问得更仔细，姜织要好好琢磨一下，该怎么慢慢铺垫着，一点点让冯敏知道这个事。

总之，不能继续瞒着冯敏，毕竟老爸都知道了，要是哪天被冯敏知道老爸知道的事，估计这两人又得吵。

姜织必须杜绝这样的状况出现。

母女俩去不同的方向，在公交站分开。

姜织熟门熟路地来到酒店，房间门刚敲一下，就被里面的人拉开了。沈译驰笑道："开门速度快吧？"

姜织拍开他拉自己的手，假意嫌弃："都是水。"她进去，把包摘了搁在玄关柜上，站在卫生间门口看他，"你不是吃完早饭了，怎么现在才刮胡子？"

"洗漱时觉得没必要刮，但刚刚摸着有点扎，想了想，还是刮了吧，怕扎到你。"

"我不怕扎。"姜织盯着他看。沈译驰五官棱角分明，侧脸线条流畅立体，帅气逼人，不稚气，但也不缺少年感。

她用说悄悄话的语气，夸道："有胡子很性感。"

沈译驰从镜子里瞥了她一眼，"呵"了一声："那天早晨在山上是谁说扎得疼，不让我亲？"

姜织眨眼，一本正经，让人分不出是说谎还是实话："我当时想多看看你的样子，结果你就生气，说我不让亲你就不让我看。小气鬼。"

沈译驰把泡沫刮干净后，用水扑了几下脸，取了毛巾把手和脸擦干净，才过来拉她的手。

两人面对面抱在一起，沈译驰问："真喜欢我留胡子？"

姜织咬了下他的下巴，说："怎么样都喜欢。"

沈译驰回到卫生间继续刮胡子，重新开门出来，姜织已经进了房间，不过连坐都没坐，正站在投影幕布前玩手机。

沈译驰走过去，从行李箱里取了一个丝绒袋子给她："七夕礼物。"

姜织接过来，把那个丝绒袋子抱得紧紧的。材质硬邦邦的，形状感觉像个玩偶，还挺有分量。姜织好奇地把袋子的抽绳解开。里面是一个和手机差不多长宽的玩偶，准确地说，这应该是个小机器人。

姜织爱不释手，仔仔细细地看了一圈，看到了太阳能板，也找到了开关。

很快，小机器人发出声音："织织上午好，现在是北京时间十点四十二分，今日气温 25℃到31℃，请减少室外活动，避免中暑。"

姜织惊喜地看向沈译驰："你的声音？"

沈译驰坐在床尾，提示："你可以问它问题。"

姜织看了一眼小机器人，又看回沈译驰："它有名字吗？"

"叫 Echi。echo of 沈译驰（沈译驰的回声）。"

"可以叫它小 E 吗？"

"你问它。"

"小 E，可以这样叫你吗？"

"当然可以。"是小机器人发出的声音。

姜织还没太习惯和小 E 对话，尤其是这个声音的本尊就在身边，下意识地看向他问："问什么问题都可以吗？"

"要对我有自信。"回答她的是机器人小 E。

姜织莞尔，觉得好有趣。她双手捧着小 E，真就随便问了："是谁研发的你？"

"是沈译驰。"

"你的主人是谁？"

"是织织。"

"你最喜欢谁？"

"最喜欢织织。"

"你……"姜织被连续的一问一答萌到了，整蛊心作祟，思考片刻后，另辟蹊径地问，"你外壳是什么材质？"

"ABS 塑料，耐摔耐热耐低温。"

"你能为我唱首歌吗？"

"你点吧。"

"会唱很多吗？"姜织看向沈译驰。

小 E 率先回答："你点点看不就知道了？"

"唱……"姜织绞尽脑汁挑了一首冷门的，说了歌名。

机器人："请稍等，现在为你连线。"

姜织歪了歪头，和机器人大眼瞪小眼。

很快，面前沈译驰的手机振动起来，他在姜织的注视下接通，笑眼望着她，对电话说："现在为你演唱《傻子与黄鹂鸟》。"

声音从自己的男朋友和机器人两处传来。

姜织瞪大眼:"还能这样!犯规了!原来还能作弊。"

沈译驰说:"你故意刁难,小E只能请外援。"

姜织爱不释手地捧着小E,抬头看向沈译驰时,认真地夸:"沈译驰,你怎么这么优秀!"

沈译驰:"还比较简陋,这是小E一号,争取升级得更好。"

姜织:"已经很好了。"

Echi——echo of 沈译驰。

念念不忘,必有回响。

这是沈译驰给她的独一无二的爱意回响。

沈译驰看着姜织小心翼翼地把机器人关机后收回丝绒袋子里,道:"有个事情需要提前跟你说一下。它在开机状态下,当你跟它说话时,如果触发某个设定词,我在后台会监控到。但它不是录音也不带摄像功能,我没有监视你的意思。"

"好,我没有担心,也明白你的意思。"姜织过来拉他的手,确认,"就是我每次对他说一次想你,你都会知道,对吗?"

沈译驰点头:"对。"

"我很喜欢,感觉好浪漫啊。"姜织捏着沈译驰的手指,心说这个人怎么能这么有才华,"我还以为它只是会变个身之类的,没想到它这么聪明。"

姜织去拿自己准备的礼物,送给他。

盒子用花纹纸仔细地包裹着,外面还扎了一个蝴蝶结。

沈译驰看了一眼蝴蝶结,开始拆礼物包装:"你这礼物,拿502粘的吧?怎么这么难拆?"

姜织:"你随便撕开就行,不用沿着我粘的地方拆。"

"我不。我觉得这个纸好看,想留着。"沈译驰强调。

姜织把到嘴边的那句"这包装纸我还有好多,都拿给你"咽回去,知道他这是重视自己送的东西。她一步步地提醒:"撕这里。"

姜织准备的礼物是一块手表,没有沈译驰亲自设计的礼物有新意,但也是挑选了很久。

"希望以后的每一分每一秒,我都在你身边。你开心时,我帮你纪念;你难过时,想想我,我哄你开心。"姜织说。

沈译驰把人捞过来,亲了亲,说:"好。"

沈译驰戴表的时候,她注意到他手腕上除了两人同款的手链,还有一个黑色的女式发圈。

"之前就想问,这是我的吧?"

"你说呢?"

姜织嘀咕着"我什么时候落你那儿的",想了半天,也没印象。她要把发圈收回来,沈译驰没让,把手表和手链戴在一边,发圈戴到另一只手上。

两人穿的是同款同色的T恤,一个是牛仔裤,另一个是牛仔裙,一个坐在床尾,另一个站在他的膝盖之间。

沈译驰圈着她,两人四目相对。仿佛第一次见面似的,他认认真真地观察着她的五官,大大的杏眼、高挺的鼻梁、粉润的唇,皮肤吹弹可破、白皙似雪。

姜织的手臂搭在他肩膀上,百无聊赖地扯了扯他的耳朵,问:"我们什么时候出门?"

沈译驰揽着她的细腰,反问:"出去哪儿哪儿都是人,做点什么多不方便,还晒。就待在酒店?"

姜织不怎么怕痒,但沈译驰的手指在她腰间游走时,跟被挠到心口似的:"骗子,之前说陪我去这去那儿,都是答应着玩的吗?"

"再美的景,都没你美。"沈译驰把她抱近些,笑着说。

姜织慢慢地俯身,吻了他一下。

沈译驰勾着她的后颈,将人留住,加深了这个吻。

两人在太阳快落山时才出门,人依旧很多。

吃饭的餐厅爆满,游秦淮河时买票的排队时间要比在船上待的时间长,姜织突然后悔出门,早该听沈译驰的,在酒店窝一天了。

晚上,沈译驰送姜织回家。上楼前,姜织问沈译驰还记不记得回酒店的路。

"放心,都记得。而且你男朋友是十九岁,不是九十岁,会上网查地图。"

被怼了的姜织板着脸觑着他:"才待一天就腻了是吧?我说句话你都不乐意听。"

沈译驰隔着花抱了抱她,啄了下她的嘴唇:"怎么会腻,我知道你是舍不得我。"

"谁说我舍不得了,特别舍得。"姜织睁眼说瞎话。

沈译驰一会儿扯扯她翻着的包包肩带,一会儿捋捋她鬓角的碎发,小动作不断:"我明天中午的车,你还送我吗?"

"不送了。"姜织斩钉截铁地道。

沈译驰"啧"了一声,想上手教训她。但这会儿有晚归的住户经过,是个中年女人,举止端庄,似乎是刚结束工作,手臂上挂着一个包,还背着一个印着"天文台"字样的帆布袋。对方一直盯着他们这边看,沈译驰很自觉地收敛言行。

姜织背对着那人,不知情地晃了晃两人拉在一起的手,挑衅道:"我真的不送了啊,我明天——"

这时,路过的中年女人清了清嗓子,出声:"姜织。"

被叫到名字的人,整个人一僵,机械地转头,冲着来人:"……妈,你下班了?"

冯敏"嗯"了一声,看看姜织单手抱着的花,又看看这两个孩子牵在一起的手,最后审视而严肃的目光落在沈译驰身上。

沈译驰终于明白,刚刚看到对方时,那一丝丝熟悉感是为什么,母女俩的眉眼很像。

沈译驰于事无补地收回手,背到身后,藏得死死的,竭力绷着笑容不失礼:"阿姨,您好,打扰了。"

姜织跟着冯敏上楼,冯敏一路无话,弄得姜织心里很慌。

这个点的楼道很安静,走路的回声格外清晰,听得姜织心里更慌。

直到进了家门,冯敏才问:"你爸知道吗?"

"不……知道。"姜织吞吞吐吐，有些紧张，也不知道冯敏怎么理解她这个答案。

冯敏瞥了她一眼，扬扬下巴："阳台上有个花瓶，把花插上吧。"

冯敏回房放包，姜织听了会儿，没听见她跟姜国山打电话，匆匆安置好花，问："妈，你吃晚饭了吗？"

"吃了。"

姜织见冯敏在书桌前整理文档，似乎开始忙工作了。姜织欲言又止，没打扰，摸出手机偷偷给沈译驰发消息：你就直接走了？之前主动承担要跟我爸解释的沈译驰哪里去了？

沈译驰回得快：咳。我跟你妈接触不多，不太方便聊。我不知道你爸是你爸的时候，就认识他了。所以，两个情况不太一样。你妈怎么说，需要我明天带点东西上门正式见一面吗？

姜织看完他的绕口令，回：不用。你打字真快。

沈译驰：提前编辑好了，就等你给我发消息。要不我明天还是登门拜访一趟吧？你妈平日都喜欢什么，我准备一下。

姜织：她明天要上班，应该没空。你坐上车了吗？

沈译驰：还在小区门口，确认你没事我再叫车。

姜织听到主卧的开门声，是老妈出来了，飞快地回：我能有什么事，你叫车吧。

等冯敏走到跟前，姜织已经收起手机，坐姿乖巧，拉住她的手："妈，我本来打算今天回来跟你说的。"

冯敏挨着女儿坐下，任由她小孩子似的靠在自己怀里，无奈又心疼地拍了拍她的肩膀："妈妈没怪你。是我陪你的时间太少，都不知道我们织织谈男朋友了。什么时候在一起的？"

"高考完。"姜织认真地说，"妈，你陪我的时间一点都不少。你看，我健康优秀地长这么大，都是你跟我爸爸的功劳。不管我谈没谈男朋友，我都是最爱你们的。"

"你啊。"冯敏被逗笑。

翌日，姜织陪沈译驰简单解决了午餐，把人送去了高铁站。

姜织拉着他的手，迟迟不松："这一幕好像发生过。"

沈译驰也舍不得她，心情沉重："等你去北京时，我接你。"

姜织应了一声"好"，看了一眼沈译驰行李箱挂着的手提袋："里面那大包的是我妈让准备的。我跟她说，你去家里吃饭时，我爸给你回了很沉的一袋，我妈跟我爸较量上了，里面都是些吃的，天气热，搁不住，你可以分给汤瀚他们。我只给你放了一小包糖，你一天吃一颗，等吃完，我就去北京了。"

沈译驰那次回宿营的心情抵触而抗拒，这次去北京也说不上多轻松。人生地不熟的一个城市，还是外省，四个小时的高铁车程，饶是他心细胆大，内心也是迷茫和焦虑的。

他从小没从家人那儿获得过什么疼爱，并不恋家。虽然这些年有孙恙、有周淮在，他偶尔还是会觉得身后是空的。虽然脚底踩得实，但他每每低头看，便发现那仿佛只是透明的玻璃栈道，这种感觉安全但又不安全。

姜织的出现，带来少年的悸动。他从没想过让她陪自己承担什么，但就像那天她替自己吓走"红薯刺客"一样，她有意无意地分担着他身上积压已久的压力。

她带着一身孤勇，如横刀立马的侠女似的，义无反顾地和他比肩而立，用饱满生动的爱来护着他。

沈译驰眼眶里有了泪意，嗓子哑着，轻声应道："好。我在北京等你。"

"北京见。"姜织说。

第十章

新的环境，旧的人

比起纯粹莽撞坚定的高三，很多年后，他们会更频繁地记起大学时光。

热血、沉默、光芒。那些为之奋斗终身的，那些现实无奈的，那些万众瞩目的，那些没想过会发生的，都在时间罅隙里悄然而至，比高考对人生的影响还要重。

姜织在去北京前回了趟宿营，陪姜国山待了几天，才知道沈译驰在那次来姜家吃过饭后又来过几次家里。

这两人具体聊了什么，姜织不知道，问姜国山，对方就说下下棋、吃吃饭，以及随便聊了聊。姜织觉得意外又不意外，好奇也不好奇。

她提前去北京的事没跟沈译驰说，不是要突击查岗制造惊喜什么的，而是知道沈译驰这段时间感染流感，身体正是难受的时候，不想他折腾。

早晨跟他打电话时，他嗓子都是哑的，强打着精神跟她聊了几句便开始忙。语音是连着的，噼里啪啦的键盘声听得姜织心疼。

姜织搭高铁到北京时没人接，她自己查了地铁路线。坐了四个小时高铁，步行加地铁又花了一个小时，到中关村找到地方时，已经下午四点了。

期间她怀疑自己走错了，找路人问路，正巧碰见了汤瀚出门，才顺利到达。汤瀚把姜织送回工作室，指了沈译驰在哪个房间后，便走了。

这会儿工作室没人。团队人本就不多，有个什么竞标活动，全公司一起出动，沈译驰因为染病才被留下。

姜织把行李箱放到靠墙的角落，去推房门。她动作放得轻，沈译驰躺在一张长沙发上随便盖了条毯子，手臂压在眼睛上正睡觉。

这时，沈译驰的手机突然响了。沙发上的人窸窸窣窣翻了个身，眉头紧紧皱着。应该是闹钟，姜织想过去帮他关上，但沈译驰动作更快，他咳嗽了几声，身体的不适让他无感迟钝，并未察觉房间里多出来的人。

他似乎是要喝水，手在近处的桌子上摸索了几下，见杯子是空的，拧着眉头放弃了，披着毯子坐在沙发上醒神。

姜织快步过去，从他手里把空杯子拿走，注意到旁边有个电烧水壶，帮他倒好，然后递到他嘴边。

沈译驰刚睡醒，脑袋是蒙的。他见是姜织，不说话，也不反抗，配合地就着她喂水的动作喝了大半杯。

嗓子被润过，舒服些，额头被姜织凑过来贴住时，沈译驰轻眨了下眼，似乎才回过神来。

姜织贴了下他的额头，试完温度便站直："是不是有点发烧？有体温计吗？得测下体温。"

姜织自力更生，在旁边桌上各种数据线充电器堆里依稀看到了一根体温计，正要过去拿，手腕被坐在沙发上的人拽住，有力且烫。

"你什么时候来的？"姜织看过去时，听见他说，嗓音比电话里哑得还要严重，"我还以为又是梦。"

姜织觉得他比上次见面时瘦了一圈，仰脸望着她的时候，修长的脖颈上喉结凸起，显得有几分赢弱气质，流畅锋利的下颌线又显出几分坚毅。因为生病眼眶有些红，眼底还有红血丝，弄得姜织说话都不敢大声。

"刚到。在园区里找了好久，原本要给你打电话，碰巧遇见汤瀚把我带上来。"

沈译驰扭头，应该是找汤瀚，姜织自顾说："他又出去了。"

姜织腾出一只手拿到电子体温计，确认能使用后，递给沈译驰："先测一下体温。"

沈译驰抬着胳膊夹体温计时，姜织帮他扯了扯肩上的毯子。北京比南京要干，体感温度更热，室内空调送着冷气，缓解着燥人的暑意。

"坐的是十点那班车？吃——"沈译驰偏头咳嗽了一下，松开姜织的手，要去拿东西。

"喝水吗？"姜织问。

沈译驰摇头，指了指："那边的抽屉里，帮我拿个口罩。"

姜织拿回来，见沈译驰已经起身，把房间的窗户开了一扇。沈译驰把口罩戴好，才继续跟她说话："饿吗？带你去吃饭。"

姜织中午在高铁上吃了一份肯德基，天气热得没有胃口，说了句"不着急"，问他要体温计："时间够了，我看看。"

沈译驰知道自己发烧了，这会儿不太想给她看，故意岔开话题："看什么？这么久没见，板着一张脸，怪严肃。过来，先让我好好看看。"

姜织不情不愿地被他扯过去，抱住。窗口流通的风吹得姜织有些懒，忘记了反抗，被他结实抱住的时候，彻底忘记了自己要做什么。

"怎么坐了一路车，身上还这么香？"

姜织嘀咕："你戴着口罩能闻见才怪呢。"

哦，对，口罩，他还生着病呢。姜织想到时，正要让他别乱动，免得把体温计弄掉了，结果手绕在他背后环抱住他时，摸到了他放在牛仔裤后口袋的东西。

不是体温计是什么。

他趁她不注意提前拿出来了。

没等沈译驰把姜织的手抓走，她已经成功拿到，扫了眼上面的度数："38℃。"她因为生气，语气加重，"沈译驰，你现在都比我喝的水还要烫，你知道吗？"

"你怎么随便摸人屁股？"沈译驰试图糊弄过去，被姜织瞪了一眼，才说，

349

"中午吃了退烧药,待会儿我再吃一片。"

姜织把体温计套回塑料壳里,替他做决定:"你立刻跟我去挂水。"

沈译驰放弃无谓的反抗,应:"好。你先坐会儿,我去个卫生间就跟你去。"

姜织随手把他刚刚披的毯子叠了,留在沙发上。

工作室里没有乱七八糟的家具,几张办公室桌子两排拼在一起,上面放着台式机和笔记本电脑。理工科的男生过得没那么讲究,忙起来东西乱丢。沈译驰的座位还算好,姜织一眼就认出来了,坐在那里,边等沈译驰边在手机上查附近的医院。

担心挂水一挂就是几个小时,姜织留意了下手机电量,从桌上找到充电线先充一会儿。

沈译驰的充电线上被她缠了一圈手账胶带。之前两人在南京买奶茶时,用积分换了个挺漂亮的胶带,姜织觉得好看,随手往他数据线上缠了几圈,他竟然一直没撕。

姜织刚给手机充上电,工作室门口的电子锁响了。一个女生拎着一袋药和一个保温桶从外面进来。没等姜织礼貌打招呼,她注意到姜织在动谁的东西后,连蹦带跳地冲过来:"你是谁啊?怎么进来的?你不要乱碰,这里可都有监控。"

沈译驰跟姜织视频时介绍过,姜织认出来:"你是程雪吧——"

不给姜织解释的机会,她冲过来,一把扯开姜织:"别瞎套近乎,我不认识你。我现在就报警!"

这时,沈译驰的声音在姜织身后及时响起。

"程雪,放手。"沈译驰不知什么时候从卫生间出来,站在姜织身后,一手揽着她的肩膀半抱着她,另一只手拉住姜织被程雪扯住的胳膊。他用冷水洗过脸,下巴和手都是凉的,嗓音也很冷,"这是我女朋友。"

程雪这才冷静,松开手,嘴巴张了张,看看沈译驰又看看姜织。

沈译驰小心地去看姜织被扯过的手腕,问有没有事。

姜织摇了摇头,看向程雪,友好地笑了笑:"你好,我是姜织。"

程雪嘴角微动，有丝尴尬："原来你女朋友长这么好看啊，难怪……"又说，"阿驰，这是我让……我哥让我妈给你煮的桂枝汤，感冒发烧的病人喝这个合适。"

姜织喝过这种汤，是用桂枝、芍药、生姜、大枣和甘草一起煮的，确实适合高热咳嗽的人。

说沈译驰自恋也好，程雪的示好，他不是看不出来，已经在尽力避了。不过程雪的同胞哥哥程昱跟汤瀚是同宿舍的，也是这个团队的成员，没办法完全避开。

以免姜织知道了多想，沈译驰很自觉地准备拒绝，谁知姜织抢先道："谢谢你啊，给我吧。"

程雪原本还在纠结当着人女朋友的面给会不会不合适，没想到对方会直接出面接过去。程雪慢了半拍，提醒道："搭配清粥喝会比较好，要忌口牛肉和梨。这些药也是给他的。"

姜织微笑着，应道："我记住了，谢谢你们这么照顾沈译驰。"

程雪被乱拳打得有点蒙。

沈译驰也在蒙，等出了工作室，他把姜织叫住："为什么收？"

"长辈特意给病人煮的，别人不头痛发热留着这汤也没用。"姜织一脸单纯。

沈译驰把问题的关键丢出去："她如果喜欢我呢？"

姜织瞥了沈译驰一眼："喜欢呗。你这么优秀，长得也帅，被人喜欢很正常，这不是你能决定的。但你知道我才是你女朋友就够了。"

沈译驰被夸得翘了翘嘴角，几秒后，冷静下来，心说身为女朋友不该吃个醋吗？

"怎么了？"姜织迷茫地瞥他。

隔着口罩，姜织有点拿不准沈译驰是不是闹脾气了，但直觉他的沉默不对劲。

沈译驰被她盯着，照实反问："你都不计较我收别的女生的东西吗？"

姜织愣了下，似乎明白他就差把"这里有个醋请你吃一下"写在脸上了，

351

说:"这次东西是我收的。你当然不能收,其他女生给你一颗糖,你都不能收,记着了没?我会生气的。"

顿了下,姜织问:"是想要我这个反应吗?"

沈译驰觉得她在意的模样真可爱,无理取闹也可爱,但听到最后这句,刚翘起的嘴角重新压回去,"嗯"了一声:"正常情侣不就该是这个反应吗?"

"话是这么说。可你一个人在北京,生病了有人能想着照顾你,很难得了。"姜织考虑周全,"我知道你担心什么,所以我早想好了,晚点从医院回来,我们带点夜宵给她或者她哥哥,作为回礼。"

"行吧,到时你给。"

道理沈译驰都懂,易地而处,他也会这样处理。可姜织理性得让他有些……可怜。

对,就是可怜。

"女朋友不爱吃醋是什么原因"这样的问题发到网上,热评第一妥妥的绝对是——还能因为什么,不爱了呗。

姜织挽着胳膊往他怀里蹭,仰着脸看他,笑着说了一句:"我们阿驰啊。"

沈译驰垂眼:"我怎么?"

"没事。就是觉得你很可爱。"姜织说。

吃过饭,挂完水回到工作室时,人多了些。沈译驰介绍女朋友给大家认识,姜织落落大方地跟大家熟悉起来。

"你还在啊,太好了。"姜织很自觉地甩开男朋友的手,过去程雪那边,"这个给你。我吃着挺不错的,你看看吃得惯吗?谢谢你准备的感冒药和汤啊。"

"提拉米苏啊,我正减肥,不怎么吃甜品。"

"你不胖啊。"姜织语气认真,"据说甜品能让人心情好,女孩子心情好了会由内而外地变美,而且这个不怎么甜。"

别人说这话可能没什么说服力,但姜织似乎有什么魔力。程雪将信将疑:"真的?那我只吃一点点。"

工作室这个点有不少人在,他们朝两个女生望过来。

程雪从见到沈译驰第一天起就上心的事，在他们之中不是秘密。私下不八卦，不代表不知道这件事，此刻见到这两个女生如此亲密的互动，神色各异。

　　程雪是个家教很好的女生，被父母和哥哥宠得娇气一点，但心思直。蛋糕吃到嘴里，在姜织期待的目光中，她竖起大拇指："好吃哎！"

　　姜织莞尔："你喜欢吃就好。"

　　程雪又吃了几口，已经超过了"一点点"的计划，视线一直打量着姜织。知道沈译驰有女朋友后，她找了见过对方的李今纾和汤瀚打听过，都说对方是个美女，气质很好。这点确实符合，而且脾气很好，不黏糊不张扬，由内而外地散发着温柔坚韧。

　　姜织投喂完程雪，便去公共厨房找正在洗保温桶内胆的男朋友说话。

　　两人不知聊了什么，沈译驰似乎是笑了，眼梢弯着，少年气干净蓬勃。

　　公共厨房是开放式的，位于角落，在工作区的视野盲区，唯独程雪这个角度能看见他们的互动。

　　程雪看到姜织拉下沈译驰的口罩，啄了下他的嘴唇，然后再帮他把口罩拉好。

　　沈译驰手上有水，用手臂勾了下她的腰，讲悄悄话。

　　她哥程昱跟沈译驰熟一些，一起敲代码，一起打游戏。程雪因此知道他很多事，但又觉得始终不了解他，也始终想象不出他谈恋爱会是什么样。

　　姜织拎着洗净擦干的保温桶从公共厨房出来时，程雪已经吃完她带回来的提拉米苏在玩手机。

　　"我把保温桶搁这儿了，你回家时别忘记带。"姜织提醒她。

　　程雪视线从手机屏幕上抬起，应了一声"好"，又问："你身上的裙子是哪个品牌的啊？真好看。"

　　姜织低头看了眼自己的裙子，笑："那我们加个好友，我发链接给你？"

　　"好啊。"程雪等她调出二维码，扫描添加，"我会避开跟你买同款的。"

　　姜织无所谓地笑笑："没关系。据我观察，大学城里，还是挺容易撞衫的。"

　　两个女孩一来一回聊得融洽，一旁靠在电脑桌上转手机的男生盯着她们，准确地说，是盯着姜织看了有一会儿了。

工作室里大家都知道沈译驰有女朋友，今天第一次见真人。

男生在姜织把手机收起来前，过来："嗨，姜织是吧，我们也加个好友啊。你以后肯定常来，有译驰不熟悉的地方，你可以找我。"

程雪主动帮忙介绍："他是方洄，是这个团队的……"她思考了半天，概括，"除技术外的所有事他都能负责，算是投资人吧。"

姜织冲他点点头，手机拿在手里却没动。方洄扬扬眉，很耐心地等待着。

姜织先是朝沈译驰望去，后者从公共厨房出来后没往这边凑，在露台上靠着栏杆打电话，挺拔的身形被夜色霓虹笼罩着。姜织觉得他不仅是瘦了，跟在盈高学生气的感觉不一样了，似乎在无人知晓时，悄然成长着。

沈译驰似有所感，抬了下头，两人隔着一段不短的距离对视一眼。

姜织弯唇笑了下，在方洄"不方便吗"的询问声中，回神，抱歉地回了一句："你这么忙，我就不添麻烦了。谢谢啊。"

方洄知道这是被拒绝了，倒不意外，美女嘛，哪能这么好搭讪。

"方洄要加你微信？"从工作室离开的路上，沈译驰开始兴师问罪。

他们这会儿要去沈译驰在清大附近租的房子，原本想过继续跟周淮租个两居，但清大和中央音乐学院距离算不上近，即便折中对两人都是不便利的，他们一合计，索性各自租各自的。

沈译驰本想送姜织住酒店，说自己感冒了，怕过给她。但姜织坚称正是因为他感冒了，所以才更需要人照顾，怎么劝都没用，沈译驰只能顺着她。

好在客厅里有一张沙发，沈译驰打算今晚睡那儿。

姜织仰头看着天上的月亮，接话："我可以给吗？"

"不准。"沈译驰斩钉截铁，"不止微信，手机号也不能给，任何信息都不能给。不止他，要是其他异性问你要，都不给。"

"好好好，我记住了，你不用给我演示恋人该怎么吃对方的醋了。"姜织被他逗笑。

沈译驰跟着笑了，也觉得自己这醋吃得挺无理取闹的。当初看她拒绝杨霄牧送上门的奶茶，那句"我不是收垃圾的"说得很有水平，比他会处理跟异性的关系。

他到家后又测了一次体温,烧是退了,但口罩一直戴着没敢摘。别说做点什么了,亲都没亲一下。

北京的租房环境算不上好,沈译驰租的小区不新,但房间墙体干净完整,大件家具不多,不过基本生活所需是可以保障的。能看出来他在这儿住的时间少,生活痕迹不多,客厅角落堆着几个从宿营寄来的纸箱还没来得及整理出来。

姜织洗澡时,沈译驰给卧室换了干净的四件套,又从客厅没顾得上整理的箱子里找到一个香薰蜡烛。

姜织擦着头发出来时,见焕然一新的房间,过去叫停:"你能休息吗,病号?我怎么都能住。"

"想让你住得舒服点。"沈译驰摸了摸她的头发,确认她吹干了,"床归你,我去沙发睡。不是脚疼?我给你捏捏。"

姜织横坐在沙发上,脚搭在他腿上,任由他发挥:"哪有让病号睡沙发的。"

"也没道理让女朋友睡沙发。"他说。

姜织觉得沈译驰虽然万能,但也不该是懂按摩穴位的人,但奇就奇在被他随随便便捏了几下,神经舒缓,安逸得不得了。

姜织屈腿踩了下他的大腿一下,沈译驰随即抬手,把她滑上去的睡裙下摆拉回来:"别乱动。"

她过来住是方便照顾他,不是为了降低他的生活品质。姜织没听,又用力踩了他一下:"你真不睡床啊?"

"不睡。"

姜织负气:"不睡拉倒。"

姜织挪远些,白皙莹长的脚掌塞进拖鞋里,去卧室了。

门没关严实,虚掩着一条缝,好像她忘了,又好像她是故意的。沈译驰在沙发上坐了会儿,听见她跟妈妈打电话报平安的声音。

刚挂断,她又给姜国山打,期间提到"沈译驰"三个字,说了什么没听清。

等她结束通话,沈译驰才起身去卧室拿干净衣服,准备洗澡。

姜织坐在床尾慢吞吞地擦身体乳,听见他进来又出去,头也没抬,摆明了不想理他。

沈译驰来到卫生间才明白,明明她用的是他的洗发露和沐浴液,怎么身上还格外香——盥洗台上摆着四五个瓶罐,功能不一。

比较起来,沈译驰糙多了。

沈译驰洗完澡出来,卧室的灯已经关了。他去阳台吹干头发,尽量放轻在客厅里活动的音量,忙完在沙发上躺下时,给姜织发了一条消息:好梦,晚安。

卧室里,姜织拿起手机看了眼,除了这条消息,还有一条好友申请。

是方泂,附加信息是:嗨喽,我是方泂。

通过程雪分享名片添加。

姜织装作没看到,忽略,点开了和沈译驰的对话框,也没回复。

沙发款式老,坐垫柔软度一般,沈译驰个高挺拔,勉强能躺下,说不上睡得多舒服。大概是吃的感冒药里有安眠的成分,他入睡得很快。半梦半醒间,他听到了卧室门打开的声音,姜织来到他旁边试了试他额头的温度。

然后是走动声,她倒了一杯水放在他旁边的茶几上。

最后她帮他把身上的毯子盖好,才回了房间。

翌日一早,沈译驰醒来时发现自己半边胳膊麻了,慢吞吞地睁开眼,发现是姜织席地而坐,趴在他胳膊上睡着了。

瞌睡一丁点儿都没了,也不觉得大病初愈的身体有什么体虚乏力。

他小心翼翼地把人从地板上抱起来,送回了卧室。期间看到茶几上叠着的浸了水的毛巾才记起来昨天夜里自己似乎又烧了起来。

姜织发现的,怕他醒,也没开灯,一趟趟地去卫生间打湿毛巾帮他物理降温。

他依稀醒过来,可能是烧迷糊了,也可能以为是梦,似乎是交谈了几句没什么意义的话,又被哄睡着了。

在沈译驰把姜织放到卧室的床上前,她醒了。

她问了句"几点了",又抬手探了探他的额头,得出结论:"现在不烧了。"

"还很早，你再睡会儿。"沈译驰把她放到床上。

姜织"哦"了一声，翻了个身，听话地闭了眼。

沈译驰在旁边盯着她看了好一会儿，心说，傻不傻，他这么大人了，身体抵抗力强，没这么娇气。但被姜织这么上心地对待着，他的心软得一塌糊涂。

他俯身亲了亲她的额头，才起身离开卧室。

他没再睡，把客厅简单收拾了，下楼晨跑。

姜织这一觉睡得很踏实，听到客厅里开门的动静才醒来。她定了定神，意识到自己现在在哪里，起身下床出去。

"醒了？洗漱完过来吃饭。"沈译驰站在餐桌旁拆着打包回来的早餐，回头跟她说了一句。

姜织"哦"了一声，昨晚实在是没睡够，这会儿人醒了，精神还是疲惫的。她刷完牙往外走时，一头撞进沈译驰怀里，还没来得及反应，就被他紧紧地抱住。

姜织一脸蒙："干吗？"

"抱一下。你怎么这么好？"沈译驰将脸埋在她脖子里，闷声说，"昨晚辛苦了。"

早餐吃得简单，沈译驰说今天可以不去工作室，问姜织想去哪里逛逛。姜织拒绝了，说吴桐雨来北京玩几天，自己要陪她，把沈译驰赶走了。

沈译驰走之前，和她确认："真不用我陪？"

姜织送他到门口，检查他给自己留的那套门禁卡和钥匙，说："我得陪吴桐雨，她一个人过来的。"

"我陪你去接她。"

姜织把人往外推："不用。她昨晚到的，已经在酒店睡了一晚。哦，对了，我晚上应该不回来了，来之前就说好了陪她住酒店。"

女朋友太独立了怎么办？沈译驰心说，只能自己更黏人一点。他将开到一半的门重新关上，在姜织疑惑"怎么了"时，捏着她的下巴接吻。

昨天见面就想亲了，一想到今天一整天还有晚上见不到了，就更想亲了。

一个多月没见，那些日积月累的思念，都一丝丝注入这个绵长而深情的吻中。

直到姜织的手机铃声响起，沈译驰才把人松开："走了啊，有事给我打电话。"

姜织应了一声"好"，送他出门。她又在玄关站了一会儿，回味了下方才的吻，才折回客厅找到自己的手机。

语音通话不是吴桐雨打来的，是程雪，没人接便改成发消息，问她：今天要不要一起逛街？

姜织想到昨晚那通好友申请，委婉地拒绝了：不了。我今天约了朋友。

程雪倒是爽快，说：好吧，那改天约。

两人互发了两个表情包，聊天结束。

姜织搁下手机，戳了下茶几上沈译驰给的那个七夕礼物——小E可活动的手臂，说："我又不傻，对吧？"

小E响起沈译驰的声音，正正经经地回："嗯，你最聪明。"

姜织："我怀疑你在阴阳怪气我。"

小E："你自己心虚了。"

姜织："才没有。"

小E："越狡辩越说明是事实。"

姜织："人工智障。"

小E："你生气了吗？"

姜织："嗯，很气。"

小E："对不起，织织，我错了。"

姜织弯唇被逗乐。沈译驰可爱，小E更可爱，好吧，还是沈译驰更可爱。她把小E搁到阳光能照射到的地方充电，便收拾好自己出门和闺蜜会合。

吴桐雨把行程排得满满当当，带着姜织赶场似的。城市交通便捷归便捷，但今天是工作日，早晚高峰挤得吓人。

特种兵式走了一天，晚上两人来到酒吧，终于能歇歇脚。

两人都是第一次来这种规模的酒吧，多少有点不适应，待了小半个钟头便决定离开。结账时，服务生说有位客人帮她们买单了。

吴桐雨疑惑："谁啊？"

两人顺着服务生的提醒看过去，姜织看到了方洄。

方洄举着酒杯笑了下，把杯中酒喝光，才长腿一迈，朝她们过来。

吴桐雨悄声问姜织："你朋友？"

姜织："沈译驰的朋友。"

方洄过来后，跟吴桐雨打了个招呼，然后笑盈盈地看向姜织："巧啊。"

姜织从服务生那儿要来了她们两人消费的酒水小票，对折收好："谢谢你帮忙买单，我一会儿把钱转你。"

方洄扬扬眉："行啊。那我们加个微信方便转账？"

"不用。我让沈译驰转给你。"姜织朝他刚刚过来的那桌望了望，提醒，"你朋友是叫你吧？我们还有事，先走了。"

这个点不好打车。姜织和吴桐雨站在路边，说了好一会儿的话，打车平台一直没呼叫到车。所幸她俩接下来没什么事，天不冷不热的，就站着闲聊。

过了一会儿，有辆外形吸睛的跑车驶近，刹停时，方洄坐在副驾驶座，正对着姜织："不好打车吧，我送你们？"

姜织客客气气地道："我们不急，可以慢慢等。"

方洄嗤笑了下，说"行"，想起汤瀚提过，姜织跟沈译驰在一起时还有男朋友，中午见了一面，傍晚就好上了。这让方洄看姜织时多少戴着有色眼镜。

他没急着让代驾走，手臂压在车门上，慢悠悠地将姜织上下打量了几遍，说："译驰也是，放心你一个人出来啊，再忙也该来接你。"

姜织不是喜欢恶意评判别人的人，但防不住有些人说话做事没有分寸感。如果没有昨晚他通过程雪添加自己的微信，姜织还有可能把他这份"热心"当成是担心她们两个女生深夜在街上逗留不安全，把他现在这句话当成单纯的情商低。

姜织不怎么给面子，丁点儿笑容都没有，敷衍地接了一句："北京治安挺不错的，没什么好担心的。"

"那也该接啊。如果你是我女朋友,你一个电话,我三秒准到。"估计是看出姜织不爱搭理,方洄给自己找补了一句,"开个玩笑哈,有点喝多了。"

姜织淡声道:"喝多了就回家休息吧。"

另一边,沈译驰在工作室待到很晚,汤瀚起身活动时,发现他还在,愣了一下:"你怎么在这儿?不用陪女朋友?"

"她跟闺蜜出去玩了。"沈译驰看了眼时间,拿起手机看消息。对话框里干干净净,倒是一点也不想他。

程昱哼着歌从旁边经过,不知看到什么,把自个手机给沈译驰看:"阿驰,你看这女生是你女朋友吧?我看挺像。"

"什么?"沈译驰望过去,看清程昱手机屏幕上的照片。是在酒吧拍的,吧台后面的背景墙上各色酒瓶成排摆放,吧台前,方洄背靠着吧台,正跟一个女孩说话。女孩稍侧了下脸,表情淡淡的,但架不住酒吧特有的光线把她白皙精致的脸庞照得特别好看。

沈译驰应了一声:"照片哪儿来的?"

"我一朋友发给我的,问我这是不是方洄新交的女朋友,说看他俩一块走了。"程昱小心翼翼地说完,瞥了学弟一眼,生硬地开解,"给人戴绿帽子这事,女的能做一次,就敢做第二次。人的底线是一点点变低,胆子是渐渐变大的。"

沈译驰眼神深幽:"你说这话什么意思?"

程昱和汤瀚对了个眼神,沈译驰不解地看着他们。

汤瀚欲言又止,一鼓作气把那天在南京撞见他和姜织手挽手逛街的事说了:"姜织是挺漂亮的,但……我也不是故意在背后说人家什么。我们都没觉得你怎么样,就是想说,你对这事得提前防备,要是真喜欢,就防患于未然。"

沈译驰理解了。他沉默,开始反思昨天姜织来工作室,旁人是怎么看待她的。

"你有没有想过,她说的男朋友就是我?"沈译驰跟汤瀚相识多年,清楚他的品行。

汤瀚迟疑："我是有过这个猜测，但那天中午你们打照面时谁也没跟谁说话，明显是第一次见啊。那天过后原本想跟你确认一下，你嫂子说你自己有数，好不容易脱个单，让我不要多嘴。"

沈译驰回忆了一下，确实是，当时因为姜织来见自己只是"顺路"行为而怊酸，赌气装可怜说在酒店补觉，结果转头在南大碰见，他倒是想打招呼，但姜织估计是生气了，视线一对上就别开。当时人挺多的，他只能等避开人才说上话。

沈译驰没多解释这些，只说："我们的事，两家的父母都知道。所以，以后不要再误会她了，对她不公平。"

沈译驰离开工作室回家，看着空荡漆黑的客厅，姜织果真没有回来，对话框也是空荡荡的，连个报平安的短信都没有。

沈译驰心说姜织不会是听说什么生气了吧，开始从昨晚回忆到今早出门，疑惑是什么时候有苗头的。

沈译驰洗完澡，清醒了一些，给她打了个电话。结果没响两声，被她直接挂断了。沈译驰盯着一直没有回电的手机，心想，这事严重了。

姜织到家时，沈译驰还没琢磨出个所以然来。

他穿着干净的T恤短裤，头发没怎么吹，半湿着，心不在焉地整理着周淮给他寄来的几大箱生活用品。

"你还没睡？"姜织换鞋进来，把手里拎着的袋子放到茶几上，过去帮他，"睡眠不足免疫力会变差，不要让自己太累。"

"很快就好了。"沈译驰更关心，"你为什么不接我电话？"

姜织指了指茶几上的超市购物袋，说："当时在结账，不小心挂了。想着没几步路就到了，就没再回。怎么了，有急事？"

"没急事。"沈译驰收拾得差不多了，借着洗手的空，在"哗啦啦"水流声的掩盖下，反思自己是不是太敏感了。

他回到客厅，看姜织抻着拇指和中指粗略地量着茶几的长宽，同时在手机上记着什么，明显不是生气的模样。

"不是说今晚住酒店吗？"沈译驰问。

"都怪傍晚喝了一杯奶茶，睡不着，格外想见男朋友。所以吴桐雨睡着，我就回来了。"说着，姜织展开双臂，要抱抱。

沈译驰把人从地上抱起来，去沙发上坐着，这才看清她的手机屏幕，是和淘宝客服的聊天。他问："在买桌布？"

"茶几有点丑，我给你加工一下。需要吗？"

"买吧，反正这也是你的地盘，买完给你报销。"沈译驰把人往自己怀里掂掂，"还说我。昨天晚上你没怎么睡，现在不也没休息。"

姜织对比着几款花色，头也没抬，道："你骂我吧，我听着。反正我是为了照顾你才没睡，你要是没有良心就随便骂，我不还嘴。"

沈译驰被道德绑架，捏着她的下巴，让她面朝自己："我看看嘴，叭叭叭叭的挺辛苦啊。"

沈译驰卡着她下巴的动作没用力，姜织稍微往下低头，咬住了他的虎口。

不能说咬，压根没用劲，虚张声势了一下。但瞪他那一眼是真的，姜织问："你今晚怎么了？感觉你有心事。"

"我有什么心事？"沈译驰俯身，以吻封住她的嘴，"想你了。"

他这个吻带着情绪，攻势有点凶。

姜织起初还积极地配合，渐渐地有点受不住，把他的下嘴唇咬破了。

沈译驰摸了摸她的杰作，问："今天去哪里玩了？"

"去了故宫，还去南锣鼓巷吃的饭。"

"晚上去酒吧了？"

姜织觉得沈译驰神了。她低头嗅嗅自己身上，说："我洗澡了啊，还有酒味吗？还是吴桐雨发朋友圈了？"

"你猜。"

"猜不着。我就喝了一点果酒，不好喝。感觉也不是不好喝，就是环境不太好。"姜织记起正事，把小票拿出来，又找到手机，给沈译驰转了一笔钱，"你转给方洄。晚上他帮我和吴桐雨买的单。"

沈译驰沉着脸扫了一眼小票，把钱收了，照做："怎么他买？"

"谁知道，装阔气吧。"姜织确认他转完，扯了扯他的耳朵，卖乖道，"我听你的,没加他微信。不表扬一下吗?"

沈译驰把手机放下,不打算让方洄影响气氛,看她:"想怎么表扬?"

"这就要看你的诚意啊。"

沈译驰今天穿的T恤胸前有一排英文字母,姜织百无聊赖地一个字母一个字母地戳着,玩上瘾了似的。过了一会儿,她问:"沈译驰,你喜欢北京吗?"

"谈不上喜欢不喜欢,还在适应。你呢?"

姜织说不知道,低头玩着手机,慢慢地说:"这个城市好大啊,突然感觉自己很渺小。我以前觉得自己还挺喜欢接触人的,看看众生众相,体验一下人生百态。但我现在又觉得,不想看别人,把我们自己看清楚就好。"尤其不喜欢不想干的人来指指点点。

"嗯。我们的织织啊,想家了。"

"可能是。"姜织选好桌布和玄关脚垫的款式,下完单才想起来问,"这个房子不是短租吧?我看你添置了不少东西。"

"不是。看了几个短租的房源都不太合适,最满意现在这个,但房东要一年起租。我心想租吧,宿舍个人区域有限,租着这里,平时生活方便点儿。"

"那每年房租是一笔不小的支出。"姜织眨眼,想了想,还是问了,"之前我听周淮说,叔叔阿姨断了你的零花钱,你大学学费也需要自己解决。是缓和了吗?"

"没缓和。"提到父母,沈译驰的眼睛暗了暗,这是一直困扰着他的心病,"不过你的消息是不是有误?我没他说的这么惨,手上有存款。"

"真的?"姜织不太相信,那眼神,沈译驰理解成她认为他在打肿脸充胖子。

"等我拿我的手机来。"沈译驰伸过胳膊把手机够过来,点开某个软件,给姜织看。

是账户余额。

姜织看到了两个逗号,有些诧异:"……你小金库这么多吗?"

"我和家里是还在僵持着。你现在看到的这些,有一部分是我从小到大的奖学金和各种比赛的奖金。另外,我课余还有副业,也一直有入账。虽然在北京买不起房,但租房还是租得起的。"

姜织沉默,想到之前兴师动众地让老爸照顾他一下,害怕他饿着,想方设法地给他点外卖,如今想想,显得有点愚蠢。这事一定要按死在摇篮里,不能让他知道。

"心脏突然有点难受,让我先缓缓。同样是十九岁,怎么人和人差距这么大呢?"

"哪儿疼?我给你揉揉。"沈译驰看她,假模假式地关心。

姜织被他闹了会儿,躲痒时把他压倒在沙发上。姜织居高临下地看着他,问:"是因为很早就决定脱离家庭独立,所以开始攒钱吗?"

沈译驰枕着胳膊,倒也坦诚:"怎么可能脱离?就说我那些户外装备,还有各种摄影器材,大大小小的兴趣,哪样都烧钱,花费的不都是我爸妈的劳动成果吗?我是能凭一些个人技能获得金钱报酬,但这些技能得以被训练出来,很大一部分原因是他们提供了优渥的经济基础。所以,我永远脱离不开。"

姜织不知道怎么安慰。

沈译驰倒清醒,反过来开解她:"你相信万事守恒吗?我现在已经不计较过去经历了多少遗憾,有多少怨憎,因为你的出现,让我觉得圆满。我做不到释怀和原谅,但我甘心接受。在一定程度上,因为我妈是唐湘汶,所以我才有机会认识姜织。北京是很大,距离宿营也远,这里只有我们,我想照顾你,就像你心疼我感冒,通宵照顾我退烧一样,照顾你。我想做你的家人,可以吗?"

姜织轻轻应了一声"好",亲了亲他嘴唇被咬破的地方,思考要不要找药帮他处理一下:"你今晚还睡沙发吗?"

"可以睡床吗?"沈译驰用气声说话,听得姜织耳朵发痒,忘记正事。

姜织很大度地笑:"可以。"

沈译驰啄了她一下,把人抱开:"在家等着,我出去买点东西。"

姜织揪着他的衣摆把人留住,沈译驰瞧过来。

姜织说:"我回来的路上买了,在袋子里。"

沈译驰在一堆零食酸奶中,找到了两盒安全套。

姜织很负责任地解释:"怕你挑,所以买了两个品牌的。"

沈译驰单手抱起她,另一只手拿东西,进卧室后,用脚带上门:"那可以都试试。"

刚刚收拾东西时,打开了卧室的灯。沈译驰把人放到床上后,绷了一根神经:"你爸今天还没找你视频吗?"

四件套是黑色的,姜织躺在上面,衬得皮肤格外白。她说:"送吴桐雨回酒店时视频完了。"

他们是彼此在这座城市里最亲的人。

明明是满怀希望的,可总觉得不安困惑,所以他们尽最大可能地用力拥抱对方,彼此传递着勇气和力量。

许久后,沈译驰伏在姜织肩上,先出了声:"被你爸打死我也认了。"

姜织笑了笑,摸到男友肩背上细密的汗:"我会对你负责的。"

开学报到日,姜织是到宿舍最早的那个。

女生宿舍是四人间,上床下桌。姜织把领到的被褥安置好,便跟沈译驰出了校园。时隔三个月再回到朝气蓬勃的校园,姜织心里那点儿想家的情绪,彻底淡了。

吴桐雨留在本省读师范,方时序去了南大,史唐考去了上海,学机械工程。周淮前天来中央音乐学院报到完成,和姜织沈译驰约了中午聚一下。

姜织和沈译驰到餐厅时,正看到有个高挑漂亮的女生站在周淮面前,拿着手机说加一下联系方式。似乎是他同校的学生,这是第二次见面,算不上熟。

周淮该说说该笑笑,加好友时却没动:"估计加不成,手机没电了。"

女生遗憾地收起手机,走了。

"你还是周淮吗?"沈译驰坐下时,说。

姜织也觉得不像周淮。周淮一向很照顾异性的面子,不会让人下不来台,加个微信这种事,他乐意之至。

今天是真的反常。

但除了这一点,周淮还是那个熟悉的周淮。他靠在椅背上,手横搭着,一人霸占一侧的双人座,吊儿郎当:"你来验验啊。"

沈译驰懒得理他的不正经,自顾自帮姜织放包。

瞧着桌对面沈译驰和姜织动作自然地互动着,周淮不由得羡慕。过去他身在戏中,不识风月,如今成了局外人,才晓得错过,痛彻心扉。当时只道是寻常的,此时却难再寻。

他看破红尘似的,唉声叹气:"你俩可劲秀吧,我后悔来吃这顿饭了。"

吃完饭回学校,译驰把姜织送到宿舍楼下,又说了会儿话。

姜织进宿舍时,另外三个女孩已经到了。和姜织对着床尾的叫赵禾,是个追星少女,墙壁上张贴着某个男团的海报,桌上各种周边摆件眼花缭乱;钱敏敏比较拘谨内敛,戴着一副厚厚的眼镜;个子最高的孙妍利落些,说话做事雷厉风行,很痛快。

都是同专业的,此刻她们仨正凑在一起聊闲天。

"真的,本人巨帅,以我阅人无数的审美保证,都能出道了,妥妥的校草。这个照片,我偷拍得太匆忙,没拍好。他旁边那个好像是他女朋友,两人戴的手链都是同款,我只看到女生的背影,气质挺好的……"

说话的是赵禾。

孙妍最先发现有人进来,招呼:"你就是姜织吧,我叫孙妍。"

钱敏敏被亢奋的赵禾扯着手臂,疼得直皱眉却始终推不开。

孙妍过去把人拯救出来,同时拍了赵禾一把:"别看照片了,我们宿舍就有美女。"

赵禾抬头,当即星星眼,刚要打招呼,打量的目光突然停在姜织的手腕上:"咦——你这手链,和照片里的一模一样啊。"

在姜织一头雾水时,赵禾把手机贡献出来。姜织顶着其他三人审视的目光,看到了所谓的校草照片,笑了下:"那个……这是我男朋友。"

女生宿舍里一阵猴叫!

女生间有共同的话题,很容易成为朋友。

晚上新生见面会,大家以班级为单位活动。大学课堂,空着的永远是前两排,姜织宿舍四个人到得晚,进教室时只剩第一排有空位。

孙妍说得没错,姜织是名副其实的美女,尤其这是计算机专业,女生占比少。大多数人醉心课业,爱打扮的也少,能打扮得出挑的更少,像姜织这种天生底子好的人可谓珍稀。

沈译驰此刻跟室友坐在一起,来得早,原本想给姜织她们占个座,但姜织被室友围着一番打听,不想太高调,就拒绝了。以至于这会儿沈译驰瞧着前后排的男生不约而同地打量她、讨论她,心里宣示主权的念头蠢蠢欲动。

尤其是当他看到原本在讲台旁聊天的两个助教中的学长,下了讲台,走向姜织。姜织和他说了几句话,然后拿出手机似乎是加了好友。

其实仔细想想,沈译驰也不觉得她这做法有什么,她之所以加人家好友肯定是有什么事,自己非常理解,但就是要没事找事地吃点醋。

姜织收起手机前,收到了男朋友的消息:*我看到了。*

她朝后转头,在成排的同学中,找到自己的男朋友。视线对上时,她笑了下,用手机回:*他问我有没有兴趣出一个新生晚会的节目,说可以加学分。我觉得挺合适的,就答应了。*

沈译驰装无辜:*我说我看到你了,你答的什么啊?*

姜织习以为常:*行吧。待会儿结束一起走?*

沈译驰:*走呗,我还能不听你的。*

姜织在心里嘀咕了一句"醋精",把手机收了。

这个会没有正事,担任助教的学长和学姐组织大家逐个上台自我介绍,选了班干部、领完教材,闲聊了会儿接下来的军训和生活规划,便可以离开了。

姜织让三个室友先走,她们很默契地露出了"甜蜜哦"的笑容。

姜织在座位上多坐了会儿,随手带走了室友落在桌洞里的垃圾。这时助教学长过来,熟络地道:"新书沉吧?我帮你送回宿舍?"

姜织礼貌地笑了笑,余光见沈译驰走近,说:"谢谢学长,不过不麻烦了。我男朋友来了。"

助教学长错愕地愣了一下,很快恢复自然,看向来人。沈译驰客气地喊了一声"学长"。

沈译驰不战而胜。

从教学楼出来，沈译驰抱着两个人的教材，姜织一手挽着他，另一只手拿着手机，边走路边看手机。

沈译驰假模假式地咳嗽了几声，见姜织没听见似的改成了用双手编辑消息。

沈译驰很有意见："忙着给谁回消息呢？先陪你男朋友说说话啊，得到了就不珍惜了对吧？"

姜织对他时不时就借题发挥的拈酸吃醋习以为常，无奈又纵容地把手机屏幕拿给他看，说："你自己看，我爸。他过几天要来北京，到时你跟我一起去接他。"

迎新晚会在军训结束后举办，姜织确定出一个节目。有学生会的学姐不知从哪儿知道沈译驰高中时组过乐队的事，建议他们可以一个唱歌一个伴舞。姜织刚跟沈译驰提了一句，对方便干脆地拒绝了。

姜织接受他的想法，无所谓怎么安排。估计是被沈译驰传染了，抑或是热恋中的通病，她没事找事地追问："你不想和我一起演出吗？"

当时两人在出租屋里，这里跟姜织第一次过来时简洁的布置不同，他俩陆续添了不少软装，十分温馨。

沈译驰正给姜织腿上磕碰出来的伤喷化瘀的药，说："你是舞台的主角。"

他不想抢她的风头。

"可你本来就是我的男主角。我又不介意。"姜织说。

沈译驰："那也不要。"

姜国山是迎新晚会后到的，那时大一新生已经开始排课。姜国山悄默声地，没提前跟姜织打招呼就来了北京。

姜国山开车到校门口时，姜织正在跟室友逛街采买装饰宿舍的一些东西。

还是沈译驰发消息告诉姜织的。姜织看到，给姜国山打了一个电话："爸，你怎么没提前跟我说？"

"提前说还叫惊喜吗？你也没法来接我啊。行了，你跟你室友逛街吧。"

姜织挂断电话，孙妍从她说的话里猜出个大概："你爸来学校看你吗？要不你先回学校，我们仨买就行。"

姜织不想一开学就缺席宿舍集体活动，平时上下课不常跟她们一起，早晚在宿舍培养感情的时间也不多，以后还要同一个屋檐下一起相处四年，姜织不希望搞特殊。况且今天的活动是大家一早协调好，她答应了的。她们仨因为她需要排练，才把时间推迟到今天，她没道理临时缺席。

姜织收起手机，说："没事。沈译驰陪他逛着呢，不用我回去。"

沈译驰在校门口遇见姜国山也是偶然。

他跟同学从校外回来，随意一扫，觉得这车眼熟，又一扫，看到车牌是宿营的，心里就猜到了。然后他看到了被车挡住身影的、站在不远处举着手机给校门拍照的姜国山。

姜国山正准备给姜织发消息，听到身后有人喊"姜叔"，他抬头，看到了沈译驰。

"姜织没说你今天过来，你联系她了吗？她和室友逛街去了。"

"路过停车看一眼，还没跟她说呢。"

沈译驰朝车上看看，车里没别人。这车跑了几个小时高速，一路风尘仆仆，仿佛带来了亲切的、独属于宿营的气息，令人久违与怀念，沈译驰莫名地也有点想回宿营了。

"要不我陪您逛逛？"

姜织两个小时后才见到姜国山，没跟室友一起吃饭，顾不得把买的东西搁回宿舍，先找到了老爸和沈译驰订好的餐厅。

姜织在服务生的引导下坐下时，姜国山正跟沈译驰聊接下来要继续北上，一直玩到漠河再回宿营，沈译驰时不时接几句，大多数时候是倾听状态。

姜织挨着老爸坐，在沈译驰的对面："爸，我是你亲闺女，你都不跟我打个招呼，不知道的，还以为你是沈译驰他爸呢。"

"人家沈译驰好歹陪了我一下午。"姜国山把菜单推给她，让她先点。

沈译驰烫了一套餐具，自然地换走了姜织面前的那套，姜织习以为常，一脸平静。

看得出来沈译驰平时常照顾她。姜国山眼观鼻，鼻观心，没吭声，自顾自问姜织："你俩国庆回南京吗？"

以前她学校离家得近，姜国山每天都能见到，哪怕是离婚后，姜织还留在宿营上学，除了家里碰不见冯敏，其他都没变，以至于姜国山对于离婚的体验感不强烈。

直到高考完，姜织从宿营搬走，姜国山才彻底体会到冷清。

姜织看了沈译驰一眼，才回："还不知道。我妈国庆节要去国外出差，要不我回宿营吧？"

"我也不在家。这次和你孙叔叔一起出来的，得在外面玩一个月。再回宿营得十月中旬了。"这倒是实话，姜国山说，"你妈出差去哪儿？一个人吗？"

"德国慕尼黑，跟同事一起。"姜织说。

姜国山"哦"了一声，没再继续这个话题。

姜织看着老爸，不知道是不是因为自己完成了从高中到大学的过渡，终于意识到自己是个成年人了，相应地觉得老爸似乎衰老了很多。她印象中的老爸，年轻、英俊、开明，今天再看，眼角多了几道皱纹，黑发间掺杂着一两根白发。

"爸，你这外套怎么破了？"没人照顾，他生活上粗心了很多。

被女儿提醒，姜国山扯了扯自己的外套，看到袖口那不知怎的刮破了一个洞。他无所谓地说："没注意什么时候破的，不碍事。不是说在晚会上表演节目了嘛，有视频吗？拿给我看看。"

姜织被转移了注意力，拿出手机找视频给他看。

沈译驰说："有存吗？没有的话，我这里有完整的。"

"我找到了，官博有。"姜织把手机推给老爸。

这场演出，沈译驰晚会时看过一遍现场，晚会前看过她很多次排练，晚会后在手机上又看了很多遍。

过去对姜织跳舞的评价是，柔和韧，如今要再加一条——飒。

她着一袭红衣站在追光下，长剑在手，灵活轻巧，该有力时有力。一招招剑花挽得跟陀螺似的，在空中拖出了虚影，比古偶剧里的打戏不知要好看多少倍。

观众席掌声如雷，精彩得令人叹为观止。

沈译驰引以为傲的同时，悄悄在心里宣示主权：她是我的。

这边姜国山看完，姜织一脸求表扬的表情："还不错吧？"

姜国山很捧场："我闺女做什么都是最好的。"

姜织收回手机，退出页面时，不小心点到了评论区，这才发现大家的讨论比她预想中的要激烈。

而且她对比了一下，这条视频的点赞评较过往微博来看，数据格外高。

她潦草地翻了翻，然后不动声色地收起了手机。

送走了姜国山，姜织才仔细地看了一遍这个视频的评论区。

其中绝大多数信息都是真实的。说姜织是唐湘汶的学生，说她因为腰伤放弃跳舞，从艺术生转为文化生，说她高中时成绩一路进步，是小黑马……

姜织不是一个喜欢在人前卖惨的人，一是觉得没有人会感同身受，二是她不需要从其他人身上获取理解和认同。

她做什么、不做什么，选择什么、放弃什么，她自己会对自己的决定负责，她的家庭和她从小到大的经历给了她足够的底气来承担这份责任。

她不畏惧被推到话题中心，成为"仿佛别人比她自己还要了解她自己"的那个人，但不代表她愿意。

她不需要那些惋惜与可怜的目光。

她和沈译驰已经足够低调，但还是失败了。

"我联系官博把那几条暴露个人信息的评论删一删？"沈译驰皱着眉，征询她的意见。

姜织轻摇头，说不用。她的关注点明显没放在这儿，问："你觉得我要不要自己开一个短视频账号？"

"开账号做什么？"

"打造个人IP啊。现在这么高的热度，我自己利用起来多好。不过，做什么方向好呢？单纯跳舞做教程，估计没什么人看，加点变装会好一点。但我不能捡了芝麻丢了西瓜，大一专业课会很忙，精力不允许我钻研这个。还是结合目前的学业，但我技术有限，做不了太专业的，科普类又太无聊……唔，要不我们发一发情侣日常？拍拍plog和vlog？"

沈译驰听她自话自说，一副和他商量的语气，可压根不需要他参与。沈译驰刚张嘴，姜织便已经做好了决定："算了，还是低调一点吧。秀恩爱，死得快。你觉得呢？"

沈译驰停顿一两秒，确认姜织这次是真的需要他的意见，才开口："你说得对。"

姜织的念头来得快，去得也快。不过几年后，她确实合理利用了这一系列的热度，成功打造了个人IP为他们的事业起到了不小的助力。

他俩在高中时便算得上瞩目，外界对他们的关注从来不是他们控制的。

意识到这一点，两人也就不在意了。

在校园里该一起行动还是会一起行动，图书馆、餐厅、操场、教室，有校园活动该参加还是会参加。

这天，两人在阶梯教室上课。姜织正拿手机拍老师的课件，拍完把手机收起来前，收到了一条消息。她朝旁边人看了下，沈译驰一本正经地勾着书上的重点，仿佛这条消息不是他发的一样。

姜织点开，看到他问：买的置物架到了，下课过去组装起来？

姜织搁下手机，直接问出声："这是什么怕被偷听的话题吗？"

沈译驰面不改色："主要是接下来的话题比较私密。"

姜织眨眼："什么？"

沈译驰老神在在地瞥了她一眼，说："还有一个快递也到了。"

姜织没接茬，自然知道另一个快递里是什么。之前姜织在超市买的那两盒已经用光了，前几天在出租屋，两人闹得狠了，沈译驰拉开床头柜抽屉才发现东西没了。

然后，就有了这个快递。在姜织的强烈坚持下，直接下单了店铺可选套餐中数量最多的那个,避免以后"用时方恨少"。

两人去小区的快递柜取了快递,回家。
一进门,姜织强调:"先拼置物架。"
"那你把这个放卧室,我来拼。"
姜织从卧室出来,问:"要帮忙吗?"
沈译驰说不用,组装东西对玩户外的人来说,简直是小菜一碟。姜织很快发现了这一点,看沈译驰只浏览了一遍组装示意图便直接上手。他的动作有序且干脆,非常赏心悦目。
姜织蹲在旁边看了一会儿,拿出手机,开了摄像模式,同步记录这个场景。
她对照着示意图开始解说他现在在拼什么位置,距离整个架子被拼完还需要多久。
她自己解说不清楚的,就直接问沈译驰。两人一问一答的内容,都被镜头记录下来。
沈译驰很上镜,姜织没什么技巧一通乱拍,镜头晃得厉害,他依旧好看。
"怎么不说话了?"沈译驰把最后一颗螺丝钉嵌好,看过来。
姜织和他在镜头画面里对上视线,说:"说什么?"没等沈译驰回答,姜织一副"我懂了"的表情,很默契地抬起手,"啪啪啪"拍了几下拿着手机的那只手的手背,语气浮夸地说,"这么快就拼好了,我男朋友真棒!"
沈译驰无奈又受用地冲她伸手:"过来,让我亲一下。"
姜织把视频关了,过去仓促地啄了他一口,然后催促他把架子搬到墙角。
买这个架子之前,姜织就计划好上面摆放些什么,因此收拾起来,井井有条。
沈译驰把地板上的垃圾清理干净,洗了手,过来抱她。
在外面沈译驰很克制地把控着两人的接触尺度,但一进家门,他只要有机会黏着她就绝不一个人待着。
姜织被他鼻息间呼出来的热气扫得颈侧发痒,动了一下,结果被沈译驰抱得更紧了。

"收拾完去洗澡。"沈译驰为了加快速度，帮着一起摆放要搁在架子上的东西。

春困秋乏，姜织翻身缓了好一会儿，才彻底清醒过来。

沈译驰已经养成了习惯，提前备好了温水，把人抱起来喂了半杯。

"有糖吗？"不知道是不是到了晚饭的时间，姜织觉得饿劲上来，头晕得厉害，马上就要低血糖了。

沈译驰捡起旁边的衣服，从口袋里摸出一颗糖果，剥开糖纸喂到她嘴里。

"还是你暑假给我的那袋。"沈译驰把她头发捋到背后，"说是一天吃一颗，吃完就见到你了。结果这都开学多少天了，还没吃完。"

咬碎硬糖时，甜滋滋的夹心在齿间溢开。这颗是荔枝味的。

姜织恢复了点精神，从他怀里脱身，自己靠着床头，跟他面对面，说："我故意多给的，怕你作弊。"

"人与人的信任呢？"

她踢了他一脚，就近捡了一件衣服，套上才发现是沈译驰的卫衣。

宽松、肥大，下摆堪堪罩住腿根，袖子也是长的。

她从衣柜里取了干净的衣服，要去洗澡。

沈译驰刚一动，姜织警惕地扭头，瞪了他一眼："你排队。"

沈译驰轻笑了下，原本就是故意吓她的："你周末有安排吗？"

姜织回答得干脆："没空，不来了。"顿了下，她语重心长地补充一句，"节制才能长久，懂吗？"

"想什么呢。"沈译驰笑得肩膀发抖，纠正道，"我想问的是，周六晚上和汤瀚他们有个聚餐，你没事的话跟我一起？"

姜织关衣柜门的动作顿了下，才问："我一定要去吗？"

"不想去吗？"沈译驰疑惑。

"不想去，我不喜欢他们。"姜织说得认真，不像是在开玩笑，说完丢下一句"我去洗澡"进了卫生间。

洗澡是一件很放松的事，姜织出来时已经忘记之前聊的什么。

但这期间，沈译驰一直在想怎么才能协调好两边的关系。他和方洄的关系没到那份上，暂且不论。但他和汤瀚认识多年，交情匪浅，除了这回的事，并未有矛盾，且对方是一位慷慨真诚、有责任心的前辈。

沈译驰旧事重提："真不去？"

姜织已经忘记这个了，依旧很坚定："不去。"

顿了下，她有话直说："我不干涉你选朋友的标准。但我不喜欢你这几个朋友，尤其是方洄。你说汤瀚之前误会我们的关系，我理解，但他把真假难辨的谣言私下散布、评判、讨论，甚至任由身边人利用这一点牟利，就做得很体面吗？"

沈译驰挨过来，从她手里把身体乳拿走，争着给她抹。姜织推搡他："别闹。我那天有别的事，真去不了。"

沈译驰："我打算退出学长的项目了，这次去也是吃散伙饭。"

姜织揉膝盖的动作一顿，抬头，眨了眨眼，确认道："因为我？"

"原本就打算当个过渡。"沈译驰说。

姜织盯着他，似乎在判断这个原因的真实性。

沈译驰这极端的处理方法，姜织不认同。她以为，会有折中的法子。但那时的姜织，受父母感情的影响，她不允许自己介入、影响、改变他的选择，想成为他最重要的人，却不想成为他做选择的原因。

她甚至不敢追问，这个原因的真实性。这一刻，她突然想到了周淮所谓的"不知者无罪"的说法。

原来，她也是爱情中的胆小鬼。

姜织沉默时，沈译驰起身，拿了干净的衣服，俯身亲了亲她，说："不想去就不去，不用多想。我洗澡。"

沈译驰没撒谎，他确实是把在学长工作室的阶段当作学习积累的过渡期，只不过这回的突发状况，让他缩短了过渡期的时间。

可能连沈译驰都没意识到，自己一遇到和姜织有关的事，就喜欢自我牺牲，但他更没意识到的是，姜织不需要他做到如此。

后来他们最严重的吵架，也是因为这个。

沈译驰和汤瀚他们的聚会定在周六傍晚，这天是孙妍的生日，她邀请了宿舍三个人一起庆祝，因此姜织的确没办法和沈译驰一同赴约。

更巧的是，两边的聚餐选择了同一家餐厅。

沈译驰知道姜织不乐意听他提汤瀚他们几个，便自动过滤了相关的信息，吃饭的地点自然也没提。

姜织不想跟沈译驰因为这个吵架，自然不主动去问，也没说自己今晚有什么安排。

两人前后脚进了同一家餐厅，相安无事地吃完了这顿饭。

沈译驰他们在包间，汤瀚、程昱、方洄都在，程雪也在，还有几个工作室的学长。

他们结束从包间出来离开时，正巧看到姜织她们。姜织她们也吃完准备离开，正陆续起身。

"姜织！"程雪眼睛尖，第一时间发现了她。

姜织闻声扭头，看到程雪和几个学长在，下意识地寻找沈译驰。

沈译驰落在最末尾，正对着手机编辑消息问姜织吃不吃夜宵，慢半拍才听清程雪喊了什么。

他抬头时，汤瀚已经和姜织打招呼。大概成年人极其擅长粉饰太平，维持表面和谐，姜织很体面地和程雪以及几个学长打招呼。

沈译驰收了手机过去，说："吃完了？"

姜织点头。

她跟室友说了一声让她们先走，跟沈译驰一起出了餐厅。

大学的氛围和高中完全不同，约束变少了，没有人监督，一切全凭自觉。每到晚上，城市街景霓虹的映衬下，大学城格外热闹，符合年轻人审美的门店摊位比比皆是。

走了一会儿，沈译驰率先开口："国庆不回家的话，想不想去草原玩？"

"行啊。"姜织语气轻快地应，"只有我们两个吗？"

沈译驰："想多叫几个朋友也可以。到时租辆车自驾。"

姜织想起一件事，说："我改天去驾校报名，把车学了吧。以后可以和你换着开。"

两人有的没的聊了很久，谁也没绕到心结上。沈译驰想得多一点，但姜织不爱听，他便不提。而姜织虽然钝感力强，不过度发散焦虑，但对此事她也认真考量过。

几天前没解开的话题，在这里被姜织提起。她语气自然放松，试图不掺杂个人情绪，问道："接下来不用去学长的工作室了？"

沈译驰"嗯"了一声，看到路边有卖花的，花朵卖相不错。他示意姜织过去看看："不去了，都说清楚了。"

姜织看他向摊贩询问价格，然后扎了一束给自己。不大的一束，但精致漂亮。姜织嗅了嗅，说："那之后，我们一起做项目吧，我永远不会背刺你。"

沈译驰和她并肩，继续往前走，抬手揉了下她的头："当然要一起。我未来的人生和事业，都与你相关。"

前路漫漫，城市夜景璀璨，他们脚下，人影成双。

第十一章

我们终将会经历离别

升入大四后,课少了,姜织留宿在出租屋的时间越来越多。

客厅辟出来一个角落安置了两张桌子,成了两人居家办公的地方。从一模一样的两张书桌,一点点有了他们各自的痕迹,在不知不觉中,他们和谐地共生着。

姜织能感觉到沈译驰的焦虑。沈译驰寒暑假不常回家,即便回宿营,在家住的时间也不算长。盈高那边的房子在他来北京前就退租了,沈译驰在宿营,除了家再没有可去的地方,所以他就不分气候地往山上跑,有时也去找姜国山下棋。他敏感多思,容易比旁人想得多,但也比旁人更能沉得住气。

一切焦虑都体现在了他日复一日点灯熬油般的状态中。沈译驰坐在电脑前的时间越来越久,过去百花齐放的爱好被他一点点搁浅,生活重点都集中在一个方向。姜织在旁边陪着看着,一而再再而三地提醒他注意休息,但姜织很快发现,这是没用的。

沈译驰夜里常常失眠,偶尔噩梦缠身。姜织也曾在他深夜精神最脆弱的时候,听他说起过困其一生的少年心结。后来,姜织便不再阻拦,每每他在夜里起身去电脑前工作时，披一件外套也跟着起来。

两台电脑的光，笼罩着这座城市中孤立无援的两个小小身影。

二十几岁的人，是渺小的，也是强大的，他们一无所知，却拥有面对世界的勇气。就像入学第一堂上机课，用键盘敲出的那句 Hello world 一样，他们在与世界对话。

沈译驰始终不敢放慢脚步，直到姜织倒下。事情很突然，那天已经不知是他们熬的第几个夜，不输高三的时间管理，似乎已经成了习惯。

那天凌晨两点，两人完成了一项阶段性工作，可以放缓进度休息几天。姜织靠在沈译驰怀里，任由他帮自己捏着肩，两人小声地说了会儿话，然后一个去煮夜宵，一个去洗澡。

洗澡的是姜织，她现在已经很困了，只想简单冲一下，再垫点东西就去睡觉。

沈译驰听到卫生间里传出很重的一道东西倒地的声音，他喊了一声姜织询问情况，但花洒下"哗啦啦"的水流声一直响着，却始终没有人应答。沈译驰起初以为她没听到，关掉火，走向卫生间那边。

等敲了几下门，仍没听到姜织的答复，沈译驰这才意识到不对劲。好在门没有反锁，沈译驰按下门把直接把门推开，然后他看到摔倒在地、失去意识的姜织。

姜织醒来时，人在医院。

她一睁眼，沈译驰便注意到。他凑过来，询问她的情况。

姜织盯着陌生的天花板和房间的环境，有一两秒的愣怔，问："我这是在哪儿？"

"医院。你昨晚洗澡时晕倒了。"沈译驰拉着她的手，满眼自责。

姜织抿出个笑："我这不是没事嘛。"

幸好没事。要是真有个什么好歹，沈译驰肯定要后悔死了。

姜织的确没觉得自己这段时间的状态挑战了身体极限，比起过去练舞，这个强度真的太小意思了。只不过姜织腰伤手术后一直在父母的监督下保养身体，凡事都讲究限度。

379

早晨医生来查房，说姜织各项体征恢复正常，没有大碍。沈译驰稍稍松了口气，却不敢掉以轻心，甚至有些后怕。

医生刚走没一会儿，沈译驰的手机响了。他平时接电话都不避着姜织，但今天不知怎么的，拿起手机出了病房。姜织注意到这一点，特意朝旁边的病床扫了一眼，没人，在病房里接电话不存在打扰谁。

不过，姜织没过问，给他留足了空间。

走廊上，沈译驰走远些才接通。电话是辅导员打来的，问他："研究所的事你决定好了吗？"

如果说昨天之前，沈译驰还在犹豫，但经过昨晚的事，他便很坚决了："老师，我考虑好了。谢谢学校和您对我的信任，但我还是不去了。"

辅导员沉默片刻，似乎没料想到会是这个答案，她尝试着劝说："是家庭原因吗？你爸妈的工作学校可以来做，像这样国家级别的项目，几十年遇不到一次，机会难得，含金量比留在学校深造或者进社会工作都要高。"

沈译驰垂眼，盯着护士站来往的人群，说："我明白，但我有不方便离开的理由。"

挂断电话，沈译驰回到病房。

姜织正在跟冯敏视频："……妈，我真没事，下午就可以出院了。你看沈译驰在呢，医院有什么手续都是他去办的，你真不用特意过来。"

姜织把镜头转向沈译驰，沈译驰喊了一声"阿姨"。

冯敏焦急担忧的神情中有几分由衷的感激："小驰，谢谢你啊。"

这几年冯敏一直知道两个小孩的事，虽然没认可，却也不反对。儿孙自有儿孙福，加上如今冯敏精力有限，说是对姜织宽松自由也好，说她自顾不暇疏于相处也行。好在冯敏和姜国山都不是迂腐古板的人，想开了也就不计较。

经过今天的事，冯敏对这两个孩子的事有了另一种看法，小姑娘家家在外地上学，有个人照顾她也挺不错的。

从医院回来后，姜织一直住在出租屋这边。这天，她从出租屋找了一份材料，就回了宿舍。

宿舍三个人，钱敏敏在图书馆，孙妍在实习，只有赵禾在宿舍。

赵禾停下刷娱乐八卦的动作，问姜织："对了，织织，你男朋友真的要放弃去国家研究所的机会吗？我觉得好可惜啊。"

姜织一头雾水，反问了句："什么？"

赵禾把自己听来的八卦说了。

姜织压根不知道。这段时间她在养身体，每天除了与冯敏和姜国山打电话，几乎不碰手机，每天翻翻书、看看电影，趁沈译驰不念叨敲几行代码。饭都是沈译驰做的，但他没下过厨，根本不会做什么，都是姜国山在电话里远程指导完成的。

他们聊以后道阻且长的项目方向，聊高中单纯青涩的往事，会聊很多。他们相识数年，相处多时，手链上的金珠已经有四颗了，他们是默契的、互相信任的。

但姜织没听沈译驰提过这件事。

她怀疑过传言的真实性，但心里莫名地有种直觉，这会是沈译驰能做出来的决定。

姜织站定，才发现从宿舍出来后，自己不知怎么就拐错了路口，此刻身在计算机学院的办公楼前。

无论如何，要亲自问问沈译驰才好。她抬步往校外走，这时，带她的辅导员正巧从办公楼大厅出来，喊住她。

"姜织，有空吗？我们聊一会儿。"

他俩恋爱的事不是什么秘密，不止学生间会聊，老师们也常开他俩的玩笑。

姜织从老师口中得知沈译驰拒绝了一个什么样的项目。

"……研究所是很满意沈译驰的表现，学校也很支持他加入进去。原本沈译驰是有意向的，说会考虑。可上周三早晨，我再给他打电话时，他却拒绝了，说自己不方便离开。"

离开教学楼的路上，姜织一直在反复想辅导员的话。上周三早晨，也就是姜织住院的那个早晨，沈译驰确实接了一通电话。

从学校出来后，姜织出发去高铁站接爸妈。因为和辅导员谈话耽误了些时间，原定搭地铁去接人的计划，改成了打车。

出租车还没有打到，先收到了沈译驰的消息。

得知姜织还没有出发时，沈译驰表示要跟她一起。

姜织收到消息后，沈译驰没一会儿便出现，他坐在出租车里，让姜织上车。

"还顺利吗？"姜织坐进去后，问。沈译驰今天把做好的项目拿去甲方公司，算是给过去小半年的工作画上了一个小小的句点。

"挺顺利的。还以为你走了，自己赶不上了。"沈译驰说。

姜织没言明，只搪塞地说了一句："有点事耽搁了。"

在出站口等待冯敏和姜国山出来时，两人都没有说话。

姜织是因为在想事情。她觉得，冯敏和姜国山大概是世界上最好的父母了，至少她很满意。他们总默契地照顾姜织的情绪，哪怕如今他们已经离婚。

姜国山原本是打算开车来的，但听说冯敏也要过来北京，两人一起合计了个时间，搭同一班高铁过来。

这便给了姜织一种，他们一家人，还是一家人的错觉。这种错觉，让姜织短暂地被幸福包围。

这种幸福感是有力量的，让她变得百折不挠。

沈译驰的沉默是因为来时的一通电话，电话是研究所的前辈越过学校老师直接联系他，电话中对方表明惜才的态度，希望他能重新考虑一下。

他放弃得很决绝，从没想过这样做有何不妥，但好像其他人都认为，自己不该放弃这个机会，是浮躁狭隘，是好高骛远，是"日后会后悔"的败笔。

会吗？

沈译驰觉得自己选择了，才会后悔。不是说这个选择是不值的，而是他有更值得的事情去做。

"出来了。"沈译驰一直盯着出站口，率先注意到，提醒完发现姜织在发呆。

姜织慢了半拍才应了一句，跟着望过去。

沈译驰盯着她，询问："身体不舒服？"

姜织轻轻摇头，说了一句"没有"，让自己的状态看上去放松些，神情努力自然："可能有点晕车。"

沈译驰挑了一颗糖给她，橘子味的。

姜织衔住，说："不用担心。"

沈译驰见状，没有深想："回程路上我陪叔叔阿姨说话，你睡会儿。"

"知道啦。"姜织故作轻松地笑道。

知女莫若母，冯敏自然看出姜织状态不好。

姜织提议陪父母在北京逛逛，冯敏担心姜织的身体，就没让她陪自己逛。

倒是姜国山不急着回宿营，陪着冯敏逛了几个景点。

爬长城的时候，两人在中途歇脚看风景。冯敏望着远方，不得不服老："上次来北京是十几年前的事了。"

姜国山体力好点，这会儿手里拧了一瓶水递给冯敏，说："是啊，当时来的日子不巧，碰上下雨。回去后，姜织就发起烧。"

冯敏道谢，把水接过去："时间一年比一年快。感觉没过去多久，我们就先老了。"

姜国山在烈日骄阳中眯了眯眼："没想过再婚吗？"

冯敏说："一个人挺好的。我这个性格太强势，这么多年了，一时半会儿也改不了。

姜国山故作自然，也拧开自己的水瓶喝了口水，才说："不用改，我觉得挺好的。"

冯敏没接茬，自顾看着远方。

姜织把父母送上回家的高铁，才收拾心情，说起自己回学校听来的事。

夜晚寂静，两人连争吵都是安静的。姜织开门见山，问道："你想去吗？"

沈译驰却没有正面回答："太久了。"

研究所的项目涉及保密条款，研究人员在研究所一待至少半年，和外界通讯联系都不会很方便。

"那你是想去？"姜织一瞬不瞬地盯着他，得出结论。

沈译驰自知瞒不住她，"嗯"了一声。

姜织沉默地做着手上的事，再开口时，她说："去吧。"

沈译驰的态度也坚决："不去。"

姜织前所未有地感受到无力,她有预感,这将会是她难以消化的心结。

周末,周淮叫他俩去崇礼滑雪。

大学期间,周淮不像他们俩似的捧着电脑忙创业的事,完成自己的专业学习之余,冬天去雪场,夏天去融创雪世界,一年中有一半的时间都在滑雪,如今已经是圈里小有名气的平滑大神。

这次滑雪行程是提前约好的。姜织之前见滑雪的视频就蠢蠢欲动,所以预留了这个周末的时间放松。

姜织雪龄一年,板类运动中,她滑板滑得还不错,技巧动作能让人眼花缭乱,雪板之前只滑过双板。姜织打算这次体验一下单板。

沈译驰的雪龄比她长点,滑的就是单板,不过都是小时候的事了,那时候个子还没长开,重心低,学什么都比成年人快,他主攻公园,玩U型池。

两人从收拾行李到出发去高铁站,再到张家口界内,去崇礼入住雪场内的酒店,一路上该交流就交流,但谁也没提研究所那事。

在外人眼里,他们是默契般配的情侣,但熟悉的人,比如周淮,能够很轻易地发现他们的不对劲。

上山的缆车上,周淮坐在沈译驰和姜织对面,眼珠子骨碌碌地从这个人身上挪到另一个人身上。看了三四分钟,他得出结论:"吵架了?"

回应他的是姜织的沉默,和沈译驰冷飕飕瞪过来的目光。周淮"啊哈"了一声,发现新大陆似的,感慨出声:"这么多年了,你俩终于吵架了。"

周淮很欠揍地刨根问底:"能说一说,因为什么吗?"

姜织哪壶不开提哪壶,一副很随意的口吻:"吴桐雨这个雪季也开始滑雪了,她那块板挺好看的,你知道是什么牌子的吗?伯顿的新款?"

周淮捏着手指在嘴边做了个拉拉链的动作,一脸"你再多说一句我就从这里跳下去"的生无可恋状。

沈译驰无视周淮投过来的告状目光,在旁边叹气,心说你惹她做什么。

姜织这几天就像一只待爆的火药桶。

一整天,周淮没再看热闹不嫌事大地讨嫌。傍晚从雪具大厅回到酒店,沈译驰脱下护具和速干衣，琢磨着要跟姜织认真聊一下，总这样谁也不提，彼此都挺难受的，等时间消化治愈，怕要等到猴年马月。

沈译驰不希望他们的感情处在这样僵持的"冷战"状态。

他无所事事地坐在房间里等，时不时就朝卫生间的方向望一眼，却迟迟不见姜织出来。

姜织站在花洒之下，水流声盖住尘世噪声，如一道屏障，将她包裹。

和沈译驰有点事便容易失眠的体质不同，姜织心大，宽容度高，可这并不代表她会袖手旁观，尤其是在处理这一件自己很在意的事情时。

曾几何时，她作为旁观者，观察、梳理并且分析冯敏和姜国山婚姻失败的原因，他们明明那么相爱，明明那么有默契。

她不想自己和沈译驰重蹈覆辙，不想一段感情需要有人牺牲才得以存续。

门板被敲响的声音叫回了姜织的意识。是沈译驰喊她。

姜织扬声回应："怎么了？"

沈译驰："没事，怕你晕倒，叫一叫你。不要洗太久。"

姜织应了一声"好"。

说实话，人是群居动物，姜织不是热闹的人，却喜欢热闹，早已习惯了沈译驰的存在，遇到事情第一时间想到的也是他。

如果让他们分开半年，姜织真的不确定自己会不会习惯。但……与其让他牺牲掉人生的这一选择，不如自己来牺牲这半年的"习惯"。

卫生间里，"哗哗"的水流声停止。姜织没再过多停留，烦琐的护肤工序被她一再省略。

她出来时，沈译驰偏头看了一眼，没发现这个小端倪，只当她出门在外条件不允许一切从简。

没等沈译驰开口，姜织率先道："你先洗澡，然后我们聊聊。"

沈译驰到嘴边的话咽下去，他定了定心，应了一声"好"。

沈译驰才是真的一切从简，他很快洗过澡从卫生间出来，姜织正靠在床头用手机查明天的天气预报，说是夜里会下雪。如果真能下那明早的雪质一定非常好，到时顶门进，滑完面条雪再往小树林里一钻，简直不要太愉快，顺便把下午埋在那儿的可乐挖出来。

旁边的被子被掀开一角,床垫陷下去,姜织才意识到沈译驰出来了。

把人拉进怀里,沈译驰迫不及待地催促:"聊吧。"

姜织疑惑地"啊"了一声,才后知后觉地想起正事。她把手机搁到一边,在他怀里找了个舒服的姿势靠着,说:"既然你想去研究所,那就去。我也支持你去。"

催着要聊的是他,但姜织开了个头,不说话的也是他。姜织的手指被他拉在手里捏来捏去,她等了半天没等到他的答复,用手肘捣了他一下:"你怎么想的?"

沈译驰垂眼,连名带姓地喊她,然后说:"姜织,比起在事业上取得的成就,我更想要你。"

他从小到大,一直是天之骄子、别人家的孩子,听过太多赞誉,取得了很多成绩,但他想要的无非是能和父母心平气和地相处,能感受到来自家庭的温情。

成就,通过辛勤劳作就可以实现,任何时候都有机会。他有这个自信。

但对于感情,他是自卑的,从来不是他希望牺牲的。

沈译驰说:"而且半年太久了,我们当初真正熟悉起来,也只是用了半年。我怕半年会消磨掉对彼此的感觉。"

"要去半年是吧。"姜织的语气不是玩笑,很正经严肃道,"那从现在起,我们分手了。接下来我会等你一年,这期间如果你回来,还喜欢我,可以重新追我。还是说,你觉得二十二岁的沈译驰魅力不如十九岁时?"

沈译驰沉默良久,才问:"一定要这样?"

姜织不置可否地"嗯"了一声。

"你都不会舍不得我。"沈译驰没有立刻答应,还在思考更好的解决办法。

姜织一向想得明白,做事不喜欢拖泥带水:"沈译驰,我不需要你为我放弃什么,我也不会为你做牺牲。我会往前走,你也要往前走,如果足够爱,我们终将会同行。明白吗?"

一段健康的亲密关系,不外如是。

姜织催他:"说话。"

沈译驰终于行动,翻身把她压在床上,居高临下地俯视着她:"一个人照顾好自己,其他男生示好你不能把持住,洗澡的时候要把手机带进浴室,记得开换气扇,不舒服了要立刻出来。"

姜织轻声应:"我知道。"

沈译驰继续说:"不要吃凉饭,少熬夜,生病要去医院不能拖,晚上回家晚了走大路,睡觉反锁好门,遇到事不要逞强。你可以骂我、怨我、恨我、不想我、不喜欢我,但不准跑,不准喜欢别人。等我回来给你道歉,都给你补回来。"

姜织知道他这是答应了,眉眼随即舒展,阴郁了小一周的脸色终于放晴,轻轻应了一声:"好。"

比起离别,更害怕认命的妥协和将就。他们首先要成为自己,然后才能成为最好的爱人。

翌日一早,房间里两人还没醒,周淮打电话过来嚷嚷着昨天下了一整夜的雪,山上漂亮得很,催他们抓紧换雪服拿雪板顶门进。

电话响第一遍时,沈译驰把手机静音丢到一旁,然后将身边的人往怀里搂了搂,继续睡。

昨晚闹得太狠,姜织直觉沈译驰是逼自己改口不放他走。

可姜织态度始终坚定,临睡前,迷迷糊糊地听到沈译驰又问了一遍"必须要去吗",姜织低声说"是"。

此刻,姜织被电话铃声吵醒,却没有睁眼,随口问:"谁的电话?"

"周淮打来的,估计催我们出门滑雪。"沈译驰摸摸她的头发,说,"再睡会儿。"

"好。"别说滑雪了,姜织连床都不想起。

沈译驰想到自己马上要去研究所封闭工作,就一点也不想睡,但看姜织实在是困得可怜,也不舍得让她睡不成。

他盯着她看了一会儿,用指腹刮刮她的睫毛:"织织,到法定年龄了,想结婚吗?"

姜织合着眼皮,能感觉到沈译驰小动作不断,一会儿扯扯她的睡衣领子,一会儿拽拽她领口处打着蝴蝶结的细带,一会儿戳戳她的脸。半梦半醒间,听到这么一句,她眼睫颤了下,睁开眼,瞬间清醒:"现、现在吗?"

窗帘没拉开,房间里没有日光。床头灯光是暖黄色的,笼在人的身上时,衬得整个氛围像一张旧相片。

沈译驰从姜织眼底窥见了犹疑,也跟着意识到什么,说:"好像是有点早。"

姜织"嗯"了一声,认同他这个观点。

因为沈译驰这个心血来潮的提议,姜织接下来没办法睡着。她因为不知道说什么,合眼躺在床上假寐。

结婚吗?太早了。

过了会儿,沈译驰轻手轻脚地下床,去卫生间打电话。姜织竖起耳朵听了听,沈译驰似乎在给研究所打电话,她听他提到了去研究所报到的时间。

挂断电话后,沈译驰一直没出来,姜织安静地等了会儿,想着想着,渐渐睡着了。昨晚是真的没休息好。

姜织醒来时,已过十点。沈译驰坐在沙发上,神色专注地看手机,不知在编辑什么内容。

姜织从床头柜上找到自己的手机看完时间,看了他一眼,坐在床边穿好鞋,再看了他一眼,从卫生间洗漱完出来,继续看了他一眼。

沈译驰可算是舍得从手机上移开视线了。

不知别人有没有这种感觉,就是不管白天黑夜,只要睡一觉起来,总会觉得睡前发生的事遥远而模糊,得隔好一会儿才能想起来。

加上刚睡醒,有些不清醒,姜织起初只是觉得沈译驰有些反常的冷淡,慢半拍才记起他问她想不想结婚的话。

"看手机上我发你的。"沈译驰的话让姜织回神。

她"哦"了一声,去拿手机,站是站在沈译驰面前,可离得远远的,心里觉得沈译驰大概是因为她没立刻答应结婚的事生气了。

姜织对此给不了答案，没办法顺他的心意。

不是觉得这样话赶话聊出来的求婚想法敷衍，而是她认为如今讨论这个的确太早了。恋爱是他们两个人的事，但婚姻是两个大家庭的事。姜织从小到大看惯了冯敏被姜家那些奇葩亲戚挖苦刁难，对这方面比较谨慎。难道说老爸老妈的感情不好吗？是很好的。他们各有各的好，各有各的缺点，但站在一起，就是最登对的。可如果将他们各自背后的家庭摆在一起，那是悬殊的，是差异的，是沟通不来的，是改变不了根深蒂固的迂腐观念的。

姜织不会因噎废食，却也做不到相信爱能让人一往无前。

她以为沈译驰发来的消息是说什么项目的事，解锁手机才知道不是。

她抬眸看了沈译驰一眼，才认真地看消息内容——沈译驰按照工作和生活两类，列举了数十条注意事项。有常合作的甲方是什么秉性嗜好，有哪些同学朋友可以一起共事。生活上则包括出租房水电缴费情况，若遇到故障该找谁修，买了食物放到冰箱时要提前记录好保质期时间贴在冰箱门上，诸如此类。沈译驰把能想到的，都想到了，一一列举出来，给她提醒。

姜织逐条看完，朝他走近几步："你一早上都在写这个吗？"

沈译驰"嗯"了一声，说："还有什么没考虑到的地方，只能委屈你自己注意了。"

"好。"姜织说，"不知道的还以为你在养女儿，我能照顾好自己。"

沈译驰就这么看着姜织。过去看时，他觉得她任何时候都跟自己捆绑在一起，之间有密密麻麻的丝线串联。可今天再看，涌上心头的离别情绪让他觉得人虽然就在眼前，虽然一颦一笑都清晰，虽然还是他熟悉的人，虽然……但好像隔得很远，他能触碰到，但留不住。

原来有一种离别，是被推开。

他故作轻松地笑了笑："我再怎么做也比不上你爸，只是想让你尽可能过得轻松些。"

两人中午才出门，打算先去餐厅吃饭，下午滑半天雪。

周淮带着两个徒弟进餐厅时，一眼就瞧见他俩。比昨天谁也不搭理谁的状态好些了，可也没有正常情侣该有的浓情蜜意，总觉得无形中有悲伤的气息萦绕在两人之间,是遇到什么事了吗?

周淮突然觉得,自打沈译驰恋爱后,自己对他了解甚少,但这归根结底怪不到沈译驰身上,只怪他不仅自己看破红尘似的,看别人谈恋爱也烦。

话说回来,正常情侣该是怎样的浓情蜜意,他知道个屁,他什么也不知道。

你看!裹着蜜糖的是恋人,吵得要掀翻屋顶的也是恋人。周淮的视线从邻桌前一秒甜甜蜜蜜恨不得坐在对方大腿上抱着亲,下一秒因为点什么破事立刻就能翻脸的情侣身上收回,一脸平静地坐到沈译驰对面。

沈译驰正关注着邻桌争吵的情侣,不知是担心他俩吵架会不会掀翻桌上的热水壶,还是仅单纯对吵架内容感兴趣。

一向不参与八卦的沈译驰看得入神,若有所思,似乎感受到了其中的丑陋和折磨,眉头微蹙。

"你俩昨晚休息得好啊。"

听见周淮说话,沈译驰才收回视线:"下午还滑吗?"

"滑。我现在成天没事,就滑滑雪了。"周淮说。

姜织刷到过周淮专门更新滑雪日常的短视频平台的社交账号,发发滑雪教程或者拍拍雪场呲雪的视频,点赞轻轻松松过万。

这么多年了,他好像变了,又好像没变。

饭后闲聊了会儿,几个人就买了雪票上山。周淮下午还要带徒弟,手一挥,招呼徒弟去了别的雪道,没跟姜织他们一起。

姜织和沈译驰滑了两趟,雪道被玩刻滑的滑手弄得坑坑洼洼,姜织都有点后悔早晨怎么没狠一狠心出来糟蹋面条雪了。不过她就是玩刻滑的,一家人也没办法嫌弃一家人。

第三次坐缆车到山顶时,正好是日落时间,山顶风景空旷辽阔,四下风声呼啸,心却格外宁静。

两人坐在雪道边上,肩挨着肩,看了会儿落日,氛围简直不要太浪漫。

姜织在GOSKI(一个滑雪服务平台)上翻了翻,还真找到了几组雪场专职摄影师抓拍到的他俩,拿给沈译驰看:"我买这几张?"

沈译驰正盯着远方走神,姜织跟自己说话,他慢了半拍才转过头来。

山顶风大,黑色的护脸挡住他高挺的鼻梁和下半张脸,露在外面的一双眼锋利硬朗,眼神从迷茫渐渐聚焦。他划拉着姜织的手机,浏览他们的照片,说:"这张也不错。"

姜织"哦"了一声,把这张也钩选上,盯着手机时却不自觉地变得心不在焉起来。她不怎么认真地下完单,胡乱点了几下手机,开口:"这里视野挺好的,都不舍得回去了。"

"那多住一天?"

沈译驰提醒她把手套戴好,姜织照做:"算了,明天冬天再来吧。明年冬天我们去阿勒泰雪地里骑马怎么样?"

"可以。"离别在即,沈译驰的情绪确实算不上高涨。

姜织一直记得他曾说过的,永远不要带着怨气说分别。她踢了踢脚边的雪,终于忍不住聊到正事:"阿驰,我不是不想和你结婚……就是,再过几年吧。"

沈译驰"嗯"了一声,表示自己知道。他把女朋友往怀里抱了抱,说:"我知道你一直在,不急。我只不过是要离开很久,有些舍不得。"

姜织铁了心要送他走。他出发去研究所报到那天,她像是了却一桩心事似的,如释重负。

可这种轻松的状态没持续多久,等她回到家,看着空荡的房间,心里又涌出几分思念和不舍。

很快,这种感情愈演愈烈。那时姜织在卧室整理衣柜,不知谁打来的电话,她听到手机铃声,扬声说:"沈译驰,帮我拿一下手机。"

没有人回应,姜织在铃声持续的响声中记起他去研究所的事。

她抱着一摞衣服站在衣柜旁,突然沉默。

电话是沈译驰打来的,他到达后报平安。姜织接通后,聊了会儿,声音闷闷的:"沈译驰,我已经开始想你了。"

电话那头的人问:"现在在家里吗?"

姜织"嗯"了一声。

沈译驰说:"那你去卧室,床头柜抽屉里,我留了东西给你。"

姜织疑惑地去了卧室，在抽屉里看到了厚厚的一摞……是信吗？她翻了翻信封，外面没有写字，但是画了不同的图案，有月亮，有蛋糕，有花……

"都是给我的信？你什么时候写的？"

隔着手机电流声，沈译驰的嗓音依然紧劲动听："从高考后的那个暑假开始写的，其实我都记不太清前几封里写的什么了。想我的时候，就拆一封吧。"

姜织嘴角翘着，心情格外好，但嘴上开始无理取闹："这才七封，都不够我拆的。"

沈译驰："要不我给你写篇论文吧？"

姜织脆声应道："行啊。"

姜织一直聊到沈译驰那边要开会，才把电话挂断。她坐在床边，从中挑了一个信封右下角画着高中铭牌图案的，抽出里面的信纸。

姜织每天跟沈译驰在一起，都不知道他是什么时候写的。

沈译驰的字苍劲有力。看着这封信，姜织切切实实地体会到"见字如晤"的含义——

一直没问你，你是什么时候喜欢我的。不过我想，这似乎并不重要。就比如我，当我的目光锁定在你身上的那刻，似乎就很难移开。控制不住地想了解你更多，喜欢什么，不喜欢什么。时间让我的爱变得沉重，有了具象。我想你一定是能够感受到的……

这封信算不上长，还矫情，姜织很快看完。她躺在床上，将信纸捂在心口，翘着唇角笑了好一会儿，然后翻来覆去地把这封信看了几遍，才起身，坐在书桌前。

桌上摆着沈译驰送给她的那个小机器人，她很爱惜，把它擦拭得很干净。沈译驰也有为它升级过几次，时不时就开发点新功能。当事人在身边时，小机器人的作用不大，但如今沈译驰不在，姜织跟它互动的频率明显增高。

姜织戳了戳小E的脑袋，铺开信纸，提笔开始写回信。

信起不到缓解思念的作用，只会让这种症状加重，这个过程有时是甜蜜的，有时也是难过的。比如出门逛超市，她习惯性地去拿大容量的桶装牛奶，搁到购物车里后，想了想，又把桶装换成了袋装的。再比如头几天夜里，姜织迷糊地醒来时，习惯性地伸胳膊去抱旁边的人，自然是摸空了。她看着漆黑的房间，心说改掉自己的习惯，似乎需要一段漫长的时间。

姜织趁项目阶段完成的空档期，回了趟宿营和南京，陪老爸老妈待了几天。原本想着尽快适应沈译驰的缺席，可老爸老妈有意无意地时不时就提一嘴沈译驰。和过去老爸支持老妈挑剔的记忆不同，冯敏得知沈译驰的工作调动，短暂沉默过后，表示理解，而姜国山则大有意见，说"事是好事，但就这么突然走了？你有点事谁照顾你"，饶是姜织说"自己能照顾自己"，老爸依然拧着眉意见满满。

再回北京那天下雪，姜织进小区时在灌木丛里捡到一只在寒风中冻得瑟瑟发抖的流浪猫，心疼地用围巾把它抱回了家。

之前跟沈译驰也一起收养过流浪猫，但流浪猫在室内待不住，蹭完吃的总叫，后来就又放生了。今天姜织把这只抱回家，没存什么想法，以为等天气回温了它也会跑。

谁知，北京入春了，这只大橘还没走，彻底融入了这个家。

可能是时间久了，姜织习惯了和沈译驰的异地状态，一个月能通两三次电话。她这边有什么事，他也帮不上忙，所以姜织习惯报喜不报忧，净挑他能接得上的话题聊。研究所里的项目相关需要保密，沈译驰能跟她分享的甚少，日常生活又过于单调基础。

比起高中毕业的放松和期待，大学毕业带来的情绪更复杂些，有的人野心勃勃，也有人是沉痛且迷茫的。经常有校园情侣因为前途吵架甚至分手。

姜织运气不错，毕业前和国内一家不错的无人机品牌合作，做新产品研发。忙是忙了点，毕业典礼只待了半天，就拎着行李去出差。

这次的机遇算是姜织事业的一个小小分水岭。

在完成了几个拿得出手的项目后，她抓紧互联网热度，落实了大一那年她想要打造个人IP的想法。组建的团队从最开始窝在出租屋和咖啡馆开会、敲代码的三个人，扩大到十一个人，姜织还赶在年前租房环境不错的时候租了一间不算大，但地理位置不错的办公室，她的小团队"之上科技"也算有了一个正规的据点。

人一旦忙起来，再回头看，会发现半年真的挺快的。

但沈译驰的项目遭遇瓶颈，并没有回来。姜织已经习惯了，而且公司正处在创业初期，她肩上的责任重，一直不敢歇，因此并没有时间思考这件事。

时间又过了一年。

之上科技的所有人都成长得很快，姜织已经开始盘算是不是再扩大一下公司规模。

这天，姜织从外面回来。离开大学这个象牙塔已有一年时间，姜织适应了穿高跟鞋，OL套装讲究又精致，人依旧温柔，但同样利落。她脚步轻盈地进公司时，前台的小彩叫住她，说有人送来一束花。

"谁送来的？"姜织接过来，抽出上面的卡片，看到，"……谢维。"

谢维是楼下摄影工作室的老大，传媒学院毕业，本地富家少爷。跟方泂物化女性的眼光不同，谢维是个有分寸的绅士。姜织当初因为工作需要拍艺术照，经人介绍认识了他。后来租工作室，机缘巧合地成了上下层的邻居。

姜织得以成功打造个人IP，前期他没少帮忙。

姜织抱着花刚走，有个来前台拿快递的女生和小彩开始八卦："谢维是不是在追老大啊？"

"我觉得像。不过老大不是有男朋友嘛，谢维没戏了。"

"老大男朋友常年见不到人，跟分手没区别了。"

"哎，话不能这么说。听说老大跟他是高中同学，还是初恋，就算分手了对方也是白月光一样的存在，一般人取代不了。"

她俩正说着，只见电梯间走来两男一女，小彩急急忙忙停了议论，回归岗位。

打头的男人三十来岁，有些发福，衬得同行的年轻男人身材优越挺拔——呃，其实不用衬，他本来就惹眼，肩宽腿长，五官优越，穿一件看不出品牌的基础款黑色衬衣，西裤熨帖修身，英姿勃发。

年轻男人只是平平无奇地朝前台望了眼,小彩的心便"怦怦"跳快了几拍,克制住捧脸花痴的动作,她积极地接待客人。

年长的男人在前台报身份,他姓郭,是和姜织约好今天谈工作的甲方。前台恭敬地把人请去会议室,然后去通知姜织。

往会议室送完茶水出来时,小彩多看了那个较为年轻的男生一眼。和郭总同行的女人姓林,是对方公司的发行,唯独那个年轻男人,进公司后一句话没说,只好奇地四处打量公司的环境,像在找什么人似的。

小彩把人引到会议室的这一路,心里可谓是万马奔腾,一会儿想这可比谢维帅多了啊,是这个公司风水好吗,老板是美女,随便一个合作方颜值也这么高;一会儿心里想这也是程序员吗?真的不是这家公司请来的代言人吗?一会儿又开始做梦,老大你给力点把人挖到咱们公司吧,我愿意给他打一辈子工。

会议室门被小彩关上时,沈译驰恰好看了眼那扇玻璃门。

一年半的时间,姜织经营一家公司能有如此规模,的确很厉害。郭总和林经理正在聊这个事,除了肯定姜织的能力,还说起这家公司的老板是个美女。

"不知道传言是不是真的。"

话是林经理说的。郭总一指沈译驰,说:"这你得问阿驰,他知道。"

林经理挑眉。

沈译驰有了上回被汤瀚误会的亏,认为有时候恩爱该秀就得秀。他笑着点头:"我女朋友。"

郭总说:"她是不是还不知道你回来,这算不算一个惊喜?"

彼时,还不知情的姜织从办公室出来,在助理的陪同下来开会。

"不好意思,久等……"了。

姜织推门进会议室,话说到一半,在视线触及某双硬朗深邃的眉眼时,突然止住。

分别太久了,姜织期待和沈译驰见面。虽然一年半的时间不短,但姜织从未动摇过自己对他的感情,也相信即便身处异地,沈译驰也同样没有变心。

而此刻,这个真实的、不用隔着互联网不用通过摄像头的男朋友,毫无征兆地出现在面前，简直惊喜不已。

这时郭总说了什么开场，姜织没听到。沈译驰盯着她歪了歪头，算作打招呼。

姜织垂眼，笑了下，很快恢复到正常的工作状态，和郭总开始沟通。

会议进行了半个小时，中途休息时，沈译驰说："姜总方便带我逛逛你的公司吗？"

"我的荣幸。"

姜织起身，看着沈译驰假模假式地询问另两个同伴："要一起吗？"

两人纷纷表示："不用。"

姜织接着交代助理送些点心以及换一壶新茶水，然后带着沈译驰出了会议室。

"沈先生，想从哪里开始逛起？"

沈译驰说："办公室？方便吗？"

姜织："没什么不方便的。"

话是这么说。进了办公室，门关上，玻璃墙上的百叶窗帘也都是落下的。

姜织语气恢复自然，问："什么时候回来的？"

"中午刚到。"沈译驰拉着她的手，把人压在自己和书桌之间，托着她的后颈吻了上来。

思念有多深，这一刻就有多激烈。

太久太久没有触碰的两个人，干柴烈火般的感觉一直都在。

还得开会，两人很有分寸地点到为止。

姜织对着粉饼镜补口红的时候，沈译驰才得空打量办公室的状况——很简约，但很讲究，摆着姜织喜欢的绿植，空气中弥漫着淡淡的她身上香水的味道，和她常在房间摆的果香浓郁的柑橘类水果香气。

这时，他注意到办公桌上一束随意摆放的荔枝玫瑰。姜织和大多数女孩一样，喜欢花，但她常买的是盆栽或者水培，或者按月订花回家自己醒再经修剪后养在花瓶里。像这种，通过花店包一束的情况太不可能发生，往往是沈译驰如此送她。

沈译驰盯着这束一看就是旁人送的花,伸手去拿上面的卡片。

姜织注意到想拦已经来不及了。

"'今天的你,比花更美。'抬头,我看看。"沈译驰念完上面的字,用卡片挑着她的下巴。四目相对时,他仔细地打量起来,数秒后,得出一个不争的事实,"是挺美的。"

"我可以解释。"姜织笑道。

沈译驰拈酸吃醋的感觉久违又熟悉,她环抱着他的腰,看他借题发挥。

"这个谢维是谁?男的?"沈译驰板着脸瞪她,"你解释吧。"

姜织放轻声音。她平时在公司员工面前不喜欢摆架子,但自身气场太强,思考问题时习惯性地没什么表情,倒挺能唬人的。虽私下里也会开玩笑,甜美的笑容让清冷气质中多了几分平易近人,但谁见过她此刻这样卖乖啊。

"一个男摄影师,可帅了。"

箍在姜织腰上的手臂顿时收紧,她担心口红白擦了,立刻放弃恶作剧的心思,急急忙忙地澄清:"哎,你别急,他不喜欢我。"

沈译驰哼了一声,心里是消停了,嘴上却没松口:"那也不能收。这玫瑰的花语是招桃花,什么破寓意,我在这儿呢,你不用招了。"

姜织笑:"我这不是把你招回来了吗?"

姜织一忙起来就忘了在员工面前给沈译驰名分的事。

这天,沈译驰又是花又是下午茶地往公司送,花是给姜织的,下午茶是请全公司的。之上科技程序员居多,但格子间本就是八卦滋生最快的地方,大家积极地讨论着。

"我朋友在沈总公司,待遇特别好。E之科技听过没?虽然是个新公司,但实力不低。他们的重头项目有国家背书,政府重点扶持。"

"那他追我们老大,是有底气的。不过……老大不是有男朋友吗?可是可惜他俩这么般配……"

"打我进公司,就没见老大男朋友露面。你们上下班时见过老大男朋友来接她吗?我都有点儿怀疑是不是分了。反正我觉得沈总和老大挺般配的,俊男美女站在一起，多赏心悦目啊。"

姜织端着咖啡路过，朝这边瞟了眼，笑："聊什么呢，这么热闹？"

前台的小彩头铁，无知者无畏似的，说："这不是吃人家嘴软，我们在猜沈总有没有机会成为老大你的男朋友。"

姜织眨眼，这才想起自己遗忘的事，坦坦荡荡地表示："他就是我男朋友啊。"

团队里有心思缜密的员工替单纯耿直、有话就敢说的小彩找补："我们就是闲聊，马上就回去工作。老大你跟你男朋友那么相爱，哪是几束花几顿下午茶就能撬得动的——啊？"

在众人心里不约而同地"已经撬动了"的诧声中，姜织平静地歪了歪头，补充："一直都是他。"

众人陆续消化掉这个消息，小彩脑袋转得最快："啊，我懂了！难怪'E之'的'之'和'之上'科技的'之'相同，原来是老大你的名字啊。嘤，这口狗粮我吃了！"

姜织不介意被打趣。

取"E之"这个名字确实是这个意思，沈译驰的 yi，姜织的 zhi。

公司 logo 设计得也很有巧思，主体是一大一小的两个半圆弧状的月牙，交叠在一起，大圆弧的一段再点缀了一个点。正看是"之"字，倒看是小写字母"e"。

大学四年两人形影不离，关于 E 之科技目前在研发的项目，雏形来自沈译驰很多年前的构想，在姜织对计算机应用技术这门专业深入理解后，也时不时对沈译驰的构想发表一些见解。

这个项目早就是他们两个人的成果，如今从研究所的工作中抽身，沈译驰重拾这个项目，自然是希望姜织能一起来完成。

这天夜里，两人在卧室的床上，这个不太适合聊工作的场合，聊起了这件事情。

"要和我一起吗？我需要你的帮助。"他断断续续地提了几句工作的事后，如是问姜织。

她定睛听清沈译驰说的话，没有反驳，只是撩了下头发，甩在身后，干脆地应："好啊，我让法务拟合同，接下来我会带一个团队跟你的项目。"

他抬眼瞧她："这么公事公办？"

"不好吗？亲夫妻明算账。"她眯了眯眼，说，"合作愉快，沈总？"

沈译驰翻身把人压住，说出口的话却是温柔的："一定愉快。"

两人相拥在一起靠在床头，小声聊着生活琐事："这个房子是不是小了点？等租期到了换个大些的吧。不过这里距你上班不远，位置挺好的，还可以租在这附近。"

姜织盯着床对着的白墙上贴的挂画，是他们两人打发时间一起画的。和刚住进来时简洁的环境相比，两人这些年陆续添置了不少东西，生活必需品以及各种各样的装饰品，确实是显得小了点儿。

姜织估算着换个多大的房子合适，没立刻答应，一是舍不得，住久了有感情了，二就是："再说吧，创业初期，哪儿哪儿都需要钱。这边又不是不能住了，赶明儿把家里断舍离一下，我挺喜欢这个小房子的。你项目的投资有眉目了吗？"

他们现阶段，从象牙塔脱离出来，除了生活便只有工作。

事情需要一件件地解决，倒也急不得。

沈译驰刚要说话，姜织的手机响了。是谢维发来消息，问她上回用的口红是什么色号，说是有个客户打听。

姜织还没回复，就察觉到旁边两道炙热的目光。她敏锐地搁下手机，不挑衅他。

沈译驰："这么晚了，还给你发消息呢？"

"搞艺术的睡得都晚。"姜织说出口才意识到自己越解释越乱。

沈译驰意味深长地"哦"了一声，说："连人家的作息时间都一清二楚。"

姜织撩起眼皮觑他，不说话。

沈译驰碰见谢维纯属凑巧，那天姜织把一个要用的 U 盘落在家里，沈译驰去给她送，在一层进电梯间时，里面已经站着两个男人。

沈译驰刚按完楼层，就听见个子高些、体型壮些、一看就是常健身的男人被同伴称呼为"谢维"。他们聊的是摄影的话题，沈译驰通过从姜织那儿获得的有限信息，基本可以确认眼前这个男人就是给姜织送玫瑰的人。

不过，谢维和沈译驰想象中有些出入。从他打听口红色号的行为来看，沈译驰本以为他会是个很精致秀气的男生，就像他身边同伴的这个形象，可实际上本人眼神冷漠，不太好接近，看着凶。

谢维被沈译驰盯着看了几眼，只觉莫名其妙，再多看一会儿，估计想挥拳头问候一下是不是找事。但沈译驰的形象太正派，谢维虽搞不明白他看自己眼神的含义，却始终不觉得他像是来挑事的，便忍了。

沈译驰来到之上科技，在前台值班的小彩全程行注目礼，微笑地目送他进了老大办公室。

沈译驰送完U盘却没急着走，因为姜织说："刚刚谢维给我发消息，说在电梯里碰见个帅哥，是不是我传说中的男朋友。还说看咱俩长得像，不是我男朋友，就是我哥。咱俩像吗？"

姜织照照镜子，又看看对面的人。沈译驰扬扬眉："八成是夫妻相吧。不过他倒跟我想象中的有点出入。你还没说过，你们是怎么认识的。"

"没什么特别的，就上下班时，在电梯碰见了几次，一来二去便熟了。"姜织搁下镜子，语气自然地岔开话题，"你不是还要去忙，我送你到电梯口。"

"那他送你花？"沈译驰起身的同时，瞥她。

姜织过去挽了他的手臂，说："他真的有对象，送我花是感谢我帮他们搭了根复合的红线。"

姜织从书桌收纳盒里把那张卡片找出来，给沈译驰展示："你仔细看，上面是两个人的笔迹。你明白了吧？你不该吃醋，该吃的是狗粮。"

沈译驰觉得自己被姜织绕晕了，出了产业园才想起来，姜织还没正经答自己跟谢维是怎么认识的。

总觉得她有什么瞒着自己。

姜织确实瞒了。

她跟谢维熟悉起来是一场意外。那天她去工作室拍工作照，正好遇到谢维的摄影棚被一群人闹事砸了。说起来也是姜织多管闲事,上前帮忙报警,掺和进他的私事里。后来姜织把公司租在这个园区,搬进来后的某一天,发现谢维的备用摄影棚就在楼下。因为另一个摄影棚被砸觉得晦气,谢维才撤回了这边的老棚。谢维虽然话少,但人实,对姜织印象不错。之上科技租的这层办公楼,前租户有点历史遗留问题,外人搞不清状况来这里泼油漆举着刀子闹事的时候,多亏了谢维帮忙撑住了场子。他俩一来一回,谁也不欠谁的情,但关系就这么熟悉了。

谢维有朋友还是姜织在学生会打过交道的同系学长,人与人的关系骤然又拉近了点。

姜织没跟沈译驰说这个事,是不想他担心。有些事自己想起来也后怕,但过去了就过去了,多想无益,用再轻描淡写的语气讲述出来,也不能保证关心她的人不担心。

姜织嘴严,不能说的事她是真不说。沈译驰知道这些,还是从谢维那儿听说的,准确地说,也不是谢维。

姜织口中那个同系学长在沈译驰团队,那天团队聚餐,吃到一半在餐厅碰见了谢维,也是奇怪,谢维仿佛没看到似的,没跟学长打招呼,倒是跟沈译驰点了点头。等谢维走了,学长问沈译驰,你们认识啊。沈译驰提了一句自己的女朋友,学长恍悟的表情,差点忘记还有这层关系。

"之前谢维摄影棚遇到事,多亏你女朋友热心报了警。当时情况挺危险的,你女朋友人真的不错。"学长提了一句。比起对别人感情的八卦,他的关注点放在之上科技目前的规模和项目上。

沈译驰对姜织的事一向敏感,潦草地回了几句,带着担忧的情绪多追问了几句,才知道姜织见义勇为的事。

又过了几天,沈译驰去之上科技接姜织下班。她因为有会议晚出来,他在前台跟小彩闲聊时,说到谢维。小彩夸谢维人好,又说起之上刚搬来这层办公楼时遭遇的乌龙危机多亏了谢维帮忙。沈译驰才知道姜织曾遭遇的危险。

这两件事让沈译驰沉默了好久。他对姜织心疼不已,又惭愧自己竟然还不分场合地拈酸吃醋。

明明她是个很需要人照顾的人，是从什么时候开始变得独立的？

当沈译驰梳理两人数年的感情，终于发现自己想错了，姜织一直以来都很独立清醒。

她总是恰到好处的撒娇让沈译驰觉得自己被需要，但少了他，她一个人也能过得很好。

她怎么能这么优秀，随时随地面面俱到。

沈译驰更清晰地意识到这一点，是在接下来的一件事上。

那天两人去商场的金店给手链添完金珠出来，路过一家主营婚戒的门店。

大概是察觉到沈译驰盯着店面的目光，姜织主动问："要进去看看吗？"

戒指这样的小物件，设计的差异大都体现在细微之处，打眼看过去，其实看不出什么区别。但万物通灵，有时候只需要一瞄，就合了眼缘。

"麻烦拿出这对看一下。"沈译驰站在柜台前，示意道。

导购员把戒指盒取出，简单做着工艺介绍，然后表示："喜欢的话可以试戴一下。"

姜织也很喜欢这一款，视线从戒指上移开去看他，询问他的想法。沈译驰恰好望过来，四目相对，姜织把右手抬起来，示意："帮我戴。"

戒环小小的一枚，银色的，被沈译驰小心翼翼地推到无名指根部。

姜织把手背移远又挪近，认真地看了会儿，跟沈译驰说："好看。"

沈译驰只顾着盯着姜织的手指。这一刻，他的内心是宁静的，仿佛尘埃在这兵荒马乱的年纪终归落定，也像是在嘈杂匆忙的尘世终于找到一处独属他们的一隅，带着对执手终老的期待，感到深深的幸福。

回神时，姜织已经替他把男士那枚戴好，两人的手靠在一起，钻石在光下熠熠生辉。

在导购员信手拈来的溢美之辞中，姜织收拢手指，越看越喜欢，看向沈译驰，说："我们买下来吧。"

沈译驰自然是答应的。

婚戒的意义是不同的，如同一个承诺沉甸甸地存在于他们的心里。结完账从店里出来，两人才开始想这个问题。

"就这么买了?"沈译驰问。

姜织语气是笃定的:"就这么买了。"

"那……"沈译驰盯着姜织,并没着急说什么。

姜织用拇指摸了摸戒指,神色正经几分,似是沉重:"我想先跟你说一件事。"

"你说。"沈译驰不知道姜织要说什么,他只是在心里有一个更倾向的答案。

姜织在他毫无准备的时候提起,后来她想,这大概是最不合适的聊天环境,因为这是沈译驰满含期待的时刻,她说的却是一个很残忍的消息:"我从年初就在准备去美国留学的手续,前天收到了学校的 offer,要读两年。"

沈译驰沉默,再沉默,沉默了良久。他说:"是通知我对吧?不是商量。"

从他这话的语气中,姜织便感知到他对此事的态度。姜织嗓音沉沉地"嗯"了一声,说:"我想去。"

"想去。"沈译驰重复一遍这两个字,眼神有些冷。毕竟是公共场合,他们都是体面人,没有歇斯底里,也没有甩头而去,光是这吐字清晰的言语里便包含了太多太多的情绪,"你想去美国留学,你想我去研究所,你还想什么?凭什么你想什么就是什么,你为什么不想我们好好在一起,就得分开吗?"

姜织搭在沈译驰手腕上的手,脱力地滑下。没有人推她,是她自己不敢再触碰了。她眼神陌生地看着沈译驰。

人最害怕什么,就会来什么。哪怕姜织已经足够小心地规避自己能预料到的一切风险,但这一刻她恍惚才明白,她做错了。她选择了和父母相反的方向,还是错误的。关于沈译驰去不去研究所这件事,他不去,姜织心里会自责,会自我绑架。她不需要沈译驰因为朝朝暮暮的相伴牺牲光明的前途。她一直认为自己这个决定没错,一年半的离别不是顺利度过了吗?这一年半的时间对沈译驰也并非做无用功,他拉到的投资,项目得到的国家支持,不都是这一趟积攒的人脉才收获的吗?怎么牺牲的反倒成了他?

姜织打断沈译驰接下来要出口的话,问:"你在怪我吗?"

沈译驰失声，被姜织这一刻望过来的眼神狠狠地刺到，是陌生又遥远的，仿佛自己马上就要失去她似的。

他急忙拉回姜织松开的手，让她看清自己的表情，把声音放缓放平："我不是这个意思。"

姜织没推开他，只是说："我们需要冷静下再聊。"

从商场回家后，两人陷入了微妙的相处模式。

该沟通还是会沟通，沈译驰没事找事问一句空调遥控器的替换电池在哪儿，姜织也会回答。姜织冲咖啡时，也会问沈译驰要不要喝，顺手帮他冲一杯。日常生活毫无障碍，不见端倪，可就是怪，就是不舒服。

两个人心里都不舒服。

心里藏着个疙瘩，尤其还是受姜织情绪牵动的，不解决，沈译驰一直进入不了做事的状态。

他现在已经不纠结于姜织去不去留学这件事，除了刚得知这一消息时的激动，这会儿已经平静下来。他如果早知道，是会支持的，他生气的点在于姜织的独断。

经过这两次的事，他也渐渐发现，姜织平时撒撒娇、耍耍赖，总是一副很依赖他、需要他引导的样子，可在大事上从不马虎，很有主意，甚至可以说是非常决绝。

"哪所学校？"沈译驰还是没忍住绕回到这个话题上。

姜织把校名说了，顿了下，想再说点什么，手机响起，是姜国山拨来的视频通话。

接通后，姜国山笑呵呵的心情不错，但瞧见姜织的脸色，登时紧张："哟，你这脸色怎么这么难看，是身体不舒服吗？"

被姜国山提醒，姜织才意识到自己的疏忽，慌忙挤出笑来，说："没。刚刚在处理工作，所以看上去有点严肃。我身体好着呢。"

姜国山不放心地打量着她，说："平时工作不要太累啊。你中午吃的什么？又点的外卖？"

"我跟沈译驰出去吃的,刚逛街回来。爸,你是不是又偷偷喝酒了?什么没有,我都看到了,你身后茶几摆的不是酒瓶吗?酒喝多了对身体不好。你怎么又不听话啊……"

沈译驰坐在客厅沙发上,用平板检索姜织留学那所学校的相关信息,留意听姜织和姜国山打电话的声音。

姜织其实胆大心细,很会照顾人。听着她对姜国山有关日常琐碎的叮嘱,沈译驰渐渐意识到,自己过于担心和焦虑了。

同时,沈译驰也真正明白,正是因为姜织清楚他这容易担心人的心思,才不愿意把这一年半间遭受的大起大落和他分享。他自己的状态会潜移默化地影响姜织对他的态度,如果他不做出改变,两人之后再遇到这类事情,只会越离越远,越过越生疏。

沈译驰坐在沙发上查了会儿资料,对那边的当地文化、全年气候,以及国内外差异带来的重点——饮食习惯和社交禁忌进行了详细的了解,心里竭力克制着对姜织此行的担忧,试图转化自己思考问题的角度。

姜织什么时候结束通话,沈译驰都不知道,直到她离开书桌坐到沙发上靠过来,他才从平板上收回视线,移到她脸上:"和你爸聊完了?"

姜织"嗯"了一声:"你在看什么?"

沈译驰说:"查了查那边的天气。"

姜织没吱声,垂着眼,若有所思状,拉开他拿着平板的一只手,仰躺在他腿上。沈译驰在她脑袋底下垫了个抱枕,让她躺得舒服些。

"我们专业有学姐在那边做交换生,她给我科普了一些,我觉得自己应该能适应。"姜织依旧是避重就轻地聊。刚刚跟姜国山通话时,她就在走神想这个问题,是不是受老爸老妈感情经历的影响太严重,所以当自己身处感情之中,处理类似事情时太过敏感了,因此弄巧成拙。或许该让沈译驰自己决定,他不想去研究所就不去。沈译驰之前也说过,永远不要美化自己没有选择的那条路,我们当初所选择的,就是当时做过最好的决定。所以姜织觉得自己没必要和他确认沈译驰后没后悔听取自己的要求去研究所,也相信沈译驰不是因此责怪自己的强势,她想,这样就是看轻了他。

她在商场那句反问，确实有些伤人了。

她太过敏感，导致了自卑。沈译驰根本没有这个意思，是她自己心虚了。

姜织尝试开诚布公地聊一聊这件事："我想去那个学校深造也是因为这个学姐，去年年底我在工作上遇到了瓶颈，通过学姐的帮忙才得以解决。后来我了解到硅谷那边的行业环境很适合我深造，所以才萌生了这个想法。我最初也挺纠结的，在 offer 下来之前都没确定要不要去。"

沈译驰用手指绕着她的头发，听她小声跟自己道歉："我该早点跟你说的。虽然知道你不会阻拦我的决定，但还是应该跟你商量。说不准在你的建议下，我能更早地知道自己该如何选择。"

"我上午态度也急了点，也给你道歉。"沈译驰低头啄了她一下。

姜织扯了扯他的耳朵，笑："那我们和好了？"

沈译驰"嗯"了一声，说："马上就亲不着抱不到了，哪里舍得再冷战。"

姜织往他身上靠了靠，说："跨国航班还是挺方便的，周末我飞回来或者你过去。"

沈译驰嘴上没说什么，心里却不是滋味。来北京上大学都会想家的人，漂洋过海去异国他乡，怎么会让人放心。

这时姜织说："你下个月月初可以请几天假吗？"

"有事？"沈译驰看向她。

姜织点头，说："我打算订下个月月初去美国的票，如果你有时间，和我一起过去看看住宿和学校的环境，我们四处逛逛，然后你再回来，可以吗？"

沈译驰觉得心里的石头落下了，姜织总有能力抚平他心上痛苦的褶皱。

"我有时间，那待会儿一起订机票。"

姜织应好，又说："出国前，我打算回去看看我爸妈，你也跟我一起吧。在一起这么久，你还没正式去过我家。"

每年寒暑假姜织回家都是跟沈译驰同一行程，不过大多数时候在南京便分开，姜织回宿营看老爸的那几天，也会出来跟沈译驰见面，姜国山都是知道的，也总叫沈译驰去家里吃饭。但沈译驰知道，姜织说的正式见面是什么意思。

沈译驰郑重地应:"好,都听你的。"

出国日程临近,两人先回了趟老家。

沈译驰还说陪她出国安顿呢,光是回老家的这几天时间都是赶了好久进度才压缩出来的。回南京的高铁上,两人一人摆一台电脑,各忙各的,都没闲着。沈译驰是忙项目的事,处理一些不着急,但能早处理就早点处理的工作,给出国留出富裕的时间;之上科技现有的几个团队都很成熟,不用姜织坐镇也能自由运转,姜织这个老大已经从项目中撤出来,只要时常参与一下会议,把控全局就好。

前排的乘客坐久了起来活动时,盯着他们俩打趣:"现在小年轻真是辛苦啊。"估计是看到他们手上的戒指,在姜织抬头冲她笑了笑之后,这个爱唠嗑的大姨又说,"累不累啊,喝点水。你们带杯子没?车厢那头有热水,让你老公过去接点。"

沈译驰倒没纠正路人的误会,问姜织:"喝吗?"

姜织摇摇头,说:"不用,你继续忙。"

沈译驰拉着她的手捏了捏。今天要赶高铁,在路上奔波一整天,姜织一点儿妆都没化,但依旧肤白唇红,眼睫浓密得跟小扇子似的。自打上大学后,除了去研究所的一年半,两人几乎每天都能见面,因为天天见,自己在变,对方也在变,所以他很难发现姜织身上的变化。但沈译驰日常有拍照片的习惯,用手机拍、用相机拍,拍姜织个人的,拍他们的合照,很多很多照片。沈译驰没事的时候,总喜欢翻翻这些照片,每当这个时候,他便能清晰地观察到岁月留在姜织身上的痕迹。个人形象和气质更沉着冷静些,眼神的变化最明显,这与发型、妆容的关系不大,是一个人思想、阅历和人生态度的体现。

沈译驰去研究所前和从研究所回来后,她这个阶段的变化最明显,大概跟横跨了从校园到社会这个阶段有关,社会确实历练人。

不知道接下来出去留学的两年,她又会有什么变化。

不能想,想多了便又舍不得了。

"老公,我想吃糖,要橘子味的。"

姜织的声音把沈译驰的思绪拽回。他起初重点放在后半句,手指在口袋里摸到糖果才意识到她前半句,把糖递过去时,他故意询问:"叫我什么?"

　　姜织拿走糖,撕开包装吃到嘴里,在橘子味硬糖酸酸甜甜的滋味中,笑颜明媚地脆声道:"老公。"

　　"再叫一遍。"沈译驰只觉浑身舒畅,听得有点儿上瘾。

　　姜织放慢语速,一字一顿地故意闹:"老、公、公。"

第十二章

欢迎回国,媳妇儿

高铁即将停靠站点,陆续有乘客推着行李箱走到车厢的两头,气氛有些嘈杂凌乱,时不时传来滚轮摩擦地面的声音。

沈译驰被这声"老公"叫得有点迷糊,过去姜织喊他"哥哥""阿驰""宝贝",就是没喊过"老公"。正是因为没喊过,所以显得格外特殊。

"故意的是吧。"被她一脸无辜地耍了一次,沈译驰兴师问罪地觑她,但嘴角翘着,这是克制不住的情绪,有点兴奋。

姜织目光挑衅,好似仗着大庭广众之下沈译驰不敢对自己做什么。

沈译驰再兴奋,也只能把人捞过来,用手扶着她的头,狠狠地亲了她脸颊一下。

姜织的脸都被亲变形了。她不防备地皱眉,一脸嫌弃又无可奈何地推他:"都看着呢。"

"看就看呗,有什么问题?我亲我自己媳妇儿。"沈译驰语气里是压不住的嘚瑟。

姜织翻出粉饼的镜子照了照脸,大四毕业那段时间,压力大时也会冒痘,但她的皮肤状态一向很好。比不了婴孩的牛奶肌肤，但较同龄人是优越很多的，这得益于她有个好底子，再加上梳妆台上各种品牌的瓶瓶罐罐。

姜织收起镜子，捏着沈译驰的下巴把他的脸掰过来，认真打量他的皮肤状态说："我给你买套护肤品，你记得每天用。"

沈译驰的皮肤状态很不错，但护肤这种保养工序还是有必要的，她可不想过十几年或者几十年后，眼前帅帅的男朋友被岁月这把杀猪刀摧残得不成样子。

沈译驰说："不用专门买，没这个习惯，我还是跟以前一样用你剩的就行。"

姜织过去没少往沈译驰脸上糊东西。她敷过但还剩余面膜液的面膜，时不时自己护脸时顺手往他脸上拍几下，有时也会把自己的乳液或者面霜给他当擦脸油。沈译驰早总结出经验来了，瓶罐里剩个底就说明她用得惯，但用腻了，剩得多，则说明这个东西不适合她或者不好用。沈译驰来者不拒，也不嫌弃，用得不亦乐乎。

过去没有沈译驰时，姜织是怎么处理这些用不上的护肤品的呢？擦手、擦脖子，当身体乳了。姜织想到这个，不禁有种亏待了他的心虚，同时又有点想笑，清了清嗓子，岔开话题："突然想起来，我妈喜欢的那个点心是不是忘在家里没带？"

沈译驰成功地被她带偏，说："带了，在我行李箱里。"

姜织"哦"了一声。沈译驰这次准备了不少礼物，除了冯敏上回来北京说吃着不错的点心、熟食这类日常吃的，还备了些上门礼。北京特产不多，沈译驰尽量挑贵的，人参和冬虫夏草更是特意托人买的。

虽然姜织心里没把沈译驰当外人，觉得这些太夸张的仪式感没必要，但沈译驰考虑事情比她周全，他说是请教了几个去过女朋友家里的朋友总结来的经验。姜织看他讲究地准备着，便没瞎掺和他的决定。

高铁到站，两人随着人流从出站口，去出租车搭乘点拦了车回家。

原本方遒知道他们回南京，要来接他们，口口声声说正好顺路。姜织对他的话存疑，考虑到老妈和方叔叔的事彻底没戏，便不好意思再麻烦方遒了，没让他来接，只说到南京有空她和沈译驰找他约饭，方遒便没再坚持。

坐在回家的出租车上，姜织想起老妈和方叔叔，叹了口气。方叔叔人挺不错的，对老妈好，对姜织也好。方遒跟姜织年纪相仿，这些年相处得也不错。只能说没缘分吧。

沈译驰听到她的动静，偏头问了句："怎么了？"

姜织垂眼，说："我其实挺想有个人照顾我妈。"

沈译驰一时沉默，伸手过去握了握她的手，半晌后，才开口："她肯定有自己的考量，自己舒服最重要。"

姜织"嗯"了一声，靠到沈译驰的肩膀上歇了会儿。

大概是在外地待久了，隔着不长却也算不上短的时间，姜织每次回来都会觉得这个小区又小了点儿，好像也旧了。

两人拖着行李箱往家走，姜织指着单元门附近的一个地方，说："你还记得吗？我们就是在这儿被我妈撞见的。"

沈译驰自然记得，高考后的事了，一眨眼他们都大学毕业，工作也稳定了。

两人进了单元门，上楼。

今天是工作日，这个点冯敏还在天文台没有下班。姜织和沈译驰打算一会儿放下东西看看家里的食材，不够的话去超市采购点儿，然后准备好晚饭，时间充足的话，一起去接老妈下班。

计划是这样计划的。谁知姜织拿钥匙开了自家门，往屋里推行李箱时，听到家里有人说话声。

是一道中年男人的声音，对方以为是冯敏回来："你今天怎么下班这么早，我……"

姜国山刚打扫了一遍家里的卫生，正在卫生间里洗拖把，听到门口的声音后，手上戴的橡胶手套还没摘，就出来说话。

父女俩的眼神对上，各有原因地愣怔住。姜织打量着姜国山居家的状态，率先开口："爸，你怎么在这儿？"

姜国山支支吾吾，明显是昨晚在这里留宿的……他几次张口，实在是不知道怎么跟女儿解释。好在这时，后进门的沈译驰喊了一声"姜叔"，姜国山顺势应了句，搭了句闲话："别堵门口站着了，先换鞋进来。"

几句话的缓冲，姜国山也找回了神思，在自家闺女探究的目光中，说："我来南京出差，你妈说家里下水道堵了，我帮忙弄了一下。"

姜织"哦"了一声，没说信，也没说不信。

姜国山去卫生间做收尾工作，客厅里只剩下两个小年轻。

姜织还在狐疑地琢磨这件事，老爸老妈这是要复合了？这是好事啊，可为什么不告诉他们呢？

姜国山很快从卫生间出来，姜织没顾上跟沈译驰说话，便听见老爸问："怎么回来也没提前说一声？一路累坏了吧，先坐下歇歇喝点水，想吃点什么，我给你们做。"

姜织瞧着老爸在这个家里熟门熟路的状态，越发疑惑父母当下的关系。不过看出姜国山避重就轻地不提，姜织此刻并不打算刨根问底地追问，只道："爸，你不用忙，我俩不渴也不饿。我打算给我妈个惊喜呢，还准备一会儿给我妈做晚饭，你在就太好了，正好一起。"

"你下厨？"姜国山露出个"能行吗"的眼神，倒没直接打消女儿的积极性，而是很委婉地说，"好不容易回来一趟就别忙活了，想吃什么老爸给你做。"随后他看向沈译驰，也问了一句，"小驰有什么想吃的？"

老爸很喜欢沈译驰，姜织能感受到。毕竟这么优秀的"别人家的孩子"，哪个长辈会不喜欢啊。这让姜织放心些，有了跟老爸通气的打算。

家里东西实在不多，三个人一起去了超市。

沈译驰被支走去买酒的时候，姜织挽着姜国山的手臂，说："爸，我跟你说个事呗。"

"怎么？"姜国山瞥了瞥宝贝闺女。过去允许二胎，如今开放三胎，社会大环境在不断改变，公民的追求也有所不同，但姜国山和冯敏结婚以来，自始至终没想过再要一个孩子。他们有姜织便觉得很圆满了，这些年他们也竭尽所能地给孩子提供全部的爱，哪怕是当年离婚后，也尽可能地减少婚姻破裂这个既定事实给孩子带来的伤害。万幸，姜织如今成长得很好，思想清醒、人格健全。他们三口人聚少离多，分隔在三个地方，倒也各有各的滋味，再见面仍如过去一样，不见生疏。

姜织一向落落大方，这件事说起来倒不是难以启齿，却自带少女的娇羞。她笑着说："我和沈译驰打算结婚，你支持吗？"

姜国山拿商品的手一顿，表情显得有些犹豫。

姜织眨眼，一本正经地狐疑道："爸，你不支持吗？"

姜国山把要拿的东西搁进购物车里，神色恢复如常："你俩想好了就行，你做什么老爸都支持。"

确实是，他能不支持吗？两个孩子这些年在一起，相处得很好，姜国山虽不能事事看着，但了解自己女儿。从小到大父母没让她吃过生活的苦，亲戚间的家长里短，日常里的柴米油盐，学校里隐藏的小型社会，姜国山和冯敏尽可能地给她遮蔽出安全圈。但矛盾的是，姜织个人的抗压能力很强，练舞的那几年是真的很辛苦，连姜国山这个大人看了都会心疼地偷偷抹泪。不跳舞后，又有了升学的事，姜织看似驾轻就熟地完成得很好，取得了一个不错的成绩，但谁也不能否定这个过程是辛苦的，姜国山陪着看着，只恨自己帮不上什么忙。

姜国山从来不是喜欢跟别人比谁对苦难的承受力更强的人，他如今的人生态度仍然是学会享受，该躺平就躺平。偏偏冯敏是和他相反的人。姜织的性格大概是他俩的结合体，矛盾但又和谐，有一种积极向上的松弛感，看似随意百搭，但实则很有自己的原则。

姜织若不是真的喜欢这段关系，和沈译驰肯定维持不了这么久。

姜国山接着嘀咕了几句"结吧，结吧"，在沈译驰托着一瓶红酒过来时，止住自己碎碎念的声音，推着购物车提前走开，将女儿和沈译驰亲昵的说话声甩在身后。

姜国山的厨艺自然没的说。有他在，姜织连厨房都没进，在客厅里看电视。

沈译驰被叫去厨房打下手。

冯敏回来时,被家里前所未有的热闹吓了一跳。

她摘了包换好鞋子进来,看到满满一餐桌的菜肴,然后递给姜国山一个"你怎么还没走"的眼神,略一停顿后,不动声色地看向屋里的两个小辈:"你俩怎么回来了?"

姜织心说"我们不突然袭击一次,都不知道我爸在你这儿",她脸上带笑,说:"这不是要出国了吗,我就想着回来陪陪你们。原本想过几天再回宿营的,没想到我爸这么巧在南京。"

冯敏没接闺女话里暗藏的问题,听不懂似的,只说:"去美国的机票订了?"

姜织说了个日期。

冯敏又问住宿的地方找好了没有,是一个人住还是合租。

姜织照实说:"是和一个学姐合租。到时沈译驰陪我过去,等安顿好他再回来。"

冯敏说不担心是假的,但听到这儿也稍稍放心些,随后看向沈译驰,说:"小驰,麻烦你了。"

沈译驰:"应该的。"

冯敏进门就看到往客厅走靠墙的地方堆了几个礼盒,平时串门走亲戚送这些礼会不会显得太隆重了,像有什么大事似的。冯敏没问,心中隐约有点儿猜测。

她刚到家洗过手就到了开饭时间,冯敏带着那点猜测,提了酒杯,对准姜国山:"我一会儿还要工作,就以茶代酒,先谢谢你准备这一桌子菜。"

这两人相处是一点也看不出离过婚,此情此景相处的融洽程度分明和过去没什么区别,如果真要对比一下的话,那就是更和谐了。父母间包容度更高,对彼此似乎是更理解了。

姜织跟着一起敬老爸,心里正琢磨着老爸老妈如今的关系到什么地步了,就听冯敏开始敬自己:"小织马上要出国了,希望你学业顺利,在异国照顾好自己。"随后她看向沈译驰,说,"也欢迎小驰来家里吃饭,希望你们的感情甜蜜,工作越来越顺利。"

"谢谢阿姨。"沈译驰很郑重地把杯里的酒都喝净。

姜织浅抿了一口,依次看向两个长辈,说:"爸、妈,我跟沈译驰在一起挺多年了,互相了解,感情一直很稳定。"说到这儿,姜织偏头看了沈译驰一眼,餐桌下,两人的手牵在一起。她甜甜地笑着,继续说,"我们这次回来,想挑个日子把证领了。"

沈译驰坐正些,面前的碗筷被摆得整整齐齐,他吃饭的习惯一向好,言行举止间尽是教养。他虽然跟自己父母的关系保持得有些僵硬,但对长辈一向敬重,在姜织父母面前,从未失了礼仪分寸,接下来的话说得不卑不亢,尽是肺腑之言:"叔叔、阿姨,我和织织高中相识,在一起已经五年了。这期间我早已把她当作此生的另一半,互相扶持,彼此照顾,也做好了一起走下去的准备。你们把她教得很好,我很幸运遇到了她。希望你们放心地把她交给我。"

还真印证了冯敏的直觉。虽说凡事讲究一个水到渠成,但结婚这事终究和恋爱不同。冯敏把喝汤的汤匙放下,眼神慎重地望着沈译驰,思考这话该怎么说。

在姜织和沈译驰同班或者同校上学前,她便多少听说过这个孩子。姜家的经济条件和社会地位都比不上沈家。她虽不觉得这种差距的存在会影响正常生活和该有的志气与理想,但差距就是差距,这种差距带来的成长环境对人产生的耳濡目染、习以为常的影响也是存在的。

姜织是他们宝贝的孩子,自然希望将来顺遂平安、事事无忧,不低嫁,却也不需要攀附谁。

冯敏经历过,多少有些沉痛的经验。

冯敏深思熟虑片刻,才说:"我和她爸爸是挺喜欢你的,但你们现在刚大学毕业,还太年轻。姜织马上要出国留学,这个阶段结婚有些仓促了。"说着,冯敏给姜国山使了个眼神。

姜国山:"我也觉得有点儿早。"

冯敏看向沈译驰,又问:"你爸妈怎么说?"

"我爸妈一直知道织织,都很喜欢她。我这次回来是专门跟他们说这件事的。"沈译驰态度端正，考虑周全，"过几天我和我爸妈会正式过来拜访。"

姜织奇怪爸妈怎么就像是要拒绝这门婚姻似的，跟她预期中不太一样："爸，你不是说……"

姜国山打断她："你去帮我下点茶叶。"

"大晚上喝什么茶啊。"姜织意见满满。

冯敏看过来，也跟着说："叫你去就去。"

姜织"哦"了一声，到厨房的收纳柜里找到茶叶，没急着出去。她有点后悔没把手机拿进来，无聊又煎熬地洗了几样水果。

"哗啦啦"的水流声响着，她听不到外面的交谈声。

等姜织端着果盘和茶叶出来时，外面的三个人已经聊完了。

聊的什么，沈译驰似乎并不打算跟她说。从沈译驰对自己笑的表情中看，似乎挺顺利的。

姜织本想趁饭后送沈译驰离开时，问他们聊了什么。结果，见时间不早，沈译驰提出要走，没等姜织跟着起身，姜国山先开口了："我跟小驰一块走。今晚喝了酒，车我赶明儿再来开。"

姜国山跟冯敏说完，问沈译驰："你订的哪个酒店，正好咱俩住一处。"

姜织看看这个，又看看那个，根本没有插话的机会。沈译驰并没看出姜织的急切，和她对了个眼神，说："那我走了，到酒店给你消息。"

姜织无计可施，送他们出门。

刚刚还闹腾的家里走了一半的人，一下子冷清下来。

姜国山走之前把餐厅和厨房收拾了，这会儿姜织和冯敏也没什么家务要做。姜织原本以为老妈会回房工作，正想也回房间整理一下带回来的行李，只听老妈一脸严肃地招呼她过去沙发那儿坐下。

"妈，怎么了？"姜织挨着老妈。

冯敏的视线似乎是朝她的小腹扫了眼，然后问道："怎么突然要结婚？"

姜织茫然地垂眼看了看自己随手拿到腿上的抱枕，不明所以的同时，心里有些没有底："也还好吧……我们在一起这些年相处得挺好的，我俩都觉得身份可以进一步了。妈，你觉得很突然吗？"

冯敏没有说话。

姜织思索自己现阶段提结婚是很早吗？

直到听冯敏问："不是怀孕了？"

姜织眼底的疑惑与担心顷刻间消散，因为知道老妈完全担心错了方向，不是真的反对她和沈译驰的事，语气轻快地带着笑："你想哪里去了，没有。我和沈译驰都有做保护措施的，暂时没有要小孩的打算。"

听闺女这么说，冯敏捂着心口，长舒了口气，埋怨地瞪了女儿一眼："吓死我了。结婚这么大个事，不提前跟我通过气，我还以为出什么事了。"

姜织缓和气氛般语气轻松地确认道："那你不反对吧？"

"我反对什么，还能跟王母娘娘似的，拿根银钗划条银河把你们分开啊。小驰挺好的，挑不出毛病，你俩自己愿意就行。"冯敏说。

另一边，拦到出租车坐在后排的两个人，不约而同地沉默。

沈译驰始终记得那年姜国山挥着高尔夫球杆抡在他肩膀上的那一杆，觉得如今姜国山会再为难他一番，因此一直集中精神等待着。沈译驰觉得自己向来是逢山开路、遇水搭桥的人，不会畏惧将来遇到的事，只等见招拆招。

此刻的姜国山倒没打算给沈译驰使什么绊子。人到了一定年纪，尤其是看着子女脱离自己的保护伞独当一面后，就不得不服老。

姜国山其实是不服老的，但他很自觉地不再过多掺和孩子的决定。她想留在北京就留在北京，想创业就创业，想留学就留学。这个时代瞬息万变，两代人所面对的事物都是不同的，现在这个阶段，姜国山真正能帮得上姜织的，少之又少，姜织连出国留学的学费和生活费都不用他们来掏。这让姜国山为她感到骄傲的同时，又因为帮不上忙而有一种深深的无力感。

得服老了，孩子"翅膀硬了"。

姜国山偏头看看沈译驰，几次张口，又无声地合上，突然就不知道跟他聊什么了，明明过去他们爷俩什么都能聊几句。

不知道是这臭小子投自己所好，还是他原本就是钻研这些的人，他俩挺多共同话题的。而且沈译驰脑瓜子灵泛、不死板，优秀却没傲气，没什么竞争心但不缺乏竞争的能力，倒不怪孙恙说自己要有个女儿，要招沈译驰当女婿，他身上那股不争不抢但又锋芒毕露的劲儿确实招长辈喜欢。

姜国山是挺满意的，但有时候吧，满意的话不能挂在嘴边。

可真挑几句刺，他又下不去口。

两相矛盾之下，姜国山就变成此刻这般，半个字也蹦不出来。

两人就这么沉默了一路。

进酒店时，沈译驰没注意到有台阶，跟趄了一下。姜国山在旁边"哟"了一声，提醒："喝多了？酒量不行啊，看着点路。"

沈译驰把接下来的每一步都踩得很稳，说："平时不怎么喝。"

"不喝好啊，烟酒少碰，对身体好。"姜国山如是感慨了一句，却在办理完入住，听值班经理简单介绍着酒店的基础服务功能区的位置，听到酒廊时，扬了扬眉，问沈译驰，"待会儿去喝点？"

沈译驰把他前后不足一分钟的两副面孔看在眼里，很配合地点头答应。

沈译驰到酒店房间后，先跟姜织打了个电话报平安，让她早点休息。

得知他要跟姜国山去喝酒后，姜织立刻忘记打听晚饭后老爸老妈跟她聊了什么的事情，眉头紧锁，意见满满："我爸怎么这样啊？你等着，我去跟我妈告状。"

"别啊。"沈译驰连忙把人叫住，看得明白，"你这不是挑拨我跟你爸的关系吗？"

姜织想了想，还真是。

她无奈地说："那你去吧。别待太晚，一定要看着点我爸，给他点杯柠檬水得了。他高血压呢，不能喝酒。"

"我知道。"沈译驰又在电话里跟女朋友腻歪了几句，听到房间的门被姜国山从外面敲响，才挂断电话。

姜国山想喝酒是真的，晚上在冯敏眼皮底下，没敢太挑衅她的权威，只意思地抿了个杯底，还没尝出什么滋味呢。

这会儿坐在酒店内部的酒廊里，手刚摸到酒水单，就听沈译驰对服务生说："两杯柠檬水。"

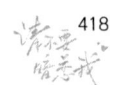

察觉到姜国山的目光悠悠地瞟过来，沈译驰适时地甩锅："你闺女交代的，我不能不听，她还要我拍照片发给她检查。"

姜国山敢怒不敢言，胡乱点了几样小吃，把酒水单还回去，催服务生快点走，眼不见为净。

姜国山原本打算再待几天开车捎沈译驰一块回宿营，但沈译驰跟沈一星打电话时，知道沈敬衷受伤住院的消息后，一个人提前回去了。

沈译驰搭乘的高铁都发动了，姜织还在纠结：我是不是该跟你一块回去？

沈译驰逗她：你是不是婚前焦虑？

姜织甩过来一个凶凶的表情包，说：才没有。

顿了下，姜织又问：真的不需要我陪你。

沈译驰说：不用。你在家陪父母。乖乖等我来娶你。

和姜织聊完，沈译驰神情在短暂的放松后，很快紧绷起来。

他从来看不透自己的父母，不知道他们怎么想的。

不过，沈译驰这次回家，心态跟以往都不同。问题依然是问题，始终存在着，但沈译驰看待事物的眼光变了，那些没有解决的问题，在岁月中似乎有了另一番模样。

这种改变让人变得强大和坚定，同时也勇敢。

沈译驰到医院时，沈敬衷正跟几个律师在病房里开会。

唐湘汶在病房外面的小客厅里，见到沈译驰惊讶了一下："你怎么真的回来了？"

沈译驰朝病房里望望，说："原本就打算这几天回来。我爸没事吧？"

"没事。公司最近不太平，今天你爸回公司查账，出公司时被人堵了会儿，幸好他身边跟着的律师身手不错，帮忙挡了下。"唐湘汶简而言之地概括，没多言原因，改口问道，"姜织没跟你一起回来？"

"她回南京了。"沈译驰顿了下，再开口，"妈，我和姜织打算结婚。"

唐湘汶茫然地"哎"了一声，才理解沈译驰说了什么。

大概是沈译驰已经太久太久没有跟家里分享过自己的生活和私事，唐湘汶有些不习惯。过去他读大学前住在家里的时候，给了唐湘汶一种他尚是家庭一分子的假象。自打沈译驰离家去北京，唐湘汶对他的了解越来越少，才终于意识到，沈译驰早已经不需要他们便能生活得很好。或者说，他从来没需要过他们，又或者说，他们这对不称职的父母忽略了他发出的需求信号。

唐湘汶年轻的时候，清高自傲、个性鲜明，哪怕对着孩子和家人也从未放低过姿态。身处其中的时候，不觉得自己言行有何不妥，但当时间流逝，再回头望，才发觉，错过了什么。沈译驰自小是亲朋口中优秀拔尖的孩子，唐湘汶一直为他感到骄傲，但似乎从未夸奖过他。

那个没怎么被她教导过的孩子，竟然眨眼要结婚了。

这时，病房的门打开，沈敬衷的助理和律师前后脚出来。唐湘汶朝那方向看了一眼，回沈译驰："进来和你爸一块聊吧。"

"我借这次机会正好在医院清净几天，免得几个股东那边盯得太紧。你就先……"话是说给唐湘汶的，沈敬衷说着抬头，才看到沈译驰。

沈译驰站在床边喊了一声："爸。"

和过去生活在眼皮子底下的状态不同，自打沈译驰去北京上大学后，回家的次数掰着手指头都能数过来。大概真应了那句距离产生美，见面的机会少了，争吵的机会更是约等于零。

这怎么不算是另一种程度上的缓和呢？

沈敬衷仿佛是忘记前一秒要说什么似的，嘴唇张开又合上，血浓于水的骨肉亲情在这一刻得以淋漓尽致的体现。

"回来了。"他问。

没等沈译驰说话，唐湘汶率先说："听说你出事，专门赶回来的。"

人有时候是不能说谎的，一个谎需要更多的谎话来圆场，而当别人认定你的真实目的揭晓时，让这个成功为自己谋取利益的谎言顷刻间成了刺向自己的尖刀。

不过，这都是后话了。

此时此刻的沈译驰确实接收到唐湘汶这句话是为他好的信号，默许了这个答案。

沈敬衷很受用地道:"回来得正好。过几天你陈伯伯过生日,你陪我去。"

唐湘汶看了沈译驰一眼,似乎是怕他不给沈敬衷面子拒绝似的,眼神有些担心。沈译驰脸色平静,答应,然后又叮嘱沈敬衷注意休息。

接下来,沈敬衷又问了几句E之科技的事。沈译驰听着他说的内容,虽然其中有观点和观念与自己的相悖,但沈译驰始终保持一个倾听状态,没有反驳,没有争辩。

或许是大学那几年跟各种甲方公司、外包公司的奇葩负责人扯皮,培养出了耐性。嘴甜心硬、会画大饼,拥有这几个要素在商业合作中会减少很多麻烦,往往事半功倍。

就这样相安无事地聊了会儿,沈译驰终于意识到自己的方式方法似乎不太对。父子关系,用工作的习惯来对待,好像不太合适。可……虽说不合适,但效果又不错。

沈译驰为自己寻觅到的技巧而沾沾自喜,认为如果这样维持下去也不错。

但没庆幸多久,当沈译驰说起:"爸,等公司的事情解决,你和我妈看看什么时间有空,空一天时间出来,我们一起去南京拜访姜织的父母。我和姜织打算结婚了。"

前一瞬父慈子孝的氛围渐渐散开,沈敬衷脸色肉眼可见地冷下来,说:"结婚?不是专门回来看我啊?"

沈译驰噎声。他这个时候想到了姜织和姜国山的相处模式,融洽、放松,也有气氛紧绷的时刻,但姜织撒撒娇说个软话,气氛就缓和了。如果此刻姜织处在沈译驰这个位置上,她会怎么做?沈译驰思索片刻,放弃,他知道自己学不来。

"是专门回来的,我一挂了我妈的电话,就订票回来了。"沈译驰语气真诚。

沈敬衷的脸色并没有缓和,唐湘汶在一旁对沈译驰说:"你要一下姜织妈妈的电话,我提前跟她沟通一下,了解了解她家的情况和想法。婚姻的事,不是你俩商量好就能定的,常有两家人沟通不和,婚期将近都黄掉的。"

唐湘汶最后这句话说得不太好听,但从小被唐湘汶打着巴掌给甜枣的言行训练出了习惯,也听出唐湘汶这句话起到了缓和的作用,遂踩着台阶下来,拿出手机找联系方式。

然后沈译驰没在医院久待,在唐湘汶的安排下去少年宫接沈一星。

沈译驰离开医院没多久,收到了沈敬衷发来的消息。他推过来一张名片,同时说:这是你陈伯伯的女儿,你们年轻人有共同话题,你从她那儿打听一下你陈伯伯的喜好,帮我准备一份生日贺礼。

沈译驰起初没多想,又往前走出几步,才重新拿起手机,盯着沈敬衷发来的消息,皱了皱眉。

只是为了打听陈伯伯的喜好吗?

这样的小事,他助理做不到吗?这种喜好托朋友一打听不就知晓,需要专门联系对方的女儿吗?

这种被试探底线的感觉让他不是很舒服。

沈译驰点都没点一下这个联系人名片。

当沈译驰站在少年宫外,接到沈一星后带他去吃晚饭,拿出手机结账时看到了通知栏有一条新的好友申请。他认出这个一看就是女孩子爱用的头像,这是陈伯伯的女儿。

沈译驰放任这条消息没理,退出后,继续付款。

沈译驰也是后来才想明白,沈敬衷大概是那种即便到了七八十仍不放权的老董事长,需要小辈发光发热,利用制衡之术看着小辈们为了股权利益争得头破血流,只要大局能够稳固,他便拥有了手握权柄、高枕无忧的安全感。

这样的长辈,不是沈译驰想方设法讨好就能和谐共处的,他需要源源不断地牺牲和付出,才能卑微地求得表面上的相安无事。

耳畔,沈一星叽叽喳喳说着最近发生的趣事。沈译驰回神,努力让自己集中注意力倾听。

沈一星今年读初一,唐湘汶在这个阶段不严苛要求他在学业上必须取得什么成绩,尽可能地开发他的兴趣爱好,会什么乐器、擅长什么运动,提高品位和审美的同时,也能锻炼做事的专注和毅力。

沈译驰每年回宿营一两次,看到沈一星,每每都会想起自己小时候。唐湘汶和沈敬衷对他的教育方式属于一种放养,没有管教和约束,在经济方面给予了他足够的自由。喜欢乐高，买；喜欢唱片，买。别的小孩为一周多少零花钱精打细算时，沈译驰看着手里的钱培养个人兴趣爱好的同时，也学会了条理清晰地支配。

大概是自己的心态发生了改变，沈译驰再回忆起小时候的事，似乎多了宽容和理解。

"我的功劳？"姜织在电话里听沈译驰剖白完自己，将原因归到她身上时，如是说，"我都不知道自己有这么大的能量。巧了，我也有个好消息要跟你说。"

沈译驰下午回了趟盈高，这会儿刚到家。出租车在住宅区外停下，沈译驰因为想单独跟姜织讲电话，所以提前下了车，边往家走，边说："什么好消息？"

姜织声音清脆，吐字清晰地宣布："我爸妈打算复婚。"

没等沈译驰给予反应，姜织自顾自开始了——

"啊啊啊啊，沈译驰！我爸妈真的要复婚了！"

姜织借着丢垃圾的理由揣着手机出了家门，此刻在小区里休闲公园的长椅上坐下，拨通男朋友的电话后压低声音却压不住激动的情绪，如是吼了一句。

不算大，幸好此刻小区空荡寂静，没有住户经过，倒是灌木丛里刚刚试探着露头的流浪猫被她这一嗓子吼得又缩回了阴影里。姜织只觉抱歉地收敛了音量。

沈译驰那边对此不知情，浅浅地笑着，仿佛姜织就在眼前一般，笑眼宠溺："听到了，听到了。叔叔阿姨和好了。"

这是一件姜织过去想都不敢想的事情，因为目睹了他们互相折磨、两败俱伤的过程，已经接受了分别是对他们而言最好的结果。

可如今看到他们依然能够坦诚地和好如初、交付真心，姜织突然就忘记了那些丑陋痛苦的记忆。人的记忆真的是一件神奇的存在，有时要漫长的岁月来治愈，有时也能击退一切险阻万难。

"我真的好开心啊。"姜织"啊啊啊啊"叫了几声后，用最质朴的声音表达自己的感情。

沈译驰被她的情绪感染，跟着放轻声音，说："我感受到了。"

姜织仰头望着天，隔着层层叠叠的云层回忆着高三上学期，家里争吵不断、气氛僵硬的日子，一时间感觉那些事隔得好远好远，远到仿佛是梦一般，变得模糊而不真切，以至于令人忘记那段经历带来的痛苦和折磨。看着夜幕上被碎星簇拥着的圆月，清辉皎洁，心旷神怡的同时让人对未来充满力量和希望，他们已经历经千辛万苦，披荆斩棘走到今天，自然也能继续逢凶化吉，遇难成祥。

她笑着，语气柔软，说："阿驰，我们只要往前走，是会越来越好的。"

"会的。"沈译驰嘴上如是附和，心里却想得很多。

还说不是她的功劳，你看，她这般不论何时都积极向上的精神状态，不正是沈译驰站在山呼海啸的中心时最大的精神支柱吗？

拐过转角，快到家门口时，沈译驰遥遥地看到自家院门前有道清瘦的身影在犹豫不定地徘徊。

她似乎是想进去，又不知因为什么止住了按门铃的打算。

直到对方看到了从不远处走来的沈译驰，这才停住纠结，眼中的情绪又变成另一番光景，她似乎在忐忑和紧张。

找他？

姜织在电话那头吐槽着小区里好多蚊子，说想他了。

沈译驰不客气地拆穿："我看你是想我替你吸引蚊子吧。"

姜织被逗得咯咯笑。

不知道是不是跟血型有关系，又或者是他们遇到的蚊子都很懂事，只要姜织跟沈译驰待在一个环境里，蚊子就只咬他。明明他在山上露营过夜时，蚊子也没对他这么"偏爱"过啊。

沈译驰记得有回姜织对这个现象，大言不惭地总结：一定是我身上太滑了，蚊子站不住脚。

当时两人在出租屋，关灯正要休息，沈译驰更换完另一个品牌的电蚊香液，扑回床上，顺势把人捞到怀里，上下其手地一番折磨："我摸摸，确实挺滑的。"

沈译驰轻咳了一声,把脑内乱七八糟的剧情驱散,一本正经地提醒姜织:"蚊子多就快点上楼,我也到家了。"

姜织"哦"了一声,说"我挂了",然后却没动作,缠着他:"那你亲我一下?"

月色铺在寂静的路上,沈译驰的身影被路灯和月光拖得很长,他旁若无人地对着手机亲了口,说:"想你。"

姜织这才心满意足地收起手机,起身上楼。

沈译驰挂断电话,抬头时见卢悦还站在那个位置,似乎专门在等他,有话要说。

夏夜晚风,热气被裹挟而来,月朗星稀,小小的飞虫毫无章法地在路灯的灯光中乱撞着。卢悦抓了抓手臂上被蚊虫咬到的地方,抿着嘴角冲沈译驰笑了下:"什么时候回来的?"

沈译驰淡声道:"昨天。"

卢悦"哦"了一声。对于沈译驰选了姜织,卢悦有时候是不服气的,明明是自己从小就认识沈译驰,明明他们相处的机会更多,明明她也不比姜织差什么。可怎么就不是自己呢?

这个问题,卢悦想了很多年。在北京上学的那几年,清大和北舞搭地铁只需要三十分钟,卢悦偶尔也能碰见沈译驰,有时是他和男性朋友,有时是他和姜织,卢悦从来没有断过他的消息,一直知道他和姜织的感情很好。

"听说你和姜织要订婚了,恭喜啊。"

提到姜织,沈译驰才眼神柔和地笑了笑:"谢谢。"

她纠结半晌,还是没有问出口。她想问,在姜织没有出现的那些年,你有在意过我吗?她没有问出口,因为她觉得,自己都算不上是沈译驰的朋友,即便从小到大不知情的人常常以"青梅竹马"来定义他们的关系。

对于这个问题,卢悦心里早有了答案,只是不想承认罢了。

在她面前的沈译驰好像永远学不会和女生相处,"直男"到听不懂她话里话外的暗示。在姜织出现以前,卢悦确实一直是这样认为的,所以从来没介意过他在这方面的迟钝。可当卢悦看到沈译驰跟姜织在一起的样子,他们根本不需要有多亲密的举动,不需要说多暧昧的话语,只是站在那儿,卢悦便能感受到密密麻麻的柔情蜜意扑面而来。沈译驰落在姜织脸上的眼神,随意抬起来的帮她拉拉链的手,都是在意的痕迹。原来沈译驰不是没开窍,不是不解风情,而是不喜欢自己。

望着沈译驰离开的背影,看着他推开院门进去前,仰头望了望天,似乎是通过什么声音找什么东西。卢悦跟着望过去,看到墙头有一只狸花猫。

她突然就想到一件事。

沈译驰小时候好像养过一只猫,准确地说也不能说是养过。她记得有天卢悦在小区里遇到沈译驰,刚从家里出来的他怀里正抱着一只猫。那时候两家就是邻居,只不过还没搬到这边来,卢悦扒在院墙上想要跟他说话,没等开口,听见沈家没关住的房门里传来唐阿姨的声音:"把它送得远一点,别让它找回来了。"那时的沈译驰表情倔强,板着张脸,怪严肃的。卢悦从自家追出去,跑了很久才把他叫住。

"你要去哪儿?"卢悦问了一句。

沈译驰没回。

卢悦又问了几个无关紧要的日常问题,沈译驰始终没回,直到卢悦问:"这是你的猫吗?"

沈译驰紧绷着的嘴角终于松动些,说:"你想养吗?"

卢悦已经忘记那只猫是什么品种了,因为当时它身上不知被泼了咖啡还是墨水一类的深褐色的东西,脏得已经看不出原样了。

卢悦身上穿了一条新裙子,正爱惜得不得了,下意识往后退,摇了摇头,犹豫半响,又点了点头。

但那时沈译驰已经不再理她了,没有把猫给她。

后来那只猫怎么样了呢?卢悦没印象了。

那年他们多大来着?好像是唐阿姨怀沈一星那年。

沈译驰到家后,回了房间。阿姨定期打扫,房间宽大明亮一尘不染。

他坐在书桌前,开了电脑,收到姜织的信息,说:我妈好像是在跟你妈打电话。

沈译驰心里其实没什么底,但又不知道怎么做才能使上力。这个时候,他就很想看到姜织,于是他发起了视频通话。

姜织很快接通,接着刚刚的话题说:"我偷偷听到了,不过没听清她们聊什么。"

视频那头姜织敷着面膜,露出来的一双眼睛又黑又亮。她明显也是坐在电脑前面,噼里啪啦地敲一会儿键盘,话说完才看向镜头。

她盯着镜头,仔细观察了一两秒,说:"你是没休息好吗?怎么感觉你比在北京还憔悴。"

沈译驰努力笑了笑,让自己的神情看上去放松些,嘴硬不承认:"有吗?"他随手按开书桌上的护眼灯,"可能是光线不好。"

姜织狐疑地凑近镜头,盯着他看了会儿,然后轻声说:"老公辛苦了。"

沈译驰前一瞬脑袋里各种杂乱无章的情绪,此刻尽数烟消云散。这句话仿佛是一剂续命良方,瞬间把他治愈。

两人正聊着,沈译驰的房间门被敲响,门外传来唐湘汶的声音。看样子是她和冯敏通完电话了,沈译驰跟姜织说了一声,便挂断视频起身去开门。

"在忙吗?"得到沈译驰的追问后,她说,"我刚刚和姜织妈妈通过电话了。姜织是要出国是吧,我和她妈妈都觉得结婚有点仓促,觉得先订婚会更合适。你们才二十出头,正是奋斗的时候,还不急着要孩子,结婚早一点晚一点区别不大。我跟你爸商量着后天去南京,和姜织爸妈见个面,再具体聊聊这件事。你觉得呢?"

其实不管长到几岁,子女在父母面前永远都是小孩。沈译驰回到家里,站在唐湘汶面前,感觉上还跟高中时一样,没有在校园里、在工作上那种胸有成竹的冲劲儿和斗志。

沈译驰手扶在门框上,蜷着的手指用力按了按,问:"我爸也去吗?"

唐湘汶"嗯"了一声,说:"当然要一起去。放心,你爸的工作我来做。小星那几天也会请假,一起过去。"

对于这次见面,姜织十分忐忑,毕竟上回吃饭给她留下了阴影。但两家人见面这天的过程比她预想中要顺利。

姜织过去是唐湘汶的学生,关系自然亲近些,虽说她已经很多年不跳舞了,但这些年逢年过节,从没缺少一个晚辈对师者应有的礼数。姜织这周到的为人处世态度跟唐湘汶是不是沈译驰的母亲无关,显得十分纯粹。因此,唐湘汶对她的印象很不错。

冯敏过去为了送姜织去唐湘汶那里学习跳舞,活络关系的时候跟唐湘汶也有过联系,不亲近却也不生疏。如今坐在同一桌,她俩是最先聊起来的,话题自然是围绕着姜织展开。

姜国山和沈敬衷各坐在她们两人旁边,距离远,说话不是很方便,但也客客气气地打过招呼了。

沈译驰挨着姜织,另一边是沈一星。

沈一星现在初中,正是爱装酷的年纪,平时在学校里不比小时候话痨嘴碎,在爸妈面前更是装出一副小大人的模样,故作成熟。沈译驰有时候看着他,总想劝劝他不要着急长大,一个人的少年时光,总是短暂而仓促的,应该自由地体验。而此刻就是这个中二又爱耍酷的小屁孩,非常积极地让服务生帮他把椅子搬到了姜织的旁边,嚷嚷着说自己要挨着漂亮嫂嫂。

沈译驰看着把自己和姜织说悄悄话的机会给搅黄的小屁孩,无奈又没有办法,只能由着他来。

"沈一星偷偷跟你说了什么?"饭后,两边人各回各家,沈译驰给姜织打来电话,如是问道。

姜织原本在听冯敏和姜国山聊今天这顿饭,就像吵完架总会觉得自己没有发挥好一样——哦,这样对比可能不太准确,但大概就是这个意思,两个大人在复盘今天哪里还能表现得更好一点,实在不想落了下风。姜织听见手机响后,悄悄地避开父母回房间接。

姜织说:"当然是说你的坏话。"

沈译驰"哦"了一声,一本正经地说:"那他是骗你的。我这么好的人,怎么能有缺点呢。"

"少来。"姜织用手指戳着书柜棱角上不知什么时候碰掉的漆，说，"都这么多年了，你怎么还是这么自恋。"顿了下，姜织自顾自回答，"好吧，谁让你有自恋的资本呢。"

两人拖拖拉拉聊了会儿有的没的，姜织才心情忐忑地问："叔叔阿姨对我印象还可以吗？"

沈译驰到家后陪沈敬衷在书房写了会儿字，然后才回房间给姜织打电话。这会儿他站在收纳架前，看着那枚被放错位置的编程比赛青少年组的奖章，想重新放回收纳格最里层，结果抬手时，又犹豫了。

他应该学着面对的，早该学着直视往事，好的也好，坏的也好，都过去了，因为他如今生活顺心，所以过去种种都显得没那么要紧。

他就是这时候注意到右手食指第二指节蹭到的墨水，用拇指搓了搓，无济于事。听着电话那头姜织的语气严肃地问，他便没再分神想别的，同样正经地说："我跟你说过吗？我妈一直很喜欢你，所以不用担心，有她在，一切都会顺利。"

沈译驰有时候觉得，人的感情就是一场豪赌，需要有一方先付出，然后才有机会收获回报，当然，也有可能没有收获的机会。但勇者，不该担心满盘皆输，也不该畏惧狼狈收场。

沈译驰突然就想试一试，是因为姜织给了他勇气，也是因为唐湘汶给了她台阶……沈译驰朝那枚奖章望了眼。那天他回来，第一时间注意到奖章放错了位置，本以为是阿姨打扫房间时疏忽所致，跟阿姨聊起时，才得知他的房间一直是唐湘汶在打扫。阿姨还说，唐湘汶站在他的收纳架前看了好久，好像是哭了。

所以，沈译驰想信任她这一次。

沈译驰不知道唐湘汶怎么跟沈敬衷聊的，订婚的日子很快定下来。

因为临近姜织出国日期，时间有点赶，准备得有些仓促，但好在人多力量大，多方的努力下，排场足够体现沈家对姜织的重视。

当然也有不愉快的，沈家一些亲戚明里暗里地挑剔她和她的家庭。不过见惯了奶奶家那些倚老卖老的奇葩亲戚后,姜织淡定了很多,一直和颜悦色地装没听懂他们的内涵。

倒是奶奶家那些亲戚对这门婚事表现得很殷勤,沈家在宿营乃至省内都算得上是大企业,他们觉得姜织嫁得好,在冯敏面前说什么还是生闺女好,不像儿子,净贴钱了。人一旦阴阳怪气的次数多了,就很难分辨出这话是好还是坏,冯敏和姜国山的感情刚有些眉目,姜织不想这些亲戚捣乱,皮笑肉不笑地把他们支走,让老妈清净点。

整体算是顺利的。

两个人是从北京飞加州的,这些年在北京念完本科,然后开始创业,两个人起居生活的所有东西都堆在那个小户型的一室一厅里。就那么大点地方收拾得再整洁,也显得小了。

沈译驰提过几次要换个大点的户型,都被姜织否决了,一是因为她念旧,从刚来北京就住在这儿,有太多他们的回忆,而且她很喜欢吃楼下的牛肉面。再就是他们两个人一个比一个忙,搬家对他们而言倒不是当下必须要做的事情,因此一直没搬。

这回姜织按照两人份的托运极限收拾行李,越收拾心里离别的气息越浓烈,就像她因为父母离婚的事而讨厌下雨天一样,她觉得每一个远行的清晨空气都是沉重而悲伤的,弥漫着一股令人压抑的气息,压得人喘不过气来。

如果第二天是要去见什么很期待的人、做什么很期待的事,她或许会高兴。

但此刻,离别的情绪占据上风,她只有悲伤。

这一晚她睡得很晚,沈译驰半夜醒来时,摸到空荡荡没有余温的床榻,看样子姜织已经起来很久了。

此刻姜织坐在书桌前,效仿沈译驰去研究所前为自己整理了数十条注意事项的行为,也准备给他写一份。

可当姜织开始思考这个问题时,才发现,自己好像没有什么要交代的。一直以来,沈译驰不仅能把自己照顾得很好,也把她照顾得很细致。

肩上被披上一条空调毯,姜织才注意到沈译驰起了。

"吵醒你了？"姜织偏头看他，小声问。

沈译驰朝她手里的平板电脑看去，不是课题论文，也不是工作的事，屏幕显示的是一个相册文件夹，从缩略图来看，这里面都是两人的合照。他语气温和，说："没有。怎么不睡？"

沈译驰站在她旁边一起看相册里的照片，边等她说话，边回忆这些照片分别是什么时候拍的。

"我是不是太任性了？"沈译驰茫然看过来时，姜织补充，"出国这件事，还有让你去研究所的事情。我刚刚认真想了想，确实没有提前询问你的想法。"

"不会，你这样就很好。"沈译驰捋了捋姜织鬓角的碎发，"我想看你做你喜欢的事。事情过去了，就不要纠结，而且我并不会后悔去研究所，现在不后悔，以后也不后悔。"

见姜织垂着眼，仍一副心事重重的样子，沈译驰顿了下，问："是那次在商场，我说的话让你不舒服了吗？"

姜织违心地低语："没有。"

沈译驰扳过她的肩膀，把人扶正，让她能看得清自己的脸。两人四目相对时，他才说："我保证，那不是我的本意。"

大概是吃过被人言语中伤的苦头，他一向克制自己的言行举止，讲究分寸，鲜有失控的时候。究其原因，还是过去没有十分在意的事和人，他看上去喜欢很多东西，可从不在这个过程中为难自己，因为没有一定要如何如何的欲望，所以不会产生爱而不得的挫败和崩溃状态。当然，沈译驰不能用"在意"的理由绑架姜织。

"好吧，是有点在意。"在沈译驰紧锁的目光中，姜织败下阵来，终于承认，"我好像害怕在感情中牺牲，不想你牺牲，因为害怕你日后感到遗憾时将原因归在我们的感情或者我身上，我也不想自己牺牲，因为我害怕，我会变成这个样子。"

姜织仰头看他，说："我妈……离开南京的前一晚，我跟我妈聊天，问她后不后悔当初放弃事业去结婚。我妈说没有后悔过，但我亲眼旁观着她和我爸被生活的琐碎压得喘不过气来。我不理解，我害怕步他们的后尘。"

夜晚让人感情变得细腻，情绪被添加了特有的催化剂般加速发酵。

"我们做一个约定吧。"沈译驰突然提议，"一个和抵消有关的约定，比如你觉得出国留学两年会冷落了我，那你就给这个程度打个分。十分制的情况下，你觉得它值多少分，然后就弥补给我一份同等的东西，可以是一份礼物，也可以给我做一顿饭。我也一样，比如我这次因为工作，没办法送你去加州，那我一定会做些什么来弥补这份遗憾。当下的问题，当下解决，如果我们以后真的有吵架吵得翻旧账的那天，所谓的牺牲，也已经被相应的付出抵消掉了。"

姜织想了想，觉得沈译驰这个提议不错，郑重地应了一声"好"。

顿了下，她突然想起来："所以你没办法陪我去加州了？"

沈译驰缄默片刻，纠正道："我只是举了个例子。"

很快到了出国的日子，他们搭乘的飞机起落平安。

但姜织其实有些后悔让沈译驰陪自己来加州了。当他们搭乘的飞机跨越一望无际的太平洋海面，所处经度在不断变化，产生的时差越来越大，姜织肉眼可见的憔悴和眩晕，甚至出现了手脚发麻的迹象。

她不常出国，以为自己对时差的敏感应激反应随着年龄的增长已经无恙了。

结果就是，并没有。

两人下飞机搭车到酒店，打算稍作休息，出去吃东西，然后去看一下接下来要合租的公寓。

姜织进酒店后就冲进卫生间，借着水流声的掩盖呕吐起来，一直吐到胃里直反酸水再也吐不出东西才作罢。

她用冷水扑着两颊爬上的红晕和热意，身体的状态并没有减轻。

她这会儿其实不太想出门，只想一头扎在床上蒙着头大睡一场。

倒时差的体验太煎熬了，身体的所有器官和肢体好像被打碎重组一样，变得不再是自己的。她强撑着精神伪装正常的模样，自我感觉简直狼狈至极。

姜织从卫生间出来，跟沈译驰说了句"我先睡会儿"，便倒在床上，没了意识。她思考能力退化,大脑变得千万斤重,昏昏沉沉之中听到沈译驰也去了趟卫生间,过了会儿,开始帮她脱鞋袜,然后把她抱到床中央,让她睡得舒服些。

姜织其实没有睡实,知道沈译驰在旁边,眼皮也没睁,蹭啊蹭地挪到他怀里,将脸埋在他胸膛上皱着眉承受着头昏脑涨的痛苦。

沈译驰仿佛一早看出了她的不适,手掌一下下地从上往下捋着她的后背:"睡吧。"

姜织鼻头一酸,突然就有点想家了。小时候他生病,夜里难受得睡不着,妈妈也是这样哄她。大概是身体的病痛激发了人的依赖情绪,让人的脆弱一览无余。姜织想跟沈译驰说说话,撒撒娇,可又不想让他担心,只努力把问题往小了说:"我可能有点中暑,头晕。"

她像是个倔强的小孩,不想承认自己的弱点一般。

沈译驰很配合地没有拆穿,很有章法地帮她按着太阳穴:"舒服点了吗?"

姜织"嗯"了一声,很快就睡着了。

加州的时间比北京迟十六个小时,到酒店的时候是北京时间的深夜,加州的正午。沈译驰定了闹钟提醒,没让姜织一觉睡太久,大概睡了两个小时便把人叫起来,避免她在加州的夜里经历失眠,明天白天补觉的痛苦。

姜织被叫醒时人有点蒙,忘记自己身在何处,睁着惺忪的睡眼看到房间的装潢,才后知后觉。

"出去吃东西,还是在酒店里吃?"同样是漂洋过海,沈译驰的精神状态却饱满很多。

姜织一直觉得自己挺独立的,自理能力不差,什么时候变得这么需要人照顾了呢。她抓了抓头发,慢了一拍才说:"出去逛逛吧,我担心在酒店窝着,自己还能睡着。"

姜织到卫生间简单梳洗,将被冷汗打湿的衣服换掉,套了一条舒适度不错的长裙,踩着双方便走路的鞋子便出门。

加州的日光好,温度很宜居,在室内不需要开空调,据说还没有蚊子。

陌生的国度,陌生的风土文化。姜织身体恢复了些,人也跟着精神起来,话渐渐多了。

姜织刚吐过，身体正是虚弱的时候，饶是沈译驰多方打听，从几个在这座城市留学过的学长口中记了几家口味不错的餐厅，仍没敢带姜织去冒险尝试，只在附近找了家中餐厅，中规中矩地吃了一顿，健康饱腹为主。

之后他们去看了要合租的公寓，来之前在网上跟房东签署好了租住合同，也购买添置了一些生活用品，不过还都在运输途中。

比起大部分留学生落地后的打地铺开局，姜织铺张地和沈译驰住了几晚酒店。

因为男朋友在身边，异国求学显得不那么孤独。

这里穿衣自由，文化自由，大家随性放松，时间一下子就慢了下来。

姜织这边安置好，沈译驰也该回国了。离开的前一天，两人去了趟沙滩。

姜织踩着沙子，眼皮被晒得暖洋洋的，有些睁不开，她却仿佛看到了很远的日子。

不需要达到多么有意义的功成名就，也不需要闹腾得令人艳羡的几世同堂，等容颜苍老，年华流逝，他们白发苍苍，携手坐在摇椅里，细数着年轻时如何如何，该是一件多么幸福的事情啊。

此刻的姜织仿佛被想象中的画面感染，觉得时间变得温柔又美好。

"等我们老了，来这里定居吧。"沈译驰毫无征兆地说起，仿佛是姜织肚子里的蛔虫一般，精准地提到这个话题。

姜织惊喜，面上笑着，闻声望向沈译驰。和煦的日光将她白皙的皮肤映衬得吹弹可破，东方女人的优雅和韵味在她身上体现得淋漓尽致。她为这种思想的默契和灵魂的共鸣疯狂地呐喊鼓掌，清脆地应："好啊，我们还要一起看很多场日出和日落。"

他们在日出时在一起，在日落时相守承诺余生。

说起来，两人对异地恋的相处模式并不陌生，从刚在一起的那个暑假，到临近大学毕业沈译驰要去研究所被封闭管理。如今身处异国，比起腻腻歪歪、你侬我侬的思念，更多的是担心姜织一个人在国外的生活。

饮食上、起居上，有没有交到新的朋友，学业是否顺利。

两人几乎每天都联系，开着视频两边各忙各的，又或者连着麦看电影，以相同的进度观看剧情。

不知道是不是隔得太远了，沈译驰发现，原来姜织也开始吃醋了，只是吃得没那么明显罢了。

那阵子E之来了个实习生，还没毕业的女大学生，青春靓丽，嘴甜会来事，不大的公司里每个人对她印象都很好。

有回沈译驰在公司加班，走得晚了些，公司里一半的灯都关了，只剩沈译驰头顶的这盏。反正回家也没有人，他就没着急回家，一边加班敲着代码一边跟姜织视频聊天。

姜织那边是早晨，她刚起来，正摆弄着粉底、眉笔什么的在化妆。

聊了一会儿，姜织起身去别处拿东西时，空荡的办公室回来了一个员工，听见脚步声时沈译驰抬头看了眼，就瞧见那位实习生拎着个家用便当包朝自己过来。

"沈总，你还在这儿，太好了。"年轻女孩脸上的笑容不加掩饰，纯粹而真诚。她在沈译驰一脸不解中，将手中的便当包递过来，说，"听说你是江苏人，我妈妈也是，她很擅长淮扬菜，我特意带来，想让你尝尝看正宗吗？"

姜织换完衣服再回到镜头前，就听见有道青涩稚嫩的女声在视频那头响起。人没有入镜，从沈译驰视线抬高的动作来看，说话者应该在镜头的另一边。

沈译驰在姜织回来后扫了屏幕一眼，姜织抬抬眉梢，很知趣地沉默着没有发出声音打断，一副看好戏的模样托着下巴只等着瞧沈译驰如何处理这样的事。

正说话的实习生注意到沈译驰看回自己的办公桌，以为他是对自己说的话不耐烦，又或者是有紧急的工作亟需处理，所以她紧了紧拎着便当包的手，加快了说话的语速，显得越发紧张了："……我上学时就在关注你，这也是我进E之的原因。我、我我想说我很开心跟学生时代的偶像一起工作，很开心，真的很开心。"

沈译驰很礼貌地说了句"谢谢"，然后看了眼她特意带来的便当，说：

"便当就不用了,我太太给我点了餐,马上就送到了。"

那名实习生一愣,眨着眼睛问:"沈总,你真结婚了啊?我以为都是同事瞎传的。"

沈译驰没理会她是真误会,还是揣着明白装糊涂,强调:"我和太太很相爱。"

姜织自顾自地忙着,没受视频那头的人影响,这会儿已经收拾好去上课背的通勤包。准备出门前,迟了几秒,才注意到沈译驰正盯着自己看,姜织才出声:"走了?"

沈译驰"嗯"了一声,开始问责:"看戏看得挺开心啊,等着你给我解围呢,你一句话不吭。"

"你不是解决了吗?"姜织换好鞋子,出门,"就一小姑娘,还怪可爱的。"

行吧。沈译驰应该习惯,姜织一向不计较这些。

直到姜织凉飕飕地反问一句:"你觉得呢?"

沈译驰才隐约觉得有点儿反常。

姜织下楼时,脸在镜头里晃出虚影,声音却真切地传过来:"这个就是入职第一天给你带小礼物的女孩吧,她是不是对你有意思?"

沈译驰还有些不习惯,嘴角要翘不翘的,被姜织凉凉地瞪了一眼,才想起来解释:"她给每个同事都带了见面礼。"

姜织其实也不是真吃醋,好吧,如果对这个小实习生和她男朋友总套近乎的行为感到不舒服也算吃醋的话,那她就是吃醋了。

姜织"哦"了一声,这事还没完,她继续说:"那便当别人也有咯?"

沈译驰嘴角彻底翘起来,他笑着,说:"姜织,你吃醋的样子真可爱。"

快过年的时候,沈译驰终于把换房子提上了日程。原因是他们一直租的那个一居室房东要卖掉了,据说买下这个房子的是多年前租住在这里的一对情侣,两人念书时就在这里租住,有很多美好的回忆,所以打算买下来留作纪念。

沈译驰把这个事讲给姜织听时,姜织问:"他们买了,那我们的回忆怎么办？"

　　沈译驰笑道："没关系，我们有很多可以用来盛放爱意的容器。"

　　两人东西还真不少，沈译驰一个人整理，是一个不小的工作量。但这里的东西都是他们私人的，沈译驰不太想假手于人，所以只能在每天的工作之余一点点地收拾着。

　　这天，两人依旧是连着视频通话，姜织那边阳光明媚，是一天的开始，正坐在咖啡馆改论文，沈译驰这边夜幕浓重，万家灯火亮起，他有条不紊地收拾着家用。

　　"这是我之前留给你的那些信，你怎么搁这里了？"沈译驰收拾姜织留在衣橱里的衣服时，从某件大衣的口袋里摸出了厚厚的一大信封。他用"厚"来形容，是较自己的概念而言，因为他记得自己当时留给姜织的信的数量，没有这么多，"这里面不全是我写的吧，其余的是谁给你的？你竟然还收在了一起。"

　　那头的姜织正跟一个金发碧眼的女孩聊天，说完看向屏幕时才理解过来沈译驰说了什么，连声制止："等……"

　　沈译驰不会不经过她的同意私拆她的东西，心里拈酸吃醋的劲儿没以往那么重，但多少有点好奇和不舒服。见她如此兴师动众，沈译驰撩起眼皮扫她一眼："小秘密？"

　　姜织犹豫地"嗯"了一声，也不是不能看，就是有些难以启齿。视频画面里，两人陷入了诡异的沉默，沈译驰的眼色渐渐变得在意，似笑非笑地垂下嘴角，隐隐有些生气了。

　　姜织抿了口咖啡，把瓷杯放下，说："没有不让你看……就是……唉，你看看就知道了，那是我写的。"

　　姜织觉得自己脸皮也太薄了点儿，跟沈译驰刚在一起的时候没害羞过，接吻同居时也没有害羞，怎么这会儿因为几封信，不好意思起来了呢。

　　沈译驰听完她的话，看看自己写的那几封，又看看多出来的几封，明白了她是什么意思。

　　"回信？"沈译驰问。

姜织重重地点头，说："对。你看吧，看完不用告诉我。"

沈译驰被姜织破罐子破摔的模样可爱到，应了一声"好"，把信封摞在一起，老老实实地收好，给姜织留了余地，不打算当场看。

异国恋的前半年，两人也不是没吵过架，准确地说不是吵架，顶多算是个小波折。

冬天的时候，沈译驰说好了要去加州给姜织庆祝生日，提前一周问了姜织的课程表。这一周里两人视频时聊得最多的就是见面之后的安排，结果就是，临近出发那天，公司里有一项重要的工作需要沈译驰必须在场，他不得不改签了机票。

当期待变成空欢喜，当喜悦被延迟，心里多少是有些不舒服的。

更何况两人几个月没见过面，对对方生活的了解仅限于对方想让自己知道的层面，虽然让姜织来选，也是支持他先处理紧要的工作，可当自己成为被放弃的那个选项时，不免有些焦虑。

线上的言语安抚并不能改变什么，沈译驰除了尽快处理好工作的事，什么也做不了。

所以姜织出国后的两人第一次见面，其实不太顺利，后来能如愿见到，彼此心事重重，各有心思。

沈译驰搭乘的飞机落地那天，刚好是圣诞节。姜织去机场接他时，为了迎合节日气氛又不凑巧地戴了顶绿色帽子。

沈译驰见到她后，玩笑地打趣道："什么意思，我迟到了，你就戴了顶绿帽子。"

姜织扶了扶头顶的贝雷帽，莞尔："多好看啊。"

一次的爽约似乎还不能让两人产生嫌隙，一个"绿帽子"的话题轻轻松松地让氛围活跃起来，两人还是彼此眼中熟悉的模样。

基于两人的"抵消"约定，沈译驰特意空了一周的假期，留在加州陪姜织。

姜织听他说完后，眼睛瞪得圆圆的，惊喜的同时哪里还记得他爽约的不愉快，调侃他也太"恋爱脑"了吧，但心里是无比开心的。

姜织瘦了。留学生活的前几个月过得算不上滋润，陌生的国度，加上饮食习惯的差异，让姜织频繁地在选择餐厅这件事上踩雷，而她的厨艺水平并没有得到姜国山的真传，自小被姜国山养刁的胃使她在吃自己做出来的黑暗料理时频频皱眉，所以在不影响日常热量供应的基础上吃得越来越少。

而她的头发长了。因为很难遇到合适的"托尼老师"，姜织在经历过一次失败的惨痛教训后，便没再修过头发。她没有刘海，不烫不染，倒不担心打理问题，就退而求其次地任其自然生长着。

沈译驰和姜织回公寓的路上，手就没松开过。一进房间，没等姜织给沈译驰倒杯水，沈译驰在门关上的一瞬间就把姜织拽过来，抵在门板上。

刚才在机场，两个人已经很克制了，只简单抱了下。中国人在大庭广众表达感情的方式还是比较含蓄的，两人虽处在文化自由的异国，倒还没真正做到入乡随俗。

这会儿才终于放肆起来。

沈译驰一路奔波，说不疲惫是假的，但这会儿仿佛游戏 Boss 被杀到了红血状态，兴致高亢，爆发力极强。

姜织也同样积极，整个人死死地挂在他身上，如胶似漆，一时半会儿是分不开了。

再出门时，发现街上圣诞节的氛围早就淡了，节日已经远去，在他们异常忙碌的时候。

姜织将下巴藏在围巾里，刚要说点什么，只听沈译驰率先开了口。他望着天，眼梢挂着笑，一本正经地认真感慨："这真是一个有意义的圣诞节啊。"

姜织气得抬脚踢了踢他的鞋跟，不听他嘴贫。

沈译驰笑了把人揽过来，在风雪中。

春节前，姜国山和冯敏去民政局办理了复婚手续，没有操办任何仪式，趁着姜织回国过年那几天，一家三口简单吃了顿饭。

和高三时遇到事情手足无措的女孩相比，如今的姜织已经长成完全可以独当一面的成年人。家里要添置什么大家电或者有什么事需要决策，老爸老妈也开始跟她商量。就比如他们复婚前，冯敏便特意问过姜织的意见，姜织自然是举双手双脚赞同，没有什么比一家人团团圆圆更让人动容的了。姜国山也单独跟姜织聊过这件事，说以后会好好照顾她们母女俩。

幸福来得太突然，姜织觉得时间能停留在此刻就好了。饭桌上，姜织看着其乐融融的一家人，那些争吵和丑陋都成为过去式，他们未来只有圆满。

这个春节还有一点比较特殊，就是姜织在沈译驰家过年。

小辈们对老祖宗留下的文化传承很多都已经简略了，因为各地禁止燃放烟花爆竹，年的氛围淡了很多，但能跟心爱的人一起吃饭，便足够了。

年后的第一个工作日，姜织带着相关证件去更新护照的一些手续，沈译驰盯着她手里的户口本，也回家取了自己的，就这么心血来潮去民政局打了个证。

证件照片都是在民政局旁边的照相馆现拍的，两人五官周正出挑，穿着基础款的白衬衫怎么拍都好看。

整个流程走下来，比他们想象的要快，拿着两个巴掌大的红本本站在民政局门口，还有一种不真实感。

"这就可以了？"沈译驰看看两个证，又看看她，"我们现在是法律认的合法夫妻了？"

姜织也是同样的后知后觉，大概是因为他们现在拥有了太多太多的幸福瞬间，所以此时此刻显得并不那么特殊。但仔细想想，成功拥有了这种状态，不更该开心吗？

离开民政局后，两人去赴朋友们聚会的约。吴桐雨和爸妈今年去三亚过年，省了走亲戚的烦恼，没来今天的聚会。

他俩到时，包间里只有周淮到了。姜织搁下手包，便去了趟卫生间，回来时正看到沈译驰把刚领到手还热乎的结婚证推到周淮面前，询问他要不要检查一下错别字，还用一副很欠揍的语气说："我和姜织都结婚了，你不会还没有女朋友吧？"

姜织在一旁听见直无奈。

周淮翻了个白眼，更不可能理他，但实在是不想他继续嘚瑟下去，挖苦道:"以前只听说过范进中举后疯了,没想到沈译驰领个证也有这个迹象,真是辛苦姜织了。"

对着兄弟挖苦归挖苦,周淮看到姜织回来,很真诚地说了句:"恭喜啊,新婚快乐。"

"谢谢。"

史唐和女朋友走到包间门口时,正听到这句,人还没进来呢,先听到他问:"谁新婚啊?"

低调了二十几年的沈译驰很乐意显摆地抬了抬手,深藏功与名地笑笑,说:"这里。"

史唐"哇"了一声,看看姜织又看看他,说:"恭喜啊,一定封个大红包。"

没一会儿方时序到了,沈译驰又显摆一波,终于心满意足地把结婚证收起来,怕丢似的,收得妥妥的。

饭吃到一半,有服务生进来,送来一份精巧的甜品,问哪两位是今天结婚的新人,并且送上了祝福。

等人走了,周淮一碰沈译驰的手肘,开玩笑:"说实话,是不是公司资金吃紧,要收一波份子钱解燃眉之急。"

沈译驰不客气地用手肘捣回去,说:"不知道的还以为你要把自己的老婆本都随给我们。"

"你要真缺,我就随呗。"周淮倒是痛快,没有丝毫犹豫。

沈译驰瞥他一眼,没说话。

这时姜织看过来,问他俩在聊什么。沈译驰朝周淮的方向抬了抬下巴,回:"他要去当和尚。"

姜织看了眼周淮,隐隐有些心疼。周淮洒脱惯了,装不来忧郁的相,连忙抬手,制止她可能要说的话:"别,我不需要开解。"

姜织噎声,沉默两秒后,眨了眨眼,说:"我是想说,如果你出家,记得多给我们这些朋友祈福。"

其他人纷纷附和,赞同姜织的提议。

在场唯一一个形单影只的可怜虫，竟然成了集体剥削的对象，还有没有人权了。

这个年过得太快乐了，以至于临送姜织上飞机前，沈译驰情绪比以往都要低落。

不舍归不舍，但一想到这只是短暂的，彼此内心都是满怀希望的。

新的一年，姜织已经逐渐适应了加州的气候、饮食和当地文化，结识了不错的朋友。

E之科技研发的陪伴型机器人问世后，碰过壁，好在最终也解决了。其中多亏了谢维。沈译驰也是那时才了解，谢维不仅是个有才华的摄影师，还是国内响当当的某个连锁商场的大少爷。

又一年春节，姜织没有回国，沈译驰飞加州陪她一起过的。

姜织发现，沈译驰的厨艺有了很大的精进。以前在北京时，沈译驰进厨房的次数就比姜织要多。

"有种家的味道。"姜织捏着筷子，吃了一块小排后，心满意足地评价道。

沈译驰对这个评价并不意外："都是跟你爸学的。"

姜织搁下筷子，扑到他怀里，那双漂亮的眼睛眨啊眨，说："你怎么这么好？"

沈译驰点了点她圆润的鼻头，说："那就快点毕业，回来跟我结婚。"

沈译驰看她发呆，紧跟着板起脸，质问："不愿意？证都领了，休想反悔。"

"我愿意。"姜织甜甜地说，然后略微停顿，再次开口，"我刚刚在想，我好像没为你做什么。"

沈译驰把餐桌上的筷子碗碟往里面推推，避免她碰到，然后手环抱着她，若有所思了一会儿，说："好像还真是。"

下一秒，姜织气急败坏地捶了下他的胸口，颇有种"我可以说但你不可以这么认为"的架势。

沈译驰仿佛被打痛了般，夸张地往后倒了倒，说："我逗你的。你啊，是我的精神支柱和信仰力量，是付出多少金钱和努力都换不来的存在。"

沈译驰一直不觉得，自己是个有人爱的人，但姜织的存在，让他愿意相信这一点。

谢谢姜织爱他。

这一年的夏天，姜织结束学业，终于踏上了回国的航班。

收到姜织在飞机起飞前发来的消息时，沈译驰便已经开始挑选待会儿见面时要穿的衣服。

西装？会不会太正式严肃了？

运动装？又显得有些随意，体现不出他的魅力。

卫衣牛仔裤？太休闲了，感觉像下楼丢了个垃圾，顺便去接人似的，不够重视。

衣柜里的衣服被沈译驰翻出来，一件件地拿到自己身前对着镜子试一下，然后被以各种理由放弃。以至于他快要把衣柜里当季的衣服掏空了，选择恐惧症重度患者般仍没做好决定。

距离姜织的航班落地，还有两个小时。

沈译驰视线从电脑右下角的时间上移开，然后看回密密麻麻的代码。下一秒，他拨通了内线电话，安排助理："帮我去订一束……"

话说出口他又犹豫了，改口道："不用了，我自己来买。"

距离姜织的航班落地还有一个小时，沈译驰便停下手上的所有工作，拿着车钥匙离开了公司。

随着年龄增长，对时间的概念越来越模糊，只觉得一年比一年快，还没等回过神来时，这一年又过完了。这是大多数人的印象。

但对沈译驰而言，两年时间，如果此刻回头看，也会感慨一句是挺快的。但当身处其中，经受着和恋人异国，只恨时间不能快一点，再快一点。

如今，都过去了，姜织学业完成，马上就要回国了。沈译驰开始乐观地感谢时光的馈赠，正是因为有分别，所以重逢才显得浪漫，见面才显得珍贵。

沈译驰捧着花，从花店里出来，心里满怀期待。连今天的交通都格外给力，他开车一路畅通无阻地来到了机场。

　　机场永远不缺人流，拖着行李箱飞往世界各地的，携家带口从不同地方回来的，有年轻的恋人，有奔波的青年，也有两鬓斑白的老人。他们或许注意到，也或许没有注意到，有个英俊的男士正捧着一束精心挑选的玫瑰花，站在接机口的栏杆外，翘首以盼，满眼喜悦地等待着自己心爱的女人。

　　大概是这两年跨国飞行的经历增多，姜织对时差的应激反应得到了明显的缓解。尤其是回国的这趟飞机，对故土的怀念和故人的思念，让她竟然没有丁点儿不适。

　　拿到托运的行李随着人流出去，她素面朝天，下巴上兜着一个浅蓝色的口罩，露在外面的一双眼睛漆黑明亮，眼睫毛浓密卷翘。

　　沈译驰一眼就看到她，拿在手里的花举高，冲她挥了挥。

　　姜织口罩上方那双漂亮的眼睛瞬间弯成了月牙，她匀速正常的脚步顷刻间急促起来，裙摆在热闹的空气中荡漾出流畅美妙的弧度。

　　等走到近处时，姜织行李箱都不要了，因为沈译驰冲她展开双臂，她小跑过去，给了他一个大大的、结实的拥抱。

　　沈译驰前所未有地放松着。他笑着，满含爱意地吻她的额头："欢迎回国，媳妇儿。"

番外

是天降,还是竹马?

那天是周日。好吧,自打高考完,是工作日还是休息日,对吴桐雨这批毕业生而言,并没有什么区别。

殷茹约她一起逛商场。说起来其实挺不可思议的,吴桐雨竟然和殷茹成了朋友,她自诩不是狭隘冷漠的人,却也没大度到能毫无芥蒂地和对方交换友情,但事实就是,两个人相处得不错。究其原因,大概是年初南京演唱会之行,殷茹给人留下的印象实在是好。

殷茹长得漂亮,性格也好,如果吴桐雨是男生,会想和这样的女孩谈朋友。所以高考完,两人在一个地方练车,一来二去就熟悉了。

吴桐雨到商场后,直奔四楼美食区,早到的殷茹已经在一家火锅店外面领了号等位子。

吴桐雨看到她后,遥遥地打了个招呼,便小跑过去。结果刚坐下,手机"叮咚"响了一声,她拿出来,看到了周淮的消息:你是穿了一个花园在身上吗?

殷茹举着手机变换角度自拍,正准备跟坐在旁边的吴桐雨说句话时,只见她被踩到尾巴似的,"唰"一下,坐直了身体。

"考试没约上？"殷茹问的是科目二的考试，但看吴桐雨的反应，四处张望，明显是在找什么人。

随着她的视线，殷茹看到了跷着腿坐在最远处那排椅子上的周淮，旁边的女生显然是和他一起来的，膝盖并着，坐姿端正地面朝着周淮说话。

殷茹淡淡地扫了一眼，便收回视线。

吴桐雨怒气冲冲地找到目标后，没等发作，不意外地瞥见他旁边有女孩，也不意外自己从这一瞬起心里酸酸涩涩的不舒服。

吴桐雨这些年早练就出了伪装的本领，不动声色地垂下头，手指用力地戳着屏幕，编辑消息：要你管！

然后，她不解气地又发了一条：丑八怪不要跟我说话。

周淮对这种拌嘴游刃有余：谁说不是，你不要跟我说话了。

吴桐雨快把手机戳出火花了：狗。

周淮回：是你。

站在门口的服务生叫到了周淮他们的号，吴桐雨正捧着手机等他回复时，他人正从吴桐雨身前走过，揪了下她的马尾。

吴桐雨猝不及防，吃痛地哼了一声，捂着脑袋抬头。

这四个人都是熟人，殷茹扬扬眉梢，很自然地说了一声"巧啊"。

周淮抬抬下巴，"嗯"了一声，算作打招呼，心里奇怪吴桐雨什么时候跟殷茹这么熟了。吴桐雨社交圈子是个谜，跟谁都能聊，轻而易举混得很熟，可身上小毛病又不少，会因为别人坐了她的板凳而生气，嚷嚷着要他把带到班里的人管好，别乱坐。周淮觉得她纯属没事找事折腾自己，不就是个板凳嘛，她也没洁癖啊，别人坐没事，就他带来的人坐一下，得害他挨一天的骂。虽然周淮心里觉得自己被她针对了，但除了照做，也没别的办法。

殷茹就是不被吴桐雨允许坐她凳子的成员之一，怎么现在，两人好到单独出来吃火锅了？

周淮落在殷茹身上的视线多停留了两秒，一旁跟他一起往店里走的林芙词越发警惕地看了殷茹一眼。

简单的眼神交流后，一行人错开。

见周淮进去吃饭，吴桐雨便没捧着手机骂他，开始想他身边这个女孩是什么时候认识的。

"她叫林芙词,是实验中学毕业的。"殷茹对此很了解,说完看向吴桐雨。

吴桐雨一时不知道说什么,想问问殷茹不难受吗,因为吴桐雨从她的神情和语气中没有发现端倪。饶是她口无遮拦、大大咧咧,但这也只是在亲密的朋友面前,比如姜织,又比如周淮,面对刚熟悉没几天的殷茹,吴桐雨很礼貌地压下了好奇心。她沉默半晌,只是回了一句:"哦,确实是周淮会喜欢的类型。"

很快服务生叫到她们的号,两人起身,被引导着往店里走。

店里人满为患,吵闹声让吴桐雨没什么耐心看清每一桌的客人,饶是现在她本能地寻找着周淮那桌,祈祷着自己离他们越远越好。

但服务生没有听见她内心的祈祷,她们这桌与周淮的不相邻,但从这方向一抬头,刚刚好看到他们那桌。

吴桐雨在背对和面朝那边的两个座位间做选择,因为私心太重,一时不敢决定。幸好殷茹状况之外地随便一坐,把背对着周淮的座位留给了她,吴桐雨得以如愿。

点完餐,殷茹这才注意到周淮正位于自己的斜前方,她盯着那方向,若有所思了一会儿,毫无征兆地开口:"知道我和周淮为什么掰了吗?"

吴桐雨正翻着手机上的电子菜单,纠结要不要再加一盘黄喉,闻言,愣了下,才反问:"因为什么?"

殷茹是很精致的那类女生,虽然吴桐雨也不邋遢,但老吴作为教导主任,当然不允许她把时间花费在化妆编发打扮上,从小到大的衣服都是规规矩矩。她身边的同龄人中,姜织从小的成长环境便宽松很多,冯阿姨会主动打扮姜织,姜叔叔也很殷勤地在这方面宠着女儿。姜织很精致,但姜织的漂亮是由内而外,不用配饰辅助,素净的一张脸往那儿一站就很出挑,整个人美得不费力。殷茹属于底子不错,同时又很用心地修饰自己的美,有着不属于这个年纪的轻熟气质。

据吴桐雨观察,周淮喜欢和这类女生交朋友。

因为有姜织这个身边人作为参照,吴桐雨一直认为周淮身边的女生朋友,好看归好看,但多多少少美得有些刻意。

当然吴桐雨这不是在背后说其他女生坏话的意思，她们都比自己好看，否则周淮不会喜欢她们却看不到自己。

吴桐雨的思绪在殷茹的说话声中被打断，她听见殷茹用一种很无奈且遗憾的语气说："没有安全感……我在周淮身上，体会不到该有的责任心，不是说他不尽心，该有的仪式感都有，该有的态度他也很端止，可以说周淮是个很会与人交往的人。"

吴桐雨沉默地做倾听状，没有插嘴。

殷茹越过吴桐雨的肩膀朝某个方向看了眼，应该是看话题的当事人，停顿大概一两秒，才重新开口："我虽然是个肤浅的人，颜控，但也希望能找到个灵魂共鸣的人。但跟周淮在一起吧，会觉得抓不住，他总会有一些自己都没有注意到的想法让我没有安全感。我就不想在他身上浪费时间。"

店里吵得人脑袋痛，两人把点的东西吃完便不打算坐下去。结账时，被服务生告知，有客人已经帮忙买过单了。

吴桐雨当时在挑柜台上摆着供客人自取的薄荷糖，闻言，下意识地看了殷茹一眼。

殷茹手上的手机还停留在付款页面，听服务生说是一个高高瘦瘦很帅气的男生，穿着一件黑色的T恤。殷茹这才看向吴桐雨，抬抬眉，说："应该是周淮请了。"

她实在不喜欢欠人情，顺势说："我把我那一半A给你，你替我还给他吧。"

吴桐雨轻声应了一句"好"，殷茹当场把钱转过来，然后让吴桐雨在门口等自己一会儿，便去卫生间。

火锅店门口有个冷柜，里面是种类繁多的免费冰激凌。吴桐雨原本不太感兴趣，但等人等得无聊，不自觉就挪着步子过去。

她手扶在玻璃拉门上，刚要打开。

"有点数，你能吃吗？"

身后突然响起周淮的声音，吴桐雨被吓了一跳。

"你怎么阴魂不散啊。"吴桐雨不管三七二十一，先怼了他一句，其实是有些心虚的。吴桐雨肠胃不太好，刚吃完辣的再吃冷的，肯定会闹肚子了，"谁说我要吃了，我只是要收集这个联名包装纸。"

"你是收破烂的吗?"周淮把她挤开,径自把冰柜的半边玻璃门拖开,偏头问她,"要哪个?"

"那个粉色的可爱多。"吴桐雨丝毫不犹豫地回答。

周淮在冰柜内琳琅满目的收纳格扫视一圈,皱着眉挑出吴桐雨要的,上面写着口味,草莓酪酪,一听就不怎么好吃。

不用问就知道没有讨价还价的余地,周淮很自觉地省去这个步骤。

但旁边的人压根没领他的情,事多地咋咋呼呼提醒他:"你小心点,别撕坏了包装,也不能弄脏了。"

周淮不太想伺候地瞥了她一眼,眼神示意她闭嘴。

吴桐雨该提醒的都提醒了,不蹬鼻子上脸。很快周淮把包装完好地分离后丢过来,吴桐雨稳稳地接住,卖乖地道了声谢,才想起来问:"你女朋友呢?"

"什么女朋友?那不是我女朋友。"周淮咬了口冰激凌,甜滋滋的香味溢满齿间,真不太喜欢吃,但当着吴桐雨的面,又没办法吐出来。

吴桐雨听着他这理直气壮的语气,一阵无语。

殷茹回来时,周淮已经走了。见到殷茹,吴桐雨想到火锅的花费,才想起来刚刚忘记给周淮了。

等吴桐雨把钱给周淮转过去,对面回了条语音,吴桐雨原本想转化成文字的,但误触到直接成了外放——"知道孝敬爸爸了,闺女长大了。"

吴桐雨黑着脸,愤愤地回复一句:滚!!!

隔着屏幕都能感受到她的火气。

同行的殷茹显然也听到她手机里传出的声音,偏头看过来,问起:"一直就想问了,周淮对你挺照顾的。"

吴桐雨哼声,没意识到自己因为急着反驳打断了殷茹的话:"估计是心虚吧,把我当孙子一样训,无语死了。"

殷茹笑笑,用稀松平常的语气把后半句话说完:"你不喜欢他吗?"

吴桐雨噎声,脑袋里罗列出来的有关周淮的十大罪证顷刻间消散,只余白茫茫的一片空白。她思绪卡顿,不知道是不敢当着殷茹的面承认,还是自己的内心不敢承认,没有过去在姜织面前的坦荡和自信。

纠结半响，最后她只落一句自欺欺人般的，语气有些许慌乱的："怎么可能，我和他只是朋友，充其量就是损友。"

喜欢吗？喜欢。

可敢让他知道吗？不敢。

吴桐雨有时候在想，即便周淮哪天脑子抽筋说喜欢她，自己也不敢跟他在一起。

她形容不出自己对周淮的感觉，挺复杂的。

那天吴桐雨在小红书刷到周边古镇的景点宣传，觉得有趣，便把图片保存下来，往朋友圈一发，附文字：这个暑假一定要去这里打卡。

评论区有人问这是哪里，吴桐雨随手回了。

正要切出软件查一查这个古镇还有什么其他可玩的，吴桐雨收到了周淮的消息：后天去？

吴桐雨一脸莫名其妙，思索半天确定自己没有遗忘掉什么约定，才回：什么啊，你是不是发错人了，睁开你的狗眼看看我是谁。

后面还跟了个发怒的表情包。

周淮敲过来一个省略号，紧跟着是一张截图，图片里是高铁软件的班次列表，目的地是吴桐雨发在朋友圈说想去的那个古镇：谁是狗？

面对周淮的兴师问罪，吴桐雨自知理亏，找任何借口都站不住脚。

没等她回复，通知栏里弹出自己被拉进某个聊天群组的提醒。她点开群组，看到已有的群成员，除周淮外，有男有女，有自己班上的，也有她不认识的。其中有个粉蓝色头像一看就是女孩子在用，名字是小哆啦的账号，吴桐雨就不认识。

对方显然是周淮拉进来的人，因为吴桐雨看到她在群聊里@了周淮，问：这么多人一起吗？

简直比吴桐雨还要了解这个群聊是什么用处。

周淮没有回她，吴桐雨盯着对话框，对周淮的答复同样上心，结果一秒过去，两秒过去，已经过去十几秒了，周淮都没有回。吴桐雨没有耐心等下去，切出对话框，看到周淮刚刚给自己发了一连串消息——

周淮：说话，几号去，我订票。

周淮：人呢？

然后是订民宿的链接，有三家。

周淮：选一个。

吴桐雨在对话框里删删减减，最终自言自语了一句"算了"，然后回复：后天可以，民宿选3。

周淮很快回了个"OK"，然后把时间和民宿发到群里，问：时间和住宿有问题吗？没问题的话，票自己买，酒店我一块订，最后再A。

然后周淮才回复小哆啦：嗯哼。

不过他的这句回复被淹没在其他群友一条接一条的"没问题"中。

吴桐雨在屏幕这头看着他们开始商量具体的出发班次，以及民宿房间分配的问题。

吴桐雨不知道周淮跟这个小哆啦的关系，也没有主动打听，看到统计房间数量时，周淮没跟她住一间。

吴桐雨是个热闹的人，很多人一起做一件事情，彼此分享，互相承担，但偶尔也不喜欢热闹，觉得两个人独处也挺好的，比如她跟姜织一起的时候，又比如她跟周淮同桌的时候，没有人打扰，不受人影响，也能感觉到开心。她一直矫情地认为自己本质上是个孤独的人，跟朋友一起逛街、看电影、吃吃喝喝会感到开心，就像身体的"膝跳反应"，是身体本能的情绪反馈。

吴桐雨把自己的"孤独认知"和姜织讲过，姜织若有所思片刻，说："少看点青春伤痛文学，现实主义题材的也少看，什么《活着》《百年孤独》《人间失格》不太适合我们这个年纪看，平时多看看热血漫、脱口秀就挺好的，试着从另一个角度看问题会有不一样的面貌。"

吴桐雨确实觉得自己受影响了。

就比如现在，她其实不太想这么多人一起去古镇，有一个或者两个朋友一起，就可以了，太多人，让她莫名地有些难过。

不过她没有表现出来，迅速适应，愉快地融入群聊的节奏中，跟大家一起玩笑，说要去哪里哪里打卡吃什么什么小吃。

大家讨论时，周淮一冒泡，小哆啦必定回一句，说的都是些无关紧要的，有时仅仅是一个表情包,但即便如此,吴桐雨只要看到他们的对话框并列在一起,就开始沉默。她这个时候便又觉得自己似乎不是不喜欢热闹,不是不喜欢这么多人,而是不喜欢在这样轻松自由的时刻看到周淮和别人说一些她不适合参与进去的话题。

出发那天,吴桐雨才知道小哆啦就是那天在火锅店跟周淮一起的女生,殷茹说她叫林芙词。

不过,林芙词有自己的小姐妹同行。出了高铁站,还要搭大巴车到景点,这一路林芙词都没跟周淮挨着坐,吴桐雨旁观着,忍不住猜测他们的关系。

好像是不怎么熟?

因为在想事情,吴桐雨一直在走神,没留意司机师傅的提醒,还在慢吞吞地往大巴车中央找座位。结果车子突然发动,吴桐雨没提防,手胡乱抓了下还是抓空了,脚底跟跄着整个人往旁边倒。

周淮正跟旁边人说着话,余光留意到她的慌不择路,手臂本能地一挥就要去捞她。

他捞是捞到了,不过也不全是他的功劳,吴桐雨因为惯性朝这边倒时,周淮把人捞了个正着。

周遭仿佛一瞬安静,周淮垂眼瞧着躺坐在自己腿上的女孩。

吴桐雨眼睫轻颤,脸上神色是惊魂甫定。她仰视着周淮冷峻毫无瑕疵的脸庞,那一言不发的模样让她有丝恐慌,当然,恐慌的原因不全来自怕他生气,而是……她从未如此近距离地、大面积地和他肢体接触。

两个人的体温通过夏季单薄的衣服传播着,吴桐雨心跳飞快,因为丢脸也因为羞赧两颊到耳根的位置很快出现一片带着灼烧感的红晕。吴桐雨皮肤白,耳垂小小的,没有耳洞,红得让人想上手给她冰一冰。

但周淮没有,吴桐雨紧绷而清晰的吞咽声让周淮移开了目光。他不客气地用话语掩饰掉方才那个越界的念头:"吴桐雨,你该减肥了。"

吴桐雨前一瞬脑袋里想的什么少女怀春的小心思,被周淮这一句话捶了个稀巴烂。

在旁边人关切的询问声中,吴桐雨狠狠地推了周淮的胸膛一把,然后抓住另一边的前排座椅的椅背，自顾自地站起来，找空位坐好。

减什么减！她现在就是健康的体重！才不减呢。

那同伴问周淮："你说什么了啊？你看吴桐雨被你气得眼睛都在喷火。"

古镇是一处被保护起来的古迹建筑群，不过发展到今天商业气息很明显，镇子里外多是民宿、餐馆和店铺。镇入口处有棵数十年树龄的老树，老树旁有个半月湖，湖旁柳树垂髫，不乏来此写生的学生。

因为是暑假，流量大得离谱，但他们这群眼神清澈莽撞的少男少女，玩得倒是开心。

吴桐雨就是为了镇口的那棵古树来的，据说许愿特别灵。

吴桐雨站在树边虔诚地许愿挂木牌的时候，周淮不知什么时候绕到了她的身后。吴桐雨注意到身边多了个人时，周淮正仰头盯着头顶枝繁叶茂鲜有阳光渗透出来的树冠。

吴桐雨茫然地观察了一会儿，问："你在干吗啊？仰头四十五度，不让眼泪掉下来？"

周淮反问了一句"我有病啊"，吴桐雨立刻点头，说："你终于意识到了啊，不容易。"

吴桐雨举着手机给自己挂的木牌拍了个照，然后把手机塞给周淮，让他给自己拍一张。

周淮打着哈欠，被太阳晒得暖洋洋的有些犯困，敷衍地给吴桐雨拍了一张想了事，遭到无情抗议，被连推带怼地正经拍了几张才算完事。

"你这手机，砸了算了，拍出来的照片格外丑，我用我的手机给你拍。"周淮说着要拿自己的手机，还没动作，被吴桐雨拦住。

"不要！"吴桐雨斩钉截铁，"我绝对不允许我的丑照出现在你的手机里，我完全可以想象你把我的丑照做成表情包，然后用我的表情包跟我聊天的小人得志模样。"

周淮笑笑："你倒是给我提供了很好的思路。"

吴桐雨冷哼了一声，绝对不可能给他这个机会。

景点的饭店人满为患不说,而且东西还不好吃。几个人一合计,找了一家旋转小火锅,没什么特色,但火锅这种东西,怎么做都不会难吃。

饭后,吴桐雨一摸口袋,没找到手机,第一反应是以为丢了,回忆了半天,觉得周淮拍完照就没还给自己的可能性更大。

结果她找了一圈,也问了一圈,周淮也丢了。吴桐雨无语,借别人手机给自己的手机打了个电话,没通,然后给周淮打,果然通了。

确认自己的手机在他那儿,吴桐雨动身去找他。

现在社会,钱包可以丢,但手机一定不能丢,否则太不方便了。

吴桐雨在火锅店门口的咖啡亭找到了周淮,刚要出声喊他,便看到他面前还有个人,是林芙词。两人不知聊了什么,林芙词脸色娇羞,似乎很开心。而周淮单手插兜,伸手刮了林芙词的鼻梁一下,扭头发现吴桐雨时,嘴角轻快的笑容还没撤。

吴桐雨觉得自己这会儿不太想笑,她走近,言简意赅地冲周淮伸手,说:"手机。"

周淮语气如常,说:"我在想你得多久才能发现,这粗心的毛病什么时候能改。"

搁在往常,吴桐雨高低得怼一句"我再聪明也架不住总有刁民想害朕",但此刻她什么也没说,只是淡淡地"哦"了一声,很冷漠地说:"我吃饱了,自己出去逛逛。"

在周淮的困惑中,吴桐雨头也不回地走了。

古镇人流多,但面积不大,随处都有维护景点秩序的公职人员,不怕她走丢,周淮没多管,只是觉得奇怪。

吴桐雨也觉得自己挺奇怪的,同时非常讨厌自己的这种奇怪。

心不在焉地跟着人流走了会儿,吴桐雨不知不觉迈进了一家木雕作坊。周围渐渐没了人群的嘈杂声,她才慢吞吞地回神,茫然地看着自己所处的室内。

"你好,私人工作室,不对外开放。"

吴桐雨先是听到一道磁性微沉的男声,茫然扭头寻找时,才看到从布帘后走出来的男人。用"男人"来形容好像也不准确,他很年轻,看上去比她大不了多少。

吴桐雨一时判断不出他的年纪,因为他只露出一双眼睛在外面,下半张脸被黑色的口罩遮住,鼻梁倒是很挺,皮肤很白,也可能是被他一身深色系的装扮衬托的。

他个子很高,肩膀宽,腿也长,身上围着一条深褐色的围裙,腰腹的位置有些脏,有灰尘也有木屑,但不影响他这个人给人的印象很干净。

"不好意……"吴桐雨视线触及男生围裙上和手上淋漓的血迹时,眼睛瞪得浑圆,呼吸一瞬间凝滞,想要关心,但话临说出口前,被她咽回去。男生露出光洁的额头,有几缕碎发垂下来,眉毛很浓,眼色看上去有点凶,明晃晃地责备着她的闯入。

吴桐雨盯着他垂在腿边的左手,不知所措地眨了眨眼,注意到从虎口往手腕的方向,有一道很长的口子,鲜红色的血朝掌心流下去。

是人血吗?

她撞破了行凶现场?

该怎么办?报警吗?

现在不是要不要报警的问题,而是她还能不能安全地离开。

她从现在起开始装盲人还来得及吗?天,之前在网上看到网友总结遇到这种情况该如何应对的经验时,自己就该好好看一看啊,现在什么都不记得,真是完蛋。

"还有事?"男生语气疑惑地又问了一句。

吴桐雨紧张地磕绊道:"没、没事,我马上走。"

从吴桐雨站的位置到门口不过两百米,这段路却无比漫长。哪怕她内心无比地想要狂奔起来,夺门而出,可为了让这种相安无事的气氛多维持一会儿,她努力地故作镇定,粉饰太平。

眼看就能跨出门槛,可就在这时,只听男生开口道:"等一下。"

吴桐雨快要抖成筛子了,如果她是一棵树,这会儿满树冠的叶子都纷纷扬扬落在她脚边铺起厚厚的地毯。

尤其是当她发现对方朝自己大步走过来,他两手空空,但沾了血,简直比拎着刀还要恐怖。

吴桐雨想跑,跑到外面,冲到人多的地方,总不至于对方还能把她揪出来。

但她没有,她一时不知道自己是腿软,还是腿被灌了铅,这两种矛盾的反应放在她身上都适用,结果就是她只能杵在原地,一动都不动不了,只敢小心翼翼地回了一句:"等、等什么?"

几秒的工夫,男生已经走到吴桐雨面前,没有血的那只手轻轻抬起,掌心朝向她摊开,提醒:"麻烦把从架子上拿的东西放下。"

吴桐雨费解地"啊"了一声,垂眼看到手里攥着的一个小猫的木雕时,突然清醒,毕恭毕敬地把东西还回去,再一次道歉:"不好意思。"

男生垂眼看着那只灰白色的木雕猫,冲吴桐雨一点头,表示她这回可以走。

吴桐雨一只脚跨在门槛外面,一只脚还在犹豫。经过这个小插曲,也可能是离得近了,她觉得男生的眼神有点温柔,尤其是看木雕的时候,仿佛那只还没她掌心大的木头猫,有灵魂似的,他这个人没有乍看上去的那么凶。

本着如果不问清楚,自己这几天一定会忐忑不安,最大的可能就是出了这个木雕坊便报警;如果犹豫之下没有报警,那肯定天天捧着手机查最近的社会新闻,无穷无尽地谴责自己的懦弱。

所以吴桐雨站定,小心翼翼地指了指他的左手,问:"你的手不需要及时处理吗?看着挺严重的。"

男生抬了抬手,说:"没来得及,一会儿处理。"

吴桐雨"哦"了一声,并没有意识到是自己的出现打断了他处理伤口的安排,而是追问:"怎么伤的啊?"

她音量放得轻,语气里有纯粹而关切的担心。

男生看了她一眼,答了:"做手工时,不留神被刻刀伤了。"

吴桐雨恍然理清,这里是木雕坊,这个解释很合理。她当即放松绷紧的神经,脸上的笑容灿烂些。

韩柏言被她这看上去挺开心的笑弄得有些莫名其妙,他歪歪头,疑惑地回望着她。

吴桐雨后知后觉人家受伤了,自己这反应实在是不妥,忙摆手,说:"我马上走,你快点处理伤口吧。不好意思啊,我不知道这里是私人工作室,打扰你了。"

"没事。"看着吴桐雨前后两种截然相反的状态,韩柏言这会儿也终于意识到,大概是自己满手血的样子把人给吓到了,于是他把手心里那个被吴桐雨焐热的木雕猫往前一递,说,"这个送你,我看你挺喜欢的。"

"这多不好意思……"话是这么说,手已经很主动地伸过去。

吴桐雨回去和大部队会合的时候,没看到周淮,也没瞧见林芙词,故作不经意地问了一句,才知道林芙词骑脚踏车的时候摔到了腿,被周淮送去了医院。

才几分钟不见,怎么就出了意外。

今天是不是水逆啊,她碰见的人,见血,又见伤。

"怎么摔了,严重吗?"吴桐雨虽然和林芙词没接触,但听说对方受伤,她不是落井下石的人,语气着急地继续询问。

正说着,她的手机响了,是周淮的电话。吴桐雨接通,直接问当事人:"你去医院了?"

周淮应了一声"对",倒也没跟吴桐雨见外,开门见山地说:"林芙词的身份证没带在身上,你帮忙回民宿取一下送来医院。"

"好,我打车过去。"吴桐雨很干脆地应道。

吴桐雨是火急火燎的性子,做事急却稳,很快回民宿取到证件,打车赶去了附近的医院。

普通的挂号就诊没有证件也可以,吴桐雨到时,林芙词已经在就诊室里被护士简单处理过伤口了。

吴桐雨只听了一耳朵,才知道林芙词伤得挺严重的,还要打石膏。林芙词爱美,因为疼痛红了眼眶和鼻尖,梨花带雨的模样楚楚动人。吴桐雨把证件给她,然后被周淮接过去,林芙词坚强地挤出个笑,冲她道谢。

吴桐雨摇头,一时也不知道说什么好。

她最讨厌别人马后炮似的叮嘱和提醒,所以自己在社交时,也尽可能地不展现这样的一面。她做不到感同身受,只能安静地,不给对方压力加重情绪。

但林芙词实在难过,等护士走开,便坐在那儿"吧嗒吧嗒"地掉眼泪。

吴桐雨绞尽脑汁想安慰几句,没等行动,注意到周淮在给自己使眼色,示意她先出去一下。

吴桐雨"哦"了一声，给自己找了个合适的退场理由："我出去买瓶水。"然后她离开了病房。

说不难过是假的。

在学校里，吴桐雨和周淮是同桌，非上课时间，尤其是吃饭的空当或者下晚自习后教室里学生不多的时候，常有女生来班里找周淮。吴桐雨有一次因为别的事情影响，心情本来就差，一时没控制好情绪，因为对方坐了自己的板凳，挂了脸，周淮估计是看出来了，之后再也没发生过类似的事情。

你看，周淮这不是很聪明吗？能轻易地看出别人介意还是不介意，也懂得照顾别人的情绪。

可为什么，他还是这样容易让人难过呢。

吴桐雨对医院的环境不熟悉，一边神游天外，一边搭步梯下楼。结果绕啊绕的，一时有些迷路。

正想再折回电梯方向时，瞧见旁边休息椅处，有个男生正盯着自己看。

男生这会儿没戴口罩，露着整张脸。吴桐雨打眼看过去，只顾着想这人长得有点像一个日本明星，好帅啊，压根没敢认对方是自己一个小时前刚见过面的人。

一直被对方盯着看，吴桐雨心里还有一丝奇怪，直到对方主动搭话："你怎么也来医院了，身体不舒服？"

吴桐雨先是"啊"了一声，视线落在他包着纱布简单处理过的手掌上，然后又看向他的脸，福至心灵般，她抬起了自己的手，隔空挡住了对方的下半张脸，终于认出来："是你啊！"

吴桐雨有点不好意思："原来你长这样啊，我都没认出来。"顿了下，她才回答刚刚的问题，"我身体没事，陪朋友过来的。"

男生点点头。两人互相对望着，接下来都没有说话。

因为的确不熟悉，连朋友都算不上，只是见第二面的陌生人。

吴桐雨正绞尽脑汁地找话题时，只听医院的广播响起——

"请韩柏言到三号诊室。"

男生听见，朝吴桐雨示意："我过去了。"

原来他叫韩柏言啊，名字还挺好听。吴桐雨点头，示意他抓紧去。

手机的响铃声把吴桐雨的思绪拽回来，是周淮打来的电话，问她去哪里躲清闲了，找她有事。

吴桐雨挂断电话后，骂骂咧咧地去找周淮。

其实不太想去，不太想旁观他跟别的女生腻腻歪歪。

吴桐雨回到就诊的楼层，周淮正在中央的电子缴费机处缴费。不知道是不是机器不好用，周淮半天没结束操作，吴桐雨慢吞吞地挪过去，对方都没注意到。

吴桐雨抬手，不客气地拍了他肩膀一下："叫我上来干吗？"

吴桐雨压根没想到他没站稳，周淮被她这没什么力气地一推，猝不及防地往前跟跄了一下，手扶上下机器才站定。他偏头看她，正事是一句不说，先控诉："你谋杀啊？"

吴桐雨催促："到底什么事啊，我还要回去继续逛呢。"

周淮疑惑："你怎么如此冷漠，同伴都受伤了。"

"你有心就好了啊。"吴桐雨说，"我跟她又不熟。"

周淮深深地看了吴桐雨一眼，觉得她确实有点奇怪。他印象里，吴桐雨是个非常热心肠的人，而且感情丰富，容易有同理心，不论是在街上看到流浪猫流浪狗，还是在网上看到陌生人正经历苦难的社会新闻，都会表现得很温暖和柔软。今天她的反应太奇怪了。

周淮觉得肩膀痒，揉了揉被吴桐雨推过的地方。

吴桐雨瞥见，抬声道："干吗？我只是推了你一下，又不疼，你要碰瓷吗？"

周淮瞪她，说："疼不疼我说了算，我说疼就是疼，疼死我了。"说着他演上瘾似的，垮着这边的肩膀，看上去还有点儿逼真，真像那么回事。

吴桐雨踢了他脚一下，吐槽："娇气死算了。"

这点破伤就咋咋呼呼，同样是男生，人韩柏言手上划了那么深的一道口子都没皱一下眉。

怎么这么难伺候啊。

吴桐雨把自己在木雕坊险些闹笑话丢脸的原因归咎在周淮身上，愤愤地又踢了他一脚，直到被周淮狠狠地瞪了眼问"你抽什么风"，才消停。

周淮要送腿伤的林芙词回家,所以提前结束了行程。吴桐雨跟剩余的人留在古镇,玩得心不在焉。

从古镇回来后,吴桐雨萌生出自己要做一个自媒体账号的想法。

她的目的很简单,这次游玩途中经常看到有探店的博主,吃喝玩乐不仅不花钱,而且待遇还比她这样的寻常游客要好。吴桐雨自然是不缺出去游玩吃喝的钱,就是觉得这个体验挺有趣的,加上这个暑假太闲,找个事情忙一忙也不错。

所以一不做二不休,吴桐雨以市场调研的名义,窝在家里刷了一周的短视频,被她妈拎着鸡毛掸子天天嫌弃,三天一小吵,五天一大吵的,生怕吴桐雨在家闷得抑郁。

看再多也都是纸上谈兵,吴桐雨总结出几类博主各自的风格后,便开始琢磨自己擅长哪一类,并且决定出门逛逛,随便拍点什么练练手。

吴桐雨属于那种一点破事都要发个朋友圈纪念的人,从不是行事之前最忌讳声张理论的践行者。

还没正式出门采风呢,朋友圈里的消息先放出去了:我决定了,从今天起,**努力做个视频博主。**

附图是自己新创建的零关注、零粉丝、零作品的新账号。

她人缘向来好,点赞评论好不热闹,就连新账号都收获了不少亲友的关注。

不乏有同样乐观的人在评论区捧场:见证下一个"李子柒",苟富贵,勿相忘。

吴桐雨回了个"哈哈笑"的表情包。

正自娱自乐地嗨着,周淮打来电话,说:"周末玩激流勇进,去吗?"

大部分毕业生都是差不多的状态,在成绩出来之前,有个轻松愉悦毫无负担的假期,成天想着该怎么玩怎么吃。

若是平时,吴桐雨就答应了,反正闲着没事,姜织去南京后,她的生活无聊了很多。

但很不巧,此刻吴桐雨把自己的日程安排得满满的,当机立断:"不去。"

"去啊。大夏天的去凉水里泡一泡,整个人神清气爽。"周淮游说的理由信手拈来，他了解吴桐雨，自然有法子三言两语说动她。

结果没给他施展的机会，吴桐雨格外坚定，继续拒绝："我有事，要出去拍 vlog。"

"玩的时候拍呗，夏天冲浪，还是热门话题，自带流量。"

吴桐雨："说不去就不去，你不要来打扰我自己的计划。"

"行吧。"周淮没再劝，而是问，"给我说说你的计划，让我见证一下下一个百万网红的诞生。"

吴桐雨知道周淮个人账号粉丝量十几万，有这方面的经验，因此很有耐心地分享起来。

周淮"啧"了一声："你来真的啊，这功课做得挺全的。"

吴桐雨得意："那是，我从不打无准备的仗。"

周淮："明天要去虹街拍是吧？我跟你一起吧，顺便多传授你点来自前辈的经验。"

吴桐雨正愁一个人出行，少了个出谋划策的同伴不太方便，下意识就要答应，但心里绷了根警惕的弦，担心周淮再带个女生或者男男女女的叫一堆朋友，这不是给自己找不痛快嘛。

"怎么这么热心肠？你有什么目的？"吴桐雨问。

周淮："我能有什么目的，纯属比较闲，就当乐于助人，记得给我发锦旗。"

吴桐雨"哦"了一声，继续问："只有你一个人？"

周淮啧声："一个人还不够？你想要几个吧，我肯定给你喊够。"

"不要了。你自己就行。"吴桐雨最终和他确认了一遍时间，便把电话挂断了。

吴桐雨已经躺下了，又轻手轻脚地起床，打开衣柜开始搭配明天要穿的衣服。

穿什么呢？

周淮明天会穿什么颜色的衣服？他衣服的色彩丰富，换衣服频率也高，让人永远摸不到规律。

吴桐雨挑来挑去，纠结了半天，最终选了一条白色的裙子。

不管周淮穿什么颜色的衣服，白色永远是百搭的。

翌日，吴桐雨起了个大早，跟着小红书上的时尚博主编了个很好看的发型，然后才换好衣服出门。吴桐雨的手很巧，虽然不化妆，但对时尚的研究并不少，像自己画指甲、编头发这种事，不比外面需要花钱的差。

今天要去的这条街，算是当地的一条网红街。吴桐雨只在这条街刚建成的时候跟姜织来过一次，这次将拍摄地点选在这儿，也仅仅是因为暂时没明确好自己可以拍点什么，便就近来打个卡，多尝试几个风格，才能找准自己的定位。

可就在吴桐雨搭公交车过去的路上，接到了周淮的电话。

没等周淮开口，吴桐雨率先熟练地交代道："不用催，我已经出门了，放心不会放你鸽子的。"

电话那头回应她的是沉默，片刻后，周淮清了下嗓子，才出声："那什么，我临时有点事，估计去不成了。"

吴桐雨盯着窗外，忍着没骂出声："是遇到什么急事？需要我帮忙吗？"

周淮"嗯"了一声，说："有点事，我自己能处理。"

吴桐雨面色平静，语气也沉稳："那你去吧。"

没有意料之中的吐槽，周淮还真有点不适应，这是怎么了，一时有些拿不准吴桐雨的状态。

周淮典型的吃软不吃硬，觉得这极有可能是吴桐雨的套路，故意让他内疚。周淮也确实内疚，为放她鸽子而感到抱歉："小梧桐，对不起啊，你今天的花销我给你报。"

吴桐雨说了一句"再说吧"，然后便挂了电话。

吴桐雨下了车，站在街道入口处，竟然一时不知道该做什么。

发了好久的呆，吴桐雨意识渐渐回笼，终于听清了街口奶茶店员工整齐划一的吆喝声，想着先去买个奶茶，然后自己逛逛。周淮不来就不来，没了他，她还能不活了吗？

这样给自己打了个气，吴桐雨便调节好，结果刚扭头迈开步子，还没等往前呢，就撞到了一个小拖车上。

刚自我开解好的低落情绪瞬间卷土重来，吴桐雨揉了揉自己磕痛的腿，眼眶红着，心说自己怎么这么倒霉啊。

烦死了。

早知道今天出门前看看皇历了。

昨天就不该接周淮的电话，没被他放这一回鸽子，自己也不至于连走个路都心不在焉。

"抱歉，你……"一道耳熟的男声打断了吴桐雨的怨气。她抬头，有些意外在宿营见到韩柏言。是韩柏言吧，她应该不会认错，虽然只见过两面，因为韩柏言明显也是认出了她。

韩柏言就是这个小拖车的主人，他正推着几个纸箱往街北侧的巷子里去，见到吴桐雨也是意外，笑了笑，算是打招呼，然后指了指她刚刚磕到的地方，问："腿还好吗？"

被这一打岔，吴桐雨俨然忘记了今天被鸽和点背，平路走着磕到的事。经他提醒，她才垂下眼，扯了扯裙摆，说："没关系。你这箱子里不是易碎品吧，我刚刚踢那一脚挺重的。"

力的作用是相互的，吴桐雨的这句话侧面承认了她磕的那一下确实挺重的。意识到这点的吴桐雨有些不好意思起来，多嘴想解释一句我不是怪罪你的意思，毕竟也不是故意的。

韩柏言先开口了，说："要不你跟我回去处理一下吧？我住得不远，穿过这个巷子就到了。"

吴桐雨有些犹豫，不太想给人添麻烦。

韩柏言补充道："是个对外营业的手工工坊，会有客人来来往往，所以你不用担心安全问题。"

"我不是这个意思。"吴桐雨忙解释了句，听他这么说，也不好再推辞了。其实他对木雕工艺挺感兴趣的，也想过去逛逛。本着这个念头，吴桐雨放松下来。

店面算不上大，比起在古镇见到的那个作坊，这里显得简陋不少，门店也很偏，韩柏言口中前来光顾的客人半天见不到一位。

店面应该还在筹备阶段，墙壁货架簇新，倒是上面摆着的木雕成品，一样比一样精致。

韩柏言去某个还没整理出来的收纳柜里找到家庭药箱，拿着消毒棉签出来时,吴桐雨正站在店里仔细地看货架上的东西。

"比较乱,你过段时间可以再来,到时东西会全很多。"韩柏言指了个位置让她坐。吴桐雨过去坐下后,把裙摆往上拉了一截。她今天穿了条连衣裙,荷叶边的裙摆盖过小腿肚子,这会儿被她扯到膝盖处,莹长匀称的小腿彻底露出来。她个头比姜织矮一点,但在女生中算高,小腿细长,脚踝尤其漂亮。

磕得确实不轻,还蹭破了一块皮,有血丝渗出来,不处理好的话,明天肯定是要淤青。

韩柏言知道自己不方便帮忙,只是把东西递过去,说:"掰一下,让药水浸透棉签就可以用了。"

吴桐雨道谢。她一向不矫情,完全能自己解决:"这里的东西都是你雕的吗?"

"对。"

吴桐雨眼神亮亮的,有些诧异,货架上尤其是摆在高处的那几样,虽然没有标价,但单看工艺程度就知道一定不便宜。跟雕刻师傅的年纪无关,对手艺人来说,作品的市值和手艺的深浅挂钩。

那个她爱不释手、拿回家看了好多遍的木雕猫,跟这里很多作品比起来,真是太小儿科了。

"那个猫也是吗?"

韩柏言抽了瓶矿泉水,搁在她近处的桌面上,回答:"很巧,那个猫恰好是我雕的。要是其他师兄弟的东西,我就没办法做主给你了。"

"那看来我很会挑。"吴桐雨笑,说完才觉得自己有点自来熟了,她手里拿着包装垃圾,移开视线,开始找垃圾桶。

韩柏言伸手:"给我吧,我来扔。"

"谢谢。"吴桐雨待在这里有些无措,不过不是那种浑身不舒服的无措,而是有丝期待又有些紧张。她对这个环境、对韩柏言有很多好奇,担心问出口不妥,所以看上去有些拧巴。

"我在这里会打扰你吗?"吴桐雨见韩柏言一直没停下动作,一会儿挪挪这个,一会儿碰碰那个,但即使这样,也没有冷落了她。

"不会。"他示意,"你感兴趣的话可以四处逛逛。"

"好啊。"吴桐雨脆声应道，蹦着起身，补充一句，"我会很小心的。"

韩柏言笑了笑："无妨，东西摆出来就是让人看的。"

后来姜织问起吴桐雨，韩柏言是个什么样的人？吴桐雨脑袋里冒出一个词——含蓄。他优秀却低调，冷漠却周到，不知道是不是经常跟木头打交道，不爱社交，所以整个人有点木，总之是个正派、细心、有匠气的手艺人。

吴桐雨从老吴那儿知道，这种用来雕刻的木头叫黄杨木，黄杨木雕是一项非遗手艺。她上网做过功课，知道黄杨木是一种生长很缓慢、木质坚韧、木纹细腻、色泽黄亮，像人的皮肤，雕出来的东西古朴美观。

吴桐雨有个不合时宜的类比，她觉得韩柏言跟这种木头给人的感觉很像。当然这是后话，目前的吴桐雨对韩柏言的了解比较表面。

吴桐雨看到一件很喜欢的作品，想拍照给老吴看，结果手误点开了微信。

下一秒，吴桐雨看到微信发现页代表着未读动态的红点，鬼使神差地点进去，然后便刷到了小哆啦，也就是林芙词最新发布的朋友圈。

附带照片拍的是一条打石膏的腿，石膏上被人用记号笔画了个笑脸，还写了句"早日康复"，右下方有个"zh"的标志，弯弯曲曲，笔画流畅，像个随便勾出来的波浪线。

不熟悉的人可能看不出个门道，但吴桐雨对周淮多了解啊，知道这是他的记号，课本上、笔记上、不用上交的试卷上、平时随便写点什么歌词时，落款都是这个。

而这条动态没有发文字，只发了一个爱心的表情包。

一切尽在不言中的感觉，更引人联想。

吴桐雨眼眶里突然就涌现了泪意，原来是陪人去医院换药啊，确实是一件急事。

吴桐雨给她点了个赞，匆匆拍完照片，收起手机。

"你想试试吗？"韩柏言突然出声。

吴桐雨茫然："什么？"

她看过来时眼眶有点红，就很突然地红了，这让韩柏言愣了下，一时不知道发生了什么。他看了眼她面前的麒麟香插，然后看回吴桐雨脸上，朝旁边的操作台示意，道："自己雕一个。"

吴桐雨眨眼，眼前雾蒙蒙的水汽渐渐散了，有些局促地说："我可以吗？"

"感兴趣的话，我教你。"韩柏言眼神有种让人自信的感染力。

吴桐雨被赶鸭子上架，来到操作台前，还有些迷茫："入门的新手一般雕什么？"

韩柏言给她拿过一本册子，方便她翻翻找灵感，但在吴桐雨翻了一大半仍然拿不定主意的时候，韩柏言视线落在她发顶浓密乌黑的头发上，说："可以做个簪子。"

吴桐雨这会儿思绪完全是卡顿的，还没彻底从那条动态的冲击中抽神，听韩柏言如此提议，她立刻赞同："好啊，发簪很实用。"

吴桐雨晚上在家粗剪白天拍的视频时，收到了周淮的消息：怎么还没找我报销？不好意思？放心，爸爸的钱都是你的。

吴桐雨敲了个"滚"，然后威胁：我去跟我爸告状。

周淮倒是乐观：我已经毕业了，你爸管不着我。

吴桐雨：哦，那我找周叔叔告状。

周淮甩过个省略号，紧接着又发了一条：行，不用报销是吧。不报拉倒，我走了。

吴桐雨发了个"跪安吧"，便关闭了对话框。

但只是间隔了几秒钟，吴桐雨重新点开了和周淮的对话框，安静又烦躁地等待着他的回复。

你再说点什么啊，说点什么都行，怼我两句也行。

吴桐雨有强迫症似的，觉得聊天框最后一条消息是自己发出去的很别扭，莫名地有种自己被忽视、被冷落、被遗忘的落寞感。

再斗几轮表情包也行啊。

时间就这样一分一秒地过去，周淮始终没再发送消息过来。

吴桐雨眼不见为净地在消息列表中删掉了这个对话框。

大概是心里堵着气，吴桐雨别扭地没有主动联系周淮。每次想给他分享点什么时，看到自己让他跪安，他就真的什么也不再发的记录，倔强地关掉对话框，也不准备理他。

就这样一直拖,吴桐雨终于拖到了周淮主动来联系自己。

那天吴桐雨将自己前前后后拍了一周才完成最终剪辑的短视频发到了自己的账号上。周淮从关注人列表刷到这条动态后,直接给吴桐雨拨过电话来,没等她开口,他劈头盖脸是一句:"你这拍的是什么啊?"

如果说隔着网络,在对话框里文字交流看不到神情、听不见语气,会因为不了解彼此的性格和说话方式,容易造成误会。但此刻,两人是通话,仔细听,连对话的呼吸声都能听得清清楚楚,所以吴桐雨只能寄希望于周淮这嫌弃批评的语气是有其他的意思。

但吴桐雨此刻脑袋空空,前一瞬自我欣赏地重复播放着这条视频的得意与骄傲,因为这一句话,被划到了鸿沟的另一边。吴桐雨甚至开始反思,自己真的有这么差劲吗?还是周淮已经习惯了贬低自己?

就像他说自己胖、黑、唱歌难听一样,贬低自己。

吴桐雨觉得自己有些敏感了,过于自卑了。她明明是个我行我素、非常自信的女孩,她有什么好不自信的呢?她不是什么大美女,但依然算漂亮,走在路上,也是有回头率的;父母体面宽容,给她提供了超越绝大多数人的生活和教育环境;她衣食无忧,对人际关系处理得也好,从小到大没谁说她一句不是的。可暗恋者终究是低人一等,自卑不敢声张的吧。

吴桐雨垂眼,她觉得人真的好奇怪啊。这一刻她只能想到周淮哪儿哪儿不好,明明有很多用心值得被夸的时候啊。

她没有说话,周淮在电话那头:"喂,在听吗?接通了啊。"

吴桐雨凶巴巴地怼了一句:"放。"

——有屁快放。

两人常这么互怼,跟小学鸡拌嘴似的,谁也不嫌弃谁幼稚。

周淮把话说完:"我还以为你那天出去是拍 vlog 的主角是自己,让路人出镜多抢戏啊,是不是那条街逛得太无聊没什么好拍的?"

吴桐雨身上竖起的锋利的刺收回去一些,没什么情绪地回:"还行吧。"顿了下,她问,"你真觉得我拍得不好吗?"

大概是吴桐雨语气里有种"你敢说一句不好我立马把你拉黑"的气势,周淮不知道是在忙,还是自保地沉默。大概一两秒后,听筒里才响起他的声音,学着她的语气，原封不动地回："还行吧。"顿了下，他说，"回头重新帮你拍一次，我掌镜，让你看看水平。"

吴桐雨一副不在意不期待的语气，说："再说吧。我怕又被你放鸽子。"

受这通电话的影响，吴桐雨连玩手机的心情都没了，简单洗漱便钻进被窝酝酿睡意。这大概是她放暑假以来，休息最早的一次。

其实吴桐雨也不确定自己睡着了没有，她一直在做梦，具体是什么她醒来就不记得了，但都不是什么轻松的梦，因为她觉得很累，比跑了八百米还要疲惫的那种累。

夜里醒了一次，吴桐雨迷迷糊糊摸起手机看时间，睡眼惺忪地戳开短视频平台，想翻一翻评论区时，登时被三位数的评论量惊呆住了。

她坐在床头，捧着手机消化了足足三分钟，才终于确定这不是一场梦。

这条被周淮评价"你这拍的什么啊"的短视频，热度前所未有的高。

比上回吴桐雨发姜织舞蹈室练舞的出圈视频的流量涨幅还要可观。

"啊啊啊啊啊啊啊啊啊，我这是火了吗？"吴桐雨在夜深人静时，没忍住号叫出声。

"怎么了？怎么了？"老妈和老爸一人举着一个枕头，如临大敌地冲进门。

吴桐雨连忙将手机藏进被子里，尴尬得恨不得找个地缝钻进去："没事，我刚刚做噩梦了。爸妈……你们快休息吧。"

"睡不着玩手机就把灯打开。"老妈对她这个理由将信将疑，却也没求证或者拆穿，只是临走前交代了一句。

吴桐雨"哦"了一声，把床头的台灯按开，等外面的声音消失了，才敢喘气，把手机拿起来重新看了眼视频的热度。

这些转赞评的热度倒是其次，吴桐雨的私信才是重头戏，有MCN机构联系她，询问有没有签约意向，也有人问她这号卖不卖。吴桐雨一条条浏览下去，注意到还有个纪录片导演，来了解韩柏言的情况，寻求合作机会。

对方说得礼貌但不官方，吴桐雨随手点开对方的主页，发现是一位很成熟的纪录片导演，拿过不少奖项。吴桐雨是外行，去百度一个个检索，了解其含金量。

翌日，吴桐雨出发去找韩柏言前，已经把这个叫麦风的纪录片导演的大多数作品都看完了。

当然，那些MCN机构的私信，她也一条条都看了。因为被领进了一个自己从未涉足过的领域，吴桐雨是迷茫的，也是新奇的，兴致浓厚，让她有了很强的求知欲。

她一个人折腾到天快亮才睡，觉得自己的状态不输高三复习的程度。不过这毕竟不是她一个人的事，吴桐雨谁也没回，只能看着不断攀升的热度，干兴奋。

得知吴桐雨今天还去虹街，而且是专门见那个年轻的木雕师傅，周淮坚持要跟她一起去。

吴桐雨觉得他纯属闲的，随他去。

在开往虹街的公交车上，周淮理由充分地如是解释："我这是担心你遇到骗子，社会治安好了，不代表骗子都绝迹了。你这天真不谙世事的样子，就差在脸上写两个字'好骗'了。"

"行。全天下就你一个好人行了吧，起开，别挡路。"

周淮觉得今天的吴桐雨活脱脱就是个火药桶，一点火星就能炸了。他瞥了她一眼，提醒："你今天身体不舒服就别出门了，大夏天的，在室外多热啊。"

"要你管，我身体好着呢，跑个一千五都不带喘的。"吴桐雨不识好人心地回答。

是真的热，热得人烦躁。

高考完，吴桐雨多了太多时间来思考自己和周淮的关系，越想越慌乱，好几次了，她面对周淮总容易烦躁。

谁知吴桐雨刚要收敛，周淮开始继续作死了。

损友一声不吭，肯定是在作妖。

吴桐雨手机振动个不停，不断有新消息弹出来。吴桐雨点开，看到周淮给她发来一列表情包，她划拉了几下都没划到顶。

如果是寻常的表情包那就好了，吴桐雨盯着这被画笔处理得效果还真像那么回事的表情包中的主要人物，不是自己是谁？

"周淮！你死定了！"

吴桐雨开始了寻找周淮黑照的脚步，不甘示弱。

后半程，吴桐雨别开头，理都没理周淮。

吴桐雨到店里时，韩柏言正在接待两个做手工的女生。

对方显然是第一次上手，动作有些不熟练，韩柏言在一旁指点辅助，方便她们更轻松地完成，也避免她们被刻刀误伤到手。

"过来了。"韩柏言抬头跟吴桐雨打招呼，没等再说什么，视线注意到落后她几步进来的周淮身上。

吴桐雨偏头注意到周淮一点也不放松的表情，一时不知道如何介绍他，思索半天，才对韩柏言说："这是我同学，他对木雕也挺感兴趣的。"

韩柏言"嗯"了一声，示意："可以随便看看。"

把周淮赶到置物架旁边自己看，吴桐雨注意到韩柏言不忙了，才抬步朝那边走去。

那两个女生不知是对这次的木雕体验感受一般，还是找到了更感兴趣的事情，只见她们已经停下了手上的动作，身子朝彼此倾斜着，脑袋挨在一起，正在窃窃私语着什么。

韩柏言见她们自己都不上心，也没主动催什么，偷闲跟吴桐雨说话："你发的视频我看了，挺意外能有这样的热度，是一件值得开心的事。"

"私信我没截全，你可以直接用我手机看。有好多是联系你的，如果你有签约或者拍摄的想法，我帮你回复他们，或者你给我个联系方式我替你转达，你们自己联系。"

"不用了，关注高了反而就没那么纯粹了。"韩柏言说。

周淮那边不知看到什么有趣的东西，还是遥遥地听见了他们谈话的内容，以一个吴桐雨和韩柏言能听到的音量，轻嗤了一声。

吴桐雨应声望过去，对他的行为表示费解。这时，那两个做手工的女孩有了动作，其中一位在另一位的怂恿之下，拿着手机，走到了周淮的面前，小声说着什么。

吴桐雨不用走近了听，扫一眼就知道周淮这是被要联系方式了。

吴桐雨对此早已习惯，但不代表心里不会不舒服。这个女孩长得漂亮，不管是不是他的菜吧，联系方式肯定是会给的，用周淮的话说就是怎么能让美女伤心呢。

果然，周淮拿出了手机。

吴桐雨平静地移开目光前，瞧见周淮朝自己这边望了眼，眉梢轻轻抬了抬，嘚瑟的模样仿佛在炫耀——你看，小爷我有魅力吧。

吴桐雨无语地翻了个白眼，回他——有魅力有魅力，你走在路上，狗闻见味都得疯摇着尾巴跟你走行了吧。

吴桐雨收回视线，接着先前的话题和韩柏言聊天："你说得对。现在互联网热度来得快去得也快，还能沉下心来扎实传承手艺的不多了。"

两人没等聊几句。

周淮不知什么时候出现在吴桐雨背后，突然插话："现在早就不是酒香不怕巷子深的时代了，该营销还是得营销。我觉得宣传一下挺好的。"

吴桐雨借着桌子的遮掩，踢了他一脚，提醒道："有你什么事啊。"

正说着，店里涌进来一批游客，准确地说，是一个网红团队。对方是当地人，因为看了吴桐雨那支爆火的视频，不需要别人提醒便认出是这条街上的门店，还真被她找了来。

摄影师肩上的镜头拍了一圈店里的装潢，最终冲着韩柏言的脸拉近。

谁也没有防备，就迎接了这打仗似的兵荒马乱的局面。

对方表明身份后，韩柏言伸手不打笑脸人，自然不能把人赶出去。吴桐雨在旁边看了会儿，也帮不上什么忙，趁韩柏言有空的时候，知会一声说自己先走了。

韩柏言似有话说，却实在脱不了身，只能看着周淮在吴桐雨说完后，第一时间揪着她的后衣领往外走。

吴桐雨伸手拍了他的手臂几下，周淮才松开。

谁知吴桐雨前脚刚迈出店门的门槛，身后突然传来一道有东西摔在地上的闷响声，紧跟着是有人在道歉："不好意思不好意思，不小心撞到置物架，这个木雕是摔断了吗？"

旁边立马响起另一道声音，应该是这人的同伴，言语间不乏替朋友撇清责任的意思："本来就是这样的吧，如果倒一下就摔坏了，那也太不经撞了，谁还想买来当摆件啊。老板,咱这木雕是用什么木头雕的啊?"

后面的吴桐雨便没听到,周淮在耳边聒噪得厉害,说这附近有什么好吃的好玩的,记录起来比较有意思。

周淮一个男生,肯定不会是因为自己喜欢所以对这些小店感兴趣,肯定是从哪个暧昧对象那儿听来的。意识到这一点的吴桐雨并没有因为他的安利而期待,隐约地有些难过。

"不想去。"吴桐雨垂着眼,看起来心事重重,不怎么感兴趣地回。

周淮接连又说了几个建议,吴桐雨想也没想,一个接一个地拒绝掉。

周淮的性格怎么说呢,跟男生相处起来始终是一副不太好惹的姿态,但本质上,仗义真诚,很好相处;而他对女生呢,不了解他的人会以为他的包容度很高,而且绅士风趣温柔,可真正相处起来,便能感觉到他很难接近,准确地说,是很难走进他的心里,所谓的真诚,永远是浮于表面。

哪怕吴桐雨跟他认识这么久了,偶尔还会被他突然冷脸的样子,吓得感觉陌生。不过此刻周淮不至于冷脸,他只是轻"啧"了一声,语气探究地说:"故意找碴儿是吧,我不就是放你一次鸽子嘛,你记仇到现在?不是跟你道过歉了吗?"

一些自己觉得尴尬的事情被提起来,吴桐雨羞愧难当,觉得脸上有些挂不住,自然也有些急了。她死死捂住自己那些上不得台面的小心思,撇清道:"你凶什么啊,我说怪你了吗?我提都没提,我看你是自己心虚吧。"

周淮心说你是没提,可自打那天后一直耷拉着脸,就差把"我在生气"四个字贴在脸上了。不过周淮被她呛了一下,人反而冷静下来。女生生起气来,向来是听不明白道理的,周淮也确实不是喜欢摆事实讲逻辑跟人捋因果关系的人,他在这种事情上一向懒,说点有趣的事把这个岔过去,转移对方的情绪,或者找点什么事做,转移自己的情绪。这种屡试不爽的解决方法在他看来十分奏效,因此并没思索过这样的方法正确与否,久而久之养成了习惯。

对着吴桐雨,他肯定不会冷处理,因为这姑娘死犟,你不理她,她是真的不理你。

"对不起!是我把你想狭隘了,行吧。"周淮这人是真的不会给人道歉,丝毫没有抱歉的姿态，但话说得也不是不能听，"那天放你鸽子后，我夜不能寐，茶饭不思，愧疚得要命，你就给我个途径弥补，行吗？"

顿了下，周淮又说："所以你现在是为什么生气，你是生气了吧，嘴角都快耷拉到地面上了。"

软话硬说，形容的就是他了。吴桐雨嘴巴张了张，半个字没有蹦出来。

吴桐雨觉得大概是负面的情绪积攒得久了，此刻不过是找了个发泄点，喷薄而出。毕竟她不能因为爱而不得而嫉妒得发疯吵架吧。

吴桐雨胡乱找着理由，音量不自觉抬高些，让自己听上去很有底气："你能不能对韩柏言态度好点啊，他是我的朋友，你刚刚那样敌对的模样，让我很没面子。"

周淮没有接话，在他记忆里，这是吴桐雨第一次因为其他男生跟自己吵架。

他态度不好吗？

周淮不是个擅长自省的人，他自信到有些自负，从不认为自己做错过什么，也一向没觉得自己对谁的态度有问题。社交态度这种事，他一向是见招拆招，别人客气，他自然不会冷漠，别人要是甩脸子，他周淮有病吗还要热脸上赶着。

他跟韩柏言第一次见面，因为吴桐雨毫无预兆地认识了这么个人，看上去关系还不错，他保持一点警惕心不行吗？他在店里站了不过一刻钟，和韩柏言说了没有两句话，怎么就看出他态度不好了？

长久的沉默后，周淮瞪了吴桐雨一眼，责问："你哪边的啊？"

吴桐雨被他一句话说得胡乱找的理由站不住脚。

周淮算账："他跟你认识几天，你跟我认识几天？就算我对他态度不好，你想的不该是他做了什么让我不开心吗？怎么你倒帮着外人来向我兴师问罪了？"

吴桐雨眨眼，心里有什么在悄然汲取能量，有发芽的趋势。她平静地反问："所以，他做了什么让你不开心？"

"我……"周淮只说了一个字，便被绕进沟里。周淮不是没事找事的人，今天第一次见面，别人什么也没做，他贸然扣帽子确实不妥。

周淮很快清醒过来，为她好的说辞信手拈来："不是说了嘛，我怕你遇到骗子，帮你判断一下。"

吴桐雨"哦"了一声，搅拌糨糊似的吵了这么多，压根什么也没吵明白，但她好像没有那么生气了。

"你说的那家牛蛙店往哪边走？我突然想吃了。"吴桐雨主动说起。

周淮没不识好赖地挖苦她临时改主意，自顾自地指了方向，往那边走。

这天，吴桐雨回家后，随手翻了翻短视频平台的最新评论和私信。

大概是白天网红团队的态度，让她觉得生气和难堪，越想越后悔当时就那么走了。可真让她留下来，她能做什么呢？这是韩柏言的店，他这个老板都没有赶客，吴桐雨这个外人，确实没办法说什么做什么。

对啊，她只是个外人。

而这些困扰，是她这个外人带来的，韩柏言非但没有责怪她，还跟她道谢。

夜晚放大了人的情绪，吴桐雨怎么想都觉得有些唐突了，亡羊补牢地给韩柏言发了条信息道歉：如果你觉得热度会影响到你，我可以把视频删了。

顿了下，她决定：我还是把视频删了吧。

韩柏言之所以回得慢，是因为他这条消息编辑得有些长：没关系，我不排斥这样的热度。只不过我对账号运营和个人营销不擅长，所以才暂时不考虑这类合作。我很感谢你带来的宣传效果，店里的体验课近一周都约满了。

吴桐雨惊喜，跟着高兴：真的啊？

韩柏言：下次我请你吃饭，当作感谢。

吴桐雨：好啊。

吴桐雨要退出短视频软件时，瞥见了通知栏里周淮正在直播的提醒。

她点进直播间，镜头只拍到周淮的一双手和黑白键的钢琴，不知道他是刚弹完一首曲子，还是刚刚开播，正随便敲着音阶，注意力放在跟弹幕的内容互动上。

"……想听我弹什么？"周淮念了几条弹幕上的曲名，有流行歌曲，也有经典的钢琴曲目。

吴桐雨凑热闹，也跟着发。

周淮的账号是他之前和沈译驰他们玩乐队时开始经营的，都露过脸，圈粉速度比预想中的快,虽说如今另外几个人不专攻音乐方向,但还是有一定粉丝在的。粉丝基础大,而且活粉很多,所以此刻弹幕上消息刷得很快,吴桐雨这条很快被淹没。

周淮也不知道怎么就看见了,说:"那就弹《梦中的婚礼》吧。"

吴桐雨发完弹幕就搁下手机开始忙别的事情,开着直播间的外放当背景音。听到周淮的话还愣了下,拿起手机看了眼。

周淮的手指修长白皙,指甲修剪得整齐,灵活有序地在黑白键盘上轻盈跳跃时,十分赏心悦目。他很小的时候就开始学钢琴,初中时便考完了钢琴十级,高中凭此艺考时也非常顺利。

吴桐雨就是因为在新生晚会上,见过他钢琴独奏的模样,才对他多了很多关注。流畅婉转的钢琴曲在耳畔淌过,熨平了一切的烦恼与不顺,整个人突然就宁静下来。吴桐雨闭眼听着,愉悦地享受着,等一曲结束,她动动手指,打赏了两个一百块钱的礼物。

还有不少人也在刷礼物,周淮瞥了一眼,轻"啧"了一声:"钱多烧的是吧。"

是他和吴桐雨说话时一贯的语气。没点名没到姓的,吴桐雨却觉得他说的就是自己。

吴桐雨莞尔,看周淮拿起手机,屏幕避着直播间的镜头,吴桐雨猜他应该是在聊天。

给谁发消息呢?不会是给她吧?

吴桐雨这样想着,切出软件,点开两人的对话框。页面安安静静,并没有新消息弹出来,而直播间镜头里的周淮,手指时高时低,时停时动地敲着屏幕,显然已经发了几条。

直到周淮搁下聊天的手机,继续给粉丝弹钢琴时,吴桐雨也没收到他的消息。

原来不是发给她的啊。

白期待了。

吴桐雨你怎么这么自恋啊,以为他是来吐槽自己乱花钱打赏的。

她退出了直播间,没再看,心里酸酸胀胀,开始反思自己。这真的怪不

475

了周淮，是她自己非要期待，欢喜落空了也是应得的。毕竟哪有她想什么就来什么的好事啊。

韩柏言的确兑现了请她吃饭的承诺，不过在那之前，吴桐雨还知道了一件事情。

因为她账号上发布的那条视频爆火，韩柏言在互联网上的讨论度居高不下。没过几天，吴桐雨玩手机时刷到了当地电视台对他的采访报道，才知道原来韩柏言不是普普通通的木雕手艺爱好者，也不是木雕作坊生意冷清的小老板，而是某位黄杨木雕非遗传承大师的关门弟子。

看到这类报道时，吴桐雨惊得下巴差点掉了。

这波流量在毫无准备的情况下到来，但韩柏言自身深厚的底蕴让他稳稳地接住了。

吴桐雨对非遗圈子不了解，但对于各大官媒认证的一个个头衔，她还是能估摸出含金量的。

很快到了韩柏言请她吃饭的日子，平时在他面前咋咋呼呼、没有分寸的吴桐雨，这天有些诚惶诚恐的局促。

"不喜欢这家餐厅吗？"韩柏言还在状况外，"我对宿营不太熟，这家餐厅是我朋友推荐的，不合胃口的话我们就换一家。"

"在这里就可以，我很喜欢这家。不过这里距离木雕坊有点远，你来回一趟会耽误营业吗？我尽量吃快一点。"吴桐雨心思细腻，考虑道。

韩柏言也是有所准备，有条不紊地摆着手边的碗筷，说："无妨。店里有人看着。"

吴桐雨"哦"了一声。她没有说谎，确实喜欢这家的环境，雅致浪漫，整个人都优雅起来。环境的限制与对韩柏言的敬佩，让她局促加倍，说话时小心翼翼的，都淑女了很多："你刚说对这边不熟，所以你不是本地人？"

"祖籍是这边，但是我很小就去浙江了。你之前在古镇去的那家木雕坊，是我师父的。"

"这样啊。"吴桐雨接着问，"那怎么想到在这边开店？"

韩柏言言简意赅，似乎没准备多说，只道："我祖籍在这边。"

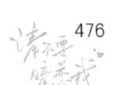

吴桐雨"哦"了一声，细心地没多问，之后聊的都是些无关痛痒的问题。

等用餐结束，吴桐雨和韩柏言起身离开时，餐厅另一边也有一桌客人结束用餐，两拨人在餐厅门口碰见。

吴桐雨百无聊赖地东张西望时，率先注意到了同样往店外走的周淮。

周淮不是一个人来的，沈译驰、方时序他们自然没这个雅兴陪他来这里约会。

他今天带的女生，吴桐雨不认识，对此吴桐雨并不意外。她定睛多打量了一眼，突然发现自己也不是不认识，这个女生似乎是上回在韩柏言的木雕坊跟周淮要联系方式的那位。

看来线上聊得很顺利，已经约线下见面了啊。

比起吴桐雨和韩柏言同桌吃饭的局促，这个女孩在周淮面前给人的感觉落落大方，两人相谈甚欢。

吴桐雨不打算主动打招呼，不动声色地别开视线。韩柏言起初没看到周淮，只注意到吴桐雨的眼色突然算不上明显地黯淡了几分。

这时，吴桐雨低声催他："我们走快一点。"

韩柏言的注意力仍在她身上，疑惑地问："你待会儿有事？"

吴桐雨刚要回答，肩上的链条包被人从后面扯住，头顶响起一道熟悉低沉噙着笑意的男声："哪儿去，装没看见我？"

周淮自顾自地挖苦吴桐雨："演电影去吧，明年暑假档没有你的影片，我都不想进电影院。"

说完他才抬头，目光在韩柏言身上停留良久。

韩柏言对他眼底的疑问没感觉似的，一瞬不瞬地看着吴桐雨把肩上好好挂着的却被周淮扯掉此刻摇摇晃晃滑下来的链条包重新背回去后，指了指自己的领口提醒她："这边的领子翻上去了。"

在吴桐雨低声道谢时，韩柏言轻轻笑了下。

这一幕完完全全被周淮看在眼里，周淮冷冰冰地为韩柏言的多管闲事解释一句："你挺细心啊。"

韩柏言这才看向周淮："举手之劳。"

吴桐雨其实没有感受到两个男生之间的微妙气氛，她留意着寸步不离地跟在周淮身边的女孩。看不出是不是同龄人，但身上的气质青春又沉稳，温温和和笑起来时，没有攻击性，却又很有态度。

最终是这个女生突然出声，打破了两个男生之间的僵持："哎，我就说看你们眼熟，之前我们在木雕坊见过的。"

吴桐雨捧场地笑，说："好巧。你们也来吃饭啊？"

女孩点点头，不着痕迹地问："上次就想问了，你是周淮的妹妹吗？看你们长得有些像。"

吴桐雨刚要说"不是啦"，只听周淮哼了一声，率先打断："我和她像？别开玩笑了，我有这么丑吗？"

吴桐雨社交时友好的笑脸僵了僵，也顾不得什么体面不体面的，脸黑着反驳他："就你帅，你多帅啊，以后饭都不用吃了，天天照镜子就行了。"

她气势汹汹，招呼韩柏言："我们走，回木雕坊还有事呢。"

以前周淮也不是没跟她开过这种玩笑，怎么这次她反应这么大。

目送吴桐雨头也不回地走出去几步，周淮想抬声把人叫住。

这时，一旁的女生先开口了："没有女生喜欢被人说长相，很容易容貌焦虑的。"

周淮脱口而出："她不一样。"

"关系再好，她也是女孩子啊。"顿了下，女生打量着周淮对吴桐雨负气离开十分在意的表情，当即问，"你喜欢她吧？"

周淮猛地扭头，疑问地问："你怎么也这么认为？"

之前，林芙词也说过类似的话，在周淮断绝了两人继续了解相处的可能性时。

周淮不喜欢委屈自己，这个"委屈"说不清道不明很难描述，大多数时候是由周淮主观定义的。他在这方面一向任性和独断，他认为大家都是成年人，应该为自己言行负责，说什么做什么，即便不是经过深思熟虑，也是由自己的性格使然。所以当林芙词在他面前提了一句吴桐雨的不是时，周淮立刻冷脸警告，他不喜欢听。林芙词其实没说什么重话和坏话，只是提了一句吴桐雨太自来熟没有分寸感，让她觉得很冒犯和不自在。就这么一句，谁也没想到周淮反应会如此之大，林芙词从小到大也是被身边人众星捧月哄着的，因为这种无关紧要的事被他一凶,当即有些气愤,直接下了结论:"周淮,你敢说自己不喜欢她?"

周淮的结论自然是——不。他很坚定地这样认为。

林芙词因为这件事跟他吵,也冷战。两人断了联系没一周,林芙词发消息给他说:你以后不跟吴桐雨往来,我们就和好。

消息就是周淮那天直播时收到的。他觉得非常莫名其妙,他和林芙词的关系,也就算是朋友,完全没有和好的必要。

而且他根本不可能,也从来没想过因为谁,断掉和吴桐雨的联系。

他和林芙词不欢而散,并没有为此困扰。但林芙词的这个论断,却在他心中留了痕。虽然他的态度始终是不以为然的。

此刻相同的观点被另一个人提出,周淮有些蒙。

他对眼前的女生其实并不熟悉,甚至连对方的全名都没记住,只知道她的头像是一个橙子。两人是在回打游戏时熟悉起来的,对她的印象是情绪稳定。两人没怎么聊私事,这次见面也是因为要组队参加一个本地商场举办的电竞比赛。

孟澄对自己的位置摆得很清楚,在线上跟周淮聊过几次,是很开心,很有共同语言,但不意味着他们关系如何了。线下约着吃饭,也只是以朋友的身份在聊。所以,她接下来这段话说得没有负担:"我看得出来,你很在意她。喜欢的话,就让她知道啊。你这样好话反说,女孩子是感觉不到的。"

从餐厅走出一段距离,吴桐雨深呼吸两次,也渐渐冷静下来。

"我可以去你店里待一会儿吗?不方便也没关系,我回家了。"吴桐雨自问自答,精神游离地给自己找台阶。

韩柏言"哎"了一声,怕叫不住她,慌里慌张地抬手扯了下她的手臂。夏天穿着短袖,两条手臂藕段似的,白皙修长,女孩子的皮肤光滑柔软,韩柏言拉了一下,便飞快地松开。

"可以的。我正好有事情需要你帮忙。"

吴桐雨垂眼扫了下他的手,问:"什么事啊?"

吴桐雨觉得韩柏言似乎是现想的答案,喉结上下一滚吞咽了下,他才开口:

"你想做个兼职吗？帮店里运营短视频平台上的账号，有报酬。"

"我……"吴桐雨不是看不上这个工作，只是，她没正经做过这类工作，所以她吞吞吐吐，问，"我能行吗？"

韩柏言："我觉得你会给我带来好运，肯定能行。"

吴桐雨想了想，说："我愿意试试，不过报酬就算了，如果我做得好的话，你再送我个木雕吧，我觉得好看。"

韩柏言轻声应了一句"好"。两人往公交站的方向走，韩柏言偏头时，注意到吴桐雨垂眼盯着自己的鞋尖和即将要踩上的道路，不知道在想什么。她脸颊有些婴儿肥，满满的胶原蛋白，看着很有元气，五官小巧精致，拼凑在一起，十分端庄古典。

吴桐雨正往道路两侧看车时，听到韩柏言突然语气真诚地说："你很好看。"

突然的夸奖让吴桐雨有些蒙，她"啊"了一声，眨眼。韩柏言加重语气强调："你的骨相很美，皮肤白净没有瑕疵，是非常耐看耐老的长相。"

他的表述过于朴实，吴桐雨却被说得不好意思起来："谢谢。"

店里的确有人在看着，是一个高高瘦瘦戴眼镜的斯文男生，但斯文只是表象。吴桐雨跟着韩柏言进去的时候，他正横拿着手机打游戏，嘴碎地说个不停，一会儿说峡谷竟然开始贴广告了，一会儿发点消息挑衅一下对面的人，一会儿再不捣蛋不舒服似的和队友商量着套路对方的战术。

"回来了啊。"袁野压着二郎腿晃啊晃的，注意力在游戏上，但有人进店时，立刻抬了头。见是韩柏言，他停下了招待的打算，刚想说点什么，注意到好友身后的女孩，抬抬眉，游戏也顾不上正经玩了，找到更有兴趣的事，"这就是和你一起吃饭的女朋友吧？"

吴桐雨愣怔，想出声澄清。

袁野在韩柏言警告的眼神中，主动澄清："呸，你看我这嘴，我是要说——女性朋友。"

吴桐雨这才露出一个友好的笑："你好，我叫吴桐雨。"

韩柏言估计是嫌弃袁野话多，指了他一下，言简意赅地只介绍了他的名字，然后示意吴桐雨："你自己找地方坐。"

韩柏言进后院拿东西时，袁野把手机一丢，朝吴桐雨这边过来。

吴桐雨当时正在看操作台上的一个半成品，凭感觉判断这是要雕什么。袁野过来，主动介绍："是要做一把勺子。"

"勺柄上是要雕一只猫？"

"对。"袁野说，"韩柏言只是性子闷，但心思很巧的，有很多天马行空的想法。相处久了会发现他很会谈恋爱的。"

"是吗？那挺不错的……"吴桐雨尴尬地笑笑，觉得对方大概是误会了自己和韩柏言的关系。但袁野没有直接点明，她太直接地澄清势必会显得有些唐突。

正想找点什么岔开时，吴桐雨听见自己的手机响了。是周淮打来的电话，她毫不犹豫地接通。

"那个，晚上和阿驰他们一起吃烧烤，来吗？"

听到周淮的声音，吴桐雨才想起餐厅里发生的小插曲，又因为刚吃完中午饭，她对傍晚吃什么并没有多大想法和兴趣，所以她垂着眼，并没有立刻答应，只是问道："是姜织回来了吗？"

周淮说："没有。"

吴桐雨"哦"了一声，说："那我不去了。"

周淮沉默，吴桐雨不确定他是不是挂断了，正要结束通话时，听到他又问："剧本杀也不玩？"

吴桐雨嘟囔："不想动脑子。"

"去看livehouse？"

"不想一直站着。"

周淮无语地"嘶"了一声："那你下午做什么？"

吴桐雨看到操作台上的雕刻工具，想起自己先前完成的那支不太美观的木簪还带在随身的小挎包里，正好今天在这里再打磨一下。于是，她说："刻木头。我不跟你说了，挂了。"

吴桐雨没管电话那头的人什么反应，便挂断了电话。

吴桐雨接下来的确开始刻木头。

跟韩柏言打了一声招呼，她便坐在操作台前忙碌起来。

这段时间零零碎碎查了很多木雕方面的资料，也没少在网上看雕刻的技巧视频。吴桐雨之前的簪子做的是基础款，雕刻起来上手比较容易，美观是挺美观的，就是不太精致。

吴桐雨想在中间钻个孔，雕成镂空的。她凭印象迟迟找不到下手的地方，正准备拿出手机翻一翻自己之前看过的视频时，头顶突然响起韩柏言的声音。

"需要帮忙吗？"

韩柏言不知什么时候站在她旁边，盯着她看了好一会儿。

吴桐雨先前是怕打扰他，才没有向他求助，此刻见他过来，顺势问道："我想在这个地方做镂空，可以挂点东西点缀一下，如果不挂东西也行，有复杂的工艺，会更精致。"

"你这样。"韩柏言接过木簪看了下，把簪子放到桌上固定好后，左手拿着刻刀，右手拿着石锤，帮她定了个点。

韩柏言就站在她旁边，两人短袖的袖口偶尔摩擦在一起，手臂虽然没有触碰到，但吴桐雨似有所感似的，觉得临近他那边的手臂略显僵硬，酥酥麻麻有些痒，不知道该怎么摆。

吴桐雨从他手臂上线条流畅的肱二头肌线条一点点移开，觉得天气热得人有些口干舌燥，脸不知道有没有被晒红。她仓促地抬手用手背贴了贴脸，用物理降温来强迫自己冷静一点。

有没有效果吴桐雨不知道，但韩柏言注意到，停下手上的动作看向她，以为飞起的木屑崩到她了。

吴桐雨心虚地抢先解释："没事。"

说完，她飞快地把双手搁回操作台上。韩柏言视线移回前方，从她白皙修长的手上滑过，说："待会儿记得戴上手套。"

吴桐雨应了一声，想起他之前的伤，朝他右手虎口附近的位置看过去。

手艺人的手需要长期拿工具材料，多多少少磨出了茧子。他皮肤有一种长时间晒不到阳光的白，但从视觉上看，皮肤应该不像女孩子的柔滑。

"铅笔帮我递一下。"韩柏言突然响起的声音，叫回了她游离的思绪。

吴桐雨匆忙地应了一声，开始满桌子找铅笔，但她这会儿就跟瞎了似的，明明铅笔就摆在她右手边，一直看不到。

韩柏言见她迟钝寻找的模样，沉默着。吴桐雨上半身贴着操作台的边沿，因为寻找微微前倾，韩柏言想自己拿铅笔的话，手只能从她背后伸过去。

这样的姿势在外人看来，颇像他从背后拥抱着她。不过只有两个当事人知道，他们并没有接触。但偏偏就在韩柏言拿到铅笔的时候，"眼盲"的吴桐雨终于找到了铅笔在哪儿，伸手过去。

只是一瞬间的事，吴桐雨的手落在铅笔上，而韩柏言的手从上面包裹住了吴桐雨的。

谁也没预料到的意外，让吴桐雨大脑一空。也不是完全的空，此刻的体验验证了她先前对他手指皮肤状态的印象，他只是临时上手帮忙，还没来得及戴手套，掌心的温度比她的要烫，但干燥，有薄薄的茧子，有些硬，有些糙，但触碰到的时候，吴桐雨整个人跟过电似的，不知所措，慌不择路，被点了穴似的定在那儿，让人想要逃离，又想要长久地停留。

"你们在做什么？"门口突然响起周淮的声音，打断了此刻的氛围。

周淮脸色铁青，大步流星地进来，准备出声警告韩柏言注意界限。

而吴桐雨撤回手后，掩耳盗铃地拾起一旁的刻刀和石锤，佯装忙碌地加工自己的木簪。

往往就是越忙越乱，吴桐雨原本定点在木头上的刻刀一歪，从她左手食指第二指节划过，好在不是在敲锤时让刻刀划到的手。

吴桐雨疼得"嘶"了一声，韩柏言听到刻刀掉在操作台上的声音，敏锐地垂眼，第一时间发现："受伤了？"

周淮及时收敛怒气，眉头紧蹙地盯着这边。

"没、没事。"吴桐雨觉得自己笨手笨脚有些丢脸，手微攥着拳，把受伤的那根手指藏起来。

韩柏言一瞬不瞬地看着她，想确定她的伤势情况。

周遭响着的是周淮絮絮叨叨的提醒声："手笨就别逞能，削个铅笔都能伤到手的人，玩什么木雕，留了疤哭的不是你自己？"

周淮这会儿很生气，但又不知道该怎么发泄。吴桐雨之前追星在网上买签名周边，结果被人骗了，难过了好几天。怎么现在还不长记性，随随便便认识个男的才相处几天就走得这么近，被占了便宜吃了亏找谁哭去。

483

吴桐雨和韩柏言对了个眼神，神情真挚地示意自己真的没事，脑袋里见缝插针地回应着周淮的话——谁留疤会哭啊？反正不是我。不要把你暧昧对象或者前女友的特征安在我身上。

　　不过，吴桐雨嘴上没有反驳，因为周淮说的话在某一方面也是对的。她逞什么能啊。

　　不过周淮没有说很多，因为他的手机这时响起。他看了眼来电人，便丢下一句"我出去一趟"，边接通电话边往外走。

　　现在手机的漏音现象都挺普遍的，吴桐雨没怎么费神就听清了他手机里隐约传出的声音，是个清亮的女声。

　　因为周淮往外走的脚速太快，吴桐雨没有听清对方说了什么。

　　这样的事情太常见，吴桐雨完全没必要惊讶。吴桐雨垂眼看着自己的伤口，依稀觉得痛感似乎加强了。

　　她不是哭哭啼啼的性格，小时候在小区同龄人中就是孩子王，其他女孩子被男生欺负哭时，她却能凶着一张白净的小脸，欺负回去。男孩子喜欢玩什么，她也敢玩，不恐高，不怕水。有一回他们一群小不点要去一栋废弃大楼冒险，饶是她怕得要命，愣是憋着泪，紧紧掐着大腿，勇敢地第一个冒险成功的。这也养成了她和异性相处时，性别观念很差，跟身边的异性朋友处得跟兄弟似的。可能正是因为这个，她才能把自己对周淮超越友谊的感情掩饰得很好。

　　她现在这样对吗？如果是正确的，为什么她会常常难过呢？

　　等她回神时，韩柏言已经从药箱里取来了消毒棉签和创可贴。

　　吴桐雨以为他依然会像上次那样，把东西递来让她自己处理。就在吴桐雨准备伸手接时，韩柏言却没动作，盯着她的手指，说："是食指对吗？我帮你处理。"

　　吴桐雨看着韩柏言放轻动作，在她划破的伤口处均匀地涂了药水，让褐色的药水风干后，小心翼翼地把创可贴缠上。

　　吴桐雨用拇指摩擦着创可贴，轻声说："谢谢。"

　　韩柏言去丢医疗垃圾，吴桐雨坐在店里无所事事地盯着街上来来往往的人。这里不是主干道，偶尔有游客经过，十分清净。

吴桐雨以为周淮已经走了，谁料不多时他从外面回来。

吴桐雨闻声望过去，说："你没走啊？"

"走去哪儿？"周淮手边拎着个附近药店的购物袋，刚要伸出去时，注意到吴桐雨左手食指上绕着的创可贴，"小猪贴小猪图案，挺合适的。"

他语气冷嘲热讽。吴桐雨愣怔了下，才反应他说的是什么，"喊"了一声，嘟囔："我觉得挺可爱的啊。"

周淮冷哼两下，拖着长音语调敷衍地说："嗯，是，你说得对。"

傍晚木雕坊后院，袁野提议吃火锅，吴桐雨受邀请留下，而周淮一边对吴桐雨嘀咕着"你们很熟吗？中午吃一顿，晚上还要一起吃一顿，没认识几天的人一起吃火锅合适吗"，然后则死皮赖脸一起留下蹭饭，美其名曰，看着她一点。

等他们吃完火锅，又说了会儿话，时间已经不早了。吴桐雨有门禁，没在外面逗留到太晚。

周淮把人送到小区门口，看着她进去前，把手上拎了一路的购物袋胡乱一缠扔给她。

吴桐雨起初没留意，以为是飞过来个什么东西，还吓了一跳。在她下意识把手里的东西甩出去之前，镇定下来，眼神迷茫："什么啊？"

周淮字正腔圆："垃圾。"

"周淮，你是不是有病啊？"吴桐雨抡着胳膊要给他丢回去，周淮先发制人地挥挥手，示意出租车师傅开车。

小区门口也没个垃圾桶，吴桐雨无奈，只能拿着进了小区。

她只用了一根手指勾着购物袋，边走边盯着瞧。

垃圾吗？不像啊。袋子是透明的，她借着小区路灯看清了里面的药瓶和药盒——是消毒药水和创可贴。

周淮出去打电话，顺便买了这个。

买给她的。

吴桐雨其实都记得，周淮对她的照顾。人与人的关系，相处到一定程度后，就会变得彼此了解，有默契，也有一些不必挂在嘴边但一定会考虑到对方的习惯。

毕竟她记得他睡眠不好、失眠时喜欢看电影、喜欢小动物但因为动物寿命短暂不能长久地陪伴主人所以并不打算养、很娇气,比如感冒宁愿打针也不想吃药;再比如手机键盘用九键、不喜欢甜粽、不爱吃米饭,等等,多到很多已经成了吴桐雨的深层记忆,细数时可能会忽略,但一遇到相关的情况,她立刻能点出周淮的忌讳和喜好。

周淮自然也是了解她的。比如一模前她发奋立志要刻苦学习,周淮一边吐槽她受这罪做什么,一边大半夜跟她连麦复习。刚开始几天她作息混乱,白天总在犯困,有时课堂上都能睡着,而原本习惯白天上课补觉的周淮眼皮打架地靠着后排的桌子,每次都能在老师逮到她之前,把她叫醒。虽说周淮叫人的方法有点粗鲁,有回吴桐雨睡得正香,被他用手肘大力地搞醒时,差点骂人。

类似的事情不胜枚举。

周淮仿佛一个不会表达好意的小孩,每每都选择了错误或者不太贴心的形式对你好。

吴桐雨回家后,在手机上跟周淮说:**谢谢**。

周淮非常不客气:**请拿出实际行动来,OK?**

吴桐雨从善如流地回答:**那我收回这句道谢。**

周淮:**呵呵**。

紧接着,又一条:**打游戏,来吗?**

吴桐雨觉得神了,看了眼自己刚点开这款游戏软件的屏幕。

周淮是在她手机上安了实时监控吗?这巧得也太可怕了。

吴桐雨搓了搓自己把自己吓出来的鸡皮疙瘩,回他:**正在登号**。

就在吴桐雨消息发送成功的下一秒,周淮不知道抽什么风,说:**开局了,不等你了。**

周淮又抽什么风。吴桐雨登录进游戏后,顾不上把每日的奖励领一领,先点开了好友观战模式。

周淮这把玩打野,倒是没有辅助跟着他。单排?

这把大顺风,六分钟对面投了,游戏结束。

吴桐雨本着要看看周淮为什么放自己鸽子,且打算什么时候给自己一个解释的目的，继续观看了周淮的第二局比赛。

他依旧选了个打野英雄，辅助"瑶妹"全程寸步不离地跟着他。不过吴桐雨能够确定，周淮不是跟这个"瑶妹"双排，因为她认出来，中路的游戏ID，和上一把那个中路的一模一样。

周淮和中路才是一起排的。

"甜橙ya"，一看就是女孩子的账号。

原来这就是吴桐雨被抛弃的原因。周淮真是从不让人意外啊。

吴桐雨没了继续观战的兴趣，退出后，打算自己排一会儿，还没进入游戏，弹窗显示韩柏言邀请她加入队伍。

吴桐雨"咦"了一声，没想到他也玩这个游戏，当即点了同意。

队伍里除了她，还有一个队友在。头像是詹姆斯，ID叫"国服第一野"。这位野哥正在和韩柏言聊天。吴桐雨扫了眼韩柏言的头像，是个漂荡在海上的小船，旁边的麦克风和声音按钮是灰掉的，但吴桐雨确确实实能听到他的声音。

吴桐雨这才认出这个野哥是店里见过的，韩柏言的那位朋友，袁野。

"要一起玩吗？"韩柏言最先注意到她进来，询问。

注意到韩柏言的三个常用都是射手英雄，而自己主玩辅助，正好一起走双人路，不冲突，遂愉快地答应："好啊。"

吴桐雨本以为袁野取这个ID有部分原因是他玩打野位，可进了选英雄界面，他先秀了一把自己有几上单英雄的国标，才知道原来仅仅是因为他名字中有个"野"字。

吴桐雨的辅助玩得还不赖，至少她从不认为自己是个混子。当初接触这个游戏时，之所以选择主玩辅助，还是因为周淮是打野，她总想着找个跟他互动多一些的，中单或者游走的辅助。又了解到职业联赛中，一般辅助位都是队伍的指挥，运筹帷幄，掌控着全局的走向，吴桐雨觉得酷极了，便开始了自己的辅助之路。

起初在游戏里还会经常跟着周淮的打野英雄，但后来对游戏理解加深后，吴桐雨不再盲从，会根据局势做出判断，确实称得上是一个合格的、能担得起指挥重任的辅助。

三个人两个小时排了四局,连赢,吴桐雨觉得自己的手感简直不要太好。

正准备开下一局的时候,吴桐雨的屏幕里弹出了周淮的求邀请提示。她记着自己刚刚被周淮放鸽子的仇,装没看见似的点了拒绝,然后点了开始游戏。

结果是真的巧了,两边人排了一晚上,终于撞车,成了队友。

"哟,让我看看这是谁。"周淮在说话。

吴桐雨面无表情地回:"你爹。"

周淮轻嗤。

袁野自来熟,插话:"你们认识啊?巧了。"

袁野本就话多,面对女生话格外多,没一会儿便和孟澄一句接一句地聊起来,队伍的氛围十分融洽。

如果不是敌方队伍不当人的话。

他们不正儿八经地发育推塔,一上来就五个人走中路,专门针对孟澄的"小乔"。孟澄再好的心态,被"抓"了几次后也变得沮丧了。

吴桐雨一直观察着小地图的情况,刚要说"我过去跟你",听周淮先出声。

"来中路,团一波。"周淮刷了一圈野,从中路经过时招呼大家。

袁野最先响应:"马上到!杀他的。"

韩柏言虽然没吭声,但已经操作着英雄往中路走。吴桐雨边走边用技能探了几个草,快到河沟时,眼疾手快地用一个平A抢了周淮的一个野怪。

周淮大有意见地"啧"了一声,吴桐雨占便宜占得一脸无辜:"我怎么了,我做了什么,我手机好像卡了,怎么自己释放技能了呢。"

周淮:"你今晚最好睁着眼睛睡觉。"

吴桐雨:"略略略。"

孟澄操控着小乔站在两个小兵后面一点点磨塔。

敌方五个英雄出现的一瞬间,吴桐雨离开操控着自己的辅助英雄跳上去,开了针对防御塔的干扰,以及开启大招一控五。

另外三个人第一时间跟上,连同小乔一起,输出拉到最满,对面五个人毫无招架之力,头像瞬间灰了。

孟澄操控的"小乔"旋转跳跃了一下,她长舒一口气道:"解气了。"

周淮冷笑，计较道："这才哪儿到哪儿，还有三次。"

这是孟澄被对面针对的次数。

接下来的十分钟，敌方五个人被他们按在峡谷里摩擦，最终点了投降。

这把的游戏体验简直不要太好，同仇敌忾的经历让他们五个人隐约多了些共患难的情谊。

孟澄主动问："桐雨，你辅助玩得这么好，想不想参加电竞比赛啊？"

吴桐雨受宠若惊地"啊"了一声，因为孟澄的语气太真诚，吴桐雨不觉得她在阴阳怪气自己，同样真诚地解释："我还差得远，现在KPL里有天赋但坐冷板凳的选手比比皆是，我肯定不行的。"

两个人说的都不是一回事。孟澄笑着解释："不是说正规职业比赛啦，最近市里的德荣商场正举办面对电竞爱好者的比赛，最后获胜队伍的奖品是五人份的草原三日游。我是想问你要不要加入我们的队伍。"

吴桐雨正在听孟澄更详细地说自己对这个比赛参赛者水平的了解。

周淮在一旁，"呵"了一声，评价她刚刚的回答："你倒是敢想，还去KPL。"

"就去就去！哼！我明天就去报名青训。"吴桐雨回怼，瞥见书桌上周淮给她的那个药店购物袋，嘴角动了动，大方地选择原谅他。

孟澄趁这两个人互怼的间隙，及时把话题拉回来，问另外两个男生有没有兴趣，要不要加入他们的队伍，说他们组队各自的位置正合适。

袁野倒是来了兴致，多问了几句。

孟澄直接说："你们还打吗？下一把咱五排啊，正好磨合一下。"

"行啊。"袁野就这么替他们三人小分队答应下来。

吴桐雨其实无所谓答应不答应，一起玩也行，不一起玩也行。周淮不开口，她也不开口，并且直接把麦给关掉了，化愤怒为食欲，正窸窸窣窣地吃着老妈给她做的水果捞。

听见韩柏言开口问："桐雨，你想参加吗？"

吴桐雨才扯了纸巾胡乱擦了下手指上蹭到的酸奶，打开麦克风，说："我都行。"

周淮几乎是跟她同时出声："她当然要参加。"

韩柏言:"那我和你一起。"

周淮:"……"

翌日,无人小分队约了线下见面,地点在虹街,直接定在韩柏言店后面一条街的私房菜馆里。

这边偏僻,和街市上热闹的气氛不同,这边环境放松舒适,适合久坐闲聊。

孟澄翻菜单时,看到菜单上有冰粉,结果服务生说材料不够这个今天做不了,这才露出遗憾的表情:"后悔刚刚过来时没买一碗冰粉,现在突然想吃了。"

吴桐雨想说点什么打消她吃冰粉的念头,但这会儿正在饭桌上,说这个似乎有些不妥。

菜单传了一圈,一人添了一道菜。

周淮说:"不用点太多,我还要了些烧烤。"

袁野问:"路口的那家老羊烤串?是好吃,不过人太多了,根本排不上队,这个点估计没法外送。"

周淮"嗯"了一声:"是那家。一会儿我出去拿。"

周淮估算着时间,离开去拿烧烤。

他再回来,一手拎着一包丰盛的烤串,另一只手还端着个塑料打包碗。

吴桐雨好奇地多瞧了眼,只见周淮把烧烤袋子往桌上一放,示意几个人趁热吃,然后把塑料碗搁到了孟澄面前,吴桐雨才发现这是一盒冰粉。

——孟澄刚刚说想吃但没有吃到的冰粉。

孟澄正戳戳点点着手机屏幕在游戏里搭配星元皮肤,见状,惊喜地"咦"了一声,冲周淮柔声道谢。

周淮倒是谦虚:"顺路。"

是不是真的顺路,吴桐雨不知道。反正爱情嘛,总有一种影响力,让有志者天南地北都顺路。

孟澄手机也不玩了,专心开打包盒,余光注意到一桌人只有她面前有冰粉时,动作顿住,说:"只有一份吗?那桐雨你一起吃。"

说着,孟澄细心地把冰粉碗往吴桐雨这边挪了挪。

吴桐雨刚要摆手，周淮先开口了，一副很了解吴桐雨的语气，说："她不喜欢吃这个。"

吴桐雨不意外周淮记得，笑了笑，承认："我确实不喜欢吃。你自己吃。"

这是事实。都怪吴桐雨联想能力太强，小时候第一次吃这个，是老妈自己做的，做法不太准确，应该是水放得多了，成品做出来特别像鼻涕。所以吴桐雨对冰粉贴了这个不可言喻的标签，哪怕是大了，也不爱吃这个。

反正身边好吃的东西那么多，冰粉也没有美味到让她放下这个"偏见"。

孟澄吃冰粉的时候，吴桐雨垂眼抠着食指上的创可贴。不深的伤口早已经结痂，根本用不着这个保护。吴桐雨早晨出门时，看着周淮给她的那盒创可贴，觉得不用一下都对不起他这份心意似的，便神经病地给都快要找不到伤口在哪里的食指贴上。

上面的图案不知道是不是周淮特意挑过，是她很喜欢的三丽鸥卡通元素。

昨晚那种被关心包围的幸福感在此刻散了一大半，因为这一盒冰粉她终于意识到，周淮的这份细心不是独一无二，更不是专门属于她的。

他不知道对多少女孩做过这样的事情。

这顿饭因为游戏而得以存在，吃完饭一行人讨论了一些训练的计划，便解散离开。

几个人途经木雕坊所在的街口解散时，韩柏言提醒吴桐雨："你昨晚把木簪忘在店里了，现在带走吗？"

吴桐雨"呀"了一声，猛然想起来，昨晚手被划了那一下子，都忘记这回事了。

吴桐雨要去店里，孟澄跟她说好了待会儿换个地方逛逛，等下午到时间一起看电竞比赛，于是孟澄跟她一起过去。

吴桐雨把自己刻得那支比较丑的木簪拿走，同时韩柏言递给她一个长型的盒子："这个送你。"

吴桐雨眨眼："这是什么？"

韩柏言："你打开看看喜欢吗？"

吴桐雨怀着好奇心开盒子的时候，孟澄一起凑过来，待看清里面的东西，率先给予反应："哇，这支木簪好漂亮，这是叶子吗？"

比手掌长一点的木簪，簪头上两片梧桐叶，叶片大小、叶边卷起的角度都不同，被设计得错落美丽。仔细看，叶片上还有水滴划过的痕迹，好不精致。

韩柏言答孟澄的问题时，看的仍然是吴桐雨："是梧桐。"

吴桐雨爱不释手地看了又看，笑眼里情绪直白又干净："谢谢，我很喜欢。"

孟澄显然也很喜欢这个："真的很好看。店里还有这一款的成品吗？我想买一个，或者柏言你接定制吗？我愿意付钱。"

韩柏言开店做生意，自然不会拒绝客人，不过他却不是什么都接："其他类型的成品有，定制也可以接，但同款的没有。这是专门为她设计的。"

吴桐雨此刻转着木簪，看到了细细的木头上竟然还刻着一句诗：闷杀梧桐残雨，滴相思。

乍看，吴桐雨未解其中意，只觉这支糅杂了她姓名的木簪，用心至极。听到韩柏言的话，吴桐雨心软了几分，心上某一处空的地方突然被填满了似的，幸福感溢于言表。

回到家的时候，吴桐雨坐在镜子前编了好久的头发，用发簪把头发绾住，然后从衣橱里翻出一套自己很喜欢但没什么机会穿的汉服。

她对着镜子拍了好久的照片，越看越喜欢，最后挑了一张最满意的，设置成了微信头像。

自娱自乐得正起劲，周淮拨过语音通话，催她上游戏训练，同时特别提醒："你今天全程跟我。"

"干吗？你研究了新战术？"

周淮："就当是吧。"

吴桐雨嘟囔了一句"奇奇怪怪"，说："挂了，我上线了，邀请我，游戏语音说。"

吴桐雨一进去，孟澄最先跟她打招呼："桐雨，你换头像了啊，拍得真好看。"

吴桐雨自我欣赏了一番，语气轻快道："是吧，我挑了好久的。"

周淮这时插话："你这么快就移情别恋了，不喜欢熊猫了？"

吴桐雨一直很喜欢熊猫，会蹲动物园饲养员的直播，手机里存了很多熊猫日常生活的视频，手机和平板的壁纸是熊猫，微信等社交账号的头像也是熊猫，平时用的表情包最多的也是熊猫。

此刻卧室床头摆着的玩偶是一排大小不一、姿态各异的熊猫。

"我换个头像又不影响我喜欢熊猫。"吴桐雨嘀咕着反驳了一句。

说话间，匹配到了对手进入选英雄阶段。

吴桐雨是一楼，帮周淮抢选了打野，然后百无聊赖地戳着几个辅助英雄的头像，观察着对面的阵容，思考这局玩什么。

轮到孟澄锁定英雄时，周淮出主意："你来'王昭君'？"

吴桐雨停下喝酸奶的动作，视线从酸奶盖移到屏幕上，看到周淮选了"李白"。周淮入坑早，皮肤是全的，这个传说限定皮肤的出场动画和技能特效极为华丽，周淮用李白这个英雄时，最常用这个皮肤。吴桐雨猜他今天还是会选这个。

"王昭君"和"李白"虽然不是官方承认的CP，但它们有一套官方和玩家公认的情侣皮肤。

吴桐雨搭配着阵容，选择了自己这把要玩的辅助。

双方阵容选完，屏幕画面跳到进峡谷前的加载页面时，吴桐雨看到了"王昭君"的皮肤，是"凤凰于飞"，和"李白"的"凤求凰"是情侣皮肤。

吴桐雨突然觉得今天这盒酸奶有些酸唧唧的，是不是坏了啊。

袁野突然"呀"了一声，想起来："小梧桐，你新换的头像是自己的照片吧，我就说上面的簪子看着眼熟，是不是柏言给你的？"

吴桐雨刚"嗯"了一声，周淮跟着问："什么簪子？"

吴桐雨："我的新头像啊。"

周淮"哦"了一声。

进游戏时，周淮的进度加载得格外慢。

别人都跳到百分之百的时候，周淮还停留在百分之三十。

他不会是切到别的软件回消息了吧。吴桐雨腹诽。等他终于加载完成，几个人出现在己方泉水时，吴桐雨出声："手机不能用就扔了，老年机都比你快。"

周淮哼了一声,甩着技能穿墙往野区走,说:"刚出去看了眼你的头像,被丑到了,所以回来得慢了。"

吴桐雨:"呸,你最丑。"

吴桐雨换头像没几天,周淮抽风似的,给她一个首饰盒。

吴桐雨不知道里面装的是什么,但认识包装盒上的品牌logo。她一脸疑惑,以为他是给哪个暧昧对象准备的,无语:"给我做什么?"

"一根破木头有什么好戴的。你不是一直说饰品要亮晶晶的才好看吗?打开这个看看喜欢吗?"

"给我的?"吴桐雨反问。

周淮给她一个"我还有其他意思吗"的表情,吴桐雨沉默地打开,里面是一支簪子,配色是莫奈色,上面有冰晶点缀,整体是蝴蝶翅膀的造型。

吴桐雨的动作有些犹豫:"这个品牌的东西溢价严重,很贵吧。我……"

周淮眼观鼻鼻观口,故作随意地说:"顺路买的。商场活动,买到一定价格有折扣,我顺手给你挑的。"

吴桐雨嘀咕了一句"这样啊",内心的配得感拉高了些。随着周淮说起"喜欢就收着,我生日时你给我的礼物不也不便宜吗?不要在这儿给我演矜持",吴桐雨彻底心安理得了。

她把簪子仔仔细细地收好,说:"很喜欢,谢谢。"

周淮看她收好,安排道:"回去记得戴着拍张照片,把微信头像换了,现在这个老里老气的,看不习惯。"

吴桐雨板起脸,瞪着眼,真假参半地生气:"你头像才老,你头像最老,老头子。"

周淮的头像是自己的照片,戴着墨镜,一脸冷酷的侧脸,五官立体精致,很帅,但不影响吴桐雨骂他"老头子"时,音量抬高了些。

吴桐雨没有按照他无理取闹的要求拍照片,但很珍惜地把簪子收好,和周淮之前送自己的礼物放在一起。她的宝盒里什么都有,有比较贵重正式的生日礼物,也有日常生活中周淮随手给她的小东西。里面还有一本相册,保存着和周淮一起经历的比较有意义的时刻,比如两个人考了同一个分数的试卷，比如周淮平安夜给她的苹果，随手给她打包回来的小吃。已经多到吴桐雨都快忘记里面都保存了些什么回忆，但只要她一翻开相册看到照片，立刻就能想起这是什么时候的事，恍如昨日。

吴桐雨把宝盒推回原位后，又把微信头像换回了之前的熊猫图片。

另一边，重度网瘾少年袁野第一时间发现了吴桐雨更换头像的事情，跷着二郎腿坐在木雕店里蹭网的时候，随口说了句："小梧桐又把头像换回来了。"

"估计是更喜欢之前这个吧。"韩柏言嘴上是这么说，但盯着吴桐雨换回来的头像发了好一会儿的呆，不知在想什么。

店里有客人进来，袁野把晃着的二郎腿放下来，不影响店的形象。韩柏言在客人走到置物架前，打量上面的工艺品时，出声招待："这些都是可以售卖的，店里也有木雕体验，感兴趣的话可以试一试。"

女人点点头，表示自己听见了，随后又问了几个寻常客人都会问的问题，比如"这都是你雕的吗""你做这个多久了""电子雕刻和手工雕的有什么区别"诸如此类。

这个店开张的时间不长，但韩柏言已经习惯了客人问出些出乎他预料的问题。他本来脾气就好，只是有些不善言谈，面对客人时表现得非常有耐心。

眼前的女人明明是一副很亲和舒适的形象，可无形中总有一种威压在，不是上位者也是一个团队的领导，有种并不老气的干练。

她在店里看了一圈，明明是闲逛，但总让人能从细枝末节上感觉到，她似乎是带着什么目的来的。

韩柏言不常跟人打交道，看人缺些经验。但袁野家里是做生意的，从小跟着爸妈不停地转学，社交中遇到的困难多一些，经验也多一些，比韩柏言更早察觉出这一点。

什么目的他不知道，但能感觉到不是恶意。

此刻年轻女人站在工具墙前看得认真，袁野跟韩柏言使眼色，询问：你认识？

没等韩柏言回答，女人先开口："我如果要雕个东西，你来教吗？"

这极强的目标性，让袁野隐隐嗅到一股不一样的气息。韩柏言性格闷归闷，也不时尚不打扮，常年系着防尘的围裙坐在操作台前，使用刻刀时受伤是常有的事，手掌上除了摩擦出的茧子还有各种时候留下的伤痕，但他从不是一个不修边幅的人。

他五官生得好看，很周正的长相，因为久坐会加剧职业病，所以他一直有健身的习惯。本就高大的身形被漂亮的肌肉线条一修饰，的确帅得很出挑，沾着飞尘和木屑的围裙在他身上格外有魅力。

所以他异性缘一向好，不论过去在学校，还是校园外。

女人戴着防尘围裙和手套坐在操作台前，对于雕刻的流程渐入佳境，只是偶尔会向韩柏言问几个木雕相关的问题。

袁野坐在不远处的单人沙发上，手机屏幕已经停留在游戏的组队页面很久了，正专心地瞧着他们这边。也说不上哪里奇怪。难道这个女人是韩柏言的烂桃花？确实是挺漂亮的。

吴桐雨到店里时，看到的便是这样一幅画面。她茫然地左右看看，最终看向袁野，做着口型问："你女朋友啊？"

袁野一摆手，说"不是"，然后神秘兮兮地冲她招了招手，示意她离近一点说。

吴桐雨一脸莫名其妙，却还是配合地往那边走了走。人和人的感情其实就这么简单，明明彼此没认识几天，什么也不了解，只是打了几场游戏，便感觉是朋友了。

袁野以只有两人能听到的音量，解释道："来找柏言的，你要有危机感了。"

韩柏言拎着一瓶水从旁边经过，把矿泉水瓶斜在两人之间，恰好阻挡住他们的对视，适时打断道："别造谣。"

吴桐雨跟他对上目光，笑了笑，道了谢，把水接过来。

店面算不上大，彼此说点什么都能听见。

三个人没有继续在背后聊客人，韩柏言去操作台前整理东西，吴桐雨和袁野以不影响旁人的音量聊着游戏的事。

那年轻女人询问有没有白色颜料时，吴桐雨停下说话，见韩柏言不知去了哪里，主动起身帮忙："稍等一下，我给你拿。"

吴桐雨来过几次，对店里也熟，端着放颜料的木匣子，把用光的几个颜料管都换新,然后端回了操作台。

年轻女人道谢,视线垂下后又抬起看向吴桐雨,友好地笑了笑,说:"是你啊。"

吴桐雨在心里"哎"了一声,心说自己不认识她啊。

认错人了?但看年轻女人自然的神情,倒是不意外自己不认识她。

年轻女人边挤着白色颜料调色,边跟吴桐雨说话:"你比镜头里还要瘦。"

吴桐雨闻言,这才知道所谓认识不是现实里见过,而是在镜头中,没想到自己也成网红了。吴桐雨心里窃喜着,下一秒,她瞥着年轻女人的脸庞竟隐隐看出一丝熟悉的感觉。

"麦风……您是麦风老师吗?"吴桐雨福至心灵,越发肯定这个判断。

韩柏言从后院端着一碗洗好的车厘子,正听到吴桐雨跟麦风的对话。

吴桐雨从小羡慕有才华的人,能在一个行业钻研深耕的人,一定会有极强的人格魅力。

她仿佛小粉丝见偶像似的,矜持又难掩激动地说着自己看了很多部她拍的纪录片,最后顺嘴问她来宿营是不是采风。

麦风倒是没遮掩,朝韩柏言的方向一抬下巴:"算是,专门来这里看看。"

吴桐雨怔了下,然后恍然大悟,记起之前那条寻求合作的私信。

吴桐雨出于尊重,向韩柏言介绍了麦风。

两人简单认识,握手。但麦风并没有说什么,在店里给自己动作做的木雕上完色,便离开了。

吴桐雨内心狐疑,没有后续?是觉得幻灭、失望了吗?

她突然感到难过,一种韩柏言身上优秀的闪光点没有被人认可的难过。

不过吴桐雨这情绪没持续多久,因为麦风刚走没一会儿,孟澄和周淮便到了。他俩是一起来的,门口传来一阵炸街的轰鸣声时,店里的三个人齐刷刷地朝店前的街道望去。

看清来人是周淮后,袁野第一个冲过去,仔细打量着这辆车身喷了彩绘图案的摩托车,比了个大拇指:"帅炸了。"

周淮配合地跟他撞了下拳头。周淮有个算不上多好的习惯,不管是自己的爱好,还是日常所需,习惯给自己安排最好的配置。男生没有不爱车的,但周淮说不上爱，至少现在这个阶段说不上多喜欢，只是高中毕业了，日常出行需要个交通工具，自行车、电动车太幼稚，跑车什么的他现在还没有这个需求，思来想去，摩托车是他目前最希望的选择。

吴桐雨坐在店里，遥遥地看着跨在车上等后座的孟澄先下，然后自己才跨下来的周淮。

他戴着一副墨镜，鼻梁被衬得格外高挺，下颌线清晰流畅，虽然多了墨镜的遮挡，但吴桐雨还是能感觉到他朝自己这边望过来，很臭屁地抬了抬下巴。

吴桐雨"喊"了一声，夸张地别开脸，不给他装酷的机会。

隔了大概一两秒，吴桐雨再偏头看一看周淮的反应时，只见周淮从孟澄手里接过那个小款的女式头盔，两人不知说了什么，看上去聊得很开心。

吴桐雨这次彻底把脑袋正了回来，没再乱瞟，甚至开始怀疑，刚刚所谓的周淮跟她耍酷的行为是否真实存在，或许只是她自己的脑补罢了。

外面的人陆续进到店里，吴桐雨正跟韩柏言聊麦风的事，想知道自己来之前，麦风有没有跟他提拍摄的事。没等吴桐雨问出答案，便被人打断。

"聊什么呢？"周淮的目光长久地在韩柏言身上停留。

"是工作的事，跟你说了你也不懂。"吴桐雨答完，看向孟澄，很自然地岔开话题，"你今天的口红好看。"

吴桐雨边说话边往孟澄那边走，就在这时，马尾辫被人从背后扯了下，听见周淮说："你什么时候成这里的员工了？"

韩柏言在吴桐雨吃痛地哼出声时，盯着周淮扯着她马尾的手。怕吴桐雨跟跄着栽倒，他敏捷地扶住了她的手臂，沉声提醒："小心一点。"

吴桐雨轻声道了谢，手臂绕在脑后胡乱挥了两下，把周淮的手拍开，气急败坏地说："我义务劳动不行啊，你管我。"

周淮轻"啧"了一声，要反驳，吴桐雨捂着自己的马尾辫，走得远远的。

没怎么注意，就站到了韩柏言的身后，与此同时，在周淮瞥过来时，韩柏言手臂抬起，做了个阻拦的手势。

周淮深深地看着韩柏言，后者坦然大方地回视着，两个人间的气氛无声，但针锋相对的较量感又很强。

几个人来店里是五排打游戏的，结果没排两局，店里来了个不速之客。

是个男生，和韩柏言一般大，大学毕业的年纪，高高瘦瘦的，T恤外罩着一个颇具设计感的牛仔马甲。

"打游戏呢，你现在还挺有闲情逸致。"对方语气不善地开场。

韩柏言搁下手机，起身后往旁边拖了下凳子。吴桐雨看见，莫名地有种韩柏言要干架的感觉。但他没有，把凳子拖开只是为了方便出去。吴桐雨想，大概是韩柏言身上在来者面前不甘示弱的气场太强，才让她有这样的错觉。

韩柏言没在店里和对方聊什么，把人叫到了后院。

正好这局马上要结束，有他没他没有区别，剩下的四个人结束游戏后，没再开，齐刷刷地朝后院望了望。

周淮挪动腿踢了吴桐雨的鞋子一下，说："这就是你交的朋友，挺社会啊。"

吴桐雨踢回去，刚要说什么，后院响起争执声，话是来店里的男生对韩柏言吼的："你能不要这么佛吗？不争不抢的最后便宜了谁啊？你以为这是成全吗？你这会毁了传下来的手艺，和这块招牌！"

游戏小分队的几个人除了韩柏言外，彼此面面相觑，看看这个，望望那个，一时觉得自己待在这里不合适。

袁野作为韩柏言的朋友，知道的内情多一些，主动站出来，对后院喊："那什么，柏言，我们先走。你俩好好聊，这开店做生意呢，别对着街吵。"

一两秒后，韩柏言出来送他们。吴桐雨关心地看向韩柏言时，被他语气自若地回了一句："没什么事。"

几个人匆匆忙忙地从店里出来，等韩柏言折回去，孟澄才小声说："会不会打起来？要不我们在这儿等会儿吧，一会儿帮忙报个警什么的。"

周淮在一旁倒是拎得清，脑袋里没有那些敏感热心的弯弯绕绕，直接说："走吧。他的家事，外人在旁边听着不合适。"

孟澄想想也是，便没再坚持己见："既然这样，那我先回去了。"

周淮抬步跟上孟澄，顿了下，扭头看了看吴桐雨跟袁野杵在原地没动弹。

袁野怎么想都不觉得他这一眼是关心自己走还是留，又或是怎么走，但还是很贴心地答了句："我也回去了。"

吴桐雨接收到周淮投过来的，询问自己怎么回去的眼神，自觉道："你送孟澄吧，我自己坐公交车回去。"

"不用送？"周淮问。

吴桐雨很笃定："不用。"

女生常常喜欢口是心非，吴桐雨偶尔也会，但大多数时候容易犯倔。大概是从小在学校里被老师管，回到家被父母管，她被激出了逆反心理。之前因为周淮用"女生不都是口是心非的吗"这个理念定义自己的时候，吴桐雨跟他生了好久的气，说"我就是说一不二，说不要就是不要，我跟你认识的那些女生不一样"。周淮一直记着这件事，所以此刻他盯着吴桐雨的眼睛打量片刻，才说："那你仔细着点，别坐错了车，坐过了站。"

吴桐雨不耐烦地嘟囔："知道了，我又不是三岁小孩子。"

周淮冷嗤一声，心说这样的事你又不是没做过，但碍于店里两个人还剑拔弩张地互呛着，他确实不想在这儿旁听，没多逗留，背着身冲她挥了挥手，去送孟澄了。

袁野盯着周淮的身影混着摩托车轰鸣声消失在街口，才问吴桐雨："你俩看上去关系不一般。"

吴桐雨不太想反复想周淮跟谁在一起这件事，插科打诨地调侃过去。

吴桐雨的确是搭公交车回去。不得不承认周淮真的是一个乌鸦嘴，吴桐雨因为觉得路边太晒，想快一点回家，结果将257路误看成了157路，公交车开出去四五站，她才反应过来。

司机师傅人挺不错，知道她坐错了车，避免她多花钱，说让她跟着车到终点站然后再跟着空车回来。吴桐雨觉得麻烦，便在下一站下车了，另去了附近的公交站台，搭了另一条路线的公交车才顺利到家。

谁知，等吴桐雨站在家门口，要开锁时又发现自己钥匙找不到了。她把小挎包里的东西都倒出来找了个遍，确实没有。

要是落在哪儿了还好，丢了就很烦。钥匙可以重新配，但上面的挂饰是吴桐雨费了好大劲儿才抢到的大热IP的限量款。

吴桐雨知道袁野送走她后又回了店里，给他发了一条消息，拜托他帮忙找一下钥匙有没有落在店里。

她不喜欢用充电宝，今天为了打游戏，怕玩不了几局就没电，特意把充电器装在包里。她当时往外拿充电器的时候，是不是把钥匙扣拽出来了？

袁野答应帮忙找找后，一直没有回复。吴桐雨正琢磨要不先原路折回去，看看是不是自己把钥匙掉在从小区到家这段路上时，接到了韩柏言的电话。

"你到哪儿了？我现在去给你送钥匙。"

听韩柏言在电话里如是说，吴桐雨松了口气，欢喜道："找到了？太好了。"顿了下，她问，"你那边的事情解决了吗？其实不着急送。我先在邻居家等一会儿，我妈很快就回来了。钥匙我明天去店里时，再拿回来。"

韩柏言没有说话，他似乎在走路。漫长的等待后，吴桐雨听见他说："你可以理解为，我想见你。"

微沉磁性的男声被细微的电流声稳稳托住传过来，吴桐雨觉得自己的耳朵酥酥麻麻，有什么情绪按捺不住、蠢蠢欲动般。

她配合地报了小区附近一家比较显眼的甜品店的地址。

韩柏言来得很快，吴桐雨接到他说自己到了的电话，从甜品店出来时，看到街边停着一辆黑色的摩托。因为周淮买了摩托车，所以吴桐雨专门了解过各个品牌，韩柏言这车一看就改装过，非常专业。

吴桐雨走到面前，愕然居多，让她忘记伸手去接韩柏言递来的钥匙。

"晒傻了？"韩柏言手上戴着无指的半截手套，晃了晃她丁零当啷挂了三个配件的钥匙扣。

吴桐雨恍惚地回神，把钥匙接过来，才问："没想到你也喜欢骑摩托车。"

"今天去店里的那个男生，叫云振赫，是专业的摩托车赛车手，我之前跟他一起练过。"韩柏言简意赅地说，却不是因为赶时间着急走，只是在思考该怎么说合适。韩柏言自诩是个真诚的人，话少，但出口的都是实话。同样，他也明白一个道理，人与人社交都会带着一定的目的，这个目的从不是贬义，有的是释放自己的情绪，有的是从别人那获取一些情绪，有的是要为对方做什么，有的是希望对方帮自己做什么，这都是目的。韩柏言在急促流逝的时光中，也试着思考自己来见吴桐雨、和吴桐雨聊起旧事的目的是什么，答案似乎很简单，想要和她熟悉起来，希望她了解自己，也希望她愿意让自己有机会了解她，希望变得亲近。

那他是什么时候有这个念头的呢？

韩柏言在骑车来的路上，等红灯的时候，尝试把时间往回倒，但从他们寥寥无几的共同回忆中，始终没有寻找到原因。可能是第一面吧，韩柏言愿意承认，当自己在那个从小到大生活着的木雕坊里，第一眼见到她时，便将这个人的样貌记在了心里，否则也不会在人流匆匆的医院长廊上，轻松地认出了她。

本以为祖国之大，人海茫茫，再遇的机会微乎其微。在没见面的日子里，韩柏言甚至为没能主动制造并留下联系的机会而遗憾。

所以当韩柏言在虹街上远远地认出她时，几乎没有犹豫，便推着推车经过，制造了一次偶遇。云振赫说他"不争不抢"，说他"佛"，韩柏言以前也是认同的。他长辈缘薄，寄人篱下，是师父教他手艺，受了不该得的恩，于情于理，都不该去争什么。所以他也从来没有争过，经年累月，便养成了这样的性格。

可只有面对吴桐雨，韩柏言生出了自私、有了野心，想在道德允许的范畴下不择手段一次，就像那辆被他控制着速度撞上她的推车一般。

傍晚时分，西坠的太阳在远空铺展出旖旎的暮色。韩柏言跨坐在摩托上，一双瞩目的大长腿支着地，姿态悠闲放松。

吴桐雨好像看到了一个和平时含蓄寡言相反的他——也不能说是相反，是有了更清晰轮廓和明确标签的韩柏言。

吴桐雨感觉自己即将要认识一个崭新的，或者说是真正的他。

吴桐雨接着他的话，好奇道："你们是很好的朋友吗？"

韩柏言"嗯"了一声，说得更具体："是我师父的小儿子，我们从小一起长大。不过他对木雕不感兴趣，在赛车领域却很有天赋。"

韩柏言说话时，见她一直盯着这辆摩托看，似乎很感兴趣的样子，几乎没有停顿，紧接着问："着急回家吗？我载你去兜一圈？"

吴桐雨对他的了解仅限于互联网，难得听他亲口说，因此听得格外认真，以一个良好倾听者的姿态，即便不知道如何接话，也不忘"哦"声回应。但"哦"完，大脑才处理出他最后这个问题，她眼睛突然亮起来，语速加快些，说："可以吗？我不着急。"

吴桐雨对摩托车的感情比较特殊，究其原因，是来自周淮。

别的女生坐在周淮摩托车后座时，吴桐雨每每都要多看几眼。酸酸涩涩的感觉,她自己也捋不清是什么情绪。

偏偏她又容易犯倔,自己的地方不准别人坐,别人坐过的位置她又不想坐。饶是周淮提出过要带她兜风,让她体验一下自己的新车,吴桐雨总以各种理由拒绝了。

就像她死倔地不敢在外人面前承认自己喜欢周淮一样。

可拒绝完,心里便开始遗憾,真的好想坐摩托车兜风啊,光想想就觉得很酷。

就这样,她在被这种颠来倒去的心态逼疯之前,为自己寻找到了一个更合理的解释——她喜欢摩托车。

为此,她还跟老吴说过,想去考一个摩托车驾照,然后买一辆自己的摩托车。

吴庆诸半辈子在学校工作,教育理念不死板迂腐,对自己女儿却也没纵容到这个地步。因此没等吴桐雨说完,他便拒绝,说:"你看我像不像摩托车?"老妈也说,摩托车危险,让她老老实实把小型汽车的驾照考出来。

这事便不了了之。

此刻面对韩柏言的提议,她自然是喜不自胜。不过答应完,她又想,韩柏言这样问,是真想带她兜风,还是客气一下?大概是见惯了老吴成年人世界中的社交礼仪和规则,不自觉地将类似现象套在韩柏言身上。这个念头一出,吴桐雨又否定了,韩柏言不是那种世俗的人,他很真诚。

不过吴桐雨还是很自然地为他铺了反悔的台阶:"你朋友是不是还在店里?如果你忙,改天带我兜风也可以。"

吴桐雨话未说完,便见韩柏言已经抬手把卡在下巴上的锁扣打开,摘下头盔递过来。

被头盔的黑色一衬,韩柏言格外白净。他不是周淮那种俊美精致的长相,而是五官硬朗立体,平时软塌塌的额发此刻变成了背头。他天庭饱满,头发蓬而不乱,漆黑的眼睛望过来时,坚定沉着。这种真诚直接的方式,显得他格外有魅力。

"给我?你呢?"

韩柏言笑了笑,有一种意气风发的自信:"我戴这个旧的。"说着指了指挂在后视镜上的另一个头盔。

吴桐雨"哦"了一声,把头盔接过来,道了谢。韩柏言戴着正合适的头盔,扣在她脑袋上自然是大很多。吴桐雨垂着眼调节着下巴处的伸缩扣,始终不得要领。正当吴桐雨打算把头盔摘下来,仔细弄一下时,听见韩柏言的声音:"我帮你。"

吴桐雨视线抬起时,看到韩柏言已经伸过手。吴桐雨站得不算近,被他轻轻一扯不自觉地往前跌了半步,离得更近了。

头盔里残留着韩柏言的体温,温热干燥,让吴桐雨始终能感受到他的存在般,说不上讨厌,只是一旦注意到这件事情,她就总忍不住想。

韩柏言轻车熟路,很快把伸缩扣调到适合的位置。在他的手指不小心蹭到她的下颌时,她下意识地抬了抬脸。

韩柏言飞快地收手,说:"抱歉。"顿了下,又说:"你现在试试。"

吴桐雨这会儿因为方才那一抬眼,看向了韩柏言的脸庞。立体的五官前所未有的近,连鼻子旁边的那颗小痣都看得一清二楚。平时不觉得他睫毛很长,只以为他眼睛深邃明亮,浓眉看着人精神。

她正看得认真,视线猝不及防地对上,心虚地匆匆移开视线,垂眼戴头盔,故作镇定地说:"正合适。"

摩托车的后座有些高,有个坡度,吴桐雨扶着韩柏言的肩膀一坐下,身体总忍不住地往下滑。

吴桐雨不小心撞到韩柏言的后背,立刻弹开,上半身竭力往后仰着,手找了半天可抓的东西最终抓住了车尾的横梁。

韩柏言偏头,还没戴头盔,没有遮挡很轻松地看到她。

吴桐雨以为韩柏言是要催自己,抓稳后,刚要说自己坐好了,却听他率先道:"你可以抱着我的腰。"

顿了下,他补充解释:"我担心你这样不安全。"

吴桐雨也觉得不安全,摩托开起来的速度她即便没坐着感受过,也在路上见过。她虽说胆子大,但不是没有防护意识,也担心自己被甩出去。

但抱他的腰……吴桐雨除了被老吴骑车载着时这样搂着,还没搂过异性的腰呢。

她犹豫着，把胳膊伸到前面，抓住了他的T恤。

韩柏言也没提醒她抱紧之类的，正回脸，戴上头盔，发动车子。

夏天衣服单薄，没有袖子，两人之间只隔了一层薄薄的布料。车子速度起来的时候，吴桐雨因为惯性，上半身晃动了一下，本能地求生般抱住了韩柏言的腰。

他看着瘦，但身体健壮，肌肉结实。吴桐雨这么抱了一下，心理防线便放松很多，没再有顾虑。

接下来的路程一直没松开，只是竭力控制着力道，不搂得太紧影响他骑车。

宿营是个三线小城市，城市街道最多双车道，车不多，楼也不高，所以远空的晚霞肆无忌惮地铺展在眼前，非常绚丽漂亮。

韩柏言的声音顺着风传来："我们现在去追落日。"

吴桐雨腾出一只手臂，伸直举过头顶，欢喜地应："出发！"

不知道是车速越来越快，还是四周没有遮挡，风明显大了很多。

韩柏言骑到江边停下，天空的落日倒映在江面上，浪漫成了双倍。

吴桐雨下车后，摘了头盔，迫不及待地朝江边跑了几步，惊叹出声："好美啊！"

韩柏言动作慢，也摘了头盔，落后几步，来到她身边："朝阳让人充满活力，日落则让人心情宁静。"

吴桐雨停下欣赏美景的闲情，偏头看向韩柏言。

虽然不知道他身上有什么故事，但单从在店里他朋友单方面的争吵而言，一定是件不寻常的事情。

韩柏言对上吴桐雨的目光，完全不受其扰地歪头笑了笑，似乎在询问吴桐雨要说什么。吴桐雨见他不提，自己自然不能没事找事提起来揭人的短、戳他的心。

两人就这样无声地对视着，场面有些好笑。韩柏言最先开口打破寂静："一直没有告诉你，认识你很开心。"

吴桐雨眉心一跳，直觉韩柏言这句话的背后有什么深层含义般。她眨眼，问："你是要离开宿营了吗？"

这是吴桐雨想到的最大可能性。他从小生活在外地，师父在外地，虽说祖籍是宿营，但如今回来，算得上是举目无亲。

今天来店里的那个男生是叫他回去的吗？

明明是句增进感情的话，却被吴桐雨听出了别的意思。

韩柏言当然不回去。他的视线从吴桐雨的身上移开，遥遥地盯着远方，说："不会。我是打算长久地留在这里。"

吴桐雨是个以宿营为荣的人，跟着老吴出差或者一家人出去旅游，去过国内各大城市，也出过国，别处虽然繁华，但最喜欢的依然是自己从小到大居住的小城，觉得这里景美人善，再住一百年都不会腻。

听到韩柏言说他要定居在这儿，有一种自己喜欢的事物同样得到别人的欣赏一般，自然是欢迎啊。

"太好了，那我们之后可以常见面，我从小在这里长大，对这儿可熟了。"吴桐雨说着，突然想起来，"不过我接下来就要出去上大学了，没办法经常见面。"

"想考哪里的大学？"韩柏言问。

"唔，留在省内吧，想离家近一点。"

吴桐雨去旁边的石凳上坐下，随后，韩柏言也坐过来，吴桐雨盯着两人并排在一起的鞋子，问："一直没问你哪一年的，感觉你和我差不多大，但我听袁野说，你早大学毕业了。"

"我比你大四岁。我十五岁上大学，本科在南大读的，然后去国外读了两年硕士。"他说得随意，一副今天中午吃了什么家常菜的语气。

注意到吴桐雨缓慢地坐直，一脸凝重，似乎是有事却不说话的样子，韩柏言问："怎么了？"

吴桐雨轻摇头，说话语气都小心了几分，半天才想到自己可以问什么："你学的是木雕相关的专业吗？大学里会教这个吗？"

韩柏言："艺术生有雕刻艺术设计专业，但我不是。我本科和硕士学的是金融管理。"

这两个领域的联系约等于零啊。吴桐雨说："你这跨度有点大。"

吴桐雨想说的其实是，自己大概低估了韩柏言。她身边不是没有优秀拔尖的哥哥姐姐，但他们身上总有一种无形的傲气，韩柏言太低调，低调到让人猜不到他原来有这般履历。

吴桐雨原本觉得自己和他变得亲近熟悉，是朋友了，可这一下子，突然就拉远了。吴桐雨开始懊悔自己过去怎么就没再努力一点呢，或许她也有机会看一看更繁荣成功的世界。

韩柏言敏锐地察觉到吴桐雨突然情绪低落，问："怎么了？"

吴桐雨轻叹："突然想到马上要出成绩了，担心没考好。"

韩柏言沉默，没有立刻回答，他在思考怎么样说合适。两个人终究是有四岁的年龄差，如果两人同是离开校园的社会人士，那四岁年龄差的距离会很快被拉近，但一个进了社会，一个尚是学生，阅历和眼界的差异会放大年龄差的影响。

许久后，韩柏言才说："对我尚未发生的事情，我一般会假设它不会发生。这样会过得轻松很多。"

吴桐雨情绪来得快，去得也快，很快又恢复到那个天真烂漫的女孩，说："希望一切顺利。"

韩柏言笑："祝你顺利。"

吴桐雨再回过去："也祝你顺利。"

韩柏言："那祝我们顺利。"

有人陪自己玩这种无聊的幼稚的对话游戏，感觉十分放松。两人有一搭没一搭地聊着，直到最后一缕日光消失，暮色四合，才踏上返程。

城市逐渐亮起的霓虹灯光为他们捧场。

在江边的时候顾着说话顾着看景，吴桐雨没看手机，在小区门口买冰激凌付钱时才注意到，周淮给她打过电话，估计是因为没打通，发来好几条消息。

前几条是问她要不要出来吃烤肉，说他们几个人在 BBQ。

隔了半小时，直接问她现在是不是跟韩柏言在一起。

"这你都知道？"吴桐雨诧异地回了最后这条。

消息刚发送成功，手机屏幕弹出语音邀请的提醒，是周淮。吴桐雨刚一接通，听见一道懒懒散散即将要阴阳怪气的男声在电话那头响起："我在你身边安插了眼线。"

吴桐雨冷哼："我信你个鬼。"

"你就说我是不是说对了?"周淮反问。

吴桐雨还在狐疑周淮怎么知道的,想来想去最大的可能是在路上遇见谁,对方看到了自己,自己没看到这人,这人告诉了周淮。宿营就这么大,其实出门碰到个熟人很正常。

吴桐雨没在这件事上纠结,自动岔开话题:"哦,你最厉害行了吧。你们在哪儿吃烤肉,开始吃了吗?"

周淮说了个地点,问:"你来吗?来的话我过去接你。"

吴桐雨刚刚吃过东西了,在江边看日落的时候,韩柏言去附近的店里买了一份比萨和两杯橙汁。但不影响她再吃一点烧烤,吴桐雨想去,但事出反常必有妖,她没立刻答应。

"今天太阳打东边落下的吗?你都要做好人好事了。"

若是平时,他估计会说:"公交车开得慢?没事,你可以试试滚着过来。"

总之就是嘴贫得让人翻白眼。

面对吴桐雨探究的询问,周淮只丢下一句:"你管我啊。"然后又说,"我到小区门口给你电话,这次还敢不接你就死定了。"

吴桐雨不怕死地"哦"了一声。

接到周淮电话时,吴桐雨正蹲在便利店门口和一只金毛玩,买来的冰激凌早吃完了,心里还在犯嘀咕,周淮葫芦里到底卖的什么药,竟然亲自来接她。

挂断电话起身,吴桐雨遥遥地看到跨坐在摩托上玩手机的周淮时,多打量了几眼,实在看不出有什么不对劲来。

周淮划拉了几下手机,抬头漫无目的地张望时,正看到吴桐雨杵在这儿跟个门神似的。他"嘀嘀嘀"地按了几声喇叭,催促:"怎么,才几个小时不见,就不认识我了?我又变帅了?"

吴桐雨"喊"了一声,这才抬步过去,说:"是太丑了,没敢认。"

"行吧。至少说明以前帅过,现在丑也是等你等烦了,气的。"周淮把给她准备的头盔拿起来,勾勾手示意她走近点,然后二话不说地直接给她扣脑袋上。

吴桐雨感觉自己被他按得今天要矮两厘米,连声抱怨:"你能不能绅士一点啊?"

"我都亲自来接你了，还不绅士？"

吴桐雨一回生二回熟，自顾自地重新调整了头盔，确认戴好后，扶着他的肩膀坐到了车后座上，扶着他腰的动作简直不要太自然。

周淮偏头看了眼，吴桐雨正低着头找右脚踩的地方，两个头盔轻撞到一起。

吴桐雨往后让了让："吓我一跳。"

周淮想说的却是："你搂我的动作倒是熟练，注意这点儿，别占我便宜。"

"小气。"吴桐雨烫手似的把手臂移开，准备扶着车尾的横梁。坐过一次后，吴桐雨觉得自己没有想象中那么恐速，抓横梁就抓横梁吧，摔不下去。

结果手臂刚移开，就被周淮擒住，拉过放回到自己腰上："又没不让你搂，别犯倔。"

刚刚搂那一下，吴桐雨没觉得有什么奇怪的，不过是情形所迫，但被周淮这么一抓，虽然抓的是手腕，吴桐雨心脏"怦怦"跳着，有了不一样的情绪。

隔着一层布料，吴桐雨依稀能摸出少年初具规模的腹肌轮廓，手臂僵硬得不知该怎么摆才好。

好奇怪啊。吴桐雨看影视剧和言情小说里，少女怀春的女主人公在和喜欢的人有肢体接触时，会害羞会欣喜，会有很多美好的心情。可此刻的吴桐雨没有，她盯着前方的周淮，思来想去，心情是难过的，大概是因为知道这个人不可能属于她吧。

头盔是女号的，不知怎的，吴桐雨戴着感觉有些闷。

在摩托停下时，吴桐雨第一时间撤走了环在他身上的手臂，丝毫不留恋似的。她下车后，把头盔摘了还回去，道谢。

周淮瞥向吴桐雨被头盔闷得通红的脸，连眼眶都是红色的。

周淮以为她怎么了，刚要问问。只见吴桐雨别开脸，避开周淮的注视直接打了个大大的喷嚏。

行吧，他多余担心。

吴桐雨揉了揉鼻子，嘟囔了一句："是不是你刚刚在心里偷着骂我？"

"放心，我一向光明正大地骂你，不做偷摸的事。"周淮一贯欠揍的语气怼完，拍了拍自己的摩托车车座，抽风似的冷不丁发问，"我车技好，还是那谁车技好？"

吴桐雨张嘴刚要回答，再度合上，这问题怎么听上去怪怪的呢。她略一停顿，才瞥了周淮一眼，飞快地回答了句"你好，行了吧"，然后一副不欲和周淮深谈这件事的样子，换了话题："你还没说你怎么知道我在哪儿、跟谁一起的。"

周淮听到满意的答案，心满意足地伸了个懒腰，慢悠悠地说了一个人名，是周淮一个女性朋友。周淮说她碰见吴桐雨了，还说："她拍了你们的照片发给我。挺浪漫啊，跑那么远看日落。啧，我这个夏天还没认认真真看过日落呢。"

周淮说着拿出手机。

"我不看。"吴桐雨斩钉截铁地拒绝他找照片给自己看的举动。

周淮垂眼扫："我是在看自己叫的跑腿到哪里了。谁要给你看照片啊。"

吴桐雨："呵呵。"

吴桐雨扭头走，去找吃的。

周淮把外卖平台的页面切换掉，点开某个对话框，往上翻了几页，找到那张照片。一男一女坐在江边的石凳上，影子被落日拉长。吴桐雨在看日落，而韩柏言在看她。

周淮觉得这人绝对是找了很久的角度才拍出这么一张，毕竟随手一拍能这么好看？他不信。

退出页面前，周淮把照片放大一些，试图看清韩柏言的神情。但像素不够细，脸正好被阴影笼罩着，根本看不清。

周淮不知道是不是自己太敏感想太多了，总觉得不对劲，有什么想法一闪而过，却没有抓住。

远处吴桐雨催他别磨叽，嚷着让人等很不礼貌。周淮这才收起手机，应着"来了"，然后大步流星地过去。

周淮租了个小院子来BBQ，吴桐雨原本以为他会叫很多朋友，男男女女的，反正他从来不缺一块玩的人，随时随地都能呼朋唤友。

但吴桐雨进了院子才发现这里没别人："就我们俩？"

周淮懒懒地说："谁让你回消息回得这么晚，他们都散了。"

吴桐雨"哦"了一声，心说两个人就两个人吧。

再闹腾的两个人在一个院子里烧烤都显得冷清了，周淮让服务生帮忙简单处理过要烤的串，然后边吃边烤。

院子里挂着一块很大的幕布，吴桐雨蹲在投影仪旁调试了一会儿，便选好了要看的电影。

状况之外的周淮正催她："过来尝尝熟没熟。"

吴桐雨憋着坏，提醒他："你回头。"

"怎么了？"周淮手里还拿着串，先觑了吴桐雨一眼，然后才扭头。他背后是幕布，这会儿正在播电影，他一回头便看到一张惨白的脸放大在整个屏幕上，相当于放大在周淮的眼前。

周淮看恐怖片从来不怕，但架不住突然来这么一下，当即"啊"了一声："吴桐雨，你找死啊。"

吴桐雨得逞，笑得肚子疼，过去接他手里的烤串。

周淮："良心呢？良心不会痛吗？还有脸吃。"

吴桐雨生怕被周淮抢回去似的，吃得格外快。

提议看恐怖片的是吴桐雨，但最先害怕的也是她。

"都怪你，怎么不多叫几个人，两个人在这里吃烧烤怪冷清的。"吴桐雨一度觉得自己身后有人在吹冷风，隔一会儿就要回头瞧一眼。

周淮冷冷地"呵"了一声："你是想说瘆人吧。"

顿了下，他故意夸大其词，戏精似的表情丰富道："不过也不怪你多想，据说这片房子过去是一个坟场。"

没等周淮多说，吴桐雨就"啊啊啊啊"尖叫着捂住了耳朵："我不听我不听我不听。"

周淮终于扳回一城，神清气爽地伸了个懒腰，看时间差不多，把她捂着脑袋的手拽下来，问："想去放烟花吗？"

吴桐雨一脸蒙，原本闭着眼，此刻俏皮地睁开了一只，有点儿没跟上周淮的脑回路："现在吗？"

周淮"嗯"了一声："刚刚叫跑腿买的。"

吴桐雨眨眼，提前问："还是只有我们两个去？"

"你还想叫谁就叫。"周淮无所谓地耸肩。

周淮从小就总结出个经验,一件东西自己家里有,就不会巴望别人家的,尤其是自己的比别人的还要好的时候。所以周淮因为这儿,才事事要最好的,又不是没这条件,为什么不呢。

吴桐雨不是想兜风嘛,想去哪儿、做什么,他都能满足。韩柏言算个什么啊。

不过,吴桐雨没考虑到这一层。她只是觉得今天的周淮有些奇怪,要不是两人熟,吴桐雨都要怀疑周淮是有什么能上法制新闻的目的了。

吴桐雨想了想说:"我们两个去吧。"

跟着他走到摩托车边,戴头盔的时候,吴桐雨说:"你是不是失恋了啊?还是跟你爸吵架了?"

除此之外,吴桐雨想不出其他什么原因。

周淮用一副"你咒我"的幽怨眼神瞪了吴桐雨一眼,说:"我纯属闲的,行了吧。"

随后,他转身跨坐上摩托车的时候,嘴里嘀咕了一句:"也不知道是谁说这个夏天一定要看一次烟花。"

吴桐雨确实说过,她是个天马行空的人,爬墙的速度快,想做的事情也多,好多都是说完就忘。她也确实忘记自己什么时候说过想看烟花了,可能是看了哪部电影里的浪漫桥段说的吧。

她正准备追问周淮说了什么,手机响了,是老吴打来的电话。

吴桐雨晚上有门禁,家里的大人见时间不早,直接打电话来催。

"正准备回去了,爸,你说我们是不是心有灵犀。"吴桐雨这会儿心情简直不要太好,嬉皮笑脸的。

"少嘴贫。我看可以实行一下晚回家罚款的制度。"老吴不愧是做教育的,凡事都要落实到奖罚制度上。

家里就吴桐雨一个孩子,零花钱是没得说,但吴桐雨爱好多,花钱的地方多,用老妈的话说就是收了一堆破烂在家里。老妈这么说归说,还是会认真记住她每个娃娃的名字,打扫卫生时也会仔仔细细地给她买的那些立牌擦灰。典型的嘴硬心软。

但心软归心软,老吴说要罚钱,那是一定会罚的。

所以吴桐雨不敢耽搁,急急火火催着周淮送自己回去。

"你就是我祖宗。"周淮嘴上这么说。

吴桐雨讨好地笑道:"虽然没有放成烟花,但我今天很开心。周淮,明天我请你去游乐场吧。"

周淮端起架子,语速慢悠悠地说:"再说吧,你也知道,我行程满。"

吴桐雨轻"啧"了一声,刚要吐槽几句,被周淮催促:"还上不上车了,不回家了?"

"马上!"吴桐雨精神抖擞,把半天没戴好的头盔扣好,因为动作太急,险些把手指给挤到。

回程路上,吴桐雨在夏夜晚风中,在疾驰的摩托车后座上,从口袋里拿出手机,拍了一张夜景照片,准确地说是拍了摩托车右侧的后视镜。因为这个角度,正好可以从后视镜里看到周淮骑车的样子。

虽然他戴着头盔,看不到表情。

但吴桐雨就是想定格这一刻。

她把手机收回到口袋里,放好,然后搂回周淮的腰侧。

真的很奇怪,和来时不同。此刻搂着周淮腰侧的吴桐雨终于后知后觉地体验到了少女怀春的心悸和依赖,她突然就想这条路长一点,再长一点就好了。这样他们的独处时间便可以随之长一些。

没有人来打扰。

只有他们。

很快到了商场举办的电竞爱好者比赛的日子。

比赛比他们想象的要顺利,还没怎么紧张,就结束了。

比赛后的庆功宴定在商场里。原本是他们五个人用餐,后来碰巧遇到比赛时另一支战队的五个人,于是大家拼了桌,气氛好不热闹。

一桌人闹腾起来没个数,菜点多了,大家陆续吃得差不多搁下筷子,桌上还剩不少。

本着不浪费粮食的原则,有人提议玩会儿游戏,谁输了谁吃。都是爱玩的年纪,自然没异议。可玩什么呢?

"就最简单的,真心话大冒险。"桌上有人随身带着纸牌,当即找出大小王牌,又抽了八张普通的数字牌,"一人抽一张,抽到大王的可以问小王一个问题,小王不想回答的话就吃一盘菜。"

因为游戏的目的是解决掉桌上的剩菜,所以接连两个问题都问得比较尖锐。嘻嘻哈哈,该答答该吃吃,氛围十分融洽。

第三局韩柏言抽到了小王,吴桐雨连着三局都抽到了数字牌,百无聊赖地托着脸发散思维。在她看来,韩柏言是思维简单、做事认真、不喜欢浪费粮食的人,感觉不管被问到的问题是什么,他大概率会选择吃东西。毕竟这个游戏中,回答问题更像是一种逃脱惩罚的选择。

但事实恰恰与吴桐雨猜测的相反——

抽到大王牌的人向韩柏言发问:"现场有你喜欢的女生吗?"

吴桐雨察觉韩柏言朝自己的方向看了眼,以为他是不习惯在人前聊这种隐私问题,向自己求救。她刚要帮忙解围时,听到他开口道:"有。"

周围顷刻间响起此起彼伏的起哄声。

孟澄注意到韩柏言看向吴桐雨的那一眼,但显然吴桐雨一脸单纯压根不知道韩柏言的心意。

在一桌人"谁啊""男嘉宾已经爆灯,请女嘉宾自觉对号入座"的打趣声中,孟澄帮着解围,故意道:"总不能是我吧?"

吴桐雨闻言瞬间瞪大了眼,完全错频地开始思考,是孟澄吗?她发现惊天大八卦似的跟随大家热闹的情绪看着韩柏言,一脸八卦地等待他说得明确一点。

韩柏言当然没有再说。

下一把,抽到大王牌的是韩柏言,吴桐雨翻开自己手里的牌,是小王。

袁野在一旁语气夸张地惋惜道:"给我们一个向柏言八卦的机会啊。"

"就是就是,我瓜子都准备好了,等着看大结局呢。"有人跟着说。

你一言我一语,又热闹起来。

孟澄带头提醒:"嘘,大王开始问问题了。"

吴桐雨大大方方,没等他问,先说:"我是吃不动了,你问什么我都回答。"

说这个也不是希望韩柏言给自己放水,她一向坦荡,没有什么不敢对人言的,从小到大遇到的糗事,不用别人提出来当笑柄,她自己就能无所谓地自黑一番。

除了那一件。

而偏偏韩柏言问的就是:"现场有你喜欢的男生吗?"

一桌人有一两秒的安静,仿佛是冷场,因为韩柏言问出的这个问题和上一局时韩柏言被问到的一模一样,乍听起来有点敷衍偷懒的意思在里面。

但很快,一桌人陆续反应过来,这个问题问得别有深意啊。

对面队伍有个男生挨着周淮,意味深长地打听:"他俩?"

周淮冷着脸,没吭声。

吴桐雨喜不喜欢韩柏言他不知道,但韩柏言对吴桐雨多少是有点意思的。这是男人的直觉。至于到什么程度,周淮猜不到。

吴桐雨这会儿大脑空白,脸估计也吓白了,幸好餐桌顶上挂着的白炽灯灯光将每个人脸上都照得很亮,没人过分关注她的脸色。

吴桐雨迟疑了下,回答道:"有。"

最先变脸的是周淮。如果说吴桐雨回答之前,他不确定吴桐雨对韩柏言的心思,那这个答案,以及吴桐雨此刻郑重其事、如临大敌的眼神,让周淮不得不思考,她喜欢韩柏言?

这怎么可能呢?这两个人才认识多久啊?

游戏又玩了两局,桌上的食物都被解决,聚餐终于结束。

离开时,结账的结账,去厕所的去厕所,不知怎的,就落了吴桐雨和韩柏言两个人独处。

吴桐雨怀疑韩柏言是不是想助攻自己,小心翼翼地问:"你刚刚问那个问题,是无意问的,还是看出来了?"

韩柏言只是看着她,没有回答。

吴桐雨拿不准他的意思,一不做二不休,坦白道:"好吧。我这下不打自招,简直此地无银三百两。"

顿了下,她抬头,盯着韩柏言一脸狐疑:"不过你藏得好深啊,我都没看出来,你竟然喜欢孟澄。什么时候的事啊,早说我帮你撮合啊,我最擅长——"

"我说的是你。"韩柏言突然出声打断她。

吴桐雨一愣。

说的是她？

喜欢她？

韩柏言喜欢她？

她的性格大大咧咧，虽然跟男生玩得好，但男生只拿她当好哥们，比如周淮。

吴桐雨张了几次嘴，才找到自己的声音："你是在开玩笑吧？"

吴桐雨一瞬不瞬，等待着韩柏言的答案。

不知道时间流逝了多少，结账的和去厕所的都回来了，说笑的声音越来越近。韩柏言在这嘈杂的声音中，终于给出了回答："如果你希望是玩笑的话，那就是吧。"

吴桐雨一直后悔自己为了所谓的就业前景选择了理科，因为她的文科似乎更好一些，而且更有兴趣，但此刻，她在心里把这句话重复了一遍，有些拿不准这到底是不是玩笑。

"别多想。"韩柏言看出她的紧绷情绪，抬手，在她头发上揉了下，说。

吴桐雨嘴角往上一弯，仰着脸冲韩柏言露出个轻松的笑。没等她说什么，周淮不知从哪里挤过来，突然出现："你们在做什么？"

韩柏言看见袁野回来，过去说了几句话就往外走。

吴桐雨刚要抬步跟上，被周淮揪住衣领拽回去，兴师问罪的语气："他刚刚为什么摸你的头发？"

面对周淮穷追不舍的问题，吴桐雨一头雾水："我怎么知道，应该是有脏东西吧。"

见周淮还要问，吴桐雨自顾自地以其人之道还治其人之身地发问："你怎么不说你总拽我衣服呢，再来几次我就被你勒死了。"

周淮垂眼睨她："他和我能一样？"

吴桐雨嘟囔："有什么不一样的。"

都是朋友。如果说吴桐雨前一瞬大脑里还有残念在纠结韩柏言那个玩笑，这会儿被自己一句话说清醒了。是啊，没什么不一样的，是朋友的关系。

韩柏言的所作所为和周淮的相比，简直再寻常不过。周淮都不可能喜欢她、跟她表白，韩柏言便更不会了，是她太敏感了。

正巧这时孟澄找周淮说话，吴桐雨摆摆手，示意他不用管自己，先去忙。

两个战队的人相处得很开心，索性彼此加了个好友，拉了个游戏群。

吴桐雨正跟别人加着好友，韩柏言在人声鼎沸中查看着手机未读消息。简单回复完，他朝吴桐雨侧侧身，说："我需要回店里一趟。"

现场实在是吵，空调输送着冷气，可仍让人觉得空气有些闷，整个人被这乱糟糟的声音架起来。吴桐雨为了听清他说的什么，小幅度地往这边靠了靠。

韩柏言继续道："麦风老师来店里商量拍摄的事，我回去接待一下。"

吴桐雨眼睛亮着，周遭一切拥挤的逼仄感烟消云散，或者说她已经无暇注意："今天就到了？你快去，别让她等久了。"

韩柏言"嗯"了一声，临走前深深地看了吴桐雨一眼。

吴桐雨同样期待而兴奋地回视着他，依稀觉得他有什么话要说，但等了会儿，并没见他开口。

目送他的背影消失在出口处，吴桐雨收回视线，情绪上有些小小的遗憾。她其实挺想见见那位年轻优秀的女性纪录片导演工作时的样子，在网上看到的那些相关报道，令人觉得她传奇又值得敬佩。

吴桐雨正自我安慰以后肯定还有机会，下一秒，肩膀被人从后面拍了下，她回头看到去而复返的韩柏言。

韩柏言应该是小跑回来的，几口气喘得有点急。

"忘记什么了？"吴桐雨眨眼，天真地问他。

韩柏言站定，待气喘匀，问："你要不要跟我一起回去？你比我更了解这个导演的喜好、风格，你……"

没等韩柏言说完，吴桐雨眉眼弯弯，清脆地应："好啊。"

吴桐雨答完也觉得自己答应得太快了，不好意思地笑笑，多解释了一句："不是说让我帮店里运营官方账号嘛，方便的话，我可以在一旁拍点你们工作的花絮。"

周淮过来时，只有原野在这里聊天。他朝四周张望了一圈，没等发问，原野先说："小梧桐和柏言临时有事，先走了。"

周淮眉头蹙了下。不知道是因为发现吴桐雨跟韩柏言走得近不舒服，还是因为旁人也跟着叫"小梧桐"这个称呼。这明明是他的专属。

吴桐雨是傍晚时分接到了周淮的电话。

他在电话那头问："你还在木雕坊？"

过去只有老吴催着她快点回家，如今多了个周淮，弄得吴桐雨开始反思自己真的这么让人担心吗？

接下来几天，周淮给她发的消息始终没离开这个话题——

比如：你又在木雕坊？

再比如：你怎么又去木雕坊了？

到后来，周淮已经非常熟练了，打电话时根本不用吴桐雨回答，他自顾自地有了答案：你不用说，我知道你在木雕坊。

吴桐雨解释说："我在这里做暑假工。"

周淮敷衍地"哦"了一声。

吴桐雨问："你今天又要去哪里玩？"

就像吴桐雨这些天一直待在木雕坊一样，周淮的行程安排得非常丰富多彩。他总能在生活了十几年的城市里找到新鲜的活动，玩什么、吃什么，永远不会无聊。

周淮说："真人 CS，去吗？"

吴桐雨"唔"了一声，说："我就不去了。有事。"

周淮没强留，只是说："你几点下班，我去接你。"

"干吗，你有事求我？"吴桐雨警惕地询问。

周淮说："就当是吧。"

吴桐雨狐疑地挂断了电话。

这天，韩柏言给店里做了印着店铺 logo 的文化衫到了。白色的棉质 T 恤，左胸口印着一个中式设计的"柏"字。

店里只有吴桐雨一个员工，所以文化衫做出来，只有她和韩柏言穿上了。吴桐雨身形窈窕纤细，把下摆随意地在腰间挽了个结，便很轻松地驾驭住白 T。

袁野来店里时看见，夸张地"哟"了一声，说："情侣装都换上了。"

吴桐雨在一旁捧着平板电脑浏览东西，笑着打了个招呼，说："是店里的工作服。"

"是吗?"袁野一副不太令人相信的语气,正巧韩柏言过来,他顺势问,"工作衫还有没,给我来一件。怎么说我也是店里的吉祥物。"

韩柏言想都没想,斩钉截铁地回:"没了。"

袁野轻"啧"了一声,道:"还说不是情侣装。"

周淮来店里接吴桐雨时,自然也注意到她穿的衣服,说:"难怪要打工,你现在穷得连一件衣服都买不起了吗?这穿的是什么啊?"

吴桐雨嘟囔了一句"不好看吗",低头看了看自己这一身。

牛仔裤配白T,脚上踩一双平底的小白鞋,吴桐雨运动天赋好,年年在学校运动会的项目里拿名次,生得手长腿长,身材也好。

工作就要有工作的样子,长发绾成个丸子头,几缕短短的碎发勾勒着她饱满光洁的额头,露出流畅紧致的下颌线条,一张娃娃脸,满满的胶原蛋白,元气又精神。

往往越素的衣服越能体现人真实的美貌。

周淮打量几眼,还真挑不出不是来,嘴角动了动,只说:"你爱穿就穿。"

周淮把吴桐雨送到小区门口,目送她进去前,把人叫住,说:"明天我还去接你。"

吴桐雨停下往小区走的脚步,狐疑地瞧他几眼,想到一种可能性:"你是不是做了什么亏心事,想要弥补我?"

周淮递给她一个"你又在这儿瞎琢磨什么"的眼神。

吴桐雨背着手,踮了踮脚,扫了眼地面上自己和周淮并排的影子,煞有介事地说:"其实我这个人很大度的,不管你做了什么亏心事,解决办法非常简单,那就是直接给我打钱。"说着她捏住拇指和食指在空中搓了搓,"数额越大,诚意越大。来啊。"

周淮爽快地应了一声"行啊",当真拿出了手机,然后用开玩笑的语气,说:"我给你转一千,你接下来不能跟韩柏言见面,怎么样?"

吴桐雨对他的无理取闹一阵无语,并不拿手机出来看他是不是真转了,继续打嘴仗:"才一千,你也太小气了吧。影视剧里这种情况不都该给个五百万吗?哦,我知道了,你没有。"

她语气很欠揍,小表情不断,可粉唇杏眼,让人怎么看都不觉得讨厌,只认为灵动讨喜。

"我想得美,还五百万,我的钱是这么好要的?能管我钱的前提是跟我结婚,干吗,你想嫁给我啊?"

"我——"能言善辩的吴桐雨当即噎声,脸不自觉地涨红,半响才憋出来一句,"狗才想。"

周淮还在认真盯着她,不知道的还以为在等她的答案。

吴桐雨不跟他对视,别开脸,想偷偷地在心里补一句:汪汪。

补完吴桐雨立刻后悔不迭,她怎么这么不害臊。结什么婚啊,什么结婚啊,他们连恋人都不是,再好的朋友有什么用。

怎么就聊到这儿了,越界了啊。

周淮纯属话赶话聊到这儿了,完全没什么深意。别人说他跟吴桐雨怎么怎么样的话,他还真听到心里去了,这段时间一直在琢磨这个事。

他对感情吧,上心但也不上心的,自己清楚自己什么德行,从没想过改一改,毕竟人类物种是多样的,一个人存在着,就有其存在的原因和意义,什么样的锅配什么样的盖,所以他总偷懒地自我安慰——改变未必是好的,自己目前的状态就是最放松的。

兔子不吃窝边草的道理,他懂。也没想过越界。

以上是周淮这段时间思考的结果。

"你快进去吧,我待会儿约了孟澄去放烟花。"周淮清醒,开始撵人。

吴桐雨"哦"了一声,抬步前,随口问了一句:"是吃烧烤那天你让跑腿买的那些烟花吗?"

"是啊。你不是不放嘛,总得给它解决了啊。"周淮说。

吴桐雨嘴角动了动,欲言又止。

周淮瞥她:"一起吗?今天跟你爸说一声晚点回家?"

"不了。"吴桐雨想也没想地说,她实在不想掺和进周淮跟别的女生的关系中,"周淮,如果你跟孟澄或者别人在一起,就不用来接我了,我会跟你保持距离的。"

她过去一直很注意这一点,在学校时他们是同桌,一些接触是不可避免的。

吴桐雨一直不觉得自己有什么越界和不妥当的地方。也就是现在暑假，姜织去了南京，她没有玩伴，跟周淮走得近了点，连她自己都觉得，见得太频繁，来往太亲密了，要是再这样下去，等周淮恋爱那天，自己会很痛苦的。

周淮眉头一皱，显然想多了："是有人跟你说了什么吗？"

吴桐雨刚垂下的眼抬起来，疑惑："说什么啊？"

周淮见她不像是装作无事发生的样子，便没提，只道："打听一下，看谁敢在背后乱嚼舌根。我这人一向眼里不揉沙子。"

"快收了你的神通吧。"吴桐雨挠了挠手臂上被蚊子咬出来的包，不打算再待下去，摆摆手，扭头走了，"去约你的会吧，不打扰了。"

翌日，吴桐雨找了个理由，没让周淮来接，毕竟总来接也不是个事。

吴桐雨这段时间一直忙着准备韩柏言拍摄用的衣服，当然，她是根据麦风老师的要求找的。

是一套新中式的衬衫搭亚麻裤，一身白，拍摄时为了光影效果更好，木雕坊里的陈设被简单更改过，多了一些大叶片的绿植。

大块大块的黄杨木材是棕黄色的，一字排开的刻刀各有用途，握柄是褐色的。

韩柏言坐在其中，无比和谐。

吴桐雨也是给他准备衣服的时候，才注意到他身型是真的板正，标准的九头身，肩宽腰窄，平时穿得休闲不觉得，稍一打扮便很惹眼。

饶是颜控如吴桐雨，在娱乐圈阅小鲜肉无数，也依然从他身上挑不出错。

偏偏韩柏言这个当事人有些不自信，换好衣服后，先跟她确认了一番："还像样吗？"

吴桐雨觉得韩柏言也不是不自信，毕竟他这个人对任何事都无波无澜的，他这一问更像是蓄意听吴桐雨夸奖他似的。

吴桐雨的确很捧场，情绪价值拉满："很帅。"

"我帮你拍个照，发给麦风老师看一眼，确认一下这身是否可以。"吴桐雨拿出手机，开始找角度拍照。

韩柏言非常配合，询问："需要我摆什么动作吗？"

"你放松站在那里就好,做动作显得油腻,你现在刚刚好。"吴桐雨说。

两个人正拍着,袁野哼着歌从附近经过,视线在韩柏言和吴桐雨之间扫了两圈,眼睛骨碌碌转着,不知在打什么鬼主意,说:"拍照呢,来,我帮你俩拍一张合照吧。"

吴桐雨嘟囔着:"拍合照做什么?"

袁野挥挥手示意她抓紧过去,嘴上解释着:"我有给身边好朋友拍照的习惯,免得哪天得了阿尔茨海默病不记得谁是谁了,好翻翻照片寻找记忆。"

袁野胡扯着,冲不远处的韩柏言挤挤眼,仿佛在说,你一会儿可得好好谢我。

韩柏言知道袁野这人心里憋着坏,倒没制止,很乐意地等待着吴桐雨过来一起拍照。

吴桐雨心中虽觉得袁野这个解释有点胡扯,但拍照又不是什么很严肃的事,朋友间想拍就拍喽,不觉有异地配合。

吴桐雨的身高刚过韩柏言的肩头,袁野盯着手机屏幕,说:"最佳情侣身高,你俩就该穿店里的工作服,妥妥的情侣装,更般配。"

袁野从第一次见面就爱开她的玩笑,怎么说都没用。

吴桐雨索性放任,也懒得管,冷处理就是最好的处理方法。

随着袁野的一声"OK",吴桐雨跟被解了哑穴似的开口说话:"你把照片发我一份吧,我也留作纪念。"

"没问题。"袁野动作迅速,当场给她发过去,同时瞥了眼另一位当事人,问,"你要吗?"

没等韩柏言说话,袁野自顾自道:"两百块一张,童叟无欺。"

吴桐雨只当他们是开玩笑,听见了却没放在心上。她低头查收袁野发来的照片,照片中,两人并肩而立,比不上韩柏言衣着精心搭配过的精致,吴桐雨丸子头因为扎了一天花苞有些松,但好在这种碎发蓬乱的感觉莫名地有种慵懒感,和韩柏言站在一起倒也没拖后腿。

吴桐雨要退出页面时,注意到照片中韩柏言靠近她这边的那只手背在了身后。

吴桐雨记得刚刚拍照的时候,两个人的手臂不小心触碰到一起,手背轻轻地蹭了一下。

另一边,韩柏言觑了袁野一眼,在对方"你能怎么办啊,有意见憋着"的挑衅眼神中,拿出手机,给他转了两百块钱,同时说:"快点。"

袁野得逞地笑,把照片发过去:"银货两讫,妥了。以后有这样的活儿还找我啊,哥们专业的。"

韩柏言:"退下吧。"

袁野只给吴桐雨发了一张照片,而给韩柏言发了相册中所有的合照。

韩柏言逐张划过,以旁观者的角度重新回顾了一遍方才发生过的事。

包括那张两人手背轻蹭后,吴桐雨仰头看向他,抱歉地笑,而他垂眼回视着,看似冷静,实则只有他自己知道,那一瞬他是不满足的。

韩柏言盯着这张照片看了很久,最终设置成了手机壁纸。

纪录片不是说拍就立刻开拍的,麦风老师带了自己的团队在附近住了小半个月,实地采风,思考拍摄形式。

开拍后进度挺快的,韩柏言在黄杨木雕这一行,算是典型的完美主义者,专业上他自己有着明确的坚持和把控。和麦风老师沟通时,两个优秀的人经常碰撞出奇妙的火花。

平时和气温柔的女导演,一旦坐在摄像机后面进入工作状态,简直气场全开。

吴桐雨在一旁看着麦风老师有条不紊地指挥着,没来由地羡慕着,突然就想快一点长大,想大学毕业,想离开校园,想成为一个优秀的人。

吴桐雨以为自己跟韩柏言挺有共同话题的,自己聊什么,韩柏言都能接,而韩柏言看着寡言沉闷,实则是个思维很活络的人,对人对事都有自己的思考,单独相处也不会无趣。

可现在看着韩柏言和麦风老师就拍摄细节你来我往地发表想法时,吴桐雨意识到自己的幼稚,韩柏言跟她聊天更像是在逗小孩吧。

吴桐雨天马行空的想法,大多是从未落到实处的理想状态,而麦风老师这种果敢干练才是实打实的优秀。

有次在外面,韩柏言被要联系方式果断拒绝后,吴桐雨问过他:"你喜欢什么样的女生？"

韩柏言没有回答具体的人，只是说："当那个人出现时，不需要做什么，只要站在那儿，我便能认定是她。"

吴桐雨突然觉得，如果韩柏言哪天谈恋爱，对象一定是像麦风老师这种独立又优秀的女性。

吴桐雨平时没事总待在店里，没少见有客人被韩柏言的皮相吸引，言语撩拨的，或者要联系方式的。和面对搭讪来者不拒的周淮相反，韩柏言对这些主动的女生只有一个态度，客气、冷淡，认识他这么久了，也没见他对哪个女生示好过。

他的生活十分纯粹，社交圈子干净简单。

所以吴桐雨觉得，能吸引韩柏言的女性，一定需要足够独特的魅力。

拍摄很快继续，全场寂静无声。

吴桐雨早晨出门前忘记给手机充电，收拾背包时又忘记带充电器，这会儿手机弹出电量不足的提醒。

吴桐雨绕开拍摄区域找店里的备用充电器，结果找了几处，都没看到，正巧遇见袁野，便顺嘴问了句。

袁野说："等会儿我给你拿。"

吴桐雨应着，结果袁野扭头去忙别的事情，把充电器的事抛在脑后。

见大家都在忙，吴桐雨也不方便打扰，便把手机亮度调到最低能省一点电是一点地用着。

她旁观拍摄旁观得津津有味，不知不觉就忘了手机快没电的事。

没一会儿拍摄暂停，麦风过去和韩柏言沟通几个要注意的点，韩柏言一边听着一边走到柜台旁边，手臂绕过柜面从内侧桌子上的收纳格里揪出一个手机充电器。

吴桐雨打算给大家点奶茶喝，正统计着人数呢，韩柏言把充电器塞到她手里。

吴桐雨茫然抬头，看到韩柏言不受影响地和麦风沟通。

她轻声道谢，便先去给手机充电。

其实她都不知道韩柏言怎么注意到自己需要充电器的，是她四处找东西时他注意到了?还是袁野跟他说的?

吴桐雨觉得不太可能是后者。

袁野就算找人帮忙,也该找个不忙的人帮她找,哪有找个现场最忙的人帮忙的。

手机进入充电状态的提示音响起的瞬间,吴桐雨的心跟着跳了一下,大脑里源源不断地闪过韩柏言对她的细致和贴心。

能拥有这样一个朋友,是她的荣幸。

集中拍摄了三天,麦风的工作阶段性结束了。

吴桐雨虽没帮上忙,跑前跑后地看着,仍觉得自己收获满满。

杀青那天,一行人聚在一起简单吃了顿饭。

散场后,送走麦风老师他们,吴桐雨也打算回家,这时韩柏言把她叫住,给了她一个巴掌大的粗布袋子和一个红包。

见韩柏言朝自己递来,吴桐雨诧异:"给我的?"

"你这段时间在店里帮忙的薪水,以及我送你的礼物。"韩柏言说。

吴桐雨眼睛亮亮的。她跟周淮嚷嚷着自己在这里打工,可压根没把这当成一份工作,只是觉得有意思,想多体验体验,而且韩柏言这个"老板"并没有对她要求什么,给了她足够的信任和自由。

"竟然还有薪水,这可是我的第一桶金。"吴桐雨接到红包的一瞬间,不自觉地摸了摸这个厚度,眼底的笑意更深了些,"这么厚?"

吴桐雨拆开一侧的口,看了看,里面是红艳艳的百元大钞:"会不会给太多了……"

"是你应得的。"韩柏言很坚定的语气。

哪有人收到红包会不开心,而且是自己合法的劳动所得,简直不要太开心了。她正琢磨着这笔钱该怎么花时,注意力被手上的红包包装吸引。

这个包装不是市面上售卖的款式,看着像是韩柏言自己粘的。喜庆的红纸,纸面有些柔软,色泽哑光,上面用黑色的墨水写了吴桐雨的名字。

三个字笔画苍劲,走势锋利,漂亮又大气。

吴桐雨认出这是韩柏言的字。知道他写硬笔好看,没想到软笔也是同样的亮眼。说起来,韩柏言不仅字写得好,琴棋画也样样精通。

有天下午,街上没什么游客,吴桐雨跟韩柏言在店里下棋。下的是围棋,吴桐雨虽然不会,但她会作弊啊,明面上是韩柏言和吴桐雨下,实则是吴桐雨用手机上围棋软件的AI和他对弈。

那对局用袁野的话来评价,就是不分伯仲。

他会古琴,也会钢琴。据说钢琴是他父母让他学的,古琴是师娘教的。吴桐雨没听他弹过,只是有次她刷短视频看到有国风博主弹琴,是个小俊美的小哥,她多看了几遍,袁野碰巧在旁边注意到,就随口提起。

画则是水墨画,韩柏言有逢年过节画一幅画应景的习惯。吴桐雨有幸在他的书房里见到过,不比老吴家里收藏的那些大家的画差。

因为包装上这三个毛笔字,吴桐雨这下不仅喜欢红包里的钱,对这个包装更是爱不释手。

她小心翼翼地把红包收到自己的包里,然后才看向韩柏言刚刚递来的布袋。

从拿在手上的分量和轮廓来看,里面大概是个木雕。吴桐雨在店里成天见木雕,这会儿已经不觉得惊奇,可是当她解开封口的细绳,将里面的东西取出来时,还是惊喜得眼睛亮起来。

吴桐雨快速地看看面前的韩柏言,然后再垂眼看看手上的木雕。

她根本不用回答,韩柏言便已经知道,她很喜欢,再自大地说一句,比喜欢那沓薪水更喜欢。

"你这是刻的是我对吗?"吴桐雨语气上扬,难以克制的欢喜,"好形象!"

木雕小人是被鲜花簇拥着,站立状态下的吴桐雨,杏眼樱桃唇,扎着清爽的丸子头。木雕小人穿的裙子,看设计是她去古镇玩和韩柏言第一次见面时穿的那身,裙摆荡漾的线条流畅又生动,好像活的一样。

"我很喜欢。"吴桐雨把它收回布袋,贴在心口的位置,郑重地说。

吴桐雨不是没良心的人,能意识到自己从这段友情中得到了超乎她期待的反馈。

虽说是拿薪水的员工,但韩柏言十分照顾她,零食、水果、饮料不断。起初吴桐雨还没觉得,以为韩柏言生活细致、很居家,还是袁野酸溜溜地调侃:"人与人真是不一样啊。我哪回来能有这样的待遇,我就得抬头看看今天的太阳是不是从西边出来了。"

吴桐雨观察了几天,这才注意到韩柏言准备的都是她爱吃的。关键就在于,韩柏言不会直接问她喜欢什么,他会一样样摆出来,她要是吃得多,那就是喜欢,他以后还会准备这样;要是她吃得少,或者不动,那就是不喜欢,韩柏言便不会再准备了。

意识到这一点后,吴桐雨觉得自己每回来木雕坊,又是吃又是拿的,心里非常过意不去。

所以当游戏里韩柏言常玩的射手英雄出了新皮肤时,吴桐雨想也没想送了韩柏言一套。

这天吴桐雨来木雕坊,想提醒他去领一下。

"听小赫说,你店里生意不错,挺好的。我跟你师父一直担心你在那里人生地不熟,没人照顾,凡事不方便……"

吴桐雨进后院时,注意到韩柏言在看手机,也听到了手机里传出来的声音,以为是他在看什么电视剧,也没多想,便出声:"你一会儿上游戏领一下皮肤,我——"话说到一半,她才琢磨出不对劲儿来。

只听他手机那头传来:"小言,你旁边有女生啊?"吴桐雨后知后觉,没有什么电视剧短视频,是韩柏言在跟人视频通话。

她压低声音,几乎是用口型在问:"你在忙吗?我是不是打扰到你了?"

韩柏言不甚介意地说:"我师母。"顿了下,他又问,"你要过来打个招呼吗?"

吴桐雨其实想尽快溜走的,但韩柏言这样说了,她现在走便显得不礼貌,因此抬脚过去,和韩柏言一起出现在镜头中。

吴桐雨是很讨长辈喜欢的长相,性格也开朗。她丝毫不畏惧生人,大大方方地冲屏幕里端庄素雅的中年女人笑起来,说:"阿姨好,我是韩柏言的朋友。"

徐清意"哟"了一声,同样十分熟络:"你就是小吴吧,我听小赫提过的。谢谢你照应小言哦。"

吴桐雨不敢居功,连忙摆手:"我没有做什么啦,都是韩柏言带着我玩。"

"能玩到一起就很不容易，人嘛，最重要的就是开心。小言这个孩子，从小就闷，凡事喜欢藏在心里，心里事多了身体会坏的。"徐清意面善，说话温温和和的，让人听着很舒服。

吴桐雨不知道接什么，就在旁边笑。

韩柏言帮她解围，岔开徐清意的话："师母，是不是到你上舞蹈课的时间了？"

"还真是，聊起来就忘记了时间。那先说到这儿吧，你订好回来的车票后，让小赫去接你。"挂断电话前，徐清意脸上的笑意加深些，对吴桐雨说，"小吴有时间来浙江玩，阿姨请你吃饭。"

电话挂断后，吴桐雨脸上那阵没来由的紧张才慢慢散去。

"你师母好温柔啊，而且很有气质。"吴桐雨跟韩柏言闲聊，问，"你过几天要回去吗？"

韩柏言"嗯"了一声，说："我师父的生日，回去住几天。"

吴桐雨福至心灵地想起云振赫来时和韩柏言争执的话，听意思好像是他们师徒以及师兄弟间的矛盾。韩柏言背井离乡来到宿营，想必是有原因的。如今回去，总感觉不会顺利。

很快吴桐雨觉得是自己脑补太过，因为韩柏言此刻脸上并未流露出抵触逃避的情绪，甚至很放松地和她聊起："我师母是舞蹈老师，是很温柔。小时候院里孩子多，大家都很喜欢她，为此云振赫没少因为自己妈妈被人抢走而吃醋。"

吴桐雨忍俊不禁，脑补出云振赫吃醋的样子，觉得他大概就是个有事没事爱岔毛的人设，便更觉得刚刚的猜测是自己想多了。

"你几号回去？到时木雕坊直接关门吗？"

韩柏言说："下周四回去。我已经把那几天的手工体验课都推掉了。"

吴桐雨"哦"了一声，听见他又说："那天之前你有空吗？可以陪我去商场逛逛吗，我需要给师父挑一份贺礼。"

吴桐雨爽快地答应："好啊。"

逛街什么的，她最喜欢了。

两人去逛商场那天，阳光明媚，是个大晴天。

不似去木雕坊工作时穿的休闲随意，吴桐雨搭配了半天才从衣柜里掏出一条很喜欢的裙子，然后再搭配鞋子，再挑包包，最后又编了一个发型。

她没有化妆的习惯，只简单涂了一点防晒和隔离，便脚步轻盈地出门了。

韩柏言要来接她，吴桐雨没让，说老吴出门有事顺路送她去商场，两人在商场门口会合就好。

吴庆诸的车停在商场前面，吴桐雨钻出副驾驶座前，被叫住，询问："你朋友到了吗？"

吴桐雨在商场门口已经看到韩柏言的身影了，但为了不让老吴多想，吴桐雨敷衍地张望一圈，斩钉截铁地说："没看到。我去里面奶茶店坐着等。爸你快去忙吧，我去玩了。"

吴庆诸应了一声，叮嘱："在外面不要惹事。"

"知道了。"吴桐雨挥挥手，目送老吴发动车子，缓缓驶远。

吴桐雨穿过人流往商场去，经过韩柏言身边时，头也没抬，低声说："快走，我怕我爸没走远看到你。"

韩柏言朝车流方向望了眼，没吭声，落后几步跟上吴桐雨。

等进到商场内部的大厅，吴桐雨这才松了口气，解释道："我爸做了十几年的教导主任，眼睛可毒了。刚刚要是被他看到我跟一个男生出来逛街，今天回去要被念叨好久。"

"你爸不支持你谈恋爱吗？"韩柏言说，"现在毕业了，也成年了。"

"不能说不支持吧，但也不能说支持。要是让我爸妈知道，他们一定会刨根问底，把对方以及对方家里什么情况都打听清楚，然后再要求我如何如何的。"话题扯远了，吴桐雨摆摆手，"不说这个。你想好给你师父买什么了吗？"

"还没有。先四处逛逛？"见吴桐雨朝负一层的美食区望了眼，韩柏言主动提起，"要不要去吃点东西？"

吴桐雨干脆地应："好啊。"她觉得韩柏言简直是自己肚子里的蛔虫，自己刚有这个念头，他就提出来了。

太默契了。吴桐雨觉得，他们一定能做很久很久的朋友。

吴桐雨突然很没良心地认为,跟韩柏言相处,比跟周淮相处要开心些。

跟周淮相处也开心,周淮不比韩柏言缺什么,是她自己的问题。吴桐雨在周淮面前,因为那点不可告人的心思,总是小情绪不断,敏感又脆弱。

但跟韩柏言相处,就纯粹很多。

刚琢磨完,吴桐雨抬头寻找吃点什么好时,注意到迎面过来一道熟悉的身影。

人果然不经念叨。

吴桐雨想起周淮对韩柏言有偏见,不愿让他俩撞上,因此第一时间拽着韩柏言往另一个方向拐。

但就这么大的地方,怎么躲得了。

周淮口齿清晰地喊了一声"吴桐雨",然后大步流星地过来。

吴桐雨没跑成,头发被人从后面拽住。

周淮手腕上常年戴着手表,吴桐雨被周淮拽着身体往后倒的时候,表盘上凸起的旋钮勾到了她的头发。这种疼痛感很强烈,一方面是神经末梢反馈给大脑的直接痛感,另一方面是担心头发被拽掉,这一块头皮会变秃的恐慌。

吴桐雨把手伸到头顶胡乱挥着,想拍开他捣乱的手,结果越忙越乱,她都要急哭了。

这时韩柏言抬臂,擒住了周淮的手腕,沉声道:"放开。"

周淮本就因为吴桐雨看见自己扭头跑开的行为不满,此刻被韩柏言严声厉色,更是加重了负面的情绪。

他刚要开口说这里有他什么事,吴桐雨跟着出声打断:"周淮,你松开,你弄疼我了。"

吴桐雨眼眶红着,马上就要落泪似的,让人心疼不已。

周淮顾不得其他,立刻松开手,这才注意到手表勾到她头发的事。

"抱歉。"周淮沉声说。

吴桐雨瞪了他一眼,骂人的话在嘴边滚了又滚,最后只剩一句:"没事。"

周淮觉得吴桐雨还不如骂自己几句,这种不想跟他多纠缠的神情给人的观感真是太差了。这态度像极了对待什么已经抛弃的东西一样,连火都不想发,完全不在意了。

周淮的歉意在这一刻放大到极致。

"我们还有事,先走了。"吴桐雨看了眼周淮旁边脸庞陌生的女生,然后看向他说。

周淮看着吴桐雨说完就走,伸手想要留人,被韩柏言眼疾手快地挡住,提醒:"我们还有事。"

他只是重复了吴桐雨的话,但意思完全不同。

周淮皱着眉审视着他,韩柏言不甘示弱,颇有种见招拆招的坦然。

吴桐雨见韩柏言没跟上来,回头寻找时,看到了这一幕,只觉韩柏言似乎是生气了。

关于韩柏言会因为什么事生气,他俩之前讨论过。

那天韩柏言给她做了清补凉,味道正宗。吴桐雨很喜欢,被吊住了胃口,便玩笑道:"在我把这个做法偷师成功之前,不管我们闹什么矛盾,我都得死死地黏着你。简直太好吃了,跟我去三亚尝到的口味一样。"

韩柏言只是笑,保证似的,说:"我不会跟你吵架。"

吴桐雨小口吃着清补凉,慢慢地咀嚼着,突然想到什么,问:"你是不是对任何事情都不会生气?"

"也会吧。"韩柏言答得模棱两可,并不说具体事情,只道,"人一旦有了私心,便会格外重视这个方面,当自己的权益被挑衅,便会生出怒气。"

"那你有私心吗?"吴桐雨话赶话地问道,问完便觉得不妥,太冒犯了。

好在韩柏言不曾介意,说:"很少。"

吴桐雨点到为止,不加深这个话题。

记忆回笼。吴桐雨很快推翻自己的猜测,因为接下来韩柏言神态放松地吃饭、逛一家家门店,丝毫没受刚刚那个小插曲的影响。

等买完给长辈的生日贺礼,韩柏言提议:"时间还早,想去看电影吗?最近有两部片子口碑很不错。"

吴桐雨冲浪满级选手,韩柏言一提,她就知道了,这段时间一直在店里忙,没有去电影院,原本想着等下映了用手机看看得了。此刻听韩柏言提起来,她爽快地答应:"好啊。"

吴桐雨有选择困难症,韩柏言问她想看哪部准备在手机上买票时,她皱着眉,开始纠结:"这部犯罪片的主角是我很喜欢的演员,另一部爱情片据说拍得不落俗套。你想看哪部啊?"

韩柏言手指划拉着手机屏幕,很干脆地安排好:"那就两部都看,刚好有两场的场次相邻,间隔的时间刚刚合适。"

也行。反正她待会儿没事。

先看的是犯罪片,老牌的武打演员,演技在线,剧情一环扣一环,两个小时看下来,酣畅淋漓。

散场时,吴桐雨顾着和韩柏言讨论剧情,没注意到脚下的台阶,一不小心踩空,眼看就要趔趄着栽倒。

"小心。"韩柏言抓着她的手臂及时把人护住。

影厅的地面上铺着厚实柔软的地毯,吴桐雨脚底是软的,堪堪站稳,身体却在猝不及防之时倒在了韩柏言身上。

"怦怦怦",不知是谁的心跳更清晰一些。

吴桐雨更不知自己心跳如此之快是因为担心栽倒惊慌所致,还是被韩柏言半拥在怀里紧张所致。

吴桐雨低声说了句谢谢,才站直。

韩柏言确认般地看她一眼,问:"脚扭到了吗?"

吴桐雨尝试着走了几步,轻摇头,说:"没事。"

韩柏言见状,这才放心地把手松开,同时不忘交代一句:"慢点走,我们不赶时间。"

坐在第二场电影放映的影厅里时,吴桐雨还没从刚刚那个突发状况中回神。被韩柏言半拥在怀里时的手臂力道仿佛还在,灼烧着吴桐雨那部分皮肤,野火般,一直燎烧到心里,久久不息。

电影剧情很简单,一对男女从相识到相知,然后热恋,最后分手。妙就妙在导演把这个过程拍得唯美又纯情,日常生活中的点滴小事,也能营造出足够美好的氛围。

特点就是太慢热了,吴桐雨此刻心浮气躁,电影进度过半,她终于进入了观看的状态。

好在因为剧情足够简单,不影响吴桐雨联想出自己错过的部分。

算是个开放式结局吧,影片最后,已经分手一年的男女在第一次相遇的十字路口再次遇见,有对视,但无言。

吴桐雨等待着片尾曲后面的彩蛋,和韩柏言坐到影厅里不剩几个人时,才起身。

她这次走得很小心,全程看着路。

韩柏言突然开口说话,问道:"你介意谈一个比你大几岁的男朋友吗?"

吴桐雨偏头望过去,韩柏言眉眼深邃硬朗,线条流畅,看人时格外深情。

被问到的人当即有些傻眼,仿佛没听懂。

而问话的人很贴心地补充解释了一句:"我的意思是我喜欢你,想和你热恋的那种喜欢。"

韩柏言告白完的第二天便回了浙江。

吴桐雨收到韩柏言上下高铁时的报平安信息后捧着手机坐立不安。她现在已经没空担心韩柏言回去后在师门间遇到的麻烦,比这更紧要的、更需要自己操心的,是该如何面对他的告白。

韩柏言喜欢她?

怎么会喜欢她呢?

吴桐雨始终无法从短暂的回忆中寻找到答案。

吴桐雨在家宅了两天,第三天还不打算出门,但韩柏言打来电话,拜托她去店里帮忙找个东西,说是麦风老师的助理忘在这里的一个存储卡。

还挺重要的,所以要得有点急。

吴桐雨心里记挂着正事,公事公办地在电话里沟通,然后动身去了木雕坊。

吴桐雨对店里的环境熟,很轻松地找到了拍摄团队遗落的东西,然后叫了顺丰快递寄走。

"寄走了,我把单号发给你,你跟那边沟通吧。"吴桐雨处理完,在电话里和韩柏言同步道。

韩柏言那边有些吵,挺热闹的,一大家子人,男女老少都有。他穿过杂音走到安静的地方,跟吴桐雨说:"好,辛苦你跑一趟。"

"小事儿。"吴桐雨心态乐观,无所谓地说,"我正好想吃这附近的牛肉火锅了。"

韩柏言："一个人吃吗？"

他语气突然温和起来，从公事公办的社交语气变成了很私人的方式，虽然隔着电话线，看不到神情动作，可距离一下子被拉近了。吴桐雨此刻之前暂时遗忘的告白再次出现在她的脑海中，一如既往地困扰着她本就不聪明的脑袋。

吴桐雨低低地"嗯"了一声，还应该再说点什么，可一时不知道能说点什么。

这时韩柏言那边有一道中年女声叫他，吴桐雨趁机道："你去忙吧，我先挂了。"

说完，没等韩柏言说话，吴桐雨也顾不上什么礼貌不礼貌的，干脆利落地挂断了电话。

吴桐雨的确是一个人去吃火锅，等吃完结账时，老板说这一餐不收钱，韩柏言打过招呼可以算他账上。

吴桐雨从店里出来，顶着大太阳走了会儿，犹豫之下给韩柏言发了条消息，没有直接给他转钱，在"下次请他吃"和"直接转钱"之间，选择了前者。

她编辑道：谢谢你请我吃火锅，等你回来我回请你。

等待韩柏言回复的时候，吴桐雨轻轻咬着唇，有丝紧张。其实害怕韩柏言说什么直白的话，让她不知如何回应。

但这次，韩柏言并没有，只是发了个"OK"的表情，表示自己收到了。

吴桐雨刚松一口气。

对话框里又弹出一条消息：已经迫不及待想回去见你。

吴桐雨的脸腾一下烧起来。

她想象着韩柏言说这句话的语气，那么严肃正直的一个人，让如此直白的表达多了一些可信度。

吴桐雨犹豫许久，没有回复。

走在街上太阳一晒，吴桐雨便没那么想宅在家里。

窝在家里只有胡思乱想，走在室外还能被花啊树啊路人野猫什么的转移一下注意力。

没等转移一会儿，吴桐雨钻进一家书店看书的时候，接到了周淮的电话。

周淮问了她现在的位置，三分钟不到，便出现了。

"你是土行孙吗？"书店阅读区安静，只有翻书的声音，吴桐雨压低声音，小声说。

周淮一点也不客气，道："我是你爹。"

吴桐雨："呵呵。"

周淮靠在一旁玩手机，吴桐雨翻了几页书，偏头看他一眼，见他始终是一个姿势，也不说话，不由得好奇："你来找我做什么？"

"看你啊，怎么，帅到你了？"周淮贫嘴贫得信手拈来。

吴桐雨刚要反驳，听周淮一敛吊儿郎当的语气，慢悠悠道："刚刚我在街边的店吃饭，看你在路上心不在焉的丢了魂似的，幸好这里车少，否则什么时候被撞了都不知道。"

吴桐雨一有心事的时候就容易"挂脸"，她感情细腻敏感，情绪容易大起大落，一旦开始钻牛角尖，总能找到几件过不去的事情焦虑一番，大多数时候纯属杞人忧天，但她始终改不了这个坏习惯。

周淮继续说："有心事？说出来让我开心开心。"

吴桐雨自然不会说。

周淮没等到答案，无所谓地耸耸肩，不追问，自顾自地继续玩手机。

吴桐雨现在只想一个人待着，见周淮在旁边迟迟不走，她委婉地赶人："你今天不去约会吗？"

周淮自顾自忙着手上的事，头都没抬，反问："跟谁约会？"

跟谁都行啊。吴桐雨说："上回在商场的那个女孩不来往了吗？"

周淮"哦"了一声，没再说话。

吴桐雨也不管他，垂眼翻手里的漫画书。心不在焉的状态下倒不至于把书拿倒，但一连翻了几页，一格内容都没有看进去。

因为提了商场，吴桐雨不自觉地想到那天在电影院，她因为踩空台阶脚步踉跄地被韩柏言抱住的事，走神了。

不知从什么时候起，韩柏言已经牵绊住了她这么多思绪。

就好像开弓没有回头箭，一方提出告白，另一方如果有意向试试，可以委婉地继续给机会；如果不喜欢，那便可以大大方方地拒绝，可拒绝之后他们便很难恢复到过去融洽的相处模式了，势必在时光中一点点疏远，最终走散。

这也是为什么吴桐雨一直不敢跟周淮表明心意的原因。

告白只是几句话的事，可后果却是无法控制的。

周淮这会儿虽然没说话，大脑却一直在不停运转，同样被经历困扰着。

吴桐雨刚刚提到的上回在商场见到的女孩是周淮给摩托车做保养时认识的，起初他们聊得还可以。异性间如果一方有关系更进一步的想法，肯定会先说一些暧昧的话试探一下对方的看法。周淮从她的话里感受到这层含义时，罕见地没有回应，甚至有些烦躁。

不知道什么原因，他突然就觉得这样的日子过得没劲儿。

周淮不太熟练地自我剖析，觉得很大可能是因为吴桐雨。

那天吴桐雨眼眶红着跟韩柏言离开的场景总不自觉地浮现在周淮脑海里，这两天他总忍不住给吴桐雨发消息。

好像如果她能跟自己互怼几句，自己心里的负罪感就能缓解一些。

可吴桐雨总是很忙，到底在忙什么他也问不出来，每每都是聊不了几句便会说有事不回复了。

周淮像是个偷窥狂，开始注意她的每日步数。

活动不超过百步，周淮便知道她连家门都没出。

今天遇到纯属碰巧。大概是吴桐雨总跟他提这条街如何如何，周淮和朋友约吃饭第一反应定在了这条街上的餐厅。没想到就这么巧，碰见了今天难得出门的吴桐雨。

周淮用"失魂落魄"来形容吴桐雨，并不存在杜撰。所以周淮当时想也没想，便跟朋友告别，过来找她。

不知道男人的直觉准不准，他总觉得吴桐雨是遇到了什么事。

一向对自己知无不言的人，竟然有了小秘密，这让周淮有些沉默和挫败。这天周淮在书店陪吴桐雨坐了一下午，也没探听到她为什么心不在焉。

韩柏言回宿营时，给吴桐雨带了特产。

往日吴桐雨有事没事都喜欢往木雕坊跑，今天出门时却犹豫了好久。韩柏言没让她纠结太久，因为他发消息说，自己在小区附近吴桐雨上回等他的甜品店，问她有没有时间出来拿一下东西。

吴桐雨见状，便顾不上纠结，急急忙忙出门下楼。

她一路小跑到了小区门口才意识到自己头发都没好好梳一梳，衣服也没换，随便踩了双拖鞋便出来了。真的是……越忙越乱啊。

现在折回去再收拾显得有些多余，吴桐雨认命地叹了口气，决定就这样吧。

甜品店的规模小，几排摆着面包糕点的货架便占满了整个店，只有进门靠落地窗的地方有一张只能容纳两人落座的小圆桌。

韩柏言面朝着吴桐雨走来的方向，一周不见，他头发剪短了些，衬得脸庞的下颌线清晰锋利了很多。他穿着同样舒适休闲，黑T恤、长裤，手臂漂亮的肌肉线条隐在短袖之下。

吴桐雨过来时，他正盯着店里的装潢看，店员把一盘新出炉的蛋挞分装到方便售卖的包装盒里，清甜浓郁的香味渐渐在店里散开。

吴桐雨推开店门进来，他才收回视线注意到，稀松平常地笑了下，语气自然地问："吃蛋挞吗？我去买。"

吴桐雨愣了下，才点头，应了一声"可以"。她在韩柏言的座位对面坐下，盯着桌上他带来的装着特产的手提袋，觉得自己有点太兴师动众，小题大做了，韩柏言的状态就很放松，她也该自然点。

心里怎么想是一回事，等韩柏言拿着一盒蛋挞和一盒泡芙回来坐下时，吴桐雨还是不自觉地慢悠悠坐直了上半身。

韩柏言可能注意到了，也可能没注意到，但他没拆穿。

一盒两个的蛋挞很快吃完，两人全程没有说什么有用的话题。

吴桐雨对食物的态度很虔诚，看她吃东西，总会觉得食物美味，胃口跟着好起来。

韩柏言见她腾出手，才把桌上的手提袋往她面前推了推，说："这些都是给你的。"

"会不会太多了？给袁野留一半吧。"吴桐雨考虑周到。

韩柏言："他那份留出来了。这些都是你的，我这趟回去师母问起你，里面有一半是她准备的。"

"这太不好意思了。替我跟师母道谢。"吴桐雨实打实地这样想。

两人就一来一回客套了几句。

"……那我回去了。"吴桐雨拎着手提袋,慢慢起身,犹豫地看了韩柏言几眼,思索自己刚坐没一会儿就离开会不会太仓促。

毕竟他刚回宿营,顾不上休息便来找她。

这份心意,她怎么能草草地辜负了。

韩柏言在她的一步三回头中,跟着起身,出了甜品店。

两人站在店门外,吴桐雨要等他先走:"你快回去休息吧,坐一路高铁挺累的。"

韩柏言"嗯"了一声,却没动,一瞬不瞬地盯着她。

吴桐雨伸手捋了下被风吹乱的鬓发,突然有些后悔,自己以这么居家的状态出来见他,脸上有没有脏东西,眼下有没有黑眼圈,衣服皱不皱,刘海乱不乱……现在找面镜子检查一下都不方便。

吴桐雨不自在地咬了咬唇,想问问他看什么,又没好意思问。

好在韩柏言很快开口,喊她:"小雨。"

吴桐雨应得飞快,"嗯"了一声,仿佛这样尴尬的气氛能淡一些。她应完觉得气氛好像更尴尬了,小声补了句:"怎么了?"

"要一起吃晚饭吗?"韩柏言毫无征兆地问。

吴桐雨一向不是委屈自己的人,心直口快,喜欢就是喜欢,不喜欢就是不喜欢,想做就去做,不想做便拒绝。哪里会像此刻这样,想拒绝又不想拒绝,想答应又不敢答应。

吴桐雨嘴角动了动,还是问出口:"这是在追我吗?"

那天在电影院,韩柏言告白完,没逼她立刻回答,自己补了一句"是有些突然,你可以考虑一下,我愿意等",一直到各回各家,他们都没深聊这个话题。

此刻由吴桐雨主动提起来,也算是给自己一个了断,免得再像过去这周似的自己折磨自己,胡思乱想。

"我可以追你吗?"韩柏言不答反问。

吴桐雨别开脸,半天才说:"这是你的事。"

韩柏言弯唇笑了下,得出结论:"那就是可以。"

吴桐雨转身,侧身背对着他,停顿一两秒,稍微偏过些视线,说:"你等我一会儿,我先回家放东西。"

韩柏言很有耐心,说:"不急,你慢慢来。"

吴桐雨小声丢下一句"我很快",便回了小区。事实上,她并不快。

她到家把东西搁下后,换了一身衣服,站在试衣镜前,才发现自己头发为什么这么油!天,刚刚她就是以这个样子见韩柏言的吗?难怪他要盯着自己看那么久呢。

吴桐雨冲进浴室,飞快地洗了个头,等吹干,拿发卡别了一下,便火急火燎地换上鞋子出了家门。

吴桐雨在家耽搁了太久时间,一路小跑着去甜品店。韩柏言坐在店里看到她后,起身出来迎上前。

吴桐雨抱歉地解释,把提前编好的理由告诉他:"我出门时突然找不到钥匙了,耽搁了一会儿,不好意思啊,你等久了吧。"

韩柏言没有质疑和拆穿,只是笑。男生心思没有那么细致,分不清口红色号的比比皆是,可韩柏言做木雕,基本功考验的就是对细节的把控。

更何况吴桐雨这一来一回,改变的何止是细节之处,衣着、发型都变了。就算韩柏言眼盲,也能嗅见空气中淡淡的玫瑰香味的洗发水。

"你现在很漂亮。"韩柏言说。

吴桐雨正要问我们去哪里吃饭,闻言,怔了下,说:"谢谢。"顿了下,小声补了句,"我每天都很漂亮。"

韩柏言眼梢的笑意更深了,认同道:"你说得对。"

没有人不喜欢被夸好看,吴桐雨自然也不例外。

但韩柏言如此捧场,弄得她有些不好意思。韩柏言很及时地打破她马上要丰富起来的内心戏,说:"走吧,去吃饭。"

吴桐雨坐上摩托车后座才想起来问:"我们去吃什么?"

吴桐雨两臂环抱着他的腰侧,因为都戴着头盔,疾驰状态下,耳畔的风声很大,她说话时抬高了声音,不自觉地往前靠了靠,贴得他更近了。

"你说什么?"韩柏言仍旧没听清,如是反问。

吴桐雨张了张嘴,老实坐好,放弃重复。

摩托车驶到附近商圈时,减了速。吴桐雨等他停好车,摘了头盔下来。韩柏言帮她拨了拨额前飞起来的一缕头发,问:"吃西餐怎么样?"

吴桐雨的目光随着韩柏言伸过来又收回去的手移动,愣愣地应了一声"可以"。

吃什么都行。

她什么都爱吃,百无禁忌。

往商圈中心走的时候,吴桐雨想起来问:"你今天也多备了一个头盔,提前猜到我会一起吗?"

"有备无患。以后我车上都会给你备着。"韩柏言说话时看着吴桐雨。

他的眼神太真诚直白,不带丝毫暗示逾矩的隐晦意思。四目相对时,吴桐雨短短十数秒便败下阵来,无措地咬了咬唇,害怕自己最终会辜负了他的心意。

没等她想好该怎么礼貌又妥当地敲响退堂鼓,韩柏言先开口道:"不要有压力,你不答应也没关系。"

吴桐雨手中即将敲下的鼓槌消失,轻声答应道:"我会认真考虑的。"

这顿饭吃得很愉快,因为吴桐雨能感受到韩柏言事无巨细的照顾。奇怪的是,吴桐雨不会觉得他在特意表现,而是他本身就是个细心的人。

吴桐雨到家后看了眼手机,五人游戏群里不断有消息弹出来。

商场电竞爱好者比赛的奖品兑现了,五人份的草原三日游的机酒费。孟澄正兴致勃勃地问大家什么时间方便,一起去耍几天。

大家很快敲定好时间,订了车票和酒店。

去草原的高铁上,座位是系统随机分配的。吴桐雨的票和袁野的挨着,周淮、孟澄还有韩柏言是前一排的三人座。

吴桐雨坐下,正往下放小桌板时,韩柏言过来,停在她旁边的座位。

"你坐这儿?"吴桐雨坐着,仰头跟他说话,眼睛显得特别大。

韩柏言把双肩包放到头顶的行李架上,坐下时说:"跟袁野换了下。小云把粗剪好的纪录片发来了,你要一起看看吗?"

小云是麦风老师的助理。

吴桐雨闻言，十分感兴趣地坐直了些："好啊。"

高铁一路向北飞速行驶，车窗外的房屋、街道在不断后退。

车厢里算不上安静，前排的小孩在闹，后面有男人在打工作电话，乘务员从过道穿过温声提醒着乘客注意事项。

吴桐雨和韩柏言戴着同一副耳机，盯着同一块巴掌大的手机屏幕。

视频中，画面没有过多地记录他的颜值，而是聚焦在他那双手上，拿着黄杨木的手，拿着刻刀的手。

三分钟的视频结束，韩柏言退出页面时，吴桐雨只觉意犹未尽。

"文案是你提供的吗……"不经意扫到他的手机屏幕，说到一半的话卡在喉咙间，她怀疑自己看错了，"你……"

"他们写的。"韩柏言垂眸扫了眼自己的手机，这才意识到她看到了什么，把手机屏幕朝她偏了偏。吴桐雨这下看清，壁纸的的确确是她的照片，准确地说是她和韩柏言的合照，袁野拍的那张。

"介意吗？介意的话我可以换掉。"韩柏言问得直接。

这让吴桐雨不好回答。说介意吧，显得自己太刁蛮，这是他的手机，自己是谁啊，去介意他用什么照片做壁纸。可不介意吗？一个男生用与她的合照做壁纸，别人看到容易误会。

吴桐雨想到他说喜欢自己。用与喜欢之人的合照做壁纸，吴桐雨也想的，不过只敢偷偷摸摸的。

这种敢把自己的喜欢公之于众的做法，是真诚坦荡的表现。她不该妄加要求的。

所以到底是介意还是不介意呢？半响后，吴桐雨终于开口说："……都可以。"

"都可以"的意思是默许了。韩柏言收起手机，没有更改壁纸的打算。

两人陷入了短暂的安静，准确地说，这份安静是吴桐雨主导的。她盯着窗外，好像是沉默地陷入了沉思，又好像只是盯着窗户上模模糊糊映出来的人影。

周淮坐久了觉得无聊，起身活动时才注意到本该坐在最外侧的韩柏言，不知什么时候换成了袁野。

他狐疑地面朝车厢后站，找到了坐在吴桐雨旁边的韩柏言。

这两人各忙各的事，零交流。即便如此，周淮仍觉得哪里怪怪的，是他记错了吗？韩柏言的车票是这个位置吗？

列车准点到站，出了高铁站到他们落脚的酒店需要搭乘大巴车。

一行人浩浩荡荡地往长途汽车站走，买完票在站台等待到点上车时，周淮扯了下吴桐雨的马尾辫，说："我去买两个橘子，你站在这里别动。"

"滚啊。"吴桐雨抬腿，如果不是周淮动作快，她真想踹他两脚。

不过很快，吴桐雨这被骂了不服气的心理消失了。因为周淮回来时，不止给了她一兜橘子，还有一盒晕车贴。

吴桐雨晕车，尤其是长途汽车。她对车上的气味尤其敏感，晃晃悠悠坐一路，她肯定是要坐吐的。晕车贴和橘子这两样东西极为关键，尤其是橘子，不用吃，把皮剥开，嗅着那独有的酸甜味，身体会舒服很多。

这个症状熟悉她的朋友都知道。

周淮是熟悉她的人，所以早有准备。

"谢谢。"吴桐雨咽下打好腹稿的回怼他的话，因为被照顾到心软几分。

上了大巴车，前排的座位都被占满了，吴桐雨跟着队伍往后走，刚坐定，被周淮叫住："你过来。"

周淮站在大巴车前排，冲她招手。吴桐雨茫然地抻着脖子望了望："怎么了？"

周淮又说："把包拿着，坐前面。"

坐前排的话，晕车的症状更轻一点。周淮都考虑到了。

别人提前占好的座位，临时更换，愿意吗？吴桐雨正犹豫着，见原先位子上坐着的男人很积极地起身，手里拿着周淮刚刚给他还没来得及收起来的五十块钱。

吴桐雨无语，想说这趟车费还没有五十块呢。但见周淮已经都安排好了，而且完完全全是为她谋便利，哪里还敢挑剔他。

"谢谢啊。"吴桐雨小声说。

"老实坐着吧,有事喊我。"周淮笑着拍拍她的头,自己去后排找座位。

吴桐雨没有像往常一样扒拉开他的手,吐槽他不要这样做。至于原因是什么?可能是自己对这种大巴车的畏惧心理让自己没什么精力反抗,又或者是周淮揉她头发的动作前所未有的温柔——当然,吴桐雨觉得这是沾了他终于做回人又是买橘子又是换座位的做法带来的温柔光环,她觉得今天的周淮两米一,简直不要太高大。

吴桐雨这一路都没怎么晕,期间周淮还从后排过来,确认了一次她的状况。

以前在宿营不觉得,如今来到距离熟悉的环境上千公里的外省,心里怀揣着对草原的期待,以及对陌生环境的不安和担心。但不等她开始想家,身边熟悉的朋友已经填补了她内心空缺的归属感。

周淮过去对自己的维护和照顾如潮水般涌来。周淮虽然总怼她、捉弄她、拆她的台,可关键时候却是很靠谱的。

不捋不知道,一回忆吓一跳。原来不知不觉间,他们已经有了这么深刻的羁绊。

周淮如果一直这样体贴该有多好。

吴桐雨贪心地想。

到达提前订好的酒店,吴桐雨精神饱满,丝毫没有长途奔波的劳累。

搁下行李一行人去吃饭,餐馆在酒店周边就近找的,为了早点吃完休息。

桌子不大,五个人坐着刚好。期间,吴桐雨看到韩柏言拿出手机,便不自觉地想到他的屏幕壁纸是和她的合照,如临大敌地担心着。

要不让他换掉吧,手机屏幕什么的,很容易被人看到的。

"不合胃口吗?"韩柏言注意到她整顿饭没怎么吃,结束后从餐厅出来时,问道。

吴桐雨含糊地点头,说:"是吃不太惯。"

韩柏言从口袋里摸出两块巧克力,塞给她:"饿的话,先吃这个。"

"谢谢。"吴桐雨犹豫着,还是没有说出口。

前方,走得快的周淮回头张望:"聊什么呢,别落单。"

吴桐雨看看旁边,韩柏言还在呢,哪里落单了。

她和韩柏言跟上大队伍，周淮绕到她旁边，把手里的手机往她耳边一放，同时提醒："你爸拨不通你的电话，打我这来了。你跟他报个平安。"

吴桐雨刚要拍开周淮贴在自己耳朵上的手，闻言，忙把手机接住，冲着电话"喂"了一声："爸，我手机在包里，没注意到。

"知道，现在法治社会都挺安全的，好，我现在就关掉手机的静音模式，定不再错过你的电话……"

吴桐雨走到一旁接电话，对面人絮絮叨叨地叮嘱了好一番，半天才讲完。

吴桐雨把手机还给周淮，后者嘚瑟："听到了吧，你爸让我看着你点，所以，我说话你得听。"

"我又没聋，你说话我当然听了。放心，你就算放屁，我也听着。"吴桐雨熟练地贫嘴。

周淮轻"啧"了一声，暂时不跟她计较，只道："你最好是。"

吴桐雨本以为自己沾枕头就能睡着，可来草原玩，心里亢奋劲儿还没过，加上她有点认床，所以夜幕降临，她丁点儿困意都没有。

她坐在窗边的藤编椅上，仰头望着外面的天。夜幕浓重浩瀚，点点碎星挂在上面交替不断地眨着眼睛。

城市高速发展，吴桐雨已经很久没有见过这么干净的星子了，忍不住拿出手机拍了一张照片，发给了韩柏言。

之所以发给韩柏言，是因为就在刚刚，吴桐雨跟韩柏言正有一搭没一搭地聊着天，韩柏言问她房间有没有蚊子，说自己备了驱蚊液，可以给她用，又问她怎么还没有休息。

吴桐雨发完照片，说：在看星星。

韩柏言问：顶楼有台天文望远镜，要一起上去看吗？我正好把驱蚊液拿给你。

吴桐雨觉得这个提议可行，很爽快地答应：好啊。

吴桐雨和孟澄一个房间，跟她说了一声，便带着手机和房卡出门。

刚拉开房间的门，就听到走廊里传来周淮说话的声音，他应该是要进房间，在走廊上碰见韩柏言，两人聊几句。

周淮问他:"这么晚要出去啊?"

韩柏言说:"随便逛逛。"

周淮嗤笑,说:"行吧。"

然后就没说话声了,不过始终没传来关门声。

她敞着条窄窄的门缝,站在玄关处,屏息听着外面的动静。

吴桐雨给韩柏言发消息,问:周淮还在走廊?

韩柏言敲字:嗯。

吴桐雨又发:你先走,去电梯间等我,我等他进去了再走。

韩柏言:好。

吴桐雨等啊等,终于等到了走廊有房间门关上的声音。

她也拿不准是不是周淮房间的,便拉开门缝露了露头,想确认一下。这时孟澄擦着头发茫然地站在她背后,跟着一起朝外面望了望:"怎么了?你不是要出去看星星?"

吴桐雨突然意识到自己鬼鬼祟祟个什么劲儿,不就是被周淮撞见嘛。不就是周淮不喜欢韩柏言,总爱挑他的刺,还不希望自己乱交朋友嘛。

这都多久之前的事了,大家相处得久了,有了更深的了解,估计他这误会早就解除了吧。

吴桐雨说了句:"没事,这就走。"然后大大方方地开了房间的门出去。

周淮的门早已经关了,走廊里静悄悄的,吴桐雨走在铺着厚实地毯的走廊上,发不出一点声音。

因为不想让韩柏言等久,吴桐雨快到电梯间时小跑了几步,韩柏言听见声音出来看。

眼前猝不及防多了个人,吴桐雨吓了一跳,跟跄着差点直接扑到对方怀里。

韩柏言伸手扶了她一把,说:"不用跑,星星会等你。"

另一边,孟澄挑了部电影刚开始看,收到周淮的消息:吴桐雨呢?让她回一下我的消息。

孟澄照实编辑:她去天台看星星去了。

顿了下,她又加了一点细节:她和韩柏言去天台看星星去了。

周淮敲过来一个问号。

孟澄没打算掺和他们感情的事当情感大师,刚搁下手机,听到房间里乍响一道清脆的手机铃声。房间里只有她一个人,当即被这铃声吓了一跳,循声找过去,发现是吴桐雨把手机落在玄关柜子上了。

屏幕上闪烁的来电人正是周淮。

孟澄没接,把吴桐雨的手机拿进来,然后用自己的手机回:吴桐雨把手机忘在房间了。

周淮:行吧,她回来了麻烦你跟我说一声。

孟澄回了个"OK"的表情,继续看电影。

天台上。

所谓的天文望远镜只是一个装饰品,韩柏言无奈地笑了:"我在前台听办理退房的客人说的,没想到白跑一趟。"

吴桐雨倒是乐观:"不算白跑,这里的视野开阔,确实适合看星星。"

夜晚宁静,很适合谈心。

韩柏言在她旁边坐下,说:"刚刚的消息,是怕周淮知道你跟我出来?"

吴桐雨不自在地往回收了收腿,两只鞋子并排在一起,规规矩矩地坐着,说:"我爸让他看着我,太晚了不安全。"

"那你还敢出来。"韩柏言看她的侧脸。

吴桐雨一脸天真:"你又不是什么危险人物。"

韩柏言自言自语地反问了一句:"我还不危险吗?毕竟我一早就对你'图谋不轨'。"

吴桐雨能感受到韩柏言盯着自己看,有些紧张,也有些局促,一时不敢偏头对上他的目光。

她佯装没听到他说的话,但显然这句话还是听进了心里。

吴桐雨看他,突然郑重地说:"我一直想问这个问题,为什么是我啊?"

韩柏言茫然地"嗯?"了一声,才明白吴桐雨说的是什么事。

"为什么不能是你?"韩柏言把这个问题反问回来,半响后,他说出答案,"可能是因为,越跟你相处,便越不甘心和你只做朋友。"

周淮回完孟澄的消息后,便起身大步流星地往门口走。

等走到门口要拔房卡时,顿住脚,他去做什么?把人拎下来吗?不就只是看个星星吗,又没有什么危险。

还不危险吗?孤男寡女深更半夜跑顶楼看星星。吴桐雨这人看似天不怕地不怕,实则只是无知者无畏,单纯的人很容易被骗啊。

可他之前又不是没提醒过。吴桐雨不听,执意跟韩柏言往来,甚至因此对他产生了偏见。自己还能怎么提醒,找根绳子把她绑在身边吗?

酒店的隔音算不上好,周淮在卫生间里抽烟,走廊上有人经过的时候,他第一时间注意到了。

想也没想拉开了门。

吴桐雨正巧从他房间门口经过,吓了一跳,问道:"你要出去啊?"

周淮顺势抽了卡槽里的房卡,出去带上门:"去哪儿了?才回来。"

韩柏言跟周淮对了个眼神,算是打招呼,然后示意吴桐雨:"我先进去了。你回去早点休息,晚安。"

"晚安。"吴桐雨温声回应。

周淮皱眉。晚安什么的,吴桐雨从来没跟他说过,不是忘记说,而是故意不说。她之前坚称晚安的拼音"wanan",是什么"我爱你爱你"的拼音缩写,扬言不喜欢跟异性说这个,怎么今天对着韩柏言没有这个警惕心了啊?

走廊里只剩下他们俩,吴桐雨又问了一遍:"你要去哪儿?"

"超市,你去吗?"周淮垂眼睨她。

周淮身上有烟味,很重。吴桐雨嗅见后拧了拧眉:"去买烟?"

周淮品了品她的语气,反问:"做什么,管我吗?"

吴桐雨感觉他心情不好,担心他是遇到什么事,说:"你请我吃冰激凌,我就陪你去。"

"大晚上的,吃什么冰激凌。"周淮说。

吴桐雨:"请不请吧,不请我就不去了。"

"还能不请吗?走着。"周淮冲她朝电梯间的方向抬抬下巴。

吴桐雨抬步往电梯间的方向走,同时不忘嫌弃地离他远一些:"身上臭死了,别挨着我。"

"毛病。"周淮轻嗤。

两人说话间来到电梯间,而电梯停在一楼迟迟没有升上来。

吴桐雨的确不想闻烟味,隔着段距离在他旁边站着。

打火机在周淮手指间不断地开合着,发出"咔嗒咔嗒"的声响。他说话时转了个身面对她,视线落在她身上,好像要判断她有什么变化似的。

事实就是没什么变化,一直都是那个他认识的人。

同样,一直以来,看到他跟其他异性走得近一些,就好像自己的财产被人侵犯了一般不爽。

可明明,她从不是属于自己的,自己更没资格去限制她什么。

如果有一种关系能限制她跟其他异性的接触,那就只有——恋人。

这个念头冒出的时候,周淮开始慌了。他怎么会这样想呢,不该这样想的。分明在他心中,朋友的地位,要高于恋人,可如今,他竟然希望吴桐雨做自己的恋人。

为什么?

他喜欢她吗?是荷尔蒙作用下情动的那种喜欢吗?

亲她抱她做更过分的事,从未想过冒犯她,朋友间有这样的想法、做这样的事,多尴尬啊。

可如今怎么就冒出"恋人"这个念头了呢,疯了吧。

吴桐雨一直不是他喜欢的那类女孩,眼神、气质、生活经历、心态认知等等方面都太纯粹干净了。

周淮向后靠了靠,仰起头,盯着天花板,突然说:"小梧桐,成年了啊,不打算谈个恋爱吗?"

要不是他叫了吴桐雨的名字,她都不会觉得这话是对自己说的。周淮说完才慢吞吞地看回当事人,后者眼底干干净净,隐约有丝茫然,歪了歪头,询问他:"你是不是心情不好啊?"

周淮站直些,是实话实说,但也是避重就轻:"有点迷茫。"

"你迷茫什么啊?大学有了着落,前途光明。知足好吗?"吴桐雨插科打诨地调侃几句,然后小心翼翼地瞥他一眼,认真地道,"要不你说说,为什么迷茫？"

"你就是个小孩心态。"周淮站直,明显不打算说,只道,"行了,别在这儿跟我扯了,这破电梯,不去超市了。回去睡觉吧,人生地不熟的,晚上别跟人出去瞎逛。"

吴桐雨"哦"了一声,依旧不知道周淮迷茫什么、在意什么。

直到吴桐雨回房间洗漱完,躺在床上玩手机,看到手机上显示的来自周淮的未接电话和未读消息,是她在天台看星星的时间段收到的。

吴桐雨才猛然清醒——周淮这么晚不休息,不会是在等她吧!担心她失联发生危险。

原本还觉得这个酒店条件简陋,夜里外面的风呼呼刮得人心里很慌。

因为这份被惦记,也不再觉得不安了。

翌日,吴桐雨起了个早,赶上了酒店供应早餐的时间。

她和孟澄到的时候,韩柏言和袁野也在,都快吃完了,见她们过来韩柏言又多端了碗粥。

袁野见韩柏言起身,以为是准备走,结果刚打算跟上,便见这人连餐盘也不端,走到了取餐台。

袁野正狐疑着,想问一句"你还没吃饱啊",余光便瞥见进来的吴桐雨,瞬间懂了,没拆台,很热情地冲来人招手:"这里!"

吴桐雨望过来打了一声招呼:"早,我先去取吃的。"

孟澄跟韩柏言闲聊,了解哪几样早餐好吃。韩柏言简单回了几个,朝吴桐雨看过来:"昨晚睡得好吗?"

吴桐雨弯唇,露着笑,说:"挺好的。就是这里空气太干了,我昨晚流了一次鼻血。"

韩柏言视线下移,盯着吴桐雨的鼻子看,这目光让她觉得是落在她嘴唇上,莫名地有种不知所措的娇羞。

吴桐雨轻咬了下唇,补充了一句:"已经没事了。"

韩柏言这才把视线移开,落回她眼睛上,说:"今天多喝点水。"

吴桐雨笑着应:"知道。"

韩柏言端着粥先回了座位,孟澄凑到吴桐雨身边,轻轻撞了撞她的肩膀,问:"有情况哦。"

八字没一撇的事,吴桐雨不喜欢在人前瞎说。她揣着明白装糊涂,试图搪塞过去:"什么情况啊,你刚拿的那个烧卖好吃吗?"

她生硬地岔开话题。

孟澄笑笑,故意道:"韩柏言说还不错,你尝尝。"

四个人凑了一桌,吴桐雨吃开了才想起忘了什么事。

"周淮没来吃吗?"男生三个人分到两间,周淮自己住的大床房。

袁野答:"早晨在群里叫了,没回消息,估计是没起吧。"

吴桐雨"哦"了一声,盯着餐厅入口处竖着的标牌上写着的早餐供应时间段。再晚就没早餐供应了。

等她吃完,跟大家一起回房间时,吴桐雨绕到取餐台,在酒店人员的允许下打包了两个三明治带走。

上午还要出门逛景点,不吃早饭哪里有体力啊。

吴桐雨落后他们几步,韩柏言回头找她,看见她手里的东西,问了一句:"没吃饱吗?"

"吃饱了。备一点,上午谁饿都可以吃。"

韩柏言"哦"了一声,没多问。

吴桐雨先回了房间,收拾今天上午出去时要背的包。

没一会儿,聊天群里弹出周淮的消息。他回了袁野早晨问大家去不去吃早餐的消息,说:你们都吃完早餐了?

孟澄在群里回:现在去也没了,你去超市看看吧。

吴桐雨没在群里说话,把小挎包背到肩上,出了房间。

他们的三个房间挨着,吴桐雨打算去献爱心送个早餐。

结果刚跨出房门,转身,正瞧见周淮房间门口出来一个人,是个女生,梳着两个拳击辫,穿着热裤和背心,好身材一览无余,大大方方地展示给路人看。

吴桐雨记得,这是昨天包车时遇到的那个女孩,没想到也住在这家酒店。

对方不知道是来找周淮,还是刚从他房间出来,此刻站在周淮门口,正跟他说话。

吴桐雨这会儿心里乱，排斥地不想听他们说了什么，只知道两人聊得很开心，女孩走的时候说了句："腹肌不错。"

吴桐雨扭头回了房间。

包的车按照约定的时间到了酒店外，上了车，没吃上早饭的周淮正打听着附近哪里有卖早餐的。吴桐雨手拽了拽包上的拉链，最终还是把里面的三明治拿出来，丢给了他："吃这个吧，昨天剩的，应该没坏。"

周淮接住，透过透明包装看里面的食材的新鲜程度，猜也知道不是昨天剩的："贴心啊。谢了，还知道给我留一份早餐。"

吴桐雨别开眼，不理他。

因为今早的小插曲，这趟草原之旅对吴桐雨而言并不放松。晕车体质和心事重重，让她格外疲惫。

好在只待了三天四晚，便返程了。

返程的高铁票订好，这次吴桐雨和周淮是挨在一起的双人座，吴桐雨并未因为这种独处感到开心和期待。

过安检、候车、检票，然后穿过站台，进了车厢，吴桐雨一路看上去神态虽有疲惫，但不至于冷脸。该聊天聊天，该玩手机玩手机，表现得轻松又自在，甚至不止一次流露出对这段旅途的不舍。

但只有她自己知道，她一直在回避与周淮的互动。

与其说是跟周淮较劲，不如说是跟自己陷入了挣扎。她脑袋里有两个声音，不断影响着她的决定，一个细数着周淮的好，竭力证明她被在意；另一个罗列着他的缺点，试图说服自己，他真的不值得。

偏偏它们各有各的道理，谁也说服不了谁，因此只剩下痛苦。

所以来到车厢找座位时，吴桐雨想也没想，跟别人换了座位。

她跟孟澄换的。孟澄看看周淮，又看看她，小声问："吵架了？"

吴桐雨摇头，说："没有。"

孟澄的座位在韩柏言和袁野中间，吴桐雨过来时，韩柏言同样用询问的眼神看向她。

吴桐雨顾左右而言他："你在听什么？歌吗？"

韩柏言没回答，而是摘了一侧的耳机，给她戴好。听到耳机里传来的声音时，吴桐雨眼睛睁大些，诧异地问："你怎么知道我K歌软件的账号？"

韩柏言说："你分享到朋友圈过，忘记了？"

吴桐雨一想，还真是，不过都是好久之前分享的。她没有设置朋友圈开放的时间限制，好友能从第一条看到最后一条，但吴桐雨觉得应该没有人会无聊到翻她的朋友圈，因为实在是太多条了。

吴桐雨是那种屁大点的事都要发朋友圈的人，没统计过一天最多发了多少条朋友圈，反正十条是有的。

吴桐雨摘了耳机，没听自己的歌声，好奇地问："你翻我朋友圈了？"

韩柏言坦坦荡荡地没有否认，说："我想了解你，想知道你喜欢什么、不喜欢什么、害怕什么。"

吴桐雨坐正些，戳着小桌板，说："你可以直接问我。"

韩柏言盯着她白净立体的侧脸，说："问什么都回答？"

吴桐雨郑重地点头："我没什么不可告人的。"

韩柏言安静，似乎在思考要问什么。吴桐雨偏头，眼神期待地等着他接下来的问题。

韩柏言捏着她刚刚戴过的那枚耳机，抬眼对上她的目光，问："我想知道，你现在有没有喜欢我一点。"

有吗？

有吧。

是被对比出来的。周淮的身边，有她，但也有别人。而韩柏言的眼里，只有她。

这种独一无二的偏爱，很难不想多享受几次。

可……吴桐雨清醒地知道，这对韩柏言不公平。

吴桐雨抿着唇，没有说话。

这时，去餐车买水的袁野回来，他多买了几瓶，问其他人要不要。吴桐雨说不用，拿出手机，点开与韩柏言的对话框，回：我不知道。

她抠着手机壳，想多说几句解释一下，免得太伤人。

韩柏言回：**不着急，你慢慢想。**

他俩手机一个响完，另一个接着响，一旁的袁野只要不傻就能猜到这两人在聊天。

吴桐雨最担心的事情终于还是发生了。

那天从高铁站出来，等出租车的时候，韩柏言用手机回了几条消息。孟澄正站在他旁边，四处乱看时不小心扫到了韩柏言正退回到主界面的手机屏幕，本没什么大不了的，大多数人没有使用手机防窥膜的习惯，经常被别人看到和看到别人的。

孟澄毫无好奇心地把视线移开，但下一秒，大脑意识到自己刚刚看到的壁纸是什么内容时，猛地把目光转了回去。

她诧异："哦吼，壁纸有点东西。"

吴桐雨这几天对"手机壁纸"这个词格外敏感，一直关注着那边的情况。

周淮在一旁玩手机，正要偏头跟吴桐雨拌两句嘴，抬眸察觉到吴桐雨一个劲儿瞥着的方向，不由得跟着望过去。

韩柏言不解释，只是笑笑，看似随意地朝吴桐雨这边瞥了眼。

孟澄正问："什么时候的事啊？怎么没跟我们说？"

吴桐雨嘴一张，想澄清一下。

周淮从韩柏言和吴桐雨这两人的眼神中琢磨出什么不寻常来，率先开口："什么事啊？"

孟澄看热闹地给了周淮一个眼神，说："你不知道吧，韩柏言的手机屏幕的壁纸是和吴桐雨的合照。"

合照？异性间普通朋友的关系为什么要用合照做壁纸，这不暧昧吗？周淮不悦地拧眉，狠狠地盯着吴桐雨仿佛要把她盯出一个洞来。

看吴桐雨的表情，她显然知道这件事。

难怪这些天觉得他们不对劲儿，原来不是自己脑补过剩。

吴桐雨，能耐了啊。

顶着周淮质问的眼神，吴桐雨补充："就是一张很普通的合照。"

再普通那也是合照啊。

这时，有空着的出租车驶来。他们一行五人分成两辆车，原本是按照目的地是否顺路程度分的，孟澄和周淮一辆车，另外三人一辆。

结果临往车上放行李时，出了点小状况。

"你先上车，我帮你放。"韩柏言要过吴桐雨的行李箱，帮忙。

吴桐雨刚想说不沉，我自己可以。

周淮手一伸，按住了吴桐雨的拉杆箱，说："你上我这辆。"

"又不顺路。"吴桐雨下意识地拒绝。

周淮没什么耐心，说："不让你付车钱，废什么话。"

吴桐雨一脸茫然，打量他几眼，问："你抽什么风啊？"

如果是以前，吴桐雨可能会虚张声势地跟他互呛几句，嘴瘾过了，情绪不过心。可今天不知道是怎么了，可能是周淮此刻看一切都厌烦的态度传染给了她，也可能是这几天的事在她心里留下了深深的烙印，她突然就不耐烦了，突然便觉得周淮很情绪化。

虽然她知道自己就是一个情绪化的人。

可能两个情绪化的人不适合相处吧，吴桐雨觉得自己和周淮越来越相处不来了。

吴桐雨想跟他尽情地吵一架，把这两天积攒在心里的坏情绪都发泄出来。但好歹是公共场合，前面有等着拉客的出租车司机，身后有等着上车的乘客，吴桐雨嘴角动了动，只说一句："我不跟你一辆车。"

可周淮压根没听她说了什么，自顾自地提起她的拉杆箱，放到了他要坐的那辆出租车的后备厢里。

吴桐雨气得跺脚，又拦不住他的动作，期间险些崴到脚，被一旁的韩柏言扶住："去吧，上哪辆车都一样，到家记得跟我报平安。"

吴桐雨一直是个注意形象的人，当即稳重些，顺势跟韩柏言说："那我过去了。到家联系。"

目送她上车，袁野没骨头似的往韩柏言肩膀上一搭胳膊，说："你这个以退为进可以啊，小梧桐是跟着别人走了，心还在你这儿呢。"

韩柏言抖了下肩膀，把袁野的胳膊甩开，说："上车，走了。"

吴桐雨和周淮坐在出租车的后排，一上车两人便吵起来了。小学鸡拌嘴似的，不带脏字，没有主题，你来我往地翻旧账。周淮让吴桐雨擦亮眼睛、谨慎交友，吴桐雨则说自己最后悔认识他。

总之，吵得那叫一个混乱，语速还特快，只有他俩自己知道自己在说什么。

孟澄在副驾驶座坐着，朝一个劲儿通过后视镜往后排望还插不上话的司机解释："没事，他俩排练话剧呢。师傅你安心开车。"

他俩互骂了一句，吴桐雨到家时，只觉神清气爽，反正周淮说她的话她一句也没听进去，早不记得了。

吴桐雨忽略周淮在线上发来的挑衅和警告，点开和韩柏言的对话框，说：我到家了。

顿了下，她又解释了一句：你不要对周淮有误会，他不是针对你。我替他跟你说声抱歉。

韩柏言：小事。

紧接着，韩柏言又发来一条：觉得抱歉的话，那答应我明天一起吃午饭，可以吗？

这两件事并没有什么联系，韩柏言只说吃饭的事，她也不会拒绝啊。

哦，吴桐雨想了想，自己也可能拒绝，比如找一件不太重要的事当作借口，就拒绝了。但一旦加上这个前提，她便没办法拒绝。

至少拒绝的话，也会找另外一件事来弥补。

吴桐雨这会儿没想"周淮做坏的事，怎么让我来弥补啊"，只顺从地回道：要吃什么？

韩柏言：来我家吧，我下厨。

对韩柏言会做饭，且做得很好吃这件事，吴桐雨并没有很意外。

好像在她的认知里，韩柏言任何事情都能做得很好，尤其是这种需要耐心和用心的事情。

翌日，吴桐雨按照韩柏言给的地址，第一次来他的家。

木雕坊二楼有卧室和休息室，后面还带个小院，满满的生活痕迹，所以吴桐雨便先入为主地以为那是韩柏言在宿营的家。

今天才知，他在宿营一处不错的小区购置了房产。

"这是他的婚房。"同受邀来韩柏言家蹭饭的袁野，玩笑地说。

韩柏言腰上系着围裙,从厨房出来拿个东西,顺路说:"不算婚房,买来先住着。今天是新家第一次开火。"

"早知道是来暖房,我就该带点礼物了。"吴桐雨没想到是这么回事。

韩柏言倒无所谓,说:"你来就够了。"

袁野做作地咳嗽着,在一旁凑热闹,提醒这里还有个人呢。

韩柏言递给他一个"你可以不用来"的眼神。

吴桐雨自然没注意到他俩之间的小眼神,在参观完家里的陈列摆设后,起身,进了厨房,问:"需要打下手吗?"

"不用。你在旁边陪我说话吧。"韩柏言说。

家里处处都是簇新的,窗明几净,看着人心里跟着亮起来。韩柏言定的装修风格不跳脱,却也不死板,没有坚持黑白灰的冷淡风,收拾得还算温馨。处在这样的环境里,他整个人跟着温和几分。

虽然他本身就是个温和的人,至少在吴桐雨看来是这样的。

韩柏言备菜的时候,吴桐雨还被允许留在厨房。等他开了油烟机,打火热锅时,便说油烟大,把人赶出去。

厨房里没吴桐雨和袁野的事,袁野提议打局游戏吧。吴桐雨正在外卖平台上挑着给韩柏言的暖房礼物,说等一会儿。

结果等她挑完礼物,刚要切到游戏页面时,收到了周淮发来消息,叫她出来玩。

吴桐雨前一瞬还轻松的心情,在看到消息的一刹那,冷了冷。她撇撇嘴,回复道:不去。

周淮又问:你在家干吗呢?大好时光,宅在家里多无聊啊,出来玩啊。

吴桐雨:要你管。

吴桐雨跟他较劲般,又说:谁说我在家啊。我忙着呢。

隔了一两秒,对面问:你又去木雕坊了?

吴桐雨:恭喜你,猜错了。除了木雕坊,我还有很多地方可以去。

周淮开始不耐烦,问:所以你到底去哪里了?

吴桐雨也说不清楚自己出于什么心理,就是不太想让周淮知道自己在韩柏言家里。

吴桐雨固执地如此回道：**不告诉你。**

吴桐雨刚准备搁下手机，屏幕闪烁起来，是周淮拨来的电话。

她挂断。

间隔一两秒，周淮又一次拨过来。

吴桐雨不喜欢控制欲强的人，明显有些生气了。她冷着脸，愤愤地接通，粗声粗气地"喂"了一声。

"谁惹你生气了？不要把火气转移到我身上。"电话那头传来周淮事不关己、撇清关系、看热闹的声音。

吴桐雨笃定地说："就是你惹的。打电话什么事啊？"

一旁玩手机的袁野朝吴桐雨看了两眼，最终拿着手机进了厨房，鬼鬼祟祟地告状："跟周淮打电话呢。"

韩柏言朝厨房外望了眼，油烟机"嗡嗡"地工作着，听不到外面的声音，这个角度更看不到人，但韩柏言古井无波的眼睛里比看到那个场景还要难过。

客厅里，周淮在电话中问吴桐雨："你到底在哪儿？"

吴桐雨说："在朋友家。"

周淮追问："哪个朋友？"

"韩柏言。"吴桐雨不想听他挑三拣四，"没事我挂了，要吃饭了。"

周淮估计是不知道说什么了，半天只憋出来一句："吴桐雨，你真行。"

吴桐雨被对面挂了电话，莫名其妙地盯着手机屏幕，一脸茫然。她真行？她哪里行了？什么毛病啊。

"怎么了？"韩柏言从厨房出来，往餐桌上摆东西时，问了吴桐雨一句。

吴桐雨抿出笑，放松地摇摇头，说："没，跟周淮闲聊了几句，他叫我出去玩。"

韩柏言"哦"了一声，没急着回厨房，看似漫不经心地问："那你要去吗？"

"不去。"吴桐雨答得自然，见韩柏言一直盯着自己，多说了句，"我答应你今天一起吃饭，就不会突然爽约的。"

"谢谢。"韩柏言说。

吴桐雨以为韩柏言说完就回厨房了，但是他没有。他继续问："明天你可以跟我约会吗？"

"我……"吴桐雨一时不知道怎么回答。今天还没过完呢,怎么就先预约上明天的事情了。她卡壳了一下,继续说,"我都行啊,是有什么活动吗?"

韩柏言说:"还没想好,只是想每天见到你。"

此刻的厨房内,袁野端着两盘菜站在厨房和餐厅交界处,退也不是,进也不是。听外面两人一时半会儿聊不完,他决定先不出去为妙。

说实话,接下来这段时间,吴桐雨跟韩柏言见面的频率不高。

因为吴桐雨开始密集地练科目三,一大早跟着驾校的车去场地,中午饭都没办法回家吃,到家时已经是傍晚,刚好赶上吃饭,不怎么有自由支配的时间。

她和韩柏言的沟通多是在线上,每天都聊,有时是吴桐雨练车的间隙,有时候是晚上回家休息前,什么都聊,有驾校听来的八卦,也有他们自己的事,常常没怎么注意,便聊了很久很久。

但韩柏言没有明确直白地再提喜欢她、追她、要不要谈恋爱的话,只是每每在她最需要帮助的时候,总会义无反顾地出现。

大概是吴桐雨知道韩柏言在任何时候任何事上都愿意相信自己、支持自己,所以当自己有什么事时,也愿意第一时间找他。

他们的关系似乎正应了"顺其自然"四个字。

这天吴桐雨刚通过科目三的考试,从驾考中心的储物柜里拿到手机后,看到了袁野发来的消息,当即脸色紧张起来。

袁野说韩柏言在街上为了保护一个差点被车撞到的小孩,自己摔在地上伤了右手臂,现在去医院了。袁野自己在外地出差,问吴桐雨有没有时间过去看一下。

吴桐雨自然是不会拒绝,问清楚哪家医院后,便急匆匆地拦了车过去。

吴桐雨到医院时,韩柏言正吊着打完石膏的手臂,听医生说忌口问题。

她火急火燎地赶来,这会儿站在病房门口终于放轻了动作。有护士从外面回来,看了吴桐雨几眼,问她:"有什么事?"

吴桐雨说:"我等人。"

诊室里的韩柏言听到声音,偏头看了出来,前一瞬冷淡的神色缓缓有了暖色,如果不是医生没说完话,他就要立刻出来。

吴桐雨及时说:"你先忙,我在外面等。"

韩柏言出来时,吴桐雨正捧着手机跟驾校沟通约科目四的时间。

"你怎么来了?"头顶响起韩柏言的声音。

吴桐雨收起手机,起身看他的手臂,眼神里的心疼和担忧藏都藏不住:"袁野跟我说的。你……"

韩柏言平静地说:"没事,只伤了手臂,轻微骨折,养几天就好了。"

吴桐雨嘴角动了动,不太认同他的话:"怎么能没事。"

吴桐雨这人同理心特别强,看别人受伤比自己受伤还要难过。

"你是今天考试?"

吴桐雨情绪低落地"嗯"了一声,说:"考完了。"

"过了吗?"

"过了。"

"很厉害。那我们去吃点东西庆祝一下。"韩柏言语气轻松地提议。

吴桐雨想说,你都受伤了就别再周到地照顾我了,只是通过了一次驾照科目的考试:"不用特意庆祝。"

只是没等她开口,韩柏言自顾自道:"是我饿了。"

吴桐雨没想到这个原因,不好意思地"哦"了一声。

两人就近吃的,医院附近一家店面干净的家常菜馆,点了三菜一汤,吃得简单。

韩柏言伤的是右手,这几天别说做木雕了,连一日三餐都没那么方便。

吴桐雨看他左手拿着的两根筷子跟打架似的,不是这根掉,就是另一根掉,要不就是好不容易夹起来的菜掉。

他脸色无奈,只得换成了勺子。

总归是没那么方便的。

这顿饭吃得特别慢,吴桐雨旁观着,想帮忙又觉得还没到她上手帮忙的地步,但不帮忙看他一个人忙活又心疼得不行,于是只剩纠结。

一顿饭吃完,吴桐雨觉得自己跟着累出了一身汗。从店里往外走时,她提议道:"这段时间我过去陪你吃饭吧。"

韩柏言脚步一顿,偏头看她。

这时吴桐雨却假借看路况别开了脸,看向别处,不过这不耽误她说话:"正好我没什么事,接下来要看科目四的题,在哪儿看都一样。早餐的话,我应该赶不及,你自己解决一下,中午和晚上我跟你一起吃,帮你递个碗筷什么的,你一只手,这些事做起来不方便。"

吴桐雨说完,转头,见韩柏言还盯着自己,眼梢扬着,隐隐有笑意。

"胳膊伤了还这么开心?"吴桐雨嘀咕。

韩柏言说:"伤得挺值的。"

吴桐雨不想理他。哪有人受伤了,还觉得自己占到大便宜了啊。

翌日,吴桐雨起了个大早,在家简单吃了几口早饭,便动身去木雕坊。临出门前,不忘装了几个老妈自己蒸的肉包,用保温盒装了一份浓稠的八宝粥。

"你这又吃又拿的,中午不回来吃了?"老妈挥着锅铲,还在煎鸡蛋。

吴桐雨头也不回地说:"妈,你肉包做得太好吃了,我给朋友尝尝。这几天中午都在外面吃!"

"玩疯了这是。"老妈嘀咕完,扬声,"保温盒记得带回来!"

"知道了!"

吴桐雨到木雕坊时,见韩柏言正单手搬一把椅子,忙把带的东西搁下,过去帮忙。

"来这么早?"韩柏言被赶到一旁,看着她。

吴桐雨说:"家里吃饭早,不起不行。你吃饭了吗?我给你带了肉包和粥。"

韩柏言看包装知道是家里自己做的,便没说实话,改口道:"还没吃。"

"就知道你不方便做。"吴桐雨搬完凳子过来,拿着早点继续往里面走,去他们常用来吃饭的小桌处,开了保温盒,"还热着。"

韩柏言坐下时,吴桐雨已经拆好旁边收纳盒里攒着的点外卖多出来的一次性餐具,挑出勺子递给他。

"谢谢。"韩柏言接过。

吴桐雨用手托着脸,看他搅了几下八宝粥后,舀了一勺喝掉。

不等韩柏言夸赞，吴桐雨自顾出声道："好喝吧？我妈煮了好久，里面的豆子软烂黏糊，没添加增稠剂。"

"是很好喝。"粥不热，韩柏言用勺子喝了两口，便直接端着碗喝。

吴桐雨说："你慢点。还有包子，你也尝尝。我妈自己做的，面团大。我不知道你能吃几个，就估摸着拿的。你吃不了就剩着。"

韩柏言垂眼数了数吴桐雨拿来的数量，有些后悔自己早起吃什么早餐。他光看着就觉得有些撑了，但心里怎么想是一会儿，面上表现出来的又是另一回事。他语气自然："吃得下。"

吴桐雨坐在一旁，看他吃的时候，闲聊道："我小时候不管我妈把包子蒸得多大，我永远都只吃一个便说饱了。我的胃容量仿佛能随着包子的大小变化似的，后来我妈为了让我多吃点，就把包子蒸得特别大。"

是挺大的。韩柏言心里认同，嘴上说："肉馅调得很香。"

"是吧！我妈做饭特别好吃。"吴桐雨一脸骄傲地说。

连着吃了两顿早餐，韩柏言撑得坐在那不想动。他看着吴桐雨去厨房洗餐盒，提前问："明天还有早餐吗？"

有的话他留着肚子。

吴桐雨回了回头，问："喜欢吃我妈做的饭吗？"

听韩柏言"嗯"了一声，吴桐雨说："那我明天再给你带。不过我不确定明天早晨家里吃什么啊。"

"吃什么都行。"韩柏言补了一句。

吴桐雨不好意思地补了一句："我还不确定自己能不能起得来。"

韩柏言笑："没事，多晚都等。"

早晨吃得多，到中午了也不觉得饥饿。

吴桐雨不会下厨，提前半小时帮忙叫了外卖。餐送到的时候，韩柏言兴致缺缺。

吴桐雨只当他是用勺子吃饭吃得心里烦躁，便拆了他没用的那双竹筷，帮忙："我给你夹。"

吴桐雨把秋葵夹起来，韩柏言拿起勺子去接，岂料吴桐雨捏着筷子直接喂到了他嘴边。

韩柏言被迫却很乐意地微微张嘴，咬住了她投喂来的蔬菜，含糊地说道："谢谢。"

吴桐雨故作镇定地垂下眼，说："我爸总说，一日三餐是人生最幸福的一件事，而且吃饭的时候不要有情绪，沉浸到吃饭这件事里，不要带着气吃，对身体不好。还要吃哪道？"

袁野来店里时，正好看到吴桐雨喂韩柏言吃饭这一幕。

他一脸吃瓜群众的八卦模样，笑眯眯地看着这两人。等吴桐雨去储物间找没拆封的纸巾时，袁野才开口打趣韩柏言："你伤个手直接成残疾了？你左手不是也……"

韩柏言怕他嘴上没把门的真说出点什么让吴桐雨听见，连忙嘘声提醒他闭嘴。

袁野心知肚明地"啊啊"了两声，表示自己不多嘴，帮他保密行了吧。

真没见过韩柏言这样，在袁野认知里，韩柏言一向是行得正坐得直，凡事有条不紊，该是怎么样就怎么样，哪里是会耍手段走捷径的人啊。

韩柏言朝吴桐雨去的方向看了一眼，问袁野："你来做什么？"

"我知道自己来的不是时候，你能收收你这语气里的嫌弃吗？我没什么事，看看你有什么要帮忙的吗，没有我就走了。"

韩柏言跟他是真的熟，所以不打算假客气，说："那你走吧，我不送了。"

袁野无语。临走前，他乌鸦嘴道："你悠着点吧，怎么说这也是骗人博同情，不好。"

韩柏言能不知道这么做不好吗？可一旦尝到了甜头，哪里能舍得收手。

吴桐雨拿来一包新的抽纸，边拆包装的封口边回这里，见袁野已经准备走了："你不坐会儿吗？"

袁野摆摆手："我就过来看他一眼，你在这里我没什么担心的。你俩吃吧。"

目送他离开，吴桐雨准备继续吃饭时，见韩柏言拿着勺子，耐心又安静地一勺菜肴一勺米饭地吃着，恢复到一贯心平气和的耐心。

因为韩柏言手臂受伤了,店里没有再安排木雕体验课。

一整个下午,店里客人不多,来了几波进店里闲逛的,卖出几个小物件。

吴桐雨托着脸坐在店里,看地面的阳光一点点偏移,大多数时候在刷科目四的题库,学累了也会让韩柏言给自己找块废料雕着玩。

俗话说熟能生巧,吴桐雨没多熟,也不巧,但经常看韩柏言雕东西的场景,不自觉地生出了耐心,一点点地修饰细节,不急于追求成果。

吴桐雨晚饭是在店里吃的,依旧是外卖。

吃完正收拾的时候,吴桐雨接到闺蜜的电话,两人视频聊了会儿,不知不觉一个小时便过去了。

要不是中途老妈打来电话说忘记带家里钥匙,让她回去送一趟,吴桐雨还不舍得挂电话呢。

吴桐雨把店里简单收拾了一下,便跟韩柏言说回家。

前一瞬还闹腾的地方,因为一个人的离开,突然就冷清下来。韩柏言吊着一只胳膊,无所事事地在店里走了一圈,盯着吴桐雨刚刚坐的地方看了会儿。

去厨房洗杯子的时候,韩柏言看到吃剩的晚饭放在厨房的操作台上,没有收。

本着不浪费的原则,他把没怎么动的菜拨到一个盒子里,方便晚上饿的时候当夜宵。

吴桐雨走到街口才想起来,自己收到厨房的外卖还没收拾,便扭头折回了店里。

穿过木雕坊的店面,来到后院,朝厨房走来,她看到的正是韩柏言用左手拿筷子挑香菜的画面。

吴桐雨盯着看了会儿,不由得感慨。不愧是靠双手吃饭的手艺人,这手真的稳。

韩柏言拎着要丢的垃圾袋转身时,终于发现了去而复返的吴桐雨。

他勾着垃圾袋的手指蜷了蜷,想解释。吴桐雨率先开口:"你骗我。"

这是事实。韩柏言没法解释。

吴桐雨丢下一句"我明天不过来了",扭头就走。

韩柏言哪里还顾得上丢垃圾,把手里的东西往旁边一搁,急忙追出去。

怎么解释一会儿再想好了,就这么让她回去不合适。

吴桐雨走得很快,韩柏言动作更快,在店门口把人拉住。

"小雨。"

吴桐雨被迫转身,却别开脸,不看他,被戏耍后的生气状。

"我错了。"韩柏言干脆利落地道歉,态度真诚,"我不该为了让你陪我吃饭,假装不会用左手拿筷子,更不该因为想让你多喂我几次,不告诉你实话。"

哪有人这么道歉的。吴桐雨张张嘴,几次开口都不知道自己该接什么话,只断断续续地发出声音:"你……我……"

最后她只憋出来一句反驳:"哪有你这样的。"

韩柏言垂眼看她,接受她埋怨瞪来的目光。他伸手,用唯一能活动的左手拉住她的小臂,然后慢慢下滑,捏住了她的手腕,停住:"不生气了好吗?"

吴桐雨垂眼,看着他的动作,没吭声。

生气吗?算不上。

好吧,只有一点点,有种被戏弄的感觉。但韩柏言的真实目的怎么可能是戏弄她,她不是不懂。

韩柏言温声解释道:"我从小手经常被刻刀伤到,慢慢地学会了两只手都可以写字、吃饭。"

吴桐雨想到第一次见他时他手上的伤,鲜血淋漓的,看着都觉得疼,不想听他自揭伤疤回忆,连忙道:"好了,我不怪你了,你不要卖惨了。"

"不是卖惨。"韩柏言拉着她的手腕,朝她走近些,说,"想让你多了解我一些。"

他重复问道:"你想了解我吗?"

吴桐雨用鼻音"嗯"了一声。

"我算不算乘人之危?"韩柏言一瞬不瞬地盯着她,手从她手腕下移,拉住了她的手,明明是询问的语气,却没有丝毫后退的打算。

吴桐雨指尖微动,脚底灌铅似的,动弹不得。

但韩柏言最终什么也没做,只是轻轻捏了下她的手指,然后说:"我送你回家。"

"不用，你一只手没办法骑车。"吴桐雨不想他折腾。

韩柏言说："我坐公交送你。"

不给吴桐雨拒绝的机会，他继续道："或者打车也行。不过坐公交车的话，可以跟你待得久一些。你选哪个？"

吴桐雨觉得自己的耳垂红得将要滴血，半晌才不好意思地支吾道："公交车……"

从木雕坊到街口，再到马路对面坐公交车，要走个两三百米。

韩柏言早已经松开了她，但吴桐雨仍觉得牵手的触感尚在。他皮肤温度比自己的要高，薄薄的茧子存在感清晰，手掌很大，似乎一只手就能攥过她的一双手。

吴桐雨两手交握，试图回忆和他牵手的感觉。

走在斜前方的韩柏言突然侧头，吴桐雨当即迅速地望过去，询问他有什么事。

韩柏言笑笑，说："还生气吗？"

"没生气。"她哪有那么爱计较。

韩柏言："要是还不开心的话，那我再想想该怎么哄你。"

吴桐雨把手往身后一背，上半身朝前倾了倾，面朝他，说："你很会哄女孩吗？"

"不太会。"韩柏言看了她一眼，"如果你喜欢听的话，我可以多储备一点这方面的知识。"顿了下，他问，"喜欢听吗？"

吴桐雨当然喜欢听啊，哪个女孩会不喜欢好听的话。

但吴桐雨觉得韩柏言很会给人挖坑。明明说的是这一件事，暗指的却是另外一件事。

若是她答了，她看似回答的是这件事，其实回应的是另外一件事。

"实事求是就好，我都行的。"吴桐雨说。

韩柏言领悟能力很强，道："知道了。那我尽量哄得自然一点。"

吴桐雨不吭声。

因为临近一条网红街，所以在这个站点上下车的乘客不少。吴桐雨跟韩柏言上车时，只剩下一个空位。

韩柏言示意吴桐雨过去坐,自己则站在她面前,吊着的右手打着石膏,左手拉着头顶的拉环,倒是不影响。

车子摇摇晃晃地发动,两人膝盖轻轻撞在一起。吴桐雨垂眼盯着,莫名地觉得放松。

她自己坐车最担心坐错车,坐过站,如今有韩柏言在旁边,她倒不担心这些,可以看看外面的景,看看周围的人。

旁边坐着的一位健谈的大妈问起韩柏言手臂是怎么伤的,韩柏言说不小心摔的。

大妈说年轻人要稳重点,摔成这样影响日常生活不说,父母知道后得多担心啊。韩柏言听着,只是温和地笑。

吴桐雨随着大妈的话,想到他父母早亡的事。很少听他提起自己的父母,好像是因为事故去世,从他聊天中能感觉到,他的师父和师母从小对他疼爱有加,弥补了遗憾缺失的亲情,这些年他过得顺遂安乐。

同时,这较常人而言坎坷的经历,让他多了更扎实的意志。

他真的是个很温柔的人。

察觉到吴桐雨盯着自己,韩柏言茫然地望过来,歪了歪头,无声地询问她有什么事。

吴桐雨说:"你胳膊还疼吗?"

"没什么感觉了。"韩柏言低声道,"等拆了石膏,估计两边胳膊不一样粗。"

吴桐雨想象了一下那个画面,跟着笑起来。

过了几站,上车的人群中响起"老年卡"的提示音,吴桐雨朝前面望了眼,准备随时让座。

韩柏言随着人流往后让了让,吴桐雨把座位让给一位年迈的老奶奶后,跟着他站过去,手抓着头顶的拉环和他面对面。

谁也没有说话,但眼神里好像藏着千言万语。

不对视时,忍不住想要对视。

对视时,又不约而同地发笑。

公交车很快到吴桐雨家附近的站点,两人一前一后下去。

吴桐雨看看马路斜对面,提醒道:"回去的话去对面坐。"

韩柏言朝她指的方向看了眼,"嗯"了一声,道:"送你到小区门口,我再回来坐车。"

吴桐雨没有拒绝。

韩柏言来过几次,熟悉这附近的街道,走到两人之前见面的甜品店门口时,便没再往前走:"就送你到这儿,我看你进小区。"

从这到小区门口还要经过四五个门店,但韩柏言没再送。

起初吴桐雨没懂为什么,后来在一起很久了,吴桐雨无意间聊起这件事,才听韩柏言解释。一个小区住着的熟人多,尤其是上了年纪的街坊邻里爱传闲话,他倒是没什么害怕的,就是担心谣言多了对吴桐雨影响不好。

吴桐雨年纪轻,未经历过什么复杂人事,对这些尚不知晓,但韩柏言该考虑的都考虑到了。

韩柏言说送到这里,吴桐雨便没有多想,一步三回头地往小区走,拐进小区前,朝他那方向望了眼,挥挥手示意自己进去了。

等进了小区,她又拿出手机给他发消息,说:谢谢你送我回来,你也快回去吧。

韩柏言:不客气,在往回走了。

吴桐雨收到回复,才收起手机。其实还想问问,他们现在算什么关系。可又觉得,如果自己真的问了,韩柏言大概会反问她,你觉得我们是什么关系。

她觉得嘛……

她不知道。

她只知道此刻的状态令她很放松,想将这种关系长久地维持下去。

吴桐雨进了家门,鞋子也顾不上换,捧着心口靠在门板上一个劲儿地傻笑。

客厅里看电视的老妈听到开门的声音却半天没见到人进来,茫然地探头过来寻找,便见到她这副样子,疑惑地说:"你站那儿做什么呢?到家了不快点换鞋?"

吴桐雨这才回神,嘴角扬起的弧度半天都压不下去,等她换了鞋子,往客厅走时,才想起来问:"妈,你怎么进来的?不是说没带钥匙等着我回来送吗?"

老妈表情糊弄,明显是在说谎:"啊,那什么,后来又在包的夹层找到了。你还说呢,一整天不回家,给你打完电话多久了,你才拖拖拉拉地回来,我真有什么事也耽误了。"

"公交车开得慢。"吴桐雨心虚地说,因为不想讨论这个话题,便不提什么钥匙不钥匙的了。

她从冰箱里拿了一盒冰激凌,回了卧室,没等关门,身后传来老妈的唠叨声:"一到家就往卧室钻,吃饭了吗?少看会儿电脑手机的,伤害视力。"

吴桐雨:"吃过了。知道!"

手机是不能不玩的。吴桐雨正想问问韩柏言坐上回去的车了没,车上人多不多什么的。

没等她发,她先收到了周淮的消息,说现在在她家附近,让她出来一趟。

吴桐雨问:什么事啊?神神秘秘的。

周淮只道:有事想问你。

吴桐雨:借钱没有啊。

吴桐雨嘴上这么说,身体从懒人沙发上起来,拿着那盒刚拆封的冰激凌,往外走。

经过客厅时,她说:"妈,我出门拿个快递。"

老妈抬了抬头:"刚刚回来时不一起拿着?"

吴桐雨:"我忘记了嘛。"

老妈:"拿完就早点回来。你爸回来见你不在家又念叨你。"

"知道了!我飞快地去,飞快地回。"

吴桐雨不紧不慢地下楼,出了小区,到和周淮约定的户外活动小广场时,手里的冰激凌已经吃光了。

她就近找了个垃圾桶把垃圾丢掉,抄着口袋慢慢悠悠晃过去,从他身后经过,问:"什么事啊?"

吴桐雨走到他面前才看清,他带了一束花,十一朵玫瑰,娇艳新鲜,被精心地包装着。

吴桐雨不知道他这是给谁准备的,没多问,安安静静地看着他。

周淮毫无征兆地发问:"你觉得我怎么样?"

"你挺好的啊。"吴桐雨嘴上如此说,心里却疑惑地想,什么情况,他这是表白被拒绝陷入对自己魅力的怀疑吗?

她略一沉思,补充道:"你看你,长得帅,对身边人大方,性格说不上多好,但人不坏啊,除了犯病的时候会抽点烟,再没什么不良嗜好了。你——"

没等吴桐雨洋洋洒洒地说完,周淮突然开口:"那你愿意做我女朋友吗?"

吴桐雨眨眼,怀疑自己听错了。

周淮却一副认真的模样,说:"我刚刚特意绕去花店挑了这束花,想着显得正式一点。"

吴桐雨真想问问他是不是发烧烧糊涂了:"你是不是大冒险输了,故意来捉弄我?"

说着,她朝周围张望,想看看有没有其他朋友在附近监督。

周淮反问:"你以为是游戏整蛊?"

周淮对待感情不认真但也认真,知道什么玩笑能开什么,什么玩笑不能开。之前跟沈译驰他们玩真心话大冒险,被指定翻通话记录给第一个好友打电话告白时,周淮因为对方是吴桐雨,宁愿接受惩罚也不冒这个险。因为他知道这种玩笑一开,吴桐雨肯定会生气的。

吴桐雨最讨厌玩弄感情的人。

脑袋里冒出这个认知,周淮突然间沉默了。哦,在旁人眼里,他就是个惯常玩弄别人感情的浑蛋,不是吗?

吴桐雨是不是也是这样认为的?

"不是就不是吧。"吴桐雨觉得周淮此刻的眼神有些凶,好像她只要敢说一句"是",他立马就能翻脸似的。

"那你愿意吗?"周淮执着于这个答案。

说起来,周淮从没主动跟谁表过白,这些话从自己嘴里说出来,真是百般不适。

而吴桐雨始终都不相信周淮会跟自己表白,这事怎么想都觉得魔幻。

她想了又想,犹豫了又犹豫,最终还是说了:"你今天到底怎么了?你现在这个样子我特别不适应。找我什么事,快点说,别捉弄我了。"

周淮瞥了她一眼,仿佛突然有了神志一般,恢复成寻常的神态,说:"没怎么,就是想跟你谈个恋爱,你喜欢我吗?喜欢的话我们就在一起。"

吴桐雨又傻又呆,半天才理解他这段话的意思。

"神经。"她一脸无语,愕然与质疑变成了惊慌,逃也似的扭头就走。

"你给我站住。"周淮大步上前,把人给拽住。

吴桐雨的手腕被他捏得有些疼,她转了转手臂,试图挣开他的拉扯:"你有事就说,别动手。"

周淮这才把人松开,说:"那你回答完我再走。"

"我……"回答,回答什么?怎么回答?吴桐雨嘴角动了一下,又一下,半天才说,"我不想跟你谈恋爱。"

"为什么?"

"这种问题哪有为什么啊,不想就是不想。"吴桐雨的神情中多是抵触,生怕自己一脚踩空便踏入万劫不复的境地难以回头。

周淮注视着她,往日的巧舌如簧都变成了此刻的笨嘴拙舌。

怎么跟他预想的不一样呢?

"你不喜欢我?连孟澄都看出你喜欢我了。"

吴桐雨觉得好神奇啊,自己真是太矛盾了,既感性,又理性,既喜欢,却又不想有展开。

"然后呢?"

"然后……"周淮迟钝。

然后呢,开始恋爱,陷入热恋,产生矛盾,分道扬镳……周淮突然惊醒,意识到自己做了一个多么荒唐的决定。

可真的要永远做普通朋友吗?不要。

周淮不自觉地朝吴桐雨靠近,脚步沉重却坚定,迈开的步子很小,却是精准地朝着她的方向。

"然后想跟你……"好一辈子。

周淮保证不出口。

没等周淮开口说什么。

"吴桐雨!"广场旁边的街道上突然传来一道浑厚的中年男人的声音,"你不回家在这儿干吗呢?"

两个人闻声望过去,吴桐雨恍如看见救命稻草一般,作势要走:"我爸叫我了,我回去了,你也快点回家吧。"

周淮没有机会再说什么,只能目送着吴桐雨离开。

吴桐雨一路魂不守舍,不在状态。吴庆诸几次跟她说话,她都没听清对方说了什么,就在那里瞎回应,弄得吴庆诸频频看她。

好在这段路不长,父女俩很快到家。

吴庆诸还在换鞋子,吴桐雨便一口气跑回卧室,潦草地丢下一句"我要剪视频",提醒两个大人不要打扰自己。

剪视频自然是借口。

吴桐雨把自己关进卧室里,耳边嗡嗡地回荡着周淮的话,脑袋里是一团乱麻。

周淮怎么会跟她表白呢?

怎么会呢?

她在自己的思绪中挣扎,半天才留意到手机有电话打进来,正"嗡嗡"振动着。

是韩柏言。

吴桐雨做了番心理建设,提醒自己先不要想周淮的事,清了清嗓子,接通电话。

"在忙吗?一直没回消息。"韩柏言语气温和,如春风般慢慢抚平她的情绪。

吴桐雨垂眼,不太自然地说谎:"在剪视频,没顾上看手机。你发了什么?"

"没事。就问问你有没有想看的电影,明天一起去看。"

"我……"

吴桐雨咬唇,想答应,但一犹豫,便停顿得有点久。不是不想去,吴桐雨现想的理由,语气不自觉地加重,强调道:"我明天有事。"

"那后天去?"

"……后天也有事。"吴桐雨垂眼,小声说。

韩柏言沉默,没有接她的话。可能只有一两秒的间隔,但吴桐雨心虚地认为这个时间格外漫长。她再次开口,补充解释道:"我要去北京玩两天,跟闺蜜约好了,就是我跟你提过的,我从小到大最好的朋友,姜织。"

韩柏言问:"只有你们两个女生?"

吴桐雨这是现找的借口,票什么都没订呢,连姜织都不知道她要去北京这件事。说一个谎,就要用很多谎来圆,吴桐雨现场圆谎,为了显得真实性高一点,她话有些多:"对,她一高考完就去了南京,我们好久没见了。这次想去多玩几天,正好她要去北京上学,我陪她提前熟悉熟悉环境。"

韩柏言似乎没怀疑,只问:"明天几点走?我去送你。"

吴桐雨想也没想,说:"不用。我爸会送我。"

手机那头的人安静一两秒后,问:"是故意躲着我吗?"

"没。"吴桐雨干脆地回答,说完又补了一句,"不是躲着你。"

后补的这句有些底气不足似的,音量很小。

韩柏言没计较这个,只道:"那视频一会儿,你看着我说,行吗?"

韩柏言总是这样,给足了她选择的权利,但又好像她能选的只有那一个答案。

视频通话很快连接成功,吴桐雨开了桌上的台灯,让镜头里的自己多一些打光,接着方才的话题,先开口:"我说什么?"

"说什么都行。我只是刚分开,就又想见你。"

吴桐雨骗韩柏言说吴庆诸送她去车站,结果老吴压根不同意她去北京玩。

"你一个人?"吴庆诸暴跳如雷,"我看你是能耐了,宿营盛不下你了是不是。刚从内蒙回来没几天,现在又要去北京,还是一个人去。"

老妈也跟着反对:"你一个人连南京都没去过,去北京我们不放心的。"

这个决定是赶鸭子上架的选择,但念头冒出来了,吴桐雨觉得去玩一趟也不错。

"我只是一个人坐高铁,到北京姜织在呢。你们不放心我,还不放心你们的干闺女嘛。"

老妈问:"小织已经去学校报到了?"

吴桐雨:"还没有开学。她提前去熟悉环境。"

吴庆诸还是不说话。吴桐雨偷瞄着老爸的脸色,试探地说:"我每到一个地方都给你们拍照报平安可以吗?"

"别的朋友没有一起的?你叫上周淮也行啊。"吴庆诸松口了,还不如不松。

吴桐雨不知道老吴对周淮这么强的信任感是哪里来的，干脆地拒绝："叫上他一起才不方便呢。他一个男生，我跟男生单独出去旅行算怎么回事啊。爸，你这才叫不为我考虑呢。"

"你们不是关系好吗？有什么关系。"吴庆诸说。

"我不要。我跟周淮吵架了，不想跟他一起去旅行。"

吴庆诸的脾气也硬，说："不要就哪儿也别去了。"

见聊不下去，吴桐雨扭头，回了房间。

吴桐雨自暴自弃地扑到床上，内耗了会儿，打算打几局游戏分散一下注意力。集中不了注意力，坑了几次队友后，吴桐雨便不好意思再玩了。

她最终还是订了去北京的车票，让姜织当说客给老爸老妈吃了定心丸，允许她这趟行程。

从宿营北上的高铁上，吴桐雨丝毫没有开启一段路途的期待和轻松感，而是沉重。

这是她的逃避之旅。

吴桐雨也设想过，如果周淮早一点说那些话，在她遇到韩柏言之前，自己会不会心向往之地答应他。

吴桐雨不知道。

她不知道，面对不会为谁停留的周淮，自己有没有勇气冒险。她终究不是一个及时行乐的人。

吴桐雨意识到这一点后，突然就清醒地知道自己该如何做选择了。

就算没有韩柏言，也会有李柏言、张柏言，总之都不会是周淮。即便她喜欢过他。

现在还喜欢吗？大概是喜欢的。

不过，吴桐雨已经找到了更喜欢的对象。

韩柏言的出现，让她明白自己值得被坚定不移地选择，也有勇气坚定不移地开启一段冒险。

所以，那天她跪在雍和宫的佛像前，双手合十，虔诚地许愿。她希望周淮可以幸福，而她，要去追寻属于自己的幸福了。

不知道是不是佛祖显灵，吴桐雨从雍和宫出来，看手机查交通路线时，看到了韩柏言发来的消息。

看看时间，赶巧是吴桐雨许愿时候的事。

吴桐雨在回韩柏言消息的时候，心情格外好。

韩柏言问她玩得开心吗，吴桐雨不但只用文字描述，还把自己拍的照片发给他看，小话痨的本性暴露，侧面证明了她玩得很开心这件事。

吴桐雨不熟练却真诚地把心里话说出来：*如果你也在就好了。*

偏偏韩柏言不留情面，一个电话打过来，直白地确认道："想我了？"

吴桐雨手忙脚乱地接通后，低低地"嗯"了一声。她这会儿在街上，周遭车鸣声不断，不确定他有没有听见。吴桐雨说得更明确一点："我觉得你可以不用追了，因为……我决定答应你。"

电话那头安静，十分安静，长久的安静。

吴桐雨怀疑通话挂断了。

"喂？信号不好吗？"

事实上，没有挂断。

韩柏言边研究咖啡机的用法，边用肩膀和脑袋夹着手机讲电话，听到吴桐雨说了什么后，咖啡杯在桌上打了个转摔在地上碎开。

周淮右手的石膏还没拆，不太方便地简单清理了一下，才继续讲电话："信号很好，我听到了，刚刚不小心打碎了一个杯子。"他郑重地强调，"太开心了，像做梦一样。你再说一遍。"

吴桐雨含羞地抿了抿唇："是真的，男朋友。"

韩柏言问她回去的时间，吴桐雨照实答了。

韩柏言问："去接你，行吗？"

吴桐雨答应："好，那我让我爸不用来接。"

因为这通电话，吴桐雨归心似箭，开始觉得北京景点不好玩，美食不好吃，街上人多且冷漠，一点归属感都没有。

很快，到了她返程的日子。

高铁准点出发，一路向南，准时到达。吴桐雨提前几分钟取了行李，走到车厢中间的等候区，有点迫不及待了。

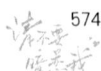

此刻，接站口，韩柏言跟周淮对上。

跟在吴桐雨面前温和无害的形象相比，韩柏言在外人面前要冷峻很多。话少，脸冷，看不出喜恶，总之就是不好招惹的样子。

周淮面对着韩柏言，自然没有好态度，一想到这人是自己的竞争对手，便吊儿郎当地连个正眼都没给。

韩柏言先打招呼："来接人？"

周淮"嗯"了一声，问："你也是？"

他俩来接谁，答案不言而喻。

周淮笑笑："那你估计要白跑一趟了。"

吴桐雨从出站口出来，迅速地找到了韩柏言的身影，刚要打招呼，余光瞥见一旁还有一道熟悉的身影。

周淮手指勾着一把车钥匙，晃了晃，说："你爸让我来接你。"

钥匙是她家车的。

吴桐雨往外走的脚步慢下来，开始思考现在该怎么办。

吴桐雨盯着那串车钥匙，最终还是走到了周淮面前，余光却不住地瞥韩柏言。她问："你怎么来了？我跟我爸说不用来接。"

周淮理由充分："你爸以为你是怕他训你，才不让来接的。我正好没事，就让我来了。"

吴桐雨嘴角动了动，说不出话来。周淮明知故问："韩柏言是来接你的？你让他回去吧，你爸妈还在家等着你一起吃饭呢。"

自打周淮那天表白后，吴桐雨便像被抽走了假面，没有了跟他玩笑互怼的底气。她依稀能感觉到他们的关系回不到从前了，就是不知道这种现象是暂时的，还是长久都会如此。

一想到这个，吴桐雨便开始难过。她看似跟谁都能玩到一块儿，但真正的朋友其实没有几个。因为她的性格不似姜织那般从容周到，大大小小的坏毛病在社交中是减分项。周淮真的是一个她很不想失去的朋友。

"你等我一下。"吴桐雨跟周淮说完，便朝韩柏言走去。

看到吴桐雨推出来的行李箱此刻被周淮接过去，不用吴桐雨说，韩柏言便知道她要跟周淮走。

韩柏言把手里拎着的袋子递给她,说:"路上买的,带回家吃吧。"

吴桐雨到嘴边的道歉和解释的话,顷刻间变得没有意义。韩柏言的大度和宽容,让吴桐雨越发感到抱歉。

"你下午在店里吗?"

韩柏言"嗯"了一声:"你随时可以过来。"

吴桐雨揪着手提袋的细绳,说:"我给你带了礼物,在行李箱里,下午拿给你。"

韩柏言轻声应"好",神情中没有丝毫的介意和愠色。

吴桐雨跟周淮走,坐到车里系安全带,周淮开始问她这几天在北京都玩了什么,又问沈译驰和姜织怎么样。不管过去还是现在,他们之间总有聊不完的话题,有意义的,没意义的,没话找话都能聊得不亦乐乎。但此刻吴桐雨兴致缺缺,周淮问什么,她答什么,一句话也不多说。

等车开进了小区,停在停车场,下车前,吴桐雨终于主动开口了:"周淮,我跟韩柏言开始谈恋爱了,你下次见到他不要为难他。"

周淮刚解开安全带,准备开门下车,这会儿重新靠回座椅上,看上去挺冷静的,但话说得并不理性:"喜欢他什么?你了解他吗?"

"正在了解。"吴桐雨说。

周淮的表情看上去像要骂人。

这时车厢里周淮的手机响起,他看也没看直接挂断,隔了一两秒,吴桐雨的手机也响起。是老妈的电话。

她接通,听到电话那头老妈问:"看到你爸的车回来了,你和小淮怎么还不上来,饭都做好了。"

吴桐雨应了一句"这就上去",便挂了电话,然后看回周淮,说:"我妈叫我们了,先上去吃饭吧。"

周淮估计是跟吴桐雨置气,丢下一句"不吃了",楼也没上,下车就往小区外走。

吴桐雨一个人磨磨蹭蹭提着几十斤的行李箱,上了楼,进家门被爸妈盘问了一番怎么没叫周淮上来吃饭,耳边才清净。

在家吃过饭,又说了会儿话,吴桐雨跟爸妈说了一声后,便带着千里迢迢从北京买回来的礼物去了木雕坊。

吴桐雨到时,韩柏言正在打电话,见她进来用眼神示意她稍等一会儿。

吴桐雨无所谓等不等,笑了笑,把东西搁在一旁的桌子上,坐那儿玩手机。

韩柏言的这通电话打得时间有点长,期间掀开通往后院的门帘,要去储物室清点什么货物的数量,同步给电话那头的人。

吴桐雨百无聊赖地坐在那儿等了会儿,一路上的期待和欢喜渐渐变成了担忧。她担心韩柏言会不会生气了,关于自己在接站口没跟他走的事。

自打认识韩柏言以来,他从未跟人急过眼、跟谁动过怒。但人非草木,有七情六欲,怎么可能不会生气呢。

吴桐雨自觉地检讨,越想越觉得自己处理得不妥。

见韩柏言迟迟不回来,吴桐雨起身,掀了布帘去后院找人。

储物间的门敞着,韩柏言靠坐在半人高的纸箱上,正捧着手机神色认真地编辑消息。听到外面的脚步声,他抬头看了眼,笑着问:"找什么?"

吴桐雨慢吞吞地往他这边挪,心事重重地说:"看看你在做什么。"

韩柏言在她走近时,朝她伸了下手。吴桐雨抬臂,牵住,再走近两步,站在他的膝盖前面。

韩柏言把手机搁到一旁,说:"让工厂添置几样家具,顺便采购了一些材料。"

他说得简单,吴桐雨知道是店里的琐事。以前她认为,开个自己喜欢的小门店,生意好或不好都没关系,自己轻松开心就好。可旁观韩柏言经营木雕坊的过程,才知道,不管生意好不好,要操心的事都很多,而且都是些琐碎的小事,就跟生活似的,一日三餐,工作学习,只要与人打交道,就免不了会出现各种各样的状况。

韩柏言很擅长处理这种状况,不急不缓地都给安排好了。

"那你现在忙完了吗?"吴桐雨问。

韩柏言"嗯"了一声,说:"到家后吃饭了吗?"

"吃了。"

"吃的什么?"

吴桐雨报了几样菜名。

韩柏言又问:"周淮一起吃的?"

吴桐雨抬眸看他,小声解释:"没有。我爸爸和他爸爸关系好,所以我爸才让他去接我的,你没生气吧?"

韩柏言说了句"不至于",慢悠悠道:"所以你俩的关系也好,是吗?"

"我们高中做了很长时间的同桌。"吴桐雨很少跟人解释自己和周淮的关系,因为解释不清,毕竟异性间有没有纯友谊这个问题,谁也说不出准确的答案。她有些慌乱,越想解释越不知道该怎么解释。

"韩柏言。"她连名带姓地喊了他一声,要说什么。

韩柏言应了一声,坐直些。吴桐雨随着的动作,被他带得往前挪了两步,站在他的膝盖之间。

距离好近。

像是被他揽在怀里那般近。

吴桐雨站着,要比靠坐着的韩柏言高一点。她垂眼盯着他近在咫尺的五官,不自觉地有些紧张,一时忘记自己该说什么。

偏偏这时候韩柏言正一瞬不瞬地盯着她。

吴桐雨随便抓了个话题:"我给你带的礼物放在外面,你要去看看吗?"

"是什么?"韩柏言的视线渐渐下移,描摹着她的唇、鼻梁,最后再落回到眼睛上。

吴桐雨轻轻吞咽了一下,说:"是一个头盔,我一看到它就觉得适合你。"

"一会儿看。"韩柏言坐在那不动如山。

吴桐雨"哦"了一声,懵懵懂懂地问:"那现在要做什么?"

"现在啊……"韩柏言卖关子似的拖着长音,一两秒后才说,"接个吻可以吗?"

吴桐雨大脑一空,听不到韩柏言说了什么似的。又好像是听到了,但是理解不了。她愣愣地"啊"了一声,浑身血液直冲大脑,兴奋,而且是兴奋过头了。

"我……"吴桐雨手指蜷了蜷,想说自己不会,想问要怎么亲,还想说会不会太快了一点。好多问题,都想问,可这些问题,都不重要。

"可以吗?"韩柏言重复了一遍,同时轻轻拽了她的手臂一下。

吴桐雨喉咙堵着,半天才"嗯"出声。人被拽得往前跌了半步,不争气地失去重心后,手抓了下韩柏言胸膛的衣服才堪堪站稳。

吴桐雨嗔怪地瞪了他一眼:"你干吗?"

韩柏言只是笑,也不动作,理直气壮地甩锅:"你故意的。"

店里有游客进来,是两个女孩,说话声从布帘的另一边隐隐传过来:"老板没在吗?店里也没个人看着……"

吴桐雨戳戳他的胸膛,小声:"叫你呢,老板。"

韩柏言依旧坐在那儿,压低的声音让人心里麻麻的:"让不让亲?"

吴桐雨硬着头皮"嗯"了一声,慢慢地合上眼睛,小幅度地往前凑了凑脸。

可过了很久,什么也没有发生。她缓缓睁眼,韩柏言才凑近,不过只是在她额头上啄了一下,随后拍了拍她的小臂,说:"先欠着。"

韩老板掀了布帘出去,接待客人。吴桐雨滞留在储物间,用手背贴了贴热腾腾快要烧着的两颊。

等客人走了,吴桐雨才慢吞吞地从布帘后出来。韩柏言正在拆吴桐雨带来的头盔,说:"很喜欢,谢谢。"

"喜欢就好。"

吴桐雨答应了老吴要早点回家一起去姥姥家吃晚饭,因此没久待,看时间差不多便起身告别。

没等韩柏言说送她出去,吴桐雨摸了摸口袋,先道:"我的手机好像落在储物间了。"

韩柏言看了她一眼,吴桐雨掀了布帘往后院走。隔了会儿,响起吴桐雨的声音:"韩柏言,你来帮我找找,我的手机不见了。"

韩柏言应了一声,这才起身,掀起布帘一看,吴桐雨哪里是在储物间找手机,正在旁边堵他。

"找到了?"韩柏言问。

吴桐雨不回答,扯住了他的衣摆,只问:"要亲吗?"

长街上来往的游客熙熙攘攘,店门大敞,店里的光景一目了然。

他们站在布帘之后,纠缠着接吻。

独家番外

百年好合

吴桐雨是姜织婚礼的伴娘,也是唯一的伴娘。这是她俩从小约定好的,儿时过家家的玩笑话,如今到了真正兑现的时候。

姜织和沈译驰是在她刚留学回来的那一年办了婚礼的仪式。姜织原本觉得,婚礼可以先往后推。毕竟现在正是E之科技忙着上市的阶段,沈译驰有操不完的心,她刚回国,事情也多。而且他们证都领了,是受法律认可的夫妻关系,仪式不是那么关键。但沈译驰不同意,坚持要现在办婚礼,而且办了两场。

北京一场,宴请朋友和同事;宿营一场,招待的是两家的亲戚。

在一起这些年,姜织早已适应了他在这方面强迫症一般的习惯。想现在办那就现在办,无非就是行程安排得紧张一点。工作、生活两头跑,姜织回国这段时间为了安抚这两年受委屈的胃,在饮食上不控制,一天三顿偶尔还要加次夜宵,碳水糖分完全随心情,非但没胖,反倒瘦了几斤。

虽说沈译驰做事周全,事无巨细都安排好了,姜织除了试试婚纱、选选请柬、伴手礼等考验审美的东西,沈译驰完全不用她操什么心。可夫妻间本就该是互相分担,姜织不动声色地共同挑起了担子,补缺着沈译驰顾不上或者舍弃掉的细节,工作上的,生活上的,说她是贤内助也好,说她闲不住爱操心也罢,小两口搭配起来,简直不要太默契。

"辛苦了,老婆大人。"沈译驰自然不会看不到她的付出。

姜织倒是无所谓:"不辛苦。"

她小时候学跳舞,后来忙学习,到了大学要兼顾学校活动和成绩绩点,还要忙创业的事。后来沈译驰进了研究所半失联状态,自己一个人扛着公司的事情,大事小事都得操心,再后来出国留学,兼顾的事便更多了,国内外的事都得她分精力处理。说实话已经适应了这种高强度的节奏,习惯了。

不过,现在有一个更重要的问题,那就是——

"我可能有点婚前焦虑。"姜织开诚布公地对沈译驰说。

"焦虑什么?"

在被沈译驰如此问时,姜织并不知道该怎么回答。

证都领了,现在焦虑这个是不是晚了点。姜织压根不知道自己这情绪是从哪里来的,又是因何而来。

"你还记得我们一起看过的那部电影吗?《爱在》三部曲的第三部。"聊这个话题时,两人在外面餐厅用餐,难得有这样悠闲的约会时间,姜织聊起的却是一个不太令人愉悦的话题,"我这几天一有空闲便能回忆起里面的剧情,总觉得难以避免的争吵和分歧是两个人被柴米油盐和家长里短催化出的常态,因此没那么期待我们的以后了。"

沈译驰正在剥一只螃蟹,两只手被占着,一双目光专注地垂着,但姜织知道,他有在认真听。而姜织向他倾诉的同时,也在耐心地等待着沈译驰思考的结果。

从他们刚认识那会儿起,姜织便喜欢听沈译驰说些有的没的,在别人听来,类似于鸡汤的话,但沈译驰说出来,总能引导着姜织思考,更好地调整状态,以积极的精神面貌面对生活。当初是,如今也是。姜织将这种现象定义为沈译驰有治愈自己的能力。

"那怎么办?"沈译驰先是抛出了一个问题,"归根究底,这只是人生的一个必经阶段而已，很寻常的阶段。四五岁的孩子，会担心他们离了大人遇到拐卖或者发生危险事故；十四五岁的青少年，则担心他们青春期叛逆，走错了路，不学好；二十四五岁的成年人，在焦虑前途、梦想，在不断地挫败和比较中，承认自己是一个这辈子不可能有什么大作为的普通人，还是放手一搏，趁年轻多闯荡一番。每个阶段都有每个阶段的烦恼，我们已经完美地避开风险，选择踏上了一条不是最好，但也不坏，至少是当时做选择的自己可以做出的最优解。我们两个人吧，不算是幸运的人，至少过去二十几年过得不顺遂，有失去，有纠结，有迷茫，但我们绝对不是一个不幸的人，至少我们拥有逢山开路遇水搭桥的能力，我们已经度过了很多很多当初以为很艰难的难关，不是吗？"

沈译驰把装着蟹肉的盘子推到姜织面前，然后取了一旁的湿巾仔细地擦拭手指，继续缓声说道："所以，未来怎么样，有什么关系呢？婚姻要存续几十年，不可能一直是平静无波的。如果日子每年都是重复同样的情绪，那也挺无聊的吧。我们不缺应对矛盾、解决矛盾的能力，那为什么要杞人忧天地顾虑这些呢？"

"你说得对。"姜织竟这样轻易地被折服了，甚至喜欢挑战的性格让她有些期待未来在婚姻中会遇到的问题，"你说我们会因为什么产生分歧呢？反正我肯定不能吵输。"

沈译驰无语地瞥她，面无表情地鼓励道："那你加油哦。"

关于姜织的婚前焦虑，来得快，走得也快，就这么揭过去了。

从餐厅出来，姜织已经聊起别的事，关于婚礼没解决的几件事，其中包括伴郎的人选。

"周淮说要当这个伴郎吗？"姜织问起。

沈译驰说："他估计要拖到婚礼前一天才能答复我。"

姜织多少能理解，这几年周淮一遇到跟吴桐雨有关的事，指定要钻牛角尖。他要多考虑几天就考虑吧，不管结果如何，只要婚礼那天不出什么岔子就行。

姜织的担心不是没有道理，毕竟有前车之鉴。

吴桐雨结婚早，大学刚毕业就跟韩柏言把婚事定了。韩柏言父母早已不在人世，但师父师娘一直对他视如己出，在这种人生大事上，该给这个小家的帮扶和儿媳妇的排面一点都没少。这场婚事推进得很顺利，如果排除周淮去吴家闹事这个小插曲的话。

是吴桐雨结婚前一天的事，周淮喝多了在吴家门外跪了半宿，问吴桐雨愿不愿意跟他逃婚什么的，最终是被吴庆诸找了几个人来架走的。

一个楼栋住着，街坊邻里间，消息传得快。以至于翌日周淮脸色凝重地出现在婚宴上，好事者都以为他准备抢婚。

那之后，吴桐雨跟周淮一直没往来。吴桐雨说倒不是韩柏言吃醋，韩柏言不会小心眼地顾虑这个，但韩柏言这人说话向来直，怕没说几句伤了周淮的自尊心，两人再动起手来。而且周淮偏执过头了，非要这个事情有个结果的架势让吴桐雨不敢多接近。

这次伴娘的人选，姜织肯定是要定吴桐雨的。周淮跟沈译驰关系铁，婚礼肯定是要来参加的，至于做不做伴郎，这个有待商榷。

史唐和方时序倒是都有空，说随叫随到，不过还是希望周淮来当这个伴郎。

周淮那边则一直没回准信，丢下一句"让我想想"，便跑瑞士滑雪去了，一直失联到现在。反正沈译驰和姜织也不催他，心知肚明这事别人帮不上忙，插不上话，只能等他自己走出来解决。

过去关系这么好的一群人，谁也不想他们闹得难堪。

沈译驰预料得没错，周淮是婚礼前一天才回国，晚上十点了，给沈译驰打电话，问他伴郎的人选定了没，他可以当。

要不是沈译驰提前按照周淮的衣服尺寸备了套伴郎服，周淮这临时通知，连合身的衣服都难找。

翌日一早，周淮陪新郎官沈译驰去接亲，一路上垮着一张脸，仿佛参加的不是婚宴，是去抢亲似的。

一身笔挺西装的沈译驰在一旁松了松领结，说："你还能不能行了？待会儿伴郎伴娘可还要玩游戏呢，你不会触景伤怀直接哭出来吧？"

"滚啊。"周淮死鸭子嘴硬，隔了一两秒，他叹道，"你说，我是不是自作孽不可活啊？"

"是的。你现在可以赎罪，比如对哥们儿我好点儿。"

闹归闹，沈译驰看快到地方了，临下车前语重心长地交代道："往前看。你表现得洒脱点儿，别人还能高看你一眼，弹簧效应懂吗？你压得越紧，反馈到你身上的力就越大。放过她，也放过自己。"

"知道，我早想明白了。"周淮没什么耐心地说，但道理说是这么说，实践起来哪是那么轻松的。

婚车停在姜家楼下，作为伴郎的周淮整了整西装，下车前脸上也堆出喜庆接亲的笑容。

沈译驰看着他这副样子，又觉得不如垮着一张脸真实顺眼，心中一阵唏嘘。

接亲的过程中，该有的环节一项没少，吴桐雨和周淮从最初隔着门板吆喝，到后来进了门玩游戏，两个人像是短暂地回到了曾经的青涩时光，放松自在。

好像这几年的时光一下子被缩短了，抹消了，谁也没有越雷池半步，打闹嬉笑得保持着在外人眼中友达以上恋人未满的关系。

周淮甚至都要被这和谐默契的状态迷惑了，直到中午的婚宴上，他看到了出现在吴桐雨身边的韩柏言，顷刻间大梦初醒，自嘲地发笑。

周淮想问问吴桐雨婚后生活好不好、韩柏言有没有让她受委屈，但他根本不用问，吴桐雨当下的状态便说明了一切，那两人举止亲昵，如胶似漆，十分恩爱。

·

婚礼仪式有条不紊地进行着，证婚、敬酒，宴席间喜庆热闹。

姜织寻了个机会凑到沈译驰旁边，悄声撒娇："比开一天会还累。"

沈译驰捞过她的后颈，视线落在她嫣红的唇上，想亲，又怕把她的唇妆弄花了："辛苦了。"

新婚的日子，喝酒是难免的。酒精催得人眼神格外亮，沈译驰嗅着姜织身上清甜的气味，偷着懒想多亲近一会儿。

这时有人来休息室找他，姜织瞥见沈译驰眼底没得逞的失落目光，双手捧着他的脸，飞快地亲了他一下，在推他走之前说："新婚快乐，老公。"

—全文完—